历代词人词话之二

金元明人詞話

孙克强 岳淑珍 编著

孫仲權題

南開大學出版社

图书在版编目(CIP)数据

金元明人词话 / 孙克强,岳淑珍编著. 一天津:南开大学出版社,2012.8

(历代词人词话)

ISBN 978-7-310-03913-5

Ⅰ. ①金… Ⅱ. ①孙… ②岳… Ⅲ. ①词(文学)—诗歌评论—中国—金代～明代 Ⅳ. ①I207.23

中国版本图书馆 CIP 数据核字(2012)第 094898 号

南开大学出版社出版发行

出版人:孙克强

地址:天津市南开区卫津路 94 号 邮政编码:300071

营销部电话:(022)23508339 23500755

营销部传真:(022)23508542 邮购部电话:(022)23502200

*

天津市蓟县宏图印务有限公司印刷

全国各地新华书店经销

*

2012 年 8 月第 1 版 2012 年 8 月第 1 次印刷

210×148 毫米 32 开本 27.5 印张 4 插页 690 千字

定价:66.00 元

如遇图书印装质量问题,请与本社营销部联系调换,电话:(022)23507125

说　明

一、本书收录民国时期之前有关金、元、明词人的评论资料。

二、词论以总评为主，具体词作之评论如兼及总评，亦斟酌收入。

三、本书辑录金词人51家，元词人134家，明词人307家，合计492家。以词人年代先后排列。具体年代不详者，参考其事迹、交游大致推算。后附词人姓名笔画索引以便于检索。

四、论者亦以年代先后排列，论者具体年代不详者，亦参考其事迹、交游大致推算。

五、材料尽可能录其原始，而后世重复引用者不再采录；如材料仅见后世引用，则录最早出者；如材料重出且重出材料所冠论者、著作不同者，选录一家，并于其后加按语说明。为节省篇幅，评论中所引词作，大多录首句，后用省略号。

六、历代词话文献中有一些乃抄袭之伪作，如托名彭孙遹的《词藻》、《词统源流》，托名李良年的《词家辨证》、《词坛纪事》等，乃抄袭徐釚《词苑丛谈》，本书不予收录。

七、历代词话中征引、转录的情况十分常见。一些后世转录前代的材料可能有误。如清初沈雄《古今词话》收录的部分文献不一定可靠，但为保持文献原貌，本书原文录入，后加按语说明；部分文献虽注明是引用，但与原著改动太大，实际上已经成为新的评论（如沈雄《古今词话》、徐釚《词苑丛谈》、《历代词话》引录《中州乐府》），本书亦予录入，以展示其特点；一些转录他人的词话没有注明，如田同之的《西圃词说》多转录前人或时人的词话，本书尽可能采录原出处。

八、历代词话中常有同一作者撰有多种词学文献，而各种文献又有前后沿袭或改易的情况。如陈廷焯的《词则》与《白雨斋词话》，赵尊岳的《珍重阁词话》与《填词丛话》等。本书采录时如完全或基本相同则采录其前著，如改动较大则两著兼采。

九、正文所注文献版本尽量从简，详细的版本信息参见书后引用文献。

十、本书采录文献尽量使用现代整理排印本，必要时参校各种刻本、抄本。

十一、本书采录文献材料有以下数种：1. 词话、诗话、曲话；2. 序、跋；3. 词集、词选批注评语；4. 笔记、书札；5. 书录、总目提要；6. 史传；7. 论词诗、论词词；8. 词韵、词谱、词律；9. 评词专论。民国时期章节形式的专著和论文一般不在辑录范围。个别著作虽分章节，但仍具词话特点的专著如吴梅的《词学通论》仍予采录。

十二、本书与《唐宋人词话》、《清人词话》为系列丛书，统名之为《历代词人词话》。

目　录

元

明

金

宇文虚中

宇文虚中（1079—1146）初名黄中，宋徽宗为改虚中，字叔通，号龙溪居士。成都（今四川成都）人。大观三年（1109）进士，累官至资政殿大学士。金人围汴期间，屡次出使金营。建炎二年（1128）使金被留，官至礼部尚书、翰林学士承旨，封河内郡开国公。皇统六年（1146）以谋复宋罪被杀，年六十八。《宋史》卷三百七十一、《金史》卷七十九有传。存词二首。

1．元好问：

彦高北迁后，为故宫人赋此（按即〔人月圆〕“南朝千古伤心事”），时宇文叔通亦赋〔念奴娇〕，先成，而颇近鄙俚，及见彦高此作，茫然自失。是后，人有求作乐府者，叔通即批云：“吴郎近以乐府名天下，可往求之。”

《中州乐府集》（《中州集》附）

2．况周颐：

其〔迎春乐〕曲，亦惓怀故国之思，见吴彦高〔人月圆〕词，而遂以词名归之，尤虚心怀贤之旨，未可以微词中之也。

《历代词人考略》卷二十一

3．刘毓盘：

王灼《碧鸡漫志》录其〔迎春乐〕词，曰：叔通久不得归，于立春日作。杨慎《词林万选》录张孝纯〔念奴娇〕词，以《归潜志》证之，与遗山所谓鄙俚之词者合，盖即叔通作也。《中州乐府》不录叔通词，意其非金人欤。朱彝尊作《词综》犹见《东山词》，今亦不传矣，惜哉！

《辑校东山乐府跋》（《东山乐府》辑本）

4. 刘毓盘：

论金人词，必首及宇文虚中。太宗天会初，以资政殿学士奉宋徽宗命使使金，留掌词命，此文臣之初自南来者。

《碧鸡漫志》曰：叔通久留金国不得归，于立春日作此词（指〔迎春乐〕）。吴激以宰相子，亦被留。时宋金败盟，徽宗北狩，每有所作，不啻庾信之《哀江南》焉。

《词史》第七章

吴激

吴激（约 1093—1142）字彦高，号东山，建州（今福建建瓯县）人。宋宰相拭之子，著名画家米芾之婿。宣和四年（1122）至钦宗靖康二年（1127）间，使金被留，仕至翰林待制。《金史》卷一百二十五有传。吴激工诗文，书法俊逸，绘画得米芾笔意。著有《东山集》，已佚。赵万里《校辑宋金元人词》辑有《东山乐府》一卷，存词十首。

1. 黄昇：

二曲（〔春从天上来〕、〔青山湿〕）皆精妙凄婉，惜无人拈出，今录入选，必有能知其味者。

《中兴以来绝妙词选》卷二

2. 萧真卿：

乐府推吴彦高、蔡伯坚为“吴蔡体”，实皆宋儒也，不当于金源文派列之。当断自蔡正甫为宗，党竹溪次之，赵闲闲又次之。余倡此论，一时无异议云。

《历代词话》卷九引

3. 宇文虚中：

吴郎近以乐府名天下。

《中州乐府集》（《中州集》附）

4. 元好问：

乐府“寒夜茅店不成眠”、“南朝千古伤心事”、“谁挽银河”等篇，自当为国朝第一手，而世俗独取〔春从天上来〕，谓不用他韵；〔风流子〕取对属之工，岂真识之论哉？

百年以来，乐府推伯坚与吴彦高，号“吴蔡体”。

《中州集》卷一

5. 元好问：

彦高北迁后，为故宫人赋此（即〔人月圆〕“南朝千古伤心事”），时宇文叔通亦赋〔念奴娇〕，先成，而颇近鄙俚，及见彦高此作，茫然自失。是后人有求作乐府者，叔通即批云：“吴郎近以乐府名天下，可往求之。”

《中州乐府集》（《中州集》附）

6. 刘祁：

国初宇文太学叔通主文盟时，吴深州彦高视宇文为后进，宇文止呼为小吴。因会饮，酒间有一妇人，宋宗室子流落，诸公感叹，皆作乐章一阕。宇文作〔念奴娇〕，有“宗室家姬，陈王幼女，曾嫁钦慈族。干戈浩荡，事随天地翻覆”之语。次及彦高，作〔人圆月〕词：“南朝千古伤心事，犹唱后庭花。旧时王谢，堂前燕子，飞向谁家。　　恍然一梦，仙肌胜雪，宫髻堆鸦。江州司马，青衫泪湿，同是天涯。”宇文览之，大惊，自是，人乞词，辄曰：“当诣彦高也。”彦高词集篇数虽不多，皆精微尽善，虽多用前人诗句，其剪裁点缀若天成，真奇作也。先人尝云：诗不宜用前人语。若夫乐章，则剪截古人语亦无害，但要能使用尔。如彦高〔人月圆〕，半是古人句，其思致含蓄甚远，不露圭角，不尤胜于宇文自作者哉？

《归潜志》卷八

7. 燕公楠：

近世所谓大乐：苏小小〔蝶恋花〕，邓千江〔望海潮〕，苏东坡〔念奴娇〕，辛稼轩〔摸鱼子〕，晏叔原〔鹧鸪天〕，柳耆卿〔雨霖铃〕，吴彦高〔春草碧〕，朱淑真〔生查子〕，蔡伯坚〔石州慢〕，张三影〔天仙子〕也。

《阳春白雪》卷一

8. 吴师道：

〔木兰花慢〕，柳耆卿清明词，得音调之正。盖倾城、盈盈、欢情，于第二字中有韵。近见吴彦高中秋词，亦不失此体，余人皆不能。然元遗山集中凡九首，内五首两处用韵，亦未为全知者……吴词云："敞千门万户，瞰苍海、烂银盘。对沆瀣楼高，储胥雁过，坠露生寒。阑干。眺河汉外，送浮云、尽出众星乾。丹桂霓裳缥缈，似闻杂佩珊珊。　长安底处高城，人不见，路漫漫。叹旧日心情，如今容鬓，瘦沈愁潘。幽欢。纵容易得，数佳期、动是隔年看。归去江湖一叶，浩然对影垂竿。"然吴词后段起句又异，当依柳为正。

《吴礼部词话》

9. 脱脱：

尤精乐府，造语清婉，哀而不伤。

《金史》卷一百二十五

10. 陶宗仪：

近世所谓大曲，在金则吴彦高〔春草碧〕、蔡伯坚〔石州慢〕、元遗山〔买陂塘〕、邓千江〔望海潮〕，堪与苏子瞻〔念奴娇〕、辛幼安〔摸鱼儿〕相颉颃。

《历代词话》卷九引

11. 毛凤韶：

《中州乐府》作于金人吴彦高辈，虽当衰乱之极，今味其词意，变而不移，悯而不困，婉而不迫，达而不放，正而不随，盖古诗之余响也。

《中州乐府后序》

12. 胡应麟：

吴激字彦高，建州人，米元章婿也。工诗能文，字画俊逸，尤精乐府，造语清婉，有《东山集》十卷。

《诗薮·杂编》卷六

13. 沈谦：

小令、中调有排荡之势者，吴彦高之"南朝千古伤心事"、范希文之“塞下秋来风景异”是也。长调极狎昵之情者，周美成之“衣染黄莺”、柳耆卿之“晚晴初”是也。于此足悟偷声变律之妙。

《填词杂说》

14.《竹坡丛话》：

金九主，凡百有一十八年，始宋政和五年丁酉，改元天辅，终宋端平元年。伯坚丞相乐府多入选者，即名“吴蔡体”者是也。独推其“银屏小语，私分麝月，春心一点”，乃〔尉迟杯〕也。其子珪，字正甫，即萧真卿所谓“金源文派，断以蔡正甫为宗”者，《画眉曲》盛传于世，其乐府仅见一〔江城子〕，附萧闲公集后，何文人之词阙如也？

沈雄《古今词话·词话》下卷引

15.《金源文派》：

乐府推吴彦高、蔡伯坚为“吴蔡体”。萧真卿曰：“皆宋儒也，不当于金源文派列之。当断自蔡正甫为宗，党竹溪次之，赵闲闲又次之。余倡此论，一时无异议云。”

沈雄《古今词话·词话》下卷引

16.《古今词话》：

吴激字彦高，故相子。一日，赴张总侍御家集，出侍儿侑觞，意状摧抑。询之，为故宋宣和殿宫姬也。时宇文叔通赋〔念奴娇〕先成，惟彦高作〔人月圆〕。又在会宁府遇老姬，善琵琶，自言梨园旧籍。因有感而制〔春从天上来〕。后三山郑中卿，从张贵谟使北日，闻有歌之者。当时人尽称之曰：吴郎以乐府高天下，号为吴蔡体。

沈雄《古今词话·词评》下卷引

17.《古今词话》：

金、元百年间乐府，推蔡伯坚与吴彦高，号“吴蔡体”。其和〔大江东去〕，乃乐府中最得意者。

《词苑丛谈》卷三引

18. 许昂霄：

花庵称其精妙凄婉，良然。然只是善于运化唐句耳。（评〔人月圆〕）

《词综偶评》

19. 厉鹗：

中州乐府鉴裁别，略仿苏黄硬语为。

若向词家论风骚，锦袍翻是让吴儿。

《论词绝句十二首》（《樊榭山房诗集》卷七）

20. 凌廷堪：

词者诗之余也，昉于唐，沿于五代，具于北宋，盛于南宋，衰于元，亡于明。以诗譬之，慢词如七言，小令如五言。慢词北宋为初唐，秦、柳、苏、黄如沈、宋，体格虽具，风骨未遒。片玉则如拾遗，骎骎有盛唐之风矣。南渡为盛唐，白石如少陵，奄有诸家。高、史则中允、东川，吴、蒋则嘉州、常侍。宋末为中唐，玉田、碧山风调有余，浑厚不足，其钱、刘乎？草窗、西麓、商隐、友竹诸公，盖又大历派矣。稼轩为盛唐之太白，后村、龙洲亦在微之、乐天之间。金、元为晚唐，山村、蜕岩可方温、李，彦高、裕之近于江东、樊川也。

《赌棋山庄词话》续编卷三引

21. 汪筠：

宣和殿里小宫姬，沦落相逢泪湿时。

好是彦高能大曲，一天春草碧离离。

《读〈词综〉书后二十首》（《谦谷集》卷二）

22. 王初桐：

吴彦高〔人月圆〕词，音韵激楚中落落有作家气。但题止云《宴张侍御家有感》，未得其实。后读《归潜志》云：宋宗室家姬流落于金，吴彦高词云云，是矣。犹嫌其略。再考《容斋题跋》云：先公在燕山，赴北人张侍御家集，出侍儿佐酒，中有一人，意状摧抑可怜。叩其故，乃宣和殿小宫姬也。坐客翰林直学士吴激作词纪之，闻者挥涕。又《中州乐府》云：彦高赋此时，宇文叔通亦赋〔念奴娇〕，先成，而颇近鄙俚，及见彦高作，茫然自失。是后人有求作乐府者，即批云：吴郎以乐府名天下，可往求之。其为同时推尚如此。

彦高，米元章婿，著《东山词》一卷，内〔春从天上来〕一阕，皆用琵琶故实，引据甚明。元遗山见王防御云然，惜不能记忆。

《小嫏嬛词话》卷三

23. 吴衡照：

吴彦高为中州乐府之冠，不特词高，其用韵亦谨饬有法。如〔人月圆〕专用麻韵，〔春从天上来〕专用青韵，〔满庭芳〕专用盐韵，皆用广韵。即〔风流子〕阳、唐并用，只就近通融，不搁入江也。

《莲子居词话》卷一

24. 蒋方增：

词之为道，自唐衍于五代，至宋而大盛，逞妍抽秘，无美弗臻。世人好言北宋，要非通论。分镳并骋，南宋始极其工，宋季始极其变，金元间如蔡伯坚、吴彦高、元裕之、萧竹屋、曾舜卿、虞伯生辈，骎骎乎入宋人之室。

《浮筠山馆词钞自序》（《浮筠山馆词钞》卷首）

25. 叶申芗：

金学士吴激彦高，宋侍郎吴栻之子，米元章之婿也。靖康末，奉使北军，以知名士为所留，仕为翰林待制。工诗文，善书画，尤精乐府，与蔡松年齐名，号“吴蔡体”。尝在燕山张总持家宴集，张出侍姬佐酒。中有一人，意态摧抑。诘之，乃宣和殿小宫婢也。吴为赋〔人月圆〕云：“南朝千古伤心地，曾唱后庭花。旧时王谢，堂前燕子，飞向谁家。　偶然一见，仙肌胜雪，宫鬓堆鸦。江州司马，青衫泪湿，同是天涯。”时宇文叔通亦赋〔念奴娇〕，先成，及见此作，茫然自失。是后有向求乐府者，辄云：“吴郎近以乐府名天下，可往求之。”其推重如此。吴又于会宁府遇老姬，善鼓瑟，自言是梨园旧籍，亦为赋〔春从天上来〕云：“海角飘零。叹汉苑秦宫，坠露飞萤。梦里天上，金屋银屏。歌吹竞举青冥。问当时遗谱，有绝艺、鼓瑟湘灵。但哀弹，似林莺呖呖，山溜泠泠。　　梨园太平乐府，醉几度春风，发变星星。舞彻中原，尘飞沧海，飞雪万里龙庭。写胡笳幽怨，人憔悴、不似丹青。酒微醒。对一窗凉月，灯火青荧。”二词皆有故宫离黍之悲，南北无不传诵焉。

《本事词》卷下

26. 华长卿：

吴郎乐府名天下，江北争传〔人月圆〕。

底事乌衣新燕子，不来王谢旧堂前。

《论词绝句》(《梅庄诗钞》卷五)

27. 樊增祥：

完颜之朝，吴郎乐府，有明天下，今其词品，仅可中下，此殆女真无人，坐使兹父称霸。

《东溪草堂词选自序》(《樊山集》卷二十三)

28. 王鹏运：

萧闲词与吴激并称，时号“吴蔡体”，犹为风尚所宗。

《明秀集跋》(《萧闲老人明秀集注》卷后)

29. 陈廷焯：

此词凄凉哀怨，宜为世所贵也。凄艳。曲折凄凉，彦高集中最胜之作。(评〔春从天上来〕“海角飘零”)

多少慨感，不落小家数，宜令叔通叹服。结更凄惋，而面面俱到。(评〔人月圆〕“南朝千古伤心地”)

《云韶集》卷十一

30. 陈廷焯：

金代词人，自以吴彦高为冠，能于感慨中饶伊郁，不独组织之工也。同时尚“吴蔡体”，然伯坚非彦高匹。

（吴彦高〔人月圆〕）感激豪宕，不落小家数。

《白雨斋词话》卷三

31. 况周颐：

自六朝已还，文章有南北派之分，乃至书法亦然。姑以词论，金源之于南宋，时代正同，疆域之不同，人事为之耳，风会曷与焉？如辛幼安先在北，何尝不可南？如吴彦高先在南，何尝不可北？顾细审其词，南与北确乎有辨，其故何耶？或谓《中州乐府》选政操之遗山，皆取其近己者，然如王拙轩、李庄靖、段氏遁庵、菊轩，其词不入元选，而其格调气息，以视元选诸词，亦复如骖之靳，则又何说？南宋佳词能浑，至金源佳词近刚方。宋词深致能入骨，如清真、梦窗是。金词清劲能树骨，如萧闲、遁庵是。南人得江山之秀，北人以冰霜为清。南或失之绮靡，近于雕文刻镂之技。北或失之荒率，无解深裘大马之讥。善读者抉择其精华，能知其并皆佳妙。而其佳妙之所以然，不难于合勘，而难于分观。往往能知之而难于明言之。然而宋金之词之不同，固显而易见者也。

《蕙风词话》卷三

32. 刘毓盘：

《碧鸡漫志》曰：叔通久留金国不得归，于立春日作此词（〔迎春乐〕）。吴激以宰相子，亦被留。时宋金败盟，徽宗北狩，每有所作，不啻庾信之《哀江南》焉。

若〔风流子〕、〔春从天上来〕数词，皆曰怀旧而作，眷眷故国，言之可伤。

论金人词者，前者曰吴氏，后者曰元氏。

《词史》第七章

33. 陈匪石：

金源词人以吴彦高、蔡伯坚称首，实皆宋人。吴较绵丽婉约，然时有凄厉之音。蔡则疏快平博，雅近东坡。

《声执》卷下

34. 吴梅：

金、元诸家，惟吴、蔡、遗山为正，余皆略事声歌，无当雅奏。元人以北词见长，文人心力仅注意于杂剧，且有以词入曲者，虽有疏斋、仁近、蜕岩诸子，亦非专家之业也。

至若“吴蔡体”行，词风始正。

彦高词，篇数不多，皆精美尽善，虽多用前人语，而点缀殊自然也。

《词学通论》第八章

35. 张伯驹：

吴彦高为故宫人赋〔青衫湿〕词：“南朝千古伤心地，还唱后庭花。旧时王谢，堂前燕子，飞入谁家。　恍然在遇，仙姿胜雪，宫鬓堆鸦。江州司马，青衫泪湿，同是天涯。”足抵一篇《琵琶行》，故当时有挥泪者。其运用诗句，清真亦不能专美于前。

《丛碧词话》

36. 顾宪融：

金元诸子词，如折元礼、张蜕岩、吴彦高等，皆习为雄深苍健，有朔方健儿横戈跃马之风，惟遗山能摧刚为柔，不失周、秦本色。

《填词百法》卷下

37. 朱庸斋：

吴激为米芾之婿，出使金国被留，用为翰林学士。其《东山乐府》多表身世之感、故国之思。〔人月圆〕词云：“南朝千古伤心事，犹唱后庭花。旧时王谢，堂前燕子，飞向谁家。　恍然一梦，仙肌胜雪，宫鬓堆鸦。江州司马，青衫泪湿，同是天涯。”运用前人诗句如词，浑化无迹，如同己出。吴词成就远过蔡松年。蔡词富丽精工，感情贫乏，即如一时传诵之〔鹧鸪天〕《赏荷》词，体物入微，声韵圆美，然全无感慨，亦何足多哉？

《分春馆词话》卷四

38.《续修四库全书总目提要》：

金词以激与蔡松年并称，当时效之者称“吴蔡体”。其实蔡非吴之匹也。故陈廷焯《白雨斋词话》论之曰：“金代词人，自以吴彦高为冠，能于感慨中饶伊郁，不独组织之工也。”〔人月圆〕“南朝千古伤心事，犹唱后庭花。旧时王谢，堂前燕子，飞向谁家。　恍然一梦，仙肌胜雪，宫鬓堆鸦。江州司马，青衫泪湿，同是天涯。”据《归潜志》、《容斋题跋》诸书所云，激以此词得名，盖剪用成语，全无痕迹，而思致深远，感激豪宕，自为大家风度。宜乎当时宇文叔通自愧不如也。其余若〔春从天上来〕、〔风流子〕二首，章法精妙，苍凉悲壮，亦非他家所可及也。

《东山乐府一卷提要》

高士谈

高士谈（?—1146）字子文，一字季默，号蒙城居士，蒙城（今安徽蒙城）人。宋宣和末，任忻州户曹参军。入金，为翰林直学士。金熙宗皇统六年（1146），坐宇文虚中案被杀。《金史》卷七十九附见宇文虚中传，《大金国志》卷二十八有载。著有《蒙城集》，已佚。存词四首。

1. 魏道明：

作文染翰，皆宗坡仙。

《萧闲老人明秀集注》

2. 陈廷焯：

玲珑工巧。骨韵风流，且有笔力。（评〔减字木兰花〕“西湖睡起”）

《云韶集》卷十一

蔡松年

蔡松年（1107—1159）字伯坚，号萧闲老人，真定（今河北正定）人。宣和末，从父蔡靖守燕山府，败绩降金。金太宗天会年间，授真定府判官，尝随完颜宗弼（兀术）攻宋。熙宗时入朝为刑部员外郎，迁左司员外郎。海陵王时，擢户部尚书，迁尚书右丞。正隆三年（1158）为尚书右丞相，封卫国公。正隆四年卒，年五十三，谥文简。《金史》卷一百二十五有传。词集有《萧闲老人明秀集》，存词八十六首。

1. 王若虚：

萧闲《乐善堂赏荷花》词云："胭脂肤瘦薰沉水，翡翠盘高走夜光。"世多称之。此句诚佳，然莲体实肥，不宜言瘦，予友彭子升易"腻"字，此似差胜。

萧闲《使高丽》词云："酒病赖花医却。"世皆以花为妇人，非也。此词过处既有"离索"、"余香"、"收拾新愁"之语，岂复有妇人在乎？以文势观之，亦不应尔。其所谓"花"，盖真花也。言其人已去，赖以解醒者，独有此物而已，必当时之实事。李后主词云"酒恶时拈花蕊嗅"，公咏花词，亦喜用"醒心香"字，盖取其清澈之气，以涤除恶味耳。

萧闲自镇阳还兵府，赠离筵乞言者云："待人间觅个无情心绪，着多情换。"此篇有恨别之意，故以情为苦，而还羡无情。终章言之，宜矣。《使高丽》词亦云："无物比情浓，觅无情相博。"次第未应及此也。

《滹南诗话》卷下

2. 萧真卿：

乐府推吴彦高、蔡伯坚为"吴蔡体"，实皆宋儒也，不当于金源文派列之。当断自蔡正甫为宗，党竹溪次之，赵闲闲又次之。余倡此论，一时无异议云。

《历代词话》卷九引

3. 元好问：

百年以来，乐府推伯坚与吴彦高，号“吴蔡体”。

此歌（按：指〔念奴娇〕）以“离骚痛饮”为首句，公乐府中最得意者，读之则其生平自处为可见矣。

《中州集》卷一

4. 刘祁：

献之少轻俊，文章健捷，尤工乐章，有《玉峰闲情集》行于世。晚年奉使高丽。高丽故事，上国使来，馆中有侍妓，献之作〔望海潮〕以赠，为世所传。其词云：“云垂余发，霞拖广袂，人间自有飞琼。三馆俊游，百衔高选，翩翩老阮才名。银汉会双星。尚相看脉脉，似隔盈盈。醉玉添春，梦魂同夜惜卿卿。　离觞草草同倾。记灵犀旧曲，晓枕余酲。海外九州，邮亭一别，此生未卜他生。江上数峰青。怅断云残雨，不见高城。二月辽阳芳草，千里路旁情。”归而下世，人以为“此生未卜他生”之谶云。先是蔡丞相伯坚以尝奉使高丽，为馆妓赋〔石州慢〕云：“云海蓬莱，风雾鬓鬟，不假梳掠。仙衣卷尽云霓，方见宫腰纤弱。心期得处，世间言语非真，海犀一点通寥廓。无物比情浓，与无情相搏。　离索。晓来一枕余香，酒病赖花医却。滟滟金尊，收拾新愁重酌。半帆云影，载得无际关山，梦魂应被杨花觉。梅子雨丝丝，满江干楼阁。”二词至今人不能优劣。予谓萧闲之浑厚，玉峰之峭拔，皆可人。然蔡之“仙衣卷尽霓裳，方见宫腰纤弱”与赵之“惜卿卿”皆不免为人疵议之矣。

《归潜志》卷十

5. 王恽：

乐府尚豪华，然非纨绮中人，未免邻女效颦耳。《明秀》一集，以崇高之余，发而为词章，如饮内府酒，金沙雾散，六府为之醺酣。方之逢麴车而口流涎者，固有间矣。

《跋蔡萧闲醉书檐梨雪瑞香乐府二篇赠王尚书无竞》（《秋涧集》卷七十二）

6. 燕公楠：

近世所谓大乐：苏小小〔蝶恋花〕，邓千江〔望海潮〕，苏东坡〔念奴娇〕，辛稼轩〔摸鱼子〕，晏叔原〔鹧鸪天〕，柳耆卿〔雨霖铃〕，吴彦高〔春草碧〕，朱淑真〔生查子〕，蔡伯坚〔石州慢〕，张三影〔天仙子〕也。

《阳春白雪》卷一

7. 脱脱：

文词清丽，尤工乐府，与吴激齐名，时号“吴蔡体”。

《金史》卷一百二十五

8. 陶宗仪：

近世所谓大曲，在金则吴彦高〔春草碧〕、蔡伯坚〔石州慢〕、元遗山〔买陂塘〕、邓千江〔望海潮〕，堪与苏子瞻〔念奴娇〕、辛幼安〔摸鱼儿〕相颉颃。

《历代词话》卷九引

9. 胡应麟：

蔡松年，字伯坚，文词清丽，尤工乐府，与吴激齐名，号吴蔡。俱有集行世。

《诗薮·杂编》卷六

10. 蒋一葵：

金、元百年间，乐府推蔡伯坚与吴彦高，号“吴蔡体”。其〔大江东去〕，乃乐府中最得意者。

《尧山堂外纪》卷六十四

11. 《竹坡丛话》：

金九主，凡百有一十八年，始宋政和五年丁酉，改元天辅，终宋端平元年。伯坚丞相乐府多入选者，即名“吴蔡体”者是也。独推其“银屏小语，私分麝月，春心一点”，乃〔尉迟杯〕也。其子珪，字正甫，即萧真卿所谓“金源文派，断以蔡正甫为宗”者，《画眉曲》盛传于世。其乐府仅见一〔江城子〕，附萧闲公集后，何文人之词阙如也？

沈雄《古今词话·词话》下卷引

12.《词品》：

伯坚丞相乐府，与彦高《东山乐府》，多入选者。即名“吴蔡体”者是也。独推其“银屏小语，私分麝月，春心一点”，乃伯坚〔尉迟杯〕也。

沈雄《古今词话·词评》下卷引

13. 许田：

金词如赵闲闲、元遗山、蔡伯坚，元词如虞道园、萨天锡、张蜕岩，俱卓然名家，为一代眉目。自唐迄元，词学之盛止矣。作者持择去取，务得性情之正，气运升降之说，尚属郛廓也。

《屏山词话》

14. 孙原湘：

松年词与吴彦高齐名，称“吴蔡体”。朱竹垞《词综》仅录〔尉迟杯〕一阕，万红友《词律》仅存〔月华清〕一阕。按全集目录，〔月华清〕在第四卷，〔尉迟杯〕在第五卷，俱在此三卷之外，后三卷尚有百余阕，今所存者七十二阕耳。零玑剩璧，弥足珍爱。

《明秀集注跋》

15. 黄丕烈：

琉璃厂里雨书淫，荛友荛翁是素心。
我羡小嫏嬛福地，子孙世守到于今。

作宦游仙事渺茫，故交零落感沧桑。
传家祖印分明在，添得新书媲旧藏。

卅年前见两奇书，觌面相逢附子虚。

小读书堆藏弆久，云烟化去已无余。宋椠《续颜氏家训》、金椠《蔡松年词》皆群城故家物，先携示余，时因次儿病危，无心情及此。后归顾明经抱冲。及今散出，余未之知，故不及收。

琴川好古有专家，秘籍储藏富五车。

一取蔡词一颜训，两人就敌相相夸。颜训归张月霄，蔡词归陈子准。

颜训曾经借我钞，蔡词相示又谁教。

收书不惜黄金尽，珍重相宜属世交。余向收书，不惜多金，今芙川亦颇类此。

词山曲海费收罗，宋刻元雕几许多。

只有金元《明秀集》，错教当日眼前过。李中麓家词山曲海。余藏词曲甚多，名其所曰"学山海居"。

集虽剩半目犹全，宵雅时风次第编。

好事词仙数朱万，只将两阕世间传。

中州文献问遗山，乐府诸家见一班。

四库但登《天籁集》，萧闲兀自在人间。金人词专集登诸四库者，止白朴。

《影题钞金椠蔡松年词残本后》(《明秀集注》卷后)

16. 蒋方增：

词之为道，自唐衍于五代，至宋而大盛，逞妍抽秘，无美弗臻。世人好言北宋，要非通论。分镳并骋，南宋始极其工，宋季始极其变，金元间如蔡伯坚、吴彦高、元裕之、萧竹屋、曾舜卿、虞伯生辈，骎骎乎入宋人之室。

《浮筠山馆词钞自序》（《浮筠山馆词钞》卷首）

17. 张蓉镜：

松年字伯坚，少负奇才，名满天下……当时乐府推伯坚与吴彦高，号“吴蔡体”。读其〔念奴娇〕一阕，激昂慷慨，宜乎遗山称为集中压卷之作。注出魏道明手，征引博洽，集中酬赠诸君，俱为详诸始末，俾一代人文得所考核，为可以滹南、遗山微有不满而忽视之也。

《萧闲老人明秀集注跋》（《萧闲老人明秀集注》卷后）

18. 王鹏运：

萧闲词与吴激并称，时号“吴蔡体”，尤为风尚所宗。

《明秀集跋》（《萧闲老人明秀集注》卷后）

19. 陈廷焯：

金代词人，自以吴彦高为冠，能于感慨中饶伊郁，不独组织之工也。同时尚“吴蔡体”，然伯坚非彦高匹。

《白雨斋词话》卷三

20. 况周颐：

自六朝已还，文章有南北派之分，乃至书法亦然。姑以词论，金源之于南宋，时代正同，疆域之不同，人事为之耳，风会曷与焉？如辛幼安先在北，何尝不可南？如吴彦高先在南，何尝不可北？顾细审其词，南与北确乎有辨，其故何耶？或谓《中州乐府》选政操之遗山，皆取其近己者。然如王拙轩、李庄靖、段氏遁庵、菊轩，其词不入元选，而其格调气息，以视元选诸词，亦复如骖之靳，则又何说？南宋佳词能浑，至金源佳词近刚方。宋词深致能入骨，如清真、梦窗是。金词清劲能树骨，如萧闲、遁庵是。南人得江山之秀，北人以冰霜为清。南或失之绮靡，近于雕文刻镂之技。北或失之荒率，无解深裘大马之讥。善读者抉择其精华，能知其并皆佳妙。而其佳妙之所以然，不难于合勘，而难于分观。往往能知之而难于明言之。然而宋金之词之不同，固显而易见者也。

《明秀集》〔满江红〕句："云破春阴花玉立。"清姒极喜之，暇辄吟讽不已。余喜其〔千秋岁〕《对菊小酌》云："秋光秀色明霜晓。"意境不在"云破"句下。

《蕙风词话》卷三

21. 陈匪石：

金源词人以吴彦高、蔡伯坚称首，实皆宋人。吴较绵丽婉约，然时有凄历之音。蔡则疏快平博，雅近东坡。

《声执》卷下

22. 吴梅：

金、元诸家，惟吴、蔡、遗山为正，余皆略事声歌，无当雅奏。元人以北词见长，文人心力仅注意于杂剧，且有以词入曲者，虽有疏斋、仁近、蜕岩诸子，亦非专家之业也。

至若"吴蔡体"行，词风始正。

《词学通论》第八章

23. 梁启勋：

金在宋元之间，其中不乏文学知名，试读元遗山、韩温甫、李钦叔、蔡伯坚、王拙轩、李庄靖及段氏弟兄诚之、复之诸人之集，则词曲递嬗之消息，未尝不可寻。

《曼殊室随笔·词论》九

24. 朱庸斋：

吴激为米芾之婿，出使金国被留，用为翰林学士。其《东山乐府》多表身世之感、故国之思。〔人月圆〕词云："南朝千古伤心事，犹唱后庭花。旧时王谢，堂前燕子，飞向谁家。 恍然一梦，仙肌胜雪，宫鬓堆鸦。江州司马，青衫泪湿，同是天涯。"运用前人诗句如词，浑化无迹，如同己出。吴词成就远过蔡松年。蔡词富丽精工，感情贫乏，即如一时传诵之〔鹧鸪天〕《赏荷》词，体物入微，声韵圆美，然全无感慨，亦何足多哉？

《分春馆词话》卷四

完颜亮

完颜亮（1122—1161）字元功，本名迪古乃，金太祖阿骨打庶长子完颜宗斡第二子。皇统九年（1150）十二月，杀熙宗，自立为帝，改元天德。正隆六年（1161）率兵攻宋，十一月在扬州为部下所杀，年四十。大定二年（1162）降封海陵郡王，谥炀。二十一年（1181）再降为庶人。《金史》卷五有《海陵纪》。存词四首。

1. 洪迈：

建康归正官王和尚，济南人，能诵完颜亮小词。其《咏雪》〔昭君怨〕曰："昨日樵村渔浦。今日琼林玉渚。山色卷帘看。老峰峦。　锦帐美人贪睡。不觉天花剪水。惊问是杨花。是芦花。"其《中秋不见月》〔鹊桥仙〕曰："停杯不举，停歌不发，等候银蟾出海。不知何处片云来，做许大、通天障碍。　虬髯捻断，星眸睁裂，惟恨剑锋不快。一挥截断紫云腰，仔细看、嫦娥体态。"读其后篇，凶威可掬也。

《夷坚志》丙卷四

2. 岳珂：

颇知书，好为诗词，语出辄崛强，慭慭有不为人下之意，境内多传之……观其所存，寓一二于千百，其桀骜之气，已溢于辞表，它盖可知也。

《桯史》

3. 陈霆：

金完颜亮，颇有词章，尝作〔昭君怨〕《雪词》云："昨日樵村渔浦。今日琼林玉渚。山色卷帘看。老峰峦。　锦帐美人贪睡。不觉天花剪水。惊问是杨花。是芦花。"亮之他作，例倔强怪诞，殊有桀骜不在人下之气。此词稍和平奇俊，特为录之。

《渚山堂词话》卷二

4. 沈德符：

世传中秋无月词，如永乐中，上开宴，月为云掩，命学士解晋赋诗，因口占〔落梅风〕以进云："嫦娥面。今夜圆。下云帘、不着臣见。拼今宵、倚栏不去眠。看谁过、广寒宫殿。"上大喜，复命以此意赋长歌。半夜月复明，上大喜曰："才子可谓夺天手段也。"按此词虽佳，不如金海陵炀王在汴京作〔鹊桥仙〕词云："停杯不举，停歌不发，等候银蟾出海。是谁遮定水晶宫，作许大、通天障碍。　虬髭捻断，星眸睁裂，犹恨剑锋不快。一挥挥断采云根，要看嫦娥体态。"似更雄快可喜。读其词其凶焰可见。

《万历野获编》卷一

5. 沈际飞：

古峭。"惊问"字妙得娇懒况。（评〔昭君怨〕"昨日樵村渔浦"）

《草堂诗余四集》

6. 徐士俊：

霸气逼人。（评〔鹊桥仙〕《中秋待月不至》）

《古今词统》卷八

7. 潘游龙：

亮颇知书，好为诗词，出语辄崛强铮铮，似不为人下。及得志，将图南牧，有"立马吴山第一峰"句。作此词年余，竟遂前谋。（评〔鹊桥仙〕《中秋待月不至》）

《精选古今诗余醉》卷一

8. 《艺苑雌黄》：

金主亮《待月》〔鹊桥仙〕"停杯不举"一阕，俚而实豪。其《咏雪》〔昭君怨〕云："昨日樵村渔浦。今日琼川银渚。山色卷帘看。老峰峦。　锦帐美人贪睡。不觉天孙剪水。惊问是杨花。是芦花。"是则诡而有致。

沈雄《古今词话·词话》下卷引

9. 徐釚：

尝中秋举杯待月不至，赋〔鹊桥仙〕云：“停杯不举，停歌不发，等候银蟾出海。不知何处片云来，做许大、通天障碍。 虬髯捻断，星眸睁裂，惟恨剑锋不快。一挥截断紫云腰，仔细看、嫦娥体态。”出语崛强，真是咄咄逼人。

《词苑丛谈》卷三

10. 张德瀛：

今观《桯史》及《艺苑雌黄》所载金主诸词，独具雄骜之概，非但其武功之足纪也。

《词徵》卷六

11. 吴梅：

完颜一朝……间有操倚声者，亦目为习诗余技，远非两宋可比也。综其传作言之，风雅之始，端推海陵，南征之作，豪迈无及。

《词学通论》第八章

完颜雍

完颜雍（1122—1189）本名乌禄。金太祖孙。初封葛王，海陵王时两任东京留守。正隆六年（1161）十月，在辽阳称帝，在位二十九年，推行文治，儒风盛行，为金朝极盛时期，号为“小尧舜”。年六十八卒。庙号世宗。《金史》卷六至卷八有本纪。存词〔减字木兰花〕一首。

1.《法苑春秋》：

金世宗赐玄悟玉禅师长短句云：“但能了净。万法因缘何足问。日月无为。十二时中更勿疑。　常须自在。识取从来无挂碍。佛佛心心。佛若休心也是尘。”玄悟答云：“无为无作。认着无为还是缚，照用同时。电卷星流已太迟。　非心非佛。唤作非心犹是佛。人境俱空。万象森罗一境中。”此〔减字木兰花〕也。世宗尝以手心书“非心非佛”字示禅师，故及之。

沈雄《古今词话·词话》下卷引

王寂

王寂（1128—1194）字元老，号拙轩，蓟州玉田（今河北玉田）人。天德三年（1151）进士。官至中都路转运使。明昌五年卒，年六十七，谥文肃。元好问《中州集》卷二有王寂小传。著有《拙轩集》，词存集中。有《拙轩词》一卷，存词三十五首。

1. 王初桐：

王寂《拙轩集》〔红袖扶〕一调，词谱所无，元遗山《中州乐府》亦不取寂词。

《小嫏嬛词话》卷三

2. 况周颐：

自六朝已还，文章有南北派之分，乃至书法亦然。姑以词论，金源之于南宋，时代正同，疆域之不同，人事为之耳，风会曷与焉？如辛幼安先在北，何尝不可南？如吴彦高先在南，何尝不可北？顾细审其词，南与北确乎有辨，其故何耶？或谓《中州乐府》选政操之遗山，皆取其近己者。然如王拙轩、李庄靖、段氏遁庵、菊轩，其词不入元选，而其格调气息，以视元选诸词，亦复如骖之靳，则又何说？南宋佳词能浑，至金源佳词近刚方。宋词深致能入骨，如清真、梦窗是。金词清劲能树骨，如萧闲、遁庵是。南人得江山之秀，北人以冰霜为清。南或失之绮靡，近于雕文刻镂之技。北或失之荒率，无解深裘大马之讥。善读者抉择其精华，能知其并皆佳妙。而其佳妙之所以然，不难于合勘，而难于分观。往往能知之而难于明言之。然而宋金之词之不同，固显而易见者也。

《蕙风词话》卷三

3．梁启勋：

金在宋元之间，其中不乏文学知名，试读元遗山、韩温甫、李钦叔、蔡伯坚、王拙轩、李庄靖及段氏弟兄诚之、复之诸人之集，则词曲递嬗之消息，未尝不可寻。

《曼殊室随笔·词论》九

4.《续修四库全书总目提要》：

词境高厚，句深字警。〔鹧鸪天〕云："秋后亭皋木叶稀。霜前关塞雁南归。晓云散去山腰瘦，宿雨来时水面肥。　吾老矣，久忘机。沙鸥相对不惊飞。柳溪父老应怜我，荒却溪南旧钓矶。"又〔一剪梅〕《蔡州作》，盖在世宗大定二年出守蔡州时也。词云："悬瓠城高百尺楼。荒烟村落，疏雨汀洲。天涯南去更无州。坐看儿童，蛮语吴讴。　过尽宾鸿过尽秋。归期杳杳，归计悠悠。阑干凭遍不胜愁。汝水多情，却解东流。"并造语精炼，具见气魄可与遗山抗衡矣。

《拙轩词一卷提要》

耶律履

耶律履（1131—1191）字履道，号忘言居士，契丹族人。耶律倍七世孙，耶律楚材之父。家广宁（今辽宁北镇县）。以荫入仕，特赐进士及第，官至礼部尚书。明昌二年卒，年六十一，谥文献。《金史》卷九十五有传。著有《文献公集》，有《耶律文献公词》一卷，存词三首。

1.《续修四库全书总目提要》：

是编自《永乐大典》辑出，〔虞美人〕、〔朝中措〕、〔念奴娇〕三阕，〔念奴娇〕一词，颇精炼，〔虞美人〕云：“水收霜落云中早。群雁云中道。夜来明月过西山。料得水边石上不胜寒。　黄尘堆里人相看。未惯云林眼。当年曾说探崆峒。怕有黄庭消息寄西风。”又觉清新婉雅。盖履非以词名，偶一为之，无所宗法也。

《耶律文献公词一卷提要》

蔡珪

蔡珪（？—1174）字正甫，真定（今河北正定）人。蔡松年子。金海陵王天德三年（1151）进士。历澄州军事判官、三河主簿。召为翰林修撰、同知制诰，改户部员外郎兼太常丞。大定十四年（1174），由礼部郎中出守潍州，道卒。《金史》卷一百二十五附传蔡松年。存词〔江城子〕一首。

1.《金源文派》：

乐府推吴彦高、蔡伯坚为“吴蔡体”。萧真卿曰：“皆宋儒也，不当于金源文派列之。当断自蔡正甫为宗，党竹溪次之，赵闲闲又次之。余倡此论，一时无异议云。”

沈雄《古今词话·词话》下卷引

2.《竹坡丛话》：

伯坚丞相乐府多入选者，即名“吴蔡体”者是也。独推其“银屏小语，私分麝月，春心一点”，乃〔尉迟杯〕也。其子珪，字正甫，即萧真卿所谓“金源文派，断以蔡正甫为宗”者，《画眉曲》盛传于世。其乐府仅见一〔江城子〕，附萧闲公集后，何文人之词阙如也？

沈雄《古今词话·词话》下卷引

刘著

刘著（生卒年不详）字鹏南，晚号玉照老人。舒州皖城（今安徽潜山）人。政和、宣和年间（1111～1125），登进士第。入金，历仕州县。年六十余，始入翰林，充修撰。官终忻州刺史。《金史》无传，事见《中州集》卷二。存词〔鹧鸪天〕一首。

1. 陈廷焯：

客感凄凉，旅情如见凄艳之笔。（评〔鹧鸪天〕"雪照山城玉指寒"）

《云韶集》卷十一

2. 陈廷焯：

风流酸楚。（评〔鹧鸪天〕"雪照山城玉指寒"）

《词则·闲情集》卷二

赵可

赵可（生卒年不详）字献之，号玉峰散人。泽州高平（今山西高平）人。金海陵王贞元二年（1154）进士。世宗时为翰林修撰，迁翰林待制。官至翰林直学士。《金史》卷一百二十五有传。赵可博学多才，风流有文采。著有《玉峰闲情集》，已佚。周泳先《唐宋金元词钩沉》辑为《玉峰散人词》一卷，存词十一首。

1. 元好问：

风流有文采，诗、乐府皆传于世。

《中州集》卷二

2. 刘祁：

献之少轻俊，文章健捷，尤工乐章，有《玉峰闲情集》行于世。晚年奉使高丽。高丽故事，上国使来，馆中有侍妓，献之作〔望海潮〕以赠，为世所传。其词云："云垂余发，霞拖广袂，人间自有飞琼。三馆俊游，百衔高选，翩翩老阮才名。银汉会双星。尚相看脉脉，似隔盈盈。醉玉添春，梦魂同夜惜卿卿。　离觞草草同倾。记灵犀旧曲，晓枕余酲。海外九州，邮亭一别，此生未卜他生。江上数峰青。怅断云残雨，不见高城。二月辽阳芳草，千里路旁情。"归而下世，人以为"此生未卜他生"之谶云。先是蔡丞相伯坚以尝奉使高丽，为馆妓赋〔石州慢〕云："云海蓬莱，风雾鬟鬟，不假梳掠。仙衣卷尽云霓，方见宫腰纤弱。心期得处，世间言语非真，海犀一点通寥廓。无物比情浓，与无情相搏。　离索。晓来一枕余香，酒病赖花医却。滟滟金尊，收拾新愁重酌。半帆云影，载得无际关山，梦魂应被杨花觉。梅子雨丝丝，满江干楼阁。"二词至今人不能优劣。余谓萧闲之浑厚，玉峰之峭拔，皆可人。然蔡之"仙衣卷尽霓裳，方见宫腰纤弱"与赵之"惜卿卿”皆不免为人疵议之矣。

《归潜志》卷十

3. 脱脱：

其歌诗、乐府尤工，号《玉峰散人集》。

《金史》卷一百二十五

4. 胡应麟：

赵可字献之，高平人。诗歌、乐府尤工，号玉峰山人，有集。

《诗薮·杂编》卷六

5. 吴梅：

可少轻俊，尤工乐章，有《玉峰集》行世。晚年奉使高丽，故事，上国使至馆中，例有侍伎。献之作〔望海潮〕以赠，为世所传诵，与蔡伯坚后先辉映。惟蔡之“宫腰纤弱”与赵之“离觞草草”皆不免为人疵议也。

《词学通论》第八章

6. 周泳先：

《归潜志》卷十云：献之少轻俊，文章健捷，尤工乐章，有《玉峰闲情集》行于世。《中州集》选可诗仅三首，而录乐府多至十首，又称可“风流有文采，诗、乐府皆传于世”，知可固以乐府见长也。

《唐宋金元词钩沈·总目》

邓千江

邓千江(生卒年不详),千江临洮(今甘肃临洮)人。刘祁《归潜志》卷四载为金初人。存词〔望海潮〕《上兰州守》(题一作《献张六太尉》)一首。

1. 燕公楠:

近世所谓大乐:苏小小〔蝶恋花〕,邓千江〔望海潮〕,苏东坡〔念奴娇〕,辛稼轩〔摸鱼子〕,晏叔原〔鹧鸪天〕,柳耆卿〔雨霖铃〕,吴彦高〔春草碧〕,朱淑真〔生查子〕,蔡伯坚〔石州慢〕,张三影〔天仙子〕也。

《阳春白雪》卷一

2. 陶宗仪:

近世所谓大曲,在金则吴彦高〔春草碧〕、蔡伯坚〔石州慢〕、元遗山〔买陂塘〕、邓千江〔望海潮〕,堪与苏子瞻〔念奴娇〕、辛幼安〔摸鱼儿〕相颉颃。

《历代词话》卷九引

3. 杨慎:

金人乐府称邓千江〔望海潮〕为第一。其词云:"云雷天堑,金汤地险,名藩自古皋兰。营屯绣错,山形米聚,喉襟百二秦关。鏖战血犹殷。见阵云冷落,时有雕盘。静塞楼头,晓月依旧玉弓弯。　看看定远西还。有元戎阃令,上将斋坛。区脱昼空,兜零夕举,甘泉又报平安。吹笛虎牙间。且宴陪珠履,歌按云鬟。来招英灵醉魄,长绕贺兰山。"此词全步骤沈公述《上王君贶》一首,今录于此:"山光凝翠,川容如画,名都自古并州。箫鼓沸天,弓刀似水,连营百万貔貅。金骑走长楸。少年人,一一锦带吴钩。路入榆关,雁飞汾水正宜秋。　近思昔日风流。有儒将醉吟,才子狂游。松偃旧亭，城高故国，空留舞榭歌楼。方面倚贤侯。便恐为霖雨，归去难留。好向西溪，恣携弦管宴兰舟。”然千江之词，繁缛雄壮，何啻十倍过之，不止出蓝而已。

《词品》卷五

4. 沈际飞：

全步骤沈公述“山水凝翠”一调，而繁缛雄壮十倍过之。金人乐府称千江第一，小词盛时不限夷身也。（评〔望海潮〕“云雷天堑”）

《草堂诗余四集》

5. 徐士俊：

金人乐府，称千江第一。小词盛时，不限夷夏也。（评〔望海潮〕“云雷天堑”）

《古今词统》卷十五

6. 谢章铤：

曲海词山，千生万熟，而揾簪擿落，知者无人与之言。邓千江〔望海潮〕、蔡伯坚〔石州慢〕瞠然而已。

《赌棋山庄词话》续编五

7. 陈廷焯：

瑰伟雄肆，宜为世所重。一结淋漓悲壮。（评〔望海潮〕“云雷天堑”）

《词则·放歌集》卷三

8. 吴梅：

邓千江〔望海潮〕一首，在当时负盛名，元人且以之入大曲，实则寻常语耳，尚不如龙洲上郭殿帅之〔沁园春〕也。

《词学通论》第八章

冯子翼

冯子翼（生卒年不详）字士美，定州（今内蒙古宁城）人。金海陵王正隆二年（1157）进士。以同知临海军节度使致仕，居真定（今河北正定）。《金史》无传，事见《中州集》卷二。冯子翼性刚果，与世多忤，仕途无进益。存词〔江城子〕一首。

1. 况周颐：

冯士美〔江城子〕换头云："清歌皓齿艳明眸。锦缠头。若为酬。门外三更，灯影立骅骝。""门外"句与姜石帚"笼纱未出马先嘶"意境略同。"骅骝"字近方重，如词不易和色。冯句云云，乃适形其俊。可知字无不可用，在乎善用之耳。其过拍云："月下香云娇堕砌，花气重、酒光浮。"亦艳绝、清绝。

《蕙风词话》卷三

刘仲尹

刘仲尹（1138—？）字致君，号龙山，盖州（今辽宁盖县）人，后徙沃州（今河北赵县）。金海陵王正隆二年（1157）进士。为潞州节度副使，都水监丞。《金史》无传。事见《中州集》卷三、《金诗纪事》卷五。刘仲尹家世豪富，而能折节读书，著有《龙山集》，不传。存词十一首。

1. 元好问：

诗、乐府具有蕴藉，有《龙山集》。尝于其外孙钦叔处见之，参涪翁而得其法者也。

《中州集》卷三

2.《词统》：

仲伊字致君，少擢第，终节度副使。《龙山词》，盖参涪翁而得法者。《草堂》中与刘迎词同入选。

沈雄《古今词话·词评》下卷引

3. 许昂霄：

“罗敷”二句，翻用《陌上桑》古辞。（评〔琴调相思引〕）

《词综偶评》

4. 陈廷焯：

秀丽可人，不减陈子高。句妙在婉款。（评〔浣溪沙〕“绣馆人人倦踏青”）

风流绝世。和雅之极。（评〔琴调相思引〕“蚕欲眠时日已曛”）

《云韶集》卷十一

5. 陈廷焯：

婉丽不减陈子高。（评〔浣溪沙〕“绣馆人人倦踏青”）

天然情态。下半阕一味敷衍，了无一味。（评〔琴调相思引〕

“蚕欲眠时日已曛”)

《词则·闲情集》卷二

6. 况周颐：

清姒学作小令，未能入格。幡帋《中州乐府》，得刘仲尹“柔桑叶大绿团云”句，谓余曰：只一“大”字，写出桑之精神，有它字以易之否？斯语其庶几乎略知用字之法。

元遗山为刘龙山仲尹撰小传云：“诗、乐府俱有蕴藉，参涪翁而得法者也。”蒙则以谓学涪翁而意境稍变者也。尝以林木佳胜比之。涪翁信能郁苍耸秀，其不甚经意处，亦复老干杈枒，第无丑枝，斯其所以为涪翁耳。龙山苍秀，庶几近似。设令为杈枒，必不逮远甚。或带烟月而益韵，托雨露而成润，意境可以稍变，然而乌可等量齐观也？

《蕙风词话》卷三

刘迎

刘迎（？—1181 年以后）字无党，自号无诤居士，东莱（今山东莱州）人。初以荫试部掾。大定十三年（1173），以荐对策第一。次年登进士第，除豳王府记室，改太子司经。大定二十年（1180）从驾凉陉，以疾卒。《金史》无传。事见《中州集》卷三。刘迎有诗名，所著诗文乐府名《山林长语》，章宗时曾诏国学刊行，今不传。存词四首。

1.《词统》：

刘仲伊《龙山词》，盖参涪翁而得法者。《草堂》中与刘迎词并入选，皆明昌词人也。

《历代词话》卷九引

2. 贺裳：

元遗山集金人词为《中州乐府》，颇多深裘大马之风，惟刘迎〔乌夜啼〕最佳：“离恨远萦杨柳，梦魂长绕梨花。青衫记得章台月，归路玉鞭斜。　翠镜啼痕印袖，红墙醉墨笼纱。相逢不尽平生事，春思入琵琶。”余观谢无逸〔南柯子〕后半云：“金鸭香凝袖，铜荷烛影纱。凤蟠宫锦小屏遮。夜静寒生春笋，理琵琶。”风调仿佛相同。才人之见，殆无分于南北也。

《皱水轩词筌》

3. 陈廷焯：

清丽。呜咽缠绵，小山之匹也。（评〔乌夜啼〕“菱鉴玉篦秋月”）

《云韶集》卷十一

4. 况周颐：

刘无党〔乌夜啼〕歇拍云：“离愁分付残春雨，花外泣黄昏。”

此等句虽名家之作，亦不可学，嫌近纤、近衰飒。其过拍云："宿酲人困屏山梦，烟树小江村。"庶几运实入虚，巧不伤格。曩半塘老人〔南乡子〕云："画里屏山多少路。青青。一片烟芜是去程。"意境与刘词略同。刘清劲，王绵邈。

刘无党〔锦堂春〕《西湖》云："墙角含霜树静，楼头作雪云垂。""静"字、"垂"字，得含霜作雪之神。此实字呼应法，初学最宜留意。

《蕙风词话》卷三

董解元

董解元（约1190年前后在世）名字、爵里无考，据《辍耕录》定为金章宗时人。其称解元，非科举之名，实为金元士人之普遍称谓。所著《西厢记诸宫调》，为今存唯一完整之诸宫调作品，世称董西厢。亦工于词，〔哨遍〕一首有名于时。

1. 况周颐：

柳屯田《乐章集》，为词家正体之一，又为金元已还乐语所自出。金董解元《西厢记》，搊弹体传奇也。时论其品，如“朱汗碧蹄，神采骏逸”。董有〔哨遍〕词云：“太皞司春，春工着意，和气生旸谷。十里芳菲，尽东风丝丝，柳搓金缕。渐次第，桃红杏浅，水绿山青，春涨生烟渚。九十日光阴能几，早鸣鸠呼妇，乳燕携雏。乱红满地任风吹，飞絮蒙空有谁主。春色三分，半入池塘，半随尘土。　　满地榆钱，算来难买春光住。初夏永、董风池馆，有藤床冰簟纱橱。日转午。脱巾散发，沉李浮瓜，宝扇摇纨素。着甚消磨永日。有扫愁竹叶，侍寝青奴。霎时微雨送新凉，些少金风退残暑。韶华早、暗中归去。”此词连情发藻，妥帖易施，体格于乐章为近。明胡元瑞《笔丛》称董《西厢记》精工巧丽，备极才情。盖笔能展拓，则推演为如干字何难矣。自昔诗、词、曲之递变，大都随风会为转移。词曲之为体，诚迥乎不同。董为此曲初祖，而其所为词，于屯田有沆瀣之合。曲由词出，渊源斯在。董词仅见《花草粹编》，它书概未之载。《粹编》之所以可贵，以其多载昔贤不经见之作也。

《蕙风词话》卷三

周昂

周昂（？—1211）字德卿，真定（今河北正定）人。年二十一中进士，为南和主簿，迁良乡令。入拜监察御史。以诗涉谤讪，谪十余年。后以边功召还。金卫绍王大安三年（1211），蒙古南攻，死于难。其甥王若虚学于周。著有《常山集》，已散佚。《中州集》卷四录其诗一百首。

1. 元好问：

作诗喜简澹，乐府尤温丽，最长于义理之学。

《中州集》卷四

党怀英

党怀英（1134—1211）字世杰，号竹溪，原籍同州冯诩（今陕西大荔），徙家奉符（今山东泰安）。少与辛弃疾同师刘瞻。金世宗大定十年（1170）进士。调莒州军事判官，入为史馆编修，授应奉翰林文字。官至翰林学士承旨。曾出使南宋。大安三年卒于家，年七十八。谥文献。《金史》卷一百二十五有传。党怀英为政宽简，以诗翰名世。著有《竹溪集》，已佚。存词五首。

1. 杨慎：

党怀英《茶词》："红莎绿蒻春风饼，趁梅驿，来云岭。"金国明昌、大定时，文物已埒中国，而制茶之精如此。

《词品》卷二

2. 《金源文派》：

乐府推吴彦高、蔡伯坚为"吴蔡体"。萧真卿曰："皆宋儒也，不当于金源文派列之。当断自蔡正甫为宗，党竹溪次之，赵闲闲又次之。余倡此论，一时无异议云。"

沈雄《古今词话·词话》卷下引

3. 徐釚：

党尝作〔青玉案〕《咏茶》云："红莎绿箬春风饼。趁梅驿、来云岭。紫桂岩空琼窦冷。佳人却恨，等闲分破，缥缈双鸾影。　一瓯月露心魂醒。更送清歌助清兴。痛饮休辞今夜永。与君洗尽，满襟烦暑，别作高寒境。"与黄鲁直"口不能言，心下快活"，雅俗自觉霄壤。

《词苑丛谈》卷三

4. 陈廷焯：

凄艳。天上一年亦如人间一朝暮耳，语甚精妙，前人七夕词未有能过之者。（评〔感皇恩〕“一叶下梧桐”）

《云韶集》卷十一

5. 陈廷焯：

精警特绝。（评〔感皇恩〕“一叶下梧桐”）

《词则·别调集》卷三

6. 况周颐：

辛、党二家，并有骨干。辛凝劲，党疏秀。

党承旨〔青玉案〕云：“痛饮休辞今夕永。与君洗尽，满襟烦暑，别作高寒境。”以松秀之笔，达清劲之气，倚声家精诣也。“松”字最不易做到。

〔月上海棠〕《用前人韵》，后段云：“断霞鱼尾明秋水。带三两、飞鸿点烟际。疏林飒秋声，似知人、倦游无味。家何处，落日西山紫翠。”融情景中，旨淡而远，迂倪画笔，庶几似之。

〔鹧鸪天〕云：“开帘飞入窥窗月，且画新凉睡美休。”潇洒疏俊极矣。尤妙在上句“窥窗”二字。窥窗之月，先已有情。用此二字，便曲折而意多。意之曲折，由字里生出，不同矫揉钩致，不堕尖纤之失。

《蕙风词话》卷三

王庭筠

王庭筠（1151—1202）字子端，自号黄华山主，又称黄华老人，盖州熊岳（今辽宁盖县）人。金世宗大定十六年（1176）进士，历仕州县。章宗朝，召入馆阁，为翰林修撰，因事解职。卜居天平黄华（今河南林县）。晚年起复，再入翰苑。泰和二年卒，年五十二。《金史》卷一百二十六有传。王庭筠文采风流，早有诗名，工书善画，学米芾、文同。著有《黄华集》七卷。存词十二首。

1. 陈廷焯：

颇似飞卿手笔。凄切悲凉。（评〔诉衷情〕“夜凉清露滴梧桐”）

此亭亦阅人多矣。何等感慨。情景俱胜。（评〔蝶恋花〕“衰柳疏疏苔满地”）

《云韶集》卷十一

2. 况周颐：

金源人词伉爽清疏，自成格调。唯王黄华小令，间涉幽峭之笔、绵邈之音。〔谒金门〕后段云：“瘦雪一痕墙角。青子已妆残萼。不道枝头无可落。东风犹作恶。”歇拍二句，似乎说尽“东风犹作恶”，就花与风之各一面言之，仍犹各有不尽之意。“瘦雪”字新。

《蕙风词话》卷三

许古

许古（1157—1230）字道真，河间（今河北河间） 人。金章宗明昌五年（1194）进士。宣宗朝，自左拾遗拜监察御史，以直言极谏得罪，两度削秩。哀宗立，召为补阙，迁右司谏。致仕，居伊阳（今河南嵩县)。正大七年卒，年七十四。《金史》卷一百零九有传。许古以直言敢谏为时人所称。有诗词传世。存词二首。

1.《词苑》：

金许道真性嗜酒，每乘舟出，村落间留饮，或十数日不归。及溯流而上，老稚奔走，争为之挽舟，数十里不绝。尝赋〔眼儿媚〕词曰:“浊醪笃得玉为浆。风韵带橙香。持杯笑道，鹅黄似酒，酒似鹅黄。　世缘老矣不思量。沉醉又何妨。临风对月，山歌野调，尽我疏狂。”

《词苑萃编》卷十五引

2. 况周颐：

“春山淡冶而如笑，夏山苍翠而如滴，秋山明净而如妆，冬山惨淡而如睡。”宋画院郭熙语也。金许古〔行香子〕过拍云:“夜山低，晴山近，晓山高。”郭能写山之貌，许尤传山之神。非入山甚深，知山之真者，未易道得。

许道真〔眼儿媚〕云:“持杯笑道，鹅黄似酒，酒似鹅黄。”此等句，看似有风趣，其实绝空浅，即俗所谓打油腔，最不可学。

《蕙风词话》卷三

赵秉文

赵秉文（1159—1232）字周臣，号闲闲居士，磁州滏阳（今河北磁县）人。金世宗大定二十五年（1185）进士。明昌中，授应奉翰林文字，坐讥讪免官。寻起用。泰和二年（1202），改户部主事，翰林修撰。累官至翰林侍读学士、礼部尚书。封天水郡侯。开兴元年卒，年七十四。《金史》卷一百一十有传。赵秉文仕五朝，官六卿；主盟文坛三十年。其文出于义理之学，长于辨析；其诗体格多样，功力深厚；其画有魏晋风调，草书尤惊绝。《金史》赞其“金士巨擘”，不虚言也。著有《闲闲老人滏水文集》二十卷。周泳先《唐宋金元词钩沉》辑其词，题为《滏水词》，存词十首。

1. 元好问：

夏口之战，古今喜称道之。东坡《赤壁词》，殆戏以周郎自况也，词才百许字，而江山人物，无复余蕴，宜其为乐府绝唱。闲闲公乃以仙语追和之，非特词气放逸，绝去翰墨畦径，其字画亦无愧也。

《题闲闲书赤壁赋后》（《遗山先生文集》卷四十）

2. 《金源文派》：

乐府推吴彦高、蔡伯坚为“吴蔡体”。萧真卿曰：“皆宋儒也，不当于金源文派列之。当断自蔡正甫为宗，党竹溪次之，赵闲闲又次之。余倡此论，一时无异议云。”

沈雄《古今词话·词话》下卷引

3. 徐釚：

善书法，有词藻。尝见擘窠书自作《和东坡赤壁词》，雄壮震动，有渴骥怒猊之势。元好问为之题跋。而词亦壮伟不羁，视“大江东去”信在伯仲间，可谓词翰两绝者。词曰：“清光一片，问苍苍桂影，其中何物。一叶轻舟波万顷，四顾粘天无壁。叩枻长歌，姮娥欲下，万里挥冰雪。京尘十丈，可能容此人杰。　　回首赤壁矶边，骑鲸人去，几度山花发。澹澹长空千古梦，只有归鸿明灭。我欲乘云，从公归去，散此麒麟发。三山安在，玉箫吹断明月。”

《词苑丛谈》卷四

4. 许田：

金词如赵闲闲、元遗山、蔡伯坚，元词如虞道园、萨天锡、张蜕岩，俱卓然名家，为一代眉目。自唐迄元，词学之盛止矣。作者持择去取，务得性情之正，气运升降之说，尚属郛廓也。

《屏山词话》

5. 陈廷焯：

笔致洒落可喜。笔致疏散，风雅之致。（评〔青杏儿〕“风雨替花愁”）

《云韶集》卷十一

6. 况周颐：

闲闲之作（按：指〔青杏儿〕“风雨替花愁”），无复笔墨痕迹可寻矣。

《惠风词话》卷三

7. 陈声聪：

金之亡，犹有元遗山、赵闲闲；元之入主，犹有赵子昂、萨都剌诸人，足以扶持大雅，至明则真无词矣。朱元璋杀戮太甚，书种欲尽，元气一衰，后终难振。二百余年之天下，所为词，舍诚意伯、高青邱一二人外，皆《花间》、《草堂》之残渣余沥耳。

《读词枝语》之六十八

完颜璟

完颜璟（1168—1208）小字麻达葛，以生于金莲川麻达葛山命名。金世宗孙，完颜允恭子。大定二十五年（1185）封原王。次年拜尚书右丞相，立为皇太孙。二十九年（1189）世宗卒，即帝位。在位十九年，年四十一卒。庙号章宗。《金史》卷九至卷十二有本纪。完颜璟雅尚汉文化，在位期间，定礼乐，修刑法，改官制，更科举，建孔庙。善书法，知音律，能诗歌。存词二首。

1. 刘祁：

章宗天资聪悟，诗词多有可称者。

《归潜志》卷一

2.《归潜志》：

金章宗喜文学，善书画。宋徽宗以苏合油烟为墨，章购得之，一两价黄金一斤。有《题扇》〔蝶恋花〕词云："几股湘江龙骨瘦。巧样翻腾，叠作湘波皱。金镂小钿花草斗。翠条更结同心扣。　金殿珠帘闲永昼。一握清风，暂喜怀中透。忽听传宣须急奏。轻轻褪入香罗袖。"又有《擘橙为软金杯》者，赋〔生查子〕词云："风流紫府郎，痛饮乌纱岸。柔软九回肠，冷怯玻璃盏。　纤纤白玉葱，分破黄金弹。借取洞庭春，飞上桃花面。"亦南唐李氏父子之流也。

《词苑丛谈》卷三引

3. 况周颐：

曩撰《词话》有云："真字是词骨，情真、景真，所作必佳。"金章宗《咏聚骨扇》云："忽听传宣须急奏，轻轻褪入香罗袖。"此咏物兼赋事，写出廷臣入对时情景。确是咏聚骨扇，确是章宗咏聚骨扇。它题、它人，挪移不得，所以为佳。

《餐樱庑词话》

4. 吴梅：

章宗颖悟，亦多题咏，《聚骨扇》词，一时绝唱。

《金史》称帝“天资聪悟”。《归潜志》亦云诗词多有可称者，并纪其《宫中绝句》、《命翰林待制朱澜侍夜饮》诗、《擘橙为软金杯》词，皆清逸可诵，要未若《聚骨扇》词之盛也……虽为赋物，而雅炼不苟，自来宸翰，率多俚鄙，似此寡矣。

《词学通论》第八章

完颜璹

完颜璹（1172—1232）本名寿孙，字仲实，一字子瑜，号樗轩老人。金世宗孙，越王完颜永功长子。天资雅重，薄于世味，累封密国公。金室南迁后，防忌同宗，完颜璹家居以讲诵吟咏为乐，与赵秉文、元好问等相互唱和。天兴元年（1232）蒙古军攻金都汴梁，围城中以疾卒，年六十一。《金史》卷八十五附传永功。完颜璹博学喜为诗，平生诗文甚多，晚年自刊其诗三百首，乐府一百首，号《如庵小稿》。《千顷堂书目》著录为六卷，今不传。诗词赖《中州集》以传。周泳先《唐宋金元词钩沉》辑为《如庵小稿》一卷，存词九首。

1. 元好问：

乐府云："梦到凤凰台上，山围故国周遭。"又云："咫尺又还，秋也不成，长似云闲。"识者闻而悲之。予窃谓古今爱作诗者，特晋人之自放于酒耳。吟咏性情，流连光景，自当为缓忧之一物，在公则又以之遁世无闷、独立而不惧者也。

《如庵诗文叙》（《遗山先生文集》卷十三）

2. 蔡正甫：

密公子瑜，宗室中第一流人物。小词可歌，非比南宋之又伧气。

沈雄《古今词话·词评》下卷引

3.《金史》：

璹字子瑜，完颜宗室。明昌诸王，禁不得与外交，故得穷日力于书。越王薨，文士亦时至其门，藏书与中秘等，其〔临江仙〕、〔青玉案〕，可歌也。见《如庵小稿》。

沈雄《古今词话·词评》下卷引

4. 陈廷焯：

清绝、高绝。不必深刻，自有韵味。（评〔青玉案〕“冻云封却驼冈路”）

《云韶集》卷十一

5. 况周颐：

密国公璹词，《中州乐府》著录七首。姜、史、辛、刘两派，兼而有之。〔春草碧〕云：“旧梦回首何堪，故苑春光又陈迹。落尽后庭花，春草碧。”〔青玉案〕云：“梦里疏香风似度。觉来唯见，一窗凉月，瘦影无寻处。”并皆幽秀可诵。〔临江仙〕云：“薰风楼阁夕阳多。倚阑凝思久，渔笛起烟波。”淡淡着笔，言外却有无限感怆。

《蕙风词话》卷三

6. 吴梅：

密国公璹，才调尤富。《如庵小稿》，存词百首。

宣宗南渡，防其同宗，亲王皆有门禁。公以开府仪同三司，奉朝请家居，止以讲诵吟咏为乐，潜与士大夫唱酬，然不敢彰露，其遭遇亦有可悲者。观其〔西江月〕云：“一百八般佛事，二十四考中书。上林朝事等区区，著甚由来自苦。”〔西江月〕云：“醉向繁台台上问，满川细柳新荷。”及此词“谷变陵迁古又今”，盖心中有难言之隐也。

《词学通论》第八章

冯延登

冯延登（1175—1232）字子骏，号横溪翁。吉州（今山西吉安）人。金章宗承安二年（1197）进士，历仕州县。兴定五年（1221）入为国史院编修官，迁翰林修撰。正大八年（1231）出使蒙古军，抗节不屈，羁留二年乃还。天兴初授礼部侍郎，权刑部尚书。天兴二年（1233）京城陷，投井死，年五十八。《金史》卷一百二十四有传。冯延登勤于吏事，笃于学问。诗师从赵秉文，有法度。著有《横溪翁集》，不传。存词〔玉楼春〕一首。

1.《中州乐府》：

正大末，冯子骏奉命北使，见留不屈，割须髯，羁管丰州，二年乃还。天兴初，京城陷，投井死。劲骨正气，可与洪忠宣、文信国并传。其所作〔玉楼春〕、〔临江仙〕诸词，亦不减“天涯池馆，雨过霞明”之句也。

《历代词话》卷九引

李俊民

李俊民（1176—1260）字用章，号鹤鸣道人。泽州晋城（今山西晋城）人。少习二程理学，承安五年（1200）以经义举进士第一，授应奉翰林文字。未几弃官，教授乡里。贞祐二年(1214)南迁后，隐居嵩山，徙怀州（今河南沁阳），复隐于西山（即首阳山，在河南堰师西北）。金亡，元世祖忽必烈召，延访无虚日，遽乞还山。中统元年卒，年八十五。谥庄靖先生。《元史》卷一百五十八附传窦默。著有《庄靖先生遗集》十卷，词存集中。朱祖谋裁其词，题为《庄靖先生乐府》，一卷，存词六十九首。

1. 陈廷焯：

庄靖词有骨有韵，自是高手。

起笔古朴得妙。洒脱有致。笔致翻飞，姿态有余。（评〔摸鱼儿〕“这光景”）

清丽而凄咽，近草窗。字字是快字，句句是快句，却是一片血泪。此则并无快字，一往痛苦矣。（评〔满江红〕“宿酒才醒”）

简炼。无穷感慨。（评〔点绛唇〕“秋树风高”）

《云韶集》卷十一

2. 况周颐：

自六朝已还，文章有南北派之分，乃至书法亦然。姑以词论，金源之于南宋，时代正同，疆域之不同，人事为之耳，风会曷与焉？如辛幼安先在北，何尝不可南？如吴彦高先在南，何尝不可北？顾细审其词，南与北确乎有辨，其故何耶？或谓《中州乐府》选政操之遗山，皆取其近己者。然如王拙轩、李庄靖、段氏遁庵、菊轩，其词不入元选，而其格调气息，以视元选诸词，亦复如骖之靳，则又何说？南宋佳词能浑，至金源佳词近刚方。宋词深致能入骨，如清真、梦窗是。金词清劲能树骨，如萧闲、遁庵是。南人得江山之秀，北人以冰霜为清。南或失之绮靡，近于雕文刻镂之技。北或失之荒率，无解深裘大马之讥。善读者抉择其精华，能知其并皆佳妙。而其佳妙之所以然，不难于合勘，而难于分观。往往能知之而难于明言之。然而宋金之词之不同，固显而易见者也。（卷三）

金李用章庄靖先生乐府，〔谒金门〕序云："西斋得梅数枝，色香可爱，一日为泽倅崔仲明窃去，感叹不已，因赋此调十二章，以写怅望之怀。"直书窃梅人之官位姓字，此序奇绝亦韵绝。其十二章之目曰：《寄梅》、《探梅》、《赋梅》、《叹梅》、《慰梅》、《赏梅》、《画梅》、《戴梅》、《别梅》、《望梅》、《忆梅》、《梦梅》，细审一一，却无言外寄托，只是为梅花作，抑何缠绵郑重乃尔。其《寄梅》歇拍云："为问花闲能赋客，如何心似铁。"亦悱恻，亦蕴藉，直使窃梅人无辞自解免。其后有〔太常引〕《同知崔仲明生日》云："太行千里政声扬。同何处、是黄堂。遗爱几时忘。试听取、人歌召棠。　锦衣年少，插花跃马，休负好风光。三万六千场。但暮暮、朝朝醉乡。"召棠遗爱，于插花年少得之。窃花人幸复不恶，不失其为花间能赋，赖此阕为之解嘲。

李庄靖〔谒金门〕云："万里无云天绀滑。一轮光皎洁。""绀滑"二字，未经前人用过，较"雨过天青云破处"，尤为妙于形容。（《续编》卷一）

《蕙风词话》

3. 梁启勋：

金在宋元之间，其中不乏文学知名，试读元遗山、韩温甫、李钦叔、蔡伯坚、王拙轩、李庄靖及段氏弟兄诚之、复之诸人之集，则词曲递嬗之消息，未尝不可寻。

金之初叶，泽州李俊民，字用章，有《庄靖先生乐府》一卷，词品颇似遗山。中有〔谒金门〕十二阕，题曰："西斋得梅数枝，色香可爱，一日为泽倅崔仲明窃去，感叹不已，赋〔谒金门〕十二章以写怅望之怀。”曰《寄梅》、《探梅》、《赋梅》、《叹梅》、《慰梅》、《赏梅》、《画梅》、《戴梅》、《别梅》、《望梅》、《忆梅》、《梦梅》，凡十二首。《红楼梦》作者或亦尝见《庄靖乐府》。

《曼殊室随笔·词论》九

4.《续修四库全书总目提要》：

俊民人品甚高，其〔谒金门〕《咏梅》十二首，颇示己志。《别梅》下段云：“今夜云窗雾阁，明夜烟村水郭，纸帐天寒人寂寞。梦回闻雪落。”用意深厚，措语圆融，惜其全书之中，寿词太多耳。

《庄靖先生乐府提要》

辛愿

辛愿（?—1231）字敬之，自号女几野人，又号溪南诗老。福昌（今河南宜阳）人。世务农，年二十五，始知读书，由是博览群书，精于《春秋三传》，杜诗韩文，爱不释手。后为高庭玉事被诬。卒于正大末。《金史》卷一百二十七有传。辛愿性野逸，不从俗。诗律深严而有自得之趣，影响一代风气，深得元好问推重，但所作多散佚。存词〔临江仙〕一首。

1. 吴梅：

此词（〔临江仙〕）“虎头功名，蓬瀛联袂”之句，是亦非忘情仕宦者。惟中年为人连诬，遂无远志耳。

《词学通论》第八章

景覃

景覃（生卒年不详）字伯仁，自号渭滨野叟。华阴（今陕西华县）人。年十八，有赋声。大定初，三赴进士试，皆落第。后因病不就举，隐居以种树为业。博览群书，至老不废。卒年七十。《金史》无传，事见《中州集》卷七。诗作有功力，《千顷堂书目》卷二十九著录有《渭滨野叟集》，今散佚。存词三首。

1. 元好问：

作诗有功，乐府亦可传。

《中州集》卷七

2. 陈廷焯：

“抢”字妙。近竹坡。结二语高超。（评〔凤栖梧〕“倦客情悰纷似缕”）

《云韶集》卷十一

3. 况周颐：

唐张祜《赠内人》诗：“斜拔玉钗镫影畔，剔开红焰救飞蛾。”后人评此以谓慧心仁术。金景覃〔天香〕云：“闲阶土花碧润。缓芒鞋、恐伤蜗蚓。”与祜诗意同。填词以厚为要旨，此则小中见厚也。又〔凤栖梧〕歇拍云：“别有溪山容杖屦。等闲不许人知处。”意境清绝、高绝。忆余少作〔鹧鸪天〕，歇拍云：“茜窗愁对清无语，除却秋镫不许知。”以视景词，意略同，而境远逊，风骨亦未能骞举。

《蕙风词话》卷三

高宪

高宪（？—1213）字仲常，辽东（今辽宁辽阳）人。王庭筠甥。金章宗泰和三年（1203）进士。为博州防御判官。卫绍王崇庆元年十二月蒙古军破东京（今辽宁辽阳），死于兵间。《金史》无传，事见《中州集》卷五。高宪幼学于外家，故诗笔字画，有舅氏之风。存词二首。

1. 范梈：

前段四五数句，角里诸公，一时减色。（评〔贫也乐〕“六国扰”）

《词林纪事》卷二十引

2.《词统》：

王庭筠字子端，读书黄华山寺，好赋〔梅花引〕。高宪字仲常，庭筠之甥，有舅氏风。泰和三年举进士。亦好赋〔梅花引〕，后改名〔贫也乐〕。

沈雄《古今词话·词话》下卷引

3. 陈廷焯：

沧海桑田一转瞬耳，读此令人猛醒。图名图利，忙忙碌碌，着甚来由，倒不如贫居无事之为乐也。（评〔贫也乐〕“城下路”）

《云韶集》卷十一

4. 陈廷焯：

沧海桑田，令人猛醒。句法亦凝，近古乐府。（评〔贫也乐〕“城下路”）

《词则·放歌集》卷三

5. 陈廷焯：

金高仲常〔贫也乐〕云：“城下路。凄风露。今人犁田昔人墓。

岸头沙。带蒹葭。漫漫昔时，流水今人家。　　黄埃赤日长安道。倦客无浆马无草。开函关。闭函关。千古如何，不见一人闲。”章法句法，不古不今，亦不类乐府，词中别调也。

《白雨斋词话》卷六

王予可

王予可（?—1232）字南云，河东吉州（今江西吉安）人。少隶军籍。年三十许病后而狂，即能作诗文。贞祐二年（1214）南渡后，移居上蔡、遂平、郾城（今均属河南）间。开兴元年（1232），蒙古军下河南州府，有将领得之，欲挈北上，予可拒，不数日卒。《金史》卷一百二十七有传。王予可躯干雄伟，貌奇古，落魄嗜酒。下笔动辄数百言，无句读首尾，多六经中语及古文奇字，字画峭劲。存词三首。

1.《中州乐府》：

王予可南云，貌古躯伟。发狂嗜酒，诗词每多奇气。曾有句云："唾尖绒舌淡红酣。"即自戏曰："欲下犁舌狱邪？"《射虎》首句云："风色偃貂裘。"即阁笔曰："虎来矣。"李子迁《赠南云诗》云："石鼎夜联诗笔健，布囊春醉酒钱粗。"真实录也。尝赋〔长相思〕云："风暖时。雨晴时。熏褶罗衣人未归。蠑蛾愁欲飞。枕琼霞。锁窗纱。帘月楼空燕子家。春风扫落花。"都非寻常语。

《词苑丛谈》卷三引

2.《中州乐府》：

予可字南云，本军校子。南渡后平郾城，麻九畴知几、张珏伯玉与之游甚狎。年三十，病余能作诗文，与之纸辄书数百言，散漫无首尾，遇宋讳亦时时避之。询以故实，其应如响，稍有条贯，以诞幻语惑之。有见其赋《射虎》云："风色偃貂裘。"《宫词》云："翠雀啄晴苔。"《醉后》句云："一壶天地醒眠。"小乐府句云："吐尖绒舌淡红甜。"时李子迁赠云："石鼎夜聊春笔健，布囊春醉酒钱粗。"壬辰为顺天军校所获，寻卒，有见之淮上者。词故隽上，无尘俗气，或云忠义神仙也。

沈雄《古今词话·词评》下卷引

3. 范文白：

响遏行云。（评〔生查子〕“夜色明河静”）

《词林纪事》卷二十引

4. 杨慎：

王予可，金明昌时人。或传其仙去，事不可知。其〔生查子〕云：“夜色明河净，好风来千里。水殿谪仙人，皓齿清歌起。　前声金罍中，后声银河底。一夜岭头云，绕遍楼前水。”词之飘逸高妙如此，固谪仙之流亚也。

《词品》卷五

王特起

王特起（生卒年不详）字正之，代州崞县（今山西浑源）人。泰和三年（1203）进士。调真定府录事参军，改沁源令，迁司竹监使。疾卒。赵秉文赏其诗。与李纯甫为忘年交。《金史》无传，事见《中州集》卷五。王特起少工词赋有声，作诗极高。存词五首。

1. 刘祁：

（王特起）晚年娶一侧室，留别一乐章〔喜迁莺〕，至今人传之："东楼欢宴。记遗簪绮席，题诗罗扇。月枕双欹，云窗同梦，相伴小花深院。旧欢顿成陈迹，翻作一番新怨。素秋晚，听阳关三叠，一尊相饯。　留恋。情缱绻。红泪洗妆，雨湿梨花面。雁底关河，马头星月，西去一程程远。但愿此心如旧，天也不违人愿。再相见，老生涯分付，药炉经卷。"余诗惜不多见。

《归潜志》卷四

2.《尧山堂外纪》：

正之〔喜迁莺〕，为别妾作也。有云："玉楼欢宴。记遗簪绮席，题诗纨扇。月枕双欹，云窗同梦，相伴小花深院。"又云："红泪洗妆，雨湿梨花面。雁底关河，马头星角，西去一程程远。"凄惋曲尽。其题《郝仙女祠》、《贺人生第三子》，俱有可存者。

沈雄《古今词话·词评》下卷引

3.《古今词话》：

王特起《贺人生第三子》，叠用三字，作〔喜迁莺〕词云："古今三绝，惟郑国三良，汉家三杰。三俊才名，三儒文学，更有三君清节。争似一门三秀，三子三孙奇崛。人总道，赛蜀郡三苏，河东三薛。　欢惬。况正是，三月风光，好倾杯三百。子并三贤，孙齐三少，俱笃三余事业。文既三冬足用，名即三元高揭。亲朋庆，看宠加三锡，礼膺三接。”如此语意，即福唐体之变调也。

《历代词话》卷九引

4. 陈廷焯：

正之词，音调凄清，泠泠作泉石响。

字字清丽芊绵，自是作手。婉约。情景兼工。天长地久，此情不断，情既不断，那怕天长地久也。（评〔喜迁莺〕“东楼欢宴”）

善写途中秋景，运笔亦瘦削之极。运笔虽瘦削，而遣词姿态有余，故不嫌其枯也。悲今悼古，字字凄断，笔笔苍劲。（评〔喜迁莺〕“登山临水”）

真乃画境。只是写景而情词兼胜。（评〔梅花引〕“山之麓”）

《云韶集》卷十一

5. 陈廷焯：

一幅暮秋旅行画图。（评〔梅花引〕“山之麓”）

《词则·别调集》卷三

张中孚

张中孚（约 1098—约 1156）字信甫，号长谷老人。世居安定（今甘肃宁县），后徙张义堡（今宁夏固原西南）。宋徽宗朝，以父荫补承节郎。入金为镇洮军节度使知渭州。皇统中，除行台兵部尚书，拜参知政事。贞元初，迁尚书左丞，封南阳郡王。贞元三年（1155）以疾告老。移南京留守，进封崇王。年五十九卒。加赠邓王。《金史》卷七十九有传。张中孚与其两弟俱有文名，因兄弟三人自号中均有“谷”字，故所著合集为《三谷集》，今散佚。词存〔蓦山溪〕一首。

1. 况周颐：

张信甫词传者只〔蓦山溪〕一阕：“山河百二，自古关中好。壮岁喜功名，拥征鞍、雕裘绣帽。时移事改，萍梗落江湖，听楚语，压蛮歌，往事知多少。　苍颜白发，故里欣重到。老马省曾行，也频嘶、冷烟残照。终南山色，不改旧时青，长安道，一回来，须信一回老。”以清遒之笔，写慨慷之怀，冷烟残照，老马频嘶，何其情之一往而深也。昔人评诗，有云“刚健含婀娜”，余于此词亦云。

《蕙风词话》卷三

赵元

赵元（生卒年不详）一名宜禄，字宜之，号愚轩居士，定襄（今山西定襄）人。经童出身，试进士不第。后调巩西簿，未几以病失明去官。贞祐二年（1214）南渡后，往来洛西山中。赵秉文等一时名公，虚左以待。赵元为人有才干，处事详雅。既病废，无所营为，万虑一归于诗，所制愈工。《金史》卷九十有传。赵有诗名，亦能词。今存词〔行香子〕三首。

1. 况周颐：

赵愚轩〔行香子〕云："绿阴何处，旋旋移床。"昔人诗句"月移花影上阑干"，此言移床就绿阴，意趣尤生动可喜。即此是词与诗不同处，可悟用笔之法。

《蕙风词话》卷三

折元礼

折元礼（？—1221）字安上。世为麟抚经略使。父折定远，侨居忻州（今山西忻县），遂占籍。金章宗明昌五年（1194）两科擢第。官至延安治中。兴定五年（1221）死于难。《金史》无传，事见《中州集》。折元礼学问该洽，为文有法度。存词〔望海潮〕一首。

1. 陈廷焯：

山川地势，非此雄壮之笔，苍茫之气，不足以达之。感慨豪宕。亦风流，亦悲壮，亦儒雅。（评〔望海潮〕“地雄河岳”）

《云韶集》卷十一

2. 顾宪融：

金元诸子词，如折元礼、张蜕岩、吴彦高等，皆习为雄深苍健，有朔方健儿横戈跃马之风。

《填词百法》卷下

刘昂

刘昂（生卒年不详）字次霄，济南（今山东济南）人。金章宗承安五年（1200）进士，调鄠县（今陕西户县）令。终于邹平令。事迹见《中州集》卷八、《归潜志》卷四。刘昂高才博学，诗时有佳句。存词〔上平西〕一首。

1. 周密：

开禧用兵，金人元将纥石烈子仁领兵据濠梁，大书一词于濠之倅厅壁间，词名〔上平南〕，即〔上平西〕之调，词云："蛋锋摇，螳臂振，旧盟寒。恃洞庭，彭蠡狂澜。天兵小试，万蹄一饮楚江干。捷书飞上九重天。春满长安。　　舜山川，周礼乐，唐日月，汉衣冠。洗五州、妖气关山。已平全蜀，风行何用一泥丸。有人传喜，日边都护先还。"子仁盖女真之能文者，故敢肆言无惮如此。

《齐东野语》卷二十

2. 杨慎：

元将纥石烈子仁〔上平南》词云："蛋锋摇，螳臂振，旧盟寒。恃洞庭，彭蠡狂澜。天兵小试，万蹄一饮楚江干。捷书飞上九重天。春满长安。　　舜山川，周礼乐，唐日月，汉衣冠。洗五州、妖气关山。已平全蜀，风行何用一泥丸。有人传喜，日边都护先还。"此亦黠虏也。天欲戕我中国人，乃生此种，反指中国为妖气也耶！非我皇明一汛扫之，天柱折而地维陷矣。

《词品》卷五

3.《柳塘词话》：

宋开禧中，金将纥石烈子仁，驻兵濠梁，命小刘之昂赋〔上平南〕书壁，见《齐东野语》。怪其僭而不录。按子仁破宋兵，史书之矣，何以杨慎《词品》曰：元将纥石烈子仁也。胡应麟《笔丛》曰：当在张浚用兵符离时，杨何以指为元将也？又曰，纥石烈姓，金、元人无此姓。胡之说为有据乎否？蒋一葵《外纪》所载，韩侂胄欲伐金，金将驻兵濠梁，命小刘之昂作〔上平南〕词，非金将作也。且纥石烈即姓也。王世贞《宛委余编》曰：金人姓氏，有纥石烈曰高。胡之不详于稗史，亦等之杨耳。

沈雄《古今词话·词话》下卷

李献能

李献能（1190—1232）字钦叔，河中府（今山西永济）人。刘仲尹外孙。金宣宗贞祐三年（1215），特赐词赋进士，廷试第一。授应奉翰林文字，累迁镇南军节度副使，充河中帅府经历官。正大八年（1231），蒙古军攻破河中，奔陕州（今河南陕县），权陕府行省左右司郎中。次年，因兵变遇害，年四十三。《金史》卷一百二十六有传。李献能博学明敏，长于四六文，诗风清新俊逸。存词三首。

1. 许昂霄：

“颜色如花命如叶”，香山成句。（评〔春草碧〕）

《词综偶评》

2. 况周颐：

李钦叔献能，刘龙山外甥也。以纯孝为士论所重。诗词余事，亦卓越流辈。〔江梅引〕《赋青梅》云：“冰肌夜冷滑，无粟影，转斜廊。冉冉孤鸿，烟水渺三湘。青鸟不来天也老，断魂些，清霜静楚江。”“冰肌”句，熨帖工致。“冉冉”以下，取神题外，设境意中。“断魂”二句拍合，略不吃力，允推赋物圣手。〔浣溪沙〕《环胜楼》云：“万里中原犹北顾，十年长路却西归。倚楼怀抱有谁知。”尤为意境高绝。以南北名贤拟之，辛幼安殆伯仲之间，吴彦高其望尘弗及乎。

《蕙风词话》卷三

3. 梁启勋：

金在宋元之间，其中不乏文学知名，试读元遗山、韩温甫、李钦叔、蔡伯坚、王拙轩、李庄靖及段氏弟兄诚之、复之诸人之集，则词曲递嬗之消息，未尝不可寻。

《曼殊室随笔·词论》九

4. 吴梅：

有志于风雅，又刻意乐章，在翰林应机得体。赵闲闲、李屏山尝云："李钦叔今世翰苑才。"故诸公荐之，不令出馆。词虽不多见，而气度风格酷似秦少游。《中州乐府》又录其〔江梅引〕、〔浣溪纱〕二首，卓然名手也。

《词学通论》第八章

元好问

元好问（1190—1257）字裕之，号遗山，秀容（今山西忻州）人。系出北魏鲜卑族拓跋氏，唐诗人元结后裔。出生七月，过继叔父元格。七岁能诗，有神童之目。十四岁从学郝天挺，六载而业成。兴定三年（1219）中进士，不就选。正大元年（1224），中博学宏词科，授儒林郎，充国史院编修，历镇平、南阳、内乡县令。八年（1231）秋，受诏入都，除尚书省椽、左司都事，转员外郎。金亡不仕，以著述存史自任。采摭金源君臣遗言往行，至百余万言，元人编修《金史》多本其著。纂成《中州集》十卷，附《中州乐府》，有金一代诗词多赖以存。元宪宗七年卒于获鹿（今属河北）寓舍，年六十八。《金史》卷一百二十六附传元德明。元好问集诗文史学于一身，负有盛名。著有《遗山文集》四十卷，《遗山乐府》五卷，《续夷坚志》四卷。其《遗山乐府》生前已编订，明清两代《遗山乐府》传本有十余种。《全金元词》经考证，辑录其词三百七十五首，最为完备。

1. 元好问：

古有之：人莫不饮食，鲜能知味。譬之羸牸老羝，千煮百炼，椒桂之香，逆于人鼻，然一吮之后，败絮满口，或厌而吐之矣。必若金头大鹅，盐养之再宿，使一老奚知火候者烹之。肤黄肪白，愈嚼而味愈出，乃可言之隽永耳。岁甲午，予所录《遗山新乐府》成，客有谓予者云：子故言宋人诗大概不及唐，而乐府歌词过之，此论殊然。乐府以来，东坡第一，以后便到辛稼轩，此论亦然。东坡、稼轩即不论，且问遗山得意时，自视秦、晁、贺、晏诸人为何物？予大笑，拊客背云：那知许事，且噉蛤蜊。客亦笑而去。

《遗山自题乐府引》（《遗山乐府》卷首）

2. 王中立：

常恨小山无身后，元郎乐府更清新。

红裙婢子那能晓，送于凌烟阁上人。

《中州集》卷九

3. 韦居安：

遗山元裕之乐府〔摸鱼儿〕注云："乙丑岁赴试并州，道逢捕雁者，获一雁，杀之矣。其脱网者，悲鸣不能去，竟自投于此而死。予因买得之，葬之汾水之上，累石为识，号曰雁邱。同行者多为赋诗，予亦有雁邱词，旧所作无宫商，今改定。"词云："恨人间、情是何物，直教生死相许。天南地北双飞客，老翅几回寒暑。欢乐趣。离别苦。是中更有痴儿女。君应有语。渺万里层云，千山暮景，只影为谁去。　横汾路。寂寞当年箫鼓。荒烟依旧平楚。招魂楚些何嗟及，山鬼自啼风雨。天也妒。未信与、莺儿燕子俱黄土。千秋万古。为留待骚人，狂歌痛饮，来访雁邱处。"时李仁卿同赋词云："雁双双、正飞汾水，回头生死殊路。天长地久相思债，何似眼前俱去。摧劲羽，倘万一、幽冥却有重逢处。诗翁感遇，把江北江南，风嘹月唳，并付一丘土。　仍为汝。小草幽兰丽句。声声字字酸楚。拍江秋影今何在，宰木欲迷堤树。霜魂苦。算犹胜、王嫱青冢真娘墓。凭谁说与。叹鸟道长空，龙艘古渡，马耳泪如雨。"裕之、仁卿皆中原人，详味二词，亦有优劣，识者必能辨之。

《梅硐诗话》卷下

4. 徐世隆

乐府则清雄顿挫，闲婉浏亮，体制最备；又能用俗为雅，变故作新，得前辈不传之妙，东坡、稼轩而下不论也。

《遗山先生文集序》（《遗山先生文集》卷首）

5. 郝经：

乐章之雄丽，情致之幽婉，足以追稼轩。

《祭遗山先生文》(《陵川集》卷二十一)

6. 王博文：

乐府始于汉，著于唐，盛于宋。大概以情致为主。秦、晁、贺、晏，虽得其体，然哇淫靡曼之声胜。东坡、稼轩矫之以雄辞英气，天下之趣向始明。近时元遗山每游戏于此，掇古诗之精英，备诸家之体制，而以林下风度，消融其膏粉之气。白枢判寓斋序云：“裕之法度最备。”诚为确论。宜其独步当代，光前人而冠来者也。

《天籁集原序》(《天籁集》卷首)

7. 王恽：

旧作极佳，晚年觉词逸意宕，似反伤正气。

《诗梦》(《秋涧集》卷四十四)

8. 俞德邻：

乐府，古诗之流也。丽者易失之淫，雅者易邻于拙，求其丽以则者，鲜矣……疆土既同，乃得见遗山元氏之作，为之起敬。

《佩韦斋文集》卷十

9. 赵文：

观欧、晏词，知是庆历、嘉佑间人语。观周美成词，其为宣和、靖康也无疑矣。声音之为世道邪？世道之为声音邪？有不自知其然而然者矣。悲夫！美成号知音律者，宣和之为靖康也；美成其知之乎？“绿芜凋尽台城路，渭水西风，长安乱叶”，非佳语也。凭高眺远之余，蟹螯玉液以自陶写，而终之曰“醉翁山翁，但愁斜照”，敛观此词，国欲缓亡，得乎？渡江后，康伯可未离宣和间一种风气，君子以是知宋之不能复中原也。近世辛幼安跌荡磊落，犹有中原豪杰之气。而江南言词者宗美成，中州言词者宗元遗山，词之优劣未暇论，而风气之异，遂为南北强弱之占，可感已。

《吴山房乐府序》(《青山集》卷二)

10. 吴澄：

风者，民俗之谣；雅者，士大夫之作。故风葩而雅正。后世诗人之诗，往往雅体在而风体亡。道人情思，使听者悠然而感发，犹有风人遗意者，其惟乐府乎？宋诸人所工尚矣，国初太原元裕之以此擅名，近时涿郡卢处道亦有可取。

《张仲美乐府序》（《吴文正集》卷十八）

11. 刘敏中：

声本于言，言本于性情，吟咏性情莫若诗，是以《诗三百》皆被之弦歌。沿袭历久，而乐府之制出焉，则又诗之遗音余韵也。逮宋而大盛，其最擅名者东坡苏氏，辛稼轩次之，近世元遗山又次之。三家体裁各殊，然并传而不相悖，殆犹四时之气律不同，而其元化之所以斡旋，未始不同也。

《江湖长短句引》（《中庵集》卷九）

12. 张炎：

元遗山极称稼轩词，及观遗山词，深于用事，精于炼句，有风流蕴藉处不减周、秦，如双莲、雁丘等作，妙在模写情态，立意高远，初无稼轩豪迈之气。岂遗山欲表而出之，故云耳。

《词源》卷下

13. 虞集：

元裕之在金末国初，虽词多慷慨，而音节则为中州之正，学者取之。

《中原音韵原序》（《中原音韵》卷首）

14. 许有壬：

银蟾渝魄景星微，闲杀天孙织锦机。

回首蓬莱三万里，彩鸾犹傍五云飞。

《题遗山乐府遗墨》（《至正集》卷二十六）

15. 陶宗仪：

近世所谓大曲，在金则吴彦高〔春草碧〕、蔡伯坚〔石州慢〕、元遗山〔买陂塘〕、邓千江〔望海潮〕，堪与苏子瞻〔念奴娇〕、辛幼安〔摸鱼儿〕相颉颃。

《历代词话》卷九引

16. 脱脱：

其长短句揄扬新声，以写恩怨者，又数百篇。

《元好问传》(《金史》卷一百二十六)

17. 王礼：

国初太原元裕之以此擅名，其后涿郡卢处道、河南张仲美，韵度俱非寻常可及。

《胡涧翁乐府序》(《麟原文集》前集卷五)

18. 陈霆：

元遗山尝赴试并州，道逢捕生者，旦获一雁，杀之。其一脱网，然悲鸣不能去，竟自投于地而死。元因买得之，葬之汾水之上，累石为识。复作词吊之云：“问人间、情是何物，直教生死相许。天南地北双飞客，老翅几回寒暑。欢乐趣。离别苦。是中更有痴儿女。君应有语。渺万里层云，千山暮景，只影为谁去。　横汾路。寂寞当年箫鼓。荒烟依旧平楚。招魂楚些何嗟及，山鬼自啼风雨。天也妒。未信与、莺儿燕子俱黄土。千秋万古。为留待骚人，狂歌痛饮，来访雁邱处。”其腔盖〔摸鱼儿〕也。是篇既出，其地遂名“雁邱”云。

《渚山堂词话》卷一

19. 李宗准：

乐府，诗家之大香奁也。遗山所著，清新婉丽，其自视似羞比秦、晁、贺、晏诸人，而直欲追配东坡、稼轩之作。岂是以东坡为第一，而作者之难得也耶？

《遗山乐府跋》(《遗山乐府》卷后)

20. 彭汝寔：

夫遗山当有金哀宗之际，国步厄促，宋知金仇之不可共，而忘劲敌之不可亲，惨祸交临，不幸生际其时与土者，为之臣妾，莫能奋飞，悲愤于邑之情可想也。故其行之声韵，畅怀杯酒，系念国君，多可哀愍，采风者所不弃也。明妃、乌孙主、蔡琰之流，皆以婵娟不能自谋，远嫁胡沙，马上之呻吟节拍，皆怜而存之，矧是编乎？

《中州乐府集序》(《中州乐府集》卷首)

21. 沈际飞：

爽籁。遗山极称辛稼轩词，及观遗山，深于用事，精于炼句，风流蕴藉，媲却周、秦，初无稼轩豪迈之气。(评〔满江红〕“天上飞鸟”)

《草堂诗余四集·别集》

22. 徐士俊：

起语痴甚。朱希真词：“插天翠柳，被谁人、推上一轮明月？”问日、问月，都本《天问》。(评〔满江红〕“天上飞鸟”)

遗山极称辛词，宜其似之。

《古今词统》卷十二

23. 尤侗：

宋词之后，遗山、蜕岩亦仅矣，及吾朝而恢其盛。

《词苑丛谈序》(《词苑丛谈》卷首)

24. 许田：

金词如赵闲闲、元遗山、蔡伯坚，元词如虞道园、萨天锡、张蜕岩，俱卓然名家，为一代眉目。自唐迄元，词学之盛止矣。

《屏山词话》

25. 卢文弨：

遗山诗雄浑沉郁，有唐大家之遗响也。老来更觉得其乐府读之妍雅而不淫，和易而不流。其抒情也婉以畅，其赴节也亮以清，使竹山、草窗诸公见之，亦当推为作者。遗山生当易代，其诗不胜故国故君之思，今乐府中亦时时遇之。

《遗山乐府题辞》(《抱经堂文集》卷七)

26. 王初桐：

元裕之词苍秀高健，可与青兕相伯仲。

遗山极称辛稼轩词。及观遗山词，深于用事，精于炼句，风流蕴藉，不减周、秦，初无稼轩词豪迈之气。

《小嫏嬛词话》卷三

27. 彭元瑞：

此公于此事全无解处。第五卷全是寿词，逾形尘坌，固宜集中不入此体也。

《知圣道斋读书跋》卷二

28. 凌廷堪：

词者诗之余也，昉于唐，沿于五代，具于北宋，盛于南宋，衰于元，亡于明。以诗譬之，慢词如七言，小令如五言。慢词北宋为初唐，秦、柳、苏、黄如沈、宋，体格虽具，风骨未遒。片玉则如拾遗，骎骎有盛唐之风矣。南渡为盛唐，白石如少陵，奄有诸家。高、史则中允、东川，吴、蒋则嘉州、常侍。宋末为中唐，玉田、碧山风调有余，浑厚不足，其钱、刘乎？草窗、西麓、商隐、友竹诸公，盖又大历派矣。稼轩为盛唐之太白，后村、龙洲亦在微之、乐天之间。金、元为晚唐，山村、蜕岩可方温、李，彦高、裕之近于江东、樊川也。

《赌棋山庄词话》续编卷三引

29. 阮元：

张炎称其词深于用事，精于炼句，风流蕴藉，不减周、秦。今观诸作，良非虚美也。

《遗山乐府五卷提要》(《四库未收书提要》卷五)

30. 沈道宽：

野史亭边咏古风，空群冀北道园同。

正声不愧诗人笔，只有遗山继放翁。

《论词绝句》四十二首（《话山草堂诗钞》卷一）

31. 蒋方增：

词之为道，自唐衍于五代，至宋而大盛，逞妍抽秘，无美弗臻。世人好言北宋，要非通论。分镳并骋，南宋始极其工，宋季始极其变，金元间如蔡伯坚、吴彦高、元裕之、萧竹屋、曾舜卿、虞伯生辈，骎骎乎入宋人之室。

《浮筠山馆词钞自序》（《浮筠山馆词钞》卷首）

32. 姚椿：

〔满江红〕《题稼轩词后》

莫道词人，犹解识，晦庵老子。叹当日，东南半壁，残山剩水。禾黍中原悲板荡，飘泉一曲歌清侃。算词场，跋扈几人雄，推青兕！　　东坡老，前身是；刘过辈，何堪齿。数千秋唯有，遗山知己。万事古来风月好，一生消得江山美。料孔门、点也野人狂，都如此。

《洒雪词》

33. 张金吾：

遗山之诗，人无间然，而词则不甚显于世，今读此集，风流蕴藉，和易不流，盖亦金元间一大作家。

《爱日精庐藏书志》卷三十六《集部·乐府类·遗山先生新乐府五卷》

34. 华长卿：

遗山诗派踞金源，中调尤多感慨存。

更有嗣音天籁集，令人一读一销魂。元好问、白朴

《论词绝句》（《梅庄诗钞》卷五）

35. 张文虎：

其词疏快明隽，上者逼苏、辛，次亦在西樵、放翁间。玉田则谓风流蕴藉，不减周、秦，其推挹至矣。

《遗山先生新乐府序》（《遗山先生新乐府》卷首）

36. 刘熙载：

金元遗山，诗兼杜、韩、苏、黄之胜，俨有集大成之意。以词而论，疏快之中，自饶深婉，亦可谓集两宋之大成者矣。

《词概》

37. 朱依真：

儿女痴情迥不侔，风云气概属辛刘。
遗山合有出蓝誉，寂寞横汾赋雁邱。

十载无能读父书，摩挲遗音美唏嘘。
词人竞美遗山好，蕴藉风流那不如。

《论词绝句》（况周颐《餐樱庑词话》引）

38. 沈曾植：

放翁、遗山，工力并到，但赋体多而比兴少耳。

《海日碎金·刘融斋〈词概〉评语》

39. 陈廷焯：

遗山乐府为金词之冠，足以平睨贺、周，俯视百代。

遗山词以旷逸之才驭奔腾之气，使才而不矜才，行气而不使气，骨韵铮铮，精金百炼，别于清真、白石外自成大家。

遗山词自是一片感喟，却超逸有致，每举一篇，知非稼轩，非放翁，非改之，非竹山也。

笔致飘逸。如读摩诘之诗。乡景绝妙。结得高。（评〔水调歌头〕“空濛玉华艳”）

不必作一烟露语，而令人怀想此地风景不置。一味疏散，笔致绝佳。（评〔最高楼〕“商于路”）

愤极语却以俊快之气、平淡之笔出之，风人遗旨。凄凄切切，一片秋声。（评〔玉漏迟〕“浙江归路杳”）

凄艳芊绵，叔原之匹也。纡徐写来最婉妙。深情一片。（评〔满江红〕“一枕余醒”）

胸襟郁勃，笔致萧疏，自是绝唱。骨韵苍凉。（评〔石州慢〕“击筑行歌”）

风雅之极却不落纤巧，又不迫烈。放开脚步便出去，颇似坡仙笔法。（评〔洞仙歌〕“黄尘鬓发”）

清丽而曲折。精炼之句，玉田所重者断是此种句法。（评〔江神子〕“河山亭上酒如川”）

凭吊苍茫。万事皆空，不必怨天公也。然语太劲直，故下三语开脱得妙。（评〔临江仙〕“今古北邙山下路”）

多少感喟。凄清之句。（“高树乱蝉秋”句）（评〔临江仙〕“自笑此身无定在））

多少慨叹，遗山胸中一片郁结，情见乎词，亦非真慕隐士也。（评〔临江仙〕“夏馆秋林山水窟”）

感慨豪宕似刘改之，而清逸之致仍是遗山本色。超旷绝世。（评〔鹧鸪天〕“华表归来老令威”）

可叹。天伦之乐，虽有南面王不易也。（评〔清平乐〕“悲欢聚散”）

婉至。写景凄清，景中有情。（评〔清平乐〕“离肠宛转”）

事奇文亦至，自是合作。“君应”数语叙明所以自死之故。悲风飒飒天为愁。风流悲壮。（评〔迈陂塘〕“问世间情是何物”）

事更奇，文亦婉曲有致。沉痛。旁面衬笔自可不少。“幽恨”六字从悲郁中发痛快之词。一往凄绝。（评〔迈陂塘〕“问莲根有丝多少”）

“醉里春归”、“梦里寻春去”，皆是绝奇、绝妙之句。（评〔点绛唇〕“醉里春归”）

豪壮风流。一扫纤冶之词，其旷气自不可遏。（评〔江月晃重山〕“塞上秋风鼓角”）

婉约之语，不必多着墨，略一点染，面面俱到。结亦婉约。（评〔青玉案〕“苎罗坊里青骢驻”）

《云韶集》卷十一

40. 陈廷焯：

元遗山词，为金人之冠。疏中有密，极风雅之趣，穷高迈之致，自不在玉田下。

《词坛丛话》

41. 陈廷焯：

金词于彦高外，不得不推遗山。遗山词刻意争奇求胜，亦有可观。然纵横超逸，既不能为苏、辛；骚雅清虚，复不能为姜、史。于此道可称别调，非正声也。（卷三）

东坡一派，无人能继。稼轩同时，则有张、陆、刘、蒋辈，后起则有遗山、迦陵、板桥、心余辈。然愈学稼轩，去稼轩愈远。稼轩自有真耳，不得其本，徒逐其末，以狂呼叫嚣为稼轩，亦诬稼轩甚矣。（卷八）

《白雨斋词话》

42. 朱祖谋：

张玉田谓先生词深于用事，精于炼句。杜善夫谓先生诗如佛说法，其言如蜜，中边皆甜。吾于先生词亦云。

《遗山乐府跋》（《遗山乐府》卷后）

43. 况周颐：

须溪词，风格遒上似稼轩，情辞跌宕似遗山。有时意笔俱化，纯任天倪，竟能略似坡公。（卷二）

《遗山乐府》，〔促拍丑奴儿〕《学闲闲公体》云：“朝镜惜蹉跎。一年年、来日无多。无情六合乾坤里，颠鸾倒凤，撑霆裂月，直被消磨。　　世事饱经过。算都输、畅饮高歌。天公不禁人间酒，良辰美景，赏心乐事，不醉如何。”附闲闲公所赋云：“风雨替花愁。风雨罢、花也应休。劝君莫惜花前醉。今年花谢，明年花谢，白了人头。　　乘兴两三瓯。拣溪山、好处追游。但教有酒身无事。有花也好，无花也好，选甚春秋。”遗山诚闲闲高足。第观此

词，微特难期出蓝，几于未信入室。盖天人之趣判然，闲闲之作，无复笔墨迹可寻矣。（卷三）

元遗山以丝竹中年，遭遇国变，崔立采望，勒授要职，非其意指。卒以抗节不仕，憔悴南冠二十余年。神州陆沉之痛，铜驼荆棘之伤，往往寄托于词。〔鹧鸪天〕三十七阕，泰半晚年手笔。其《赋隆德故宫》及《宫体》八首、《薄命妾辞》诸作，蕃艳其外，醇至其内，极往复低徊、掩抑零乱之致。而其苦衷之万不得已，大都流露于不自知。此等词，宋名家如辛稼轩固尝有之，而犹不能若是其多也。遗山之词，亦浑雅，亦博大，有骨干，有气象。以比坡公，得其厚矣，而雄不逮焉者。豪而后能雄，遗山所处，不能豪，尤不忍豪。牟端明〔金缕曲〕云："扑面胡尘浑未扫，强欢讴、还肯轩昂否。"知此可与论遗山矣。设遗山虽坎坷，犹得与坡公同，则其词之所造，容或尚不止此。其〔水调歌头〕《赋三门津》"黄河九天上"云云，何尝不崎崛排奡。坡公之所不可及者，尤能于此等处不露筋骨耳。〔水调歌头〕当是遗山少作。晚岁鼎镬余生，栖迟零落，兴会何能飙举。知人论世，以谓遗山即金之坡公，何遽有愧色耶？充类言之，坡公不过逐臣，遗山则遗臣、孤臣也。其《赋隆德故宫》云："人间更有伤心处，奈得刘伶醉后何。"《宫体》八首其二云："春风殢杀官桥柳，吹尽香绵不放休。"其四云："月明不放寒枝稳，夜夜乌啼彻五更。"其七云："花烂锦，柳烘烟。韶华满意与欢缘。不应寂寞求凰意，长对秋风泣断弦。"《薄命妾辞》云："桃花一簇开无主，尽著风吹雨打休。"其它如《无题》："墓头不要征西字，元是中原一布衣。"又云："几时忘得分携处，黄叶疏云渭水寒。"又云："篱边老却陶潜菊，一夜西风一夜寒。"又云："殷勤未数闲情赋，不愿将身作枕囊。"又云："只缘携手成归计。不恨埋头屈壮图。"又云："旁人错比扬雄宅，笑杀韩家昼锦堂。"又云："鹿裘孤坐千峰雪，耐与青松老岁寒。"又云："诸葛菜，邵平瓜。白头孤影一长嗟。南园睡足松阴转，无数蜂儿趁晚衙。”又《与钦叔京甫市饮》云：“醒来门外三竿日，卧听春泥过马蹄。”句各有指，知者可意会而得。其词缠绵而婉曲，若有难言之隐，而又不得已于言，可以悲其志而原其心矣。（卷三）

遗山词佳句多矣，镫窗雒诵，率臆选摘，不无遗珠之惜也。〔江城子〕《太原寄刘济川》云：“断岭不遮南望眼，时为我，一凭阑。”前调《观别》云：“万古垂杨，都是折残枝。”又云：“为问世间离别泪，何日是，滴休时。”〔感皇恩〕《秋莲曲》云：“微雨岸花，斜阳汀树，自惜风流怨迟暮。”〔定风波〕《杨叔能赠词留别，因用其意答之》云：“至竟交情何处好，向道，不如行路本无情。”〔临江仙〕《西山同钦叔送辛敬之归女几》云：“回首对床镫火处，万山深里孤村。”前调《内乡北山》云：“三年间为一官忙。簿书愁里过，笋蕨梦中香。”〔南乡子〕云：“为向河阳桃李道。休休。青鬓能堪几度愁。”〔鹧鸪天〕云：“醉来知被旁人笑，无奈风情未减何。”前调云：“殷勤昨夜三更雨，剩醉东城一日春。”前调云：“长安西望肠堪断，雾阁云窗又几重。”〔南柯子〕云：“画帘双燕旧家春。曾是玉箫声里、断肠人。”凡余选录前人词，以浑成冲淡为宗旨。余所谓佳，容或以为未是，安能起遗山而质之。

填词景中有情，此难以言传也。元遗山《木兰花慢》云：“黄星几年飞去，澹春阴、平野草青青。”平野春青，只是幽静芳倩，却有难状之情，令人低徊欲绝。善读者约略身入景中，便知其妙。（卷三）

《蕙风词话》

44. 陈遹声：

六龙向日悔蹉跎，一炬幽兰感若何。
觱篥城头嘴儿曲，琵琶马上小娘歌。
秋风古寺南冠泣，落日横汾北雁过。
莫唱唐宫新乐府，贞元朝士已无多。

《书元好问新乐府后》(《畸园老人诗集》第十九册《带山草堂

集》）

45. 樊增祥：

遗山诗学，比宋放翁，惟词亦同，均非极诣。

《东溪草堂词选自序》（《樊山集》卷二十三）

46. 章耒：

词盛于南宋，南宋以姜、张为宗。吾谓姜、张非苏、辛可比，苏、辛词外有词，其所托盖至尊，已而即事寄意。与苏、辛可并传者，与本朝得顾贞观，于金元得元好问。好问之诗，金元诗人之巨擘也，词亦如其诗。或谓好问词能刚不能柔，故多笳角之音，律以梁汾《弹指词》，似不知词者。耒应之曰：《弹指词》之足传于后者，曲耳，真耳。好问词境真，意真，其曲处虽不逮贞观，而词法则以苏、辛之法为法，吊古伤今，与世道人心，颇有关系，且无夭阏抑塞之病，岂石帚、玉田浅斟低唱所能仿佛万一哉？

《重校元遗山先生新乐府序》（《元遗山先生新乐府》卷首）

47. 张声匏：

遗山在金元时为中州大家，其诗豪迈，与东坡相近。词亦卓绝千古。

《重刻元遗山新乐府跋》（《元遗山先生新乐府》卷后）

48. 陈皋：

元张玉田许先生词云“深于用事，精于炼句”，洵不诬也。

《遗山乐府跋》（《元遗山先生新乐府》卷后）

49. 耿葆清：

遗山先生《隆德故宫》、《三乡光武庙》诸词均有寄慨，非专“杨柳晓风”者比。

《遗山乐府跋》（《元遗山先生新乐府》卷后）

50. 章士杰：

其诗出杜陵，而其词亦于稼轩为近。

《遗山乐府跋》（《元遗山先生新乐府》卷后）

51. 张声驰：

遗山词不逮诗，戈顺卿先生尝言之。然《妾薄命》等篇皆有寓言在，金元诸家中称杰出。

《遗山乐府跋》(《元遗山先生新乐府》卷后)

52. 梁启勋：

金在宋元之间，其中不乏文学知名，试读元遗山、韩温甫、李钦叔、蔡伯坚、王拙轩、李庄靖及段氏弟兄诚之、复之诸人之集，则词曲递嬗至消息，未尝不可寻。其中如所举至李仁卿佳句，正自不少也。

《曼殊室随笔·词论》九

53. 吴梅：

金元诸家，惟吴、蔡、遗山为正，余皆略事声歌，无当雅奏。元人以北词见长，文人心力仅注意于杂剧，且有以词入曲者，虽有疏斋、仁近、蜕岩诸子，亦非专家之业也。

裕之乐府，深得稼轩三昧，张叔夏云："遗山词深于用事，精于炼句，有风流蕴藉处，不减周、秦。"余谓遗山竟是东坡后身，其高处酷似之，非稼轩所可及也。其《乐府自序》云："子故言宋人诗大概不及唐，而乐府歌词过之，此论殊然。乐府以来，东坡为第一，以后便到辛稼轩，此论亦然。东坡、稼轩即不论，且问遗山得意时，自视秦、晁、贺、晏诸人为何物？予大笑，拊客背云：那知许事，且啖蛤蜊。"是遗山平昔之旨可见也。晚年尤以著作自任，以金源氏有天下，典章法度，庶几汉、唐，国亡史作，己所当任。时金国实录在顺天张万户家，乃言于张，愿为撰述。既而为乐夔所沮，好问曰："不可令一代之迹，泯而不传。"乃构亭于家，著述其上，因名曰"野史"。凡金源君臣遗言往行，采遮所闻，辄以寸纸细字为记，录至百余万言，其后纂修《金史》，多本其所著焉。是以遗山所作，辄多故国之思，如〔木兰花〕云："冰井犹残石甃，露盘已失金茎。"〔石州慢〕云："生平王粲，而今憔悴登楼。江山信美非吾土。”〔鹧鸪天〕云：“三山宫阙空银海，万里风埃暗绮罗。”又云：“墓头不要征西字，元是中原一布衣。”皆可见其襟抱也。

大抵元词之始，实皆受遗山之感化。

《词学通论》第八章

54. 赵尊岳：

天籁、遗山，各以雄胜。

《珍重阁词话》

55. 赵尊岳：

若再断代言之，同时竞爽，自各极其胜场。十国蕃艳之中，南唐二主独以至情见著。北宋柳缛贺疏，周雅秦秀；南宋吴密姜苍，张俊周丽；元则遗山天颖，惟以雄胜。明仅二陆沈著可诵。（卷二）

易代之感，文人往往有之，《补题》诸作，终嫌其晦。不如遗山奋笔直写，劲卓有力。颦眉龋齿，或不如粗服乱头者。于此可以知之。（卷五）

《填词丛话》

56. 陈声聪：

稼轩以后，学稼轩者，惟元遗山最得其神髓，与稼轩并时之刘改之、刘后村不及也。遗山词如《冬夜有怀》〔好事近〕云：“梦里十年心，情味梦回犹恶。枕上数行清泪，被惊鸟啼落。　瓶水夜深寒，梅花瘦如削。只有一枝香在，问东君留住。”〔朝中措〕云：“时情天意枉论量，乐事苦相忘。白酒家家新酿，黄花日日重阳。　城高望远，烟浓草淡，一片秋光。故国江山如画，醉来忘却兴亡。”《汜水故城登眺》〔水调歌头〕：“牛羊散平楚，落日汉宫营。龙拿虎掷何处，野蔓罥荒城。遥想朱旗回指，万里风云奔走，惨淡五年兵。天地如鞭箠，毛发懔威灵。　一千年，成皋路，几人经。长河浩浩东注，不尽古今情。谁谓麻池小竖，偶解东门长啸，取次论韩彭。慷慨一尊酒，胸次若为平。”其词气骨森张，感情沉郁，吾亦不能言其与稼轩何等相似，盖皆瑰特振奇之士，值风尘澒洞之秋，有胸次之相同，亦才力之相副也。

金之亡，犹有元遗山、赵闲闲；元之入主，犹有赵子昂、萨都剌诸人，足以扶持大雅，至明则真无词矣。

《读词枝语》

57. 顾宪融：

张叔夏曰：“遗山词，深于用事，精于炼句，有风流蕴藉处，不减周、秦。”其乐府自序云：“人莫不饮食，鲜能知味者。譬之羸牸老羝，千煮百炼，椒桂之香，逆于人鼻，然一吮之后，败絮满口，或厌而吐之矣。必若金头大鹅，盐养之再宿，使一老奚知火候者烹之。肤黄肪白，愈嚼而味愈出，乃可言其隽永耳。”盖自道其所得也。按金元诸子词，如折元礼、张蜕岩、吴彦高等，皆习为雄深苍健，有朔方健儿横戈跃马之风，惟遗山能摧刚为柔，不失周、秦本色。

《填词百法》卷下

58. 朱庸斋：

元好问《遗山乐府》清丽刚健，盖以硬语写柔情。〔鹧鸪天〕三十七首可为代表作，挺秀清健，极有气骨，既缠绵悱恻，又痛快淋漓，骎骎直欲驾方回之上，匪独为金词之冠，即百代之后，尚无其匹。如：“颜色如花画不成。命如叶薄可怜生。浮萍只合无根蒂，杨柳谁叫管送迎。　云聚散，月亏盈，海枯石烂古今情。鸳鸯只影江南岸，断肠枯荷夜雨声。”遗山词，《白雨斋词话》竟诋为“刻意争奇求胜”，“可称别调，非正声也”。而陈廷焯论词有“本诸风骚”、“不外比兴”之语，似此则有类于叶公好龙矣。

近人论遗山词，每有偏颇。刘大杰《中国文学发展史》称其“不减周秦”，北大《中国文学史》又谓其学辛弃疾。其实遗山词之风格极近贺铸，不论小令、长调，皆有其婉约与豪放两面。大抵其早年词多绮丽，中年奔放，晚作则沉郁深厚。金亡之后，每作旷达平淡之语，而情愈苦，以寄其刻骨铭心之哀思，无此身世，当不及也。

《分春馆词话》卷四

段克己

段克己（1196—1254）字复之，号遁庵，绛州稷山（今山西稷山）人。早年与弟成己并负才名，赵秉文目之为“二妙”。正大七年（1230）以进士贡，金亡不仕，与成己避居龙门山中，时人赞为“儒林标榜”。元初，一些金之遗民隐于河汾之间，作诗抒怀，后成诗集《河汾诸老诗集》，因之被称为“河汾诸老”，段氏兄弟在“诸老”中成就较高。元宪宗四年卒，年五十九。著有《二妙集》八卷（与成己合集），卷七为其词。明清有多种单行一卷本《遁庵乐府》。存词六十七首。

1.《四库全书总目提要》：

大抵骨力坚劲，意致苍凉，值故都倾覆之余，怅怀今昔，留露于不自知。

《二妙集提要》

2. 陈廷焯：

复之词笔力精健，在稼轩、放翁之间。

风雅有致。情韵并胜，不让玉田。（评〔渔家傲〕“龙尾沟边飞柳絮”）

不着力处，亦见姿态。凄艳芊绵，遣词却爽快，是放翁一派。（评〔渔家傲〕“诗句一春浑漫赋”）

婉丽处极雅致。借以写志，情见乎词。（评〔蝶恋花〕“啼鴂一声春已晓”）

《云韶集》卷十一

3. 况周颐：

自六朝已还，文章有南北派之分，乃至书法亦然。姑以词论，金源之于南宋，时代正同，疆域之不同，人事为之耳，风会曷与焉？如辛幼安先在北，何尝不可南？如吴彦高先在南，何尝不可北？顾细审其词，南与北确乎有辨，其故何耶？或谓《中州乐府》选政操之遗山，皆取其近己者，然如王拙轩、李庄靖、段氏遁庵、菊轩，其词不入元选，而其格调气息，以视元选诸词，亦复如骖之靳，则又何说？南宋佳词能浑，至金源佳词近刚方。宋词深致能入骨，如清真、梦窗是。金词清劲能树骨，如萧闲、遁庵是。南人得江山之秀，北人以冰霜为清。南或失之绮靡，近于雕文刻镂之技。北或失之荒率，无解深裘大马之讥。善读者抉择其精华，能知其并皆佳妙。而其佳妙之所以然，不难于合勘，而难于分观。往往能知之而难于明言之。然而宋金之词之不同，固显而易见者也。

段复之〔满江红〕序云："遁庵主人植菊阶下，秋雨既盛，草莱芜没，殆不可见。江空岁晚，霜余草腐，而吾菊始发数花。生意凄然，似诉余以不遇，感而赋之。因李生湛然归寄菊轩弟。"词后段云："堂上客，头空白。都无语，怀畴昔。恨因循过了，重阳佳节。飒飒凉风吹汝急，汝身孤特应难立。漫临风、三嗅绕芳丛，歌还泣。"节韵已下，情深一往，不辨是花是人，读之令人增孔怀之重。

《蕙风词话》卷三

4. 梁启勋：

金在宋元之间，其中不乏文学知名，试读元遗山、韩温甫、李钦叔、蔡伯坚、王拙轩、李庄靖及段氏弟兄诚之、复之诸人之集，则词曲递嬗之消息，未尝不可寻。

《曼殊室随笔·词论》

5.《续修四库全书总目提要》：

凡六十七阕，其中多亡国以后之作，故多感慨之音，并用甲子，盖亦靖节之意也。词中可以考见人事……与其弟合称"二妙"，信不虚也。

《遁庵乐府一卷提要》

段成己

段成己（1199—1279）字诚之，号菊轩，绛州稷山（今山西稷山）人。克己弟。早年与兄克己并负才名，赵秉文目之为“二妙”。于金哀宗正大间举进士，授宜阳主簿。金亡，与兄避居龙门山中。克己殁后，闭门读书，近四十年。元世祖忽必烈降诏征为平阳府儒学提举，坚拒不赴。至元十六年卒，年八十一。著有《二妙集》八卷（与克己合集），卷八为其词。明清有多种单行一卷本《菊轩乐府》，存词六十三首。

1.《四库全书总目提要》：

大抵骨力坚劲，意致苍凉，值故都倾覆之余，怅怀今昔，留露于不自知。

《二妙集提要》（《四库全书总目提要》卷一百八十八）

2. 陈廷焯：

成之词不减复之，高者出其右。

笔笔苍老，亦极疏狂。“岁月”六字警绝。结得远望之神。（评〔大江东去〕“西风溢浦”）

自是脱胎晁君，而情致亦复不浅。悲郁感叹如此。倒装句法亦佳。（评〔满江红〕“料峭东风”）

《云韶集》卷十一

3. 况周颐：

自六朝已还，文章有南北派之分，乃至书法亦然。姑以词论，金源之于南宋，时代正同，疆域之不同，人事为之耳，风会曷与焉？如辛幼安先在北，何尝不可南？如吴彦高先在南，何尝不可北？顾细审其词，南与北确乎有辨，其故何耶？或谓《中州乐府》选政操之遗山，皆取其近己者。然如王拙轩、李庄靖、段氏遁庵、菊轩，其词不入元选，而其格调气息，以视元选诸词，亦复如骖之靳，则又何说？南宋佳词能浑，至金源佳词近刚方。宋词深致能入骨，如清真、梦窗是。金词清劲能树骨，如萧闲、遁庵是。南人得江山之秀，北人以冰霜为清。南或失之绮靡，近于雕文刻镂之技。北或失之荒率，无解深裘大马之讥。善读者抉择其精华，能知其并皆佳妙。而其佳妙之所以然，不难于合勘，而难于分观。往往能知之而难于明言之。然而宋金之词之不同，固显而易见者也。

段诚之《菊轩乐府》〔江城子〕云："月边渔。水边锄。花底风来，吹乱读残书。"前调《东园牡丹花下酒酣，即席赋之》云："归去不妨簪一朵，人也道、春花来。"骚雅俊逸，令人想望风采。〔月上海棠〕云："唤醒梦中身，鵯鹎数声春晓。"前调云："颓然醉卧，印苍苔半袖。"于情中入深静，于疏处运追琢，尤能得词家三昧。

《蕙风词话》卷三

4. 梁启勋：

金在宋元之间，其中不乏文学知名，试读元遗山、韩温甫、李钦叔、蔡伯坚、王拙轩、李庄靖及段氏弟兄诚之、复之诸人之集，则词曲递嬗之消息，未尝不可寻。

《曼殊室随笔·词论》九

5.《续修四库全书总目提要》：

词凡六十三首，踪迹与克己相同，故词题相近，若考其实事，则相得而益彰矣。词格亦似其兄，微为收敛耳。

《菊轩乐府一卷提要》

仆散汝弼

仆散汝弼（生卒年不详）字良弼，女真族人。曾官近侍副使。博学能文，尤工于诗。过骊山（在今陕西临潼）华清宫，作〔风流子〕词题于壁。正大三年（1226），承务郎、主簿幕蔺为之刻石并记。词仅存此一首。

1. 幕蔺：

近侍副使仆散公，博学能文，尤工于诗。昔过华清，尝作〔风流子〕长短句题之于壁，其清新婉丽，不减秦、晏。四方衣冠争诵传之，称为今之绝唱。

《风流子题记》（《全金元词》上册〔风流子〕词尾注）

2. 况周颐：

金古斋仆散汝弼，字良弼，官近侍副使。〔风流子〕《过华清作》云："三郎年少客，风流梦、绣岭蛊瑶环。看浴酒发春，海棠睡暖。笑波生媚，荔子浆寒。况此际、曲江人不见，偃月事无端。羯鼓数声，打开蜀道。霓裳一曲，舞破潼关。　　马嵬西去路，愁来无会处，但泪满关山。赖有紫囊来进，锦袜传看。叹玉笛声沉，楼头月下。金钗信杳，天上人间。几度秋风渭水，落叶长安。"正大三年刻石临潼县。今存。词笔藻耀高翔，极慨慷低徊之致。其"浴酒发春"，"笑波生媚"，句法矜炼，雅近专家。唯起调云"三郎年少客"，则误甚。案唐玄宗生于光宅二年乙酉，而杨妃以天宝四年乙酉入宫。玄宗年已六十一，何得谓"三郎年少"耶？"但泪满关山"，"但"字衬。

《蕙风词话》卷四

王喆

王喆（1112—1170）原名中孚，字允卿，后改名世雄，字德威，咸阳（今陕西咸阳）人。正隆四年（1159），学道，更名喆，字知明，号重阳子。创全真教，世称重阳真人。大定七年（1167）赴宁海州（今山东牟平）传道，后往昆仑山、莱州、登州等地，建立“三教七宝会”、“三教金莲会”、“三教平等会”，弟子有马钰、谭处端、刘处玄、丘处机、王处一、郝大通、孙不二等。大定十年卒，年五十九。著有《重阳全真集》十三卷、《重阳教化集》三卷、《重阳分梨十化集》二卷、《立教十五论》等。存词六百八十六首。

1. 周泳先：

余检道藏，复得金元道家词多卷，除已见汇刻者外，尚有王喆《重阳全真集》附词三卷，《重阳教化集》、《重阳分梨十化集》各附词及散曲多篇……卷帙之富，较两宋大家尚过之。但皆作炼形服气语，千篇一律，读之生厌，唯于词调巧立名目，复多自度腔，近散曲者尤多，可供考订词律及稽索散曲渊源之用。

《唐宋金元词钩沉·总目》

马钰

马钰（1123—1183）原名从义，字宜甫，宁海（今山东牟平）人。大定八年（1168）师王喆学道，更名钰，字玄宝，号丹阳子，世称丹阳真人。全真教“七真”之一。往来传道于京兆、山东间。大定二十三年卒，年六十一。《新元史》卷二百四十三、《甘水仙源录》、《七真年谱》有载。马钰喜诗，出口成章，有诗名。著有《洞玄金玉集》十卷、《渐悟集》二卷、《丹阳神光灿》一卷。存词八百六十二首。

1. 周泳先：

余检道藏，复得金元道家词多卷，除已见汇刻者外，尚有……马珏《洞玄金玉集》四卷、《丹阳神光灿》一卷、《渐悟集》二卷，并全为长短句。……卷帙之富，较两宋大家尚过之。但皆作炼形服气语，千篇一律，读之生厌，唯于词调巧立名目，复多自度腔，近散曲者尤多，可供考订词律及稽索散曲渊源之用。

《唐宋金元词钩沉·总目》

谭处端

谭处端（1123—1185）原名玉，字伯玉，宁海（今山东牟平）人。大定七年（1167）受王喆点化，休妻学道，更今名，字通正，号长真子，世称长真真人。师事王喆。全真教“七真”之一。后遁迹于河南伊水、洛水间，传道授徒。大定二十五年卒，年六十三。《新元史》卷二百四十三、《甘水仙源录》、《七真年谱》有载。谭处端善草隶书，歌咏举笔即成。著有《水云集》三卷，词存集中。存词一百五十六首。

1. 周泳先：

余检道藏，复得金元道家词多卷，除已见汇刻者外，尚有……谭处端《水云集》附词二卷。……卷帙之富，较两宋大家尚过之。但皆作炼形服气语，千篇一律，读之生厌，唯于词调巧立名目，复多自度腔，近散曲者尤多，可供考订词律及稽索散曲渊源之用。

《唐宋金元词钩沉·总目》

王处一

王处一（1142—1217）字子渊，号玉阳子，世称玉阳真人，宁海（今山东牟平）人。全真教“七真”之一。大定八年（1168）师王喆学道，往来山东一带。曾得金世宗召见，问以延生之道。大定二十九年（1189），奉召至京，主持世宗醮事。承安三年（1198），章宗召问养生之道，赐号体玄大师。贞祐五年卒，年七十六。元世祖时追封玉阳体玄广度真人，武宗时加封玉阳体玄广慈普度真君。其事迹《新元史》卷二百四十三、《甘水仙源录》、《七真年谱》有载。著有《云光集》。存词九十五首。

1. 周泳先：

余检道藏，复得金元道家词多卷，除已见汇刻者外，尚有……王处一《云光集》附词一卷……卷帙之富，较两宋大家尚过之。但皆作炼形服气语，千篇一律，读之生厌，唯于词调巧立名目，复多自度腔，近散曲者尤多，可供考订词律及稽索散曲渊源之用。

《唐宋金元词钩沉·总目》

刘处玄

刘处玄（1147—1203）字通妙，号长生子，世称长生真人，莱州（今山东威海）人。全真教“七真”之一。大定九年（1169）师王喆学道，往来于河南、山东间。明昌二年（1191）遭谗系狱，寻获释。承安二年（1197）奉召，次年还山，章宗赐其故居庵名曰灵虚观。泰和三年卒，年五十七。元世祖时追封长生辅化明德真人，武宗时加封长生辅化宗玄明德真君。其事迹见《新元史》卷二百四十三、《甘水仙源录》、《七真年谱》。著有《仙乐集》五卷、《无为清静长生真人至真语录》、《黄庭内景玉经注》。存词六十五首。

1. 周泳先：

余检道藏，复得金元道家词多卷，除已见汇刻者外，尚有……刘处玄《仙乐集》附词一卷……卷帙之富，较两宋大家尚过之。但皆作炼形服气语，千篇一律，读之生厌，唯于词调巧立名目，复多自度腔，近散曲者尤多，可供考订词律及稽索散曲渊源之用。

《唐宋金元词钩沉·总目》

丘处机

丘处机（1148—1227）字通密，号长春子，登州栖霞（今山东栖霞）人。年十九学道昆仑山，师事王喆。全真教“七真”之一。大定九年（1169），随王喆入关，居磻溪（今陕西宝鸡东南）、陇川（今陕西陇县）。二十八年应召至中都（今北京）。兴定三年（1219），蒙古成吉思汗遣近侍迎至雪山关道，赐号“神仙”。元光二年（1223）东归，居燕京太极宫（后更名长春宫），受命掌管天下道门。元太祖二十二年卒，年八十。丘处机与刘处玄、谭处端、马钰合称“丘刘谭马”四大士，再加上王处一、郝大通和孙不二，合称七真，后世誉为“七朵金莲”。《元史》卷二百零二《释老》有传，《甘水仙源录》、《七真年谱》有载。著有《磻溪集》六卷。存词一百五十二首。

1. 杨慎：

丘长春《咏梨花》〔无俗念〕云：“春游浩荡，是年年、寒食梨花时节。白锦无纹香烂熳，玉树琼苞堆雪。静夜沈沈，浮光霭霭，冷浸溶溶月。人间天上，烂银霞照通彻。　　浑似姑射真人，天姿灵秀，意气殊高洁。万蕊参差谁信道，不与群芳同列。浩气清英，仙材卓荦，下土难分别。瑶台归去，洞天方看清绝。”长春，世之所谓仙人也，而词之清拔如此。

《词品》卷二

2.《竹坡丛话》：

有好事者问丘长春曰：“神仙惜气养真，何故读书史作诗词？”曰：“天上无不识字神仙。”丘有《咏梨花》〔无俗念〕词，极清拔。

《词苑萃编》卷六引

3. 沈雄：

词选中有方外语，芜累与空疏同病。要寓意言外，一如寻常，不别立门户，斯为入情，仲殊、觉范、祖可尚矣。若世所称白玉蟾、丘长春，皆仙家之有词名者。

《古今词话·词话》上卷

4. 况周颐：

邱长春《磻溪词》，十九作道家语，亦有精警清切之句。〔无俗念〕《枰棋》云："初似海上江边，三三五五，乱鹤群鸦出。打节冲关成阵势，错杂蛟龙蟠屈。"前调《月》云："露结霜凝，金华玉润，淡荡何飘逸。"其形容棋势，如见开奁落子时。淡荡飘逸，尤能写出月之神韵。向来赋此二题者，殆未曾有。

《蕙风词话》卷三

5. 刘毓盘：

金元间方外人词如丘处机《磻溪词》、姬翼《常知先生云山集》……皆作炼形服气者言，千篇一律。《磻溪词》并改〔念奴娇〕曰〔无俗念〕、〔望江南〕曰〔望蓬莱〕、〔西江月〕曰〔清心静〕，〔浣溪纱〕曰〔玩丹砂〕，巧立异名，此无谓之甚者。

《辑校涵虚词跋》（《涵虚词》辑本）

6. 刘毓盘：

（《词品》）极许丘处机《咏梨花》〔百字令〕词，丘氏于词亦如张辑之好立异名，以〔百字令〕为〔无俗念〕，〔望江南〕为〔望蓬莱〕，与姬翼词同为诗中之邵康节体，皆不足取也尔。

《词史》第八章

7. 陶湘：

长春子《磻溪集》卷一之六，在友字号栖霞长春子集内。诗词歌曲，其中片言只字皆可以警聋瞽而洗尘器也。

《景宋金元明本词叙录》引

8.**《续修四库全书总目提要》**:

多在陕西磻溪作也,〔满庭芳〕题序谓“余自东篱海上,西入关中,十五余年,舍身求道”云云,可以知其踪迹矣。词颇清拔,然多言修道炼心之事,自王荆公、张紫阳以来,词杂仙佛,弥离其本,虽有可取之处,终不足以为训也。又喜改调名,如〔浣溪纱〕改〔玩丹砂〕,〔浪淘沙〕改〔炼丹砂〕,〔酹江月〕改〔无俗念〕等类,尤为南宋以来之恶习也。

《磻溪词一卷提要》

王丹桂

王丹桂（生卒年不详）字昌龄，号白云子。祖居利州（今四川广元），隐居昆仑山（在今山东牟平）清神洞，全真道士，马钰弟子。著有《草堂集》。词存一百四十六首。

1. 周泳先：

余检道藏，复得金元道家词多卷，除已见汇刻者外，尚有……白云子《王先生草堂集》附词一卷……卷帙之富，较两宋大家尚过之。但皆作炼形服气语，千篇一律，读之生厌，唯于词调巧立名目，复多自度腔，近散曲者尤多，可供考订词律及稽索散曲渊源之用。

《唐宋金元词钩沉·总目》

王吉昌

王吉昌（生卒年不详）号超然子。宋元之际人。著有《会真集》五卷，其卷二至卷五为词，《全金元词》据本集辑录其词，凡一百六十八首。

1. 周泳先：

余检道藏，复得金元道家词多卷，除已见汇刻者外，尚有……王吉昌《会真集》附词二卷……卷帙之富，较两宋大家尚过之。但皆作炼形服气语，千篇一律，读之生厌，唯于词调巧立名目，复多自度腔，近散曲者尤多，可供考订词律及稽索散曲渊源之用。

《唐宋金元词钩沉·总目》

刘志渊

刘志渊（生卒年不详）号通玄子，万泉（今山西闻喜）人。全真道士，师事超然子王吉昌。年五十九卒。著有《启真集》。存词五十六首。

1. 周泳先：

余检道藏，复得金元道家词多卷，除已见汇刻者外，尚有……刘志渊《启真集》附词二卷……卷帙之富，较两宋大家尚过之。但皆作炼形服气语，千篇一律，读之生厌，唯于词调巧立名目，复多自度腔，近散曲者尤多，可供考订词律及稽索散曲渊源之用。

《唐宋金元词钩沉·总目》

长筌子

长筌子（生卒年不详），金正大间人。著有《洞渊集》五卷，词存集中。《唐宋金元词钩沉》辑录其词，题为《洞渊词》。存词七十六首。

1．周泳先：

余检道藏，复得金元道家词多卷，除已见汇刻者外，尚有……长筌子《洞源集》附词一卷……卷帙之富，较两宋大家尚过之。但皆作炼形服气语，千篇一律，读之生厌，唯于词调巧立名目，复多自度腔，近散曲者尤多，可供考订词律及稽索散曲渊源之用。而长筌子《洞渊》一集，造语颇多精美清绮之辞，虽仍不免作道家语，但较诸玉蟾、长春，已高出一着矣。

《唐宋金元词钩沉·总目》

吴山房

吴山房（生卒年不详），赵文友人。赵文（1239—1315），元初隐居不出，后为东湖书院山长。

1. 赵文：

吾友吴孔瞻所著乐府悲壮磊落，得意处不减幼安、遗山意者，其世道之初乎？天地间能言之士骎骎欲绝，后此十年，作乐歌，告宗庙，示万世，非老于文学谁宜为？

《吴山房乐府序》（《青山集》卷二）

张胜予

张胜予，生平事迹不详。当为元好问友人。

1. 元好问：

近岁新轩张胜予亦东坡发之者与？新轩三世辽宰相家，从少日滑稽玩世，两坡二枣，所谓入其室而啖其炙者，故多喜而谑之之辞。及随计两都，作霸诸彦，时命不偶，至得补掾中台。时南狩已久，日薄西山，民风国势，有可为太息而流涕者，故又多愤而吐之之辞。予与新轩，臭味既同，而相得甚欢；或别之久而去之远，取其歌词读之，未尝不洒然而笑，慨焉以叹，沉思而远望，郁摇而行歌。以为玉川子尝孟谏议贡余新茶，至四碗发轻汗时，平生不平事，尽向毛孔散，真有此理。退之《听颖师弹琴》云："泥泥儿女语，恩怨相尔汝。忽然变轩昂，勇士赴敌场。"吾恐颖师不足以当之，予既以此论新轩。

《新轩乐府引》(《遗山集》卷三十六)

元

王奕

王奕（生卒年不详）字伯敏，号玉斗山人，玉山（今江西玉山）人。生于南宋，宋亡，建斗山书院。与文天祥、谢枋得友善。至元三十年（1293）前，曾特补玉山县儒学教谕。著有《玉斗山人集》。《彊村丛书》辑其词为《玉斗山人词》。存词二十七首。

1.《续修四库全书总目提要》：

〔沁园春〕云："耳目肺肠，不由我乎，更由乎谁。也不必君平，不消詹尹，不疑何卜，不卜何疑。三径归来，一时有见，岂为黄初与义熙。天下事，但行其可，自合乎宜。　大哉用易乘时。纵乌喙那能食子皮。叹失若塞翁，失为得本，赢如刘毅，赢乃输基。大黠小痴，有余不足，谁必彭殇早与迟。眼前物，纵铜山金屋，一瞑全非。"词显超然之志，惟语句坚涩，究不合体，自辛、刘以来，渐开其端，然气不足以包举者，则转瘦硬矣。奕之逊辛，即坐于此。中间和清真、稼轩、放翁诸阕，亦时有强勉凑合之弊，然如〔贺新郎〕《舟下匡庐》及《金陵怀古》、〔沁园春〕《过彭泽》、〔水调歌头〕《过鲁港丁家洲》诸制，并感怀凄怆，忠厚缠绵，亦不必以字句苛论矣。

《玉斗山人词一卷提要》

黎廷瑞

黎廷瑞（1250—1308）字祥仲，号芳洲，鄱阳（今江西鄱阳）人。宋咸淳七年（1271）进士，授迪功郎、肇庆府司法参军，未任。元至元二十三年（1286），摄本路儒学教授。至大元年卒，年五十九。著有《芳洲集》。《彊村丛书》辑其词为《芳洲诗余》。存词三十二首。

1.《续修四库全书总目提要》：

凡三十二阕，其〔大江东去〕《题项羽庙》、〔八声甘州〕《金陵怀古》诸阕，字雕句琢，气力沉雄，而〔清平乐〕《舒州》云："秋怀骚屑。卧听萧萧叶。四壁寒蛩吟不歇。旧恨新愁都说。　疏疏雨打栖鸦。月痕犹在窗纱。一夜西风能紧，明朝瘦也黄花。"词语凄婉，别有深情，并无斧凿之痕。又〔水龙吟〕《九日登城》云："慨江南风景，一朝如许。教人恨王夷甫"、"对酒强推愁去，酒醒来、愁还如故。青萍三尺，阴符一卷，土花尘蠹。试问黄花，花知余否。沈音无语，拍栏杆、空羡慕平沙落雁，沧波归鹭。"合以〔秦楼月〕《梅花》"商山四皓"、"首阳孤竹"诸语观之，似别有深慨也。

《芳洲诗余一卷提要》

杨弘道

杨弘道（1187—1270）字叔能，号素庵，淄川（今山东淄博）人。金末，补父荫，但未赴职。与元好问、刘祁、杨果皆以诗知名于时。金哀宗正大元年（1224）监麟游酒税。后入宋，理宗端平元年（1234），为襄阳府学教谕，次年摄唐州司户。元兵破唐州，遂北迁，寓家济源（今属河南），不复仕。后卒。延祐三年（1316）追谥文节。著有《小亨集》六卷，赵万里《校辑宋金元人词》辑有《小亨诗余》一卷。存词九首。

1.《续修四库全书总目提要》：

所作颇为精整，惜无流宕之致，〔梅梢月〕《歌女》云：“春到人间，嫩黄染长条，暖烟晴昼，未按舞腰，学画妆眉，二八女儿纤瘦。绛桃秾李携佳伴，陈步障，青红如绣。过微雨，年年好在，禁烟时候。　　娇困如烟卯酒。应恼杀、翩翩燕朋莺友。绿水灞桥，斜日章台，雪絮乱飘锦袖，劝伊休官别离事，但赢取、青青依旧。再相见，清阴渐成数亩。”此题殊艳，而词气坚稳，微嫌其生涩耳。其〔满江红〕《有感》一首，稍见疏散，盖与元遗山相处，不觉形似，又以莽苍之词调，不得不用疏放之笔，然非其本色也。

《小亨诗余一卷提要》

耶律楚材

耶律楚材（1190—1244）字晋卿，号湛然居士，契丹人。金尚书右丞耶律履子。贞祐二年（1214）迁左右司员外郎。成吉思汗入燕京，闻名召用。太宗（窝阔台汗）立，拜中书令。太宗后称制三年卒，年五十五。死后追封广宁王，谥文正。《元史》卷一百四十六有传。耶律楚材历仕三朝，改革陋习，创立新制，对元初的诸多建设建树颇多。著有《湛然居士集》十四卷，存词《鹧鸪天》一首。

1. 陈廷焯：

自是宋元人七律声口。句亦婉至。（评〔鹧鸪天〕“花界倾颓事迁”）

《云韶集》卷十一

2. 陈廷焯：

语亦雄秀，是宋元人七律之佳者。（评〔鹧鸪天〕“花界倾颓事迁”）

《词则·别调集》卷三

3. 况周颐：

耶律文正〔鹧鸪天〕歇拍云：“不知何限人间梦，并触沉思到酒边。”高浑之至，淡而近于穆矣。庶几合苏之清、辛之健而一之。

《蕙风词话》卷三

李治

李治（1192—1279）字仁卿，号敬斋，真定栾城（今河北栾城）人。正大七年（1230）登金进士第，辟知钧州事。蒙古军破城，李治微服出逃。世祖忽必烈在潜邸，尝召问治天下之道，颇嘉纳之。世祖即位，复聘之，李治以老病恳请还山。至元二年（1265）再召以学士，就职期月，复辞去。晚年聚徒讲学。至元十六年卒，年八十八，谥文正。《元史》卷一百六十有传，作李冶，误。李治与元好问多有唱和，世人以“元李”并称。著有《测圆海镜》十二卷，《敬斋古今黈》八卷。其词皆附于元好问《遗山乐府》，周泳先《唐宋金元词钩沉》辑有《敬斋乐府》一卷。存词五首。

1. 王沂：

余尝观敬斋赋《雁邱》、《双蕖怨》乐府数章于《元遗山集》中，经纬绵密，词旨清楚，似胜元作。意者如黄鲁直、陈无己和东坡诗，前辈所谓极力以压此老者。今观全集，其语意浑厚，绝类晏元献父子，乃知遗山附入之意有在也。

《题李敬斋乐府后》（《伊滨集》卷二十二）

2.《乐府纪闻》：

大名民家，有男女以私情不遂赴水死。后三日，二尸相抱出水滨，是年此陂荷花，无不并蒂。李治赋《双蕖怨》云：“为多情，和天也老，不应情遽如许。请君试听双蕖怨，方见此情真处。谁点注。香潋滟、银塘对抹胭脂露。藕丝几许。伴玉骨春心，金沙晚泪，漠漠瑞红吐。　　连理树。一样骊山怀古。古今朝暮云雨。六郎夫妇三生梦，幽恨从来艰阻。须念取。共鸳鸯翡翠、照影长相聚。秋风不住。怅寂寞芳魂，轻烟北渚。凉月又南浦。”此即〔摸鱼儿〕，与《雁丘》词并脍炙人口。

沈雄《古今词话·词话》下卷引

3. 陈廷焯：

起笔便说尽，真乃凄绝。情深语至，十分沉着。"诗翁"至"酸楚"数絮叙遗山筑丘事。欲歌欲泣，凄艳缠绵，尤胜正卿一则。（评〔迈陂塘〕"雁双双"）

《云韶集》卷十一

4. 陈廷焯：

起四语平率，"何似"句亦未能清醒。冶情苦调，笔力亦透过数层，设色亦工。（评〔迈陂塘〕"雁双双"）

《词则·别调集》卷三

5. 况周颐：

金李仁卿冶词五首，见《遗山乐府》附录。〔摸鱼儿〕《和遗山赋雁丘》过拍云："诗翁感遇。把江北江南，风嘹月唳，并付一邱土。"托旨甚大，遗山元唱殆未曾有。李词后段云："霜魂苦。算犹胜、王嫱青冢真娘墓。"亦慨乎言之。

《蕙风词话》卷三

6. 梁启勋：

楚辞、汉赋、唐诗、宋词，其衔接递嬗之程序，固自宛然。词与曲亦当不能外此例。试举一例作佐证：金章宗泰和乙丑，元遗山赴并，道逢捕雁者，获一雁，杀之，其一飞鸣不忍去，竟自投死地，因买而葬诸汾水上，累石为识，名曰雁邱。元之友李仁卿倚〔摸鱼儿〕以赋其事，中有句曰："摧劲羽。偿万一、幽冥却有重逢处。"又曰："霜魂苦。算犹胜、王嫱青冢真娘墓。"又泰和中，大名民家小儿女，有以私情不遂，双双赴水者，自是此陂荷花，开皆并蒂。仁卿亦有〔摸鱼儿〕一阕写其事，中有句曰："香潋滟、银塘对抹胭脂露。"词诚佳绝，但决非宋人语，尤非南宋。以青冢及贞娘墓陪衬雁邱，宋贤固亦能之，但运用之技术，必不能若是之流丽轻倩。至于以“对抹胭脂”写并头莲，宋人似不能有此意境，已全入曲子韵味。金在宋元之间，其中不乏文学知名，试读元遗山、韩温甫、李钦叔、蔡伯坚、王拙轩、李庄靖及段氏弟兄诚之、复之诸人之集，则词曲递嬗之消息，未尝不可寻。其中如所举之李仁卿佳句，正自不少也。

《曼殊室随笔·词论》

李庭

李庭（1194—1277）字显卿，号寓庵，华州奉先（今陕西蒲城）人。金末避兵商、邓山中，金亡徙居平阳（今山西临汾）。后辟为陕右议事官，署陕西咨议，授京兆教授。至元十九年卒，年八十四。著有《寓庵集》八卷，词存集中。《彊村丛书》辑为《寓庵词》一卷。存词五首。

1. 况周颐：

宋王质〔西江月〕借江梅腊梅为意寿董守云："试将蕊数重层层，犹比长年不尽。"元李庭〔水调歌头〕《史侯生朝》云："侧听称觞新语，一滴愿增一岁，门外酒如川。"并巧语不涉纤。

《蕙风词话》卷二

2.《续修四库全书总目提要》：

〔水调歌头〕二首，〔满庭芳〕、〔水龙吟〕、〔望月婆罗门引〕各一首，共五首，尽为应酬之作，盖不以词重，存以备考而已。

《寓庵词一卷提要》

杨果

杨果（1197—1271）字正卿，号西庵，祁州蒲阴（今河北安国）人。正大元年（1224）进士。历知堰师、满城、陕县，以廉干称。金亡，入史天泽幕。元世祖中统元年（1260）授北京宣抚使，次年拜参知政事。至元六年（1269）出为怀孟路总管。六年卒，年七十五，谥文献。《元史》卷一百六十四有传。杨果善谐谑，闻者绝倒。工文章，尤长于乐府。著有《西庵集》。存词三首。

1. 宋濂：

果性聪敏，美风姿，工文章，尤长于乐府。

《元史》卷一百六十四

2. 陈廷焯：

起笔如孙孟文“汾水碧依依”之致，真古人高境。淋淋漓漓，血泪交流之笔。（评〔摸鱼儿〕“怅年年”）

《云韶集》卷十一

3. 吴梅：

开国之初，若燕公楠、程钜夫、卢疏斋、杨西庵辈，偶及倚声，未扩门户。逮仇仁近振起于钱塘，此道遂盛。赵子昂、虞道园、萨雁门之徒，咸有文彩；而张仲举以绝尘之才，抱忧时之念，一身耆寿，亲见盛衰，故其词婉丽谐和，有南宋之旧格，论者谓其冠绝一时，非溢美也。其后如张埜、倪瓒、顾阿瑛、陶宗仪，又复赓续雅音，缠绵赠答。及邵复孺出，合白石、玉田之长，寄烟柳斜阳之感，其〔扫花游〕、〔兰陵王〕诸作尤近梦窗，殿步一朝，良无愧怍。

此（〔摸鱼儿〕《同遗山赋雁邱》）为西庵和作，同时和者甚多，不让双蕖怨故事也。

《词学通论》第八章

杜仁杰

杜仁杰（约1201—约1284）字仲梁，号止轩，原名杜之元，字善夫，济南长清（今山东长清）人。金正大间，与麻革、张澄隐内乡山中，诗歌唱和，名声相埒。元好问亦与之相交较深。元至元中，屡征不起。后以其子杜元素贵，赠翰林承旨、资善大夫，卒谥文穆。杜仁杰善谐谑，才宏学博，气锐笔健。著有《逃空丝竹集》、《河洛遗稿》等，均佚。存词二首。

1. 徐伯龄：

元贤作南词极蕴藉，往往过宋之作者。如……杜善夫《恨别》〔太常引〕云："碧厨冰簟午风凉。都是好风光。独自守空床。泪滴了、千行万行。　别时情意，去时约，刚道不思量。不是不思量，说著后教人话长。"

《蟫精隽》卷四

许衡

许衡（1209—1281）字仲平，号鲁斋，怀州河内（今河南沁阳）人。世代为农，幼颖悟过人。尝居苏门山（今河南辉县），与姚枢、窦默讲习理学。忽必烈王秦中，召为京兆提学。世祖即位后被召至京师，授太子太保，累擢中书左丞、集贤大学士兼国子祭酒。至元十八年卒，年七十三，追谥文正。《元史》卷一百五十八有传。许衡与姚枢、窦默等同为著名理学家，与吴澄齐名，有“南澄北许”之称。著有《鲁斋集》。《彊村丛书》辑有《鲁斋词》一卷。存词五首。

1. 徐伯龄：

元贤作南词极蕴藉，往往过宋之作者。如许鲁斋衡《书怀》〔满江红〕云：“亲友留连，都尽道、归程匆逼。还可虑、干戈摇荡，路途艰厄。万事岂容忙里做，一安惟向闲中得。便相将、妻子抱琴书，青山侧。　　行与止，吾能识，成与败，谁能测。但粗衣淡饭，小窗容膝。桑梓安排投老地，诗书准备传家策。使苏张重起论纵横，心难易。”

《蟫精隽》卷四

2. 况周颐：

《凤林书院草堂诗余》，无名氏选至元、大德间诸人所作，天游词录九首。并皆南宋遗民词。多凄恻伤感，不忘故国，而于卷首冠以刘藏春、许鲁斋二家，以文丞相、邓中斋、刘须溪三公继之，若故为之畦町。当时顾忌甚深，是书于有所不敢之中，仅能存其微旨，度亦几经审慎而后出之。

《蕙风词话》卷三

3. 陈匪石：

(《元草堂诗余》) 其确为元人者，只刘藏春、许鲁斋两家，余皆南宋遗民。

《声执》卷下

4. 吴梅：

元人以北词登场，而歌词之法遂废。其时作者，如许鲁斋之〔满江红〕，张弘范之〔临江仙〕，不过余技及之，非专家之业。即如刘太保之〔干荷叶〕、冯之振之〔鹦鹉曲〕，亦为北词小令，非真两宋之词也。

《词学通论》第八章

5.《续修四库全书总目提要》：

共五首。〔沁园春〕《东馆路中》尚有阙文，其〔满江红〕“河上徘徊”一首，传为被召时所作，尝自言曰，生平为虚名所累，不能辞官。观其所作，其心可表。衡道学湛深，原不以词重也。

《鲁斋词一卷提要》

刘秉忠

刘秉忠（1216—1274）本名侃，字仲晦，号藏春散人。邢州（今河北邢台）人。少以怀才不遇，归隐武安山中。后出家为僧，法名子聪，从海云禅师入见忽必烈于潜邸，留备顾问。世祖即位，拜光禄大夫。参领中书省事，改名秉忠。一代成宪，皆所草定，元之国号即是他所提议。至元十一年卒，年五十九，谥文贞。成宗时改谥文正。《元史》卷一百五十七有传。刘秉忠博览好学，凡天文、地理、律历、遁甲之属无不精通。著有《藏春集》六卷。词集有四印斋本《藏春乐府》一卷。存词八十一首。

1. 刘秉忠：

黄尘道路竞抛梭，不觉行年四十过。世事逾多逾琐细，人生渐老渐蹉跎。愁城平却无遗址，乐府开来有妙歌。桃李花间一壶酒，君留不醉欲如何？

《答友人留饮》（《藏春集》卷二）

2. 张文谦：

诗章、乐府，又皆脍炙人口。

《故光禄大夫太保赠太傅仪同三司谥文贞刘公行状》（《藏春集》卷六）

3. 杨慎：

元太保刘秉忠〔干荷叶〕曲云："干荷叶，色苍苍。老柄风摇荡。减了清香越添黄。都因昨夜一场霜。寂寞秋江上。"此秉忠自度曲，曲名〔干荷叶〕，即咏干荷叶，犹是唐词之意也。又一首吊宋云："南高峰。北高峰。惨淡烟霞洞。宋高宗，一场空。吴山依旧酒旗风。两度江南梦。"此借腔别咏，后世词例也。然其曲凄恻感慨，千古之寡和也。或云非秉忠作。秉忠助元凶宋，惟恐不早，而复为吊惜之辞，其俗所谓“斧子斫了手摩挲”之类也。

《词品》卷一

4.《柳塘词话》：

胡应麟《笔丛》，驳辩杨慎《词品》极多，但不娴于词而言词，当必有误。如刘秉忠之〔干荷叶〕，杨谓其自度曲，胡则不能悉其非词也。两首亦非一体，如第二首吊高宗词，杨固疑其助元凶宋，而肯吊之乎。秉忠为南渡后人，少为僧，随其师海云入见，世祖留之耳。时人称为聪书记。其〔三奠子〕之俚浅不及遗山，而蒋一葵过誉之也。

沈雄《古今词话·词话》下卷引

5. 王鹏运：

往与碧瀣翁论词，为雄廓而不失之伧楚，蕴藉而不流于侧媚，周旋于法度之中，而声情识力常若有余于法度之外，庶为填词当行，目论者庶不薄填词为小道。藏春之境，雅于之合。

《藏春乐府跋》(《藏春乐府》卷后)

6. 况周颐：

真挚语见性情，和平语见学养。近阅刘太保《藏春词》，其厚处、大处亦不可及。孰谓词敝于元耶？

《樵庵词跋》(《樵庵词》卷后)

7. 况周颐：

曩半塘老人跋《藏春乐府》云：“雄廓而不失之伧楚，酝藉而不流于侧媚。”余尝悬二语心目中，以赏会《藏春词》，如〔木兰花慢〕云：“桃花为春憔悴，念刘郎、双鬓也成秋。”〔望月婆罗门引〕云：“望断碧波烟渚，苹蓼不胜秋。但冥冥天际，难识归舟。”〔临江仙〕云：“马头山色翠相连。不知山下客，何日是归年。”〔南乡子〕云：“暮雨夜深犹未住，芭蕉。残叶萧疏不奈敲。”前调云：“醉倒不知天早晚，云收。花影侵窗月满楼。”前调云：“行人更在青山外。不许朝朝不上楼。”〔鹧鸪天〕云：“斜阳影里山偏好，独倚阑干懒下楼。”〔踏莎行〕云：“东风吹彻满城花，无人曾见春来处。”右所摘皆警句，以言蕴藉近是，而雄廓不与焉。〔太常引〕云：“无地觅松筠。看青草红芳斗春。”藏春佐命新朝，运筹帷帐，致位枢衡，乃复作此等感慨语，何耶？〔江城子〕云：“看尽好花春睡稳，红与紫，任他开。”则是功成名立后所宜有矣。

《蕙风词话》卷三

8. 刘毓盘：

《元草堂》首录刘秉忠词，以其生为元人，初非来之异国也。《藏春乐府》一卷，不作僧家语，萧散淡远，一若无志于功名者，所以为姚广孝之先觉焉。

《词史》第八章

9. 陈匪石：

金据中原之地，郝经所谓歌谣跌宕，挟幽并之气者，迥异南方之文弱。国势新造，无禾油麦秀之感，故与南宋之柔丽者不同，而亦无辛、刘慷慨愤懑之气。流风余韵，直至有元刘秉忠、程文海诸人，雄阔而不失之伧楚，蕴藉而不流于侧媚，卓然成自金迄元之一派，实即东坡之流衍也。

《元草堂诗余》三卷……上卷十四人，六十二首。中卷二十五人，六十八首。下卷二十四人，七十三首。其确为元人者，只刘藏春、许鲁斋两家，余皆南宋遗民。

《声执》卷下

10. 吴梅：

元人以北词登场，而歌词之法遂废。其时作者，如许鲁斋之〔满江红〕，张弘范之〔临江仙〕，不过余技及之，非专家之业。即如刘太保之〔干荷叶〕、冯之振之〔鹦鹉曲〕，亦为北词小令，非真两宋之词也。

刘秉忠有〔三奠子〕词，张弘范有〔鹧鸪天〕词，皆非当行语。

《词学通论》第八章

白朴

白朴（1226—1307）原名恒，字仁甫，后改名朴，字太素，号兰谷先生。真定（今河北正定）人。父白华为金枢密院判官。开兴元年（1232），蒙古军攻南京（今河南开封），白华随哀宗奔归德。次年城破，时年八岁，得父执元好问救助，养于其家，并从受业。太宗八年（1236），元好问乃送白朴返真定家中。及长，放情山水，绝意仕进，屡辞辟荐。卒于至元二十二年，年八十二。《元史》无传，事略见王博文、孙大雅《天籁集序》。白朴早年习诗赋，后精于度曲，与关汉卿、马致远、郑光祖并称“元曲四大家”。词有《天籁集》二卷。存词一百零四首。

1. 王博文：

平生留意于长短句，散失之余，仅二百篇，顾吾子序之。读之数过，辞语遒严，情寄高远，音节协和，轻重稳惬。凡当歌对酒，感事兴怀，皆自肺腑流出。予因以“天籁”名之。噫！遗山之后，乐府名家者何人？残膏剩馥，化为神奇，亦于太素集中见之矣。然则继遗山者不属太素而奚属哉？知音者览其所作，然后知予言之不为过。

《天籁集原序》（《天籁集》卷首）

2. 张翥：

白朴所宗者，多东坡之变调。

〔沁园春〕词题下注（《全金元词》卷下）

3. 孙大雅：

其先为金世臣，既不欲高韬远引，以抗其节，又不欲使爵禄，以干其身。于是屈己降志，玩世滑稽；徙家金陵，从诸遗老，放情山水间，日以诗酒优游，用示雅志，以忘天下。诗词篇翰，在在有之。

《天籁集序》(《天籁集》)

4. 陈霆：

《天籁词集》，为白朴太素所作。太素号兰谷，赵之真定人，故金世家也。生长兵间，流落窜逸，父子相失，遂鞠于父执元遗山所。元公教之读书，既长，问学宏博，后以诗词显。金亡，恒郁郁不乐，遂不复求仕，以诗酒自放于山水间。予谪倅六安，于其裔孙庠生白永盛家获瞻其遗像。酒边为赋〔酹江月〕一词吊之。永盛因出词集，嘱予为登梓。宦迹蓬转，未及谐所诺。今屏退林下，无力复办此矣。感今追昔，是不惟辜永盛之托，且不肖于此，夙昔不浅，当复负此老于地下也。吊词云："滑稽玩世，知胸藏多少，春花秋月。天籁有词人有像，还是遗山风格。松下巢由，竹间逸少，气韵真高洁。坐谈拊掌，溪山等是诗诀。　　见说多景楼前，凤凰台上，醉帽风吹裂。千古英豪消歇尽，江水至今悲咽。九死投荒，三年坐困，一样成愁绝。寄声知否，酒杯当酹松雪。"凡白之大略，词颇该之。

阅《天籁集》，得其数篇，录以备词话之一二。〔夺锦标〕云："霜水明秋，霞天送晚，画出江南江北。满目山围故国。三阁余香，六朝陈迹。有庭花遗谱，惨哀音、令人嗟昔。想当时、天子无愁，自古佳人难得。　　惆怅龙沈宫井，石上啼痕，犹点胭脂红湿。去去天荒地老，流水无情，落花狼藉。恨青溪犹在，渺重城，烟波空碧。对西风、谁与招魂，梦里行云消息。"太素序云："〔夺锦标〕曲，不知始何时。世所传者，僧仲殊一篇而已。予每浩歌，寻绎音节，因欲效颦，恨未得佳趣耳。庚辰，卜居建康。暇日访古，采陈后主、张贵妃事，以成素志。按后主既脱景阳井之厄，隋长史高颎竟戮丽华于青溪。后人哀之，即其地立小祠。祠中塑二女郎，次即孔贵嫔也。今遗构荒凉，庙貌亦不存矣。感叹之余，为作此阕。"〔沁园春〕云："独上遗台，目断清秋，凤兮不还。恨吴宫幽径，埋深花草，晋时高冢，销尽衣冠。横吹声沉，骑鲸人去，月满空江雁影寒。登临处，且摩挲石刻，徙倚阑干。 青天半落三山。更白鹭洲横二水间。问谁能心比，秋来水净，渐教身似，岭上云闲。扰扰人生，纷纷世事，就里何尝不强颜。重回首，怕浮云蔽日，不见长安。”叙云：“保宁寺即凤凰台，太白留题在焉。宋高宗南渡，尝驻跸寺中，有石刻书王荆公赠僧诗云：‘纷纷扰扰十年间。世事何尝不强颜。亦欲心如秋水净，应须身似岭云闲。’意者当时南北扰攘，国家荡析，磨盾鞍马间，经营之志，百未一遂。此诗必有深契于心者，故书以自况。予暇日来游，因演太白、荆公诗意，亦犹稼轩〔水龙吟〕，用李延年、淳于髡语也。”〔满庭芳〕云：“雅燕飞觞，清淡挥麈，主人终日留欢。密云双凤，碾破缕金盘。斗品香泉味好，须臾看、蟹眼汤翻。银瓶注，花浮兔椀，雪点鹧鸪斑。 双鬟。微步稳。春纤擎露，翠袖生寒。觉清风扶我，醉玉颓山。照眼红纱画烛，吟鞭送、月满银鞍。归来晚，芸窗未寝，相对小妆残。”序云：“屡欲作茶词，未暇也。近选宋名公乐府，黄、贺、陈三集中，凡载〔满庭芳〕四首，大概相类，亦有得失。复杂用寒、删、先韵，而语意若不伦。仆不揆狂斐，合三家奇句，试为一首，必有辨之者。”

《渚山堂词话》卷三

5. 朱彝尊：

兰谷词出于苏、辛，而绝无叫嚣之气，自是名家。元人擅此者少，当于张蜕庵称双美。可与知音道也。

《天籁集跋》（《天籁集》卷后）

6. 戴名世：

诗余莫盛于元。而仁甫所作，尤称隽妙。

《天籁集序》（《南山集》卷二）

7.《四库全书总目提要》：

朴词清隽婉逸，意惬韵谐，可与张炎《玉田词》相匹。惟以制曲掩其词名，故沉晦者越数百年，词家选本，遂均不载其姓字。朱彝尊辑《词综》时，亦尚未见其本，书成之后乃得之。书虽晚出，而倚声家未有疑其伪者。盖其词采、气韵，皆非后人之所能，固一望而知为宋元人语矣。(《天籁集提要》)

白朴所宗者，多东坡、稼轩之变调。(《蜕岩词提要》)

《四库全书总目提要》卷一百九十九

8.《四库全书简明目录》：

朴幼鞠于元好问，家学有端绪。其词清隽婉逸，可与张炎相匹。旧无刻版，亦无传本，康熙中朱彝尊始序而传之。书虽晚出，然倚声家未有疑其伪者。盖词采、气韵望而知为宋金元人，非后人所能依托也。

《天籁集提要》(《四库全书总目提要》卷一百九十九)

9. 华长卿：

遗山诗派踞金源，中调尤多感慨存。

更有嗣音《天籁集》，令人一读一销魂。元好问、白朴

《论词绝句》(《梅庄诗钞》卷五)

10. 王鹏运：

仁甫洵如《提要》所云，清隽婉逸，意适韵谐，足与张玉田相匹。

《天籁集跋》(《天籁集》卷后)

11. 王国维：

白仁甫《秋夜梧桐雨》剧，沉雄悲壮，为元曲冠冕。然所作《天籁词》，粗浅之甚，不足为稼轩奴隶。岂创者易工，而因者难巧欤？抑人各有能与不能也？读者观欧、秦之诗远不如词，足透此中消息。

《人间词话》

12. 刘毓盘：

鲜于枢、姚燧、冯子振、白无咎、乔吉、张可久、陶宗仪等

皆工于曲，故其词亦近于曲。若白朴词曰《天籁集》，曲曰《摭遗》，知词曲之别矣。

《词史》第八章

13. 吴梅：

其词出语遒上，寄情高远，音节协和，轻重稳惬，凡当歌对酒，感事兴怀皆自肺腑流出，真如天籁，因以《天籁》名集。江阴孙大雅云："先生少有志于天下，已而事乃大谬。顾其先世为金世臣，既不欲高蹈远引，以抗其节，又不欲使爵禄，以干其身。于是屈已降志，玩世滑稽；徙家金陵，从诸遗老，放情山水间，日以诗酒优游，用示雅志，以忘天下。"是仁甫身世亦可惋也。词中如《咸阳怀古》、《感南唐故宫》诸作，颇多故国之感。赋咏金陵名胜，亦有狡童、禾黍之意。而〔沁园春〕《辞谢辟召》一词，竟拟诸嵇康、山涛绝交故事，是其志尚，非同时诸子所能默契也。

《词学通论》第八章

14. 赵尊岳：

天籁、遗山，各以雄胜。

《珍重阁词话》

15. 赵尊岳：

元则遗山、天籁，惟以雄胜。

《填词丛话》卷二

魏初

魏初（1232—1292）字太初，号青崖，弘州顺圣（今河北阳原）人。元世祖中统元年（1260）辟为中书省椽史，兼掌书记，不久，以祖母老辞归，隐居教授。后以荐授国史院编修官，拜监察御史，出佥陕西、四川按察司事。至元二十一年（1284）以侍御史行御史台事于扬州，迁江西按察使，二十八年（1291）改南台中丞。次年卒，年六十一。追谥忠肃。《元史》卷一百六十五有传。魏初遇事敢言，其奏议皆切当世要务。好读书，尤长于《春秋》。受学于元好问。著有《青崖集》五卷。赵万里《校辑宋金元人词》辑其词为《青崖词》一卷。存词四十三首。

1.《续修四库全书总目提要》：

其词于疏放之中具有法度。初从元遗山游，故词学渊源有自也。〔木兰花慢〕《送张梦符治书赴召》云："正江南二月，春色里、送君行。对芳草晴烟，海棠细雨，不尽离情、思量汉皋城上，共当时、飞盖入青冥。醉后嘉陵山色，马头杨柳秦亭。　十年一别鬓星星。慷慨只平生。爱激浊扬清，排纷解难，肝胆峥嵘。此心一忠自信，更太平、丞相旧知名。寄谢草堂猿鹤，移文未要山灵。"此虽酬应之制，而气刚文劲，纵横合矩，亦可于是觇之矣。

《青崖词一卷提要》

胡祗遹

胡祗遹（1227—1295）字绍开，一作绍闻，号紫山，磁州武安（今河北武安）人。中统初，为大名宣抚从吏。至元间，官终江南浙西道提刑按察使。元贞元年卒，年六十九，追谥文靖。《元史》卷一百七十有传。胡祗遹明察干练，与王恽、刘敏中交往甚笃。著有《紫山大全集》二十六卷。周泳先《唐宋金元词钩沉》辑有《紫山诗余》一卷，存词二十三首。

1. 胡祗遹：

作文写字与吟诗，老去情怀总不宜。

读易一篇无所咏，渊明诗句稼轩词。

《此兴准备挂冠后西郊草堂以悦闲适》（《紫山大全集》卷七）

王恽

王恽（1227—1304）字仲谋，号秋涧，卫州汲县（今河南汲县）人。中统元年（1260）辟为详议官。至元五年（1268）拜监察御史。十四年（1277）除翰林待制，历河南北道、燕南河北道、山东东西道提刑按察副使，福建闽海道提刑按察使，所至皆有政声。二十八年（1291）召至京师，上万言书，极陈时政。成宗朝，加通议大夫知制诰，奉旨纂修《世祖实录》。大德五年致仕，八年六月卒，年七十八，谥文定。《元史》卷一百六十七有传。王恽知无不言，权贵为之侧目。操履端方，甚有才干。文章源出元好问，诗篇笔力健浑。与东鲁王博文、渤海王旭齐名。著有《秋涧大全集》一百卷。词存集中，《彊村丛书》辑为《秋涧乐府》四卷，存词二百四十四首。

1. 王士禛：

王秋涧〔湖上乐〕四首，纯乎元曲，其佳句云："新词澹似鹅黄酒。"〔豆叶黄〕亦是曲意，即元人〔一半儿〕也。

《花草蒙拾》

2.《乐府纪闻》：

王恽字仲谋，汲县人，官翰林承旨。仕元日，亦效吴彦高赋故宫人〔春从天上来〕词，不引用故实，而淡宕可喜。小词甚多，若〔平湖乐〕，即元人所为曲调也。

沈雄《古今词话·词评》下卷引

3. 陈廷焯：

仲谋词骨力甚坚，仿佛孙孟文。

壮气凌云。不作儿女子语，最高。（评〔点绛唇〕"杨柳青青"）

据甚精秀。怅望神理，一一如见。（评〔平湖乐〕"采莲人语"）

此词颇难合拍，此作极圆美流转。秀炼入神。（评〔平湖乐〕“秋风湖上水增波”）

《云韶集》卷十一

4. 况周颐：

《秋涧乐府》，〔鹧鸪天〕《赠驭说高秀英》云：“短短罗袿淡淡妆。拂开红袖便当场。掩翻歌扇珠成串。吹落谈霏玉有香。　由汉魏，到隋唐。谁教若辈管兴亡。百年总是逢场戏，拍板门锤未易当。”“驭说”即说书，此词清浑超逸，近两宋风格。

《蕙风词话》卷三

5. 吴梅：

其词精密宏博，自出机杼。〔春从天上来〕一支，尤多故国之感。自制腔如〔平湖乐〕，直是小令。而〔后庭花〕、〔破阵子〕即为北词〔仙侣后庭花〕之滥觞。词云：“绿树远连洲……”较吕止庵小令无异。元人词中，往往有与曲相混处，不可不察。

《词学通论》第八章

6.《续修四库全书总目提要》：

韩承御述金宫故事，恽为赋〔春从天上来〕云：“罗绮深宫。记紫袖双垂，当日昭容。锦对香重，彤管春融。帝座一点云红。正台门事简，更捷奏、清画相同。听钧天，侍瀛池内宴，长乐歌钟。回头五云双阙，恍天上繁华，玉殿珠栊。　白发归来，昆明灰冷，十年一梦无踪。写杜娘哀怨，和泪把、弹与孤鸿。淡长空。看五陵何似，无树秋风。”后段能于淡远之中写黍离之感，最为词中之胜境。集中多自制腔，而〔后庭花〕、〔破阵子〕实为北曲〔仙侣后庭花〕之滥觞。赵文敏亦有此首，多一衬字。此与〔天净沙〕、〔翠腰裙〕诸调，并为词曲之转变，此为究述元词者所不可不知者也。又恽词中，题序记事，颇资博闻，如〔木兰花慢〕《焦氏乐器》、〔感皇恩〕《与客读辛殿撰乐府全集》、李兰英歌〔鹧鸪天〕、严伯昌歌〔黑漆弩〕、圣姑祠神，撷雪写俗，并可供参考也。

《秋涧乐府一卷校记一卷提要》

卢挚

卢挚（1235—1300）字处道，一字莘老，号疏斋，涿州（今河北涿州）人。至元五年（1268）进士。至元间，累迁河南路总管。大德初，授集贤学士，为湖南岭北道肃政廉访使，召为翰林学士，进承旨。《新元史》卷二百三十七有传。卢挚博洽多学，文思超凡。诗与刘因齐名，文与姚燧并称，散曲妩媚清丽。著有《疏斋集》、《疏斋后集》，皆佚。词有赵万里辑本《疏斋词》一卷。存词二十二首。

1. 吴澄：

宋诸人所工尚矣，国初太原元裕之以此擅名，近时涿郡卢处道亦有可取。

《张仲美乐府序》（《吴文正集》卷十八）

2. 王礼：

国初太原元裕之以此擅名，其后涿郡卢处道、河南张仲美，韵度俱非寻常可及。

《胡涧翁乐府序》（《麟原文集》前集卷五）

3. 刘毓盘：

疏斋善诗词，尤精于曲，以疏朗胜，与刘秉忠齐名……《元草堂诗余》不录疏斋词，厉鹗谓所录文天祥以下六十一人皆宋人，故入元所作，亦心乎故国之词。疏斋非宋人也，所言殆非无因欤？

《辑校疏斋词跋》（《疏斋词》辑本）

4. 吴梅：

金、元诸家，惟吴、蔡、遗山为正，余皆略事声歌，无当雅奏。元人以北词见长，文人心力仅注意于杂剧，且有以词入曲者，虽有疏斋、仁近、蜕岩诸子，亦非专家之业也。

《词学通论》第八章

5.《续修四库全书总目提要》:

词十七首，附录一首。挚为至元、大德间人，虽染元初词派，微嫌疏放，而确有精丽之作，如〔蝶恋花〕云:“越水涵秋光似镜。泛我扁舟,照我纶巾影。野鹤闲云知此兴。无人说与沙鸥省。　回首天涯江路永。远树孤村，数点青山暝。梦过煮茶岩下听。石泉鸣咽松风冷。”气味妍和，用笔高古，自是宋贤之矩矱，元初之词，此可留意者也。〔黑漆弩〕题谓《晚泊采石醉歌田不伐黑漆弩》云云，田不伐《洋呕集》已佚，仅有辑本，存词六首，无〔黑漆弩〕词，因挚题而始知之，此又可供参证者也。

《疏斋词一卷提要》

张道济

张道济，字仲美，河南人。由绍兴知事、黄冈县尹迁宁州判官，以年逾七十告致仕而去。工诗，善乐府，与卢挚齐名。

1. 吴澄：

近时涿郡卢处道亦有可取。河南张仲美，年与卢相若，而尝同游，韵度酷似之。盖能文、能诗，而乐府为尤长。然仲美正人也，其辞丽以则，而岂丽以淫者之所可同也哉？

《张仲美乐府序》（《吴文正集》卷十八）

2. 王礼：

国初太原元裕之以此擅名，其后涿郡卢处道、河南张仲美，韵度俱非寻常可及。

《胡涧翁乐府序》（《麟原文集》前集卷五）

张榉

张榉，字君才、君材。庐陵人，生平事迹不详，为吴澄友人。

1. 吴澄：

乐府高处，几逼《无住》。或泊然冲淡，似霞外超逸之仙；或妩然软媚，似花间娈婉之客。

《张君才诗序》（《吴文正集》卷二十三）

张弘范

张弘范（1238—1280）字仲畴，易州定兴（今河北定兴）人。张柔第九子。中统初，授御用局总管，改行军司马。至元十一年（1274），随丞相伯颜伐宋，为前锋，俘文天祥于海丰五坡岭。十六年，破宋师于厓山（今广东新会南），因以亡宋勒石纪功而返。十七年卒，年四十三，谥武略。至大四年（1311）改谥忠武。延祐六年（1319）再改谥献武。封淮阳王。《元史》卷一百五十六有传。张弘范资兼文武，幼尝学于郝经，能歌诗。著有《淮阳集》一卷，附录《诗余》一卷。《四印斋汇刻宋元三十一家词》题名《淮阳乐府》辑入。存词二十七首。

1.《梅墩词话》：

元史载张弘范，字仲畴，后封王。其围襄阳也，赋〔鹧鸪天〕，俱属夸语，逸之，录其〔临江仙〕、〔点绛唇〕二阕，以见元之武臣有能词者。

沈雄《古今词话·词话》下卷引

2.《古今词话》：

张弘范围襄阳日，赋〔鹧鸪天〕词，多夸大之语。其〔临江仙〕有云："紫箫明月底，翠袖暮云寒。"风调不减晏小山，可知元之武臣亦有能词者。

《历代词话》卷九引

3. 陈廷焯：

清新雅秀不减草窗、玉田诸贤，大英雄，人自天纵其才，自有不谋而合者。（评〔临江仙〕"千古武陵溪上路"）

此词极豪宕，一扫颓败之语，令读者浮一大白。击节高歌，目无余子，元词中最爽快者。（评〔摸鱼儿〕"又浮生"）

《云韶集》卷十一

4. 陈廷焯：

清词丽句，不减永叔、小山诸贤。从古大英雄，必非无情者，吾于仲畴益信。（评〔临江仙〕“千古武陵溪上路”）

《词则·闲情集》卷二

5. 吴梅：

元人以北词登场，而歌词之法遂废。其时作者，如许鲁斋之〔满江红〕，张弘范之〔临江仙〕，不过余技及之，非专家之业。即如刘太保之〔干荷叶〕、冯之振之〔鹦鹉曲〕，亦为北词小令，非真两宋之词也。

刘秉忠有〔三奠子〕词，张弘范有〔鹧鸪天〕词，皆非当行语。

《词学通论》第八章

赵文

赵文（1239—1315）字仪可，一字惟恭，号青山，庐陵（今江西吉安）人。南宋景定、咸淳间，冒宋姓，名宋永，三贡于乡，后复本姓，入国学为上舍。宋亡，入闽，依文天祥。元兵破汀州，与文天祥失散，逃归故里。元初隐居不出，后为东湖书院山长，不久选授南雄路儒学教授。元仁宗延祐二年卒，年七十七。晚年以理学自任，但又仕于元，曾受到讥议。著有《青山集》。《彊村丛书》辑其词为《青山诗余》。存词三十一首。

1.《续修四库全书总目提要》：

寿词虽多，然欲求全，则不可遗矣。文在文天祥幕府，而晚节不终，重餐元禄，诚不能无愧于心。然王沂孙、王义山、刘壎诸词人自宋入元，并为学官，似亦不必专责一人也。其〔莺啼序〕《春晚》云："春还倒转，为君起舞。寸肠万恨，何人共说，十年暗洒铜仙泪，是当时、滴滴金盘露。思量万事成空，只有初心，英英未化为土。"又《有感》云："肠断江南，庾信最苦，有何人共赋。天又远，云海茫茫，鳞鸿似梦无据。怨东风、不如人意，珠履散、宝钗何许。想故人、月下沉吟，此时难诉。"皆故国之思，凄凉宛转，其志亦可哀矣。

《青山诗余一卷补遗一卷提要》

王义山

王义山，字元高，丰城（今江西丰城）人。宋景定进士，知新喻县，官永州户曹。入元，提举江西学事。著有《稼村类稿》，词存集中。《彊村丛书》辑其词为《稼村乐府》。

1.《续修四库全书总目提要》：

仅九阕，附以乐语。九阕之中，寿词四，自贺生孙词一。惟〔水调歌头〕《永嘉归舟》、〔贺新郎〕二首可读耳。

《稼村乐府一卷提要》

陈参政

陈参政，生平事迹不详。《全金元词》据《志雅堂杂钞》辑录其词〔木兰花慢〕一首。

1. 沈雄：

陈参政词，亦自慨切，与德祐太学生相似，第六六字句，改作“乡心促日行万里，幸此身生入玉门关”，多一“日”字。王士禄全步其韵而稍改正之，读其“向风尘决计”，见其高致，但藏韵二字句，则又为时例之所忽矣，奈何。

《古今词话·词辨》下卷

2. 沈雄：

宋词有陈参政失名者，词云：“北归人未老……”盖〔木兰花慢〕也。沈雄曰：此非宋季词，乃南渡以前人北归时为二帝北狩作也。

《古今词话·词话》上卷

萧汉杰

萧汉杰（生卒年不详）号吟所，吉水（今属江西）人。淳祐十年（1250）进士。与仇远交好。仇远《金渊集》中收有次韵萧饶州诗五首。有《青原樵唱》，今不传。存词四首。

1. 陈廷焯：

吟所词亦不减山樵。

不减飞卿。婉约。词以雅为宗，而雅以婉约为主。（评〔菩萨蛮〕“春愁一段来无影”）

连用叠字，为多般二字声色。句亦脆秀。（评〔卖花声〕“湿逗晚香残”）

《云韶集》卷十一

2. 况周颐：

萧汉杰〔菩萨蛮〕《春雨》云：“今夜欠添衣。那人知不知。”国朝郭麐〔浪淘沙〕云：“夹衣刚换又增绵。只是别来珍重意，不为春寒。”何尝不婉丽可喜。古今人不相及，当于此等句参之。

萧吟所〔浪淘沙〕《中秋雨》云：“贫得今年无月看，留滞江城。”贫字入词多矣，未有更新于此者。无月非贫者所独，即亦何加于贫。所谓愈无理愈佳。词中固有此一境。唯此等句以肆口而成为佳。若有意为之，则纤矣。〔菩萨蛮〕《春雨》云：“烟雨湿阑干，杏花惊蛰寒。“惊蛰”入词仅见，而句乃特韵。

《蕙风词话》卷三

彭元逊

彭元逊（生卒年不详）字巽吾，又号虚寮，庐陵（今江西吉安）人。景定二年（1261）解试，与刘辰翁交好。辰翁《须溪词》中多有与之唱和之作。《元草堂诗余》卷上载有其词二十首。周泳先《唐宋金元词钩沉》辑其词为《虚寮词》，存词二十二首。

1. 刘将孙：

巽吾又号虚寮，工词，通音律。取古人旧曲，易以新声，无不谐者。盖姜白石之流也。

《天下同文集》

2. 陈廷焯：

笔致精劲似草窗。香艳之句，悽恻之笔。姿态从不着力处得之。（评〔子夜歌〕“视春衫箧中半在”）

此词凄秀绝世，《离骚》乐府之遗也。悲而壮。凄凉之笔，情词都胜。结高远。（评〔解佩环〕“江空不渡”）

《云韶集》卷十一

3. 陈廷焯：

忧迩思远。（评〔解佩环〕“江空不渡”）

《词则·别调集》卷三

4. 陈廷焯：

元人彭元逊〔解佩环〕《寻梅不见》云：“江空不渡。恨蘼芜杜若，零落无数。远道荒寒，婉娩流年，望望美人迟暮。风烟雨雪阴晴晚，更何须、春风千树。尽孤城、落木萧萧，日夜江声流去。　日晏山深闻笛，恐他年流落，与子同赋。事阔心违，交淡媒劳，蔓草沾衣多露。汀洲窈窕余醒寐，遗佩环、浮沉沣浦。有白鸥、淡月微波，寄语逍遥容与。”忧深思远，于两宋外，又辟一境。而本原正见相合。出自元人手笔，尤为难得。

《元草堂诗余》录彭元逊词最多。其警句如〔临江仙〕云："自结床头麈尾，角巾坐枕孤松。片云承日过山东。起听荷叶雨，行受豆花风。"〔蝶恋花〕云："无复卷帘知客意。杨花更欲因风起。"语爽朗而意深远，在元代定推作手。

《白雨斋词话》卷七

5. 况周颐：

彭巽吾〔汉宫春〕《元夕》云："夜来风雨，摇得杨柳黄深。"此等句便是元词，去南渡诸贤远矣。

《蕙风词话》卷三

6. 刘毓盘：

刘将孙《天下同文集》曰："巽吾又号虚寮，工词，通音律。取古人旧曲，易以新声，无不谐者。盖姜白石之流也。"是巽吾为南宋遗民，固深于词者。其〔徵招〕一词，与白石原词句法不合，徐本立《词律拾遗》录入补体，是也。〔解佩环〕词则与白石〔疏影〕词合……巽吾词萧闲淡远，则欧氏之遗泽也。

《校辑虚寮词跋》(《虚寮词》辑本)

赵功可

赵功可（1246—1326）号晚山，庐陵（今江西吉安）人，赵文从弟。七岁而孤，终身未仕。为人所尊，称乡先生。《元草堂诗余》卷中载其词八首。

1. 况周颐：

赵晚山〔桂枝香〕《和詹天游就访》云："憔悴江南，应念小窗贫女。朱楼十二春无际，倚苍寒、清袖如故。茶香酒熟，月明风细，试教歌舞。"唐人有《贫女吟》，是此词所本，不止少陵"天寒翠袖"也。托旨婉约，所谓"妆罢低声问夫婿，画眉深浅入时无"，临淄《求自试表》、昌黎《上宰相书》，古今同慨。

赵晚山〔曲游春〕云："抖擞人间，除离情别恨，乾坤余几。"苦语，亦豪语。

《蕙风词话》卷三

刘壎

刘壎（1240—1319）字起潜，自号水云村人，南丰（今属江西）人。宋亡后，隐居乡里十余年，荐建昌路学正。至大二年（1309）迁延平路儒学教授。元仁宗延祐六年卒，年八十。事迹见吴澄所撰墓表（《吴文正集》卷七十一），清冯云鹤所撰《刘水云村年谱》（附《水云村吟稿》后）。亡国之初，以遗民自居，而后又食元禄，颇受讥议。著有《隐居通议》三十一卷，《水云村稿》二十卷。《彊村丛书》辑《水云村诗余》一卷。存词三十首。

1. 丁丙：

词笔意雅洁，由其根底檠深，随意涉笔，自无凡响。亦元代词家一作手也。

《善本书室藏书志》卷四十

2. 况周颐：

刘起潜〔菩萨蛮〕《和詹天游》云："故园青草依然绿。故宫废址空乔木。狐兔穴岩城。悠悠万感生。　胡笳吹汉月。北语南人说。红紫闹东风。湖山一梦中。"仅四十许字，而麦秀黍离之感，流溢行间。所谓满心而发，颇似包举一长调于小令中。与天游〔齐天乐〕《赠童瓮天兵后归杭》阕，各极慨慷低徊之致。

《蕙风词话》卷三

3.《续修四库全书总目提要》：

文章雄放，词亦如之。年老仕元，故其〔贺新郎〕词云："莫笑刘郎老，老刘郎，平生不是，山林怀抱。"后世多责其无耻，然自宋入元诸人，往往为学官，亦不必专责壎也。元人词中，壎作殊为雄润，尤不得以人废其言也。

《水云村诗余一卷提要》

姚云文

姚云文（生卒年不详）字圣端，一字若川，号江村，高安（今属江西）人。咸淳四年（1268）进士，官兴县尉。入元，授承直郎、福建两路儒学提举。著有《江村遗稿》，今不传。《翰墨大全》又称姚若川，《天下同文集》称姚云。存词九首。

1. 徐昂霄：

语含讽刺。（评〔玲珑玉〕）

《词综偶评》

2. 陈廷焯：

字字奇警呜咽，句句锤炼无渣滓。尘世沧桑，可胜浩叹。（评〔摸鱼儿〕“渺人间”）

《云韶集》卷十一

3. 陈廷焯：

《元草堂诗余》载江村姚云文艮岳词云（〔摸鱼儿〕）：“渺人间、蓬瀛何许，一朝飞入梁苑。辋川梯洞层崖出，犹带鬼愁龙怨。穷游宴。谈笑里、金风吹折桃花扇。翠华天远。怅莎沼萤黏，锦屏烟合，草露泣苍藓。　　东华梦，好在牙樯雕辇。画图历历曾见。落红万点孤臣泪，斜日牛羊春晚。摩双眼。看尘世鳌宫，又报鲸波浅。吟鞭拍断。便乞与娲皇，化成精卫，填不尽遗憾。”慨当以慷，亦陈经国之亚匹也。

《白雨斋词话》卷七

4. 况周颐：

姚云文〔齐天乐〕云：“啼鸟幽窗，画阴人寂，慵困不如飞絮。”“慵困”句是加一倍写法。易安居士“人比黄花瘦”，言人比黄花更瘦，与云文句法略同，特韵致较胜耳。

《玉棲述雅》

5. 刘毓盘：

姚氏《江村遗稿》独轶而不传，录其词者于《元草堂诗余》得八首，《天下同文集》得一首，管中窥豹，得见一斑。不传而传，非不幸尔。〔紫萸香慢〕、〔玲珑玉〕二曲皆其自度曲……姚氏艮岳、半闲堂二词必入元后所作，盖一则恸北宋之亡，一则恸南宋之亡也。以视詹玉《兵后送童天瓮归杭》〔齐天乐〕词，杨慎《词品》斥其以游乐为言而无黍离之戚者，其用心相去何如耶？然后知生际太平之为福已。

《校辑江村词跋》(《江村词》辑本)

颜奎

颜奎（1234—1308）字子瑜，号吟竹，太和人。咸淳二年（1266），以《书》魁湖南漕，文天祥延至幕下。入元后居乡兴学，与刘辰翁、邓剡等人游。存词八首。

1. 况周颐：

颜吟竹，南渡遗老，与须溪翁唱酬，盖气类之感也。〔菩萨蛮〕云："江南古佳丽。只绾年时髻。信手绾将成。从吾懒学人。"此老倔彊，乃不肯作时世妆者。〔浣溪沙〕云："天上人闲花事苦，镜中翠压四山低。又成春过据莺啼。""据"字未经他人如此用过。

《蕙风词话》卷三

黎景高

黎景高，安南人留居中国，景高为其字。著有《安南志略》一书。

1. 程钜夫：

长短句秾丽婉至，字字欲与花月争艳，而决非儿女口中语。善夫景高！如斫轮手，圆规而方矩，靡不合乎度；如伶伦管，含宫而激商，靡不应乎节。

《黎景高诗序》（《雪楼集》卷十五）

李琳

李琳，号梅溪，长沙人。咸淳十年（1274）进士。存词三首。

1. 陈廷焯：

极写当日之盛。珊瑚玉树交枝柯。换韵一笔劲转，有雷掣风驰之妙。“兴亡”下写现在荒凉之景。（评〔木兰花慢〕“蕊珠仙驭远”）

《云韶集》卷十一

2. 陈廷焯：

水逝云卷，感慨无限。（评〔木兰花慢〕《汴京》）

《词则·别调集》卷三

3. 况周颐：

〔六幺令〕调情娟倩，如髫年碧玉，凝睇含颦，读之令人怅惘。李梅溪《京中清明》云：“淡烟疏雨，香径渺啼鸠。新晴画帘闲卷，燕外寒犹力。依约天涯芳草，染得春风碧。人间陈迹。斜阳千古，几缕游丝趁飞蝶。　谁向尊前起舞、又觉春如客。翠袖折取嫣红，笑与簪华发。回首青山一点，檐外寒云叠。梨花淡白，柳花飞絮，梦绕阑干一株雪。”此词语淡态浓，笔留神往。初春早花，方其韶令，庶几不负此调。

《蕙风词话》卷三

罗志仁

罗志仁（生卒年不详）字寿可，一字伯寿，号壶秋，庐陵（今江西吉安）人。咸淳九年（1273）领乡荐。元初，荐授天长书院山长。事迹见《新元史》卷二百三十七。罗志仁与方回、戴表元、刘将孙多有诗书往来，与黄圭并有诗名。著有《姑苏笔记》二卷，已佚。存词七首。

1. 刘辰翁：

黄西月五言，罗壶秋小词，他人莫能及也。

《江西通志》卷七十四引

2. 徐昂霄：

《丙午钱塘》翻用唐句，感慨更深。（评〔金人捧露盘〕）

《词综偶评》

3. 陈廷焯：

奇警之句满纸，如见青燐，如见碧血，如见人豕，如遇木魅，真奇笔也。不是怀古，只是悲宋亡之惨耳。（评〔金人捧露盘〕“湿苔青妖血碧”）

此词最凄婉。令人想谢太后、王昭仪祝发之时，回思宣、政之世，不禁泪下。（评〔虞美人〕“君王曾惜如花面”）

《云韶集》卷十一

4. 陈廷焯：

感慨亡宋，无一字不奇警。如闪青燐，如涌碧血，如啼豕人，如睒目魅，真奇笔也。（评〔金人捧露盘〕“湿苔青妖血碧”）

《词则·放歌集》卷三

5. 况周颐：

罗壶秋〔木兰花慢〕《禁酿》云：“汉家糜粟诏，将不醉、饱生灵。”语极庄，却极谑。〔菩萨蛮慢〕云：“怅别后、屏掩吴山，便楼燕月寒，鬓蝉云委。锦字无凭，付银烛、尽烧千纸。”十二分决绝，却十二分缠绵，词人之笔，如是如是。

《蕙风词话》卷三

刘铉

刘铉(生卒年不详),《元草堂诗余》云“鼎玉刘铉”。方回《桐江续集》卷十二称“刘元鼎铉”,卷二十一又称“刘仲鼎铉”,未知孰是。为浏阳教官。存词三首。

1. 况周颐:

刘鼎玉〔少年游〕《咏棋》句“意重子声迟”,五字凝炼,如闻子着楸枰声。〔蝶恋花〕《送春》云:“只道送春无送处。山花落得红成路。”则尤信手拈来,自成妙谛。以“松秀”二字评之宜。

《蕙风词话》卷三

萧东父

萧东父（生卒年不详），《元草堂诗余》曰“萧东夫”，卷中载其词一首。

1. 况周颐：

萧东父〔齐天乐〕云：“软玉分裯，腻云侵枕，犹忆喷兰低语。”秾艳极矣，却不堕恶趣。下云：“如今最苦。甚怕见灯昏，梦游间阻。”极合疏密相间之法。

《蕙风词话》卷三

王从叔

王从叔，号山樵，生平事迹不详。庐陵（今江西吉安）人。存词五首。

1. 陈廷焯：

是别后途景，凄凉之至。情真语至，令人爱，不忍释手。（评〔阮郎归〕“风中柳絮水中萍”）

山樵小令，不减唐人，如此作是也。（评〔昭君怨〕“门外春风几度”）

《云韶集》卷十一

2. 陈廷焯：

节短音长，小令隽品。（评〔昭君怨〕“门外春风几度”）（《大雅集》卷四）

景中带情，屏去浮艳。凄情苦语。耆卿〔夜半乐〕云：“叹后约丁宁竟何据。”亦此意也。（评〔阮郎归〕“风中柳絮水中萍”）（《闲情集》卷二）

《词则》

3. 况周颐：

王山樵〔阮郎归〕云：“别时言语总伤心。何曾一字真。”前人或摘为警句。余嫌其说得太尽，且“心”、“真”非韵。

《蕙风词话》卷三

黄子行

黄子行（生卒年不详）号蓬瓮，修水（今江西修水）人，寓籍分宜。黄庭坚之诸孙。著有《蓬瓮寐语》，今不传。存词六首。

1. 徐昂霄：

“玉儿应有恨，为怅望东昏相记忆”，用“玉奴终不负东昏”，亦从白石〔疏影〕悟出。（评〔西湖月〕）

《词综偶评》

2. 陈廷焯：

蓬瓮词合者不减柳耆卿。

起七字秀。“藕花”三语有镂云钩月之妙。秀丽句，凄艳芊绵。（评〔西湖月〕“湖花冷浸玻璃”）

起便精警。精秀绝伦，骨韵自高，元人词中罕见者。笔墨化烟云，突过耆卿，真千古绝唱。（评〔花心动〕“谁倚青楼”）

“滴”字妙。“收拾”二字极风雅。（评〔小重山〕“一点斜阳红欲滴”）

《云韶集》卷十一

3. 刘毓盘：

其《西湖月》二词，曰秋娘，曰玉儿，香草美人，寓言十九，身世之感，宣泄无遗。其〔满江红〕词，盖宜老而作客者。其〔小重山〕词，改平韵为入韵，此非深于音律者不能。

《辑校蓬瓮词跋》（《蓬瓮词》辑本）

刘天迪

刘天迪（生卒年不详）号云闲，西昌（今江西太和县）人。存词六首。

1. 贺裳：

刘云闲“烧罢夜香愁万叠，穿花暗避阶前月”，佳句也。末句“柔情一点蔷薇血”，终嫌伤雅。词不嫌秾丽，须要雅洁耳。

《皱水轩词筌》

2. 张渊懿：

刘云闲云：“烧罢夜香愁万叠，穿花暗避阶前月。”犹自含蕴。如无名氏云：“照人无奈月华明，潜身却恨花阴浅。”则又渐为率露矣。

沈雄《古今词话·词品》下卷引

3. 陈廷焯：

题本凄绝，词那得不妙。苦者自苦，乐者自乐，赋命不齐大都如是，我为之痛哭。（评〔一萼红〕“拥孤衾”）

娓娓有致。绝世声情。娇艳可人，亏他画得出。（评〔蝶恋花〕“一剪晴波娇欲溜”）

《云韶集》卷十一

4. 陈廷焯：

一时情态，曲曲传出。（评〔蝶恋花〕“一剪晴波娇欲溜”）

《词则·闲情集》卷二

5. 况周颐：

刘云闲〔虞美人〕《春残念远》云：“子规解劝春归去。春亦无心住。”下句淡而松，却未易道得。并上句“解劝”“解”字，亦为之有精神。窃谓词学自宋迄元，乃至云闲等辈，清妍婉润，未坠方雅之遗，亦犹书法自六朝迄唐，至褚登善、徐季海辈，余韵犹存，风格毋容稍降矣。设令元贤继起者‘不为词变为曲’风会所转移，俾肆力于倚声，以语南渡名家，何遽多让？云闲辈所诣止此，岂曰其才限之耶？

《蕙风词话》卷三

刘景翔

刘景翔（生卒年不详）号溪山，安成（今江西安福）人。存词四首。

1. 陈廷焯：

“似为我无情”五字妙甚，观此可见触处生情，无论鸳鸯，来去皆成绝妙好词也。（评〔如梦令〕“独立河汀烟暮”）

《云韶集》卷十一

2. 陈廷焯：

“似为我无情”五字，妙甚。欲去还留，结意不尽。（评〔如梦令〕“独立河汀烟暮”）

《词则·闲情集》卷二

周孚先

周孚先（生卒年不详）号梅心，西昌（今江西太和县）人。存词三首。

1. 陈廷焯：

句句婉委。情词凄艳，多少感慨。自是元人笔法，然却不减宋人。（评〔木兰花慢〕“访梅江路远”）

情最苦切，而语可解颐。婉丽有情。（评〔蝶恋花〕“舟舣津亭何处树”）

《云韶集》卷十一

2. 况周颐：

周梅心〔鹧鸪天〕《为禁酒作》云：“曾唱阳关送客时。临歧借酒话分离。如何酒被多情苦。却唱阳关去别伊。”句中有韵，能使无情有情，且若有甚深之情，是深于情、工于言情者，由意境酝酿得来，非小慧为词之比。

《蕙风词话》卷三

曾允元

曾允元（生卒年不详）号瓯江，西昌（今江西太和县）人，《词综》卷二十八云字舜卿。存词四首。

1. 徐昂霄：

开口便是梦境，以下层次极细。“凭肩后约”三句。所谓梦中无限风流事也。（评〔水龙吟〕）

《词综偶评》

2. 蒋方增：

词之为道，自唐衍于五代，至宋而大盛，逞妍抽秘，无美弗臻。世人好言北宋，要非通论。分镳并骋，南宋始极其工，宋季始极其变，金元间如蔡伯坚、吴彦高、元裕之、萧竹屋、曾舜卿、虞伯生辈，骎骎乎入宋人之室。

《浮筠山馆词钞自序》（《浮筠山馆词钞》卷首）

3. 陈廷焯：

瓯江词尽有佳者。

只起我便要痛哭。笔致固佳，笔力尤胜，直空前绝后之作。（评〔谒金门〕“山衔日泪洒”）

语亦警。神韵天然，令人首肯。（评〔点绛唇〕“一夜东风枕边吹”）

题甚绵渺，通首字字绮丽，却是一片梦境。一场春梦蓦然惊醒，犹思再续余梦。（评〔水龙吟〕“日高深院无人”）

《云韶集》卷十一

4. 陈廷焯：

笔力自胜。（评〔谒金门〕“山衔日泪洒”）

《词则·别调集》卷三

5. 况周颐：

作慢词起处，必须笼罩全阕。近人辄作景语徐引，乃至意浅笔弱，非法甚矣。元曾允元为《草堂诗余》之殿。其〔水龙吟〕《春梦》起调云：“日高深院无人，杨花扑帐春云暖。”从题前摄起题神，已下逐层意境，自能迤逦入胜。其过拍云：“尽云山烟水，柔情一缕，又暗逐、金鞍远。”尤极远离惝怳、非雾非花之妙。

曾瓯江〔点绛唇〕后段云：“来是春初，去是春将老。长亭道。一般芳草。只有归时好。”看似毫不吃力，政恐南北宋名家未易道得。所谓自然从追琢中出也。

《蕙风词话》卷三

彭泰翁

彭泰翁（生卒年不详）字会心，安成（今江西安福县境内）人。存词三首。

1. 况周颐：

彭会心〔念奴娇〕《秋日牡丹》云："莺燕无情庭院悄，愁满阑干苔积。宫锦尊前，霓裳月下，梦亦无消息。"词旨凄绝。仿佛贞元朝士，白发重来，上阳宫人，青灯拥髻。

彭会心〔拜星月慢〕《祠壁宫姬控弦可念》末段云："多生不得丹青意，重来又、花锁长门闭。到夜永、笙鹤归时，月明天似水。"去路缥缈中仍收束完密，神不外散，是为斫轮手。世之以空泛写景语为"江上峰青"者，直未喻个中甘苦也。

《蕙风词话》卷三

姚燧

姚燧（1238—1313）字端甫，号牧庵，洛阳（今河南洛阳）人。姚枢侄。少孤。年十八，从许衡学于长安。至元十二年（1275）为秦王府文学。二十四年，入为翰林直学士，除大司农。元贞元年（1295），以翰林学士奉诏修《世祖实录》。大德五年（1301），拜江东廉访使，迁江西行省参知政事。至大元年（1308）起为太子宾客，官至翰林学士承旨，知制诰，兼修国史。四年告病归。皇庆二年卒，年七十六，谥文。《元史》卷一百七十四有传。姚燧为世名儒，为文闳肆该洽，有西汉风。著有《牧庵集》三十六卷。《彊村丛书》辑其词为《牧庵词》。存词四十九首。

1. 杨慎：

姚牧庵〔醉高歌〕词云："十年燕月歌声。几点吴霜鬓影。西风吹起鲈鱼兴。已在桑榆暮景。　荣枯枕上三更。傀儡场中四并。人生幻化如泡影。几个临危自省。"牧庵一代文章巨公，此词高古，不减东坡、稼轩也。

《词品》卷五

2. 况周颐：

姚牧庵文章郢匠，余事填词。〔菩萨蛮〕《中秋夜雨》云："素娥会把诗人调。衰颜不值圆蟾照。"此题作者多矣，"衰颜"句未经人道。〔浪淘沙〕《余年七十，洪山僧相过，言别公十余年，面颊益红润，赋此晓之》云："桃花初也笑春风。及到离披将谢日，颜色逾红。"桃花将谢更红，经此词道破，思之信然。体物工细乃尔。

《蕙风词话》卷三

3. 刘毓盘：

鲜于枢、姚燧、冯子振、白无咎、乔吉、张可久、陶宗仪等皆工于曲，故其词亦近于曲。若白朴词曰《天籁集》，曲曰《摭遗》，知词曲之别矣。

《词史》第八章

4.《续修四库全书总目提要》：

共四十八阕。燧高文典册，名不虚传，而词不能称之，岂学难兼长，抑性之所近，宜于彼不宜于此耶？燧受学于鲁斋，论其文章，则有青出于蓝之概，若诗余，则蹊径殆相似矣。

《牧庵词二卷提要》

萧𣂏

萧𣂏（1241—1318）字维斗（《元史》本传作“惟斗”），号勤斋，奉元（今陕西西安）人。早年为府吏，后隐退还乡，隐居读书，博学高行。元世祖征召，以疾辞，授陕西儒学提举，不赴。后累授集贤直学士、国子司业、集贤侍读学士，皆不受。大德十一年（1307）召为太子右谕德，始至京师。明年拜集贤学士、国子祭酒，寻复辞归。延祐五年卒，年七十八，谥贞敏。《元史》卷一百八十九有传。著有《勤斋集》八卷。《彊村丛书》辑其词为《勤斋词》。存词四首。

1.《续修四库全书总目提要》：

四首并为寿词。萧𣂏通经明道，号为醇儒，诗固非其所长，词尤非所措意者。因其人而存其目可也。

《勤斋词一卷提要》

张伯淳

张伯淳（1242—1302）字师道，号养蒙先生，崇德（今浙江嘉兴）人。宋末进士，累官为太学录。至元二十三年（1286）以荐除杭州路儒学教授。大德中，官至翰林侍讲学士。大德六年（1302）卒，年六十一，谥文穆。《元史》卷一百七十八有传。张伯淳与赵孟頫、邓文原交往密切，与程钜夫、鲜于枢为文友，是元代前期有影响的江南文士。著有《养蒙集》十卷。《彊村丛书》辑其词为《养蒙先生词》。存词二十二首。

1. 况周颐：

元张师通《养蒙先生词》，〔玉漏迟〕《寿张右丞》云："端正婵娟，为我玳筵留照。""端正婵娟"四字，用之寿词，庄雅而宜称。它家词中未之见也。

《蕙风词话续编》卷一

2. 周庆云：

有《养蒙集》十卷，词一卷，意境清远，有宋人风度。

《历代两浙词人小传》卷四

3. 《续修四库全书总目提要》：

凡词二十二首，寿词居半，余为赠寄之作，顾嗣立《元诗选》称其近体率皆酬应之作，其词亦此类也。

《养蒙先生词一卷提要》

梁曾

梁曾（1242—1322）字贡父，燕（今河北省）人。中统四年（1263）荐辟中书左三部令史。至元间，累擢兵部、吏部尚书，两使安南。大德元年（1297）除杭州路总管，历云南、河南、湖广行省参知政事。皇庆元年（1312）拜集贤侍讲学士。延祐元年（1314）告病寓居淮南，杜门不通宾客，日以书史自娱。至治二年卒，年八十一。《元史》卷一百七十八有传。存词〔木兰花慢〕一首。

1. 田汝成：

梁贡父曾，燕京人。大德初，为杭州总管。尝作《西湖送春》〔木兰花慢〕词云："问花花不语，为谁落，为谁开。算春色三分，半随流水，半入尘埃。人生能几欢笑，但相逢、樽酒莫相推。千古幕天席地，一春翠绕珠围。　彩云回首暗高台。烟树渺吟怀。拚一醉留春，留春不住，醉里春归。西楼半帘斜日，怪衔春、燕子却飞来。一枕青楼好梦，又教风雨惊回。"此词格调俊雅，不让宋人也。

《西湖游览志余》卷十一

2.《风月堂杂识》：

贡父政事文学，皆有可观。尝有《西湖送春》一阕，孰云元人诗余不如宋哉？

《词林纪事》卷二十一引

3. 沈雄：

山谷谓好词惟取陡健圆转。屯田意过久许，笔犹未休。待制滔滔漭漭，不能尽变。如赵德麟云："新酒又添残酒病，今春不减前春恨。"陆放翁云："只有梦魂能再遇，堪嗟梦不由人做。"又黄山谷云："春未透。花枝瘦。正是愁时候。"梁贡父云："拼一醉留春，留春不住，醉里春归。"此则陡健圆转之榜样也。

《古今词话·词品》下卷

4. 徐釚：

元大德初，燕人梁曾贡父为杭州路总管。政事文学，皆有可观。尝作《西湖送春》词一首，调〔木兰花慢〕云："问花花不语，为谁落，为谁开。算春色三分，半随流水，半入尘埃。人生能几欢笑，但相逢、樽酒莫相推。千古幕天席地，一春翠绕珠围。　彩云回首暗高台。烟树渺吟怀。拼一醉留春，留春不住，醉里春归。西楼半帘斜日，怪衔春、燕子却飞来。一枕青楼好梦，又教风雨惊回。"观此词，孰云元人诗余不如宋哉？

《词苑丛谈》卷四

5. 吴衡照：

山谷云："春归何处。寂寞无行路。若有人知春去处。唤取归来同住。"通叟云："若到江南赶上春，千万和春住。"碧山云："怕此际春归，也过吴中路。君行到处，便快折河边千条翠柳，为我系春住。"三词同一意，山谷失之笨，通叟失之俗，碧山差胜。终不若元梁贡父云："拼一醉留春，留春不住，醉里春归。"为洒脱有致。

《莲子居词话》卷一

张之翰

张之翰（1243—1296）字周卿，晚号西岩老人，邯郸（今河北邯郸）人。至元十三年（1276）除真定路知事，历监察御史、户部郎中、翰林侍讲学士。敢作敢为，有古循吏风。元贞二年（1296）卒，年五十四，事迹见《大明一统志》卷九。著有《西岩集》。赵万里《校辑宋金元人词》辑其词为《西岩词》。存词六十九首。

1.《续修四库全书总目提要》：

共六十九首，词气疏旷，盖元人之词，往往受遗山影响也。其〔唐多令〕《和刘改之》云：“何处是沧州。寒波不尽流。恰登舟、便过城楼。一片锦云三万顷，常记得、藕花秋。　渔父雪蒙头。此情知道不。说生来、不识闲愁。青笠绿蓑烟雨里，吾与汝、可同游。”所作虽不如改之，然其潇洒冲远，亦为一派，粗犷之处，自所不免矣。

《西岩词一卷提要》

刘敏中

刘敏中（1243—1318）字端甫，号中庵，济南章丘（今山东章丘）人。至元中，拜监察御史，弹劾权臣桑哥，辞归家乡。复起为御史台都事，历燕南肃政廉访副使、国子司业、翰林直学士。大德中，宣抚辽东、山北，后召为集贤学士。武宗时，官至翰林学士承旨，以疾乞辞。延祐五年（1318）卒，年七十六，赠光禄大夫柱国，追封齐国公，谥号文简。《元史》卷一百七十八有传。刘敏中有文名，著有《中庵集》二十五卷。词集有赵万里《校辑宋金元人词》本《中庵乐府》二卷。存词一百四十九首。

1. 继昌（李佳）：

刘敏中〔点绛唇〕云："短梦惊回，北窗一阵芭蕉雨。雨声还住。斜日明高树。　远望行云，送雨前山去。山如雾。断虹犹怒。直入山深处。"写出骤雨乍晴光景。

《左庵词话》卷上

2. 况周颐：

《中庵诗余》，〔鹊桥仙〕《观接牡丹》云："栽时白露，开时谷雨，培养工夫良苦。闲园消息阿谁传，算只是、司花说与。　寒梢一拂，芳心寸许，点破凡根宿土。不知魏紫是姚黄，到来岁、春风看取。"……接花入题咏，于刘词仅见。

《蕙风词话续编》卷一

陆文圭

陆文圭（1256—1340）字子方，江阴（今江苏江阴）人。宋度宗咸淳初以《春秋》中乡选。宋亡隐居江阴城东，学者称墙东先生。元延祐初恢复科举，再中乡举，以老疾不应征召，不赴礼部试。泰定、天历间应聘设教于容山。卒年八十五。《元史》卷一百九十、《新元史》卷二百三十七有传。陆文圭淹通经史，兼及天文地理、医药算术之学。为人刚明超迈，以奇气自负。能诗文，尝为张炎《词源》作序。著有《墙东类稿》，已佚，四库馆臣从《永乐大典》辑成二十卷。《四印斋汇刻宋元三十一家词》辑有《墙东诗余》一卷。存词二十八首。

1. 况周颐：

陆子方《墙东诗余》，〔点绛唇〕《情景》四首，其一云：“玉体纤柔，照人滴滴娇波溜。填词未就。迟却窗前绣。”情景之佳，殆无逾此。《墙东类稿》，《妾陈氏墓志铭略》云：“妾陈氏，暨阳悟空镇人。生而秀慧。里之豪强委禽焉。父靳不与。曰：‘吾女当择才人事之。’父与余外氏同里闬，往来识余，遂与归焉。余闲居八年，素不事生业，左右散去略尽，陈独侍余无倦色。性警悟，颇涉文学。壬午春归宁，父欲夺其志，辄誓不许。曰：‘吾死陆氏矣。’趋之而归。感微疾，卧经旬，容止不类病人。索坡集阅之，一夕而卒。年二十有七。”子方〔点绛唇〕词，疑即为陈氏作。陈涉文学，故能填词。子方词其二云：“齐眉相守。愿得从今后。”其四云：“白头相守。破镜重圆后。”略与归宁趋归情事相合。

《蕙风词话》卷三

刘因

刘因（1249—1293）字梦吉，初名骃，字梦骥，保定容城（今河北容城）人。精研理学，乡居授徒，爱诸葛亮“静以修身”语，题所居曰“静修”。尝游郎山雷溪间，号雷溪真隐，又号樵庵。至元十九年（1282），征为承德郎、右赞善大夫，以母病辞归。二十八年，复以集贤学士、嘉议大夫召，不赴。未几卒于家，年四十五。追封容城郡公，谥文靖。《元史》卷一百七十一有传。刘因为理学名儒，与许衡齐名。工诗善画。著有《静修先生文集》，词存集中。《彊村丛书》有《樵庵乐府》一卷。存词三十五首。

1. 杨慎：

刘静修〔风中柳〕云：“我本渔樵，不是白驹过谷。对西山、悠然自足。北窗疏竹。南窗丛菊。爱村居、数间茅屋。　风烟草履，满意一川平绿。问前溪、今朝酒熟。幽泉歌曲。清泉琴筑。欲归来、故人留宿。”并吕居仁“东里先生家何在”四词，每独行吟歌之，不惟有隐士出尘之想，兼如仙客御风之游矣。昔人谓“诗情不似曲情多”，信然。

《词品》卷二

2. 刘熙载：

东坡谓陶渊明诗，臞而实腴，质而实绮。余谓元刘静修之词亦然。

苏、辛词似魏玄成之妩媚，刘静修词似邵康节之风流，倘泛泛然以横放瘦淡名之，过矣。

《词概》

3. 丁丙：

梦吉学问渊懿，在元与程雪楼、虞道园抗行，诗尤见重于时。

余事为词，直抒胸臆，皆学养之气喷薄而出，惟道园可与旗鼓相当，自足俯视余子矣。

《善本书室藏书志》卷四十

4. 王鹏运：

《樵庵词》朴厚深醇中有真趣洋溢，是性情语，无道学气。

《蕙风词话》卷三引

5. 陈廷焯：

疏狂，风雅之至。真旷达之语，即人生行乐耳之意，而语却婉委。（评〔木兰花〕“未开常探花开未”）

《云韶集》卷十一

6. 陈廷焯：

即人生行乐耳意，而语更危悚。（评〔木兰花〕“未开常探花开未”）

《词则·别调集》卷三

7. 况周颐：

余遍阅元人词，最服膺刘文靖，以谓元之苏文忠可也。文忠词，以才情博大胜。文靖以性情朴厚胜。其〔菩萨蛮〕《王利夫寿》云：“吾乡先友今谁健。西邻王老时相见。每见忆先公。音容在眼中。　今朝故人子。为寿无多事。惟愿岁常丰。年年社酒同。”此余尤为心折者也。自余如前调《饮山亭感旧》云：“种花人去花应道。花枝正好人先老。一笑问花枝。花枝得几时。　人生行乐耳。今古都如此。急欲卧莓苔。前村酒未来。”〔清平乐〕云：“青天仰面。卧看浮云卷。苍狗白衣千万变。都被幽人窥见。　偶然梦见华胥。觉来花影扶疏。窗下鲁论谁诵，呼来共咏舞雩。”前调《饮山亭留宿》云：“山翁醉也。欲返黄茅舍。醉里忽闻留我者。说道群花未谢。　脱巾就卧松龛。觉来诗思方酣。欲借白云为墨，淋漓洒遍晴岚。”前调《贺雨》云：“雨靖箫鼓。四野欢声举。平昔饮山今饮雨。来就老农歌舞。　半生负郭无田。寸心万国丰年。谁识山翁乐处，野花啼鸟欣然。”前调《围棋》云：“棋声清美。盘礴青松底。门外行人遥指示。好个烂柯仙子。 输赢都付欣然。兴阑依旧高眠。山鸟山花相语，翁心不在棋边。”〔人月圆〕云：“自从谢病修花史，天意不容闲。今年新授，平章风月，检校云山。 门前报导，曲生来谒，子墨相看。先生正尔，天张翠盖，山拥云鬟。”前调云：“茫茫大块洪炉里，何物不寒灰。古今多少，荒烟废垒，老树遗台。 太山如砺，黄河如带，等是尘埃。不须更叹，花开花落，春去春来。”〔西江月〕《山亭留饮》云：“看竹何须问主，寻村遥认松萝。小车到处是行窝。门外云山属我。 张叟腊醅藏久，王家红药开多。相留一醉意如何。老子掀髯曰可。”〔玉楼春〕云：“西山不似庞公傲。城府有楼山便到。欲将华发染晴岚，千里青青浓可扫。 人言华发因愁早。劝我消愁唯酒好。夜来一饮尽千钟，今日醒来依旧老。”（按：应为〔木兰花〕）〔南乡子〕《张彦通寿》云：“窗下络车声。窗畔儿童课六经。自种墙东新菜荚，青青。随分杯盘老幼情。 千古董生行。鸡犬升平画不成。应笑东家刘季子，无能。纵饮狂歌不治生。”〔鹊桥仙〕云：“悠悠万古。茫茫天宇。自笑平生豪举。元龙尽意卧床高，浑占得、乾坤几许。 公家租赋。私家鸡黍。学种东皋烟雨。有时抱膝看青山，却不是、高吟梁父。”〔玉漏迟〕《泛舟东溪》云：“故园平似掌。人生何必，武陵溪上。三尺蓑衣，遮断红尘千丈。不学东山高卧，也不似、鹿门长往。君试望。远山颦处，白云无恙。 自唱。一曲渔歌，当无复当年，缺壶悲壮。老境羲皇，换尽平生豪爽。天设四时佳兴，要留待、幽人清赏。花又放。满意一篙春浪。”〔念奴娇〕《忆仲良》云：“中原形势，东南壮、梦里谯城秋色。万水千山收拾就，一片空梁落月。烟雨松楸，风尘泪眼，滴尽青青血。平生不信，人间更有离别。 旧约把臂燕然，乘槎天上，曾对河山说。前日后期今日近，怅望转添愁绝。双阙红云，三江白浪，应负肝肠铁。旧游新恨，一生都付长铗。”

如右各阕，寓骚雅于冲夷，足秾郁于平淡，读之如饮醇醪，如鉴古锦。涵咏而玩索之，于性灵怀抱，胥有裨益。备录之，不觉其赘也。

《蕙风词话》卷三

8.《续修四库全书总目提要》：

词气疏放跌宕，虽无雄阔之势，而有幽淡之趣也。其〔风中柳〕《饮山亭留宿》："我本渔樵，不是白驹空谷。对西山悠然自足。北窗疏竹，南窗丛菊，爱村居数间茅屋。　　风烟草屦，满意一川平绿。问前溪今朝酒熟。幽禽歌曲，清泉琴筑，欲归来故人留宿。"《词品》云："每独行吟歌之，不惟有隐士出尘之想，兼如仙客御风之游矣。"非虚誉也。

《樵庵词一卷樵庵乐府一卷提要》

程钜夫

程钜夫（1249—1318）名文海，为避元武宗海山之讳，以字行，号雪楼，又号远斋，建昌（今江西南城）人。宋亡后，较早仕元，得世祖忽必烈重用，累迁集贤直学士兼秘书少监。元世宗时为翰林学士，历官廉访使，拜承旨。延祐初，议行贡举法，三年（1316）请老归。五年卒，年七十，谥文宪。《元史》卷一百七十二有传。程钜夫历仕四朝，忠亮鲠直。能诗文，亦能词。著有《雪楼集》三十卷。其词集有清江标《宋元名家词》本《雪楼乐府》一卷，存词五十六首。

1. 陈匪石：

金据中原之地，郝经所谓歌谣跌宕，挟幽并之气者，迥异南方之文弱。国势新造，无禾油麦秀之感，故与南宋之柔丽者不同，而亦无辛、刘慷慨愤懑之气。流风余韵，直至有元刘秉忠、程文海诸人，雄阔而不失之伧楚，蕴藉而不流于侧媚，卓然成自金迄元之一派，实即东坡之流衍也。

《声执》卷下

2. 吴梅：

开国之初，若燕公楠、程钜夫、卢疏斋、杨西庵辈，偶及倚声，未扩门户。逮仇仁近振起于钱塘，此道遂盛。赵子昂、虞道园、萨雁门之徒，咸有文彩；而张仲举以绝尘之才，抱忧时之念，一身耆寿，亲见盛衰，故其词婉丽谐和，有南宋之旧格，论者谓其冠绝一时，非溢美也。其后如张埜、倪瓒、顾阿瑛、陶宗仪，又复赓续雅音，缠绵赠答。及邵复孺出，合白石、玉田之长，寄烟柳斜阳之感，其〔扫花游〕、〔兰陵王〕诸作尤近梦窗，殿步一朝，良无愧怍。

《词学通论》第八章

3.《续修四库全书总目提要》:

先生之词章议论，为当时海内所宗。

《雪楼乐府一卷提要》

吴澄

吴澄（1249—1333）字幼清，晚字伯清，抚州崇仁（今江西崇仁）人。举进士不第，还构草屋，讲学著书，学者称草庐先生。元世祖至元二十三年（1286），程钜夫奉诏访贤江南，随之入京，屡仕屡辞。泰定间，任经筵讲官，修《英宗实录》，书成，弃职南归。元统元年卒，年八十五，谥文正。《元史》卷一百七十一有传。吴澄以理学名，与许衡并称。著有《吴文正集》一百卷。词有《四印斋汇刻宋元三十一家词》本《草庐词》，存词十一首。

1.《词苑》：

吴草庐以理学名，其和揭浩斋《送春》〔渡江云〕，流传一时。

《词林纪事》卷二十引

2. 丁丙：

幼清深于经术，著述极富，诗文已闳深钜丽，凌跨一代。此诗余一卷仅十三阕，寥寥数简，似非所注意，然根本既富，出笔自殊，颇有因辞见道之意。

《善本书室藏书志》卷四十

3. 刘毓盘：

吴澄，理学名臣也。其送春词与卢氏词如出一手。

《词史》第八章

胡炳文

胡炳文（1250—1333）字仲虎，号云峰，婺源（今江西婺源）人。吴澄曾荐之于朝，不就。至元二十五年（1288）任江宁教谕。大德五年（1301）为信州道一书院山长。元统元年卒，年八十四。《元史》卷一百八十九附见胡一桂传。胡炳文之学，以朱熹为宗。著有《云峰集》。《彊村丛书》辑其词为《云峰诗余》。存词三首。

1.《续修四库全书总目提要》：

词仅〔大酺〕、〔满江红〕、〔水调歌头〕三首，炳文理学精通，诗余原非其所长。其〔满江红〕《赠吴又玄》序谓“吴又玄得其伯父子云太傅易学游戏，玄拆字间，论人穷达贵贱，累多奇中”，词内有云：“易字分明书日月，□天真是谈天□，岂太玄而后遂无玄，如今又。”上言拆字，下暗合其姓字，则未免以巧见长矣。

《云峰诗余一卷提要》

陈栎

陈栎（1252—1334）字寿翁，休宁（今安徽休宁）人。自幼涉猎经史，宋亡，隐居乡里，致力于理学。元仁宗延祐元年(1314)，有司强迫其应试，乡试中选，不赴礼部试，教授于家。栎所居堂曰“定宇”，学者因称定宇先生。元统二年卒，年八十三。《元史》卷一百八十九有传。著有《定宇集》，词存集中。《彊村丛书》辑为《定宇诗余》一卷。存词十六首。

1.《续修四库全书总目提要》：

凡十六阕，贺寿词十阕，代人赠和词五阕，寄赠一阕，并属酬应，无可称述。〔临江仙〕题注：戊午岁；〔浣溪纱〕题注：戊午四月二十五日；〔清平乐〕题注：壬戌四月十二日。考戊午为元仁宗延祐五年，即栎中试后四年也。壬戌为英宗至治二年，时栎年逾七十矣，宋亡隐居数十年，复仕于元，有亏气节，而词多干谒标榜，尤为不当，虽有声于儒学，而人品殊不高也。

《定宇诗余一卷提要》

赵孟頫

赵孟頫（1254—1322）字子昂，号松雪道人，又号水晶宫道人。湖州（今浙江吴县）人。宋太祖子秦王赵德芳之后。年十四，以父荫补官。入元，以程钜夫荐征入朝，授兵部郎中，迁集贤直学士，累官至翰林学士承旨。延祐六年（1319）请老归。至治二年（1322）卒，年六十九。追封魏国公，谥文敏。《元史》卷一百七十二有传。诗、书、画皆自成家。其诗风格清丽；书法遒丽圆转，人称“赵体”；画山水、木石、竹花、人马尤精致，变南宋院体格调，开元代画风。著有《松雪斋集》十卷，《外集》一卷，《续集》一卷。存词三十六首。

1. 邵亨贞：

客有持文敏公手书所作小词一卷见示者，且求作长短句题于后。公以承平王孙而婴世变，离黍之悲，有不能忘情者，故深得骚人意度。予生十有四年而公薨，每见先辈谈公典刑问学，如天上人，未尝不神驰梦想。昔东坡先生自谓不识范文正公为平生遗恨，其意盖可想见。此卷辞翰不忝古人，霭然贞元朝士。大意以谓拟古之作，魏晋以下，由来久矣。僭以己意，追次元韵，其于先哲风流文采，或可备高唐想像之万一云。

《追和赵文敏公旧作十首序》（《全明词》第一册）

2. 王世贞：

元有曲而无词，如虞、赵诸公辈，不免以才情属曲，而以气概属词，词所以亡也。

《艺苑卮言》

3.《尧山堂外纪》：

赵孟頫，字子昂，宋宗室秦王德芳之后。以程钜夫荐，仕元为翰林承旨。元主以其仪观非常，恐为众望所归，至馆阁，相其背曰，秀才官耳。后有虞堪题其所画《苕溪图》曰："吴兴公子玉堂仙。写出苕溪似辋川。回首青山红树下，那无十亩种瓜田。"邵复斋曰："公以承平王孙，而遭世变，黍离之悲，有不能忘情者，故长短句得骚人之遗。"

沈雄《古今词话·词话》下卷引

4. 徐釚：

公以承平王孙，而遭世变。故其词不无《麦秀》、《狡童》之感。

《词苑丛谈》卷八

5. 郑方坤：

竹翠梅香低唱词，相逢不是少年时。

王孙有泪如红蜡，直至歌筵始一垂。《松雪集》载《赠歌者》一词，最凄惋。

《论词绝句》三十六首（《蔗尾诗集》卷五）

6. 王初桐：

赵孟頫《松雪词》一卷，深得骚人意度。公以承平王孙而婴世变，黍离之悲有不能忘情者。

《小嫏嬛词话》卷三

7. 叶申芗：

赵松雪以承平王孙，而遭世变，故其词多感慨。尝于李叔固丞相席上，赠其歌姬贵贵云："满捧金杯低唱词，尊前再拜索新诗。老夫惭愧鬓成丝。　罗袖染将修竹翠，粉香须上小梅枝。相逢不似少年时。"

《本事词》卷下

8. 陈廷焯：

程钜夫、赵子昂辈犹是宋音。后则渐尚新艳，风格不逮。

子昂以王室苗裔忍于降元，故其词欲言难言，骚情雅致，昔人云穷愈工。诗词亦然也。

不必以词胜，只此一直写去，姿态自然有余。（评〔后庭花破子〕“清溪一叶舟”）

凄凉哀怨，情不自已。哀感不胜，似韦端己。（评〔蝶恋花〕“侬是江南游冶子”）

通首写景而哀怨之情溢于言表，读者责其人亦深哀其志也。（评〔虞美人〕“潮生潮落何时了”）

一声河满。一味哀伤，其亡国之音。（评〔浣溪沙〕“满捧金卮低唱词”）

《云韶集》卷十一

9. 陈廷焯：

余雅不喜元词，以为倚声衰于元也。所爱者惟赵松雪、虞伯生、张仲举三家。然子昂原属宋人，道园老子所作无多。

《词坛丛话》

10. 周庆云：

有《松雪斋》十卷，乐府附。以承平王孙而婴世变，离黍之悲，有不能忘情者，故深得骚人意度。其词如消沉万古，意无穷尽，在长空澹澹鸟飞中，格理入微，别开妙境。

《历代两浙词人小传》卷四

11. 吴梅：

开国之初，若燕公楠、程钜夫、卢疏斋、杨西庵辈，偶及倚声，未扩门户。逮仇仁近振起于钱塘，此道遂盛。赵子昂、虞道园、萨雁门之徒，咸有文彩；而张仲举以绝尘之才，抱忧时之念，一身耆寿，亲见盛衰，故其词婉丽谐和，有南宋之旧格，论者谓其冠绝一时，非溢美也。其后如张埜、倪瓒、顾阿瑛、陶宗仪，又复赓续雅音，缠绵赠答。及邵复孺出，合白石、玉田之长，寄烟柳斜阳之感，其〔扫花游〕、〔兰陵王〕诸作尤近梦窗，殿步一朝，良无愧怍。

其词超逸，不拘于法度，而意之所至，时有神韵。邵复孺云：公以承平王孙，晚婴世变，离黍之感，有不能忘情者，故长短句深得骚人意度。其在李叔固席上赠歌者贵贵，有〔浣溪纱〕一首云："满捧金卮低唱词，尊前再拜索新诗。老夫惭愧鬓成丝。　罗袖染将修竹翠，粉香须上小梅枝。相逢不似少年时。"说者谓承平结习未能尽除，不知此正杜牧之鬓丝禅榻、粉碎虚空时也。读公词，宜平恕。

《词学通论》第八章

12. 陈声聪：

金之亡，犹有元遗山、赵闲闲；元之入主，犹有赵子昂、萨都剌诸人，足以扶持大雅，至明则真无词矣。

《读词枝语》

13.《续修四库全书总目提要》：

此乐府一卷，为后人从全集抽印之单行本，惟无序跋，不知出于孰氏之手。惟松雪词翰妙天下，片言只字，皆为士林所欣赏，宜乎后人以其乐府别为一集也。

《松雪斋乐府一卷提要》

滕宾

滕宾（生卒年不详）一作滕斌，字玉霄，黄冈（今湖北黄冈）人，或云睢阳（今河南商丘）人。至大间，官翰林学士，出为江西儒学提举，后弃官为道士。方回誉之为“谪仙身后今李白”。事散见《万历湖广总志》卷十五一、《万历黄冈县志》卷六、《元诗选三集》。滕宾喜狎酒谈笑，风流有韵致。工散曲。存词十首。

1. 徐伯龄：

元贤作南词极韫藉，往往过宋之作者。如……滕玉霄宾《七夕》〔玉漏迟〕云：“问谁乞巧。谁知巧处成烦恼。天上佳期，底事别多欢少。雨露云晴半晌，又早被西风吹晓。愁未了。星河隔断，银河深杳。　可笑儿女浮名，似爪果登盘，情丝萦绕。百拙无能，赢得自家华皓，我笑嫦娥解事，但岁岁孤眠空老。归去好，江上绿波烟草。”（卷四）

元滕翰林玉霄《咏墨本水仙花》〔点绛唇〕更一气流出，词云：“缟袂啼香，为谁一点春心碎。淡黄深翠。不似当时态。　东洛缁尘，依旧交情奈。空憔悴。玉人何在。细雨疏烟外。”（卷五）

《蟫精隽》

2. 杨慎：

元人工于小令套数，而宋词又微。惟滕玉霄集中，填词不减宋人之工。今略记其〔百字令〕一首云：“柳颦花困，把人间恩怨，樽前倾尽。何处飞来双比翼，直是同声相应。寒玉嘶风，香云卷雪、一串骊珠引。阮郎去后，有谁着意题品。　谁料浊羽清商，繁弦急管，犹自余风韵。莫是紫鸾天上曲，两两玉童相并。白发梨园，青衫老传，试与留连听。可人何处，满庭霜月清冷。”玉霄又有《赠歌童阿珍》〔瑞鹧鸪〕云：“分桃断袖绝嫌猜。翠被红裈兴不乖。洛浦乍阳新燕尔，巫山行雨左风怀。　　手携襄野便娟合，背抱齐宫婉娈怀。玉树庭前千载曲，隔江唱罢月笼阶。”盖郑樱桃〔解红儿〕之流也。用事甚工。

《词品》卷五

3. 蒋一葵：

滕玉霄填词甚工。

《尧山堂外纪》卷七十

4.《柳塘词话》：

杨慎《词品》云：元人工于小令者，《玉霄集》中，不减宋人之工。按宾字玉霄，睢阳人，官江西提举。后弃家入天台为道士，称涵虚子。其〔鹊桥仙〕、〔齐天乐〕二阕，共推清绮。

沈雄《古今词话·词评》下卷

5. 叶申芗：

元人工于小令、套数，而词学渐衰。惟滕玉霄为故宋遗民，尚有家数。其《赠宋六嫂》〔百字令〕，盛为当时所称。词云：“柳颦花困。把人间恩爱，尊前倾尽。何处飞来双比翼，直是同声相应。寒玉嘶风，香云卷雪、一串骊珠引。元郎去后，有谁着意题品。　　谁料浊羽清商，繁弦急管，犹自余风韵。莫是紫莺天上曲，两两玉童肩并。白发梨园，青衫老传，试与流连听。可人何处，满庭霜月清冷。”宋六，小字同寿，姓张氏。元遗山有赠觱栗工张觜儿词，即其父也。后嫁宋生，亦工音律。同寿与宋生合乐，妙入神品。盖同寿善讴，宋生能传觜儿之艺也。

《本事词》卷下

6. 陈廷焯：

玉霄华光阁言志别一作，亦有佳致，但不及宋远，故不录。（评〔鹊桥仙〕“斜阳一抹”）

《云韶集》卷十二

7. 陈廷焯：

词意超远，笔力苍劲，元人中最铮铮者。（评〔洞仙歌〕“醉骑黄鹄”）

调高响逸。（评〔归朝歌〕“画角西风”）

警炼。（评〔鹊桥仙〕“斜阳一抹”）

《词则·别调集》卷三

8. 周庆云：

其〔鹊桥仙〕词：“斜阳一抹，青山数点。万里澄江如练。萧风吹落橹声遥，又唤起、寒云片片。　　残鸦古渡，瘦驴村店。渐觉楼头人远。桃花流水小桥东，是那个、柴门半掩。”颇有画意。

《历代两浙词人小传》卷十二

9. 刘毓盘：

杨慎《词品》曰：元人工于小令套数，而词学渐衰，惟滕玉霄《涵虚词》不减宋人之工。其〔鹊桥仙〕、〔齐天乐〕二词，清绮极矣。余尤喜其〔瑞鹧鸪〕、〔念奴娇〕二词，以其工于隶事也。按玉霄初入仕途，旋游方外。蒋子正《山房随笔》曰：宋亡，士大夫多有出家者，或其流亚欤？……玉霄词九首明系在官时所作，皆以绮语胜，辑为一编。

《辑校涵虚词跋》（《涵虚词》辑本）

10. 刘毓盘：

滕宾，黄冠也，亦以艳词名。其《赠宋六嫂》〔百字令〕词、《赠歌童阿珍》〔瑞鹧鸪〕词，此法秀所呵也。《元草堂》弃之而之他，《词品》则以为不减宋人。

《词史》第八章

11. 周泳先：

杨升庵《词品》卷五称：“元人工于小令套数，而宋词又微。惟滕玉霄集中，填词不减宋人之工。”《太和正音谱》云：“玉霄之曲如碧汉闲云。”《太平清话》云：“有元士大夫以制曲名家者，豪爽则有冯海粟、滕玉霄二家。”顾其集久佚，词传世者除《元草堂》外，仅于《词品》得二首，但如〔鹊桥仙〕、〔齐天乐〕、〔点绛唇〕诸阕，清婉处较两宋名家不稍让也。

《唐宋金元词钩沉·总目》

曹伯启

曹伯启（1255—1333）字士开，砀山（今安徽砀山）人。至元中，历仕兰溪主簿、常州路推官、台州路侍中御史。延祐元年（1314），迁内台都事，擢刑部侍郎，出为真定路总管。五年，迁司农丞，寻拜南台治书侍御史。英宗立，召为集贤学士、御史台侍御史。天历中，起为淮东廉访使、陕西诸道行御史台中丞。元统元年卒，年七十九，谥文贞。《元史》卷一百七十六有传。曹伯启性庄严，其诗以七律为高，自谐宫徵，不失为中原雅调。著有《汉泉漫稿》，词有《彊村丛书》本《汉泉乐府》一卷，存词三十五首。

1.《续修四库全书总目提要》：

凡三十五阕，词颇疏旷，故有时不免于俗。然气机流畅，亦不以俗为嫌也。〔南乡子〕云："蜀道古来难。数日驱驱兴已阑。石栈天梯三百尺，危栏。应被旁人画里看。　两握不曾干。俯瞰飞流过石滩。到晚才知身是我，平安。孤馆青灯夜更寒。"〔浣溪纱〕云："世态纷纷几变更，天南地北只虚名。一簪华发可怜生。　旅食惊心三月到，浪花吹面一舟轻。中宵屈指计归程。"并能于疏放之中，有宕往之致也。

《汉泉乐府一卷提要》

鲜于枢

鲜于枢（1256—1302）字伯机，号困学民，又号西溪子、直寄道人、虎林隐吏，渔阳（今天津蓟县）人。至元二十四年（1287），累迁两浙转运司经历。二十九年谢事，居钱塘之西溪，营困学斋，后起为江浙行省都事。大德六年（1302）北还，以太常寺典簿致仕，是年卒，年四十七。《元书》卷八十九、《元史新编》卷四十七有载。鲜于枢酒酣豪放，吟诗作字，奇志横生，赵孟頫极推重之。工书画，善鉴赏。著有《困学斋集》。存词四首。

1. 吴师道：

鲜于伯机父遗墨，世方贵重，此卷虽不著题识，望而知其为真也。乐府词亦其所自作，前二首道退居之趣，恬淡闲雅，有稼轩、遗山风；后《无题》一首，规模《香奁》、《花间》，艳丽而媟，非壮士所欲闻。然古今词人极意以为上者，往往若是，岂惟伯机父哉？

《鲜于伯机自书乐府遗墨》（《吴礼部文集》卷十七）

2. 戴良：

渔阳此词，语意既多引重，而字画复致谨。

《跋鲜于伯机所制刘遗安寿词后》（《九灵山房集》卷七）

3. 杨慎：

沈休文《八咏》诗，语丽而思深，后人遂以名楼，照映千古。近时赵子昂、鲜于伯机诗词颇胜。赵诗云："山城秋色静朝晖。极目登临未拟归。羽士曾闻辽鹤语，征人又见塞鸿飞。西流二水玻璃合，南去千峰紫翠围。如此溪山良不恶，休文何事不胜衣。"鲜于〔百字令〕云："长溪西注，似延平双剑，千年初合。溪上千峰明紫翠，放出群龙头角。潇洒云林，微茫烟草，极目春洲阔。城高楼迥，恍然身在寥廓。　　我来阴雨兼旬，滩声怒起，日日东风恶。须待青天明月夜，一试严维佳作。风景不殊，溪山信美，处处堪行乐。休文何事，年年多病如削。”二作结句略同，稍含微意，不专为咏景发。予故取而著之也。

《词品》卷六

4. 刘毓盘：

鲜于枢、姚燧、冯子振、白无咎、乔吉、张可久、陶宗仪等皆工于曲，故其词亦近于曲。若白朴词曰《天籁集》，曲曰《摭遗》，知词曲之别矣。

《词史》第八章

冯子振

冯子振（1257—1314）字海粟，号怪怪道人，又号瀛洲客，攸州（今湖南攸县）人。大德间，官承事郎、集贤待制。宋濂称其博学英词，为一世之雄。《新元史》卷二百三十七有传。冯子振为人豪爽，文思敏捷。为元著名散曲家。存词四十首。

1. 刘毓盘：

鲜于枢、姚燧、冯子振、白无咎、乔吉、张可久、陶宗仪等皆工于曲，故其词亦近于曲。若白朴词曰《天籁集》，曲曰《摭遗》，知词曲之别矣。

《词史》第八章

2. 吴梅：

元人以北词登场，而歌词之法遂废。其时作者，如许鲁斋之〔满江红〕，张弘范之〔临江仙〕，不过余及之，非专家之业。及如刘太保之〔干荷叶〕，冯子振之〔鹦鹉曲〕，亦为北词小令，非真两宋之词也。

《词学通论》第八章

吴存

吴存（1257—1339）字仲退，号乐庵，鄱阳（今江西鄱阳）人。延祐元年（1314）领乡荐，后授饶州路学正，调宁国路教授，以鄱阳县主簿致仕。后至元五年卒，年八十三。著有《乐庵集》。词存集中，《彊村丛书》辑其词为《乐庵诗余》。存词三十首。

1.《续修四库全书总目提要》：

凡三十阕，词虽间用生俗之语，而大体清润雅畅，〔浣溪沙〕《春闺送别》云：“花满离筵酒满瓶。摘花未语泪先零。杯行教醉莫教醒。　　今夜酴醿连理枕，明朝柳絮短长亭。一般杜宇两般听。”语轻意挚，情韵兼胜。〔满江红〕《仪真次韵》、〔摸鱼儿〕《扬州》诸阕，以苍莽之调，吐宛雅之辞，亦可玩味者也。

《乐庵诗余一卷提要》

黄澄

黄澄，字子常。《全金元词》据杨慎《词品》辑录其词，凡二首。

1.《尧山堂外纪》：

黄子常〔卖花声〕《本意》云："人过天街，晓色担头红紫。满筠筐、浮花浪蕊。画楼睡醒，正眼横秋水。听新腔、一声催起。　冷红叫白，报得蜂儿知未。隔东西、余音软美。迎门争买，早斜簪云髻，助春娇、粉香帘底。"乔梦符和之云："侵晓园丁，报道娇红嫩紫。巧工夫、攒枝饾蕊。行歌伫立，洒洗妆新水。卷香风、看街帘起。　深深巷曲，有个重门开未。忽惊他、寻春梦美。穿窗透阁，便凭伊唤取，惜花人、在谁根底。"可谓工力悉敌。

《历代词话》卷九引

陈孚

陈孚（1259—1309）字刚中，号笏斋，台州临海（今浙江临海）人。至元二十二年（1285）上《大一统赋》，署上蔡书院山长。至元二十九年，入为翰林国史院编修官，以礼部郎中随梁曾使安南。累官台州路治中。大德七年（1303）台州旱，因救灾事与不恤民疾之官僚冲突，以疾归。至大二年（1309）卒，年五十一。追谥文惠。《元史》卷一百九十有传。陈孚博学有才气，性任侠不羁。著有《观光稿》、《交州稿》、《玉堂稿》各一卷。存词二首。

1.《尧山堂外纪》：

天台陈刚中，曾为僧以避世变。洎至元中，又献《大一统赋》，得官后奉使安南，诗云："老母越南垂白发，病妻塞北倚黄昏。蛮烟瘴雨交州客，三处相思一梦魂。"其词亦有志风土之异者，〔太常引〕一阕，泪渍青衫不少。

沈雄《古今词话·词评》下卷引

2. 宋长白：

读之天性油然。（评〔太常引〕）

张宗棣《词林纪事》引《柳亭诗话》

3. 陆太冲：

陈刚中〔太常引〕，有陟屺瞻望、不遑将母之思。

谢章铤《赌棋山庄词话》卷十一引

4. 陈廷焯：

悽恻语。真情真景，字字是泪。令远游者泪下。（评〔太常引〕"短衣孤剑客乾坤"）

《云韶集》卷十一

5. 刘毓盘：

梁曾与陈孚同使安南，陈氏忆母〔太常引〕词，血性语也，梁氏词亦有可称者。

《词史》第八章

蒲道源

蒲道源（1260—1336）字得之，号顺斋，兴元（今陕西汉中）人。尝为郡学正，罢归，居乡教授，绝口不谈仕进。皇庆二年（1313），为国史院编修官，改国子博士，寻即因病隐退。年七十，复召为陕西儒学提举，不赴。惠宗至元二年卒，年七十七。蒲道源一生恬于仕宦，闲居之日居多。《新元史》卷二百八十三有传。著有《闲居丛稿》，词存集中，《彊村丛书》辑其词为《顺斋乐府》。存词三十首。

1.《续修四库全书总目提要》：

凡二十八阕，其间如〔木兰花慢〕《寿王国宾总管》，〔清平乐〕《寿赵总管》、《寿李平章》，〔鹧鸪天〕《寿杨同知》、《寿耶律总管》，献谀权要，有损品格，词亦浅薄俗滥，殊无可取之处，存以备考而已。

《顺斋乐府一卷提要》

袁易

袁易（1262—1306）字通甫，长洲（今江苏苏州）人。入元后不乐仕进。曾为徽州路石洞书院山长，不久归隐。居吴淞、太湖间，筑堂曰静春，聚书万卷，手自校定。或游于江湖，扣弦高歌，被人视为世外人。赵孟頫颇称赏之，以《袁公卧雪图》遗之，称袁易与龚璛、郭麟孙为“吴中三君子”。大德十年卒，年四十五。著有《静春堂集》四卷。袁易与张炎为至交，故词风与《山中白云词》相似。赵万里《校辑宋金元人词》辑其词为《静春词》。存词三十首。

1. 况周颐：

袁静春〔烛影摇红〕云：“凤钗频误踏青期，寂寞墙阴冷。”下句略不刷色，却境静而有韵。〔台城路〕云：“但诗恼东阳，病添中散。”清姒喜其属对稳称。

《蕙风词话》卷三

2. 赵万里：

通甫与玉田交善，故词境亦空灵疏秀，与玉田相似。

《静春词辑本题记》（《校辑宋金元人词》）

管道昇

管道昇（1262—1319）字仲姬，一字瑶姬，乌程（今浙江吴兴）人。管伸女，赵孟頫妻。至元中，偕入东京（今河南开封）。至大四年（1311）封吴兴郡夫人，延祐四年（1317）加封魏国夫人。六年疾作，归家，至临清，卒于舟中，年五十八。赵孟頫撰《墓志铭》。管道昇聪慧过人，工词章翰墨，尝绘墨竹以进内廷。明人节取李衎竹谱，为《墨竹谱》一卷，托名道昇所撰。存词四首。

1.《太平清话》：

松雪夫人管仲姬，生泖西小蒸，至今其路尚名管道。工诗，善画竹，亦能小词，尝《题渔父图》云："人生贵极是王侯。浮利浮名不自由。争得似，一扁舟。弄月吟风归去休。"松雪和云："渺渺烟波一叶舟，西风木落五湖秋。盟鸥鹭，傲王侯。管甚鲈鱼不上钩。"

《历代词话》卷九引

2. 叶申芗：

松雪夫人管仲姬，生泖西，今其里尚名管道。善画竹，亦工诗词，尝《题渔父图》云："人生贵极是王侯。浮利浮名不自由。争得似，一扁舟。弄月吟风归去休。"松雪和云："渺渺烟波一叶舟，西风木落五湖秋。盟鸥鹭，傲王侯。管甚鲈鱼不上钩。"

《本事词》卷下

3. 丁绍仪：

至元时赵文敏管夫人……闺房酬唱，世艳称之，此外亦不多觏。

元时闺秀寥寥，《词综》只采管道昇与妓女刘燕哥、陈凤仪三词。

《听秋声馆词话》卷八

4. 周庆云：

其《题渔父图》〔渔歌子〕词共四首，甚有风致。

《历代两浙词人小传》卷十三

刘燕哥

刘燕哥，燕山妓。生平事迹不详。《全金元词》据《青楼集》录其词〔太常引〕《饯参议归山东》一首。

1. 黄雪蓑：

善歌舞，齐参议还山东，刘赋《太常引》以饯，云："古人别我出阳关，无计锁雕鞍。今古别离难，兀谁画、峨眉远山。　一尊别酒，一声杜宇，寂寞又春残。明月小楼间第，第一夜、相思泪弹。"至今脍炙人口。

《青楼集》(《说郛》一百二十卷本)

2. 陆昶：

刘燕哥《太常引》，葱茏之笔，读之心爽。

《名媛诗词选》(《词女五录》之《三录》引)

3.《古今词话》：

陈凤仪、刘燕哥，皆乐妓也。陈有《送别》〔一络索〕词云："海棠也似别君难，一点点、啼红雨。"刘有《饯刘参义》〔太常引〕云："明月小楼间。第一夜、相思泪弹。"皆传唱一时。

《历代词话》卷九引

4. 叶申芗：

燕山妓刘燕哥，能为小词。

《本事词》卷下

5. 丁绍仪：

元时闺秀寥寥，《词综》只采管道昇、刘燕哥、陈凤仪三词。

《听秋声馆词话》卷八

刘诜

刘诜（1268—1350）字桂翁，号桂隐，庐陵（今江西吉安）人。隐居讲授，屡荐不起。延祐初恢复科举，十年不第，乃刻意于诗古文。终身不仕，至正十年卒，年八十三。门人私谥文敏。《元史》卷一百九十有传。著有《桂隐文集》四卷、《诗集》四卷。刘诜论文主于自出机抒，不以摹拟字句为古，尤长于诗。词存集中，《彊村丛书》辑为《桂隐诗余》一卷，存词六首。

1. 陈廷焯：

尽有笔致。绝妙情韵，前此未有道之者。（评〔谒金门〕“春睡倦”）

《云韶集》卷十一

2. 况周颐：

韩致尧诗“树头蜂抱花须落，池面鱼吹柳絮行”，邵复孺词“鱼吹翠浪柳花行”，由韩诗脱化耶？抑与韩暗合耶？刘桂隐〔满庭芳〕《赋萍》云：“乳鸳行破，一瞬沦漪。”非胸次无一点尘，此景未易会得，静深中生明妙矣。邵句小而不纤，最有生气，却稍不逮。桂隐近于精诣入神。

《蕙风词话》卷三

3.《续修四库全书总目提要》：

仅六阕。词颇流丽，〔谒金门〕《初见桃花》云：“春愁浅。窥人忽见桃花脸。桃花脸。轻寒初透，小窗犹掩。　东风裙湿湘波飐。相逢处处如人面。如人面。刘郎老去，怕伊重见。”〔谒金门〕云：“春睡倦，自拣花枝行遍。昨日新红今日变。细挼将袖染。　翠扇迎风扑面。双燕飞来还转。帘外杨花帘里燕。相逢如未见。”词语流转而用意深微。〔满庭芳〕《次韵赋萍》有云：“看疏如有恨，密似相依。”亦能融情景于一也。

《桂隐诗余一卷提要》

安熙

安熙（1269—1311）字敬仲，号默庵，真定藁城（今河北藁城）人。不屑仕进，家居教授，一以朱熹为宗，学者称默庵先生。至大四年卒，年四十二。《元史》卷一百八十九有传。安熙一生不屑仕进，学生多有成就。著有《默庵集》五卷。其文以理为主，而伤于平沓，诗则颇有格调，不涉语录。词存集中，《彊村丛书》辑为《默庵词》一卷，存词五首。

1. 况周颐：

《韩子·通解》："伯夷哀天下之偷且以彊，则服食其葛薇，逃山而死。"元安敬仲熙《默庵乐府》，〔石州慢〕《寄题龙首峰》云："拟将书剑，西山采蕨食薇，自应不属春风管。""采蕨食薇"改"服食葛薇"，较典雅。

《蕙风词话》卷四

2.《续修四库全书总目提要》：

共五阕。〔酹江月〕《登古容城有感，城阴则静修刘先生故居》云："天山巨网，尽牢笼、多少中原人物。赵际燕陲空老却，千仞岩岩苍壁。古柏萧森，高松偃蹇，不管飞冰雪。慕羶群蚁，问君谁是豪杰。　　重念禹迹茫茫，狐兔荆棘，感慨悲歌发。累世兴亡何足道，等是轰蚊飞灭。湖海襟怀，风云壮志，莫遣生华发。中天佳气，会须重见明月。"盖次东坡韵也，词主疏旷，此可见其概矣。

《默庵词一卷提要》

张养浩

张养浩（1270—1329）字希孟，号云庄，又称齐东野人，济南历城（今山东济南）人。辟礼部令史，选授堂邑县尹。至大间，入为监察御史，以直言忤时相，罢职。仁宗立，累迁礼部尚书。英宗即位，改中书参议，未几辞归养亲。天历二年（1329）四月起为陕西行台中丞，赴关中救灾，七月以赈饥积劳卒，年六十。追封浜国公，谥文忠。《元史》卷一百七十五有传。张养浩为人正直敢言，得罪权贵，几遭杀身之祸。为官清廉，颇有政声。是元代前期重要的散曲家。著有《归田类稿》二十二卷，散曲集为《云庄休居自适小乐府》。词集有《江湖长短句》，今已佚。存词〔感皇恩〕《自寿》一首。

1. 刘敏中：

礼部侍郎济南张养浩希孟使江南，往返仅半岁，得乐府百有余首，辑为一编，目之曰《江湖长短句》，归以示余。余读之，藻丽葩妍，意得神会，横纵卷舒，莫可端倪。其三湘五湖晴阴明晦之态，千岩万壑竞秀争流之状，与夫羁旅之情，观游之兴，怀贤吊古之感，隐然动人。视其风致，盖出入于三家之间，可谓能也。昔太史迁南游而文益奇，故知宏才博学，必待山川之胜有以激于中，而后肆于外；山川之胜，亦必待名章钜笔有以尽其真，而后播于远。然则是编之出，固非偶然矣。其永于传盖无疑。

《江湖长短句引》（《中庵集》卷九）

张可久

张可久（1280—1352以后）字伯远，号小山。庆元（今浙江鄞县）人。早年客居吴江。至大、延祐间居于杭州，与贯云石、薛昂夫优游湖山。后任绍兴路吏，历衢州、婺州路吏。至元间曾为桐庐典史。至正初，年七十余，尚为昆山幕僚，出入于顾瑛玉山草堂。以散曲盛称于世，是元代散曲流传至今最多的散曲家。著有《张小山北曲联乐府》三卷，《外集》一卷。存词六十六首。

1. 张宗橚：

小山乐府，余所见三本……汲古阁本稍胜。久欲手录一帙，缘中多曲调，因循未果。今采录〔人月圆〕一阕，鼎尝一脔，未谓不知味。孰谓张小山不如晏小山耶？

《词林纪事》卷二十二

2. 焦循：

《词综》选张可久〔风入松〕一首，咏《九日》，首四句云："哀筝一抹十三弦。飞雁隔秋烟。携壶莫道登临乐，双双燕、为我留连。"按《小山乐府》载此作"双双为我留连"，无燕字，双双即指上飞雁，雁与燕不当杂出，且九日不复有燕矣。盖雁指筝上所有，双双即此雁也。程易畴先生游盘山，亲阅《道宗舍利碑》，为王洙撰，因校朱彝尊《吉金贞石志》，录此碑文，内中妄增一语。《小山乐府》世不多有，余适有之，乃得校出增多燕字。又〔人月圆〕一首云："片时春梦，十年往事，一点诗愁。"彝尊改作"闲愁"。又"故人何在，前程那里，心事谁同"，彝尊改作"前路莫问"。又"白家亭馆，吴宫花草，长似坡诗。可人怜处，啼乌夜月，犹怨西施"，彝尊改作"可似当时，最怜人处"。以音调之，可谓削圆方竹杖矣。

《雕菰楼词话》

3. 谢章铤：

夫古人乐府，专重典雅，竹垞操选，以此为准。试观小山、梦符二家小令，抑何宛转多风。

《赌棋山庄词话》卷二

4. 刘毓盘：

鲜于枢、姚燧、冯子振、白无咎、乔吉、张可久、陶宗仪等皆工于曲，故其词亦近于曲。若白朴词曰《天籁集》，曲曰《摭遗》，知词曲之别矣。

《词史》第八章

朱晞颜

朱晞颜（生卒年不详）字景渊，长兴（今浙江长兴）人。初为平阳州蒙古掾，又曾为江西瑞州监税，以郡邑小吏终其身。与杨载、揭傒斯、鲜于枢唱和往还。著有《瓢泉吟稿》，词存集中。《彊村丛书》辑其词为《瓢泉词》。共存词四十首。

1．周庆云：

词多佳构。其〔念奴娇〕换头云："隐约一水中分，金鳌戴甲，力与蛟龙拒。拟访临幕清夜鹤，谁解坡仙神遇。断壁悬秋，惊涛溯月，总是无声句。胜游如扫，大江依旧东去。"

《历代两浙词人小传》卷四

2.《续修四库全书总目提要》：

其词气力遒劲，措语研炼，虽少闲婉之致，然如〔念奴娇〕、〔一萼红〕诸首，可谓雅畅，在元人词中，尚为有规矩者矣。

《瓢泉词一卷提要》

周玉晨

周玉晨（生卒年不详）字晴川，钱塘（今浙江杭州）人。朱晞颜《瓢泉吟稿》中有与周晴川兄弟会饮词，则与晞颜为同时代人。有《晴川词》，不传。《全金元词》仅存〔十六字令〕一首，《天机余锦》中尚有题名周晴川之词三首，共存词四首。

1. 程钜夫：

予于近世诸家乐府，惟清真词犁然有当于心。晴川殊有宗风，雨坐空山，试阅一解，便如轻家骏骑，上下五陵，花发莺啼，垂杨拂面时也。

《题晴川乐府》（《雪楼集》卷二十五）

2. 杨慎：

周美成〔十六字令〕云："眠。月影穿窗白玉钱。无人弄，移过枕函边。"词简思深，佳词也。其《片玉集》中不载，见《天机余锦》。（案此周晴川词，见《花草粹编》卷一，《词品》误作周邦彦词。《词统》、毛刻《片玉词》补遗并承其误。）

《词品》卷二

3. 陆蓥：

诗有绝句，词有小令，二者视之若易，为之甚难。绝句之工，唐则供奉龙标为冠。虽杜陵不能兼美也。小令之工，词家推唐庄宗、李后主、周晴川为巨擘。

《问花楼词话》

4. 谢章铤：

尤西堂侗曰：诗无一字，惟梁鸿《五噫歌》以"噫"字叶韵。故东坡〔哨遍〕亦以"噫"字换头。然周晴川〔十六字令〕云："眠。月影穿窗白玉钱。无人弄，移过枕函边。"已用"眠"字冠首矣……即〔十六字令〕，蔡伸、张孝祥所填皆一字韵，不始于周晴川。

《赌棋山庄词话》卷十二

虞集

虞集（1272—1348）字伯生，号道园，又号邵庵。崇仁（今江西崇仁）人。南宋承相虞允文五世孙。虞集早岁与弟槃辟书舍为二室，书陶渊明、邵尧夫诗于壁，左曰“陶庵”，右曰“邵庵”，故世称邵庵先生。大德六年（1302）荐授大都路儒学教授，历国子助教、博士，迁集贤修撰。延祐六年（1319），除翰林待制兼国史院编修官，丁忧归。泰定初召为国子司业，迁秘书少监。文宗立，官奎章阁侍书学士，修《经世大典》，累为同列所忌。文宗卒，即谢病归。至正八年卒，年七十七。谥文靖，追封仁寿郡公。《元史》卷一百八十一有传。虞集与杨载、范梈、揭傒斯并称为元诗四大家，一生著述繁富，著有《道园学古录》五十卷、《道园遗稿》六卷、《翰林珠玉》六卷、《虞伯生诗续集》三卷等。《彊村丛书》辑有《道园乐府》一卷。存词三十一首。

1. 凌云翰：

世传全真冯尊师〔苏武慢〕廿篇，前十篇道遗世之乐，后十篇论修仙之事。道园先生谓费无隐独善歌之，则能知者亦罕矣。及观先生所作，非惟足以追配尊师，而使世之汩尘埃流连光景者闻之，而有遗世独立羽化登仙之想。则是篇于世，其可少乎？

《苏武慢序》（《全金元词》下册）

2. 瞿佑：

虞邵庵在翰林有诗云：“屏风围坐鬓毵毵，银烛烧残照暮烟。京国多年情尽改，忽听春雨忆江南。”又作《风入松》词云：“画堂红袖倚清酣。华发不胜簪。几回晚直金銮殿，东风软、花里停骖。书诏许传宫烛，倾罗初试朝衫。　御沟冰泮水挼蓝。飞燕又呢喃。重重帘幕寒犹在，凭谁寄、金字泥缄。为报先生归也，杏花春雨江南。”盖即诗意也，但繁简不同尔。曾见机坊以词织成帕，为时所贵重如此。张仲举词云：“但留意江南，杏花春主，和泪在罗帕。”即指此也。

《归田诗话》

3. 唐文凤：

（虞集）歌词之丽，亦皆超诣而不凡。今按调寄〔苏武慢〕词十二阕，盖和冯尊师所作，其自序经阅累岁而成，飘飘然有出尘想，如在九霄之上，下视世纷胶扰，曾不足以入其灵台丹府，所谓不吃烟火食，所道乃神仙中人语也。

《跋杨彦华书虞文靖公苏武慢词后》（《梧冈集》卷七）

4. 王世贞：

元有曲而无词，如虞、赵诸公辈，不免以才情属曲，而以气概属词，词所以亡也。

《艺苑卮言》

5. 先著：

当时以此词织帕上相馈遗，其传诵可知。然“宫烛金銮”，殊未脱俗，惟结句工绝。（评〔风入松〕《敬柯敬仲》）

《词洁辑评》

6. 许田：

金词如赵闲闲、元遗山、蔡伯坚，元词如虞道园、萨天锡、张蜕岩，俱卓然名家，为一代眉目。自唐迄元，词学之盛止矣。

《屏山词话》

7. 王昶：

明初词人，犹沿虞伯生、张仲举之旧，不乖于风雅。

《明词综序》（《明词综》卷首）

8. 李调元：

虞伯生集词，一洗铅华，有《鸣鹤余音》一卷，余已校刊矣。尚记其南乡〔一剪梅〕词《招熊少府》云：“南皋小亭台。薄有山花取次开。寄与多情熊少府，晴也须来。雨也须来。 随意且衔杯。莫惜春衣坐绿苔。若待明朝风雨过，人在天涯。春在天涯。”

《雨村词话》卷四

9. 蒋方增：

词之为道，自唐衍于五代，至宋而大盛，逞妍抽秘，无美弗臻。世人好言北宋，要非通论。分镳并骋，南宋始极其工，宋季始极其变，金元间如蔡伯坚、吴彦高、元裕之、萧竹屋、曾舜卿、虞伯生辈，骎骎乎入宋人之室。

《浮筠山馆词钞自序》（《浮筠山馆词钞》卷首）

10. 刘熙载：

虞伯生、萨天锡两家词，皆兼擅苏、秦之胜。张仲举词，大抵导源白石，时或以稼轩济之。

《词概》

11. 陈廷焯：

道园自是作手，其诗如汉廷老吏断狱，卓绝一时。词亦精警团聚，脱尽前人窠臼。惜所传寥寥，未免令人遗憾。

《词坛丛话》

12. 陈廷焯：

道园诗宗少陵，为一代之冠。词不多，然即此寥寥数篇，而风骨崚嶒，自足雄跨一时。

高情雅调，合梦窗、玉田为一手，笔致亦整亦散，此白石画境也。“容我”妙甚，极疏狂之趣。（评〔苏武慢〕“放棹沧浪”）

此调一片神行，虽起东坡为之亦不过是。奇想。高绝超绝，目无今古，真道士后身也。道园老子胸襟约略可见。（评〔苏武慢〕“忆昔东坡”）

写柯在禁中数语，已极工雅。好句天然，神韵在唐宋之间。（评〔风入松〕“画堂红袖倚清酣”）

《云韶集》卷十一

13. 陈廷焯：

道园词骨颇高，似出仲举之右，惜规模未定，不能接武南宋诸家也。

道园老子胸襟，此词约略可见。（评〔苏武慢〕“忆昔东坡”）

天然神韵。（评〔风入松〕“画堂红袖倚清酣”）

《词则·别调集》卷三

14. 陈廷焯：

虞道园词笔颇健，似出仲举之右。然所作寥寥，规模未定，不能接武南宋诸家。惟“报道先生归也，杏花春雨江南”二语，却有自然风韵。

《白雨斋词话》卷三

15. 郑文焯：

元人词亡虑数十家，见之李西涯《南词录目》，以乐府名家者，惟虞集《鸣鹤遗音》、张翥《蜕岩词》最称雅正。其王氏四印斋所刻《藏春乐府》至《五峰词》七家，率多放浪通脱之言，长沙张百祺所谓：“金元以降，格去古而日卑，理趋今而日隐，求如两宋词家，深美闳约，声文具谐，殆十不获其一二焉。”

《大鹤山人词话附录·蚁术词选跋一》

16. 张德瀛：

前人评韩、柳文者曰韩如静女、柳如名姝。殊觉未称。独元虞伯生、萨雁门二家词，则极相类。虞词幽茜，萨词繁丽，殆有别耳。洪稚存于金、元人词，独取元裕之、虞伯生二家。其所撰《更生斋诗余》，盖亦于二家讨消息者。

《词徵》卷六

17. 吴梅：

开国之初，若燕公楠、程钜夫、卢疏斋、杨西庵辈，偶及倚声，未扩门户。逮仇仁近振起于钱塘，此道遂盛。赵子昂、虞道园、萨雁门之徒，咸有文采；而张仲举以绝尘之才，抱忧时之念，一身耆寿，亲见盛衰，故其词婉丽谐和，有南宋之旧格，论者谓其冠绝一时，非溢美也。其后如张埜、倪瓒、顾阿瑛、陶宗仪，又复赓续雅音，缠绵赠答。及邵复孺出，合白石、玉田之长，寄烟柳斜阳之感，其〔扫花游〕、〔兰陵王〕诸作尤近梦窗，殿步一朝，良无愧怍。

词不多作，《辍耕录》载其〔短柱折桂令〕，极险窄之苦，而能挥翰自如，不为韵缚，才大者亦工小技，信为一代宗匠焉。

《词学通论》第八章

18.《续修四库全书总目提要》：

词虽不多，气质刚健。《辍耕录》云："吾乡柯敬仲先生，际遇文宗，起家为奎章阁鉴书博士，以避言路。居吴下。时虞邵庵在馆阁，赋〔风入松〕词寄之。"今集中有〔风入松〕《寄柯敬仲》是也。词云："画堂红袖倚清酣。华发不胜簪。几回晚直金銮殿，东风软、花里停骖。书诏许传宫烛，香罗初试朝衫。　御沟冰泮水挼蓝。飞燕语呢喃。重重帘幕寒犹在，凭谁寄、银字泥缄。为报先生归也，杏花春雨江南。"则易为雅健矣。《归田诗话》云："曾见机坊以此词织成帕。"张翥〔摸鱼儿〕词序云："元夕，吴门姚子章席上同柯敬仲赋，敬仲以虞学士书〔风入松〕于罗帕作轴。"虽传说不同，其为当时所珍贵，则可知矣。陈廷焯《白雨斋词话》云："虞道园词笔颇健，似出仲举之右。然所作寥寥，规模未定，不能接武南宋诸家。惟'报道先生归也，杏花春雨江南'二语，却有自然风韵。"则论人似近于苛。至〔苏武慢〕、〔无俗念〕诸首，多方外之言，不合词体，亦不必以工拙论矣。

《道园乐府一卷附鸣鹤余音词一卷提要》

张玉娘

张玉娘，约 1281 年前后在世。字若琼，号一贞居士，松阳（今属浙江）人。父张懋仕宋为提举官。玉娘敏慧知书，及笄，许字沈佺。佺病故，玉娘亦忧郁而死。明嘉靖中，邑人王诏得其遗书于《道藏》中，乃为作《传》。著有《兰雪集》一卷。《彊村丛书》辑有《兰雪词》一卷，存词十六首。

1. 顾嗣立：

若琼为文章，酝藉若文学高第，诗词尤得风人体，时以班大家比之。

《张玉娘兰雪集》（《元诗选》三集卷十六）

2. 李之鼎：

张玉娘，宋士族女，矢志守贞，殉志而终，所著《兰雪集》几欲继轨《漱玉》、《断肠》。

《兰雪集跋》（《宜秋馆汇刻宋人集》丙编）

3.《续修四库全书总目提要》：

词殊清婉。〔汉宫春〕、〔烛影摇红〕《元夕》、〔苏幕遮〕《春晓》、〔玉楼春〕《春暮》、〔南乡子〕《清昼》、〔法曲献仙音〕《夏夜》、〔玉女摇仙佩〕《秋情》、〔蕙兰芳引〕、〔小重山〕《秋思》、〔浣溪纱〕《秋夜》、〔卖花声〕《冬景》、〔忆秦娥〕《咏雪》、〔玉蝴蝶〕《离情》并述四季幽怀，无限凄楚，其志可以哀矣。

《兰雪词一卷提要》

周权

周权（生卒年不详）字衡之，号此山，松阳（今浙江西屏）人。早年不得志，延祐六年（1319）游京师，受知于翰林学士袁桷，荐为馆职，未获批准。后回江南，专心词章。与赵孟頫、虞集、揭傒斯、欧阳玄等唱和，诗名日起。赵孟頫亲书“此山”二字为其堂额。著有《此山集》。《彊村丛书》辑其词为《此山先生乐府》。存词三十四首。

1.《续修四库全书总目提要》：

凡三十四阕，虽间有寿词，而所作沉深简雅，〔清平乐〕《怀古》云：“残山剩水，陌上多尘土。此地当时分汉楚。俯仰几番近古。　暮云野树苍茫。秋风荒草沙场。极目寒鸦归外，数家篱落斜阳。”〔满江红〕下半阕云：“天一碧，云如扫。白银阙，谁能到。想蟾枝不碍，寒光皎皎。圆少缺多如有恨，素娥孤冷应须老。付狂夫、一笑且徘徊，尊中酒。”皆苍凉深郁，具有典型，余若〔念奴娇〕之怀古、〔朝中措〕之写景，并能以深曲之思，而出之以平稳。惟词律不精，用韵纷杂，似为美中不足，然金元之际，词律渐疏，亦未可专责一人也。

《此山先生乐府一卷提要》

王旭

王旭（生卒年不详）字景初，号兰轩，东平（今山东泰安）人。教授四方，游迹颇广。与同郡王构、永年王磐俱以文章名世，号为“三王”。尝为砀山令。主要活动于至元到大德年间。著有《兰轩集》十六卷。《彊村丛书》辑有《兰轩词》一卷，存词二十九首。

1.《续修四库全书总目提要》：

凡二十九首，寿词殆居其半，然亦非不知词者。其〔春从天上来〕云：“绿鬓凋零。看几度人间、春蝶秋萤。天地为室，山海为屏。收浩气入沉冥。便囊金探尽，犹自有、诗笔通灵。谢红尘，且游心汗漫，濯发清冷。　　平生眼中豪杰，试屈指年来，稀似晨星。虎豹关深，风波路远，幽梦不到王庭。任浮云千变，青山石、万古长青。醉魂醒。有寒镫一点，相伴荧荧。”观于此，既可测其身世，而其词亦有出尘之思、清新之概也。

《兰轩词一卷提要》

张埜

张埜（约 1273—？）字埜夫，号古山，邯郸（今河北邯郸）人。张之翰子。曾官翰林修撰，工词，据其词〔青玉案〕、〔八声甘州〕、〔水龙吟〕、〔临江仙〕等，可大体推知张埜的活动期在元成宗、武宗、仁宗朝。词集有《彊村丛书》本《古山乐府》二卷，存词六十四首。

1. 李长翁：

诗盛于唐，乐府盛于宋。宋诸贤名家不少，独东坡、稼轩杰作，磊落倜傥之气溢出笔端，殊非雕脂镂冰者所可仿佛。往年仆游京师，古山张公一见招至馆下，灯窗雪案，披诵公所著乐章，湛然如秋空之不云，烨然如春华之照谷，凄然如猿啼玉涧，昂然如鹤唳青霄，砉然如庖丁鼓刀，翩然如公孙舞剑，千变万态，意高语妙，真可与苏、辛二公齐驱并驾。然其词林根柢，实得于西岩先生之嫡传。集五彩色丝成一家机杼，持此黼黻皇猷，弥缝衮绣，岂但游戏翰墨而已哉？

《古山乐府序》（《古山乐府》卷首）

2. 陈廷焯：

古山词揖让进退，去南宋诸家未远。

此词绝工雅，后来惟国朝朱竹垞〔春风袅娜〕一阕尤出其右。凄断。结亦闲雅。（评〔水龙吟〕“落花天气初晴”）

新丽之词，凄恻之笔，埜夫词高者原不减仲举也。字字曲折，笔笔凄断。（评〔石州慢〕“红雨西园”）

清丽芊绵，离合悲欢，不能自已。一笔束住，换头处全写身世离别之感。句句凄凉。结二语直是孤绝冷绝。（评〔夺锦标〕“凉月横舟”）

《云韶集》卷十二

3. 况周颐：

张埜夫《古山乐府》,〔清平乐〕《春寒》云:“韶光已近春分。小桃犹掯霜痕。”“掯”犹言不放也。与“余寒犹勒一分花”之“勒”略同。“掯”字入词仅见。

古山〔满江红〕云:“七椀波涛翻白雪，一枰冰雹消长日。”〔水龙吟〕云:“茶瓯雪卷，纹楸雹响，醉魂初醒。”以冰雹形容棋声之清脆，颇得其似。曩余有句云:“雪声清似美人琴。”盖《尔雅》所云“霄雪”也。

寿词难得佳句，尤易入俗。古山〔太常引〕《寿高丞相自上都分省回》云:“报国与忧时。怎瞒得、星星鬓丝。”〔水龙吟〕《为何相寿》云:“要年年霖雨，变为醇酎，共苍生醉。”此等句浑雅而近朴厚，虽寿词亦可存。

《蕙风词话》卷三

4. 刘毓盘：

张埜善为咏物词，吴镇善为题画词，亦非其敌也。

《词史》第八章

5. 吴梅：

开国之初，若燕公楠、程钜夫、卢疏斋、杨西庵辈，偶及倚声，未扩门户。逮仇仁近振起于钱塘，此道遂盛。赵子昂、虞道园、萨雁门之徒，咸有文彩;而张仲举以绝尘之才，抱忧时之念，一身耆寿，亲见盛衰，故其词婉丽谐和，有南宋之旧格，论者谓其冠绝一时，非溢美也。其后如张埜、倪瓒、顾阿瑛、陶宗仪，又复赓续雅音，缠绵赠答。及邵复孺出，合白石、玉田之长，寄烟柳斜阳之感，其〔扫花游〕、〔兰陵王〕诸作尤近梦窗，殿步一朝，良无愧怍。

《词学通论》第八章

白贲

白贲（生卒年不详）字无咎，号素轩。钱塘（今浙江杭州）人。白斑子。至治三年（1323）任温州路平阳州教授，后为常州路知事，官终文林郎、南安路总管府经历。白贲为知名元曲家，《录鬼簿》将其列入“前辈已死名公”。该书成于至顺元年（1331），可推知，贲约于至元至天历年间在世。存词一首。

1. 周庆云：

其〔鹦鹉曲〕云：“侬家鹦鹉洲边住。是个不识字渔父。浪花中一叶扁舟。睡煞江南烟雨。　　觉来时满眼青山，抖擞绿蓑归去。算从前错怨天公，甚也有安排我处。”音节谐婉。所作〔百字折桂令〕亦饶有画意，李存《俟庵集》称贲善画马，尝题其画云：“数笔写来千里意，只今惟有白忻州。”宜其词中有画也。

《历代两浙词人小传》卷四

2. 刘毓盘：

鲜于枢、姚燧、冯子振、白无咎、乔吉、张可久、陶宗仪等皆工于曲，故其词亦近于曲。若白朴词曰《天籁集》，曲曰《摭遗》，知词曲之别矣。

《词史》第八章

乔吉

乔吉（1280—1345）字梦符，号笙鹤翁，又号惺惺道人，太原（今山西太原）人。美容仪，能词章，以威严自饬，人敬畏之。纵情诗酒，终生不仕，自称江湖状元、江湖醉仙。至正五年卒于家。所撰杂剧存目十一种，传世三种，散曲与张可久齐名。为元曲六大家之一。词存〔卖花声〕一首。

1.《尧山堂外纪》：

黄子常〔卖花声〕《本意》云："人过天街，晓色担头红紫。满筠筐、浮花浪蕊。画楼睡醒，正眼横秋水。听新腔、一声催起。　　冷红叫白，报得蜂儿知未。隔东西、余音软美。迎门争买，早斜簪云髻，助春娇、粉香帘底。"乔梦符和之云："侵晓园丁，报道娇红嫩紫。巧工夫、攒枝饾蕊。行歌伫立，洒洗妆新水。卷香风、看街帘起。　　深深巷曲，有个重门开未。忽惊他、寻春梦美。穿窗透阁，便凭伊唤取，惜花人、在谁根底。"可谓工力悉敌。梦符尝言作乐府有三法：凤头、猪肚、豹尾也。其集名《惺惺老人乐府》。

《历代词话》卷九引

2. 谢章铤：

夫古人乐府，专重典雅，竹垞操选，以此为准。试观小山、梦符二家小令，抑何宛转多风。

《赌棋山庄词话》卷二

吴镇

吴镇（1280—1354）字仲圭，号梅花道人，嘉兴魏塘（今浙江嘉善）人。隐居不仕，足迹很少出于乡里，被称为“吴隐君”。书画皆精。画与黄公望、倪瓒、王蒙并称“元四家”。每画山水竹石，辄题咏其上，时人号为“三绝”。尝临荆浩《秋景渔父图》，题〔渔父〕词十六首，至正四年（1344）冬，又作〔酒泉子〕八首，分题所画“嘉禾八景”。至正十四年卒，年七十五。《新元史》卷二百三十八有传。著有《梅花道人遗墨》二卷。词均题画之作。《彊村丛书》辑为《梅花道人词》一卷，存词二十九首。

1. 李日华：

梅道人仿荆浩写鱼舫十五，中段树石一丛，前后山屿远近出没四五叠。予两见临本，至今壬申三月始见真者，气象焕如也。又画上方题〔渔家傲〕词，潇洒超逸，逼真元真子口吻，亦道人所制。书作藏针笔法，古雅有余。

《词苑萃编》卷六引

2. 李葵生：

道人风高两代，墨重千秋，败楮残缣，人皆争宝。即此一词，亦足媲美烟波钓徒矣。（评〔渔歌子〕《题画》）

《兰皋明词汇选》卷一

3.《名画记》：

吴仲圭工于画，亦能小词，尝题麟溪沈彦实处士画册云：“红叶村西日影余。黄芦滩畔月痕初。轻拨棹，且归欤。挂起渔竿不钓鱼。”盖〔渔父词〕也。其品之高妙何减张志和。

《历代词话》卷九引

4. 陈廷焯：

只就本位实写，不必着抛弃红尘语，而令读者自见。一片乐境。（评〔渔父词〕“红叶林西日影余”）

《云韶集》卷十二

5. 周庆云：

其〔渔父词〕品格高妙，不减张志和。又《嘉禾八景》〔酒泉子〕八首，亦有清疏之致。

《历代江浙词人小传》卷四

6. 刘毓盘：

张埜善为咏物词，吴镇善为题画词，亦非其敌也。

《词史》第八章

张雨

张雨（1283—1350）原名泽之，字伯雨，一字天雨，钱塘（今浙江杭州）人。宋崇国公张九成之后。弃家为道士，法名嗣真，号贞居子，又号句曲外史，曾住持西湖福真观。延祐七年（1320）居开元宫，历主茅山崇寿观、元符宫。后至元二年（1336）归杭，居吴山三茅观。至正十年卒，年六十八。《新元史》卷二百三十八有载。他虽托迹黄冠，实属文士。博学多闻，襟怀洒脱。交游甚广，与赵孟頫、虞集、范梈、揭傒斯、马祖常游，名震京师。著有《句曲外史集》七卷、《玄品录》五卷、《贞居词》一卷。存词五十一首。

1. 厉鹗：

外史词翰高绝，即作乐章，气韵亦自不凡。

《贞居词跋》（《贞居词》卷后）

2. 厉鹗：

两宋词派……为时所称。元时嗣响，则张贞居、凌柘轩。明瞿存斋稍为近雅。马鹤窗阑入俗调，一如市侩语，而清真之派微矣。

《吴尺凫玲珑帘词序》（《樊榭山房集》卷四）

3. 陈廷焯：

伯雨词，自是作手，但多辞少韵，故所选从略。

句亦清丽。“新鹅”之句微少风韵。（评〔蝶恋花〕“谁道鹅儿黄似酒”）

此作却有风韵，不独清丽已也。但不似白石。（评〔早春怨〕“眄得春来”）

亦清婉可歌。情韵俱佳，似竹坡手笔。（评〔朝中措〕“草堂移住古城隈”）

《云韶集》卷十二

4. 胡玉缙：

雨虽弃家为道士，而当时如虞集、范梈、袁桷、黄溍诸人皆与之订交，早年及识赵孟頫，晚年犹及见倪瓒、顾瑛、杨维桢，仍与文士相接近，故耳濡目染，诗文既豪迈洒落，其词亦妙脱蹊径，迥出慧心，以视倚声专家，未遑多让。

《四库未收书目提要续编》（《续四库提要三种》）

5. 周庆云：

常与仇山村辈唱和，其拟白石〔早春怨〕诸词，极有标格。

《历代两浙词人小传》卷十二

6. 陈匪石：

（《元草堂诗余》）其确为元人者，只刘藏春、许鲁斋两家，余皆南宋遗民。其词皆樊榭所谓凄恻伤感，不忘故国者。是名虽属元，实乃南宋余韵。盖草窗、碧山、玉田、山村之所倡导，如张翥、张雨、邵亨贞等，皆属此派。在元代词学为南方之一流别，与北人平博疏快者迥乎不同。

《声执》卷下

7.《续修四库全书总目提要》：

词清雅有余，惜不能深入耳。观其与仇山村、虞道园、张小山、张仲举诸人相唱和，则词学切磋之功，亦未可泯。〔木兰花慢〕《和马昂夫》云：“想桐君山水，正睡雨，听淋浪。记短棹曾经，烟村晚渡，石磴飞梁。无端故人书尺，便梦中、颠倒我衣裳。此去钓台多少，小山丛桂秋香。　　青苍秀色未渠央。台榭半消亡。拟招隐羊裘，寻盟鸥社，投老渔乡。何时扁舟到手，有一襟、风月待平章。输与浮丘仙伯，九皋声外苍茫。”词虽未臻上品，然以方外之士，而遣词造句，浸淫融化，不染道家之习，亦难得也。

《贞居词一卷提要》

欧阳玄

欧阳玄（1273—1357）字原功，号圭斋，浏阳（今湖南浏阳）人。延祐二年（1315）进士。授岳州路平江州同知，累迁翰林待制兼国史院编修官。天历二年（1329）除艺文少监，修《经世大典》。顺帝立，改佥太常礼仪院事，拜翰林直学士，编修《四朝实录》，不久兼国子祭酒，升侍讲学士。至正间，为辽、宋、金三史总裁官。至正五年（1345）进翰林学士承旨。十七年卒，年七十五，谥文。《元史》卷一百八十二有传。欧阳玄善诗文，著有《圭斋文集》十五卷、《附录》一卷。词存集中，《彊村丛书》辑为《圭斋词》一卷，存词十二首。

1. 欧阳玄：

余读欧公李太尉席上作十二月〔渔家傲〕鼓子词，王荆公亟称赏之，心服其盛丽，生平思仿佛一言不可得。近年窃官于朝，久客辇下，每欲仿此作十二阕，以道京师两城人物之富、四时节令之华，他日归农，或可资闲暇也。至顺壬申二月，玄修大典既毕，经营南归，属春雪连日，无事出门，晚寒附火，私念及此，夜漏数刻，腹稿具成，枕上不寐，稍谐叶之。明日笔之于简。虽乏工致，然数岁之中，耳目之所闻见，性情之所感发者，无不隐括概见于斯。至于国家之典故，乘舆之兴居，与夫盛代之服食器用，神京之风俗方言，以及四方宾客宦游之况味，山林之士未尝至京师者，欲有所考焉，此亦可见其大略矣。

《渔家傲词序》（《全金元词》下册）

2. 杨慎：

宋欧阳六一作十二月鼓子词，即今之〔渔家傲〕也。元欧阳圭斋亦拟为之，专咏元世燕风物。

《词品补》

王国器

王国器（1284—？）字德琏，号云庵（一作筠庵），湖州（今浙江湖州）人。王蒙父，赵孟頫婿。至正二十六年（1366）仍在世。周泳先《唐宋金元词钩沉》辑有《筠庵词》一卷。存词十三首。

1. 杨维桢：

云间诗社香奁八题，无春坊才情者，多为题所困，纵有篇什，正如三家村妇学宫妆院体，终带鄙状，可丑也。晚得玉楼子八作，众推为甲，而长短句乐府绝无可拈出者。云庵老先生寄示〔踏莎行〕八阕，读之惊喜。先生盖松雪翁门倩，今年八十有三矣，而坚强清爽，出语娟丽流便，此殆雪月中神仙人也。

《香奁集并序》（《复古诗集》卷五）

2.《词统》：

王德琏，赵待制子昂之婿。其学识颇餍众望，尤长于今乐府。延祐中，曾制〔踏莎行〕八阕，志香奁韵事，以贻杨廉夫。廉夫使侍儿歌之，又梓行之。以见王孙门中，虽阅丧乱而风雅犹存也。

沈雄《古今词话·词评》下卷引

3. 周庆云：

尤长于今乐府，曾制〔踏莎行〕八咏寄杨廉夫，廉夫大为称赏，命侍儿歌之，又付梓焉。邵亨贞《蚁术词选》〔摸鱼儿〕《题德琏山居图》亦有“短褐长镵，清琴浊酒，占断晋风致”之句，其逸情远韵可想见也。

《历代两浙词人小传》卷四

李孝光

李孝光（1285—1350）字季和，号五峰，温州乐清（今浙江乐清）人。曾隐居雁荡五峰下，授学于远来之士。南行台监察御史屡荐之，至正四年（1344），应诏入京。授著作郎，迁秘书监丞。至正十年卒，年六十六。《元史》卷一百九十有传。其文时负盛名，不趋世尚，与姚燧、吴澄、虞集并称；其诗风骨遒上，排突古人，与杨维桢齐名。著有《五峰集》六卷。词有《四印斋汇刻宋元三十一家词》本《五峰词》一卷，存词二十二首。

1. 丁丙：

其词跌宕流利，无绮罗纤秾之态，殆得于山泽间清气者深也。

《善本书室藏书志》卷四十

2. 胡玉缙：

孝光隐居雁荡山五峰下，所作诗风骨遒上，一洗元人靡丽之习，故其词亦跌宕流利，无绮罗纤秾之态，盖得于山泽间清气者深也。杨维桢作陈樵集序，举元代作者四人，以孝光与姚燧、吴澄、虞集并称。今观其词，殆与集相伯仲，以视澄之因辞见道者，此似转出其上矣。

《四库未收书目提要续编》（《续四库提要三种》）

3. 周庆云：

有《五峰集》六卷，词一卷。笔力持重，才思古奥，时流莫能及也。

《历代两浙词人小传》卷四

贯云石

贯云石（1286—1324）原名小云石海涯，阿里海涯之孙。父名贯只哥，遂以贯为氏。初号疏仙，后改号酸斋，又号芦花道人。畏吾（即今维吾尔族）人。初荫袭为官，后让爵于弟，北上师从姚燧。皇庆元年（1312），拜翰林侍读学士、中奉大夫、知制诰同修国史。延祐初辞官，移居江南。泰定元年卒，年三十九。追封京兆郡公，谥文靖。《元史》卷一百四十三有传。能诗文，善书法，尤以散曲最著，与徐再思齐名，称“酸甜乐府”。著有《酸斋集》。存词二首。

1. 程钜夫：

五七言诗、长短句情景沦至。

《跋酸斋诗文》（《雪楼集》卷二十五）

曹居一

曹居一（生卒年不详）字通甫，号听翁，自称南湖散人，太原（今山西太原）人。金末进士，仕元为行台员外郎。词存〔木兰花慢〕一首。

1. 徐伯龄：

元贤作南词极韫藉，往往过宋之作者。如……曹通甫《咏白莲》〔木兰花慢〕云："杏香花带露，映晓色，淡秋塘。恨太华峰高，庐山社远，身世相妨。谁知半溪烟景，且乘闲、华发照沧浪。羞杀风标公子，一生何恨清香。　　仙家摇曳水云乡。高颠却浓妆。看脉脉盈盈，何消解语，已断人肠。呼童更须沽酒，待夜凉、和月卷荷觞。明日醒来信笔，新声付与秋娘。"

《蟫精隽》卷四

许有壬

许有壬（1287—1364）字可用，彰德汤阴（今河南汤阴）人。延祐二年（1315）进士，授同知辽州事。累擢中书参知政事、御史中丞、集贤大学士、太子谕德、中书左丞。至正初，遭诬陷归。六年（1346）诏翰林学士承旨，次年授御史中丞，十三年拜河南行省左丞，十五年迁集贤大学士。改枢密副使，复拜中书左丞。十七年致仕，二十四年九月卒，年七十八，谥文忠。《元史》卷一百八十二有传。许有壬善笔札，工辞章。著有《至正集》八十一卷，《圭塘小稿》十三卷，《别集》二卷，《续集》一卷。词存集中。《彊村丛书》辑其词为《圭塘乐府》四卷。存词一百七十七首。

1. 谢章铤：

元许文忠有壬置园池于相州，与弟可行有孚、子元干桢、门客马明初熙分题唱和，有《圭塘欸乃集》，凡诗二百余篇，词八十余首。其填〔摸鱼儿〕调，皆用晁补之“买陂塘、旋栽杨柳”为起句，各十阕。竹垞曾采一阕入《词综》，然其中尚多合作。为掇录数首，不独资谈柄，并知元代去宋未久，词学之犹存师法如此。

《赌棋山庄词话》卷十

2. 陈廷焯：

文忠词得静中之味。

文忠与弟马熙及弟有孚倡和，其子桢亦与焉。共为《圭塘欸乃集》一卷，凡《摸鱼子》句起调，皆“买陂塘、旋栽杨柳”七字，佳者尽多，此作为最。（评〔摸鱼子〕“买陂塘”）

语极婉款，是福泽人语。绝妙好词，绝妙乐境。（评〔太常引〕“幽人早起赴池亭”）

婉丽。真高，真乃忘却富贵。（评〔太常引〕“四隄杨柳接松筠”)

《云韶集》卷十一

3. 况周颐：

许文忠（有壬）《圭塘乐府》，元词中上驷也。〔沁园春〕云：“看平湖秋碧，净随天去，乱峰烟翠，飞入窗来。”又云：“且清尊素瑟，半庭花影，芒鞋竹杖，十里松阴。”又云：“爱朔云边雪，一声寒角，平沙细草，几点飞鸿。”以景胜也。〔木兰花慢〕云：“扁舟采菱歌断，但一泓寒碧画桥平。”〔水龙吟〕《过黄河》云：“鼓枻茫茫万里，棹歌声，响凝空碧。”〔满江红〕云：“木落霜清，水底见、金陵城郭。”〔石州慢〕云：“画出断肠时，满斜阳烟树。”以境胜也。〔水龙吟〕《题贾氏白云楼》云：“本是无心，宁知下士，有人延伫。”〔鹊桥仙〕云：“长安多少晓鸡声，管不到、江南春睡。”〔南乡子〕云：“回首林虑千万丈。嶙峋。不效修蛾一点颦。”〔满江红〕《次李沁州韵》云：“有一官更比在家时，添幽寂。”〔贺新郎〕《南城怀古》云：“野水芙蓉香寂寞，犹似当年怨女。”〔浣溪沙〕云：“闲人庭院甚宜苔。”〔沁园春〕云：“神仙远，有桃花流水，便到天台。”以意胜也。〔水调歌头〕《即席赠高辛甫》云：“浩荡云山烟水，寥落晨星霜木，如子已无多。”以度胜也。

《蕙风词话》卷三

李齐贤

李齐贤（1287—1367）字仲思，号益斋，又号栎翁，高丽（今朝鲜）庆州人。年二十八，随忠宣王入元，与姚燧、赵孟頫、钟嗣成诸名公游。还高丽后官至门下侍中，封鸡林府院君。至正二十七年卒，年八十一，谥文忠。著有《益斋集》十卷，《拾遗》一卷，《集志》一卷，《栎翁稗说》四卷。词存集中，《彊村丛书》辑为《益斋长短句》一卷，凡五十三首，存目一首。

1. 李宗准：

吾东方既与中国语音殊异，于其所谓乐府者，不知引声唱曲，只分字之平仄、句之长短，而协之以韵，皆所谓以诗为词者，捧心而颦，其里只见其丑陋耳。是以文章巨公，皆不敢强作，非才之不逮也，亦如使中国人若作《郑瓜亭》、《小唐鸡》之解，则必且使人抚掌绝缨矣。惟益斋入侍忠宣王，与阎、赵诸学士游，备知诗余众体者，吾东方一人而已。

《遗山乐府跋》（《景刊宋金元明本词》）

2. 况周颐：

李齐贤字仲思，辽时高丽国人，有《益斋长短句》。〔鹧鸪天〕云："饮中妙诀人如问，会得吹笙便可工。"宋谚谓"吹笙"为"窃尝"。《芦川词》〔浣溪沙〕序云："范才元自酿，色香玉如，直与绿萼梅同调，宛然京洛风味也。因名曰萼绿春，且作一首。谚以'窃尝'为'吹笙'云。"词后段"竹叶传杯惊老眼，松醪题赋倒纶巾。须防银字暖朱唇。""窃尝"，尝酒也，故末句云云。仲思居中国久，词用当时谚语，略与张仲宗意同，资谐笑云尔。《织余琐述》云："乐器竹制者唯笙，用吸气吸之，恒轻，故以喻'窃尝'。"

《益斋词》，〔太常引〕《暮行》云："灯火小于萤。人不见、苔扉半扃。”〔人月圆〕《马嵬效吴彦高》云：“小鞶中有，渔阳胡马，惊破霓裳。”〔菩萨蛮〕《舟次青神》云：“夜深篷底宿。暗浪鸣琴筑。”〔巫山一段云〕《山市晴岚》云：“隔溪何处鹧鸪鸣。云日翳还明。”前调《黄桥晚照》云：“夕阳行路却回头。红树五陵秋。”此等句，置之两宋名家词中，亦庶几无愧色。

《益斋词》写景极工。〔巫山一段云〕《远浦归帆》云：“云帆片片趁风开。远映碧山来。”笔姿灵活，得帆随湘转之妙。《北山烟雨》云：“岩树浓凝翠。溪花乱泛红。断虹残照有无中。一鸟没长空。”“浓凝”、“乱泛”，叠韵对双声，与史邦卿“因风飞絮，照花斜阳”句同，益斋乃无心巧合耳。

《蕙风词话》卷三

3. 陶湘：

所著《益斋乱稿》，有《诗余》一卷。东海藩封，奉明正朔，倚声度曲，雅慕中邦。

《景刊宋金元明本词叙录》(《景刊宋金元明本词》卷首)

4.《续修四库全书总目提要》：

所作长于羁旅，故写景为多，志俗、吊古，时见乎词。〔水调歌头〕《过大散关》云：“行尽碧溪曲，渐到乱山中。山中白日无色，虎啸谷生风。万仞崩崖叠嶂，千岁枯藤怪树，岚翠自濛濛。我马汗如雨，修径转层空。　　登绝顶，览元化，意难穷。群峰半落天外，灭没度秋鸿。男子平生大志，造物当年真巧，相对孰为雄。老去卧丘壑，说此诧儿童。”能以奇崛之笔，写惊险之势者也。

《益斋长短句一卷提要》

张翥

张翥（1287—1368）字仲举，号蜕庵，晋宁（今山西临汾）人。翥少负才隽，尝从学于李存、仇远。至正初，以隐逸荐，召为国子助教，寻退居淮东。复起为翰林国史院编修官，预修辽、金、宋三史，进翰林应奉、修撰，迁太常博士、礼仪院判官。累官翰林侍读，兼国子祭酒，以翰林承旨致仕。至正二十八年卒，年八十二。《元史》卷一百八十六有传。张翥诗词文皆工，著有《蜕庵集》五卷。《彊村丛书》辑有《蜕岩词》二卷，存词一百三十三首。

1. 杨慎：

张仲宗，号芦川，填词最工。其〔踏莎行〕云："芳草平沙，斜阳远树。无情桃叶江头渡。醉来扶上木兰舟，将愁不去将人去。　　薄劣东风，夭斜落絮。明朝重觅吹笙路。碧云香雨小楼空，春光已到销魂处。"（编者按：此词应为张翥词）

《词品》卷三

2. 卓人月：

古今梅词甚多，唯蜕岩〔六州歌头〕一首，真有飞鸿戏海、舞鹤游天之势。

《词林纪事》卷二十二引

3. 先著：

元词张仲举为工，然无刻入之句。（评〔陌上花〕"关山梦里"）

《词洁辑评》

4.《柳塘词话》：

晋宁张仲举，至正初学士，与同时韩伯清、钱舜举、姚子章为友。有《蜕庵乐府》。常集西湖为赋〔绿头鸭〕，俱以"晚山青"

为起句。

沈雄《古今词话·词评》下卷

5. 汪森：

鄱阳姜夔出，句琢字炼，归于醇雅。于是史达祖、高观国羽翼之，张辑、吴文英师之于前，赵以夫、蒋捷、周密、陈允衡、王沂孙、张炎、张翥效之于后，譬之于乐，舞《箾》至于九变，而词之能事毕矣。

《词综序》(《词综》卷首)

6. 尤侗：

宋词之后，遗山、蜕岩亦仅矣，及吾朝而恢其盛。

《词苑丛谈序》(《词苑丛谈》卷首)

7. 朱彝尊：

兰谷词出于苏、辛，而绝无叫嚣之气，自是名家。元人擅此者少，当与张蜕庵称双美，可与知音道也。

《天籁集跋》(《天籁集》后)

8. 朱彝尊：

词莫善于姜夔。宗之者张辑、卢祖皋、史达祖、吴文英、蒋捷、王沂孙、张炎、周密、陈允平、张翥、杨基，皆具夔之一体。

《黑蝶斋词序》(《曝书亭集》卷四十)

9. 许田：

金词如赵闲闲、元遗山、蔡伯坚，元词如虞道园、萨天锡、张蜕岩，俱卓然名家，为一代眉目。自唐迄元，词学之盛止矣。

《屏山词话》

10. 厉鹗：

蜕岩，河东人，幼从父官于杭，与贞居子张雨俱学于仇山村先生之门，故诗文俱有源本。词笔亦复俊雅不凡，足继白石、梅溪、草窗、玉田诸公之后。

《蜕岩词跋》(《蜕岩词》后)

11. 汪筠：

鼻祖鄱阳竟不祧，玉田未信后尘销。

蜕岩赖有清声在，一为莺花破寂寥。张翥

《读〈词综〉书后二十首》(《谦谷集》卷二)

12. 王昶：

明初词人，犹沿虞伯生、张仲举之旧，不乖于风雅。

《明词综序》(《明词综》卷首)

13. 王初桐：

张翥《蜕岩乐府》二卷，樊榭生厉鹗从金以宁借抄得之，鲍氏遂因而刻之。其词俊雅，足继白石、梅溪、草窗、玉田之后，而逊其奇警。蜕岩幼与张伯雨俱学于仇山村之门，伯雨有《贞居词》一卷。

《小嫏嬛词话》卷三

14. 吴衡照：

张仲举词出南宋，而兼诸公之长。如《题梅花卷子》云："墨池雪岭三生梦，唤起缟衣仙子。仍独自伴，瘦影黄昏，和月窥窗纸。"绝似石帚。《西湖泛舟》云："藕花深、雨凉翡翠，菰蒲软、风弄蜻蜓。"绝似梅溪。《玉簪》云："琢就瑶笄光映，鬓云斜矗。"绝似梦窗。《西江客舍闻梅花吹香满床》云："一树瑶花，可怜影低映。怕月明、照见青禽相并。"绝似碧山。《蓼花》云："船窗雨后，数枝低入，香零粉碎。"绝似玉田。

《莲子居词话》卷二

15. 沈道宽：

催雪新篇咏蜕岩，梧桐秋老客衣添。

周郎格调江郎笔，比拟词家韵更严。仲举韵最严，近时朱、陈、樊谢亦然，故知豪杰之士，不随俗波靡也。

《论词绝句》四十二首（《话山草堂诗钞》卷一）

16. 叶申芗：

张仲举擅长乐府，为元代词宗。其历宦皆东南名都，故顾曲之赠，更多于子野、玉田辈也……盖其襟怀潇洒，每留意于舞裙歌扇间也。

《本事词》卷下

17.《四库全书总目提要》：

（翥词）婉丽风流，有南宋旧格。其〔沁园春〕题下注曰："读白太素《天籁集》，戏用韵效其体。"盖白朴所宗者，多东坡、稼轩之变调；翥所宗者，犹白石、梦窗之余音，门径不同，故其言如是也。又〔春从天上来〕题下注曰："广陵冬夜，与松云子论五音二变十二调，且品箫以定之。清浊高下，还相为宫，犁然律吕之均，雅俗之正。"则其于倚声之学讲之深矣。

《蜕岩词二卷提要》(《四库全书总目提要》卷一百九十九)

18.《四库全书简明目录》：

其词皆风流宛转，有姜夔、吴文英之遗。又一身阅元之盛衰，故闵乱忧时，颇多楚调。

《蜕岩词提要》

19. 周之琦：

谁把传灯接宋贤，长街掉臂故超然。

雨淋一鹤冲霄去，寂寞骚坛五百年。

《题心日斋十六家词》十六首(《心日斋十六家词录》附下卷)

20. 华长卿：

读罢蜕岩长短句，不禁掩卷费疑猜。

外孙齑臼饶余韵，郤下无人解爱才。

《论词绝句》(《梅庄诗钞》卷五)

21. 刘熙载：

虞伯生、萨天锡两家词，皆兼擅苏、秦之胜。张仲举词，大抵导源白石，时或以稼轩济之。

《词概》

22. 谢章铤：

山村亦姜派者，仲举即其门下士。

《赌棋山庄词话》卷十二

23. 凌廷堪：

词者诗之余也，昉于唐，沿于五代，具于北宋，盛于南宋，衰于元，亡于明。以诗譬之，慢词如七言，小令如五言。慢词北宋为初唐，秦、柳、苏、黄如沈、宋，体格虽具，风骨未遒。片玉则如拾遗，骎骎有盛唐之风矣。南渡为盛唐，白石如少陵，奄有诸家。高、史则中允、东川，吴、蒋则嘉州、常侍。宋末为中唐，玉田、碧山风调有余，浑厚不足，其钱、刘乎？草窗、西麓、商隐、友竹诸公，盖又大历派矣。稼轩为盛唐之太白，后村、龙洲亦在微之、乐天之间。金、元为晚唐，山村、蜕岩可方温、李，彦高、裕之近于江东、樊川也。

《赌棋山庄词话》续编卷三引

24. 樊增祥：

元代作者，见摈《宛邻》，然如蜕岩之清绮，蚁术之明密，则亦未易至也。

《东溪草堂词选自序》(《樊山集》卷二十三)

25.《续修四库全书提要》：

远词有含蓄处，有奔放处。含蓄而能深远，奔放而不粗犷。盖远虽元人，而家在钱塘，所交者皆知名之士，又与宋末遗民相切磋，故其词骎骎入古，元词之不尽衰者，乃仇远、张翥之功，而翥学又出于远，故所系甚重也。

《无弦琴谱二卷提要》

26. 胡薇元：

《蜕岩词》，张翥撰。宋末人，至元初犹在。为仇远门人，与吕渭老诸人于元初相唱和。蜕岩年八十八乃卒。上及仇山村，下与张羽、倪瓒、顾阿瑛、危素相和，以身历元之始终，亦可谓寿考矣。但不及周寿谊之一百四十余岁，及见明高皇耳。

《岁寒堂词话》

27. 继昌（李佳）：

张翥《蜕岩词》，典雅温润，每阕皆首尾完善，词意兼美，允推元代一大家。最酷爱其《王季境湖莲，双头一枝，为人折去，惘然赋》〔摸鱼儿〕云："问西湖、旧家儿女，香魂还又连理。多情欲赋双蕖怨，闲却满奁秋意。娇旖旎。爱照影、红妆一样新梳洗。王孙正拟。唤翠袖轻歌，玉筝低按，凉夜为花醉。　鸳鸯浦，凄断凌波梦里。空怜心苦丝脆。吴娃小艇应偷采，一道绿萍犹碎。君试记。还怕是、西风吹作行云起。阑干谩倚。待载酒重来，寻芳已晚，余恨渺烟水。"他如《留别临川诸友》〔解连环〕、《使归闽浙，岁暮有怀》〔陌上花〕、《西池败荷》〔水龙吟〕、〔定风波〕、〔摘红英〕各词，皆字字熨贴，意妙韵谐，卓然可诵之作。（卷上）

《蜕岩词》中〔陌上花〕《使归闽浙，岁暮有怀》云："关山梦里，归来还又、岁华催晓。马影鸡声，谙尽倦邮荒馆。绿笺密记多情事，一看一回肠断。待殷勤寄与、旧游莺燕，水流云散。　满罗衫是酒，香痕凝处，唾碧啼红相半。只恐梅花，瘦倚夜寒谁暖。不成便没相逢日，重整钗鸾筝雁。但何郎，纵有春风词笔，病怀偏懒。"无一字不叶，无一字不工。此等佳作，谁不欣赏？洵非凡手所能趋步。集中好词尚多，不愧元朝冠冕。（卷下）

《左庵词话》

28. 陈廷焯：

张仲举出直追南宋，远祖清真，取法白石，为一代之冠。后人论词并称宋元者，赖仲举一人耳。

词至张仲举后，数百年来，邈无嗣响南宋者。

仲举词自是祖述清真，取法白石，其一种清逸之趣，渊深之致，固自不减梦窗。南宋自姜白石出，词乃有大宗，后有作者，总难越其范围，梦窗诸人师之于前，仲举效之于后，词至是推极盛焉。自仲举后，明代绝少作者，直至国朝词为之中兴。益信仲举之词，风骨之高，直绝响三百余年。

写景精秀之至，真乃无一语不工。流连有致，慨慕无穷。婉丽。深情逸韵，神味弥永。（评〔多丽〕“晚山青”）

句亦温丽。温婉芊绵，合西麓、碧山为一手。感慨流连，得白石逸趣。（评〔摸鱼儿〕“涨西湖”）

痴人情魔，古今大都如此。题是咏并头莲之被折，词却推得远。感叹无限。结更凄咽。（评〔摸鱼儿〕“问西湖”）

此词风骨高耸，寓意深长，杰作也。一哭。凄冷之词令人骨怯。亦沉至。（评〔摸鱼儿〕“记西湖”）

回首可怜歌舞地，最为凄艳。婉丽动人。以歌代哭，如泣如诉，先生真有情人也。（评〔摸鱼儿〕“记兰台”）

奇笔奇语，足令此图生色。题画诗以假为真，创自少陵，最是化境，诗词一也，亦必须以真境写之，方见一片精神，跃跃纸上。（评〔疏影〕“山阴赋客”）

正写留别，忽从闺中一边落想，从老杜“今夜鄜州月”一诗化出。诗情画景。结笔一往。（评〔解连环〕“夜来风色”）

数语并轻婉有致。逼近白石。凄凄切切，耳中如闻点滴之声。（评〔绮罗香〕“燕子梁深”）

“黄边”、“白外”四字亦新奇。的是蓼花，画所不到。“不见”下，慨叹得妙。（评〔水龙吟〕“芙蓉老去妆残”）

笔致宛委而沉着。押韵陡险，然却妙。（评〔摘红英〕“莺声寂”）

起便凄断。风韵有余，深得白石老仙之妙。结笔清虚骚雅。（评〔齐天乐〕“红霜一树凄凉叶”）

清丽委婉。仲举词有一片避世怀乡之致，落笔便合，非可强而然也。精秀得远神。（评〔真珠帘〕“银蟾半露婵娟影”）

句句离合不定，笔致却妙。换头十四字为千古咏梅绝唱，白石〔疏影〕、〔暗香〕二阕后有嗣音矣。（评〔东风第一枝〕“老树浑苔”）

起笔将题先说尽，简炼有神，情词凄艳，已写十分水尽山穷，便以“不成便没相逢日”一转，已自心满意足，却又以“病怀”二字一推，仍是凄绝，运笔真有龙跳虎卧之奇。（评〔陌上花〕“关山梦里归来”）

凄凉之景。仲举一片避世之心于此益见。（评〔八声甘州〕“向芙蓉湖上驻兰舟”）

不堪回首，深情苦调，欲歌欲泣。真知尘世纷纷，不知隐者之为乐也。（评〔满江红〕“前度刘郎”）

怨得妙，妙在无理而情愈真切。可不惜乎？（评〔踏莎行〕“芳草平沙”）

一幅乡村酒家图画。即上《满江红》“东风不管花狼藉”之意。（评〔谒金门〕“溪水漫”）

风流婉媚。凄艳如落花堕絮，流水东西。（评〔唐多令〕“花下钿箜篌”）

《云韶集》卷十二

29. 陈廷焯：

景中带情，不失宋习矩矱。（评〔多丽〕“晚山青”）

雅韵陡险。（评〔摘红英〕“莺声寂”）

《词则·别调集》卷三

30. 陈廷焯：

余雅不喜元词，以为倚声衰于元也。所爱者惟赵松雪、虞伯生、张仲举三家。然子昂原属宋人，道园老子所作无多。元代作者，惟仲举一人耳。

仲举词，亦是取法白石，屏去浮艳，不独炼字炼句，且能炼气炼骨。以云入室则未也，然亦升白石之堂矣。

余每读仲举词，一喜一哀，喜其深得白石之妙，哀者，哀此硕果不食，自仲举后，三百余年，渺无嗣响。使非国初诸老出，词至此，不亦亡乎？然则仲举之词，虽在竹屋、梅溪、白石诸老下，而读仲举词者，竟作竹屋、梅溪、白石观可也。

《词坛丛话》

31. 陈廷焯：

元词日就衰靡，愈趋愈下。张仲举规模南宋，为一代正声。高者在草窗、西麓之间，而真气稍逊。

仲举词树骨甚高，寓意亦远。元词之不亡者，赖有仲举耳。然欲求一篇如梅溪、碧山之沉厚，则不可得矣。

仲举〔绮罗香〕《雨中舟次洹上》云："水阁云窗，总是惯曾经处。曾信有客里关河，又怎禁、夜深风雨。"此则刻意为白石，冲味微减，姿态却饶。又〔水龙吟〕《蓼花》云："瘦苇黄边，疏苹白外，满汀烟穗。""黄边"、"白外"四字亦新奇。又云："船窗雨后，数枝低入，香零粉碎。不见当年，秦淮花月，竹西歌吹。"系以感慨，意增便厚，"船窗"数语亦是画所不到。但看来已是元词，去宋人已远。（卷三）

词……有质过于文者……张仲举、曹珂雪、陈其年、朱竹垞、厉太鸿、过湘云、史位存、赵璞函、蒋鹿潭是也。词中之次乘也。（卷八）

《白雨斋词话》

32. 郑文焯：

元人词亡虑数十家，见之李西涯《南词录目》，以乐府名家者，惟虞集《鸣鹤遗音》、张翥《蜕岩词》最称雅正。其王氏四印斋所刻《藏春乐府》至《五峰词》七家，率多放浪通脱之言，长沙张百祺所谓："金元以降，格去古而日卑，理趋今而日隐，求如两宋词家，深美闳约，声文具谐，殆十不获其一二焉。"

《大鹤山人词话附录·蚁术词选跋一》

33. 况周颐：

《蜕岩词》〔摸鱼儿〕《王季境湖亭莲花中双头一枝，邀予同赏，而为人折去，季境怅然请赋》云："吴娃小艇应偷采，一道绿萍犹碎。"〔扫花游〕《落红》云："一帘昼永。绿阴阴尚有，绛趺痕凝。"并是真实情景，寓于忘言之顷，至静之中。非胸中无一点尘，未易领会得到。蜕翁笔能达出，新而不纤，虽浅语，却有深致。倚声家于小处规模古人，此等句即金针之度矣。

《蕙风词话》卷三

34. 张德瀛：

蜕岩词无自制腔，其词腴于根，而盎于华，直接宋人步武。于元之一代，诚足以度越诸子，可谓海之明珠、鸟之凤凰矣。

《词徵》卷六

35. 刘毓盘：

张翥《蜕岩词》，元人之最著者，慢词不弱于宋人，小词则不及矣。

宋元人词至张氏而极盛，周旋曲折，纯任自然。出仇氏之门，固无一语可如北曲。其才力差薄者，则时为之也。言词者必曰词敝于元，而不查其病之所在。张氏没后，元室亦衰，能曲者愈多，而词人愈少，王降而风，可以窥世变焉。若洪希文《去华山人词》、李孝光《五峰词》、袁易《静春堂词》、沈禧《竹窗词》、袁士元《书林词》，名皆出其下。

《词史》第八章

36. 王保僧：

身世悲凉阅盛衰，关山梦里涕淋漓。

苍茫独立谁今古，屈子离骚变雅遗。元注：穆按：张蜕岩以一身阅元之盛衰，悯乱忧时，故其词慷慨悲凉，独有千古。《陌上花》云："关山梦里归来远，又岁华催晚。"

《论词绝句》三十六首（《餐樱庑词话》引）

37. 朱依真：

蜕岩乐府脱浮嚣，又见梅溪谱六幺。

莫笑凋零草窗后，宋人风格未全消。

《论词绝句》二十二首（《餐樱庑词话》引）

38. 陈洵：

自元以来，若仇仁近、张仲举，皆宗姜、张者。

《海绡说词·通论》

39. 吴梅：

金、元诸家，惟吴、蔡、遗山为正，余皆略事声歌，无当雅奏。元人以北词见长，文人心力仅注意于杂剧，且有以词入曲者。虽有疏斋、仁近、蜕岩诸子，亦非专家之业也。

张仲举以绝尘之才，抱忧时之念，一生耆寿，亲见盛衰，故其词婉丽谐和，有南宋之旧格。论者谓其冠绝一时，非溢美也。

仲举词为元一代之冠，树骨既高，寓意亦远，元词之不亡，赖有此耳。其高处直于玉田、草窗相骖靳，非同时诸家所及。如〔绮罗香〕云："水阁云窗，总是惯曾经处。曾信有客里关河，又怎禁、夜里风雨。"刻意学白石，冲淡有致。又〔水龙吟〕《蓼花》云："瘦苇黄边，疏蘋白外，满汀烟穗。"用"黄边"、"白外"四字殊新。又云："船窗雨后，数枝低入，香零粉碎。不见当年，秦淮花月，竹西歌吹。"系以感慨，意境便厚。"船窗"数语，更合蓼花神理，此等处皆仲举特长，规模南宋诸家，可云神似。

《词学通论》第八章

40. 陈匪石：

（《元草堂诗余》）其确为元人者，只刘藏春、许鲁斋两家，余皆南宋遗民。其词皆樊榭所谓凄恻伤感，不忘故国者。是名虽属元，实乃南宋余韵。盖草窗、碧山、玉田、山村之所倡导，如张翥、张雨、邵亨贞等，皆属此派。在元代词学为南方之一流别，与北人平博疏快者迥乎不同。

《声执》卷下

41. 顾宪融：

金元诸子词，如折元礼、张蜕岩、吴彦高等皆习为雄深苍健，有朔方健儿横戈跃马之风，惟遗山能摧刚为柔，不失周、秦本色。

《填词百法》卷下

赵雍

赵雍（1290—？）字仲穆，湖州（今浙江湖州）人。赵孟頫子。泰定四年（1327）荫授昌国州知州，改知海宁州。至正十四年（1354）迁集贤待制，十六年以同知湖州路总管府事致仕，卒年七十余。《元史》卷一百七十二有传。著有《赵仲穆遗稿》一卷。以书画知名。《彊村丛书》辑其词为《赵待制词》一卷，存词十七首。

1. 许初：

赵待制作〔木兰花慢〕词，又别书乐府成帙，以就正于王德琏。凡三十五首，而艳词特多。〔凭阑干〕、〔水调歌头〕二阕，颇以孤忠自许，纷华是薄，而兴亡骨肉之感默寓其中。意其父子之仕当时，亦实有不得已者，良可悲也。

《跋赵仲穆自书乐府卷子》（《词林纪事》卷二十二引）

2. 沈雄：

赵雍字仲穆，子昂之子。延祐八年，作〔木兰花慢〕，别书乐府成卷，以就正于王德琏，盖魏公长倩王国器也，长于今乐府，杨铁崖亟称之者。明正德己卯，文徵明题其后云：赵待制风流习尚，不减魏公，见于卷轴者，未有若此之富也。

沈雄《古今词话·词评》下卷

3.《四库全书总目提要》：

诗词皆浅弱。如所谓“坐对荷花三两朵，红衣落尽秋风生”者，殊不多得。

《赵仲穆遗稿提要》（《四库全书总目提要》卷一百七十四）

4. 陈廷焯：

仲穆小令似五代人。凄婉。（评〔摊破浣溪沙〕“春草萋萋绿渐浓”）

字字凄秀。秀炼有神，其才亦不亚文敏。（评〔浣溪沙〕“杨柳楼台锁翠烟”）

《云韶集》卷十一

5. 况周颐：

清真词“最苦梦魂，今宵不到伊行”，“天便教人，霎时相见何妨”等句，愈质愈厚。赵待制〔烛影摇红〕云：“莫恨蓝桥路远，有心时、终须再见。”略得其似。待制词以婉丽胜，似此句不能有二也。

赵待制〔蝶恋花〕云：“别久啼多音信少。应是娇波，不似当年好。”〔人月圆〕云：“别时犹记，眸盈秋水，泪湿春罗。”并从秦淮海“也应似旧，盈盈秋水，淡淡春山”句出，可谓善于变化。

《蕙风词话》卷三

6. 周庆云：

词娟丽可诵，不特书法得松雪家风也。

《历代江浙词人小传》卷四

7.《续修四库全书总目提要》：

凡十七首，运意深远，超逸雅正，不亚于其父也。〔木兰花慢〕云：“恨匆匆赋别，回首望，一长嗟。记执手临流，迟迟去马，浩浩平沙。此际黯然断肠，奈一痕、明月两天涯。南去孤舟渐远，今宵宿向谁家。　　别来旬日未曾过，如隔几年华。纵极目层崖，故人何处，泪落蒹葭。聚散古今难必，且乘风、高咏木兰花、但愿朱颜长好，不愁会少离多。”虽以“过”、“多”二字借叶，而辞气清纯，淡而能厚。许初《跋赵仲穆自书乐府卷子》：“赵待制作〔木兰花慢〕词，又别书乐府成帙，以就正于王德琏。凡三十五首，而艳词特多。〔凭阑干〕、〔水调歌头〕二阕，颇以孤忠自许，纷华是薄，而兴亡骨肉之感，默寓其中。意其父子之仕当时，亦实有不得已者，良可悲也。”其说甚韪。德琏，孟頫之婿，〔凭阑干〕

疑即集中〔江城子〕也。孟頫晚年诗云："同学少年今已稀，重嗟出处寸心违。"雍〔水调歌头〕云："赢得朱颜老，孤负好林泉。"其父子以宋代皇族屈身事元，实有难言之苦，读其词者，当哀其志也。

《赵待制词一卷提要》

柯九思

柯九思（1290—1343）字敬仲，号丹丘生，台州（今浙江台州）人。元文宗时为奎章阁鉴书博士，恩宠甚隆，内府所藏法书图画，皆由其鉴定，又特赐牙章，得同禁署。文宗崩，流寓吴中，至正三年卒，年五十四。工书画，能诗文。词存〔柳梢青〕《和杨无咎梅词四首》。

1. 周庆云：

工书，词亦秀逸。〔柳梢青〕《咏梅》云：“懊恨春初，飘零月下，轻离轻隔。重酝梨云，乍舒柳眼，羞人曾识。　　已堪索笑寻檐，早准备、怜怜惜惜。莫是溪桥，才先开却，试驰金勒。”

《历代两浙词人小传》卷四

沈禧

沈禧（生卒年不详）字廷锡，吴兴（今浙江吴县）人。能词曲，有散曲八套与《竹窗词》一卷传世。《彊村丛书》以明抄本辑入。存词五十五首。

1. 刘毓盘：

张氏（按：指张翥）没后，元室亦衰，能曲者愈多，而词人愈少，王降而风，可以窥世变焉。若洪希文《去华山人词》、李孝光《五峰词》、袁易《静春堂词》、沈禧《竹窗词》、袁士元《书林词》，名皆出其下。

《词史》第八章

2.《续修四库全书总目提要》：

凡五十五首，题咏为多，气味清婉，〔浣溪沙〕《咏渎川香径春游》云："三月韶华景最幽。越罗初试换轻裘。采香径里作春游。西子不来花自好，吴王去后水空流。感时怀古却生愁。"语浅而情深也。其间亦有刚劲之作，〔沁园春〕《追次文丞相题张巡、许远两忠臣庙》云："临死不惧，临危不惊，何碍何妨。纵刀锯在前，鼎锅在后，当斯之际，觑作寻常。天汉桥头，睢阳城上，两处成名一样香。精忠操，何堪与比，出冶金钢。　江山几见兴亡。□野草平原，总战场。慨区区忍死，偷生恃宠，欺孤虐寡，敢并遗芳。庙食从今，纲常不弛，功烈何如郭汾阳。千秋下，论二公节义，天地难量。"词气哀激，似亦高节之士也。

《竹窗词一卷提要》

吴景奎

吴景奎（1292—1355）字文可，兰溪（今浙江兰溪）人。早年好学，年十三，为乡正。年三十，被聘为浙东宪府从事，次年即归。后又荐为署兴化路儒学录，以母老辞不就。至正十五年卒于家，年六十四。吴景奎工诗，并善论诗。著有《药房樵唱》，词存集中，《彊村丛书》辑其词为《药房乐府》。存词十一首。

1. 周庆云：

词仅十一阕，颇多清稳合格之作。

《历代两浙词人小传》卷四

2.《续修四库全书总目提要》：

凡十二首，骨干甚高，偶有迭宕之致，惟全体多不相称也。〔最高楼〕《寄谢国芳》云："西池草，和梦泛晴晖。几度见春归。寒沙盟冷鸥先觉，秋江影落雁初飞。故园荒，征路远，信音稀。　笑逆旅光阴忙似瞥，更好染髭须何用镊，惊夜杵，捣寒衣。桃花流水应无恙，小山丛桂更畴依。早归来，新酒熟，菊成围。"清切有味，虽浅近亦复可爱者也。

《药房乐府一卷提要》

宋褧

宋褧（1294—1346）字显夫，大都（今北京）人。泰定元年（1324）进士。授秘书监校书郎，改翰林国史院编修官。后至元三年（1337），除监察御史。六年，出佥山南廉访司事，改陕西行台都事。入为国子司业，预修辽、宋、金三史。官至翰林直学士。至正六年卒，年五十三，谥文清。《元史》卷一百八十二附其兄宋本传。宋褧博览群书，与兄宋本先后入馆阁，时人称“大宋”、“小宋”。著有《燕石集》十五卷。其诗务去陈言，清新可传。词存集中，《彊村丛书》辑为《燕石近体乐府》一卷，存词四十首。

1. 朱彝尊：

显夫《听雨》〔贺新凉〕词：“梦断罗裙天如漆，一寸乡心凄楚。点点是、寂寥情绪。明日孤舟成独往，更难堪、长夜潇湘浦。”亦有佳致。惜全首不称也。

《词综》卷二十九

2. 陈廷焯：

显夫词佳者不少，但全篇多不称者，惟此作音调铿锵，字字雅秀。（评〔浣溪沙〕“落日吴江驻画桡”）

《云韶集》卷十一

3. 况周颐：

宋显夫〔贺新凉〕《徐复听雨轩》云：“暗度松筠时淅沥，恍吴娃、昵枕传私语。”昔贤听雨词多矣，此意未经道过。〔菩萨蛮〕《丹阳道中》云：“何处最多情，练湖秋水明。”视杨升庵“塘水初澄似玉容”句，微妙略同，而超逸过之。非慧心绝世，曷克领会到此？〔虞美人〕《雨中观梅》云：“玉人准使似冰肌。酒罢歌阑，一晌又相思。”句亦清丽绝伦。

《蕙风词话》卷三

4.《续修四库全书总目提要》:

凡四十阕，精深幽丽，时有奇趣。如〔贺新郎〕下半阕:“主人未解离愁苦。对凉秋、芭蕉巨叶，梧桐高树。梦断罗裙天如漆，一寸乡心凄楚。点点是、寂寥情绪。明日孤舟成独往，更难堪、长夜潇湘浦。凭曲槛，且容与。”雕镂而不伤气，斯可贵也。其间亦有清新佚宕之词，〔浣溪纱〕《昆山州城西小寺晚憩》云:“落日吴江驻画桡。招提佳处暂逍遥。海风吹面酒全销。　曲沼芙蓉秋的的，小山丛桂晚萧萧。几时容我夜吹箫。”融润和洁，语意晓畅，然细读之，带有刚气，则又北人制雅词者之本质也。

《燕石近体乐府一卷提要》

袁士元

袁士元（生卒年不详）字彦章，鄞县（今浙江鄞县）人。以荐授县学教谕，寻擢翰林国史院检阅官，不赴。筑别业城西，种菊数百株，自号菊村学者。著有《书林外集》。《彊村丛书》辑其词为《书林词》，存词七首。

1. 刘毓盘：

张氏（按：指张翥）没后，元室亦衰，能曲者愈多，而词人愈少，王降而风，可以窥世变焉。若洪希文《去华山人词》、李孝光《五峰词》、袁易《静春堂词》、沈禧《竹窗词》、袁士元《书林词》，名皆出其下。

《词史》第八章

2.《续修四库全书总目提要》：

共七首，酬应之制居其六，惟〔贺新咏〕（编者按：应为〔贺新郎〕）《盆藕间岁复开》云："淡月黄昏里，粉墙阴，盆池漾绿，藕花初吐。悄似飞来双属玉，风动翩翩素羽。漫引得、人人争观。拍手阑干惊欲起，□怅然、并立长凝伫。思往事，意容与。　当年妙选登莲署。正花开、邀朋醉赏，尚留佳句。藏白收香今六载，还我风流检府。最好□、冰姿清楚。一点炎尘曾不染，纵盘根错节仍如许。花为我，笑无语。"此首文句尚为雅洁，寻其旨趣，无精诣也。

《书林词一卷提要》

谢应芳

谢应芳（1296—1392）字子兰，号龟巢，武进（今江苏常州）人。自幼笃志好学，潜心性理，亦工诗文，以道义名节自励。至正初，隐居白鹤溪，筑室曰“龟巢”，因以自号。浙江行省荐授三衢书院山长，不就。元末天下兵起，避地吴中。曾与顾瑛玉山草堂诗酒觞咏之会。明洪武中归里，其年益高，学行益笃，达官缙绅过郡者，必访其庐，议论必关世教民情。洪武二十五年卒，年九十七。《明史》卷二百八十二有传。著有《龟巢稿》二十卷，《思贤录》五卷、《续录》一卷，《辨惑编》四卷。词存集中，《彊村丛书》辑为《龟巢词》一卷、补遗一卷，存词六十五首。

1. 陈廷焯：

古古朴朴，转是高境。此老豪壮风流之甚。（评〔点绛唇〕“老眼犹明”）

《云韶集》卷十二

2. 况周颐：

龟巢老人词，〔贺圣朝〕《和马公振留别》云：“如今相见，衰颜醉酒，似经霜红树。”衰老乱离之感，言之蕴藉乃尔，令人消魂欲绝。

《蕙风词话》卷三

3. 刘毓盘：

谢应芳隐居以老，而贺寿诸作，喜与当路者游，《明词综》列为明人，亦《春秋》之意欤。

《词史》第九章

4. 梁启勋：

元人词颇有类似《樵歌》处，别具一种风格，多本色而少雕镂，词曲转变之踪迹，固自宛然。如谢应芳之〔蓦山溪〕曰：“无端汤武，吊伐功成了。赚尽几英雄，动不动、东征西讨。”又《吴江阻风》之〔满江红〕曰：“怪低东风，要将我、船儿翻覆。行囊里、是群贤相赠，数篇珠玉。江上青山砍欲倒，湖中白浪高于屋。幸年来、阮籍惯穷途，无心哭。”又《梅花》之〔风入松〕曰：“岁寒心事旧相知，相别去年时。如今重睹春风面，比年时消瘦些儿。”又《初度》之〔点绛唇〕曰：“海上归来，鬓毛枯似经霜草。薄田些少。茅屋园池小。　　三子犁锄，三妇供蘋藻。村居好。兔园遗稿。是我传家宝。”

《曼殊室随笔·词论》

5.《续修四库全书总目提要》：

凡五十一首，补遗十三首，著年号者，至正十六年撰〔暮山溪〕，十七年撰〔沁园春〕、〔满庭芳〕，二十二年撰〔沁园春〕，二十八年撰〔江城子〕，明洪武九年撰〔水调歌头〕，十三年追和前〔水调歌头〕韵，此元明之际作词可考者也。其洪武九年《中秋言怀》〔水调歌头〕云：“战骨缟如雪，月色惨中秋。照我三千白发，都是乱离愁。犹喜淞江西畔，张绪门前杨柳，堪系钓鱼舟。有酒适清兴，何用上南楼。　　擐金甲，驰铁马，任封侯。青鞋布袜，且将吾道付沧洲。老桂吹香未了，明月明年重看，此曲为谁讴。长揖二三子，烦为觅菟裘。”此可以明其志向，故十三年复追和此韵，其后又和之，词气纵放，亦可于此阕征其派别也。

《龟巢词一卷提要》

倪瓒

倪瓒（1301—1374）字元镇，号云林，无锡（今江苏无锡）人。清姿美髯，家富饶殷实，多聚古鼎名琴，藏书数千卷。与当时诗坛领袖杨维桢、顾瑛往来无间。一生不仕，至正十五年（1355），知天下将乱，散家赀给亲故，弃家隐居五湖三泖间，自谓“懒瓒”，又称“倪迂”。张士诚召之不出。晚岁黄冠野服，混迹编氓。洪武七年卒，年七十四。《明史》卷二百九十八有传。倪瓒画居逸品，与黄公望、吴镇、王蒙有“元四家”之称。工诗善书法。著有《清闷阁全集》十二卷。存词十七首。

1. 袁袠：

元倪隐君者，高洁成性，文采有章。家本江南，缀〔江南春〕词一首，颇序乐土之怀，兼感黍离之叹，韵旨清远，实为雅制。

《江南春词序》（《衡藩重刻胥台集》卷十四）

2. 徐士俊：

读此，识迂叟之贞心。（评〔竹枝〕“梧桐载在金井西”）（卷二）

幽异空冷，便是老迂一幅画。（评〔太常引〕“门前杨柳密藏鸦”）（卷六）

《古今词统》

3. 胡应宸：

沧浪漫士，雅好山水，率宗澹远一家。此词亦妙如其画。（评〔人月圆〕《九日》）

《兰皋明词汇选》卷五

4. 沈雄：

倪字元镇，慕吴仲圭之为人，而从事于画法。仲圭〔渔父词〕

“红叶村西日影余，黄芦滩畔月痕初”，为麟溪沈处士作也。元镇绘之为图，词亦淡洁。

《柳塘词话》(《古今词话·词评》卷下引)

5.《词苑》：

词意高洁。(评〔人月圆〕“惊回一枕当年梦”)

何其宛转多风如是。(评〔柳梢青〕“楼上玉笙吹彻”)

《词林纪事》卷二十二引

6. 先著：

倪元镇之〔江南春〕，本非词也，只当依其韵，同其体，而时贤拟之，并入倚声。此皆求多喜新之过也。

《词洁发凡》

7. 王初桐：

《清闷阁乐府》云：“揾啼红杏花，消息两声中。”余记《简斋集》，高宗极喜陈去非“客子光阴诗句里，杏花消息两声中”之句，倪高士盖用此。

《小嫏嬛词话》卷三

8. 丁绍仪：

文衡山待诏题宋高宗赐岳武穆手诏石刻〔满江红〕云：“拂试残碑……《古今词话》言：待诏素性不喜声妓。祝枝山、唐子畏邀登画舫，预匿二姬，出以侑觞。待诏愤欲投水，乃别乎小艇送归。此与吾乡倪云林高士传有洁癖，偶眷一妓，虑其不洁，令之浴。浴至再三，而天明矣。同一言过其实。抑知二老风情，正是不薄。云林〔江城子〕云：“窗前翠影湿芭蕉。雨潇潇。思无聊。梦入乡园，山水碧迢迢。依旧当年行乐地，香径杳，绿苔饶。　沉香火底坐吹箫。忆娇娆。想风标。同步芙蓉，花畔赤阑桥。渔唱一声惊梦断，无处觅，不堪招。”待诏〔南乡子〕云：“雨过绿阴稠。燕子还来认旧游。日暮重重帘暮闭，悠悠。残梦关心懒下楼。　芳草弄春柔。欲下晴丝不自由。青粉墙西人独自，休休。

花自纷飞水自流。”此岂规行矩步人所能为耶？

《听秋声馆词话》卷九

9. 陈廷焯：

元镇品极清高，词如其人。

寥寥数语，尽有远神，楚骚之遗也。（评〔凭栏人〕“客有吴郎吹洞箫”）

此种笔墨，怨壮风流，独有千古。情景兼到，神味无穷，虽令白石着笔，亦不过是。（评〔人月圆〕“伤心莫问前朝事”）

感喟不尽。凄秀绝伦。（评〔人月圆〕“惊回一枕当年梦”）

数语情景都见。闲雅之句。（“吴歌荡桨”句）（评〔小桃红〕“一江秋水淡寒烟”）

《云韶集》卷十二

10. 陈廷焯：

寥寥数语，妙有远神。（评〔凭栏人〕“客有吴郎吹洞箫”）

《词则·别调集》卷三

11. 陈廷焯：

倪元镇〔人月圆〕云：“伤心莫问前朝事，重上越王台。鹧鸪啼处，东风草绿，残照花开。　怅然孤啸，青山故国，乔木苍苔。当时明月，依依素影，何处飞来。”风流悲壮，南宋诸钜手为之亦无以过。词岂以时代限耶？

《白雨斋词话》卷三

12. 况周颐：

倪云林〔太常引〕《寿彝斋》云：“柳阴濯足水侵矶。香度野蔷薇。芳草绿萋萋。问何事、王孙未归。　一壶浊酒，一声清唱，帘幕燕双飞。风暖试轻衣。介眉寿、遥瞻翠微。”寿词如此着笔，脱然畦封，方雅超逸，“寿”字只于结处一点，可以为法。

《蕙风词话》卷三

13. 刘毓盘：

倪瓒亦工于画，慕吴氏之为人，取其词意为图以自况焉。知天下将有为事，乃尽散其家财，扁舟箬笠，往来湖泖间。有洁癖，其词亦似之。

《词史》第八章。

14. 吴梅：

开国之初，若燕公楠、程钜夫、卢疏斋、杨西庵辈，偶及倚声，未扩门户。逮仇仁近振起于钱塘，此道遂盛。赵子昂、虞道园、萨雁门之徒，咸有文彩；而张仲举以绝尘之才，抱忧时之念，一身耆寿，亲见盛衰，故其词婉丽谐和，有南宋之旧格，论者谓其冠绝一时，非溢美也。其后如张埜、倪瓒、顾阿瑛、陶宗仪，又复赓续雅音，缠绵赠答。及邵复孺出，合白石、玉田之长，寄烟柳斜阳之感，其〔扫花游〕、〔兰陵王〕诸作尤近梦窗，殿步一朝，良无愧怍。

(〔人月圆〕) 词沉郁悲壮，即南宋诸公为之，亦无以过。吴彦高以此调得盛名，实不及元镇作也。他词如〔江城子〕《感旧》、〔柳梢青〕、〔小桃红〕诸作，亦蕴藉可喜。盖元镇先世以赀雄于乡，元镇不事生产，强学好修，藏书数千卷，手自勘定，性又好洁，避俗若浼，故所作无尘垢气。句曲张雨、钱塘俞和尝缮录其稿，论者谓如白云流天，残雪在地，洵合其高洁也。元镇与陆友仁善，因得其词学，集中有怀友仁诗云："归扫松阴苔，迟君践幽约。"可见两人之交谊，无怪其词之雅洁也。

《词学通论》八章

梁寅

梁寅（1303—1389）字孟敬，新喻（今江西新余）人。家贫力学，以务农为生。元末屡应乡试不利。后至元间，就馆建康，荐授集庆路儒学训导。后以亲老辞归。明洪武初，征入京修述礼乐。书成辞还，结庐于石门山，四方学子多来就其学。学者称“梁五经”，又称石门先生。洪武十年（1377）讲学于石门书院。洪武二十二年卒，年八十七。《明史》卷二百八十二有传。梁寅为经学名家，于史学亦颇有研究。著有《石门集》。《彊村丛书》辑其词为《石门词》。存词三十九首。

1.《续修四库全书总目提要》：

凡三十三首，词颇流丽，惟用字时见粗滑，然非不能为词者也。〔八声甘州〕记其近里夫妻分而又合者云：“记年时波荡两鸳鸯，雌雄各分流。恨郎情似水，妾心如石，此恨难休。自古恩深沧海，富贵等云浮。何忍轻离别，翻爱为仇。　君看江头枯树，纵春风虚过，根干仍留。且牵萝空谷，蓬户自绸缪。想秋胡、未忘故态，怕无金、相赠却怀羞。归来日，郎嗔妾忿，都合冰消雾收（编者按：原文无“雾收”二字，据《全明词》补）。”语浅而有情趣。至律懈韵宽，元明之间渐成习惯，未可偏责一人也。又〔浣溪沙〕《冬景》云：“锦树分明上苑花。晴花宜日又宜霞。碧烟横处有人家。　绿似鸭头松下水，白于鱼腹柳边沙。一溪云影雁飞斜。”清新雅正，集中未可多见也。

《石门词一卷提要》

舒頔

舒頔（1304—1377）字道源，号贞素，绩溪（今安徽绩溪）人。至元三年（1337）辟贵池教谕，秩满调丹徒。至正十年（1350）转台州路儒学正，道阻不赴，隐居山中，以陶渊明自比。入明不仕，结庐名贞素斋，以明自守之志。洪武十年卒，年七十四。《新元史》卷二百三十八有传。著有《贞素斋集》八卷。词存集中，《彊村丛书》辑为《贞素斋诗余》一卷，存词十九首。

1. 况周颐：

元舒道原（頔），官台州学正，所著《贞素斋词》，〔小重山〕《端午》云："碧艾香蒲处处忙。谁家儿共女、庆端阳。细缠五色臂丝长。空惆怅，谁复吊沅湘。　往事莫论量。千年忠义气，日星光。离骚读罢总堪伤。无人解，树转午阴凉。"又有诗云："湖海半生客，乾坤一布衣。义哉周伯叔，饱食首阳薇。"其寄托如此。其弟士谦（逊）著《可庵诗余》，〔木兰花慢〕《寿贞素兄》云："回头十年如梦，看园花、灼灼几春妍。争似苍苍松柏，岁寒同保贞坚。"二舒盖元室遗臣抗节不仕者。

《蕙风词话》卷三

2. 刘毓盘：

舒頔有《贞素斋词》，其弟逊有《可庵词》，亦金之段氏兄弟也。

《词史》第八章

3. 梁启勋：

舒頔有《贞素斋诗余》一卷，亦多本色语。如《晴雪》之〔满江红〕曰："万里岂无祥瑞应，四方已在饥寒里。"别有会心。又〔谒金门〕之"休说边陲萧索。米白鱼肥如昨。别后情怀何处托。

寒光倚山阁”，又〔折桂令〕之“想无愧乾坤俯仰。且随缘诗酒徜徉。”又〔风入松〕之“故人情况近如何，应被酒消磨。醉来笑倚娉婷卧。伤心处暗揾香罗。”以旖旎写沉痛，而不见斧凿痕，自是高手。随便牵取他人衣袂以擦自己的眼泪，妙不可言。又〔沁园春〕之“平生性，喜不为酒困，常带书痴……赫赫功名，堂堂事业，不博先生这肚皮。休瞒我，任高官厚禄，也要些儿。”又《端午》之〔水龙吟〕曰：“轻云阁雨还晴，苍皇又负端阳节……看连城澒洞，大家愁恼，这光景，何时歇。”又〔沁园春〕之“风回太液清池，欲留住、东皇共笑嬉。想乾坤浩浩，谁曾整顿，干戈扰扰，孰问安危。笼络人才，登崇禄秩，赤箭青芝败鼓皮。都休问，看营巢燕子，哺乳莺儿。”又〔太常引〕“菱花再照，莺胶再续，应笑雪盈颠。深夜语婵娟，也曾是都门少年。”頔字道源，绩溪人，生于元季，时天下已大乱，故多悲愤语。

《曼殊室随笔·词论》

3.《续修四库全书总目提要》：

凡二十二首，粗浅俗累之句，往往而有，如〔沁园春〕云：“闲处如何，也堪吟诗，也堪弈棋。”〔朝天子〕云：“学骇妆痴，谁解其中意。”〔虞美人〕云：“纷纷儿女看灯去。”并不似词中之句。然如〔风入松〕《雨后偶成》云：“纱厨过雨晚凉生。枕簟不胜清。冰肌玉骨元无汗，香风回，深院语流莺。翠幌光摇绛蜡，画堂暖泻银瓶。　玉筝牙板接新声。云髻宝钗横。银丝脍细江鳐脆，扬州月，照我醉吹笙。旧事十年犹记，壮怀此日堪惊。”精整雅丽，集中佳作。盖頔词未有所宗，故美恶不一，纯驳不净也。

《贞素斋诗余一卷提要》

舒逊

舒逊（约 1308—？）字士谦，号可庵，绩溪（今安徽绩溪）人。舒頔弟。亦有诗名。著有《搜枯集》一卷，附于《贞素斋集》之后。词存集中，《彊村丛书》辑为《可庵诗余》一卷，存词五首。

1. 况周颐：

元舒道原（頔），官台州学正，所著《贞素斋词》……其弟士谦（逊）著《可庵诗余》，〔木兰花慢〕《寿贞素兄》云："回头十年如梦，看园花、灼灼几春妍。争似苍苍松柏，岁寒同保贞坚。"二舒盖元室遗臣抗节不仕者。

《蕙风词话》卷三

2. 刘毓盘：

舒頔有《贞素斋词》，其弟逊有《可庵词》，亦金之段氏兄弟也。

《词史》第八章

3.《续修四库全书总目提要》：

其〔水调歌头〕、〔木兰花慢〕并寿其兄頔，有云："觥筹兄弟交错，同是鬓鬖鬖。自喜衣冠奕世，未堕诗书如线，此外更何惭。"又云："争似苍苍松柏，岁寒同保贞坚。"其志趣操守与兄相似。〔感皇恩〕下半阕云："萤照更残，乌啼月落，悲壮山城数声角。漫漫长夜扣角。长歌方觉。人生能有几许行乐。"亦忧时感乱之言也。

《可庵诗余一卷提要》

萨都剌

萨都剌（1300—1355）字天锡，号直斋。祖、父以世勋镇云州、代州，居雁门（今山西代县一带），遂为雁门人。泰定四年（1327）进士，授京口录事司达鲁花赤，入翰林国史院。至顺三年（1332）任江南诸道行御史台掾史，移居金陵（今江苏南京）。元统二年（1334）调燕南河北道肃政廉访司照磨，迁闽海福建道肃政廉访司知事。后弃官归隐，结庐于司空山而终。《新元史》二百三十八有传。萨都剌博学能诗文，兼擅楷书。著有《雁门集》十四卷。词存集中。存词十五首。

1.《词苑》：

萨天锡〔小阑干〕词云："去年人在凤凰池。银烛夜弹丝。沉水香消，梨云梦暖，深院绣帘垂。　今年冷落江南夜，心事有谁知。杨柳风柔，海棠月淡，独自倚阑时。"笔倩何减宋人。其《金陵怀古》词尤多感慨，有"一江南北，消磨多少豪杰"之句。

《历代词话》卷九引

2. 许田：

金词如赵闲闲、元遗山、蔡伯坚，元词如虞道园、萨天锡、张蜕岩，俱卓然名家，为一代眉目。

《屏山词话》

3. 刘熙载：

虞伯生、萨天锡两家词，皆兼擅苏、秦之胜。

《词概》

4. 继昌（李佳）：

萨都剌〔酹江月〕《过淮阴》云："短衣瘦马，望楚天空阔，碧云林杪。野水孤城斜日里，犹忆那回曾到。古木鸦啼，纸灰风起，飞入淮阴庙。椎牛酾酒，英雄千古谁吊。　　何处漂母荒坟，清明落日，肠断王孙草。鸟尽弓藏成底事，百事不如归好。半夜钟声，五更鸡唱，南北行人老。道旁杨柳，青青春又来了。”雁门诸作，多感慨苍莽之音，是咏古正格。

《左庵词话》卷上

5. 陈廷焯：

天锡词淋漓悲壮，着纸欲飞，词坛战将也。

满目江山，凄然泪下，自是有心人语。束笔凄断。凄凉风景一一绘出，无限哀感，凄艳绝伦。（评〔满江红〕“六代豪华”）

一去年，一今年，笔笔直叙，不染一他意而情态愈见有余。（评〔小阑干〕“去年人在凤凰池”）

怀古苍茫。天锡长于吊古，古诗亦然，不独工倚声也。一片凄凉之景，自应以悲壮之笔出之。（评〔百字令〕“石头城上”）

通首不是题图，直是羡慕不置，恨不得老隐此中耳。余尝谓不涤除烦襟，诗必不雅；不涤除烦尘，词必不隽也。（评〔酹江月〕“周郎幽趣”）

先写城势，慷慨悲歌，唤起淮阴。凄恻。结笔绵远。（评〔酹江月〕“短衣瘦马”）

天锡词自是稼轩、放翁一派，风骨虽少逊，而词气雄迈，亦不亚苏、辛也。一笔撇开，结笔只宜写景，自有神味。（评〔木兰花慢〕“古徐州形胜”）

《云韶集》卷十二

6. 陈廷焯：

天锡最长于吊古，古诗亦然，不独工倚声也。语意凄恻。（评〔百字令〕《登石头城》）

措语凄警。是“过”字神理。相题行文，不然，竟似淮阴吊古题矣。（评〔酹江月〕《过淮阴》）

声调高朗，直逼幼安。（评〔木兰花慢〕《彭城怀古》）

《词则·放歌集》卷三

7. 张德瀛：

元虞伯生、萨雁门二家词，则极相类。虞词幽茜，萨词繁丽，殆有别耳。

《词徵》卷六

8. 吴梅：

开国之初，若燕公楠、程钜夫、卢疏斋、杨西庵辈，偶及倚声，未扩门户。逮仇仁近振起于钱塘，此道遂盛。赵子昂、虞道园、萨雁门之徒，咸有文彩；而张仲举以绝尘之才，抱忧时之念，一身耆寿，亲见盛衰，故其词婉丽谐和，有南宋之旧格，论者谓其冠绝一时，非溢美也。其后如张埜、倪瓒、顾阿瑛、陶宗仪，又复赓续雅音，缠绵赠答。及邵复孺出，合白石、玉田之长，寄烟柳斜阳之感，其〔扫花游〕、〔兰陵王〕诸作尤近梦窗，殿步一朝，良无愧怍。

词学东坡，颇有豪致。〔满江红〕《金陵怀古》云云。天锡词不多作，而长调有苏、辛遗响。大抵元词之始，实受遗山之感化。子昂以故国王孙，留意词翰，涵养既深，英才辈出，云石、海涯，以绮丽清新之派，振起于前，而天锡继之，元词以此时为盛矣。天锡小词，亦有法度，如〔小阑干〕："去年人在凤凰池。银烛夜弹丝。沉水香消，梨云梦暖，深院绣帘垂。　今年冷落江南夜，心事有谁知。杨柳风柔，海棠月淡，独自倚阑时。"殊清丽可诵。余按：天锡以宫词得盛名，其诗清新绮丽，自成一家，虞道园作《傅若金诗序》，亦盛推之，而独不言其词。独明宁献王曾品评其词格，盖词为诗名所掩矣。

《词学通论》第八章

9. 陈声聪：

金之亡，犹有元遗山、赵闲闲；元之入主，犹有赵子昂、萨都剌诸人，足以扶持大雅。

《读词枝语》

邵亨贞

邵亨贞（1309—1401）字复孺，号清溪，祖籍淳安（今浙江淳安），徙居华亭（今上海松江）。其父入元隐居不出，受其父影响，有元一代，保持隐士身份。明初尝为松江府学训导。其子邵佳得罪系狱，邵亨贞亦受牵连。建文三年卒，享年九十三。邵亨贞博通经史，对于阴阳、医卜、佛老诸家亦颇精通，为元明间重要诗人。著有《野处集》四卷、《蚁术诗选》八卷、《蚁术词选》四卷。存词一百四十三首。

1. 沈明臣：

所著《野处集》、《蚁术诗选》、《蚁术词选》三种，而《词选》实通宋词三昧。

《新刻邵复孺集叙》（况周颐《蚁术词选跋》引）

2. 沈雄：

邵亨贞，字清溪，曾有〔沁园春〕二首。一赋美人眉，一赋美人目，新艳入情，世所传诵。其单调〔凭阑人〕云："谁写江南一段秋。妆点钱塘苏小楼。楼中多少愁。楚山无限愁。"仅此四句，为创调，气竭于直，而情亦不赡。

《古今词话》·词话》下卷

3.《词䓖》：

邵亨贞有〔沁园春〕二首。一咏美人眉，一咏美人目，新艳入情。

《词苑萃编》卷六引

4. 叶申芗：

邵亨贞，字复孺，华亭人，工倚声。因刘改之有咏美人足及指甲之作，复咏眉与目焉。其咏眉云："巧斗弯环，纤凝妩媚，明妆未收。似江亭晓望，遥山拂翠，宫帘暮卷，新月横钩。扫黛嫌浓，涂铅讶浅，能画张郎不自由。伤春倦，为皱多无力，翻做娇羞。　　填来不满横秋。料著得、人间多少愁。记鱼笺函启，背人偷敛，雁钿胶并，运指轻揉。有喜先占，长颦难效，柳叶轻黄今在否。双尖锁，试临鸾一展，依旧风流。”其咏目云：“漆点填眶，凤梢侵鬓，天然俊生。记隔花瞥见，疏星耿耿，倚阑凝注，止水盈盈。端正窥帘，瞢腾并枕，睥睨檀郎长是青。端相久，待嫣然一笑，密意将成。　　困酣曾被莺惊。强临镜，挼眵犹未醒。忆帐中亲见，似嫌罗密，尊前相顾，翻怕灯明。醉后看承，歌阑斗弄，几度孜孜频送情。难忘处，是鲛绡揾透，别泪双零。”似此体物工雅，应不让龙洲独步矣。

《本事词》卷下

5.《四库全书总目》：

所作咏眉目〔沁园春〕词二首，隽永清丽，颇有可观，盖所长尤在于是。

《野处集提要》（《四库全书总目提要》卷二百）

6. 丁丙：

《古今词话》亦称其〔沁园春〕词新艳入情。

《善本书室藏书志》卷四十

7. 樊增祥：

元代作者，见摈《宛邻》，然如蜕岩之清绮，蚁术之明密，则亦未易至也。

《东溪草堂词选自序》（《樊山集》卷二十三）

8. 陈廷焯：

复孺词风流楚楚，去宋渐远。

复孺小令极有远韵。结得远神。（评〔后庭花〕“铜壶更漏残”）

字字工丽。疏狂。（评〔后庭花〕“刺船鹦鹉”）

一句逼入一层，神味悠然不能。（评〔凭栏人〕“谁写江南一段秋”）

工巧之极，然不入纤小，风雅可歌。低徊深婉。情韵并胜。（评〔沁园春〕“巧斗弯环”）

笔笔入妙入神，令读者恍见盈盈秋水之态。曲折入微，描摹殆尽。楚楚可怜。（评〔沁园春〕“漆点填眶”）

情节自妙。“人面不知何处去，桃花依旧笑春风”亦犹是也。“粉销红溜”四字亦新警。（评〔齐天乐〕“离歌一曲江南暮”）

《云韶集》卷十二

9. 郑文焯：

兹编拟古诸作，或犹凝滞于物，未尽切情。然其好学深思，匪苟为嗣音而已。若夫流连光景，感旧伤时，黍离一歌，托寄遥远。后录益臻所造精微，足张一帜于风靡波颓之际，独与古人精神往来，歌哭出地，繁变得中，讵可以去古愈远，悊于鄙俚之音而少之哉？

《蚁术词选跋》一（《大鹤山人词话》）

《蚁术词》清丽宛约，学白石而乏骚雅之致，声律亦未尽妍美。旧选本曾载其〔沁园春〕赋眉目二阕，取径颇嫌纤巧。今葵生同年从元钞校补付梓，多至百余首，视昔所见，清典可风尚，是元词之遗脉，然较弁阳则远逊矣。

《蚁术词选跋》二（《大鹤山人词话》）

10. 况周颐：

下逮有元，仇仁近跐美于前，其词清丽和雅；邵复孺耀藻于后，其词遒秀精密，盖犹有两宋之遗音焉。

《历代两浙词人小传序》（《历代两浙词人小传》卷首）

11. 刘毓盘：

陶氏（陶宗仪）则与邵亨贞相善，《辍耕录》独采其〔沁园春〕二词，盖一咏美人眉，一咏美人目也。实则邵氏所长不在此。

《词史》第八章

12. 陈匪石：

（《元草堂诗余》）其确为元人者，只刘藏春、许鲁斋两家，余皆南宋遗民。其词皆樊榭所谓凄恻伤感，不忘故国者。是名虽属元，实乃南宋余韵。盖草窗、碧山、玉田、山村之所倡导，如张翥、张雨、邵亨贞等，皆属此派。在元代词学为南方之一流别，与北人平博疏快者迥乎不同。

《声执》卷下

13. 吴梅：

开国之初，若燕公楠、程钜夫、卢疏斋、杨西庵辈，偶及倚声，未扩门户。逮仇仁近振起于钱塘，此道遂盛。赵子昂、虞道园、萨雁门之徒，咸有文彩；而张仲举以绝尘之才，抱忧时之念，一身耆寿，亲见盛衰，故其词婉丽谐和，有南宋之旧格，论者谓其冠绝一时，非溢美也。其后如张埜、倪瓒、顾阿瑛、陶宗仪，又复赓续雅音，缠绵赠答。及邵复孺出，合白石、玉田之长，寄烟柳斜阳之感，其〔扫花游〕、〔兰陵王〕诸作尤近梦窗，殿步一朝，良无愧怍。

以眉目〔沁园春〕二词，得盛名于时，实是侧艳语，不足见复孺复真面目也。其自序云："龙洲先生以此词咏指甲、小脚，为绝代脍炙。继其后者，独未之见。"是复孺仅学龙洲耳。不知龙洲二词，亦非刘改之最得意作，而世顾盛推之；世人遂以二词概复孺，亦可谓不知复孺。复孺通博敏赡，虽阴阳、医卜、佛老书，靡弗精核。元时训导松江府学，以子诖误成颍上，久乃赦还。入明方卒。年九十三。其词如拟古十首，凡清真、白石、梅溪、稼轩，学之靡不神似，即此可见词学之深。又《和赵文敏》十首，自序云："余生十有四年而公薨，每见先辈谈公典型学问，如天上人，未尝不神思梦想。昔东坡先生自谓不识范文正公为平生遗恨，其意盖可相见。"是复孺托契古人，足征微尚，岂仅词章云尔哉。

《词学通论》第八章

14. 陈运彰：

复孺为元代词人，亦卓然名家。其集中拟古十首，若《花间》、雪堂、清真、无住、顺庵、自石、梅溪、稼轩、遗山、龙洲，靡不神似。可见其功力之深至。后世盛称复孺词，亦仅及其〔沁园春〕眉、目两词，失其真矣。

《双白龛词话》

15.《续修四库全书总目提要》：

卷一曰令，有拟古十首。卷二亦曰令，有追和赵文敏公旧作十首。卷三、卷四皆曰慢。按拟古以令为最难，强欲逼真，不无蹈袭，稍涉己见，辄复违背。先生所拟一《花间》，二雪堂，三清真，四无住，五顺庵，六白石，七梅溪，八稼轩，九遗山，十龙洲。所追和赵文敏公旧作十首，因客以文敏手书所小词卷请题，爰以己意追次原韵，其于先哲风流，仰慕若此。世称其词隽永清丽，颇有可观，且逐首类多详述本事，标有年月，较之惟举题目，不为小序者，读之殊易瞭然也。且此编乃四库认为已佚之书，兹复得见，尤足庆幸。

《蚁术词选四卷提要》

钱霖

钱霖（生卒年不详）字子云，松江（今上海华亭）人。博学能文，无用于世。天历、至顺间（1328—1331）弃俗为黄冠，更名抱素，号素庵。营庵于松江东郭，有二斋号“封云”、“可月”。后迁湖州，晚居嘉兴，筑室于鸳鸯湖之上，命名曰“藏六窝”，因又自号泰窝道人。至正十六年（1356）尚在世。著有曲集《醉边余兴》、词集《渔樵谱》，均佚。存词三首。

1. 杨维桢：

《渔樵谱》者，凡若干阕，虽出乎倚声制辞，而异乎今乐府之靡者也。吾尝求今辞于白石、梦窗之后，斤斤得寄闲父子焉。遗山、天籁之风骨，花间、镜上之情致，殆兼而有之。盖风骨过遒，则邻于文人诗；情致过媟，则沦于诨官语也。其得体裁，亦不易易。嗣余响于寄闲父子后者，今又得素庵云。夫谱之云者，音调可录，节族可被于弦歌者也。《诗三百》曷无一不可被于弦歌，吾不知亦先有谱后有声邪？先有声后有辞耶？寄闲分谱于依之殊，其腔有可度不可度者，则何如敢于素庵乎质焉？素庵，嵡然而笑曰：噫，吾忘律吕于渔樵欸乃中，乌知所谓声依永、律和声许事哉？虽然，击辕之歌，野人之雅也，吾谱殆亦自当楚雅乎？

《渔樵谱序》（《东维子文集》卷一）

顾德辉

顾德辉（1310—1369）一名瑛，又名阿瑛，字仲瑛。昆山（今江苏昆山）人。年三十始折节读书，举茂才，署会稽教谕，辟行省属官，皆不就。筑玉山草堂，与友人晨夕置酒赋诗其中，一时名流多从之游。元末张士诚据吴，避隐嘉兴之合溪，自号金粟道人。元亡，随子徙壕州。明洪武二年卒，年六十。《新元史》卷二百三十八、《明史》卷二百八十五有传。顾德辉风流豪爽，超然物外。著有《玉山璞稿》二卷、《逸稿》四卷，又编有《玉山名胜集》八卷、《外集》一卷，《草堂雅集》十四卷。周泳先《唐宋金元词钩沉》辑其词为《玉山璞词》，存词四首。

1. 陈廷焯：

上半阕写山景，笔致精秀。下半阕写琵琶，亦风雅疏狂之至。（评〔蝶恋花〕“春江暖涨桃花水”）

此词句句来得劲直，可药元人纤软风气。“难道”二字妙甚。（评〔青玉案〕）

《云韶集》卷十二

2. 陈廷焯：

有劲直之气，可药元末纤弱一派。（评〔青玉案〕“春寒恻恻春阴薄”）

《词则·别调集》卷三

3. 况周颐：

顾仲瑛〔青玉案〕过拍云：“晴日朝来升屋角。树头幽鸟，对调新语，语罢双飞却。”眼前景物，涉笔成趣，犹在宋人范围之中。歇拍“可恨狂风空自恶。晓来一阵，晚来一阵，难道都吹落”云云，即堕元词藩篱。再稍纤弱，即成曲矣。元明人词，亦复不无可采，视抉择何如耳。

《蕙风词话》卷三

4. 张德瀛：

南宋人词咏桂者，毛吾竹、谢勉仲、吴梦窗诸家最著。皇庆中，顾仲瑛集同人金粟影亭赋桂，同作者袁华、于立、陆仁、张逊均足抗手。

《词徵》卷六

5. 吴梅：

开国之初，若燕公楠、程钜夫、卢疏斋、杨西庵辈，偶及倚声，未扩门户。逮仇仁近振起于钱塘，此道遂盛。赵子昂、虞道园、萨雁门之徒，咸有文彩；而张仲举以绝尘之才，抱忧时之念，一身耆寿，亲见盛衰，故其词婉丽谐和，有南宋之旧格，论者谓其冠绝一时，非溢美也。其后如张埜、倪瓒、顾阿瑛、陶宗仪，又复赓续雅音，缠绵赠答。及邵复孺出，合白石、玉田之长，寄烟柳斜阳之感，其〔扫花游〕、〔兰陵王〕诸作尤近梦窗，殿步一朝，良无愧怍。

其词不多作，竹垞《词综》仅录三首，〔青玉案〕外，尚有〔蝶恋花〕、〔清平乐〕二支。词境虽不高，而风趣特胜。遭世乱离，壮怀消歇，尝自题其像云："儒衣僧帽道人鞋，天下青山骨可埋。若说当时豪侠兴，五陵鞍马洛阳街。"其晚景亦可悲焉。

《词学通论》第八章

袁华

袁华（1316—？）字子英，昆山（今江苏昆山）人。从杨维祯学诗，极受赏识。是顾德辉玉山草堂觞咏之会的座上客。明洪武初为苏州府学训导，其子获罪，坐累系狱，卒于京师。著有《耕学斋诗集》十二卷，又有类编顾德辉与友人之纪游唱和之作，成《玉山纪游》一卷。杨维祯辑其作品之精者为《可传集》一卷。存词〔水调歌头〕一首。

1. 张德瀛：

南宋人词咏桂者，毛吾竹、谢勉仲、吴梦窗诸家最著。皇庆中，顾仲瑛集同人金粟影亭赋桂，同作者袁华、于立、陆仁、张逊均足抗手。

《词徵》卷六

陶宗仪

陶宗仪（1316—？）字九成，号南村，黄岩（今浙江黄岩）人。务古学，无所不窥，师张翥。元季寓松江，著书授徒，累辞辟举。入明，屡征不就，晚间被聘为学官，洪武二十九年（1396）率诸生赴礼部应试。永乐元年（1403）犹存。《明史》卷二百八十五有传。陶宗仪工书，善小篆，能诗，其诗格力遒健。著有《辍耕录》三十卷，《草莽私乘》一卷，《古刻丛钞》一卷，《游志续编》二卷，《书史会要》九卷，《补遗》一卷，《南村诗集》四卷，《沧浪棹歌》一卷，又编有《说郛》一百二十卷。词见《沧浪棹歌》，附于诗后。周泳先《唐宋金元词钩沉》辑为《南村诗余》一卷，存词六首。

1.《古今词话》：

天台陶宗仪……有〔南浦〕词，其卒章曰："水蒺摇晚，月明一笛潮生浦。欲问渔郎无恙否。回首武陵何许。"其高致可想见也。

《历代词话》卷九引

2. 刘毓盘：

鲜于枢、姚燧、冯子振、白无咎、乔吉、张可久、陶宗仪等皆工于曲，故其词亦近于曲。若白朴词曰《天籁集》，曲曰《摭遗》，知词曲之别矣。

《词史》第八章

3. 吴梅：

开国之初，若燕公楠、程钜夫、卢疏斋、杨西庵辈，偶及倚声，未扩门户。逮仇仁近振起于钱塘，此道遂盛。赵子昂、虞道园、萨雁门之徒，咸有文彩；而张仲举以绝尘之才，抱忧时之念，一身耆寿，亲见盛衰，故其词婉丽谐和，有南宋之旧格，论者谓其冠绝一时，非溢美也。其后如张埜、倪瓒、顾阿瑛、陶宗仪，又复赓续雅音，缠绵赠答。及邵复孺出，合白石、玉田之长，寄烟柳斜阳之感，其〔扫花游〕、〔兰陵王〕诸作尤近梦窗，殿步一朝，良无愧怍。

《词学通论》第八章

于立

于立（生卒年不详）字彦成，号虚白子，南康（今江西南康）人。学道会稽山中，又号龙江山人，以诗酒放浪江湖间。尝居吴中，与顾德辉友善。善诗。著有《会稽外史集》，存词〔水调歌头〕一首。

1. 张德瀛：

南宋人词咏桂者，毛吾竹、谢勉仲、吴梦窗诸家最著。皇庆中，顾仲瑛集同人金粟影亭赋桂，同作者袁华、于立、陆仁、张逊均足抗手。

《词徵》卷六

陆仁

陆仁（生卒年不详）字良贵，号樵雪生，又号乾乾居士，河南人。寓居昆山。与顾瑛谈诗，终日忘归。好古文，工翰墨，当时馆阁诸公皆重之，称为“陆河南”。《全金元词》据《玉山名胜集》辑录其词〔水调歌头〕一首。

1. 张德瀛：

南宋人词咏桂者，毛吾竹、谢勉仲、吴梦窗诸家最著。皇庆中，顾仲瑛集同人金粟影亭赋桂，同作者袁华、于立、陆仁、张逊均足抗手。

《词徵》卷六

张逊

张逊（生卒年不详）字仲敏，号溪云，吴郡（今江苏苏州）人。博学善文，善画竹，作钩勒法，妙绝当世。存词〔水调歌头〕一首。

1. 张德瀛：

南宋人词咏桂者，毛吾竹、谢勉仲、吴梦窗诸家最著。皇庆中，顾仲瑛集同人金粟影亭赋桂，同作者袁华、于立、陆仁、张逊均足抗手。

《词徵》卷六

王蒙

王蒙（？—1385）字叔明，吴兴（今浙江吴兴）人。王国器子，赵孟頫外孙。能文工画，山水、人物兼善。元末遇乱弃官，隐居仁和黄鹤山，自称黄鹤山樵。入明，知泰安州事。胡惟庸狱兴，蒙坐与惟庸有交，被逮，洪武十八年死于狱中。《明史》卷二百八十五有传。

1. 王蒙：

余观《邵氏见闻录》，宋南渡后，汴京故老呼妓于废圃中饮，歌太白〔秦楼月〕一阕，坐中皆悲感，莫能仰视。良由此词乃北方怀古，故遗老易垂泣也。盖自太白创此曲之后，继踵者甚众，不过花间月下、男女悲欢之情，就中能道者，惟有“花溪侧。秦柳夜访金钗客。金钗客。江梅风韵，海棠颜色。　　樽前醉倒君休惜。不成去后空相忆。空相忆。上长水远，几时来得”。完颜莅中土，其歌曲皆淫哇蹀躞之音。能歌〔忆秦娥〕者甚少，有能歌者求余作画，并填此词，以道南方怀古之意。

《忆秦娥词意图卷序》（《全明词》第一册）

2. 徐伯龄：

有一词，咏芭蕉，名〔卜算子〕，亦圆滑溜亮，国初词人王叔明之所作也。词云：“舞袖怯西风，翠扇羞荒草。满贮相思向此中，斜剪云笺小。　　心里又藏心，心事何时了。今夜应知一叶秋，添得愁多少。”

《蟫精隽》卷三

3. 陈廷焯：

字字精湛。多少感慨，亦见笔力。（评〔忆秦娥〕“花如雪”）

《云韶集》卷十二

4. 刘毓盘：

张以宁、王蒙、高明、瞿佑诸家皆以元人入明，《明词综》亦谓明初人。词犹沿道园、蜕岩之旧，不乖于风雅者也。

《词史》第九章

何景福

何景福（生卒年不详）字介夫，淳安（今浙江淳安）人。学博行修，以任重致远自期，故自号铁牛翁。以所遇非时，累避不起。晚年隐居武林，后归乡里。诗酒自娱，以终其身。著有《铁牛翁遗稿》一卷，附族祖何梦桂《潜斋文集》后以行。诗奇伟有气格。词存〔虞美人〕一首。

1. 丁绍仪：

何景福《别鲁道源》〔虞美人〕云："三年奔走荒山道。喜说苕溪好。苕溪秋水漫悠悠。载将离恨上杭州。　干戈未已身如寄。安乐知何处。青溪溪上钓鱼矶。纵使无鱼，还有蟹螯肥。"……按〔虞美人〕调五十六字，四转韵，前后段同，无五十四字体。何词之"载将离恨"句……词意均欠完足，调亦不协。

《听秋声馆词话》卷十三

2. 张德瀛：

〔虞美人〕词五十六字者是正格，元何介夫有五十四字一体，词云："三年奔走荒山道。喜说苕溪好。苕溪秋水漫悠悠。载将离恨上杭州。　干戈未已身如寄。安乐知何处。青溪溪上钓鱼矶。纵使无鱼、还有蟹螯肥。"向来词谱均未载及此体。

《词徵》卷一

3. 周庆云：

有《介甫文集》四卷，词附。清疏俊逸，自饶远韵。

《历代两浙词人小传》卷四

沈景高

沈景高，乌程（今浙江吴兴）人。《全金元词》据俞焯《诗词余话》辑录其词〔沁园春〕《和刘龙洲指甲》一首。

1. 俞焯：

景高，吴兴乌程人，亦佳子也。流落不遇于世，人亦不知其能词。一日见其尝和龙洲指甲词，纤丽可爱，及与定交。其词云："新脱鱼鳞，平分鹅管，爱勒眉兮。记掐恨香蕉，愁悰细说，划情嫩竹，怨雨新翻。才贴梅钿，旋挑铅粉，绣领重交犹道寒。娇无奈，笑轻拈杏带，浅揭湘斑。　　宫棋也学偷弹，时绾就同心羞自看。解传杯频赌，藏阄罗袖，归鞭重数，刻印阑干。暗解绡囊，倦调瑶瑟，喂蕊莺儿绣阁间。凝情处，把瓜犀谩剥，消遣春闲。"词盖〔沁园春〕词也。

《诗词余话》(《说郛》卷八十四下)

2. 陈廷焯：

通篇曲折，描写有词有韵，工巧极矣，但微嫌有刻划之痕，少天然之趣，视刘改之一阕自是不及。结二语娴雅之极。(评〔沁园春〕"新脱鱼鳞")

《云韶集》卷十二

3. 陈廷焯：

刘龙洲〔沁园春〕，为词中最下品。元人沈景高有《和刘龙洲指甲》一篇，句句握捏，又不及改之远甚。而俞焯云："景高旧家子也。余见此词纤丽可爱，因定交焉。"当时赏识如此，何怪元词之不振也。

《白雨斋词话》卷六

凌云翰

凌云翰（生卒年不详）字彦翀，号柘轩，钱塘（今浙江杭州）人。至正间举浙江乡试，授平江路学正，不赴。退居吴兴梅林村，号避俗翁。洪武十四年（1381），荐授四川学官。后谪南荒以卒。著有《柘轩集》四卷。其诗华而不靡，驰骋有度。工词，《彊村丛书》辑为《柘轩词》一卷。瞿佑尝谓云翰有“梅词《霜天晓角》一百首，柳词《柳梢青》一百首，号《梅柳争春》”，然不见于今存词中。存词二十八首。

1. 田汝成：

凌彦翀……作梅词〔霜天晓角〕一百首，柳词〔柳梢青〕一百首，号《梅柳争春》，韵调俱美。

彦翀作〔无俗念〕词云：“等闲屈指，算今来古往，谁为英杰。耳目聪明天赋予，怎肯虚生虚灭。去燕来鸿，飞乌走兔，世事何时歇。风波境界，大川不用频涉。　空踏遍，万户千门，五湖四海，一样中秋月。正面相看君记取，全体本来无缺。空里非空，梦中真梦，莫向痴人说。须骑鹤、夜深朝礼金阙。”又〔蝶恋花〕词云：“一色杏花三百树，茅屋无多，更在花深住。旋压小槽留客醉，举杯忽听黄鹂语。　醉眠看花花亦舞，风妒残红，飞过邻墙去。恰似牧童遥指处，清明时节纷纷雨。”词格清逸，一洗铅华，非骈金俪玉者比也。

《西湖游览志余》卷十二

2.《古今词话》：

尝作〔霜天晓角〕梅词，〔柳梢青〕柳词，有《梅柳争春集》。后退居吴兴，与杨复初筑室南山，俱号避俗翁。

沈雄《古今词话·词评》下卷引

3. 沈雄：

柘轩词格爽逸，非俪玉骈金者比，〔无俗念〕《咏月》云：“正面相看君记取，全体本来无缺。空里非空，梦中是梦，莫向痴人说。”为悟后人语。

《古今词话·词评》下卷引

4. 褚人获：

凌彦翀〔蝶恋花〕词云：“一色杏花三百树，茅屋无多，更在花深住。旋压小槽留客醉，举杯忽听黄鹂语。　醉眠看花花亦舞，风妒残红，飞过邻墙去。恰似牧童遥指处，清明时节纷纷雨。”词格清逸，不让宋元名家。

《坚瓠补集》卷五

5. 厉鹗：

两宋词派……为时所称。元时嗣响，则张贞居、凌柘轩，明瞿存斋，稍为近雅；马鹤窗阑入俗调，一如市侩语，而清真之派微矣。

《吴尺凫玲珑帘词序》（《樊榭山房集》卷四）

6.《续修四库全书总目提要》：

其词雅丽深密，而咏物诸作，颇似南宋诸贤。〔木兰花慢〕《赋白莲》云：“怅波翻太液，谁留住，蕊珠仙。向水殿云廊，玉容花貌，几度争鲜。人间延秋无计，掩霓裳、犹忆舞便娟。画里倾城倾国，望中非雾非烟。　雁飞不到九重天。水调漫流传。奈花老房空，药存心苦，藕断丝连。西风佩环轻解，有冰弦、谁复记华年。留得锦囊遗墨，魂消古汴宫前。”清新倩美，寄托遥深，元明间之佳制也。又〔定风波〕《赋崔莺莺传》云：“翻残金旧日，诸宫调本，才入时人听。”王国维据之以证董解元《西厢记》为诸宫调体例，又可供参考证矣。

《柘轩词一卷提要》

韩奕

韩奕（生卒年不详）字公望，号蒙斋，平江（今江苏苏州）人。生于元文宗时（1328—1331）。由其词作可知韩奕享年在六十以上。入明遁迹，与王宾、王履并称“吴中三高士”，终于布衣。著有《韩山人集》。《彊村丛书》辑其词为《韩山人词》。存词二十八首。

1.《续修四库全书总目提要》：

所作清疏流宕，似原出于放翁。〔卜算子〕《雨中》云：“急霰打窗纱，正是愁时候。无奈愁多着酒消，反被愁消酒。 又灭又明灯，还短还长漏。为问梅花有甚愁，也似愁人瘦。”其轻盈流转，疏而能厚，皆此类也。

《韩山人词一卷提要》

释明本

释明本（1263—1323）号中峰，又号幻住，钱塘（今浙江杭州）人。俗姓孙。从释原妙学，坐道场天目山狮子院。元贞、大德年间，遍游大江南北，朝廷闻其名。仁宗赐号广慧禅师，诏入朝，力辞不赴。至治（1323）三年卒，年六十一，赐谥智觉。著有《中峰广录》三十卷。元统二年（1334）诏收入佛藏。明本敏捷有诗才，与赵孟頫、冯子振、贯云石等交往密切。存词九首。

1.《六研斋随笔》：

天目中峰禅师与赵文敏为方外交，同院冯海粟学士甚轻之。一日，松雪强中峰同访海粟，海粟出所赋梅花百绝句示之。中峰一览毕，走笔成七言律诗如冯之数，海粟神气顿慑。尝赋〔行香子〕词云："短短横墙。矮矮疏窗。一方儿、小小池塘。高低叠嶂，曲水边旁。也有些风，有些月，有些香。　　日用家常。竹几藤床。尽眼前、水色山光。客来无酒，清话何妨。但细烘茶，净洗盏，滚烧汤。"又云："痕苑瀛洲。金谷琼楼。算不如、茅舍清幽。野花绣地，算也风流。却也宜春，也宜夏，也宜秋。　　酒熟堪篘。客至须留。曾无荣、无辱无忧。退闲是好，著甚来由。但倦时眠，渴时饮，醉时讴。"又云："水竹之居。吾爱吾庐。石粼粼、乱砌阶除。轩窗随意，小巧规模。却也清幽，也潇洒，也安舒。　　懒散无拘。此等何如。倚阑干、临水观鱼。风花雪月，赢得工夫。好炷些香，图些画，读些书。"若不经意出之也。所谓一一天真，一一明妙也。

《词苑萃编》卷六引

2. 胡应宸：

一般意趣，却从洋洋浩浩而来，但不得看出出世语。（评〔行香子〕《乐住》）

《兰皋明词汇选》卷五

释善住

释善住（生卒年不详）字无住，号云屋，居吴郡（今江苏苏州）报恩寺。往来吴淞江上，泰定四年（1327）尚在世。与仇远、虞集、宋子虚诸人相唱和，著有《谷响集》三卷，《净业往生安养传》十二卷。作诗造语新秀有唐风。词存集中，周泳先《唐宋金元词钩沉》辑为《谷响词》一卷，存词十三首。

1. 周泳先：

其小词造语清新，佳处不减北宋名家。元代词家中，固宜为屈一指也。

《唐宋金元词钩沉·总目》

尹志平

尹志平（1169—1251）字太和，号清和真人，莱州（今山东掖县）人。全真道士丘处机高弟。金末主潍县玉清观二十年，兴定四年（1220）随丘处机应元太祖成吉思汗之召，远赴西域。丘处机卒，继掌全真教事。元宪宗元年卒，年八十三。《元史》卷二百零二有传。尹志平有诗名，著有《葆光集》三卷。存词一百六十九首。

1. 周泳先：

余检道藏，复得金元道家词多卷，除已见汇刻者外，尚有……尹志平《葆光集》附词一卷。卷帙之富，较两宋大家尚过之。但皆作炼形服气语，千篇一律，读之生厌，唯于词调巧立名目，复多自度腔，近散曲者尤多，可供考订词律及稽索散曲渊源之用。

《唐宋金元词钩沉·总目》

姬翼

姬翼（1194—1268）字辅之，泽州高平（今山西高平）人。师事栖云真人王志谨，为全真道士，改名志真，号知常子。元宪宗二年（1252）讲学于燕京长春宫，中统四年（1263）主汴梁朝元宫。至元五年（1268）十二月三十日卒，年七十五。著有《云山集》八卷。存词一百六十三首。

1. 胡玉缙：

此本（《云山集》）凡词一百六十三阕，即全集之第三卷，为吴氏所影刻。核其所作，往往失之浅俗，近于唱道情，字句尤多凑泊。微论张雨《贞居词》固高出万万，即张继先《虚靖真君词》，虽未名家，亦彼善于此。

《四库未收书目提要续编》（《续四库提要三种》）

2. 刘毓盘：

金元间方外人词如丘处机《磻溪词》、姬翼《知常先生云山集》……皆作炼形服气者言，千篇一律。

《辑校涵虚词跋》（《涵虚词》辑本）

3. 刘毓盘：

（《词品》）极许丘处机《咏梨花》〔百字令〕词，丘氏于词亦如张辑之好立异名，以〔百字令〕为〔无俗念〕，〔望江南〕为〔望蓬莱〕，与姬翼词同为诗中之邵康节体，皆不足取也尔。

《词史》第八章

李道纯

李道纯（生卒年不详）字元素，号清庵，又号莹蟾子，都梁（今湖南武冈）人。元世祖时人。全真南宗著名道士。著有《中和集》三卷，《后集》三卷，《周易尚占》三卷，《道德会元》三卷。词存集中，《彊村丛书》辑为《清庵先生词》一卷。存词五十九首。

1. 况周颐：

庚申嘉平月既望，阅《清庵先生词》竟，皆道家言，说理圆彻，引而申之，乃至三教一源，庶几闳旨。其于禅乘，信有悟入处。其言性、言道、言中、言默，所谓示众无分彼此，不能出二氏范围。唯如〔沁园春〕云："中是儒宗，中为道本，中是禅机。"言之郑重，分明以殊途同归为注脚，与援儒入墨、推墨附儒有间。清庵生平，其殆固所守而观其通者。白太素朴《天籁集》〔水调歌头〕序云："丙戌夏四月八日夜，梦有人以'三元秘秋水'五言谓予，请三元之义，曰：上中下也。恍惚玩味，可作〔水调歌头〕首句，恨'秘'字之义未详。后从相国史公欢游如平生，俾赋乐章，因道此句，但不知'秘'字何意。公曰：秘即封也。甫一韵而寤。后三日成之，以识其异。"前调序云："予既赋前篇，一月，举似京口郭义山。义山曰：此词固佳，但详梦中所得之句，元者应谓水府。今止咏甲子及《秋水》篇事，恐未尽也。因请再赋两阕，皆以'三元秘秋水'为起句。"清庵词〔水调歌头〕有《赠白兰谷》及《言道》、《言性》各一阕，亦皆以"三元秘秋水"为起句，太素词乃酬答清庵之作，顾必托诸梦幻，何耶？清庵《赠兰谷》词歇拍云："谁为白兰谷，安寝感羲皇。"以太素有〔水龙吟〕《睡词》二阕，可知当日商榷文字，过从甚密。太素词作于丙戌至元二十三年，清庵词当亦是时作也。

《清庵先生词跋》(《清庵词》后)

2.《续修四库全书总目提要》:

凡五十八阕，以声色并茂之词体，而论三教一源之旨，其非正声，无庸详述，至论道得失，尤不得于此而评判也。而道纯颇有著述，且时与词人往还，自可存以备考。其〔水调歌头〕《赠白兰谷》三首，首句皆用“三元秘秋水”，其第一首末句云:“谁谓白兰谷，安寝感羲黄。”考白朴《天籁集》卷上，有〔水调歌头〕二阕，并以“三元秘秋水”为首句，第一阕序云:“丙戌夏四月八日夜，梦有人以‘三元秘秋水’五言谓予，请三元之义，曰：上中下也。恍惚玩味，可作〔水调歌头〕首句，恨‘秘’字之义未详。后从相国史公欢游如平生，俾赋乐章，因道此句，但不知‘秘’字何意。公曰：秘即封也。甫一韵而寤。后三日成之，以识其异。”第二阕序云:“予既赋前篇，一月，举似京口郭义山。义山曰：此词固佳，但详梦中所得之句，元者应谓水府。今止咏甲子及《秋水》篇事，恐未尽也。因请再赋。”由此观之，朴撰词于先，而道纯复赠以解之耳。跋谓托之于梦，非确论。丙戌乃元世祖至元二十三年也。

《清庵先生词一卷提要》

冯尊师

冯尊师（生卒年不详），全真教徒。词存二十四首，见《鸣鹤余音》卷二及卷三。《全金元词》据以收录。《苏武慢》二十首，颇为流传。虞集有和作，并撰有题记。

1 凌云翰：

世传全真冯尊师〔苏武慢〕廿篇，前十篇道遗世之乐，后十篇论修仙之事。道园先生谓费无隐独善歌之，则能知者亦罕矣。

《苏武慢序》（《全金元词》下册）

2. 虞集：

全真冯尊师，本燕赵书生，游汴遇异人，得仙学，所赋歌曲，高洁雄畅，最传者〔苏武慢〕二十篇，前十首道遗世之乐，后十首论修仙之事。会稽费无隐独善歌之，闻者有凌云之思，无复流连光景者矣，

《苏武慢序》（《全金元词》下册）

朱思本

朱思本（1273—？）字本初，号贞一，临川（今江西抚州）人。学道于龙虎山中。尝从吴全节居大都。元英宗至治元年（1321）主玉隆万寿宫。博洽文雅，著于当时，工诗文，精舆地之学。著有《贞一斋集》，词存集中。《彊村丛书》辑其词为《贞一斋词》。存词三首。

1.《续修四库全书总目提要》：

仅〔水龙吟〕、〔千秋岁〕、〔烛影摇红〕三阕。〔水龙吟〕《送闵道录醮玉隆竣事归东湖》、〔千秋岁〕《寿程竹逸六十》、〔烛影摇红〕《寿郑梅庵》，并为酬应之作，其不以词重，明矣。存以备考可也。

《贞一斋词一卷提要》

郭隚

郭隚，字德基，长乐（今福建长乐）人。父正子，号存斋，宋绍定中进士，教授廉州。著《春秋传论》十卷。隚幼孤，弱冠已为人师。至元中举遗逸，授泉山书院山长，迁兴化路教授，改吴江州，再调兴化，未行，卒。学者私谥曰纯德先生。为人疏通慷慨，谨直简易。谈经明白统贯，不刻凿为异，于《四书》、《易》，皆有述概。诗文和平而沉深。著有《梅西集》二十卷。

1. 揭傒斯：

先生之文流出肺腑，诗有开元、元和风致，长短句妙处逼秦、晏。

《纯德先生梅西集序》（《文安集》卷八）

刘将孙

刘将孙（1257—？）字尚友，别号吾斋，庐陵（今江西吉安）人，刘辰翁之子。宋末举进士，元皇庆二年（1313），荐授光泽主簿，尝为延平教官、临江书院山长。事迹见《元史类编》。其父人称须溪先生，刘将孙濡染家学，故当日有“小须”之称。推崇程朱理学，诗歌创作则主张诗禅同一。著有《养吾斋集》。《彊村丛书》辑其词为《养吾斋诗余》。存词二十一首。

1. 况周颐：

（刘将孙）虽须溪之子，而身丁国变，已届中年，抗志自高，得力庭训。诗余二十一阕，无只字涉宦迹。如〔踏莎行〕《闲游》云：“血染红笺，泪题锦句。西湖堂忆相思苦。只应幽梦解重来。梦中不识从何去。”〔八声甘州〕《送春》云：“春还是、多情多恨，便不教绿满洛阳宫。只消得、无情风雨，断送匆匆。”樊榭所谓凄恻伤感，不忘故国，旨在斯乎。彊村所刻词成，就余商定编目。余谓《养吾斋诗余》，宜缅属《须溪词》后，不当下侪元人，因略抒己意为之跋，冀不拂昔贤之意云尔。《养吾诗余》，抚时感事，凄艳在骨。当时名不甚显，何耶？自昔名父之子，擅才藻者，往往恃父以传，必其父官位高。若养吾则为父所掩者。

《蕙风词话》卷三

2. 况周颐：

宋刘尚友《养吾斋诗余》一卷，彊村朱先生依《大典·养吾斋集》本锓行，凡二十阕。检元凤林书院《草堂诗余》有刘尚友〔忆旧游〕论字韵云：“正落花时节，憔悴东风，绿满愁痕。悄容梦、惊呼伴侣，断鸿有约，回泊归云。江空共道惆怅，夜雨隔篷闻。　尽世外纵横，人间恩怨，细酌重论。叹他乡异县，渺旧雨新知，历落情真。匆匆那忍别，料当君思我，我亦思君。人生自非麋鹿，无计久同群。此去重消魂。黄昏细雨人闭门。”此阕《大典》本《养吾斋诗余》未载。樊榭山民跋《元草堂诗余》，无名氏选至元、大德间诸人所作，皆南宋遗民也。词多凄恻伤感，不忘故国，而于卷首冠以刘藏春、许鲁斋二家，厥有深意云云。抑余观于刘、许之后，即以信国文公继之，不啻为之揭橥诸人何如人者。刘尚友诗余有〔摸鱼儿〕《己卯元夕》、《甲申客路闻鹃》各一阕。己卯，宋帝昺祥兴二年，是年宋亡。甲申，元世祖至元二十一年，上距宋亡五年。尚友两词，并情文慨慷，骨干近苍。《闻鹃》阕有“多少日曾听，摇落壮心”之句，盖虽须溪之子，而身丁国度，已届中年。抗志自高，得力庭训。诗余二十一阕，无只字涉宦迹。如〔踏莎行〕《闲游》云：“血染红笺，泪题锦句，西湖岂忆相思苦。只应幽梦解重来，梦中不识从何去。”〔八声甘州〕《送春》云：“春还是多情多恨，便不教绿满洛阳宫。只消得无情风雨，断送匆匆。”樊榭所谓凄恻伤感，不忘故国，旨在斯乎？彊村所刻词成，就余商定编目。余谓《养吾斋诗余》宜缅属须溪词后，不当下侪元人。因略抒己意为之跋，冀不拂昔贤之意云尔。

《刘将孙养吾斋诗余跋》（《养吾斋诗余》卷后）

3.《续修四库全书总目提要》：

将孙身丁国变，闻见凄怆，故词情深郁，音调苍凉。〔摸鱼儿〕题《乙卯元夕》，即宋亡之年，词云：“又匆匆、一番元夕，无灯更愁风雨。人间天上无归梦，惟有春来春去。愁不语。漫泪湿香绡，□草人何许。百年胜处，还更有琉璃。春棚月架，万眼蝶罗否。　　风流事，孤负后来儿女。可怜薄命三五。千金无买无呆处，更说龙飞凤舞。今又古。便剩有才情，无分登楼赋。春醪独抚。也难觅阿瞒，肯容狂客，醉里试歌舞。”又一首《题甲申客路闻鹃》……并文情慷慨，格高骨健。

《养吾斋诗余一卷提要》

段宏章

段宏章，号懒融，吉州人，存词一首。

1. 许昂霄：

旧人诗有酴醾孤注之语。（评〔洞仙歌〕）

《词综偶评》

2. 况周颐：

段宏章〔洞仙歌〕《咏荼蘼》云："一庭晴雪，了东风孤注。睡起浓香占窗户。对翠蛟盘雨，白凤迎风，知谁见，愁与飞红流处。　想飞琼弄玉，共驾苍烟，欲向人间挽春住。清泪满檀心，如此江山，都付与、斜阳杜宇。是曾约梅花带春来，又自趁梨花，送春归去。"起调以前人"开到荼蘼花事了"诗意，为故国铜驼之感。"睡起"句言南宋湖山歌舞，皆在睡梦中，即南唐史虚白所谓"风雨揭却屋，浑家醉未知"也。"翠蛟"、"白凤"，是留梦炎一辈。"飞琼"、"弄玉"，是信国文公及其以次诸贤。"清泪满擅心"，新亭之泪也。歇拍云云，不挥返日之戈，翻落下井之石，为新朝而推刃故国者，方自诩为识时豪杰。哀莫大于心死，读先生此词，犹有天良触发否乎？词能为悱恻，而不能为激昂。盖当是时，南宋无复中兴之望，余生薇葛，歌啸都非，我安适归，忍与终古。安得琼楼玉宇，无恙高寒，又安得尺寸干净土，著我铁拨铜琶，唱"大江东去"耶？

《蕙风词话》卷三

余景游

余景游，生平事迹不详，戴表元（1244—1310）同乡友人。戴表元文《余景游乐府编序》中题为“余景游”，而文中题为“同乡友朱君景游”，二者不合，题、文或有一误。

1. 戴表元：

同乡友朱君景游，自绝四方之事，捐书避俗，日课乐府一二章。有所愤切，有所好悦，有所感叹，有所讽刺，一系之于此编。

《余景游乐府编序》（《剡源戴先生文集》卷九）

胡以实

胡以实，生卒年及生平皆不详。刘将孙姻亲。

1. 刘将孙：

以实诗若词也。凡天趣语难得，以实自证自悟，故一出而高。其远者矫首发于寥廓，近者悠然出于情愫，意空尘俗，径解悬合。所谓诗若词之妙。横中而起者，颠倒而出之者，与离而去、推而远者，如堕如吐，如拾而得，了莫之测者，往往有焉。

《胡以实诗词序》（《养吾斋集》卷十一）

陈强甫

陈强甫，生平事迹未详。

1. 戴表元：

山阴陈强甫示余《无我辞》一编，体用姜白石，趣近陆渭南，而编名适与其家去非公《无住词》相似，是有以爽然于余心者哉。

《题陈强甫乐府》（《剡源戴先生文集》卷十九）

存中

存中，生平事迹不详。

1. 甘楚材：

余读存中词，诸词意深远，媚而正者，〔南乡子〕《咏春闺》有态度，艳而不淫者，使杂诸稼轩词中，孰知其为存中哉？

《存中词稿序》（《全元文》卷四百五十七）

张子静

张子静，生平事迹不详。

1. 刘诜：

张子静乐府，柔情妩态，芳趣婉词，纡徐而为妍，凄婉而余怨，如听昭君马上琵琶，蔡琰塞外十八拍，不自知其能使人断肠也。

《张子静诗词》（《桂隐文集》卷二）

2. 陈谟：

始予得张子静《灵宫乐部曲》四章而读之，爱其兼有丽情、《团扇》、《花间》之趣，且辞翰俱美，恨不识其人……读子静词，孰不曰此月下秦淮海、花前晏小山也？抑有知其皤然雪颠，歉然窭人，癯然列仙者乎？吾又以子静盛年不偶于场屋，安知其中无留侯之所存哉？若留侯者，方益敛其华，击节于大风之歌，彼其荟蔚朝跻，婉娈斯饥，《国风》之伤，楚《骚》之怨，盖未尝一介怀抱，则吾子静独擅之。

《张子静乐府序》（《海桑集》卷五）

吴景山

吴景山，生平事迹不详。

1. 袁桷：

盖方回、尧章之伯仲，非如刘改之徒喑呜叱咤、以气为言者也。唐子西之咏梅，不免以倨傲得罪，先生之词，蕴而不露，哀而不怨，情见乎辞，而莫知其止，殆骎骎乎《国风》矣。

《书吴景山乐府》(《清容居士集》卷四十八)

金承安

金承安，生平事迹不详。

1. 袁桷：

幼岁见老乐工歌梨园音曲，若不相属而均数无少间断，犹累累贯珠之遗意也。承安老人所补歌曲，按其音节，无少异此，殆以文为戏者。黄豫章尝评小山乐府为狭邪之鼓吹、豪士之大雅。风流日远，惜不得共论承平王孙故态，为之慨然。

《题金承安乐府》(《清容居士集》卷四十八)

叶宋英

叶宋英，号峰居，临川人。善自度曲。其词集名《千林白雪》。不传。张翥〔虞美人〕词序云："题临川叶宋英《千林白雪》，多自度腔，宋英自号峰居。"

1. 虞集：

观其所自度曲，皆有传授，章节谐婉；而其词华则，有周邦彦、姜夔之流风余韵。

《叶宋英自度曲谱序》（《道园学古录》卷三十二》）

马祖常

马祖常（1279—1338）字伯庸，西域雍古部人。先世于辽道宗咸雍年间迁居临洮狄道(今属甘肃),东迁后的第二代出仕辽朝，曾任马步军指挥使，人称“马元帅”，遂以马氏为姓氏。父辈始移家光州（今河南光山），祖常遂为光州人。延祐初，参加科举，乡贡、会试皆中第一，廷试第二，授应奉翰林文字，拜监察御史。后因弹劾权臣迁开平县尹，又退居光州。复起，除礼部尚书。天历元年（1328），召为燕王内尉。元统元年（1333）拜御史中丞，除枢密副使。不久辞职归光州。后至元四年（1338）卒。年六十，谥文贞。《元史》一百四十三有传。工于诗，著有《石田文集》十五卷。

1. 沈雄：

元有浚仪可温氏，名马雍古祖常者，制词云：“金炉宝熏流篆云。花间百舌啼早春。五方戏马赛争道，传宣催赐十流银。”又云：“日边宝书开紫泥。内人珠帽步辇齐。君王视朝天未旦，铜龙漏转金鸡啼。”《词统》列于竹枝，而余辨为宫词也。元人小说中，称其乐府纤艳胜人，惜乎未见。

《古今词话·词话》下卷

倪孟明

倪孟明，生平事迹不详。林弼（1348年进士）友人。

1. 林弼：

君早岁自大江以南游扬州，历览燕、赵、齐、鲁之墟，嵩、岱、河、洛之雄。侨京师十数年，钜公闻人定文字交，贵游豪士气谊相许，其伟迈奋发，酝藉风致，一寓乐府。故或追事吊古以舒情泄愤，或嘲花诮柳以赏心行乐，其意雄，其词婉，其声浑和壮厉，有中州作者气，大为酸斋贯公、玉霄滕公称赏。洎来漳，爱梁山泉石之胜，卜筑其下，酒酣耳热，浩歌一曲，樵夫牧子皆狎闻之而知其谱，因名曰《梁山樵唱》云。一日，出示余，余虽不审其声，而粗识其语意，知其足以鸣国家治平之盛，与《阳春白雪集》并行于世也。然余闻长短句者，诗之余也，虽南北之声不同，其为诗之余也则一。君能诗，得李、杜家法，具在别集，是编特其绪耳，知孟明者，当不专于是也。

《梁山樵唱集序》(《林登州集》卷十三

贺元忠

贺元忠，生卒年不详。曾任曲阜学正、余姚县庙山巡检等职。

1. 李祁：

其词稍雅正，非近世所传妖淫艳丽之比。

《跋贺元忠遗墨卷后》（《云阳集》卷十）

龙辅

龙辅，兰陵守元度后，武康常阳妻，善属文，家多异书，常择其当意者，编为《女红余志》四十卷。常阳官京师，龙辅又精选其作最佳者，手录之，仅四十之一，附以已诗，置行橐中，凡为杂篡一卷，自著诗一卷。

1. 王昶：

龙辅所著《女红余志》，如〔阮郎归〕云："东风吹送隔溪箫。柳丝红板桥。澹云推月上花梢。"〔南歌子〕云："下阶无语立苍苔。昨夜银塘，雨洗露桃开。"皆妙丽之句。

《西崦山人词话》卷二

2.《四库全书提要》：

(《女红余志》)上卷皆采掇新艳之句……下卷皆辅所作小诗，亦浅弱不足采录。

《女红余志提要》

王容溪

王容溪，无锡（今江苏省无锡）人。《全金元词》据《铁网珊瑚》卷四辑录其词《如梦令》一首。

1. 李佳：

王容溪〔如梦令〕云："林下一溪春水。林上数峰岚翠。中有隐居人，茅屋数间而已。无事。无事。石上坐看云起。"豁堂〔点绛唇〕云："来往烟波，十年自号西湖长。秋风五两。吹出芦花港。　　得意高歌，夜静声初朗。无人赏。自家拍掌。唱得青山响。"二词极写得冲澹之致，读之令人置身尘表。

《左庵词话》卷上

2. 陈廷焯：

真高真妙，其人高，其词妙，读之不禁神往。（评〔如梦令〕"林下一溪春水"）

《云韶集》卷十二

3. 陈廷焯：

冲口而出，渐近自然。（评〔如梦令〕"林下一溪春水"）

《词则·别调集》卷三

明

贝琼

贝琼（约 1294—1379）又名阙，字廷据，一字廷臣，崇德（今浙江桐乡）人。元末领乡荐，遭乱后退居山中。洪武初，征修《元史》，除国子监助教。与张美和、聂铉齐名，时称“成均三助”。《明史》卷一百三十七有传。贝琼博览经史，尤工于诗。著有《清江集》，词附。赵尊岳裁其词，题为《清江词》，辑入《明词汇刊》。存词十五首。

1. 陈霆：

贝清江尝有《秋日海棠》词，其腔则〔八六子〕也。后阕云：“清明时节曾看。院落早莺犹困，楼台乳燕初还。怅过了韶华，一枝偷绽。拒霜争艳，断霞分彩，空赢得、人自先惊老去，天应不放春闲。倚阑干。西风别愁几番。”予谓“人自先惊老去，天应不放春闲”二句意思警妙，古作中不多见也。旧尝有《秋日牡丹》句云：“倾国尚堪迷晚蝶，返魂何必藉东风。”自谓得意，然不免涉于形色，视清江所构，知落第二。

《渚山堂词话》卷一

2. 赵尊岳：

其词清丽娴雅，若〔水龙吟〕：“楚天归雁千行，一书不奇相思苦。匆匆过了，踏青时节，更愁风雨。”则稼轩之遗，神气内敛者也。〔南浦〕：“一叶小如凫，趁几番樵风，日日来往。何处最堪看？吴门外，都是白坡青嶂。”则又玉田遗响，音节流美，可厕于南宋之林者也。〔应天长〕：“西山青似削，旷千里，楚乡萧索。问甚处更有桃源，看花如昨。”〔玉蝴蝶〕：“难禁，多情总老，流黄不寄，尺素空沉。”〔玲珑四犯〕：“银筝低按斜飞雁，尚依稀小窗深院。”亦均娴雅细腻，登竹山、梅溪之堂庑者矣。

《惜阴堂汇刊明词提要·清江词一卷》（《词学季刊》第二卷第一号）

3. 赵尊岳：

大抵开国之时，流风未沫，青田、扣舷、眉庵、清江诸子，一理绵密，韵调流莫，虽不能力事骞举，要不失为大家，杂之《风林》，诚无多让。姑苏七子，北郭诗流，咸有篇章，足资讽籀。此其大辂椎轮，承逊国之芳矩，朗吟低唱，开新朝之文献者，固足抗乎一时，平视弃世者已。

《惜阴堂明词丛书叙录》（《明词汇刊》附）

4.《续修四库全书总目提要》：

凡十五阕，词殊清雅委宛。〔玲珑四犯〕后半阙云：“银筝低按斜飞雁。尚依稀、小窗深院。珠帘日午重重下，空锁秋娘怨。憔悴一束楚腰，也定怕萧郎再见。想夜深暗卜归候，把灯花翦。”深情摇曳，颇似清真、梅溪。〔水龙吟〕后半阙云：“尚记银屏翠箔，抱琵琶、夜调新谱。芳年易度，沈腰宽尽，白头如许。弱水三千，武陵一曲，重寻何处。柰无情杜宇，年年此日，到淮南路。”缠绵哀怨，则又似中仙、玉田。盖渊源甚远，颇饶古意，明初之词，此得其正者矣。

《清江词一卷提要》

张以宁

张以宁（1301—1370）字志道，号翠屏山人，古田（今福建古田）人。元泰定四年（1327）进士。累官至翰林侍读学士。明洪武初，复授侍读学士，知制诰，兼修国史。洪武三年（1370）奉使安南，北还时，卒于途。《明史》卷二百八十五有传。张以宁有俊才，博学强记。善属文，工诗词，诗高雅俊逸，超绝畦珍。著有《翠屏集》，词附。赵尊岳裁其词二首，题为《翠屏词》，辑入《明词汇刊》。存词五首。

1. 谢章铤：

吾闽词家，宋元极盛，要以柳屯田、刘后村为眉目。明代作者虽少，然如张志道以宁、王道思慎中、林初文章，亦复流风未泯。

《赌棋山庄词话》卷一

2. 谢章铤：

古田张志道以宁在明初文章有盛名，最为宋景濂钦服。亦能词，而所传只二阕。一〔明月生南浦〕，已采入《明词综》。一〔江神子〕，本平韵七十字体。近检《翠屏集》，则后半首句已脱去，不能成调。然其集尚是明代所刻，盖当时此道已歇绝矣。

《赌棋山庄词话》续编卷一

3. 陈廷焯：

此词笔力绝高，盖明初诸公沿伯生、仲举之旧，去宋未大远也。结笔悲壮，凭吊苍茫。（评〔明月生南浦〕“海角亭前秋草路”）

《云韶集》卷十二

4. 刘毓盘：

张以宁、王蒙、高明、瞿佑诸家，皆以元人入明，《明词综》亦谓明初人。词犹沿道园、蜕岩之旧，不乖于风雅者也。

《词史》第九章

5. 赵尊岳：

有《翠屏集》，词二首附。意境高迥。〔明月生南浦〕有云："宝气销沉无觅处。薜晕犹残，铁铸遗宫柱。千古兴亡知几度。海门依旧潮来去。"可以概其余矣。

《惜阴堂汇刊明词提要》（《词学季刊》第二卷第一号）

宋濂

宋濂（1310—1381）字景濂，号潜溪，浦江（今浙江浦江）人。元至正中，荐授翰林院编修，辞之不赴，隐东山著书。明初，除江南儒学提举，命授太子经，修《元史》，累官至翰林学士承旨、知制诰。以老致仕。长孙慎坐法，举家谪茂州，道中遇疾卒。正统中，追谥文宪。《明史》卷一百二十八有传。著有《宋学士集》。存词六首。

1. 徐士俊：

广平铁石心肠，而《梅花》一赋，不妨效陶氏《闲情》。读景濂此词，正可称“前后二宋”，无议其白玉微瑕。（评〔竹枝〕“劝郎莫食鉴湖鱼”）

《古今词统》卷二

2. 沈雄：

宋金华文集以大手笔开风气，而犹有丽语如“恋郎思郎非一朝。好似并州花剪刀。一股在南一股北，几时裁得合欢袍”，“有郎金凤饰花容。无郎秋鬓若飞蓬。侬身要令千年白，不必来涂红守宫”，此《鉴湖竹枝》也，其小词不及见耳。

《古今词话·词话》下卷

3. 张伯驹：

元以曲盛而词衰，至明初，词只刘青田、宋金华、高青邱数家耳。朱元璋残酷之余，继以暴主凶阉，文人天籁，为其束缚，而词亦不振。

《丛碧词话》

刘基

刘基（1311—1375）字伯温，号犁眉，处州青田（今浙江青田）人。元元统元年（1333）进士。官至浙江儒学副提举，后弃官归隐。至正二十年（1360）受聘至金陵，为朱元璋筹划军事，佐其建立帝业。明初授太史令，累迁御史中丞，封诚意伯，以弘文馆学士致仕。性刚嫉恶，坚毅慷慨，后为胡惟庸构陷，愤忧卒。正德中追谥文成。《明史》卷一百二十八有传。刘基博通经史，工诗词古文，有《诚意伯文集》。其词集名为《写情集》。存词二百四十六首。

1. 叶蕃：

《写情集》者，诚意伯括苍刘先生六引三调之清唱，四上九成之至音也。先生生于元季，蚤蕴伊吕之志，遭时变更，命世之才，沉于下僚；浩然之气，厄于不用。因著书立言，以俟知者。其经济之大，则垂诸《郁离子》；其诗文之盛，则播于《覆瓿集》，风流文采英余阳春白雪雅调，则发泄于长短句也。或愤其言之不听，或郁乎志之弗舒，感四时景物，托风月情怀，皆所以写其忧世拯民之心，故名之曰《写情集》，厘为四卷。其词藻绚烂，慷慨激烈，盎然而春温，肃然而秋清，靡不得其性情之正焉。宜其遇知圣主，君臣同心，拨乱世反之治，以辅成大一统之业，垂宪于万世也。先生当是之时，深知天明之有在，其盖世之姿，雄伟之志，用天下国家之心，得不发为千汇万象之奇而龙翔虎跃也？呜呼！千载之前，千载之后，英迈挺卓，能几人哉！

《写情集序》（《写情集》卷首）

2. 陈霆：

《秋晚曲寄》〔谒金门〕，刘伯温作也。首云：“风嫋嫋。吹绿一庭秋草。”为语亦佳。然即“风乍起，吹皱一池春水”格耳。以二言细较，刘公当退避一舍。

刘伯温有《写情集》，皆词曲也。惟其大阕颇窒滞，惟小令数首，觉有风味。故予所选小令独多，然视宋人亦远矣。刘未遇时，尝避难江湖间。往见有〔水龙吟〕一阕云：“鸡鸣风雨萧萧，侧身天地无刘表。啼鹃迸泪，落红飘恨，断魂飞绕。月暗云霄，星沉烟水，角声哀袅。问登楼王粲，镜中华发，今宵又添多少。　极目乡关何处，渺青山、双螺低小。几回好梦，随风归去，被他遮了。宝瑟弦僵，玉笙簧冷，冥鸿天杪。但浸阶莎草，满庭绿树，不知昏晓。”此词当是无聊中作。风雨潇潇，不知昏晓，则有感于时代之昏浊；而世无刘表，登楼王粲，则自伤于身世之羁孤。然孰知其不得志于前元者，乃天特老其材，将以贻诸皇明也哉？是则适为大幸也。（卷一）

刘伯温寓金陵，尝秋夜作〔摸鱼儿〕云：“正凄凉、月明孤馆，那堪征雁嘹唳。不知衰鬓能多少，还共柳丝同悴。朱户闭。有瑟瑟、萧萧落叶鸣莎砌。断魂不系。又何必殷勤，啼蛩络纬，相伴夜迢递。　渔樵事，天也和人较计。虚名枉误身世。流年滚滚长江逝。回首碧云无际。空引睇。但满眼、芙蓉黄菊伤心丽。风吹露洗。寂寞旧南朝，凭阑怀古，零泪在衣袂。”公在金陵，正得君行志之秋，而词意伤感如此，殆不可晓。岂所谓谢安虽受朝寄，而东山之志，雅意不忘者耶？然详观首尾，又似未尝得遇者，竟不知或在未征召之前否也。（卷二）

“烟草萋萋小楼西。云压雁声低。春山碧树秋重绿，人在武陵溪。”刘伯温〔秋晚曲〕也。“云压雁声低”与“春山碧树秋重绿”二语动人。或谓未经前人道破，以予所见，亦转换“云开雁路长”与“春草秋更绿”耳。（卷二）

刘伯温《春怨》，盖感叹时事也。末云：“无计网斜晖，谩遮得、愁人望眼。登高凝睇，欲寄一封书。鸿路阻，豹关深，日暮空肠断。”观“豹关深”之句，知元季兵起，贤者感时伤事，非不欲献言于上，以销祸乱，而九重阻深，无路自达，徒登高怅望而已。“回首叫虞舜，苍梧云正愁。”所谓日暮肠断之意类如此。（卷三）

《渚山堂词话》

3. 王廷表：

本朝诸公于声律不到心，故于词曲未数数然也。高季迪之《扣舷》、刘伯温之《写情》，号为琤琤矣。

《升庵长短句跋》（《升庵长短句》卷后）

4. 李濂：

诚意伯刘公伯温，平生所作几三百首，神藻绚烂，光溢简帙。

《碧云清啸序》（《嵩渚文集》卷五十六）

5. 王世贞：

我明以词名家者，刘诚意伯温秾纤有致，去宋尚隔一尘。杨状元用修好入六朝丽事，近似而远。夏文愍公谨最号雄爽，比之辛稼轩，觉少精思。

《艺苑卮言》

6. 郑以伟：

我明作者如青田始开其奥，时艺既专，情为理掩，才与趣违，而熟烂之程式，终不尽关蕴藉之手，于是藻曲填塞，亦不免词兴诗亡之讥。

《灵山藏诗余自序》（《灵山藏诗余》卷首）

7. 秦士奇：

《花间》皆小语致巧，犹伤促碎，至《草堂》，以锦丽取妍六朝，故以宋人为诗之余，至金、元渐流为歌曲。若我明如刘伯温、杨用修、吴纯叔、文徵明、王元美兄弟辈，激响千代，移宫换羽，蝉缓而就之诗，若荡然无余，而不知即余亦诗也。

《草堂诗余序》（《镌古香岑批点草堂诗余四集》卷首）

8. 徐士俊：

昭代如伯温、纯叔，圆厚朴老；元美、升庵，法无不尽，情无不出，俨然初、盛之分。

《古今词统》卷七

9. 陈子龙：

明兴以来，才人辈出，文宗两汉，诗俪开元，独斯小道，有惭宋辙。其最著者为青田、新都、娄江，然诚意伯音体具合，实无惊魂动魄之处。用修以学问为巧便，如明眸玉屑，纤眉积黛，只为累耳。元美取境似酌苏、柳间，然如“凤凰桥下”语，未免时堕吴歌。此非才之不逮也，钜手鸿笔，既不经意，荒才荡色，时窃滥觞。且南北九宫既盛，而绮袖红牙，不复按度，其用既少，作者自希，宜其鲜工也。

《幽兰草词序》（《安雅堂稿》卷五）

10. 陈子龙：

本朝以词名者，如刘伯温、杨用修、王元美，各有短长，大都不能及宋人。

《王介人诗余序》（《安雅堂稿》卷三）

11. 陈维崧：

今之不屑为词者，固无论；其学为词者，又复极意《花间》，学步《兰畹》，矜香弱为当家，以清真为本色。神瞽审声，斥为郑、卫。甚或爨弄俚词，闺襜冶习，音如湿鼓，色若死灰，此则嘲诙隐庾，恐为词曲之滥觞。所虑杜夔左驭，将为师涓所不道。辗转流失，长此安穷？胜国词流，即伯温、用修、元美、徵仲诸家，未离斯弊，余可识矣。

《词选序》（《湖海楼文集》卷二）

12. 李葵生：

刘、杨慷慨，未减苏、辛。

《兰皋明词汇选序》（卷首）

青田晚年，以胡惟庸事意常郁郁，故自写若此。（评〔满路花〕《客怀》）（卷五）

《兰皋明词汇选》

13. 顾璟芳：

文成以开国名勋，不免黍离志慨，兴亡之际，殆难为怀。（评〔苏幕遮〕《伤往》）（卷四）

刘、杨、王诸家，为一代词手，尚矣。他若陆文裕之高华，董遐周之工艳，沈君鹿之幽凉，眉道人之萧散，周白川清和而调高，夏玉樊秀媚而善感，大樽寄意题外，琼章情在景中，古堂、蕊园孤奇别俗，浪仙、雪馆冷艳袭人，类烁宋熔元，独标风雅。（卷六）

士生当厄会，其情词多感慨离愁，远而杨、刘，近而陈、夏，读其文，未尝不悲其遇也。（卷七）

郁离子少年雅负悯世救时之志，当偃仰时贵间，仅以下僚文人遇之，若此等作，亦不过为书生壮语耳。岂知高安下吏，龙飞虎变，堪与闳散争烈哉？（评〔沁园春〕《和郑德章暮春感怀呈石末元帅》）（卷八）

《兰皋明词汇选》

14. 钱允治：

我朝悉屏诗赋，以经术程士，士不囿于俗，间多染指，非不斐然，求其专工称丽，千万之一耳。国初诸老，犁眉、龙门，尚沿宋季风流，体制不缪。

《类编笺释国朝诗余序》（《类编笺释国朝诗余》卷首）

15. 沈际飞：

看当代词，伯温、纯叔辈，圆厚朴老，元美、徵仲辈，法无不尽，情无不出，俨然初、盛之分。（评〔怨王孙〕《寄意》）

《国朝诗余新集》卷二（《镌古香岑批点草堂诗余四集》）

16. 徐士俊：

青田定鼎手段，不甚见之于词。看来文人英气满口，尽多假托，不足凭也。

《古今词统》卷十

17. 江尚质：

青田〔生查子〕云："蜘蛛网画檐，一日丝千转。红烬落寒缸，心死无由见。"〔谒金门〕云："风袅袅。吹绿一庭春草。"〔转应曲〕云："秋雨秋雨。窗外白杨自语。"〔青门引〕云："相怜自有明月，照人肺腑清于水。"〔渔家傲〕云："乱鸦啼破楼头鼓。"〔花犯〕云："余香怨绣被。"〔踏莎行〕云："愁如溪水暂时平，雨声一夜依然满。"〔渡江云〕云："定巢新燕子，睡起雕梁，对立整乌衣。"〔山鬼谣〕云："离魂常在郊树，月深星暗苍梧远，化作杜鹃归去。"皆妙丽入神句。

沈雄《古今词话·词话》下卷引

18. 沈雄：

刘文成未遇时，便与石末元帅填词赠答。时石末方镇江浙，而文成每以〔满庭芳〕、〔满江红〕调寄之。若其《次和石末》〔沁园春〕一阕，感愤情词，有足述者……文成集二百三十三首，堪采者多。

《古今词话·词话》下卷

19.《乐府纪闻》：

刘文成少习天官、兵法家言。揭奚斯一见奇之，曰王佐才也。及见太祖，命赋《竹箸》诗，有"汉家四百年天下，只在张良一借间"句，恨相见晚。后以佐命勋，封诚意伯。其词虽婉丽，而有感慨之句。

杨守醇曰：子房不见词章，玄龄仅办符檄，文成勋业烂然，可谓千古人杰。小词亦见一斑。有《文成集》。

沈雄《古今词话·词评》下卷引

20. 朱彝尊：

明初作手，若杨孟载、高季迪、刘伯温辈皆温雅芊丽，咀宫含商。李昌祺、王达善、瞿宗吉之流亦能接武。至钱塘马浩澜以词名东南，陈言秽语，俗气薰入骨髓，殆不可医。周百川、夏公瑾诸老，间有硬语。杨用修、王元美则强作解事，均于乐章未谐。

《词综发凡》(《词综》卷首)

21. 邹祗谟：

常试论前代诸家，文成之于元献，犹兰亭之似梓泽也；新都之于庐陵，犹弘治之似伯玉也；琅邪之于眉山，犹小令之似大令也；公谨之于稼轩，犹宣武之似司空也。逮黄门舍人之于屯田、待制，直如曹、刘之于苏、李，遂觉后来益工。

《衍波词序》(《衍波词》卷首)

22. 王士禛：

仆尝与茗文、伯玑、家兄西樵、子侧，共论明震川、荆川、鹿门、遵岩诸公之文，于唐宋大家，可谓肖子，然不及前人者，其趣浅也。尝试移以评伯温、公谨、升庵、元美诸公长短句，程村、金粟亦以为然。

《花草蒙拾》

23. 丁炜：

词既熄于明，刘、高、杨、瞿而后，鲜有继轨。

《词苑丛谈序》(《词苑丛谈》卷首)

24. 许田：

刘青田系元时人，故词绝似天锡、蜕岩诸公，足为有明一代之冠。余绝爱其咏蛙、咏愁及游丝数阕，寄托遥远，音韵窈渺，非流连光景，资酒边灯下之吟唱已也。

《屏山词话》

25. 张星耀：

考词于明，诚意其辛、陆之俦乎？大樽其周、秦之匹乎？

《东白堂词论》（《东白堂词选初集》附）

26. 万树：

明兴之初，余风未免。青丘之体裁优秀，文成之风格高华，矩矱犹存，风流可想。

《词律序》（《词律》卷首）

27. 刘世伟：

郁离子天资极高，古诗似谢玄晖，乐府似周美成，律诗微艳丽，不似唐人耳。

《过庭诗话》下卷

28. 佟世南：

至故明《写情》、《湘真》二集，高朗秀艳，得两宋轨则，余如瞿、王、二杨诸子，惟以追逐字句点染为工，求其风流蕴藉、句韵天然者，渺难觏矣！

《东白堂词选初集小引》

29. 郑方坤：

试看诚意、高、杨，制作质有其文；仍踵完颜、吴、蔡，手标多而且旨。降及用修、元美，则解事强作，啭喉罔叶宫商。迨夫祭酒、黄门，斯伪体别裁，咳唾皆成珠玉。

《古今词选序》（《古今词选》卷首）

30. 王初桐：

王元美云：我朝以词名家者，伯温纤秾有致，去宋尚隔一尘。用修好入六朝丽事，似近而实远。公谨最号雄爽，比之稼轩觉少精思。

《小嫏嬛词话》卷三

31. 吴衡照：

青田“蝴蝶不知身是梦，飞上花枝”，翻用《南华》，有作熟还生之妙。

《莲子居词话》卷三

32. 沈道宽：

一代新声一代人，犁眉小令写清真。

古音今调无相袭，不道中间隔几尘。

《论词绝句》四十二首（《话山草堂遗集六种诗钞》《话山草堂诗钞》卷一）

33. 陆蓥：

明以时文取士，作者辈出，诗学殊逊唐、宋。即如填词，虽刘诚意之雄略，夏少师之警悟，坊间所传二公〔开元乐〕、〔浣溪沙〕诸阕，犹恒人耳。王元美《艺苑卮言》辨晰词旨，而所为小令颇近雕琢，长调亦多芜杂。尤可笑者，〔小诺皋〕二阕，信手涂抹，真是盲女弹词，醉汉骂街。升庵论词，时有妙会，摹写处亦伤尖薄，不独〔花犯〕、〔个侬〕诸小令也。先广文谓有明无词人，信然，信然。

《问花楼词话》

34. 谢章铤：

盖明自刘诚意、高季迪数君而后，师傅既失，鄙风斯煽，误以编曲为填词。故焦弱侯《经籍志》备采百家，下及二氏，而倚声一道缺焉。盖以鄙事视词久矣，升庵、弇州力挽之，于是始知有李唐、五代、宋初诸作者。其后耳食之徒，又专奉《花间》为准的，一若非《金荃集》、《阳春录》举不得谓之词，并不知尚有辛、刘、姜、史诸法门。

《赌棋山庄词话》卷九

35. 丁丙：

明初一代之词，自以浙中刘诚意为冠冕。

《善本书室藏书志》卷四十

36. 陈廷焯：

明初如刘伯温、高季迪、杨孟载之流，尚沿虞伯生、张仲举之旧，无害风雅。

伯温词秀炼入神，永乐以后诸家远不能及。

题画妙，以假为真，从少陵“堂上不合生枫树，怪底江山起烟雾”化出。（评〔如梦令〕“草际斜阳”）

“云压雁声低”五字警绝。深深楚楚，元人得意之笔。（评〔眼儿媚〕“烟草凄凄楼西”）

句句清秀，风格虽不及宋人，措词要不亚元人也。（评〔少年游〕“清风收雨”）

清丽是明初本色，去古尚未远也。感激不胜。（评〔临江仙〕“街鼓无声春漏咽”）

“天衬海云低”与上“云压雁声低”同一警句。“无计”二语婉转芊绵。（评〔蓦山溪〕“清明过了”）

柔情蜜意逼成绝妙好词。情景兼到。（评〔千秋岁〕“淡烟平楚”）

《云韶集》卷十二

37. 陈廷焯：

词至于明，而词亡矣。明初如杨孟载、高季迪、刘伯温辈，温丽芊绵，去两宋不远。至李昌祺、王达善、杨升庵之流，风格稍低，犹堪接武。自马浩澜辈出，淫词秽语，风雅扫地。明末陈人中为一时杰出，但气数近小，国运使然。

《词坛丛话》

38. 陈廷焯：

词至于明，而词亡矣。伯温、季迪，已失古意。降至升庵辈，句琢字炼，枝枝叶叶为之，益难语于大雅。自马浩澜、施阆仙辈出，淫词秽语，无足置喙。明末陈人中能以秾艳之笔，传凄婉之神，在明代便算高手。然视国初诸老，已难同日而语，更何论唐、宋哉。

伯温〔临江仙〕云：“镜中绿发渐无多。泪如霜后叶，槭槭下庭柯。”以开国元勋而作此衰感语，盖已兆胡惟庸之祸矣。

《白雨斋词话》卷三

39. 况周颐：

明词专家少，粗浅芜牵之失多，诚不足当宋元之续。时则有若刘文成（基）、夏文愍（言），风雅绝续之交，庶几庸中佼佼。爰及末季，若陈忠裕（子龙）、夏节愍（完淳）、彭茗斋（孙贻）、王姜斋（夫之），词不必增重其人，亦不必以人增重。含婀娜于刚健，有《风》《骚》之遗音。昔人谓词绝于明，讵持平之论耶？

《词学讲义》

40. 况周颐：

《覆瓿词》〔沁园春〕《归田作》云："何怨何尤，自歌自笑，天要吾侪更读书。"直率语似未经前人道过。

《餐樱庑词话》

41. 周庆云：

《古今词话》称其〔谒金门〕云"风袅袅，吹绿一庭春草"、〔转应曲〕云"秋雨，秋雨，窗外白杨自语"、〔青门引〕云"相怜自有明月，照人肺腑，清如水"、〔渔家傲〕云"乱鸦啼破楼头鼓"、〔花犯〕云"余香怨绣被"、〔踏莎行〕云"愁如溪水暂时平，雨声一夜依然满"、〔渡江云〕云"定巢新燕子，睡起雕梁对立，整乌衣"、〔山鬼谣〕云"离魂常在郊树，月深星暗苍梧远，化作杜鹃归去"，皆妙丽入神句。王元美亦称其词秾纤有致，盖明代一作手也。

《历代两浙词人小传》卷五

42. 王国维：

明初诚意伯词，非季迪、孟载诸人敢所望也。

《人间词话删稿》

43. 王国维：

有明一代，乐府道衰。《写情》、《扣舷》，尚有宋元遗响，仁宣以后，兹事几绝。独文愍（夏言）以魁硕之才，起而振之。豪壮典丽，与于湖、剑南为近。

《人间词话》附录一

44. 高旭：

羡杀当年筹笔，驱胡恢复神京。

乃亦凄然如许，教侬无以为情。

《十大家词题词》(《中华新报》，1909 年 6 月 17 日)

45. 吴梅：

公诗为开国第一，词则与季迪并称，其佳处虽不逮宋人，固足为朱明冠冕也。小令颇有思致。如〔临江仙〕、〔小重山〕、〔少年游〕诸作，清逸可诵，惟气骨稍薄耳。盖明初诸家，尚不失正宗，所可议者，气度之间，终不如两宋。降至升庵辈，句琢字炼，枝枝叶叶为之，益难语于大雅。自马浩澜、施阆仙辈，淫词秽语，无足置喙。词至于此，风雅扫地矣。迨季世陈卧子出，能以秾丽之笔，传凄婉之神，始可当一代高手。此明词大略也。公词于长调不擅胜场，小令如〔谒金门〕云："风袅袅，吹绿一庭春草。"〔转应曲〕云："秋雨秋雨，窗外白杨自语。"〔青门引〕云："相怜自有明月，照人肺腑清如水。"〔渔家傲〕云："乱鸦啼破楼头鼓。"〔踏莎行〕云："愁如溪水暂时平，雨声一夜依然满。"〔渡江云〕云："定巢新燕子，睡起雕梁，对立整乌衣。"此皆轻俊绝伦者也。

《词学通论》第九章

46. 碧痕：

刘公戢以明初词人拟诗之晚唐，非不欲胜前人，而中实枵然，取给而已，于神味处全未梦见。予以是说未免过重。盖明初得金元之余炎，乐府中盛行南北曲，词不大盛，是以作者多就于曲。至若顾孔昭、刘基、文徵明、陈道复诸人之作，岂皆取给于人乎？

《竹雨绿窗词话》

47. 赵尊岳：

明代开国时，词人特盛，且词亦多有佳作。如刘基、高启、陶安、林鸿诸作，均多可取。虽诸家多生于元季，尚沐赵宋声党之遗风，然刘、高诸词，竟可摩两宋之壁垒。而姑苏七子等，要亦多能词者，不可不谓为开国时风气所使然也。

《惜阴堂汇刻明词记略》(《明词汇刊》附)

48. 赵尊岳：

开国之时，流风未沫，青田、扣舷、眉庵、清江诸子，一理绵密，韵调流莫，虽不能力事骞举，要不失为大家，杂之《凤林》，诚无多让。姑苏七子，北郭诗流，咸有篇章，足资讽籀。此其大辂椎轮，承逊国之芳矩，朗吟低唱，开新朝之文献者，固足抗乎一时，平视弃世者已。

明代庙堂宗室，均有传词，显宦亦雅善倚声。青田、当涂，功在开国。

《惜阴堂明词丛书叙录》(《明词汇刊》附)

49. 陈声聪：

金之亡，犹有元遗山、赵闲闲；元之入主，犹有赵子昂、萨都刺诸人，足以扶持大雅，至明则真无词矣。朱元璋杀戮太甚，书种欲尽，元气一衰，后终难振。二百余年之天下，所为词，舍诚意伯、高青邱一二人外，皆《花间》、《草堂》之残渣余沥耳。

《读词枝语》之六十八

50. 张伯驹：

元以曲盛而词衰，至明初，词只刘青田、宋金华、高青邱数家耳。朱元璋残酷之余，继以暴主凶阉，文人天籁，为其束缚，而词亦不振。

《丛碧词话》

51. 朱庸斋：

明词鄙陋，多无足道者，《明词综》所收，率皆纤仄靡若之作，即如国初刘基、高启，亦有意而无辞，殆未得两宋精神之什一。明陈霆。

《分春馆词话》卷四

刘三吾

刘三吾（1312—？）初名如孙，字三吾，以字行，号坦甫，又号坦坦翁，茶陵（今湖南茶陵）人。元末任永平教谕，授清江路儒学副提举。洪武十八年（1385），荐召为左赞善，迁翰林学士。洪武三十年，主会试，以多中南人坐罪戍边。建文初召还，永乐中卒。《明史》卷一百三十七有传。博学善属文，朝廷典章礼仪皆出其手。与汪睿、朱善称为“三老”。著有《坦斋集》，词附。赵尊岳裁其词，题为《坦斋先生词》，辑入《明词汇刊》。存词十二首。

1. 赵尊岳：

多酬赠之作，间有流畅之笔。如〔大江东去〕有云：“试问琴鹤清风，谁人知道？笑指沙头鹭。百里堂阴春树□，皆谢薇垣恩露。”〔木兰花慢〕有云：“沣兰沅芷忆曾游。往事总浮沤。向鹦鹉洲前，凤凰台上，缓带轻裘。携来应天佳气，为南中写出桂秋香。”〔水调歌头〕有云：“镇江山，安社稷，奠金汤。亭皋万叶声动，尚想奏清商。净扫蛮烟千里，遥望红云一朵，玉立待虚皇。”均能于颂扬语中见其笔气，亦非易致也。

《惜阴堂汇刊明词提要》（《词学季刊》第二卷第一号）

刘夏

刘夏（1314—1370）字迪简，号商卿。安福（今江西安福）人。元末客寓洪州，后避居瑞州。因劝说宜春守将归附吴王朱元璋，授尚宾馆副使。明洪武三年（1370）奉召至交趾，事竣，回至南宁病故。著有《刘尚宾文集》五卷《续集》四卷。存词三首。

1. 刘崧：

其闲丽清适如空山道者，其风流疏俊如金陵子弟，其闲情幽怨如放臣弃妇，色惨意庄；其述怀抚事如故京老人，感今道旧，语咽欲泣，亦何能言哉！惜稼轩《送春》一词，沉痛忠愤，悲动千古，至今读之使人毛发寒竖，泪落胸臆，真悲歌慷慨之雄士哉！尚宾芳年雅志，亹亹倾竭，庶几闻风而兴者，惜余不习音律，不能为尚宾商歌之，然忧患之余，亦不忍闻矣。

《刘尚宾东溪词稿后序》（《槎翁文集》卷八）

陶安

陶安（1315—1371）字主敬，当涂（今安徽当涂） 人。元至正四年（1344）举乡试，授明道书院山长，避乱家居。朱元璋渡江，陶安率父老出迎，留参幕府，授左司员外郎。洪武初（1368）命知制浩，兼修国史。历江西行省参知政事。卒，年五十七。赠姑孰郡公。陶安学术淳正，尤长于《易》。明初议诸礼，多为其裁定。福王时追谥文宪。《明史》卷一百三十六有传。著有《陶学士集》，词附。赵尊岳裁其词，题为《陶学士词》，辑入《明词汇刊》。存词二十四首。

1. 赵尊岳：

其〔金缕曲〕换头云："江湖聚散如萍梗。笑谈间、云霄满足，一鞭驰骋。万壑水晶天下夜，人在玉晨仙镜（编者按：镜当作境）。"〔太常引〕下半阕云："断霞飞练，远烟凝紫，山势活如龙。浴罢依长松。爱归鸟、孤飞半空。"清旷之气，扑人眉宇。初不为经师理学所范围。其他酬赠之作，要亦不失规矩。上者南宋，下者亦可登风林选本者也。

《惜阴堂汇刊明词提要·陶学士词一卷》（《词学季刊》第二卷第一号）

2. 赵尊岳：

明代开国时，词人特盛，且词亦多有佳作。如刘基、高启、陶安、林鸿诸作，均多可取。

《惜阴堂汇刻明词记略》（《明词汇刊》附）

3.《续修四库全书总目提要》：

词于疏旷之中，往往有凌厉之致。〔水调歌头〕云："秋高兴何远，爽气掬星河。雨晴山势飞动，楼外燕来多。"〔金缕曲〕云：

“最惜稽山无贺老，短烛照人孤影。”又云：“江湖聚散如萍梗，笑谈间、云霄满足，一鞭驰骋。万壑水晶天不夜，人在玉晨仙境。”〔太常引〕云：“江城六月雨声寒，河汉倒云端。”又云：“断霞飞练，远烟凝紫，山势活如龙。浴罢倚长松，爱归乌、孤飞半空。”又云：“长江雨歇，高天露下，星绕紫微垣。”皆境开气爽，兴会淋漓。惟苦不经意，故完璧甚少，为可惜耳。

《陶学士词一卷提要》

杨基

杨基（1326—1378 后）字孟载，号眉庵，祖籍嘉州（今四川乐山）人，徙居吴中（今属江苏）。张士诚据苏州，曾辟为丞相府记室。洪武初（1368）起为荥阳知县，累官至山西按察使。因事夺官，谪输作，卒于工所。《明史》卷二百八十五有传。杨基善文章，兼工书画，与高启、张羽、徐贲号称“吴中四杰”。著有《眉庵集》，词附。赵尊岳裁其词七十一首，题为《眉庵词》，辑入《明词汇刊》。存词七十八首。

1. 徐伯龄：

眉庵杨孟载基咏莺亦有〔点绛唇〕云：“何处飞来，柳稍一点黄金小。弄晴催晓，喉如簧巧。　　春梦须臾，正绕江南道。空相恼，被他惊觉，绿遍池塘草。”尤纤丽圆融可爱。

《蟫精隽》卷五

2. 陈霆：

杨孟载《新柳》〔清平乐〕云：“犹寒未暖时光。将昏渐晓池塘。记取春来杨柳，风流全在轻黄。”状新柳妙处，数句尽之，古今人未曾道著。歌此阕者，想见芳春媚景，暝色入帘，残月戒曙，身在芳塘之上，徘徊容与也。唐人所谓“最是一年春好处，绝胜烟柳满皇都”、“诗家清景在新春，绿柳才黄半未匀”，虽谙此风致，然特概言耳。

杨眉庵《落花词》云：“当时开拆赖东风，飘零还是东风妒。”意甚凄婉。又云：“绿阴深处觅啼莺，莺声更在深深处。”语意蕴藉，殆不减宋人也。（卷一）

杨孟载作禁体《雪词》，后阕云：“正簌簌，还飏飏，复纤纤。”则于古无所出，虽移之别咏，未为不可，予谓《雪词》既禁体，于法宜取古人成语，匀之句中，使人一览见雪，乃为本色。

花朝曲古作者多矣，予见杨孟载一阕云：“鸾股先寻斗草钗。凤头新绣踏青鞋。衣裳宫样不须裁。　　雕玉垒成鹦鹉架，泥金镌就牡丹牌。明朝相约看花来。”此词造语虽富丽，然正宋人所谓看人富贵者耳，未必知富贵也。（卷二）

高季迪寒夜曲云：“蕙火红销金鼎。鸦树不惊风静。多事月明来，照出小窗孤影。宵永。宵永。人与梅花俱冷。”诚亦可诵。季迪号称姑苏才子，与杨孟载辈齐名，他诗文未论，独于词曲，杨所赋类清便绮丽，颇近唐宋风致。而高于此，殊为不及。岂非人之才情，各有独得之妙耶？（卷三）

《渚山堂词话》

3. 胡应宸：

卧子论廉访诗，如三吴少年，轻俊可喜，所乏庄雅。予谓庄雅固诗人首推，轻俊实词家至宝。盖诗不庄雅，必无风格；词不轻俊，必无神韵。况其苍雅、幽艳，又有不专以轻俊见者。然则孟载之诗与词，未易同日语矣。

《兰皋明词汇选》卷七

4. 顾璟芳：

其思幽、其致艳、其笔老，领袖词坛无异。（评〔青玉案〕《早春江上》）（卷五）

孟载作，通首虽极愁怨，而结出必不作聊寂语，是其用意处。（卷七）

士生当厄会，其情词多感慨离愁，远而杨、刘，近而陈、夏，读其文，未尝不悲其遇也。（卷七）

《兰皋明词汇选》

5. 李葵生：

其词雅艳苍老，殆青田之流亚欤？（评〔蝶恋花〕《卜居》）

《兰皋明词汇选》卷四

5. 丁澎：

明人起而持将坠之绪，季迪、孟载舒清越之音，成都、太仓抗铮呟之调，铿锵盈耳，沨乎可味矣！

《东白堂词选序》（《东白堂词选》卷首）

6. 朱彝尊：

词莫善于姜夔。宗之者张辑、卢祖皋、史达祖、吴文英、蒋捷、王沂孙、张炎、周密、陈允平、张翥、杨基，皆具夔之一体。基之后得其门者，寡矣。

《黑蝶斋词序》（《曝书亭集》卷四十）

7. 朱彝尊：

明初作手，若杨孟载、高季迪、刘伯温辈，皆温雅芊丽，咀宫含商。李昌祺、王达善、瞿宗吉之流，亦能接武。至钱塘马浩澜以词名东南，陈言秽语，俗气薰入骨髓，殆不可医。周百川、夏公瑾诸老，间有硬语。杨用修、王元美则强作解事，均于乐章未谐。

《词综发凡》（《词综》卷首）

8.《乐府纪闻》：

孟载少时见杨廉夫，命赋铁笛，歌成，廉夫喜曰：吾意诗径荒矣，今当让子一头地。有《老杨》、《小杨》之称。眉庵词，饶有新致。

沈雄《古今词话・词评》下卷引

9. 沈雄：

孟载诗如西湖柳枝，绰约近人。《春草》诗“六朝旧恨斜阳外，南浦新愁细雨中”，《落花》诗“无人摇动秋千索，黄鸟飞来架上啼”，绝妙好词也。其情致不及格者，“拼醉望愁醒，愁因醉转增”，〔菩萨蛮〕调也；“尚短柳如新折后，已残花似未开时”，〔浣溪沙〕调也。

《古今词话・词评》下卷引

10. 丁炜：

词既中熄于明，刘、高、杨、瞿而后，鲜有继轨。

《词苑丛谈序》(《词苑丛谈》卷首)

11. 郑方坤：

尚短柳如新折后，已残梅似半开时。

眉庵诗格清孱甚，合付红儿与雪儿。孟载又有句云："春色自来皆梦里，人生何必在樽前。""立近晚风迷蛱蝶，坐临秋水乱芙蓉"。诸如此类，不一而足，试谱入〔浣溪沙〕，令二八女郎按红牙拍唱之．皆所云绝妙好词也已。)

《论词绝句》三十六首(《蔗尾诗集》卷五)

12. 郑方坤：

试看诚意、高、杨，制作质有其文；仍踵完颜、吴、蔡，手标多而且旨。降及用修、元美，则解事强作，啭喉罔叶宫商。迨夫祭酒、黄门，斯伪体别裁，咳唾皆成珠玉。

《古今词选序》(《古今词选》卷首)

13. 王初桐：

眉庵词富丽而有新致，小令取其婉媚，长调则太嫌衰弱矣。然在有明时，自不得不推为巨擘，余读之，窃怪其多差误处。如〔长相思〕前后末句云："俺怎不生愁。好弄一扁舟。"平仄俱误。〔念奴娇〕结句云："玉湖春渺，且听君山夜雨。"虽本《洺水词》，平仄亦误。至于〔小重山〕起处云："叠叠湘云带晚霞。东风吹絮落晴沙。梦魂今夜绕天涯。"三句似〔浣溪沙〕。〔虞美人〕后段云："青梅紫笋黄鸡酒，又蒴畦边韭，楚声歌罢乱簪花。"尽是不知音律。"老叟"末句少一字，且不叶平韵"花"字，反叶仄韵"酒"字。〔采桑子〕全首云："浅碧深红，是谁家、分染桃花片。两枝争艳，青粉墙头见。　深处娉婷，浅更多娇倩。昭阳殿，玉环飞燕，各自东西面。"去一"是"字，竟是〔点绛唇〕，而偏题作〔采桑子〕，且似"染"字亦叶韵，与后段相配者，或疑其俱有所本。因遍查《词谱》、《词律》、《词统》、《词纬》、《词的》、《词暝》

等书，并无此体。

王元美谓杨孟载诗“尚短柳如新折后，已残梅似未开时”，是〔浣溪沙〕调语。余谓二句不若“花里小楼双燕入，柳边深庵一莺啼”，及大名进士耿仙芝诗“浅水短芜调马地，淡云微雨养花天”，以此置〔浣溪沙〕中，乃见佳致。

《小螂嬛词话》卷三

14. 吴衡照：

王元美摘杨孟载“尚短柳如新折后，已残梅似半开时”，谓类〔浣溪沙〕词。朱竹垞又举“细柳已黄千万缕，小桃初白两三花”、“雨颉风颃枝外蝶，柳遮花映树头莺”、“花里小楼双燕入，柳边深巷一莺啼”、“眉晕浅颦横晓绿，脸消残缬腻春红”、“小雨送花青见萼，轻雷催笋碧抽尖”等句，执是以例，其不为〔浣溪沙〕者几何，岂独孟载哉？大抵孟载未洗元人之习，诗多工秀轻俊。工秀之极，形为纤巧；轻俊之过，流于卑弱，势所必至。至如“白鹭下田千点雪，黄莺上树一支花”，益乖大雅矣。

《莲子居词话》卷一

15. 丁丙：

眉庵诗，朱竹垞谓其类词，且摘出其语之类词者数十联，著于《明诗综》。至其词则婉约流利，韶秀独绝。昔徐泰评眉庵诗曰：“天机云锦，独出冠时。”其赞美似乎大过。今移以评其词，则允当矣。

《善本书室藏书志》卷四十

16. 陈廷焯：

明初如刘伯温、高季迪、杨孟载之流，尚沿虞伯生、张仲举之旧，无害风雅。

孟载诗亚于铁崖，当时有《老杨》、《小杨》之目，词亦饶有新致，去元人不远也。

字字秀丽，妙在极其风雅，不落纤巧，名家出笔虽不及大家，自与众不同。上半合写、对写，下半分写、侧写，开人心思不少。（评〔浣溪沙〕“鸾骨先寻”）

长调最难，通篇布局必须一气散为五花八门，方是妙境。此词风格稍低，句调尚合于古，明人词中便算佳作，不必以宋词刻绳之也。（评〔多丽〕“问莺花晚来”）

《云韶集》卷十二

17. 陈廷焯：

词至于明，而词亡矣。明初如杨孟载、高季迪、刘伯温辈，温丽芊绵，去两宋不远。至李昌祺、王达善、杨升庵之流，风格稍低，犹堪接武。自马浩澜辈出，淫词秽语，风雅扫地。明末陈人中为一时杰出，但气数近小，国运使然。

《词坛丛话》

18. 胡玉缙：

诗、词之界甚严。北宋人词，类皆清新雅正，可以入诗；南宋人诗，类皆流艳巧侧，可以入词；至元，而诗与词几更无别。基生当元季，其诗语之类词者殊多，朱彝尊《静志居诗话》尝摘出数十联。其词则婉约流利，韶秀独绝，不得不推为词家正宗。盖惟诗近于词，故其词尤胜也。徐泰《诗谈》称其诗“天机云锦，自然美丽，独时出纤巧，不及高启之冲淡”云云，此即其诗词界限不分处。今移以评其词，则“云锦美丽”，可谓定论矣。

《四库未收书目提要续编》（《续四库提要三种》）

19. 刘毓盘：

杨氏诗次于高氏，而词则差胜。小诗似词，不免秦七之病尔。

《词史》第九章

20. 王国维：

明初诚意伯词，非季迪、孟载诸人敢所望也。

《人间词话删稿》

21. 吴梅：

眉庵词更新俊可喜，尤宜于小令。如〔清平乐〕、〔浣溪纱〕诸调，更为擅场。盖眉庵聪慧，故出语便媚。其佳处并不摩临《花间》、《草堂》，与中叶后元美、升庵诸作，不可同日语矣。

《词学通论》第九章

22. 赵尊岳：

词笔清新雅令，间失之弱，而不伤靡。〔多丽〕换头云："奈梦里清歌妙舞，觉来偏更情恶。听高楼数声羌笛，管多少残梦，梅花惊落。"〔清平乐〕柳枝云："犹寒未暖时光。将昏渐晓池塘。记取春来杨柳，风流正在轻黄。"〔千秋岁〕云："夜长春梦短，人远天涯近。庭院晚，一帘春雨寒成阵。"〔点绛唇〕云："柳上梅边，那时庭院初相遇。杜鹃啼处，蓦地抛人去。"〔如梦令〕云："多少梦中人，尽被春风吹觉。"凡上所举，要于缠绵中有清气，亦词家之上流也。

《惜阴堂汇刊明词提要·眉庵词一卷》(《词学季刊》第二卷第一号)

23. 赵尊岳：

开国之时，流风未沫，青田、扣舷、眉庵、清江诸子，一理绵密，韵调流莫，虽不能力事骞举，要不失为大家，杂之《凤林》，诚无多让。姑苏七子，北郭诗流，咸有篇章，足资讽籀。此其大辂椎轮，承逊国之芳矩，朗吟低唱，开新朝之文献者，固足抗乎一时，平视弃世者已。

《惜阴堂明词丛书叙录》(《明词汇刊》附)

24. 朱庸斋：

明初杨基《眉庵词》，承元人张翥遗绪，小词清新典丽，笔触细致。其〔清平乐〕云："欺烟困雨，拂拂愁千缕。曾把腰肢羞舞女。赢得轻盈如许。　　初寒未暖时光，将昏渐睡池塘。记取春来杨柳，风流全在轻黄。"五六句仿佛少游，得北宋空灵之致。

《分春馆词话》卷四

25.《续修四库全书总目提要》:

眉庵词饶有新致。《静志居诗话》谓孟载诗“芳草渐于歌馆密，落花偏向舞筵多”、“细柳已黄千万缕，小桃初白雨三花”等语，试填入〔浣溪纱〕，皆绝妙好词也。基天资明敏，故出语新俊，如〔清平乐〕云:“欺烟困雨。拂拂秋千缕。曾把腰肢羞舞女。赢得轻盈如许。　　犹寒未暖时光，将昏渐晓池塘。记取春来杨柳，风流正在轻黄。”〔点绛唇〕云:“柳上梅边，那时庭院初相遇。杜鹃啼处、蓦地抛人去。”〔浣溪纱〕云:“烟澹澹中青青合。雨丝丝里绿阴多。园林佳处是请和。”又云:“春纵不归终不住，人重相见更相期。此时端的断肠时。”并清新圆融，便媚柔和。明初词中可与青田、青邱媲美矣。

《眉庵词提要一卷提要》

魏观

魏观（1305—1374）字杞山，蒲圻（今湖北蒲圻）人。元末隐居蒲山，明太祖下武昌，聘授国子助教。洪武初建大本堂，命侍太子说书，累迁至祭酒，廷臣交章荐其才，出知苏州府。亲贤任能，弥著惠政。后以迁治事被谮诛。《明史》卷一百四十有传。著有《蒲山渔唱》，词存集中。赵尊岳裁其词仍题为《蒲山渔唱》，辑入《明词汇刊》。存词三首。

1.《续修四库全书总目提要》：

仅〔水调歌头〕三阕而已，其《谪都昌泊舟驿亭登眺有感呈胡君茂》云："湖光与山色，并作十分秋。驿亭时一登眺，无处著闲愁。渺渺洞庭春渌，郁郁匡庐空翠，吟揽复何求。眼底足清赏，赖有明月舟。　概多士，成远别，思悠悠。班家子弟珍重，休把笔轻投。遮莫石梁茆屋，浑似荒村野店，随分且消忧。公论在天下，泾渭不同流。"词虽不工，然以苍莽之调，而用清远之笔，亦可玩味者也。

《蒲山渔唱一卷提要》

王行

王行（1331—1395）字止仲，自号澹如居士，又号半轩，亦号楮园，吴县（今江苏苏州）人。曾为江南巨富沈万三延为塾师，每成一文，酬以百金。洪武初（1368），有司延为学校师，不久即谢去，隐于石湖。二子役于京，王行因往视。凉国公蓝玉馆于家，数荐之。蓝玉诛，王行父子三人亦坐死。《明史》卷二百八十五有传。王行淹贯经史百家，工于诗，尤善泼墨山水。著有《半轩集》。赵尊岳裁其词，题为《半轩词》，辑入《明词汇刊》。存词十五首。

1. 顾璟芳：

作他人隐居词，却为自己写照，非真隐居人，未易到此。（评〔虞美人〕《顾氏隐居》）

《兰皋明词汇选》卷三

2. 沈雄：

王止仲国初遗老，有赋〔迎春乐〕用夹钟商调，赋〔解语花〕用林钟羽调。前辈之按律填词如此。

《古今词话·词话》下卷

3. 王昶：

王止仲行，国初遗老，其词亦几与邵蚁术相等，如〔虞美人〕、〔长相思〕，皆雅淡有高致。

《西崦山人词话》卷一

4. 丁丙：

止仲文踔厉风发，纵横排奡。诗格已清刚萧爽，列明“北郭十子”之中。词则清润妍雅，吐属韶秀，异乎平日桀骜之才。惜仅传十五阕，其〔秋水晴霞〕一阕下注即〔满江红〕，盖止仲自制新名也。

《善本书室藏书志》卷四十

5. 陈廷焯：

止仲小令与古人不相沿袭，自高结真佳句。（评〔如梦令〕“满眼落花飞絮”）

真有山林之癖，流连不置之神，如闻其声，如见其人。（评〔虞美人〕“黄花翠竹临溪处”）

《云韶集》卷十二

6. 陈廷焯：

真有山林之癖。清高绝俗。（评〔虞美人〕“黄花翠竹临溪处”）

《词则·别调集》卷三

7. 胡玉缙：

其词清润研雅，吐属韶秀，与其文之纵横排奡、其诗之清刚肃爽，别具一种笔墨，固知才人无施不可也。词凡十五阕，其〔秋水晴霞〕一阕下，注“即〔满江红〕”，盖自制新名。行具此才，厥后竟坐蓝玉党，与孙蕡论死，有才无命，非徒高启之被累于魏观矣。

《四库未收书目提要续编》（《续四库提要三种》）

8. 赵尊岳：

词十四阕，载于集中。词笔流畅，可与《眉庵》、《扣弦》相伯仲。〔解语花〕换头下云：“艳质固应低首。却羞惭秾丽，不似清瘦。也还知否？可人处，飞燕玉环都有。罗浮梦后，莫更问前村沽酒。但为教腻白娇红，镇年年如旧。”〔踏莎行〕下阕云：“细草春莎，垂杨古渡。忘机可得如鸥鹭。平湖却也慰人心，片帆不碍烟中树。”写景纾情，融情入景，此为词流第一要义。半轩庶喻之，而能通翰墨于神情之表者矣。

《惜阴堂汇刊明词提要·半轩词一卷》（《词学季刊》第二卷第一号）

9.《续修四库全书总目提要》：

凡十四阕，自其《半轩集》集中录出者，如〔一江春水〕、〔如梦令〕、〔青山相送迎〕，并清雅可读。〔踏莎行〕云：“细草春莎，垂杨古渡。忘机可得如鸥鹭。平湖却也慰人心，片帆不碍烟中树。”深入浅出，意兴婉曲，惜其不多见耳。集多新调，则明人之通病也。

《半轩词一卷提要》

史迁

史迁（生卒年不详）字良臣，号清斋，金坛（今江苏金坛）人。元末隐居，以教授为生。明洪武初，为蒲城令，升忻州守，后改廉州。有政声。工诗，著有《青金集》。赵尊岳裁其词，题为《青金词》，辑入《明词汇刊》。存词四首。

1.《续修四库全书总目提要》：

仅〔百字令〕三首，〔沁园春〕一首，共四首，并酬答之作也。然如《和王汝霖》〔百字令〕云："新来词翰，骇琼杯玉箪，灿然如雪。浩荡波澜无限意，慷慨为谁陈说。土苴功名，泥涂轩冕，偃蹇全孤节。傍人却道，虎头真是痴绝。　遥想文物衣冠，正承恩、天上五云宫阙。独对青山，扪虱坐静，阅仕途周折。翠竹黄花，红螺紫酒，林下秋容别。浩歌横放，举杯还问明月。"疏旷之中时露雅秀，亦非不能为词者也。

《青金词一卷提要》

刘炳

刘炳（生卒年不详）字彦炳（一作彦昺），以字为名，鄱阳（今江西波阳）人。元季兵乱时，与弟煜结里闬相保，以其孤军不振，辞归。洪武初，献书言事，平江西，授中书博士厅谘议典签，出为大都督府掌记，除东阿（今属山东）知县，旋引疾归，年六十九卒。事迹附《明史》卷二百八十五《王冕传》后。有《刘彦昺集》，附词一卷，赵尊岳裁其词，题为《鄱阳词》，辑入《明词汇刊》。存词十九首。

1. 赵尊岳：

词笔宛转如意，犹凤林草堂之遗。〔虞美人〕云："信陵门下簪缨客，寂寞头都白。重来无复□□□，上马台边不见旧郊游。"〔凤凰台上忆吹箫〕有云："河桥，当年惜别，翠雁湿啼痕，敛衽魂销。感新愁磊块，有酒难浇。行经红兰香歇，低颦念暮暮朝朝。银屏悄，定应晚妆，宫黛慵描。"又〔春草碧〕："莫问旧日江山，极多离别。却意锦帆游，迷宫阙。回首故园繁华，豪气五陵都消灭。断柳锁寒烟，潮声咽。"均韵雅可颂，明人至此，殊复未已。鄱阳足以厕诸青丘、诚意之大家者矣。

《惜阴堂汇刊明词提要·鄱阳词一卷》（《词学季刊》第二卷第一号）

董纪

董纪（生卒年不详）字良史，以字行，更字述夫，上海人。洪武十五年（1382）举贤良方正，擢江西按察使佥事。建文元年（1399），典南闱试。未几引疾归，结西郊草堂以终老。董纪词翰俱佳，与陆宅之、吴子愚相颉颃。著有《西郊笑端集》，词附。赵尊岳裁其词，题为《西郊笑端词》，辑入《明词汇刊》。存词六首。

1. 赵尊岳：

词稳沉淡泊，大有元代许鲁斋之风。其〔清平乐〕《初度》自况云："今初度……"又〔点绛唇〕云："睡起鸳帏……"此则清而入丽，措思命意，均极新颖之至。曰"谁在秋千，却是风来袅"，一转一入，深思多致，盖《元草堂》之余派也。以"情怀不好"作结，则是宋人小令往往有此，良史盖通于词事者矣。

《惜阴堂汇刊明词提要·西郊笑端词》）（《词学季刊》第二卷第一号）

高启

高启（1336—1374）字季迪，号槎轩，又号青丘子，长洲（今江苏苏州）人。元末隐居吴淞之青丘。洪武初（1368）授翰林院编修，诏修《元史》，累官户部侍郎。自陈年少不敢当重任，辞归，授书自给。洪武七年（1374）因替知府魏观作上梁文，获罪，腰斩于市，时年三十九岁。《明史》卷二百八十五有传。高启兼文才武略，博学工诗，尤邃史学。家北郭，与王行辈十人，号“北郭十友”；又以能诗，号“十才子”。诗雄浑雅健，自成一家。著有《高太史大全集》、文集《凫藻集》、词集《扣舷集》。赵尊岳据文瑞楼刊本裁其词，题为《扣舷词》，辑入《明词汇刊》。存词三十五首。

1. 陈霆：

张士诚据姑苏，凡高门大宅，悉为其权倖所占，计其一时歌钟甲第之富，舆马姬妾之盛，自谓安享乐成，永永无虑。孰知不五六年，烟灭云散，如高季迪之〔木兰花慢〕所慨是也。高词云：“笑匆匆梦短，人间事、几黄粱。早月坠筝楼，尘生戟户，草满毬场。美人尽为黄土，甚温柔、难把作仙乡。桃李一番狼藉，燕莺几许凄凉。　虚言地久与天长。沧海变耕桑。记花月当年，尽多欢乐，却少思量。门前久无系马，但栖鸦、临晚占垂杨。试问今来过客，有谁感叹斜阳。”盖盛衰不常，物理反复，虽贵侯世戚，且不能保其盈满，况于一时草窃者哉？（卷二）

高季迪〔寒夜曲〕云：“蕙火红销金鼎。鸦树不惊风静。多事月明来，照出小窗孤影。宵永。宵永。人与梅花俱冷。”诚亦可诵。季迪号称姑苏才子，与杨孟载辈齐名，他诗文未论，独于词曲，杨所赋类清便绮丽，颇近唐宋风致，而高于此殊为不及。岂非人

之才情各有独得之妙耶？高词予所选数首外，遗珠剩玉，盖不多见。乃知词令虽小道，至论高处，正未易易耳。（卷三）

往岁于士人家，获观钱舜举画芙蓉折枝，上题〔行香子〕一词……近阅《凫藻集》，乃知为高太史季迪所作。然予犹妄意其未尽美。盖其前阕有云："雁来时节，寒沁罗裳。"颇觉少切。而后阕云"暮柳成行"，与"吴苑池荒"等句疑稍牵强也。（卷三）

《渚山堂词话》

2. 王廷表：

本朝诸公于声律不到心，故于词曲未数数然也。高季迪之《扣舷》、刘伯温之《写情》，号为琤琤矣。

《升庵长短句跋》（《升庵长短句》卷首）

3.《柳塘词话》：

季迪十宫词，思深致远，不仅典赡见长也。即如〔长门怨〕云："君明犹不察，妬极是情深。"可以想见其情思。青邱乐府大致以疏旷见长，而〔石州慢〕又缠绵之极，绿杨芳草，年少抛人，晏元献何必不作妇人语？

沈雄《古今词话·词评》下卷引

4. 丁澎：

明人起而持将坠之绪，季迪、孟载舒清越之音，成都、太仓抗铮呟之调，铿锵盈耳，渢乎可味矣！

《东白堂词选序》（《东白堂词选》卷首）

5.《菊庄偶笔》：

明初高季迪〔石州慢〕云："落了辛夷，风雨顿催，庭院潇洒。春来长恁，乐章懒按，酒筹慵把。辞莺谢燕，十年梦断青楼，情随柳絮犹萦惹。难觅旧知音，把琴心重写。　天冶。忆曾携手，斗草阑连，买花帘下。看辘轳低转，秋千高打。如今何处，总有团扇轻衫，与谁共走章台马。回首暮山青，又离愁来也。"诸公数词，可为用韵之式，不独绮语之工而已。

《词苑萃编》卷十九引

6. 朱彝尊：

明初作手，若杨孟载、高季迪、刘伯温辈，皆温雅芊丽，咀宫含商。李昌祺、王达善、瞿宗吉之流，亦能接武。至钱塘马浩澜以词名东南，陈言秽语。俗气薰入骨髓，殆不可医。周百川、夏公瑾诸老，间有硬语。杨用修、王元美则强作解事，均于乐章未谐。

《词综发凡》(《词综》卷首)

7. 万树：

明兴之初，余风未免。青丘之体裁优秀，文成之风格高华，矩矱犹存，风流可想。

《词律序》(《词律》卷首)

8. 丁炜：

词既熄于明，刘、高、杨、瞿而后，鲜有继轨。

《词苑丛谈序》(《词苑丛谈》卷首)

9. 李葵生：

高公乐府，大约以疏旷见长，此作缠绵极矣。绿杨芳草，年少抛人，晏公何必不作妇人语？（评〔石州慢〕《感旧》）

《兰皋明词汇选》卷七

10. 郑方坤：

试看诚意、高、杨，制作质有其文；仍踵完颜、吴、蔡，手标多而且旨。降及用修、元美，则解事强作，啭喉罔叶宫商。迨夫祭酒、黄门，斯伪体别裁，咳唾皆成珠玉。

《古今词选序》(《古今词选》卷首)

11. 王初桐：

高青邱大致以疏旷见长，惟〔石州慢〕极缠绵之致。

《小嫏嬛词话》卷三

12. 谢章铤：

盖明自刘诚意、高季迪数君而后，师傅既失，鄙风斯煽，误以编曲为填词。故焦弱侯《经籍志》备采百家，下及二氏，而倚声一道缺焉，盖以鄙事视词久矣。升庵、弇州力挽之，于是始知有李唐、五代、宋初诸作者。其后耳食之徒，又专奉《花间》为准的，一若非《金荃集》、《阳春录》，举不得谓之词，并不知尚有辛、刘、姜、史诸法门。

《赌棋山庄词话》卷九

13. 丁丙：

启诗为明初“吴中四杰”之冠，词则原本别行，不入诗集，清新华妙，一如其诗。其时去南宋未远，虞集、张翥续其灯焰，明初一代之词，自以浙中刘诚意为冠冕，季迪雄长吴下，虽不足以继诚意，其和雅流丽，秀雅天成，亦足自立于词坛，非永乐后诸人所及也。

《善本书室藏书志》卷四十

14. 胡玉缙：

启诗才富健，允称巨擘。其词则驿骑于宋、元之间，虽未能深造，而和雅流利，秀雅天成，亦不愧为作手。盖诗人之言，清新华妙，与词人之妖冶淫荡者殊也，使终其天年，当不止是。乃知明祖之诛之，实天之忌之矣。

《四库未收书目提要续编》(《续四库提要三种》)

15. 陈廷焯：

明初如刘伯温、高季迪、杨孟载之流，尚沿虞伯生、张仲举之旧，无害风雅。

青邱词，信笔写去，不留滞于古，别有高境。

笔致自佳。情词婉转，感叹有神。(评〔行香子〕“如此红妆”)

此作句句精秀，虽非宋人风格，固自成明代杰作。“横波”七字，精湛而雄秀，真才人之笔。先生能言之，而终自不免，何也？

（评〔沁园春〕“木落时来”）

《云韶集》卷十二

16. 陈廷焯：

词至于明，而词亡矣。明初如杨孟载、高季迪、刘伯温辈，温丽芊绵，去两宋不远。至李昌祺、王达善、杨升庵之流，风格稍低，犹堪接武。自马浩澜辈出，淫词秽语，风雅扫地。明末陈人中为一时杰出，但气数近小，国运使然。

《词坛丛话》

17. 陈廷焯：

词至于明，而词亡矣。伯温、季迪，已失古意。降至升庵辈，句琢字炼，枝枝叶叶为之，益难语于大雅。自马浩澜、施阆仙辈出，淫词秽语，无足置喙。明末陈人中能以秾艳之笔，传凄婉之神，在明代便算高手。然视国初诸老，已难同日而语，更何论唐、宋哉。

高季迪〔沁园春〕《雁》云：“陇塞间关，江湖冷落，莫恋遗粱犹在田。须高举，教弋人空慕，云海茫然。”托意高远。先生能言之，而终自不免，何耶？

《白雨斋词话》卷三

18. 王国维：

明初诚意伯词，非季迪、孟载诸人敢所望也。

《人间词话删稿》

19. 王国维：

有明一代，乐府道衰。《写情》、《扣舷》，尚有宋元遗响，仁宣以后，兹事几绝。独文愍（夏言）以魁硕之才，起而振之。豪壮典丽，与于湖、剑南为近。

《人间词话附录》一

20. 吴梅：

青邱乐府，大致以疏旷见长。〔行香子〕《赋芙蓉》，亦一时传诵者也。

《词学通论》第九章

21. 赵尊岳：

词凡三十二首，虽较柔脆，而思理才情，咸臻上乘。旖旎特甚者，如〔江城子〕：“芙蓉裙钗最宜秋。柳边头。自撑舟。一道眼波、斜共晚波流。蓦地逢人回首笑，不识恨，却知羞。”〔天仙子〕：“此夜江云迷叠嶂，好梦欲归难倚杖。已凉未冷恼人天，眠一晌，坐一晌，白发朝朝应几丈。”其雄放者，如〔沁园春〕：“摩挲旧剑生苔。叹同掩衡门尽草莱。视黄金百镒，已随手去，素丝几缕，欲上头来。莫厌栖栖，但存耿耿，得失区区何足哀。”亦颇足观也。

《惜阴堂汇刊明词提要·扣弦词一卷》（《词学季刊》第二卷第一号）

22. 赵尊岳：

明代开国时，词人特盛，且词亦多有佳作。如刘基、高启、杨基、陶安、林鸿诸作，均多可取。虽诸家多生于元季，尚沐赵宋声党之遗风，然刘、高诸词，竟可摩两宋之壁垒，而姑苏七子等，要亦多能词者，不可不谓为开国时风气所使然也。

《惜阴堂汇刻明词记略》（《明词汇刊》附）

23. 赵尊岳：

开国之时，流风未沫，青田、扣舷、眉庵、清江诸子，一理绵密，韵调流莫，虽不能力事骞举，要不失为大家，杂之《凤林》，诚无多让。姑苏七子，北郭诗流，咸有篇章，足资讽籀。此其大辂椎轮，承逊国之芳矩；朗吟低唱，开新朝之文献者，固足抗乎一时，平视弃世者已。

《惜阴堂明词丛书叙录》（《明词汇刊》附）

24. 陈声聪：

金之亡，犹有元遗山、赵闲闲；元之入主，犹有赵子昂、萨都刺诸人，足以扶持大雅，至明则真无词矣。朱元璋杀戮太甚，书种欲尽，元气一衰，后终难振。二百余年之天下，所为词，舍诚意伯、高青邱一二人外，皆《花间》、《草堂》之残渣余沥耳。

《读词枝语》

25. 张伯驹：

元以曲盛而词衰，至明初，词只刘青田、宋金华、高青邱数家耳。朱元璋残酷之余，继以暴主凶阉，文人天籁，为其束缚，而词亦不振。

《丛碧词话》

26. 朱庸斋：

明词鄙陋，多无足道者，《明词综》所收，率皆纤仄靡若之作，即如国初刘基、高启，亦有意而无辞，殆未得两宋精神之什一。

《分春馆词话》卷四

27.《续修四库全书总目提要》：

是编凡三十二阕，《古今词话》云：青邱乐府，大致以疏旷见长。盖启天资聪颖，故所作圆融流丽，工力虽未臻两宋，然在明初词中，自可名其家矣。其最著〔行香子〕《咏芙蓉》云："如此红妆。不见春光。向菊前莲后才芳。雁来时节，寒沁罗裳，正一番风，一番雨，一番霜。　兰舟不采，寂寞横塘，强相依暮柳成行。湘江路远，吴苑池荒。恨月蒙蒙，人杳杳，水茫茫。"可谓极清远绸缪之致者矣。启尝《题宫女图》诗云："女奴扶醉踏苍苔，明月西园侍宴回。小犬隔花空吠影，夜深宫禁有谁来。"世传因此贾祸，盖为传会之说。然其〔沁园春〕《咏燕》词云："须高举，教弋人空慕，云海茫然。"托意高远，而终不免于祸，此陈廷焯所以为之感叹也。

《扣弦词一卷提要》

瞿佑

瞿佑（1347—1433）字宗吉，号存斋，又号吟堂。钱塘（今浙江杭州）人。洪武间，为仁和训导、临安教谕，后迁周王府长史。永乐间，因作诗获罪，谪戍保安十年。洪熙元年（1425），遇赦放还，复原职。不久辞世。少有诗名，深受元末著名诗人杨维桢之赏识及凌云翰之赏拔。瞿佑博学有才气，著述丰富，有《香台集》、《咏物诗》、《存斋遗稿》、《归田诗话》、《剪灯新话》等20余种。词集名《乐府遗音》，最早刊本为明天顺刊本。赵尊岳仍其名，辑入《明词汇刊》。存词二百二十五首。

1. 陈敏政：

存斋瞿先生……尤长于诗词，□通音律，其所作乐府，皆可咏可歌……长短句、南北词直与宋之苏、辛诸名公齐驱。非独词调高古，而其间寓意讽刺，所以劝善而惩恶者，又往往得古诗人之遗意焉。

《乐府遗音序》（《乐府遗音》卷首）

2. 徐伯龄：

瞿存斋宗吉题菊作《点绛唇》，极蕴藉，令人悦妙。其词云："花禀中黄，挺然独立风霜表。冒寒闲来。占得秋多少。　正是重阳，蝶乱蜂儿绕。归田早。为谁倾倒。有个柴桑老。"

《蟫精隽》卷五

3. 陈霆：

刘后村作〔摸鱼儿〕，以咏海棠。后阕云："君试论。花共酒、古来二字天犹吝。年光更迅。漫绿叶成荫，青苔满地，做取异时恨。"旧见瞿山阳〔摸鱼儿〕尾云："怕绿叶成荫，红花结子，留作异时恨。"殆全用后村句格。或者宗吉诵刘词久熟，不觉用为己

语耶？不然，则连盗数语言，恐渠亦自知避。（卷一）

昔人谓：凡诗言富贵者，不必规规然语夫金玉锦绮。唯言气象，而富贵自见，乃为真知富贵者。予谓瞿山阳一曲有之。〔巫山一段云〕云："扇上乘鸾女，屏间跨鹤仙。博山香袅水沉烟。飞燕蹴筝弦。　　水簟波痕细，风车月晕圆。银瓶引绠汲新泉。培养并头莲。"（卷一）

瞿宗吉，号山阳道人，有《余清》及《乐府遗音》等集，皆南词也……宗吉工诗词，其所作甚富。然予所取者止十余阕，惜其视宋人风致尚远。

聚景园有故宋宫人殡宫，瞿宗吉尝作〔木兰花慢〕云："记前朝旧事，曾此地，会神仙。向月地云阶，闲携翠袖，来拾花钿。繁华总随流水，叹一场，春梦杳难圆。废港芙蕖滴露，断堤杨柳摇烟。　　两峰南北只依然。辇路草芊芊。怅波冷山空，翠销凤盖，红没龙船。平生银屏金屋，黯漆灯，无焰夜如年。落日牛羊陇上，西风燕雀林边。"瞿词虽多，予所赏爱者此阕为最。然瞿有咏金故宫白莲词，即用此腔，而语意亦仍之。首云："问前朝旧事，曾此地，会神仙。"即此起句也。是知此词为瞿得意者，故叠用如此。

僧如晦作《春归》云："有意送春归，无意留春住。毕竟年年用着来，何似休归去。　　目断楚天遥，不见春归路。风急桃花也似愁，点点飞红雨。"瞿宗吉一曲云："双蝶送春来，双燕衔春去。春去春来总属人，谁与春为主。　　一阵雨催花，一阵风吹絮。惟有啼鹃更迫春，不放从容住。"二词皆咏春归，皆寄〔卜算子〕。然比而观之，如晦则意高妙，宗吉则语清峭，殆不相伯仲也。（卷二）

瞿宗吉寓姑苏，作〔八声甘州〕以自遣。首阕云："荷危楼、翘首问天公，何时故乡归。对碧云千里，绿波一道，山色周围。风景不殊畴昔，城郭是耶非。满目新亭泪，独自沾衣。"其自叙云：

“丙午秋，重到姑苏，登楼有作。”按丙午乃至正二十六年，时张士诚尚据姑苏。明年丁未灭亡，则是时张之国势盖蹙矣。初，士诚称吴王，不惜美官丰禄以招徕天下之士。凡前元不得志者，悉投之。宗吉薄游姑苏，岂亦谋禄仕之计耶？然宗吉以至正丁亥生，屈指至丙午，年才弱冠。即其再游姑苏，非必汲汲于营进也。特以采采故耳。继此则返棹。丁未燕巢之祸，脱不预焉。其视张思廉等有间矣。（卷三）

《渚山堂词话》

4. 田汝成：

宗吉风情丽逸，见之诗篇者，往往有歌扇舞裙之兴，金公素谓之司空见惯者，诚然也。夏时正修《杭州府志》，独不录其诗词，而白、苏、杨、萨，偎红倚翠之篇，悉皆裒采，岂非贵耳而贱目者哉！

《西湖游览志余》卷十二

5. 钱谦益：

宗吉风情丽逸，著《剪灯新话》及乐府歌词，多偎红倚翠之语，为时传诵。

《列朝诗集小传》乙集

6. 徐士俊：

清华之气，扑面而来。（评〔满庭芳〕“露苇催黄”）

《古今词统》卷十二

7.《乐府纪闻》：

宗吉少为杨廉夫所知，父士衡以鞋杯行酒令，赋〔沁园春〕称善，廉夫为延誉于四方。永乐中，以诗祸谪戍保安。尝居西湖富清楼，制〔摸鱼子〕十首，曰《西湖十景》，梅深张子成，赋〔应天长〕，草窗周公谨，赋〔木兰花慢〕，皆晚宋名家。惜工夫有余而气韵不足，故每篇末必寓以伤感焉。

沈雄《古今词话·词评》下卷引

8. 朱彝尊：

明初作手，若杨孟载、高季迪、刘伯温辈，皆温雅芊丽，咀宫含商。李昌祺、王达善、瞿宗吉之流，亦能接武。至钱塘马浩澜以词名东南，陈言秽语，俗气熏入骨髓，殆不可医。周白川、夏公谨诸老，闲有硬语，杨用修、王元美则强作解事，均与乐章未谐。

《词综发凡》(《词综》卷首)

9. 李葵生：

宗吉西湖四时词何其富丽，今秋泛又若此平淡，殆绚烂之极与？(评〔锁窗寒〕《西湖秋泛》)

《兰皋明词汇选》卷六

10. 佟世南：

至故明《写情》、《湘真》二集，高朗秀艳，得两宋轨则，余如瞿、王、二杨诸子，惟以追逐字句点染为工，求其风流蕴藉、句韵天然者，渺难觏矣！

《东白堂词选初集小引》(《东白堂词选初集》)

11. 丁炜：

词既熄于明，刘、高、杨、瞿而后，鲜有继轨。

《词苑丛谈序》(《词苑丛谈》卷首)

12. 厉鹗：

两宋词派……为时所称。元时嗣响，则张贞居、凌柘轩。明瞿存斋稍为近雅；马鹤窗阑入俗调，一如市侩语，而清真之派微矣。

《吴尺凫玲珑帘词序》(《樊榭山房文集》卷四)

13. 王初桐：

瞿存斋词，多偎红倚翠之语。凌彦翀于宗吉为大父行，彦翀作〔霜天晓角〕《梅词》、〔柳梢青〕《柳词》各一百首，号《梅柳争春》，宗吉一日尽和之，以此知名。

《小娜嬛词话》卷三

14.《四库全书总目》：

《乐府遗音》五卷，明瞿佑撰……是集自卷一至卷二皆古乐府，自卷三至卷五皆词曲。其古乐府绮靡软熟，近于温李，不出元末习气；词欲兼学南北宋，反致夹杂不纯，殊不称其名也。

《乐府遗音提要》（《四库全书总目》卷二百）

15. 丁丙：

先生词欲兼学南北，体制杂糅，而笔意浅率，雅令殊鲜。明自高季迪以后，杨升庵以前，词学之衰一百余年，因重乡先生遗著，特存之。

《善本书室藏书志》卷四十

16. 陈廷焯：

宗吉多倚红偎翠之语，风气之坏极于马浩澜，实宗吉、铁崖之流作之俑也。故所选从略。

此在杨铁崖席上作也。时杭妓甚美，以鞋杯行酒，铁崖命宗吉咏之，宗吉就席上作〔沁园春〕一阕，铁崖大喜，即令侍妓歌以侑觞，因袖其稿而去。（评〔沁园春〕"一掬娇春"）

《云韶集》卷十二

17. 周庆云：

有《乐府遗音》五卷、《余清词》一卷。风情丽逸，多偎红倚翠之语，为时传诵。

《历代两浙词人小传》卷五

18. 刘毓盘：

张以宁、王蒙、高明、瞿佑诸家皆以元人入明，《明词综》亦谓明初人。词犹沿道园、蜕岩之旧，不乖于风雅者也。

《词史》第九章

19. 吴梅：

宗吉风情丽逸，著《剪灯新话》及乐府歌词，多偎红倚翠之语，为时传诵。及谪戍保安，当兴安失守，边境萧条。永乐己亥，降佛曲于塞外，选子弟唱之。时值元宵，作〔望江南〕五首，词旨凄绝，闻者皆为泣下……词不多作，四声平仄，时有舛失，而琢语固精胜也。

《词学通论》第九章

张宇初

张宇初（1359—1410）字子璇，又字信甫，号无为子，贵溪（今江西贵溪）人。洪武十年（1377）袭为第三十四代天师掌天下道教事，应诏见奉天殿。永乐八年示疾，书诵而逝。张宇初善画竹兰及山水。著有《岘泉集》，词附。赵尊岳裁其词，题为《岘泉词》，辑入《明词汇刊》。存词十二首。

1. 赵尊岳：

诗笔清利绝俗，词亦道园之一流也。

《岘泉词跋》（《岘泉词》卷后）

2. 赵尊岳：

道流为词，白玉蟾要为首唱，虞道园每绍宗风。然道陵嫡系，初少传位，惟正、嘉间贵溪张宇初为天师哲嗣，所著《岘泉集》附词，阐龙虎之金诀，发丹华之玉音，斯为词人之别裁，亦《鸣鹤》所不废者。

《惜阴堂汇刻明词记略》（《明词汇刊》附）

3. 赵尊岳：

张宇初为天师嫡胤，《岘泉》一卷，比鼓吹于蓬莱。

《惜阴堂明词丛书叙录》（《明词汇刊》附）

马晋

马晋（生卒年不详）字孟昭，吴县人。仕明初。

1. 郎瑛：

成化间，仁和教谕聂大年，以诗书名世。人来乞书，多以东坡〔行香子〕、马晋〔满庭芳〕应之。二词一言不必深究学问，一言仕宦亦劳，皆不如隐逸之乐也……《满庭芳》云："雪渍疏髯，霜侵衰鬓，去年犹胜今年。一回老矣，堪叹又堪怜。思昔青春美景，除非是、月下花前。谁知道，金章紫绶，多少事忧煎。　侵晨骑马出，风初暴横，雨又凄然。想山翁野叟，正尔高眠。更有红尘赤日，也不到、松下林边。如何好，吴松江上，闲了钓鱼船。"

《七修类稿》卷三十四

林鸿

林鸿（生卒年不详）字子羽，福清（今福建福清）人。洪武朝在世。洪武初，以人才荐至京师，以《龙池春晓》、《孤雁》二诗称旨，名动京师。官至礼部精膳司员外郎。自免归。与郑定、王褒、唐泰、高棅、王恭、陈亮、王偁、周玄、黄玄并称为“闽中十才子”，鸿为冠，闽人言诗者多本于鸿。《明史》卷二百八十六有传。著有《鸣盛集》四卷，词存集中。赵尊岳裁其词，题为《鸣盛词》，辑入《明词汇刊》。存词三十首。

1. 徐伯龄：

国初三山林鸿子羽，尝作〔苏武慢〕八章，旷视一世，今录其四云：“家本儒流，身穿缝掖，出入义途仁里。洞鉴心机，冥搜海岳，博得一贫如洗。作赋南宫，吟诗北苑，万句不如杯水。问先生、何苦如斯，祗是好之不已。　最爱是、竹寺秋眠，花楼夜饮，醉倒不知天地。礼法之徒，是非评论，看得不如蝼蚁。勘破兴亡，超乎流俗，莫怪不营生理。吐胸中、万斛珠玑，几个富人能比。”豪气为何如哉？

《蟫精隽》卷九

2. 胡应宸：

词以情胜，而真者为难。宜红桥发函感念成疾也。（评〔摸鱼儿〕《寄红桥》）

《兰皋明词汇选》卷八

3. 沈雄：

闽中良家女张红桥，平日欲得才如李青莲者方字之。林鸿投诗，红桥称善，遂委身焉。林游金陵作〔念奴娇〕留别，红桥次韵答之，后段云：“还忆浴罢描眉，梦回携手，踏碎花间月。谩道胸前怀豆蔻，今日总成虚设。桃叶津头，莫愁湖畔，远树香云叠。寒灯旅底，荧荧与谁闲说。”胡颖瑗曰，〔念奴娇〕赠答二首，一则打算归来，一则商量去后，情事如见。

《古今词话·词话》下卷

4. 谢章铤：

张红桥与林子羽唱和，艳传艺苑，二人皆能倚声。子羽之金陵，有《寄怀》〔百字令〕一阕，红桥亦有和词。今检《明词综》，只载红桥，而子羽不载，子羽《鸣盛集》，尚有词十数阕，《明词综》俱不入选。为录于此，真佳话也。子羽云：“钟情太甚，人笑我、到老也无休歇。月露烟云多是恨，况与玉人离别。软语叮咛，柔情婉恋，熔尽肝肠铁。旗亭把酒，水流花落时节。　应念翠袖笼香，玉壶温酒，夜夜银屏月。蓄喜含嗔多少态，海岳誓盟都设。此去何之，碧云春树合。晚峰千叠。图将羁思，归来细与伊说。”（卷五）

读其词集，复见其〔蝶恋花〕《红桥忆别》，有“锦屏翠幄留春住”之句，〔玉漏迟〕《记红桥故人春游》，有“偏付与容华，称颦宜笑”之句，〔摸鱼儿〕《书情》云：“记红桥，少年游冶，多少云情雨趣。金鞍几度归来晚，香靥笑迎朱户。肠断处。数半醉微醒，灯暗夜深语。问情几许。情应似、吴蚕吐茧，撩乱万千绪。　离别处。淡月乳鸦啼曙。泪痕坠，红袖污。海怀遐想何年了，空寄锦囊佳句。春欲去。恨不得长绳，系日留春住。相思最苦。莫道不销魂，衷肠铁石，涕泪也如雨。”愈征其倾倒之至矣。又其《钱塘舟中述怀》填〔满庭芳〕云：“小雨催寒，轻烟弄晚，空江一望模糊。片帆东去，谁念旅怀孤。寒雁连翔欲下，还惊起相应相呼。栖泊处，拥篷敧枕，清梦绕菰蒲。　还思行乐处，有高阳酒侣。洛浦娇姝。空赢得半生，酒困诗癯。不道年来憔悴，但顾影、冷笑微吁。螺江上，天公还肯，容我钓鲈鱼。”子羽词不失南宋清疏之气，在明初即置之刘诚意、高青邱间，亦复何惭作者。况红桥留别之篇？康熙时，徐电发纂本事诗，备采于集，炳炳在人耳目前。王述庵竟一字不登，其疏甚矣。

自明以来，词学道微，不独倚声无专家，即能分句读者亦少。近刻子羽《鸣盛集》，目其词为词话，此何说耶？（卷六）

《赌棋山庄词话》

5. 刘毓盘：

以诗词与张红桥相往还，遂为夫妇。《闲情集》录其《游金陵留别》〔百字令〕词曰："软语丁宁，柔情婉转，镕尽肝肠铁。"又曰："此去何之，碧云红树，早晚峰千叠。图将羁恨，归来重与伊说。"又红桥答词后片曰："还记浴罢描眉，梦回携手，踏碎空梁月。漫道胸前怀豆蔻，今日总成虚设。桃叶津头，莫愁湖畔，远树烟云叠。寒灯孤枕，相思谁与闲说。"一则打算归来，一则商量去后，闺房唱和，当于画眉。以视陆游弃妻唐婉〔钗头凤〕词，适得其反也。

《词史》第九章

6. 赵尊岳：

遗著题《鸣盛集》，词附，都三十一首。就中〔蝶恋花〕，则红桥所作孱入者也。其和虞道园、冯尊师之〔苏武慢〕凡八首。外此二十二首，词笔雅整，而不免于弱。其佳者如〔玲珑四犯〕《怀古》下半阕云："无人会，凭高意。黯魂消故国，双垂清泪。萧萧残月下，叠鼓连云起。仲宣老去乡情切，叹牢落风尘如寄。更多少春愁，问归来燕子。"又〔小重山〕："云浪涨琼川，雁书知道否，日南边？双垂啼涕望南天。丹心苦。惟有月同悬。"亦尚疏俊，然未足遽谓为名家也。

《惜阴堂汇刊明词提要·鸣盛词》(《词学季刊》第二卷第一号)

7. 赵尊岳：

明代开国时，词人特盛，且词亦多有佳作。如刘基、高启、杨基、陶安、林鸿诸作，均多可取。虽诸家多生于元季，尚沐赵宋声党之遗风，然刘、高诸词，竟可磨两宋之壁垒，而姑苏七子等，要亦多能问者，不可不谓为开国时风气所使然也。

《惜阴堂汇刻明词记略》(《明词汇刊》附)

周玄

周玄（生卒年不详）字微之，号又玄，闽县（今福建福州）人。永乐中，官礼部员外郎。与黄玄皆出林鸿之门，人称“二玄”。与林鸿、郑定、王褒、唐泰、高棅、王恭、陈亮、王偁、黄玄并称为“闽中十才子”。其诗瑰奇悲壮。著有《宜秋集》，词附。存词二首。

1. 谢章铤：

周微之玄名在十才子中，于林子羽鸿又为高足。永乐间，以文学徵授礼部祠祭司员外郎。徐兴公㶿称其诗瓌奇悲壮，又称其《揭天谣》酷类李长吉。集名《宜秋》，道光间福鼎王遐春付梓。末附诗余六阕，残讹不可句读者居半。〔唐多令〕云：“明月上高楼。青天一片愁。旧江山、几度同游。纵道婵娟千里共，终不似、故园秋。　洒泪寄东流。相思梦到不。刺桐花、发遍沧洲。醉里风光都过了，更何处、系孤舟。”颇有南宋大家风味。玄一字又玄，与十子中黄玄并名，称二玄。

《赌棋山庄词话》卷五

张红桥

张红桥（生卒年不详）闽中才女。居闽县红桥之西，因号“红桥”。雅丽有诗名，与“闽中十子”之首林鸿深相契好，唱和甚多，遂缔婚焉。后鸿适金陵，作〔大江东去〕一阕，留连惜别。又明年，鸿自金陵寄〔摸鱼儿〕一阕，绝句四首。张自鸿去后，独坐小楼，顾影欲绝。及见鸿诗词，感念成疾，不数月而卒。存词三首。

1. 沈雄：

闽中良家女张红桥，平日欲得才如李青莲者方字之。林鸿投诗，红桥称善，遂委身焉。林游金陵作〔念奴娇〕留别，红桥次韵答之，后段云：“还忆浴罢描眉，梦回携手，踏碎花间月。谩道胸前怀豆蔻，今日总成虚设。桃叶津头，莫愁湖畔，远树香云叠。寒灯旅底，荧荧与谁闲说。”胡颖瑗曰：〔念奴娇〕赠答二首，一则打算归来，一则商量去后，情事如见。

《古今词话·词话》下卷

2. 王昶：

张红桥聪敏善属文，欲得才如太白者字之，于是操觚之士率以五七字为媒，红桥都不属意。福清林子羽鸿过其居，以诗投赠，红桥援笔酬答，遂好合焉。越一年，鸿有金陵之游，唱和〔大江东〕一阕，留连惜别，有“还忆浴罢描眉，梦回携手，踏碎花间月”之句。自鸿去后，感念成疾卒。鸿归，哀痛欲绝。及见床头有〔蝶恋花〕词，益悲不自胜，作哀词酹之。子羽亦能词，在金陵时，有〔摸鱼子〕相寄，今不可考。

《西崦山人词话》卷二

3. 丁绍仪

宋时词学盛行，然夫妇均有词传……至元时赵文敏、管夫人，明时杨升庵、黄夫人，林子羽、张红桥，叶仲绍、沈宛君，沈君庸、张倩倩，闺房酬唱，世艳称之，此外亦不多觏。（卷八）

明女士张红桥寄外〔蝶恋花〕云："记得虹桥西畔路。郎马来时，系暖垂杨树。漠漠梨云和梦度。锦屏翠幕留春住。"亦三十字，即谓为单调，似无不可。有称〔黄金缕〕者，盖取冯延巳"杨柳风轻，展尽黄金缕"句名之。（卷十一）

《听秋声馆词话》

4. 陈廷焯：

红桥少所许可，其风骨自高，词存不多，却非他人能及。

红桥寄此词后，独坐小楼，感念而卒。余《白雨斋笔谈》中详录其唱和诸诗，不独工长短句也。通篇情词俱妙，一时杰作。（评〔念奴娇〕"凤凰山下"）

《云韶集》卷十三

5. 陈声聪：

明代闺襜之词颇盛，如杨慎之室黄氏，赵宧光之室陆卿子，叶绍袁之室沈宜修，张立平之聘室叶小鸾，林鸿之室张红桥，乃至名伎如马守贞、王修微等，王昶《明词综》中所列，将及百人，皆有词，虽停当有余，而出色者少……旧时妇女，足不出户，依人为活，除了攀花折柳，惜别伤春，尚有何物可以自由抒发耶？

《读词枝语》六十九

花纶

花纶，仁和人。少聪慧，有词藻，相传年十八及第，与黄观、练子宁同为明洪武十八年（1385）进士。后曾谪戍云南。存词一首。

1. 杨慎：

杭州花纶，年十八，黄观榜及第三人。初读卷官进卷，以花纶第一，练子宁第二，黄观第三。御笔改定以黄第一，练第二，花第三。南京谚有“花练黄、黄练花”之语。故后人犹以花状元称之。其题科名记及登科录，皆以黄练二公死革除之难剗毁，故相传多误。花有词藻，其谪戍云南，有题杨太真画图〔水仙子〕一阕云：“海棠风，梧桐月，荔枝尘。霓裳舞，翠盘娇，绣岭春。锦绷嬉，金钗信，香囊恨。痴三郎，泥太真。马嵬坡，血污游魂。杨柳眉、侵鞶黛损。芙蓉面、零脂落粉。牡丹芽、剪草除根。”其风致不减元人小山、酸斋辈。滇人传唱，多讹其字，余为订之云。

《词品》卷六

胡俨

胡俨（1361—1443）字若思，号颐庵，南昌（今江西南昌）人。洪武三十年（1397），会试乙科，以举人授华亭教谕。建文元年（1399），荐授桐城知县。永乐元年（1403），荐入翰林，与解缙等七人入内阁。后拜国子监祭酒。永乐八年兼侍讲，掌翰林院，辅导皇太孙监国。洪熙元年（1425），加太子宾客，致仕归，闲居终老。《明史》卷一百四十七有传。胡俨嗜学博闻，凡天文、地理、历律、医卜，均极通晓，又长于书画。修《太祖实录》、《永乐大典》时，皆为总裁官。为人刚正，持论切直，与世俗不谐。善属文，工诗词。著有《颐庵集》，赵尊岳辑其词为《颐庵诗余》入《明词汇刊》。存词十五首。

1. 陈廷焯：

实写景，四句不杂一他意，古有此格，但措词微软耳。（评〔三台令〕“楼上角声呜咽”）

《云韶集》卷十二

2. 赵尊岳：

凡词七首，均小令，风致楚楚，尚能浑成，窥前人之堂庑。〔三台令〕曰：“坐稳锦茵重叠，醉来乌帽欹斜，谁遣青蛾斗目，可怜银海生花。”又：“楼上角声呜咽，天边斗柄横斜。酒醒风惊帘幕，漏残月在梅花。”均情深于文，得北宋小令之遗音，以直见长。其更深者，则以拙见重。此所云拙，虽复未至，而不得谓之非以直笔写幽情。明词至此，亦固不可厚非者矣。

《惜阴堂汇刊明词提要·颐庵诗余》（《词学季刊》第二卷第一号）

王偁

王偁（1370—1415）字孟扬，先世为西夏唐兀氏，父王翰元末为潮州路总管、福建行省参知政事，元亡隐居永福（今福建永泰），因为永福人。洪武二十三年（1390）领乡荐。永乐初，征至京师，授国史院检讨，充《永乐大典》副总裁官。后因解缙事，连及系狱而死。《明史》卷二百八十六有传。王偁学博才雄，最为解缙所推重。著《虚舟集》，词附。赵尊岳析其词，题为《虚舟词》，辑入《明词汇刊》。存词二首。

1. 赵尊岳：

其〔唐多令〕一首，附在集中，取法龙洲，得其神似。盖龙洲此词，清而能雄，豪而不犷，事外远致，神韵欲流，故足以传诵人口，而虚舟能得其精义所在，斯可贵也。其下半阕云："前日记重游，相看渐白头。赋青蘋，谁更悲秋？却恋晚峰云外笛，沧海意，付扁舟。"其曰"相看渐白头"，宋人语也。"沧海意，付扁舟。"有绕梁之余音。以凌云之志，作无尽之思，虚舟其庶几乎？

《惜阴堂汇刊明词提要·虚舟词》(《词学季刊》第二卷第一号)

铁铉

铁铉（1366—1402）字鼎石，邓县（今河南邓州）人。明洪武中，由国子监生授礼科给事中，调都督府断事。建文初年，为山东参政，拜兵部尚书。卒于靖难之变。《明史》卷一百四十二有传。存词一首。

1. 刘毓盘：

惠宗诸臣，勇于死节者，莫如铁铉。铉能小词，亦广平梅花之赋也。

《词史》第九章

解缙

解缙（1369—1415）字大绅，一字缙绅，号春雨，吉水（今江西吉水）人。洪武二十六年（1393）进士，授中书庶吉士。尝草疏万言，指斥时政，改御史。成祖即位，擢侍读，命与黄淮、杨士奇等入直文渊阁，参与机务。累进翰林学士，兼右春坊大学士，主持修撰《太祖实录》、《永乐大典》。因赞立太子，为汉王高煦所恶，谪广西布政司参议。后高煦又谮以“私觐太子”、“无人臣礼”，治罪下狱。永乐十三年（1415），被埋积雪中死去。成化元年（1465），诏复官，赠朝议大夫。《明史》卷一百四十七有传。解缙才气放逸，工诗文，善为狂草。才名显赫，倾动海内。著有《春雨斋集》十卷，《学士集》三十卷。赵尊岳析出其词，题为《解学士诗余》，辑入《明词汇刊》。存词三首。

1. 郎瑛：

永乐中秋，上方开宴赏月，月为云掩，召解缙赋诗。遂口占〔落梅风〕一阕，其词云：“嫦娥面，今夜圆。下云帘，不著臣见。拼今宵倚栏不去眠，看谁过广寒宫殿。”上览之欢甚。复命赋长篇，又成长短句以进，歌曰：“吾闻广寒八万三千修月斧，暗处生明缺处补。不知七宝何以修合成，孤光洞彻乾坤万万古。三秋正中夜当午，佳期不拟嫦娥误。酒杯狼藉烛无辉，天上人间隔风雨。玉女莫乘鸾，仙人休伐树。天柱不可登，虹桥在何处。帝阍悠悠叫无路，吾欲斩蜍蛙、磔其兔。坐令天宇绝纤尘，世上清霄粲如故。黄金为节玉为辂，缥缈鸾车烂无数。水晶帘外河汉横，冰壶影裹笙歌度。云旗尽下飞玄武，青鸾衔书报王母。但期岁岁奉宸游，来看霓裳羽衣舞。”上益喜，同缙饮。过夜半，月复明朗。上大笑曰：“子才真可谓夺天手段也。”

《七修类稿》卷二十九

2. 沈德符：

世传中秋无月词，如永乐中，上开宴，月为云掩，命学士解晋赋诗，因口占〔落梅风〕以进云：“嫦娥面，今夜圆。下云帘，不着臣见。拼今宵倚栏不去眠，看谁过广寒宫殿。”上大喜，复命以此意赋长歌。半夜月复明，上大喜曰：“才子可谓压天手段也。”按此词虽佳，不如金海陵炀王在汴京作〔鹊桥仙〕词云：“停杯不举，停歌不发，等候银蟾出海。是谁遮定水晶宫，作许大、通天障碍。　　虬髭捻断，星眸睁裂，犹恨剑锋不快。一挥挥断采云根，要看嫦娥体态。”似更雄快可喜。

《万历野获篇》卷一

3. 李葵生：

解以天纵之颖，咳吐珠玑，而此词遂见赏于文皇。一时遭遇之盛，可想见云。（评〔落梅风〕《中秋望月应制》）

通首闲寂。（评〔长相思〕《寄友》）

《兰皋明词汇选》卷一

4. 顾璟芳：

余尝以春雨似汉贾长沙观“世态”、“山中”二语，亦涉湘吊屈之意乎？（评〔满江红〕《寄萧时徽兄弟》）

《兰皋明词汇选》卷六

杨荣

杨荣（1371—1440）初名子荣，字勉仁，建安（今福建建瓯）人。建文二年（1400）进士，授编修。成祖时入文渊阁，为更名荣。仁宗立，累进谨身殿大学士、工部尚书。宣德中，加少傅。正统三年（1438），进少师。五年卒，赠太师，谥文敏。《明史》卷一百四十八有传。杨荣有才智，见事敏捷。历事四朝，有谋能断。与杨士奇、杨溥并入阁，时称“三杨”，为“台阁体”诗派代表人物之一。诗文皆雍容平易，肖其为人。著有《杨文敏公集》，词附。赵尊岳裁其词，题为《杨文敏公词》，辑入《明词汇刊》。存词十首。

1. 赵尊岳：

词笔亦富丽，多应制之作，犹大晟月节之遗音也。〔西江月〕云：“箫鼓教坊闲奏，锦袍玉佩联翩。彩球击罢听传宣。竞挽雕弓飞箭。　柳外争夸中白，花前捷报飞传。香尘起处正回鞭，万岁嵩呼舞抃。”又〔瑞鹤仙〕换头云：“凝望。琼装万树，绣簇千花，倚天屏障。群仙庆会三岛上，共欢赏。有飙轮鸾鹤，飘飘天际，羽盖缤纷彩仗。”则曾觌、万俟雅言之流音矣。

《惜阴堂汇刊明词提要·杨文敏公词一卷》）（《词学季刊》第二卷第一号）

王达

王达（生卒年不详）字达善，号耐轩居士，无锡（今江苏无锡）人。约生活在明洪武、永乐年间，当生于元末。洪武初，举明经，为本县训导，荐升国子助教。永乐初累官侍读学士。王达博通经史，著有《天游集》、《耐轩集》等。其《耐轩词》有多种版本。存词二十七首。

1. 朱彝尊：

明初作手，若杨孟载、高季迪、刘伯温辈，皆温雅芊丽，咀宫含商。李昌祺、王达善、瞿宗吉之流，亦能接武。至钱塘马浩澜以词名东南，陈言秽语。俗气薰入骨髓，殆不可医。周百川、夏公瑾诸老，间有硬语。杨用修、王元美则强作解事，均于乐章未谐。

《词综发凡》（《词综》卷首）

2. 丁丙：

其词工雅韶秀，虽不及眉庵、季迪，然和婉可诵，不失为第二流也。

《善本书室藏书志》卷四十

3. 陈廷焯：

词至于明，而词亡矣。明初如杨孟载、高季迪、刘伯温辈，温丽芊绵丽，去两宋不远。至李昌祺、王达善、杨升庵之流，风格稍低，犹堪接武。自马浩澜辈出，淫词秽语，风雅扫地。明末陈人中为一时杰出，但气数近小，国运使然。

《词坛丛话》

4. 胡玉缙：

此词一卷，为江南图书馆所藏精钞本。虽大致和婉，而乏工雅韶秀之致，在明人中亦未为作手也。

《四库未收书目提要续编》（《续四库提要三种》）

张肯

张肯（生卒年不详）字继孟，一字寄梦，号梦庵。洪武三十一年（1398）前后在世。浚仪（今河南开封）人。少从宋濂学，诗文清丽有法度，尤长于南词新声。赵尊岳据明钞本《梦庵词》辑入《明词汇刊》。存词二十九首。

1. 丁丙：

继孟词不甚著于时，今读其所作，秾秀温丽，尚足肩随季迪。

《善本书室藏书志》卷四十

2. 陈廷焯：

高雅闲远，自得其乐。（评〔如梦令〕"庭掩尘碰静悄"）

《云韶集》卷十二

3. 胡玉缙：

其词秾秀温丽，的为晚唐、五季以来之嫡派，虽不能方驾高启《扣弦集》，要亦杨基《眉庵词》之流亚也。

《四库未收书目提要续编》（《续四库提要三种》）

李祯

李祯（1376—1452）字昌祺，庐陵（今江西吉安）人。永乐二年（1404）进士。选翰林院庶吉士，预修《永乐大典》。历广西、河南左布政使，有惠政。致仕二十余年，屏迹不入公府。《明史》卷二百二十一有传。李祯博学，工诗词曲。著有《运甓漫稿》七卷，词附。赵尊岳裁其词，题为《运甓词》，辑入《明词汇刊》。存词三十九首。

1. 朱彝尊：

明初作手，若杨孟载、高季迪、刘伯温辈，皆温雅芊丽，咀宫含商。李昌祺、王达善、瞿宗吉之流，亦能接武。至钱塘马浩澜以词名东南，陈言秽语。俗气薰入骨髓，殆不可医。周百川、夏公瑾诸老，间有硬语。杨用修、王元美则强作解事，均于乐章未谐。

《词综发凡》（《词综》卷首）

2. 陈廷焯：

词至于明，而词亡矣。明初如杨孟载、高季迪、刘伯温辈，温丽芊绵，去两宋不远。至李昌祺、王达善、杨升庵之流，风格稍低，犹堪接武。自马浩澜辈出，淫词秽语，风雅扫地。明末陈人中为一时杰出，但气数近小，国运使然。

《词坛丛话》

朱高炽

朱高炽（1378—1425）明成祖朱棣长子。洪武二十八年（1395）立为燕王朱棣世子。永乐二年（1404）立为皇太子。成祖数北征，受命监国，恪尽职守。永乐二十二年（1424）即帝位，次年改元洪熙。在位一年卒，谥孝昭皇帝，庙号仁宗。著有《御制集》，词附。赵尊岳裁其词，题为《仁宗皇帝御制词》，辑入《明词汇刊》。存词八首。

1. 胡应宸：

闲披高皇御制集，豪迈过人。今读仁宗词乃如许娟秀、如许和平。帝王创守不同，大概可见。

《兰皋明词汇选》卷四

2.《兰皋集》：

有明两祖列宗，好学不倦，染翰俱工。如仁宗〔凤栖梧〕《赋九月海棠》云："烟抹霜林秋欲褪。吹破胭脂，犹觉西风嫩。翠袖怯寒愁一寸。谁传庭院黄昏信。　明月修容生远恨。旋摘余娇，簪满佳人鬓。醉倚小阑花影近。不应先有春风分。"娟秀绝伦。

《历代词话》卷十引

3. 陈廷焯：

婉至语。居然有词有笔。（评〔蝶恋花〕"烟抹霜林秋欲褪"）

《云韶集》卷十二

朱有燉

朱有燉（1379—1439）号诚斋，又号锦窠老人、全阳子、全阳翁、全阳道人、全阳老人、老狂生。明太祖朱元璋第五子朱橚之长子，洪熙元年（1425）袭封周王，死后谥宪王。《明史》卷一百一十六有传。朱有燉博学善书，著有《诚斋录》四卷，词附；又长南北曲，著杂剧三十一种。赵尊岳析出其词，题为《诚斋词》，辑入《明词汇刊》。存词三十二首。

1. 顾璟芳：

王好文学，有《诚斋集》，亦河间、中山之流亚也。

《兰皋明词汇选》卷三

2.《兰皋集》：

周宪王遭世隆平，奉藩多暇，留心翰墨，尤精马、贯之学，制《诚斋乐府》、传奇若干种，音律谐美，流传内府，至今中原弦索多用之。李梦阳《汴中元宵绝句》云："中山孺子倚新妆。赵女燕姬总擅场。齐唱宪王新乐府，金梁桥外月如霜。"王诗有《诚斋录》、《新录》诸集，其《竹枝歌》云："春风满山花正开。春衫女儿红杏腮。侬家荡桨过江去，为问阿郎来不来。""巴山后面竹鸡啼。巴山前头沙鸟栖。巴水巴山到郎处，闻郎又过石门溪。"复有〔鹧鸪天〕《咏绣鞋》云："花簇香钩浅涴尘。轻风微露石榴裙。金莲自是悭三寸，难载盈盈一段春。　仙已去，事犹存。阳台何处更为云。相思携手游春日，尚带年时草露痕。"

《历代词话》卷九引

王直

王直（1379—1462）字行俭，泰和（今江西泰和）人。永乐二年（1404）进士。授修撰，累迁少詹事，兼侍读学士。在翰林院二十余年，稽古代言、编纂记注之事，多出其手。英宗时，累拜吏部尚书。卒赠太保，谥文端。《明史》卷一百六十九有传。王直工诗文，典雅纯正，有宋元遗风。有《抑庵集》十三卷、后集三十七卷，词附。赵尊岳裁其词，题为《抑庵诗余》辑入《明词汇刊》。存词十三首。

1. 陈廷焯：

惋恻有神。芊绵凄婉。（评〔浪淘沙〕“风暖翠烟飘”）

《云韶集》卷十二

2. 张德瀛：

王抑庵〔浪淘沙〕词：“风暖翠烟飘。残雪都消。游丝百尺坠晴霄。可惜春光容易过，又近花朝。　驱马第三桥。芳意萧条。绯桃浑似放娇娆。瘦尽城南千树柳，不似宫腰。”其言婉而有致，吴处厚所谓文章艳丽，亦不害其为正也。至其〔青玉案〕二阕，一则云：“可恨狂风寒卷地。绛英零落，素姿飘坠。满眼成憔悴。”再则云：“日日狂风吹客袂。九门鸣毂，六街游骑。但见芳尘起。”两词殆指石亨、徐有贞诸人言之，其痛念于景帝之变乎。

《词徵》卷六

3. 赵尊岳：

词瑕瑜互见，亦有思理。〔青玉案〕下半阕云：“我来欲就花前醉。美酒千钟不辞费。太息秾华能有几。半沾尘土，半随流水，惹动伤春意。”〔临江仙〕下半阕云：“可恨钟声惊梦断，飘然何处追寻。山高水阔绿云深。书窗残月在，欹枕自沉吟。”〔浪淘沙〕

云："驱马第三桥，芳意萧条。绯桃浑似放娇娆。瘦尽城南千树柳，不似宫腰。"凡此均清丽馨香。其曰"千钟不辞费"，"欹枕自沉吟"，"不似宫腰"，要均深于情者，方能曲曲写来，传神于阿堵之际也。

《惜阴堂汇刊明词提要·抑庵诗余》(《词学季刊》第二卷第一号)

王洪

王洪（1380—1420）字希范，号毅斋，钱塘人（今浙江杭州）人。洪武三十年（1397）进士，授行人。永乐初，擢吏科给事中，入翰林院为检讨，历官修撰侍讲，为《永乐大典》副总裁官。后因事左迁礼部仪制司主事，署部事。卒于官。《明史》卷二百八十六有传。王洪与闽人王偁、王恭、王褒皆有文名，时称“四王”，又为闽中十才子之一。著有《毅斋集》八卷，词附。赵尊岳裁其词题为《毅斋诗余》，辑入《明词汇刊》。存词十三首。

1. 赵尊岳：

词笔清迥，似山林间人作濠濮上想，弥复佳胜。《江桥暮雨》〔卜算子〕一首云：“淅沥带秋烟，两岸蒹葭响。何处渔舟暝未还，隔浦闻清唱。　　撩乱下梧桐，一夜益溪涨。天目应添翠几重，明月看清嶂。”又《西山晚翠》一首云：“斜日照疏帘，雨歇青山暮。白马湖边一半开，香霭和烟度。　　楼上见平湖，影隔青林雾。吹断鸾箫兴未阑，月照芙蓉露。”景中弥有情致，而雅怀若契，闲韵欲流，以久历台阁之人，作此萧然物外之语，此非文行兼致者，不易有此造诣也。

《惜阴堂汇刊明词提要·毅斋诗余一卷》（《词学季刊》第二卷第一号）

朱瞻基

朱瞻基（1398—1435），仁宗朱高炽之长子。永乐九年（1411），立为皇太孙。仁宗即位（1425），立为皇太子。仁宗卒，即位。在位十年，宣德十年（1435）卒，谥孝章皇帝，庙号宣宗。善词曲，有《明宣宗御制乐府》一卷，今佚。存词二首。

1. 胡应宸

宣庙文猷武略，才艺兼优，为盛明圣主。披诵斯制，又何等留心农事，不须《七月》绘豳风矣。

《兰皋明词汇选》卷二

2.《兰皋集》：

有明两祖列宗，好学不倦，染翰俱工。……宗有〔醉太平〕《赐学士沈度》云："浓云散雨收。花苑内鸣鸠。晓来喜见日光浮，暖融融永昼。　　麦苗润泽怀清秀。榴花湿映红光溜。田家鼓缶尽歌讴。是处庆丰年醉酒。"其留心农事如此，不须《七月》绘豳风矣。

《历代词话》卷十引

郑棠

郑棠（生卒年不详）字叔美，浦江（今浙江浦江）人。郑翮孙，郑濂从子。受业于宋濂，美文至行，为人称道。永乐中，官至翰林检讨。郑棠嗜学，勤于诗文，有《道山集》，词附。赵尊岳裁其词，题为《道山词》，辑入《明词汇刊》。存词八首。

1. 赵尊岳：

著《道山集》，词九首，次于集后。词非专长，而真挚之致，见于楮墨。〔谒金门〕歇拍云："归自蓬瀛阆苑。还伴琴书笔砚。囊橐词章千数卷，也好闲消遣。"〔醉蓬莱〕换头云："遥想清逸，尽多佳句。得意处，但诗简闲贮。荷花数顷，有新莲嘉味。应笑清门，故侯瓜圃，摘寄添殽旅。"〔青玉案〕歇拍云："雪霁梅梢斜挂月。清晓溪行，神仙襟度，也是清奇绝。"凡此均能以平淡之语，达简旷之怀。本来词家境界，不尽以旖旎秾纤胜，南宋逸流，时露高致。此其余绪，足以掩百瑕而有余已。

《惜阴堂汇刊明词提要·道山词》（《词学季刊》第二卷第一号）

2.《续修四库全书总目提要》：

凡九阕，词多腐俗，不成体格，惟其冲淡之气，偶见半辞。如〔醉蓬莱〕云："遥想清逸，尽多佳句。得意处，但诗简闲贮。荷花数顷，有新莲嘉味。应笑清门，故侯瓜圃，摘寄添殽旅。"抒写旷怀，浅不显俗。然论其全体，不相称也。

《道山词一卷提要》

倪谦

倪谦（？—1479）字克让。其先钱塘（今浙江杭州）人，后迁上元（今江苏南京），遂以为籍。正统四年（1439）进士，历编修。景泰中以左中允兼侍读，迁侍讲学士，与子倪岳同入史局。正统十四年奉使朝鲜，次年归，作《朝鲜纪事》并辑纪行诗为《辽海编》四卷。天顺初，累迁学士，简侍东宫。天顺三年（1459），主北闱试，黜权贵之子，被诬谪戍开平。宪宗初，诏复旧职，累迁南京礼部尚书致仕。卒谥文僖。倪谦文章步骤谨严，简朴而不俚陋。著有《倪文僖集》，词附。赵尊岳裁其词，题为《倪文僖公词》，辑入《明词汇刊》。存词十三首。

1. 赵尊岳：

诗余……多题画之作。清景芊绵，丽思稠叠，洵为声党名手。……〔菩萨蛮〕云："短蓬载雨随流下，木兰画桨无人把。两岸碧波平，群山似马行。　浮沉飘一叶，远水长天接。欹枕惬吟情，有诗成未成。"〔浣溪沙〕云："紫燕盈巢语画梁。海榴喷火散清香。困人天气日偏长。　夹道槐阴张翠幄，满池莲艳斗红妆。薰风殿阁送微凉。"凡此均情绪宛然，不沾不滞，以之题画咏物，适为合度。明词至此，亦庶几其上乘矣。

《惜阴堂汇刊明词提要·倪文僖公词》（《词学季刊》第二卷第一号）

2. 赵尊岳：

多题画之作，雅隽可诵也。

《倪文僖公词跋》（《倪文僖公词》卷后）

马洪

马洪（生卒年不详）字浩澜，号鹤窗，仁和（今浙江杭州）人。徐伯龄《蟫精雋》云："予内弟马浩澜，名洪，号鹤窗，杭之仁和人，善诗词，极工巧……予与鹤窗、清溪偕出菊庄之门，而鹤窗能大肆力于学问，既得诗律之正，复臻诗余之妙，人以与清溪齐名云。"菊庄即刘泰（1422—1459），字士亨，号菊庄；徐伯龄为天顺中人。马洪既为徐伯龄内弟，又师从刘泰，其生活年代当在1450～1487年间。以诗词名世。有词集《花影集》，又有《和曹尧宾游仙诗》百首。存词二十九首。

1. 马洪：

予……四十余年，仅得百篇，亦不可谓不难矣。法云（按：应为法秀）道人劝山谷勿作小词，山谷云："空中语耳。"予欲以"空中语"名其集，或曰不文，改称《花影集》。花影者，月下灯前，无中生有，以为假则真，谓为实犹涉虚也。

《花影集自序》（《西湖游览志余》卷十三引）

2. 徐伯龄：

予内弟马浩澜，名洪，号鹤窗，杭之仁和人，善诗词，极工巧。尝题予姻家东溟许先生程远弟应和松竹双清扇景词云："剪蒿莱。曾将双翠亲栽。旋添成、园林佳胜，依稀嶰谷徂徕。凤飞过、文章灿烂，蛟腾攫、鳞甲皑毸。铲节题诗，收花酿酒，须焉香粉袖粘苔。无人识，栋梁之具，管钥之才。　荫亭台。尽多风月，清无半点尘埃。竿期截、六鳌连举，巢堪托、孤鹤时来。色莹琅玕，脂凝琥珀，他门折与庭槐。萧郎去，毕宏已老，谁富写生才。君看取，岁寒三友，只欠梅开。"盖〔多丽〕调也。东溟以为可继躅康伯可，信然。又题梅作〔江城引〕云："雪晴闲见瘦筇扶。过西湖。访林逋。湖上天寒，草树尽凋枯。忽见琼葩光照眼，仙梅腮，玉肥肤。　　夜空云静月轮孤。巧相摹。海涛图。时听枝头、啁哳翠禽呼。纵有明珠三百琲，知似得，此花无。”清气逸发，莹无尘想。又题东溟小景〔昭君怨〕云：“远路危峰斜照。瘦马尘衣风帽。此去向萧关。向长安。　　便坐紫薇花底。只是黄粱梦里。三径易生苔。早归来。”言有尽而意无穷，方是作者之词。予与鹤窗、清溪偕出菊庄之门，而鹤窗能大肆力于学问，既得诗律之正，复臻诗余之妙，人以与清溪齐名云。予以二子诗词，豪迈俊快，若孙武奇兵，左右翼出锋，不可撄已。

《蟫精隽》卷十一

3. 田汝成：

瞿（佑）、马（洪）之名，照耀文苑。（卷十二）

马浩澜洪，仁和人，号鹤窗。善诗咏，而词调尤工。皓首韦布，而含吐珠玉，锦绣胸肠，裒然若贵介王孙也。（卷十三）

《西湖游览志余》

4. 王世贞：

浩澜少出其（刘泰）门，尤擅词学，烨烨胜之。

《列朝诗集小传》乙集引

5. 沈际飞：

浩澜自俯仰耆卿，多柔秀词，但带元曲气。（评马浩澜〔满庭芳〕“春老园林”）

《国朝诗余新集》卷之四（《镌古香岑批点草堂诗余四集》）

6. 胡应宸：

升庵品鹤窗词云：皓首韦布，而含吐珠玉，裒然若贵介。余谓有才如此，亦何必贵介？升庵斯语，无不弃鄙。读此知旷达其夙成矣。（评〔昭君怨〕《题小景》）

《兰皋明词汇选》卷一

7. 顾璟芳：

浩澜以《空中》名集，后改称《花影》，盖取灯前月下意也，斯殆隐括而出之耶？（评〔行香子〕《春思》）

《兰皋明词汇选》卷四

8. 李葵生：

忠厚之遗。（评〔卜算子〕《闺怨》）

《兰皋明词汇选》卷一

9. 徐士俊：

忽然之事，偶然之笔，遂入自然之境。（评〔少年游〕“弄粉调脂”）（卷六）

清奇发越，不着灰沙。刘德修咏梅“晓月魂清，夕阳香远”似之。（评〔江城子〕“雪晴闲览瘦筇扶”）（卷十）

《古今词统》

10. 钱谦益：

善诗咏，而词调尤工。皓首韦布，含吐珠玉，裒然若贵介王孙也。其词有《花影集》。自谓四十余年，仅得百篇。

《列朝诗集小传》乙集

11. 褚人获：

仁和马浩澜洪，号鹤窗，善诗吟，而词调尤工。《九日》〔金菊对芙蓉〕云：“过雁行低，鸣蛩韵急，纷纷月下亭皋。向霜庭看菊，飕馆题糕。依然宾主东南美，胜龙山、迢递登高。绣屏孔雀，金盘螃蟹，银瓮葡萄。　　痛饮鲸卷波涛。笑百年春梦，万事秋毫。问台前戏马，海上连鳌。当时二子今安在，乾坤大、容我粗豪。四弦裂帛，双鬟舞雪，左手持螯。”又题许东溟小景〔昭君怨〕云：“路远危峰斜照。瘦马风尘衣帽。此去向萧关。向长安。　　便坐紫薇花底。只是黄粱梦里。三径易生苔。早归来。”

《坚瓠补集》卷五

12.《乐府纪闻》：

仁和马鹤窗与聂东轩倡和，有词集。马自叙云四十余年仅得百篇，名《花影集》。

沈雄《古今词话·词评》下卷引

13. 陈维崧：

马浩澜作词四十余年，仅得百篇，昔人矜持如此。今人放笔颓唐，岂能便得好句。

《西圃词说》引

14. 朱彝尊：

明初作手，若杨孟载、高季迪、刘伯温辈，皆温雅芊丽，咀宫含商。李昌祺、王达善、瞿宗吉之流，亦能接武。至钱塘马浩澜以词名东南，陈言秽语，俗气薰入骨髓，殆不可医。周百川、夏公瑾诸老，间有硬语。杨用修、王元美则强作解事，均于乐章未谐。

《词综发凡》(《词综》卷首)

15. 厉鹗：

两宋词派……为时所称。元时嗣响，则张贞居、凌柘轩，明瞿存斋，稍为近雅；马鹤窗阑入俗调，一如市侩语，而清真之派微矣。

《吴尺凫玲珑帘词序》(《樊榭山房集》卷四)

16. 王昶：

马浩澜洪与聂寿卿大年齐名，自序云："四十余年，仅得百篇。"杨用修谓其皓首韦布，含英咀华，伊若贵介。余谓浩澜之词，所以不能希风姜史者，病正在是。若〔行香子〕一阕，直不减谢溪堂逸、贺东山铸。

《西崦山人词话》卷一

17. 王初桐：

《词品》称马鹤窗工于长短句，虽皓首韦布，而含吐珠玉，锦绣胸肠，裒然若贵介王孙也。而竹垞则云浩澜以词名东南，陈言秽语，俗气熏人骨髓，殆不可医。施子野营精舍于西佘，与东佘陈眉公管弦徵逐，兼以名童妙妓嬉游，自号浪仙。其词名与鹤窗相为辉映。马词名《花影集》，施亦名《花影集》，又有新安张山来之词亦名《花影集》，当时随声附和如此。

《小嫏嬛词话》卷三

18. 谢章铤：

明自中叶以后，知词仅三人，杨升庵、王弇州及卧子。若夏公瑾言、马浩澜洪，皆不足数也。

《赌棋山庄词话》卷九

19. 陈田：

钱塘马浩澜、刘邦彦，诗词妍丽，扬瞿存斋之余波。刘较马似为胜也。

《明诗纪事》乙签卷二十二

20. 陈廷焯：

马浩澜辈，陈言秽语，读之欲呕。

鹤窗词出刘菊庄之门，陈言秽语，蒸染江南坛坫，词至是而词亡矣。

浩澜词虽曰幻影空花，毕竟遣词不雅，故所选仅此一篇，以此作尚不过淫慢。（评〔少年游〕“弄粉调脂”）

《云韶集》卷十三

21. 陈廷焯：

起四字俗。小有情态，不免轻薄相。（评〔少年游〕“弄粉调脂”）

《词则·闲情集》卷二

22. 陈廷焯：

词至于明，而词亡矣。明初如杨孟载、高季迪、刘伯温辈，温丽芊绵，去两宋不远。至李昌祺、王达善、杨升庵之流，风格稍低，犹堪接武。自马浩澜辈出，淫词秽语，风雅扫地。明末陈人中为一时杰出、但气数近小，国运使然。

《词坛丛话》

23. 陈廷焯：

词至于明，而词亡矣。伯温、季迪，已失古意。降至升庵辈，句琢字炼，枝枝叶叶为之，益难语于大雅。自马浩澜、施阆仙辈出，淫词秽语，无足置喙。明末陈人中能以秾艳之笔，传凄婉之神，在明代便算高手。然视国初诸老，已难同日而语，更何论唐、宋哉。（卷三）

明代施浪仙《花影词》四卷，卑卑不足道、求其稍近于雅者，不获三五阕。同时马浩澜亦有《花影词》三卷，陈言秽语，又出浪仙之下。而当时并负词名，即后世犹有称述之者。真不可解。（卷六）

词……有质亡而并无文者，则马浩澜、周冰持、蒋心余、杨荔裳、郭频伽、袁兰村辈是也，并不得谓之词也。（卷八）

《白雨斋词话》

24. 周庆云：

善咏诗，尤工长短句。虽皓首韦布，而含吐珠玉，锦绣胸肠，裒然若贵介王孙也。词名《花影》，盖取月下灯前，无中生有，以为假则真，谓为实犹虚之意。与陆清溪同出刘菊庄之门，清溪得诗律，鹤窗得词调，异体齐名，可谓盛矣。而鹤窗之词，犹有出蓝之妙。

《历代两浙词人小传》卷五

25. 刘毓盘：

同时各家亦不及马洪《花影词》。

《词史》第九章

26. 吴梅：

盖明初诸家，尚不失正宗，所可议者，气度之间，终不如两宋。降至升庵辈，句琢字炼，枝枝叶叶为之，益难语于大雅。自马浩澜、施阆仙辈，淫词秽语，无足置喙。词至于此，风雅扫地矣。迨季世陈卧子出，能以秾丽之笔，传凄婉之神，始可当一代高手。此明词大略也。

明有二《花影集》，一为鹤窗，一为施子野也。鹤窗气度春容，不入小家态，子野则流于纤丽矣。鹤窗〔少年游〕云："原来却在瑶界下，独自踏花行。笑摘朱樱，微揎翠袖，枝上打流莺。"〔行香子〕云："惜月前宵，病酒今朝。"〔满庭芳〕《落花》云："谁道天机绣锦，都化作、紫陌尘埃。"颇有隽永意味，非子野所及也。

《词学通论》第九章

27.《杭州府志》：

幼好咏诗，以词赋擅名东南，所交皆一时名士，每过从出游，衣冠杂集，车从都雅，洪独葛巾草履，高步其前。诗有大历风致。词尤清丽。

《杭州府志》卷一百四十四

刘英

刘英（生卒年不详）字邦彦，钱塘（今浙江杭州）人。隐居不仕，遨游湖山，名振远近。著述甚富，有《宾山集》、《蕉雪稿》、《竹东小编》、《湖山咏录》诸稿。

1. 周庆云：

与马鹤窗共事倚声，词笔妍丽，扬瞿存斋之余波，邦彦较马似更胜也。

《历代两浙词人小传》卷五。

聂大年

聂大年（1402—1456）字寿卿，临川（今江西抚州）人。宣德末（1435）荐授仁和教谕。母卒，归葬，哀感行路，里人列其母子贤行上之，诏旌其门。景泰六年（1455），以修史征入翰林。次年病卒。《明史》卷二百八十六有传。聂大年博学，善诗、古文，书法为时人所珍。著有《东轩集》，词附。赵尊岳裁其词，题为《东轩词》，辑入《明词汇刊》。存词十首。

1. 田汝成：

聂大年尝赋〔卜算子〕二首，盖自况也。词云："杨柳小蛮腰，惯逐东风舞。学得琵琶出教坊，不是商人妇。　忙整玉搔头，春笋纤纤露。老却江南杜牧之，懒为秋娘赋。""粉泪湿鲛绡，只恐郎情薄。梦到巫山第几峰，酒醒灯花落。　数日尚春寒，未把罗衣著。眉黛含颦为阿谁，但悔从前错。"

《西湖游览志余》卷十一

2.《乐府纪闻》：

聂字寿卿，与马洪齐名。聂赋〔卜算子〕，盖自况也。为武陵训导，天顺初，被征修史，投诗于王抑庵冢宰云："镜中白发难饶我，湖上青山欲待谁。千里故人分橐少，百年公论盖棺迟。"抑庵为之泣下曰：欲我铭其墓耳。其《东轩集》中，有"玉楼人醉东风晚，高卷红帘看杏花"，真词笔也。

沈雄《古今词话·词话》下卷引

3. 陈廷焯：

寿卿词凄秀入神。

寿卿小令之工，直欲上追五代诸贤。情词凄艳。（评〔卜算子〕"杨柳小蛮腰"）

凄艳之笔。结五字妙绝，令人拍案。（评〔卜算子〕“粉泪湿鲛绡”）

笔路不减元人。情词凄感。（评〔临江仙〕“记得武陵门外路”）

《云韶集》卷十二

4. 陈廷焯：

中有怨情，令人寻味不尽。（评〔卜算子〕“粉泪湿鲛绡”）

《词则·闲情集》卷二

5. 刘毓盘：

其〔卜算子〕词，盖在杭日作以自况焉。

《词史》第九章

徐有贞

徐有贞（1407—1472）初名珵，字元玉，吴县（今江苏苏州）人。宣德八年（1433）进士，选翰林院庶吉士，授编修。正统中，官侍讲，因言南迁事，见恶朝列。天顺改元，因迎复功，即日拜华盖殿大学士，兵部尚书，掌内阁事，封武功伯。尝诬杀于谦，中外侧目。未几，下狱，编戍金齿，三年赦还，卒于吴。《明史》卷一百七十一有传。徐有贞通天官、地理、河渠、兵法、风角之书，志在经世。诗文通达，草书奇逸。存词十首。

1. 沈周：

数阕高篇，寓多少、忧悲愉怿。怕临窗、一番歌处，一番沾臆。扶日擎天枢阁手，千山万水滇池迹。信君恩、未可恃长存，还消息。　　人也去，天南北。人虽在，天咫尺。总浮云满眼，此心难隔。雨露新环衔凤口，风云归路开鹏翼。好家山、何故又仙游，华胥国。

〔满江红〕《题徐武功自书词后》（《鸡窗丛话》引）

2. 吴宽：

长短句莫盛于宋人，若吾乡天全翁，其庶几者也。翁自赐还后，放情山水，有所感叹不平之意，悉于词发之。既没，而前辈风流文采，寥寥乎不可见已。明古旧为翁所知爱，得此数篇示予，光福舟中，酒酣耳热，相与歌一二阕，水风山月间，有不胜其慨然者矣。

《跋全天翁词翰后》（《家藏集》卷四十九）

3. 徐咸：

徐天全自金齿回，放情湖山，日与耆俊游乐。其游灵岩山作〔水龙吟慢〕一首云：“佳丽地是吾乡，东山更比西山好。有罨画楼台，金碧岩扉，仿佛十洲三岛。却也有风流安石，清真逸少。向西施洞口，望湖亭畔，云影天光，上下相涵相照。似宝镜里，翠娥妆晓。且登临，且谈笑。眼前世事、几多堪吊。　　香径踪消，屧廊声杳。麋鹿还游未了。也莫管、吴越兴亡，为他烦恼。是非颠倒。叹宦海风波，几人归早，得在家中老。遇酒美花新，歌清舞妙，尽开怀抱。又何须较短论长，此生心，应自有天知道。醉呼童，更进余杯，便捱得三更，乘月归仙棹。”此老词藻俊发，义气凌轹，当官随试辄效，亦奇才也。独于于肃愍事不能免于公议，惜哉！

《西园杂记》下

4. 祝允明：

外祖武功公为此游、此词时，允明以垂髫在侧，于斯仅五十年矣。当时缙绅之盛、合并之契、谈论之雅、游衍之适，五十年中，予所接遇，皆不复见有相似者，真可浩叹。独此词，士口盛传，风趣常新，又可喜耳。会闲舟作图，倩书颠，因系此感，如闲舟潇散，得此一段情味于辞墨间，盖自有甚乐者。又闲舟守道简古，其所得复有在此外，乡郡美风，前后辈缀旒，亦尝有在闲舟耳。

《跋为葛汝敬书武功游灵岩山词后》（《怀星堂集》卷二十六）

5. 俞弁：

武功伯徐有贞学术文章功业，为我朝之元老，尤工于诗词。〔玉莲环〕云：“心绪悠悠随碧浪，良宵空锁长亭。丁香暗结意中情。月斜门半掩，才听断钟声。　　耳畔盟言非草草，十年一梦堪惊。马蹄何日到神京。小桥松径密，山远路难凭。”其词句句首尾字相连，故曰〔玉莲环〕也。此体自武功先生始，今遗墨在友人徐希远家。

武功伯徐公天顺间遭谗被逐，放归田里，号“天全翁”，脱去世故，惟以丘壑存心。其《游灵岩题》〔水龙吟〕词云：“佳丽地，是吾乡，西山更比东山好。有罨画楼台，金碧岩扉，仿佛十洲三岛。却也有风流安石，清真、逸少。向西施洞口，望胡亭畔。天光云影，上下相涵相照。似宝镜里，翠娥妆晓。且登临，且谈笑。眼前事、几多堪吊。　香径踪消，屟廊声杳，麋鹿还游未了。也莫管、吴越兴亡，为他烦恼。是非颠倒，古与今、一般难料。笑宦海风波，几人归早，得在家中老。遇酒美花新，歌清舞妙。尽开怀抱。又何须较短量长，此生心、应自有天知道。醉乎童，倦尽余杯，便拼得到三更，乘月回仙棹。”此词为人脍炙。

《山樵暇语》卷下

6. 王世贞：

天全先生游灵岩，作此词，寓〔水龙吟慢〕，已载郡乘中。此卷为刘以则书者，以则灵岩之东道主也。其词不尽按格，而雄逸伉爽，时一吐泄，居然有王大将军麈尾击唾壶态。（《灵岩胜游卷》）

天全翁自金齿还吴十余年，多游吴中诸山水，醉后辄作小词，宛然晏元献、辛稼轩家语，风流自赏。（《徐天全词》）

《弇州四部稿》卷一百三十一

7. 钱谦益：

晚年屏废，放情弦管泉石之间，好作长短句，以抒写其抑塞激昂感慨，有辛稼轩、刘改之之风。

《列朝诗集小传》乙集

8. 刘毓盘：

当时所得士，若徐有贞、赵迪皆号能词。有贞之人不足取，其〔千秋岁引〕词，见之沈际飞《词谱》，字句之舛谬，《词律》备言之矣。《明词综》亦言永乐以后，自小词外均无足观，而又以入选，此亦与《词综》之以曲为词，同一不轨于正也。

《词史》第九章

9. 蔡澄：

武功先生诸词慷慨激烈，歌之风生江动，可见其胸抱如此。《鸡窗丛话》

卢格

卢格（1412—1489）字正夫，东阳（今浙江东阳）人。成化十七年（1481）进士。任贵溪知县，多有惠政，后擢江西道监察御史，以母老乞归。尝筑荷亭，读书其中，因以名书。著有《荷亭文集》十四卷，词附。赵尊岳裁其词，题为《荷亭诗余》，辑入《明词汇刊》。存词十七首。

1. 赵尊岳：

每多酬应之作，盖帐词也。

《荷亭诗余跋》（《荷亭诗余》卷后）

商辂

商辂（1414—1486）字弘载，号素庵，淳安（今浙江淳安）人。正统中，乡试、会试、殿试皆第一。除修撰，进讲经筵，升侍读。景泰中，累迁兵部尚书。英宗复辟，被诬下狱，斥为民。成化初（1465）以故官入阁，进谨身殿大学士。卒谥文毅。《明史》卷一百七十六有传。为人平粹简重，宽厚有容，坚毅果断。著有《商文毅公集》十卷。存词六首。

1. 曹溶：

先正弘载诸公，负荷鼎辅重望，即其见于文情诗思，亦不愿以庸滥争长。故其为小词也，明净简练，亦复沾沾自喜。至今读其《旅情》、《春暮》、《秋月》、《退食》篇什，不堕时趋，自有殊致。

沈雄《古今词话·词评》下卷引

2. 李葵生：

此等境界，静极始知。（评〔一丛花〕《初春》）（卷五）

独标清骨，是以洒脱成家者。（评〔满庭芳〕《花朝》）（卷六）

《兰皋明词汇选》

3. 胡应宸：

通首清永。（评〔梦江南〕《春尽》）（卷一）

仿之诗家，则为郊岛，而自异寒瘦。（评〔鹧鸪天〕《秋》）（卷三）

《兰皋明词汇选》

4. 顾璟芳：

极写物换时易，而全不露伤感。（评〔梦江南〕《春尽》）（卷一）

已开施子野《花影集》一派。（评〔一丛花〕《初春》）（卷五）

《兰皋明词汇选》

5.《历代词话》：

商毅庵乡会殿皆第一，负鼎铉重望，而小词明净简练，亦复沾沾自喜。今读其《旅情》、《春暮》、《秋月》、《退食》诸篇，不堕时趋，自有殊致。其〔一丛花〕《咏初春》云；“东风有信无人见，露微意、柳际花边。”尤觉妥贴轻圆也。

《历代词话》卷十

6. 王初桐：

明词如商毅庵之明净，王介人之深俊，陈眉公之潇洒，高深甫之独出心裁，顾东桥之承平气象，尚有可观。

《小嫏嬛词话》卷三

7. 陈廷焯：

商毅庵负鼎铉重望，而此词极明净简炼。此作尤妥帖轻圆。闲雅不趋时俗。（评〔一丛花〕“今年春残腊侵年”）

《云韶集》卷十二

邱濬

邱濬（1418—1495）字仲深，号琼山，别署赤玉峰道人，琼州（今海南海口）人。景泰五年（1454）进士。改庶吉士，授编修，进侍讲。与修《英宗实录》，进侍讲学士。编《续通鉴纲目》成，擢学士，进礼部右侍郎。掌祭酒事。修《宪宗实录》，充副总裁。书成，加太子少保，兼文渊阁大学士，参与机务。卒赠太傅，谥文庄。《明史》卷一百八十一有传。邱濬廉介持正，与海瑞齐名。著有《琼台会稿》，词附。赵尊岳裁其词，题为《琼台词》，辑入《明词汇刊》。存词二十二首。

1. 王昌会：

岳武穆之死，人皆悲之，往往形诸歌咏。今《精忠录》所载，亡虑数千百首。然后世所称许者，叶经翁、赵子昂、潘子素数诗而已。然皆责秦桧，而不责高宗。丘琼台诗独不然，以为高宗非幼弱昏昧之主，桧非承其意，决不敢杀一大将。作〔沁园春〕调一阕云："为国除忠，为敌报仇，可恨堪哀。顾当此乾坤，是谁境界，君亲何处，几许人才。万死间关，十年血战，端的孜孜为甚来。何须苦，把长城自坏，柱石潜摧。　虽然天道恢恢。奈人众将天拗转回。叹黄龙府里，未行贺酒，朱仙镇上，先奉追牌。共戴仇天，甘投死地，天理人心安在哉。英雄恨，向万年千载，永不沉埋。"说者谓此词可与文山《题睢阳庙》词并传。

邱琼台先生自少有大志，故虽未登仕版，而忠君忧国之情略见诗词间。

《诗话类编》卷六

2. 徐士俊：

随句倒读犹易耳，至尾读转，断鹤续凫，非巧手不能。（评〔菩

萨蛮〕《秋思回文》）

《古今词统》卷五

3. 胡应宸：

《精忠录》所载百首，俱责桧不责构，抑知桧恶矣。纵桧之恶者实构，此以高宗立题，大有笔法，莫泛作一例看。（评〔沁园春〕《责高宗杀岳武》）

《兰皋明词汇选》卷八

4. 顾璟芳：

传以琼台持论往古，癖异自尚，其议南宋事，有“桧主和，不为无见，岳主战，未必能恢复”语，读此知是非犹不谬于圣人也。（评〔沁园春〕《责高宗杀岳武》）

《兰皋明词汇选》卷八

5. 赵尊岳：

其秀处如〔生查子〕：“雨照水痕圆，风蹙波纹皱。顾影徘徊落小池，顿觉人非旧。”拙处如〔酹江月〕《和东坡》有云：“一自两赋成来，山川胜概，倍增辉发。鹤梦箫声随水去，自有声华难灭。”激昂处如〔沁园春〕《题岳王庙》有云：“共戴仇天，甘头死地，天理人心安在哉。”疏处如：“古树巢云，落花绣草，四山弦管啼幽鸟。醉来白眼望青天，人间别有乾坤小。”要均得词流之正派者。

《惜阴堂汇刊明词提要·琼台词》（《词学季刊》第二卷第一号）

6. 赵尊岳：

理学家往往托迹大儒，力屏声教，初不知考亭之每多秀句，鲁斋之亦继慢声也。明代之以理学称者，若邱仲深、薛应旂、陈龙正、陆桴亭诸家，卓然名世，然亦均有词附集以传。且其流美之情，正不亚于广平之梅花作赋。用是可以证小儒迂拘之执，见贤者冲雅之情已。

《惜阴堂汇刻明词记略》（《明词汇刊》附）

7. 赵尊岳：

理学大儒，如章枫山、邱琼台……亦各以词长，比于宋之晦庵、元之鲁斋。广平铁石，犹赋梅花，靖节闲情，宁为玷璧？

《惜阴堂明词丛书叙录》(《明词汇刊》附)

叶盛

叶盛（1420—1474）字与中，号仲盛，别号蜕庵，又号泾东道人、澱东老渔，昆山（今江苏昆山）人。正统十年（1445）进士。授兵科给事中。代宗立，进都给事中，擢右参政。正统十一年（1446），以佥都御史巡抚两广。景泰三年（1452），督饷宣府镇，防瓦剌也先。七年还京。成化三年（1467），迁礼部右侍郎，转吏部左侍郎。卒谥文庄。《明史》卷一百七十七有传。叶盛嗜学喜诗文，著有《菉竹堂集》八卷，词附。赵尊岳裁其词，题为《菉竹堂词》，辑入《明词汇刊》。存词五首。

1. 赵尊岳：

初非作家，亦有疏俊处。〔浣溪沙〕云："回首相思二十年。曾因雁去把书传。至今矫首望南天。　西夏久闻归职贡，希文何事尚临边。归来黄阁会群仙。"虽叙述边陲之事，而以"雁去把书传"、"矫首望南天"，将全首之精神提起，即西夏之归职贡，希文之临边，亦韵语可掬。能以史事抒诸吟咏，雅致欲流。菉竹得此，亦足以比肩于词流之列。惜其它尚一间相去，不能复称耳。

《惜阴堂汇刊明词提要·菉竹堂词》（《词学季刊》第二卷第一号）

姚绶

姚绶（1422—1495）字公绶，号谷庵，自号仙痴，晚号云东逸史，嘉善（今浙江嘉善）人。天顺八年（1464）进士，拜监察御史。成化初（1465）为永宁郡守，解官归。筑室曰丹邱，啸咏其中，人称丹邱先生。年七十四卒。工诗画，著有《云东集》。赵尊岳裁其词为《谷庵词》，辑入《明词汇刊》。存词二十九首。

1. 胡应宸：

张玉田论词，过变最不要断，当于此悟其法。（评〔小楼连苑〕《题山林》）

《兰皋明词汇选》卷七

2. 顾璟芳：

写出太平风景，宜令读者神怡志悦，如何读一过思一回，益使人愁叹不堪。（评〔苏武慢〕《追和虞道园韵》）

《兰皋明词汇选》卷八

3.《续修四库全书总目提要》：

绶精于画事，故时有题画之作。词殊平庸，惟其〔苏武慢〕《追和虞道园》八首、又前简补遗四首，虽嫌扶露疏旷，然时有潇洒之致。天、成间之词，尚较为可取者焉。

《谷庵词一卷提要》

王越

王越（1423—1498）字世昌，浚县（今河南浚县）人。景泰二年（1451）进士。官至兵部尚书，总制大同及延绥甘宁军务，以功封威宁伯。尝三次出塞，收河套地，身经十余战。出奇取胜，奖掖士类，人乐为用。惟因前结汪直，后结李广，为士论所轻。卒赠太傅，谥襄敏。《明史》卷一百七十一有传。王越诗文多河朔激壮之音，而伤于粗率。著有《王襄敏公集》二卷、续集一卷，词附。赵尊岳裁其词，题为《黎阳王太傅诗余》，辑入《明词汇刊》。存词二十八首。

1. 陈廷焯：

遣词清快。笔力甚劲，感慨无穷。（评〔浪淘沙〕“远水接天”）《云韶集》卷十二

2. 赵尊岳：

词笔澹宕清逸，盖钟鼎而有山林气息者矣。其〔浪淘沙〕《题渔村落照》云：“落日半衔山，倦鸟知还。淡红斜影画图间。收拾纶竿沽一醉，真个清闲。”《题平沙落雁》云：“切莫近蒹葭，莫宿芦花。好来此处乐生涯。胜似夜寒边塞上，惊起胡笳。”可以概见。其题《孟浩然骑驴图》〔满庭芳〕下半阕，亦宛转有致，云：“一任雪花如掌，蹇驴背上，吟思清奇。料此中佳趣，惟有梅知。吩咐奚童休折，未曾开到南枝。黄昏后，闲情余兴，归路尚迟迟。”用笔能委宛如人意绪，明代词人，盖不多见者矣。

《惜阴堂汇刊明词提要·王太傅诗余一卷》（《词学季刊》第二卷第一号）

3. 赵尊岳：

一代大臣，多古文之士，《会昌一品》，晏氏《珠玉》，人所共

喻，明代亦然。若李东阳、王越、顾鼎臣、王鏊之流，无不有词籍，且亦多可存之作。

《惜阴堂汇刻明词记略》(《明词汇刊》附)

4.《续修四库全书总目提要》:

共十五阕，〔浪淘沙〕、〔满庭芳〕皆题图之作。〔浪淘沙〕《渔村落照》云:“江山白云寒。流水潺潺。渔翁家住蓼花湾。到老不知城府路，无事相关。　　落日半衔山。倦鸟知还。淡红斜影画图间。收拾纶竿沽一酒，真个清闲。”又《平沙落雁》云:“无地著烟霞。漠漠平沙。几行征雁晓风斜。写破一天秋意思，飞过渔家。　　切莫近蒹葭。莫宿芦花。好来此处乐生涯。胜似夜寒边塞上，惊起胡笳。”冲淡清幽，宛转如意，明词中之胜境也。

《王太傅诗余一卷提要》

张宁

张宁（生卒年不详）字靖之，号方洲，海盐（今浙江海盐）人。约弘治八年（1495）前后在世。景泰五年（1454）进士。授礼科给事中，擢都给事中。成化元年（1465）出为汀洲知府。引疾归。家居三十年，累荐不起。工书画，能诗，著有《方洲集》二十六卷，词附。赵尊岳裁其词，题为《方洲诗余》，辑入《明词汇刊》。存词二十六首。

1. 陈霆：

张靖之有《方洲集》，中载南词逾二十篇。予细选之，得其《西湖会饮》一首。然复语意不伦，乃为之稍加更润，始若可歌。然不谓大佳也。〔念奴娇〕云："清明天气，叹三分春色，二分僝僽。蝶意莺情留恋处，还在余花剩柳。风雨相催，阴晴不定，落得人憔瘦。淡妆浓抹，西湖却道如旧。　谁把山色空濛，水光潋滟，收拾归庭牖。一笑偿他花鸟债，又是几番开口。前辈文章，诸公赋咏，借问谁曾有。浮云春梦，此情都付杯酒。"予尝妄谓我朝文人才士，鲜工南词。间有作者，病其赋情遣思、殊乏圆妙。甚则音律失谐，又甚则语句尘俗。求所谓清楚流丽，绮靡酝藉，不多见也。靖之在国朝，亦东南文士冠冕。予选其所作止如此。乃知作者之难，此道之未易耳。

《渚山堂词话》卷三

2. 周庆云：

有《方洲集》四十卷，词附。〔满江红〕《题碧梧翠竹送李阳春》云："一曲清商，人别后、故园几度。想翠竹碧梧风采，旧游何处。三径西风秋共老，满庭疏雨春多过。看苍苔、白石易黄昏，愁无数。　峄山畔，淇水路。空回首，佳误期。空跌蹉。叹舞莺鸣凤，归来迟暮。冷澹还如西硐草，凄迷翻作江东树。且留他、素管候冰丝，重相和。”饶有清劲之气。

《历代两浙词人小传》卷五

3. 赵尊岳：

酬酢所作为多。

《方洲诗余跋》（《方洲诗余》卷后）

沈周

沈周（1427—1509）字启南，号石田，又号白石翁。长洲（今江苏苏州）人。年十一游南都，作百韵诗上巡抚侍郎崔恭。比长，郡守欲以贤才荐。筮《易》，得遁之九五，遂绝意隐遁。风神萧散。卒年八十三。沈周为人耿介不阿，世称石田先生。博览群书，诸种艺术兼工。尤长于画，与唐寅、文徵明、仇英号“明四家”。著有《石田集》、《石田诗选》等，词附集中。赵尊岳裁其词，题为《石田诗余》，辑入《明词汇刊》。存词四十五首。

1. 李葵生：

施、沈纤秾，方追秦、柳。

《兰皋明词汇选序》（《兰皋明词汇选》卷首）

2. 王昶：

沈启南周，按〔唐多令〕自题画像，真率风流，天然萧旷，正不必执词家格律求之。启南自跋云：“正德己巳夏端午日，八十三翁长洲沈周书于有竹庄之平安亭西窗。”

启南又有〔满江红〕《题武功先生词》。武功，盖徐有贞也。此词写似史明古鉴，后有诸贤跋语，但武功藉夺门功入阁，无可称许，而启南以“扶日擎天”颂之，未免推崇太过。然足见明人词稿甚多缺佚不传，亦为叹息。

《西崦山人词话》卷一

3. 谢章铤：

沈启南父恒吉，名恒，字同斋，号缆庵。《题画》云：“一竿风月，一蓑烟雨。家傍钓台西住。卖鱼生怕近城门，况肯到、红尘深处。　潮生解缆，潮平鼓枻。潮落放歌归去。时人错认是严光，自是个、无名渔父。”调为〔鹊桥仙〕。其伯贞吉，名贞，字南斋，又字陶庵，号陶然道人。《自题小影》云："此老粗疏一钓徒。服也非儒。状也非儒。年来只为酒糊涂。朝也村酤。暮也村酤。　　胸中文墨半些无。名也何图。利也何图。烟波染就白髭须。出也江湖。处也江湖。"调为〔一剪梅〕。启南风雅，渊源有自矣。

《赌棋山庄词话》卷五

4. 蔡澄：

石田先生以诗语言书画重于世，而倚声为小词，亦苏辛劲敌也。

《鸡窗丛话》

陈献章

陈献章（1428—1500）字公甫，世称白沙先生，广东新会人。正统十二年（1447）举人。成化年间，以荐授翰林院检讨。曾从学于吴与弼。主静坐澄心，开明代心学先声。著有《白沙集》。存词一首。

1. 张德瀛：

陈白沙〔渔歌子〕云："红蕖风起白鸥飞。大网拦江鱼正肥。微雨过，又斜晖。村北村南买醉归。"结响骚雅，使刘后村见之，当不敢嗤为押韵语录。

《词徵》卷六

周瑛

周瑛（1430—1518）字梁石，号翠渠，莆田（今福建莆田）人。成化五年（1469）进士。知广德州。迁南京礼部郎中，出为抚州知府，调知镇远。弘治（1488）初，为四川参政，进右布政使。所至咸有政绩。以母丧归，乞致仕。其学以居敬为主，学者称翠渠先生。《明史》卷二百八十二有传。周瑛志洁操清，归隐未能。著有《翠渠类稿》，词附。赵尊岳裁其词，题为《翠渠词》，辑入《明词汇刊》。存词九首。

1. 赵尊岳：

蕴藉有致，亦时时能露其风骨。〔临江仙〕《次林见素韵》有云："百岁光阴秋梦短，鹿埋何处芭蕉。旧情偏傍故园饶。酒杯江上饮，银镫月中敲。"又云："闻道天家收放逐，玉堂新草黄麻。仙源好去问灵槎。未应同老我，风雨漫思家。"均疏秀可诵。又有云："春事阑珊双鬓短，襟怀半在桑麻。落英无意恋枯槎。东君犹自错，留我美人家。"则可作词史读之。盖维时政化不行，贤人乞退，翠渠有归隐之志而未能，圣眷尤渥，故以东君美人相况，意在言外，彰彰甚明也。

《惜阴堂汇刊明词提要·翠渠词》）（《词学季刊》第二卷第一号）

史鉴

史鉴（1434—1496）字明古，号西村，吴江（今江苏吴江）人。隐居不仕，留心往世之学。平生无书不读，而尤熟于史。家居水竹秀茂，亭馆相通。客至陈三代秦汉器物及唐宋以来书画名品，相与鉴赏。常着古衣冠，曳履挥麈，似仙人。人称西村先生。著有《西村集》，词附。赵尊岳裁其词，题为《西村词》，辑入《明词汇刊》。存词五十八首。

1. 周铭：

西村词如远山凝黛，苍翠欲滴，而韶秀之中，气骨自具，天然设色，不与俗共争艳者也。

《松陵绝妙词选》卷一

2. 王昶：

史明古鉴，长于史学，居穆溪之西，有园林竹木之胜，图书供具，悉皆工雅，王恕深器其才。所著有《礼疑》、《礼纂》、《小雅日抄》诸书。词非所长。

《西崦山人词话》卷一

3. 陈廷焯：

写景如画。笔力清劲，骨韵都高，此清真、白石化境也。不谓于明代见之。一快。（评〔临江仙〕“秋水芙蓉江上饮”）

《云韶集》卷十二

4. 刘毓盘：

史鉴《西村词》，论者以方马洪为二布衣词，朱锡鬯诋洪词为俗，鉴亦未能免俗耳。

《词史》第九章

5. 赵尊岳：

著《西村集》，词三十五首，附集以行。词多艳丽，笔亦能曲达其意，不落凡章。如〔浣溪纱〕：“半夜月明歌楚调，双莲波冷泣吴宫。鸳鸯惊散各西东。”〔菩萨蛮〕：“柳腰清减花容瘦。眼波凝绿眉山皱。春去已多时。不堪听子规。”〔少年游〕：“风振华林，满空灵籁，走上小亭时。”均饶有古意。至〔解连环〕：“别离事人生常有，底何须为著，真个消瘦。但若是下情长，便海角天涯，等是相守。潮水西流，肯寄我、鲤鱼双否。”〔孤鸾〕：“喜今年重见旧风味，想尚怯春寒，开也还闭。”均以直率之语，抒宛转之情，略能张柳七之目，于明人词中殊为罕见矣。

《惜阴堂汇刊明词提要·西村词一卷》（《词学季刊》第二卷第一号）

6.《续修四库全书总目提要》：

凡三十五阕。词虽浅近，而用笔时得宋贤遗法。〔菩萨蛮〕《赠妓》云：“柳腰清减花容瘦。眼波凝绿眉山皱。春去已多时。不堪听子规。　　相逢时话旧。泪湿罗衫袖。对酒莫高歌，闻歌愁更多。”〔少年游〕《题小景》云：“青山重叠绕回溪。空翠湿人衣。好似娇娥，晓临妆镜，石黛扫双眉。　　丹枫映水如缥锦，秋色误春姿。风振华林，满空林籁，走上小亭时。”〔解连环〕云：“潮水西流，肯寄我、鲤鱼双否。”〔贺新郎〕《天台》云：“雾帐云房深几许，梦魂中，不管流年度。”“古寺石桥风雨响，泻下半天瀑布。有头白、老僧常住。世上名山能有几。强登临，莫待青春暮。”并能于直笔之中，而见其气象也。

《西村词一卷提要》

吴宽

吴宽（1435—1504）字原博，号匏庵，长洲（今江苏苏州）人。成化八年（1472），会试、廷试皆第一，授翰林院修撰。侍东宫。孝宗即位，预修《宪宗实录》，进少詹事兼侍读学士。弘治八年（1495）擢吏部右侍郎，十六年进礼部尚书。卒谥文定。《明史》卷一百八十四有传。吴宽清正自守。于书无所不读，尤喜《左传》、《汉书》、唐宋大家文。著有《匏翁家藏集》七十七卷，词附。赵尊岳裁其词题为《匏庵词》，辑入《明词汇刊》。存词三十四首。

1. 徐士俊：

“半壁雨收残日去，满江风送晚潮来”，暮景愁人。此其二句，暮景快人。（评〔浣溪纱〕“晚来疏雨过柴关”）

《古今词统》卷四

2.《耆旧续闻》：

吴宽，字原博，有《匏庵词》。“繁华落尽留红叶，新笋丛生带绿苔”，名句也。赵宽字栗夫，受知于匏庵。匏庵曰：不遇吴宽，争得赵宽。两人俱登进士第一，而赵为吴所本，皆得名。吴有词曰《匏庵集》，赵有词曰《半江集》。

沈雄《古今词话·词评》下卷引

3. 顾璟芳：

《文定集》中，飞九录得数十首，然自《草堂》所载〔菩萨蛮〕、〔阮郎归〕诸调外，佳者殊难，此则原博之《金荃》矣。（评〔浪淘沙〕《桂花》）

《兰皋明词汇选》卷三

4. 王昶：

吴原博宽，以硕德耆旧退归吴下，所流传之词不过十余首，而潦倒颓唐，完善者颇少，惟〔菩萨蛮〕之《咏宫人图》、〔采桑子〕之《十一月十一夜泛舟白公堤》，差可取尔。同时赵栗夫宽受知于原博，藉以成名。（今按：此条有小字眉批云：原博赠栗夫词云："匹马何来，白云司里，语妙非诗，意浓如画。世俗相过，笑称觞特怕。岂待枫落，吴江一句，为乡闾增价。兔管停毫，凤笺留尾，试题除夜。"此〔醉蓬莱〕之后半阕也。公生日在除夜，故云。原博又有《踏莎行·七十自寿》，时弘治十六年也。）

昆山朱天昭文玉，玉峰希周父也，年五十，吴原博作〔贺新郎〕庆之，有云："唤小童，急向西楼走，看黄榜首题朱某。"亦恶词耳。而次年弘治九年丙辰，玉峰殿试第一。可见词皆有谶也。天昭居苏州吴趋坊，官御史。（今按：眉批云："《苏州志》作云南按察使。"）

《西崦山人词话》卷一

5. 王初桐：

吴宽有《匏庵词》，时赵宽为匏庵所取士。匏庵尝曰：不遇吴宽，争得赵宽。赵词名《半江集》。

《小嫏嬛词话》卷三

6. 赵尊岳：

作诗文雅有典则，兼工书法，词亦窥见门径，不同庸下。

《匏翁词跋》（《匏翁词》卷后）

7.《续修四库全书总目提要》：

共三十四阕。〔踏莎行〕《癸亥岁除自寿》云："一岁之中（按：应为终），吾生之始。年称七字从今起。俗说添年时减年，不添不减那能此。　天念疏庸，人怜萎靡。词林老大成何事。若教归去更安闲，不知活到多年纪。"词虽不雅，亦实情也。全集中并不如自寿之俗，亦能粗具规模。王昶《明词综》引宽〔采桑子〕云："纤云尽卷天如水，芦荻风残。松竹霜寒。更看前溪月满山。　画船红烛金尊酒，子夜歌阑。缓吹轻弹。得意人生且尽欢。"此词不见集中。昶又引《耆旧续闻》云：匏庵词，有“繁华落尽留红药，新笋丛生带绿苔”，名句也。时赵宽字栗夫，为匏庵所取士，词名《半江集》。匏庵尝曰：不遇吴宽，争得赵宽。集中亦无“繁华”二句，疑非完帙，所引《耆旧续闻》自非陈鹄之书，未详所据。集中有〔醉蓬莱〕《答赵栗夫》一阕，可证吴、赵往来之踪迹也。

《匏庵词一卷提要》

黄潜

黄潜（1435—1508）字仲昭，学者称未轩先生。莆田（今福建莆田）人。成化二年（1466）进士，授编修。因直谏被杖之阙下。谪湘南知县，未行，改南京大理寺评事，遂请归。弘治初，起江西提学佥事。连疏乞归。著有《未轩集》。赵尊岳裁其词，题为《未轩词》，辑入《明词汇刊》。存词八首。

1. 赵尊岳：

词笔亦间有佳处，而不免尘俗。〔感皇恩〕有云："金紫辉煌，青骢蹀躞，万里风云随玉节。"〔忆旧游〕有云："祖酒三行，把离情搅动，乱似杨花。"均可传诵。幛词本明人积习，兹以妙笔抒之，用颂扬字面，而不为其所拘；寓惜别情怀，而不为其所泥，即亦足以厕诸《金荃》、《兰畹》之林矣。

《惜阴堂汇刊明词提要·未轩词》（《词学季刊》第二卷第一号）

章懋

章懋（1437—1522）字德懋，号闇然子，晚号谷滨遗老，学者称枫山先生。兰溪（今浙江兰溪）人。成化二年（1466）进士第一。授翰林院编修。后贬临武知县，未行，改南京大理寺评事。升福建按察使佥事。弘治三年（1490），起南京国子监祭酒。嘉靖初，进南京礼部尚书，致仕。卒赠太子太保，谥文懿。《明史》卷一百七十九有传。著有《枫山集》，词附。赵尊岳裁其词，题为《枫山先生词》。存词六首。

1. 赵尊岳：

诗余六首附（集中），盖帐词也。然有淳朴处，不似明人之敝疲。〔归朝欢〕有云："山城岁晚梅初蕊，冉冉飞凫上天去。黄童白叟兢攀辕，等闲莫把归期负。"〔千秋岁〕《上寿》有云："蔬陈尧涧韭，果存安期枣。双溪上，谁知也有蓬莱岛。"均不涉恶趣者。

《惜阴堂汇刊明词提要·枫山先生词》（《词学季刊》第二卷第一号）

2. 赵尊岳：

有集四卷，词附。盖酬应幛词也。

《枫山先生词跋》（《枫山先生词》卷后）

3. 赵尊岳：

理学大儒，如章枫山……亦各以词长，比于宋之晦庵、元之鲁斋。广平铁石，犹赋梅花，靖节闲情，宁为玷璧？

《惜阴堂明词丛书叙录》（《明词汇刊》附）

戴冠

戴冠（1442—1512）字仲鹖，信阳（今河南信阳）人，一作吉水（今属江西）人。正德三年（1508）进士，为户部主事。因上疏言时弊，贬为广东乌石驿丞。嘉靖初起官历山东提刑副使。《明史》卷一百八十九有传。戴冠以清介著称。诗学何景明，但少蕴藉徒守其格调。著有《邃谷集》十二卷，词附。赵尊岳裁其词，题名为《邃谷词》，辑入《明词汇刊》。存词四十四首。

1. 赵尊岳：

以和朱淑真《断肠词》者为多。

《邃谷词跋》（《邃谷词跋》卷后）

2.《续修四库全书总目提要》：

和朱淑真《断肠词》二十九首，别作十五首……词亦甚清丽，盖得力于《断肠》也。

《邃谷词一卷提要》

罗玘

罗玘（1447—1519）字景鸣，学者称圭峰先生，南城（今江西南城）人。弘治元年（1488）进士。选庶吉士，授编修，进侍读。正德初，累迁至南京太常少卿、吏部右侍郎。以疾归。卒赠礼部尚书，谥文肃。《明史》卷二百八十六有传。罗玘博学好古文，务为求奥。著有《圭峰文集》十八卷、《续集》十五卷，词附。赵尊岳裁其词，题为《圭峰先生词》，辑入《明词汇刊》。存词三首。

1. 赵尊岳：

罗玘……幛词三首，所作尚有拙致。〔谒金门〕云："昨夜山头，明月照四郊如昼。晓来车骑如云，向邮亭分手。　飘飘两袖天风醉，类明春宫柳。定留金鼎调羹，肯南天回首。"（按：应为〔好事近〕）向来作幛词，多赞颂语，一无雅致，令人不堪卒读。兹圭峰以南宋人寿词之法作幛词，仅于收处以"金鼎调羹"微致企颂，而"车骑如云"、"天风两袖"、"明春宫柳"，均以词笔扣住颂扬，借物写生，真所谓融情入景。明词得此，亦正复未多也。

《惜阴堂汇刊明词提要·圭峰先生词》（《词学季刊》第二卷第一号）

2. 《续修四库全书总目提要》：

仅〔感皇恩〕、〔谒金门〕、〔好事近〕三阕，词亦平顺，无足称述，盖不以此名也。

《圭峰先生词提要》

李东阳

李东阳（1447—1516）字宾之，号西涯，茶陵（今湖南茶陵）人。天顺八年（1464）进士。选庶吉士，授编修。弘治五年（1493）进太常少卿，擢礼部右侍郎兼侍读学士。入内阁，参与机务。晋太子少保、礼部尚书兼文渊阁大学士。武宗立，屡加少保兼太子太傅。刘瑾用事，李东阳潜移默御，保全善类。立朝五十年，清节不渝，以吏部尚书兼华盖殿大学士致仕。年七十卒。谥文正。《明史》卷一百八十一有传。李东阳为文始主平正典雅，后以沈博伟丽为宗。工篆隶书。自明兴以来，宰臣以文章领袖缙绅者，杨士奇之后，一人而已。著有《怀麓堂集》，词附。赵尊岳裁其词，题为《怀麓堂词》，辑入《明词汇刊》。存词十三首。

1. 王昶：

余尝阅《怀麓堂集》，中有词数首，皆庸俗不足存。

《西崦山人词话》卷一

2. 陈廷焯：

自是明人声口，不可强也。情韵有余。（评〔雨中花〕“正爱月来云破”）

《云韶集》卷十二

3. 赵尊岳：

词尚有笔。其《题画》〔雨中花〕云：“庭下桂花如绣，门前月华如昼。云母屏开，水晶帘卷，照见姮娥瘦。　记得中秋风雨后，今夜清光依旧。怕犀箸风高，玉杯露冷，空把仙裙皱。”要是合作。至〔减兰〕之“他日重游，记取前溪双树头”，〔浪淘沙〕之“碧云为盖草为茵，刚道花王谁不信，疑是前身”，均疏俊之笔，能见其才情者也。

《惜阴堂汇刊明词提要·怀麓堂词》(《词学季刊》第二卷第一号)

4. 赵尊岳：

一代大臣，多古文之士，《会昌一品》，晏氏《珠玉》，人所共喻，明代亦然。若李东阳、王越、顾鼎臣、王鏊之流，无不有词籍，且亦多可存之作。

《惜阴堂汇刻明词记略》(《明词汇刊》附)

锁懋坚

锁懋坚（生卒年不详）西域人，因祖上随宋室南渡，遂为杭人。有诗名，尤善吟写。存词三首。

1. 田汝成：

锁懋坚，西域人，扈宋南渡，遂为杭人。代有诗名，懋坚尤善吟写。成化间游苕城，朱文理座间索赋其家假山，懋坚赋〔沉醉东风〕一阕云："风过处，香生院宇。雨收时，翠湿琴书。移来小朵峰，幻出天然趣。倚阑干，尽日披图。谩说蓬莱本是虚。只此是、神仙洞府。"为一时所称。

《西湖游览志余》卷二十三

2. 沈雄：

西域锁懋坚于成、弘间作乐府有声，其〔菩萨蛮〕《赋残春》云："晓钟若到春偏过。一番日永伤迟暮。谁送断肠声。黄鹂知客情。　　山光娇靥湿。仍带伤春泣。绿酒泻杯心。卷帘空抱琴。"即此可以见盛明文教之远。

《古今词话·词话》下卷

3. 陈廷焯：

别样凄艳。（评〔菩萨蛮〕《送春》）

《词则·别调集》卷三

刘泰

刘泰，字士亨，钱塘（今浙江杭州）人。负奇志，特立不群。景泰、天顺间居武林城中，好学笃行，肆其余力于诗，精丽奇伟，为一时绝唱。每一篇出，则竞相传诵，南北之士来客江左者，必得泰一诗以取重乡里。所著有《菊庄》、《晚香》、《雪余》、《倡和》诸集。

1. 田汝成：

刘士亨泰，钱唐人，号菊庄，当景泰、天顺间，隐居不仕，诗词为一时绝唱。

《西湖游览志余》卷十三

2. 王世贞：

士亨，钱塘名俊，蚤蹈高洁，歌诗宏富清新，未脱宋元之习。浩澜少出其门，尤擅词学，烨烨胜之。

《列朝诗集小传》乙集引

3. 钱谦益：

正德间，隐居不仕，以诗词名一时。其门人陆昂伯偁、马洪浩澜为冠。于是以为陆得其诗，马得其词。

《列朝诗集小传》乙集

谢迁

谢迁（1449—1531）字于乔，号木斋，余姚（今浙江余姚）人。成化十一年（1475）进士第一。授翰林院修撰，累迁左庶子。弘治中，进少詹事兼侍讲学士，入内阁参与机务。寻加太子少保、兵部尚书兼东阁大学士。武宗嗣位，加少傅兼太子太傅。后致仕。嘉靖中，入相数月，以老辞归。卒赠太傅，谥文正。《明史》卷一百八十一有传。著有《归田稿》八卷。词附。赵尊岳裁其词，题为《归田词》，辑入《明词汇刊》。存词六首。

1. 赵尊岳：

词笔直率，非所专长，二词又为酬应之作，无可评骘，聊存家数而已。

《惜阴堂汇刊明词提要·归田词》（《词学季刊》第二卷第一号）

王鏊

王鏊（1450—1524）字济之，吴县（今江苏苏州）人。成化十一年（1475）进士，授编修。弘治中，历侍讲学士，充讲官。正德初，累进户部尚书、文渊阁大学士。时刘瑾衔恨韩文、刘大夏，欲杀之，又欲以他事中伤刘健、谢迁，鏊皆力救得免。后以志不得行，极力求去。卒谥文恪。《明史》一百八十一有传。王鏊为人有识鉴，议论明畅，博于学问，文章渊雅。著有《震泽集》三十卷，词附。赵尊岳裁其词，题为《震泽词》，辑入《明词汇刊》。存词七首。

1. 赵尊岳：

诗文集汇之为《震泽集》，词七首附。有拙处，非时流所可及，又其闲适恬淡之情，溢于言表。自寿〔渔家傲〕有云："碧水丹山常梦说，如今总在门前列。舞妙词新声激烈。歌一阕，金樽满泛清秋月。"此有拙致者也。又〔踏莎行〕有云："明月逍遥，白云自在，别是人间闲世界。起来把酒酹青山，年年与汝常相会。"此恬淡而又饶有思致者也。惜其余所作或不相衬，仅得披沙以为淘金之资而已。

《惜阴堂汇刊明词提要·震泽词一卷》(《词学季刊》第二卷第一号)

2. 赵尊岳：

一代大臣，多古文之士，《会昌一品》，晏氏《珠玉》，人所共喻，明代亦然。若李东阳、王越、顾鼎臣、王鏊之流，无不有词籍，且亦多可存之作。

《惜阴堂汇刻明词记略》(《明词汇刊》附)

沈林

沈林（1453—1521）字材美，长洲（今江苏苏州）人，成化十七年（1481）进士，授晋州知州，累迁四川川庆知府、云南参政、山西布政使，忤刘瑾落职。刘瑾诛，历巡抚贵州、山东，致仕卒，著有《学鸣前后稿》。

1. 徐㭎：

贞隐先生学深于易，与白阳山人往还，洵是嘉、隆人物，有古风。故其小词数阕，无一浮靡之句。

沈雄《古今词话·词评》下卷引

杨循吉

杨循吉（1456—1544）字君卿，一字君谦，吴县（今江苏苏州）人。成化二十年（1484）进士。授礼部主事。后因病归，结庐于支硎山下，以读书著述为乐。武宗驻跸南京，命作《打虎曲》及乐府、小令等，不授官而以俳优蓄之，循吉引以为耻，不久辞归。晚岁亦落寞，更洁身自好。卒时年八十九。著有《松筹堂集》，词附。赵尊岳裁其词，题为《松筹堂词》，辑入《明词汇刊》。存词十五首。

1. 赵尊岳：

词尚平整，惟不能通体无疵。盖善作排忧乐府者，故不能与《金荃》、《兰畹》相同论也。〔洞仙歌〕有云："醖香飘十里，更著流莺，乱掷金梭向林织。野芳繁，天宇净，日暖游峰，早拦高阳狂客。"又〔醉蓬莱〕："新涨溶溶，梅开野店，来寻疏萼。骀荡风和，看纸鸢寥廓。社鼓声中，承平气象，待相将东作。"均写景胜句，可共吟诵者也。

《惜阴堂汇刊明词提要·松筹堂词一卷》（《词学季刊》第二卷第一号）

2. 《续修四库全书总目提要》：

凡十四首阕，词不深曲，而善写景事。〔望海潮〕云："西湖翠柳风斜，有雾丝烟缕，惆怅藏莺。"〔醉蓬莱〕云："新涨溶溶，梅开野店，来寻疏萼。骀荡风和，看纸鸢寥廓。"〔洞仙歌〕有云："醖香飘十里，更著流莺，乱掷金梭向林织。野芳繁，天宇静，日暖游峰，早拦高阳狂客。"又〔瑞鹤仙〕云："微风林樾动，见云暗溪堂，水禽鸣呀。轻雷度郊垄，乍翻荷点点，雨如拳重。"〔西江月〕云："雨脚如麻正密，波纹化晕正圆，阴阴四月熟梅天。仙舫四月高卷。"并即事融写，不落纤巧者也。

《松筹堂词一卷提要》

吴俨

吴俨（1457—1519）字克温，号宁庵，宜兴（今江苏宜兴）人。成化二十三（1487）进士，选庶吉士。除编修，历官侍讲学士，掌南京翰林院。逆刘瑾去职。刘瑾诛，召用。终南京礼部尚书。卒谥文肃。《明史》卷一百八十四有传。著有《吴文肃摘稿》。存词二首。

1. 钱谦益：

文章庄重，诗词清丽可讽。

《列朝诗集小传》丙集

赵宽

赵宽（1457—1505）字栗夫，号半江，吴江（今江苏吴江）人，成化十七年（1481）进士第一。历官刑部郎中、浙江提学副使、广东按察使。少即受知于吴宽。赵宽诗、文、词、书皆工，为文雄浑秀整，行草颇清润。著有《半江集》十五卷，词附。赵尊岳裁其词，题为《半江词》，录入《明词汇刊》。存词十三首。

1.《耆旧续闻》：

吴宽，字原博，有《匏庵词》。“繁华落尽留红叶，新笋丛生带绿苔”，名句也。赵宽字栗夫，受知于匏庵。匏庵曰：不遇吴宽，争得赵宽。两人俱登进士第一，而赵为吴所本，皆得名。吴有词曰《匏庵集》，赵有词曰《半江集》。

沈雄《古今词话·词评》下卷引

2. 周铭：

半江早历清华，名满天下，而其词潇洒清俭，不忘江湖鱼鸟之乐，读其“轩冕虚花，身心实用”二语，几不知廊庙为何物，其得力于恬养者素矣。

《松陵绝妙词选》卷一

3. 陈廷焯：

笔力苍老，明词之铮铮者。骨韵都高，情景兼胜，此种词不减宋人也。（评〔减字木兰花〕“寒风吹水”）

《云韶集》卷十二

4. 赵尊岳：

雅令可诵。

《半江词跋》（《半江词》卷后）

邵宝

邵宝（1460—1527）字国贤，号二泉，无锡（今江苏无锡）人。成化二十年（1484）进士。授许州知州。入为户部员外郎，历郎中，出为江西提学副使，修白鹿洞书院学舍以处学者。弘治十八年（1505），改官浙江按察使。正德中，迁右副都御史，总督漕运。因忤刘瑾，勒致仕。瑾诛，升户部侍郎，拜南礼部尚书，前后七疏，恳辞不就。嘉靖初，起复前职，复辞。卒赠太子太保，谥文庄。学者称二泉先生。《明史》卷二百八十二有传。著有《容春堂集》，词附。赵尊岳裁其词，题为《容春堂词》，辑入《明词汇刊》。存词九首。

1. 赵尊岳：

词亦间有拙致。《和张提学》〔蝶恋花〕上半阙云："相逢谁谓吟诗瘦。闻道春来，筋力全胜旧。曾将春酒遥称寿。今年准拟明年又。"其幛词《送林方伯》〔满江红〕有云："江湖千万里，一骢五马，犹记当年。□豸冠依旧，袍锦红鲜。"（按：〔满江红〕为〔满庭芳〕之误）亦能雍容华雅，不同凡响，殊为难能可贵者矣。

《惜阴堂汇刊明词提要·容春堂词》（《词学季刊》第二卷第一号）

祝允明

祝允明（1461—1527）字希哲，长洲（今江苏苏州）人。生而枝指，故自号枝山，又号枝指生。弘治五年（1492）举于乡，官至应天府通判。未几致仕。玩世自放，往往出名教外。年六十七卒。《明史》二百六十八有传。祝允明博览群籍，为文多奇气，尤工书法，享誉海内。与唐寅、文徵明、徐祯卿并称“吴中四才子”。诗下语颇妍，文亦洒脱自如。著有《怀星堂集》三十卷，词附。赵尊岳裁其词为《枝山先生词》，辑入《明词汇刊》。存词三十九首。

1. 胡应宸：

京兆乞花索醉，至今传为佳话，想其于情艳上步步体贴，刻刻流连，故歌词轻荡，令读者欲狂。（评〔一剪梅〕《灯夜》）

《兰皋明词汇选》卷四

2. 顾璟芳：

妖艳极矣！然无填曲气。（评〔浪淘沙〕《春情》）

《兰皋明词汇选》卷三

3. 沈雄：

唐子畏素性不羁，及坐废，益游于酒人以自娱。宸濠礼聘之，子畏见有异志，裸形箕踞以处，得遣归。又传其鬻身梁溪学士家以求美婢，见诸剧戏。祝枝山尝傅粉墨，从优伶入市度新声，多向挟邪游。所著有〔掷果〕、〔窥帘〕、〔醉红〕、〔金缕〕诸曲，皆言情之作。好负逋债，出则群萃而呼责之者踵相接也。两人同滥笔墨，每多谐谑，而人争重之。唐有〔踏莎行〕、〔千秋岁引〕，祝有〔凤栖梧〕、〔浪淘沙〕。不甚精警，故逸其词而叙其人。

《柳塘词话》（《古今词话·词话》下卷引）

4. 陈廷焯：

温丽可歌。丽而雅，足以愧宗吉一流人。（评〔蝶恋花〕“闹蝶窥春花性浅”）

《云韶集》卷十二

5. 况周颐：

世讥明词纤靡伤格，未为允协之论。明词专家少，粗浅芜率之失多，诚不足当宋元之续，唯是纤靡伤格，若祝希哲、汤义仍、义仍工曲，词则敝甚。施子野辈，偻指不过数家，何至为全体诟病？洎乎晚季，夏节愍、陈忠裕、彭茗斋、王姜斋诸贤，含婀娜于刚健，有风骚之遗则，庶几纤靡者之药石矣。国初曾王孙、聂先辑《百名家词》，多沉着浓厚之作，明贤之流风余韵，犹有存者。

《蕙风词话》卷五

6. 赵尊岳：

词三十六首，则非其所长。然智慧流露处，亦见妙谛。其和虞道园、冯尊师〔苏武慢〕十二首，则尽羽流口吻。枝山固非丹灶中人，然文章游戏，固又无所不通也。〔鹧鸪天〕咏扇云：“梦想三生杜紫薇。轻罗银烛闪寒辉。雪从姑射山头降，云向瑶台顶上飞。”〔江城子〕云：“碧天黄日挂寒晴。桂花零。菊花明。点检重阳风物满江城。有约可人登眺去，人不至，念空生。”均有韵致，能以萧疏之语，写松俊之思，不为尘渣，不为泥染，庶得其三昧者矣。

《惜阴堂汇刊明词提要·枝山先生词》（《词学季刊》第二卷第一号）

7. 赵尊岳：

然最怪者，台阁学人，忠义士女，多有佳作。独所谓夏威名、隐山林之韦素，其词未必能工。如祝枝山、徐文长、唐六如、陈眉公、施子野之俦，咸复甚负时誉，高尚王侯，著述宏博，然凡所为词，几均不足一观，而一时人士多目此数家为宗工，风行草偃。明词之不振亦一端也。

《惜阴堂汇刻明词记略》(《明词汇刊》附)

8.《续修四库全书总目提要》:

凡三十六阕，词多质实滞拙，〔苏武慢〕十二阕，尤为不合。全书之中，仅〔凤衔杯〕一阕可读耳。允明诗文书法，有声当时，著述亦多，诗余虽非其所长，以其人而存之可也。

《枝山先生词一卷提要》

杨旦

杨旦（生卒年不详）字晋叔，号偲庵，建安（今福建建瓯）人。杨荣曾孙。弘治中进士，历官太常卿。以忤刘瑾左迁知温州府，治绩显著，稍迁浙江提学副使。瑾诛，累擢至户部侍郎。嘉靖初，迁南京吏部尚书，后致仕。事迹附《明史》卷一百四十八杨荣传后。著有《偲庵文集》十卷，词附。赵尊岳裁其词为《偲庵词》，辑入《明词汇刊》。存词九首。

1. 赵尊岳：

词虽酬应之作，然尚凝重典雅，要为可取。〔归朝欢〕《送张宪长》换头下云："东风绿遍苏堤柳，一舸空江春雨后。客中送客若为情，伤多莫厌离亭酒。"〔喜迁莺〕《送邹知县》有云："迤逦霜染枫林，酿晓寒，卮酒香浮蚁。卷有新诗，囊无余物，马首萧然行李。"要有宋人法度，非同疲敝之音，明人幛词，得此为不易也。

《惜阴堂汇刊明词提要·偲庵词一卷》（《词学季刊》第二卷第一号）

2.《续修四库全书总目提要》：

仅九阕，并为帐词，无足深论。〔归朝欢〕云："东风绿遍苏堤柳，一棹空江春雨后。客中送客若为情，伤多莫厌离亭酒。"词情雅畅，似非不知词者，而囿于习气，喜事惆怅，为可惜也。

《偲庵词一卷提要》

蒋冕

蒋冕（1463—1533）字敬所，一作敬之，全州（今广西全州）人。成化二十三年（1487）进士，选庶吉士，授编修，正德间累官户部尚书。世宗初为首辅，仅两月，龃龉以去。年七十一卒，谥文定。《明史》卷一百九十有传。蒋冕端谨不阿，有古大臣之风。著有《湘皋集》，词附。赵尊岳裁其词题为《湘皋词》，辑入《明词汇刊》。存词三十四首。

1. 吕调阳：

湘皋乐府若碧水芙蕖，不假雕饰，而天巧自在。

《明词综》卷二引

2. 王初桐：

蒋冕《湘皋乐府》，吕调阳比之碧水芙蕖。

《小嫏嬛词话》卷三

3. 陈廷焯：

全是抄袭东坡一阕，以此词为人所重，故录之。（评〔卜算子〕“斜阳坠荒山”）

《云韶集》卷十二

4. 赵尊岳：

词笔尚有风致，而幛词为多，要为酬应之作，不足论也。〔卜算子〕《秋晚》云：“斜日坠荒山，云黑天垂暮。时见空中一雁来，直入寒芦去。　惊起却低飞，有意同谁语？啄尽枝头数颗霜，还向空中举。”〔雨中花〕有云：“谁道青鸾生羽翼。却不为人传消息。使异域书沉，幽闺镜掩，两地堪愁绝。”一以矫健取胜，而一以委宛言情，异曲同工，庶为作者。以揆赵宋文忠、文正均以功业著，而均长于韵令，湘皋师法，有所承授矣。

《惜阴堂汇刊明词提要·湘皋词》(《词学季刊》第二卷第一号)

5.《续修四库全书总目提要》:

共三十四阕也。〔卜算子〕一首，盖改东坡“缺月挂疏桐”也，〔清平乐〕《题风泉阁》云:“青山高处。更结高楼住。风色泉声随杖履，阅过几番寒暑。　臣山不减茅山。百年风景依然。华表柱头留语，何妨雨地周旋。”清新潇洒，颇有情趣。唯集中寿词太多，精撰亦少，为可惜耳。吕调阳谓“湘皋乐府，若碧水芙蕖，不假雕饰，而天巧自在”，则誉溢其实矣。

《湘皋词一卷提要》

罗钦顺

罗钦顺（1465—1547）字允升，号整庵，泰和（今江西泰和）人。弘治六年（1493）进士。授翰林院编修，迁南京国子监司业。乞养将归，触刘瑾怒，夺职为民。瑾诛，复官，迁南京吏部右侍郎。世宗立，擢吏部尚书。张璁、桂萼以议礼骤贵，树党屏逐正人，钦顺耻与同列，乃辞不拜官。里居二十年，潜心格物致知之学。卒谥文庄，学者称整庵先生。《明史》卷二百八十二有传。著有《整庵存稿》，词附。赵尊岳裁其词题为《整庵诗余》，收录《明词汇刊》。存词二首。

1. 赵尊岳：

词二首，在集中非其所长，而间有隐逸气。〔临江仙〕起拍云：“不信东南天也漏，川原渺渺都平。愁闻簷溜短长声。鸟慵兔怯，那肯任为情。”其云“天漏”，是有感于朝政之不纲也，“鸟慵兔怯”字亦新颖，外此更多感时疾世之音。时刘瑾专横，民生疾苦，以整庵儒者，身当重职，而不能有所匡救，宜其感喟呻吟，以发之于吟咏，抒之于翰墨也。

《惜阴堂汇刊明词提要·整庵诗余》（《词学季刊》第二卷第一号）

王九思

王九思（1468—1551）字敬夫，号渼陂，鄠县（今陕西户县）人。弘治九年（1496）进士，选为庶吉士，后授检讨。以附刘瑾官至吏部郎中。刘瑾败，贬寿州同知，勒致仕。《明史》卷二百八十六有传。王九思平生闲美风流，不拘礼数，与康海等优游林下三十余年。工诗与李梦阳、何景明、王廷相、边贡称“五子”，加上康海、徐祯卿称“弘治七子”，即所谓“前七子”。著有《渼陂集》十六卷、续集三卷，散曲集《碧山乐府》五卷、词集《碧山诗余》一卷，以及杂剧《游春记》、《中山狼》等。其词集《碧山诗余》有多种刻本。赵尊岳据嘉靖原刻本辑入《明词汇刊》。存词五十六首。

1. 宋廷琦：

其篇少趣多，众体咸备，或慷慨激烈，或舒徐和平，或蕴藉含蓄，或清淑简易，要皆华敏高妙，与李太白、温飞卿为千年友，苏、黄而下不论也，始复悚然大骇曰：是何雅且丽也。

《碧山诗余跋》（《碧山诗余》卷后）

2. 吴梅

词则多酬应率意，集中寿词，多至数十首，亦可知其颓唐不经意矣。此〔蝶恋花〕一首，虽随笔所之，而集中尚是上乘者。大抵康、王虽以词曲著名，实皆注意散套。故论曲家则不可不推上座，论词则曾未升堂也。

《词学通论》第九章

陈霆

陈霆（1469 前—1519）字声伯，又字水南，德清（今浙江德清）人。弘治十五年（1502）进士，授刑部给事中。正德初年，触忤宦官刘瑾，谪判六安（今属安徽）。瑾以谋反罪伏诛后，复诏还刑部。后任山西提学佥事。未及老即致政归里。嘉靖中，屡荐不出，隐居渚山四十年。陈霆宦情淡泊，博学多闻，著述百余卷，工诗词、古文。著有《水南集》、《渚山堂词话》。词附集中。《渚山堂词话》为明代词话之佳构。赵尊岳裁其词，题为《水南词》，辑入《明词汇刊》。存词二百六十五首。

1. 陈霆：

字不如文，文不如诗，至于洒然，诗不如词。

《自赞》（《水南集》卷十六）

2.《四库全书总目提要》：

唯诗余一体较工，其豪迈激越，尤有苏、辛遗范。（《水南稿提要》）

盖霆诗格颇纤，于词为近，故论词转用所长。（《渚山堂词话提要》）

3. 陈廷焯：

有情有景，有笔有词，居然作手。写出旅次荒景。（评〔踏莎行〕“流水孤村”）

《云韶集》卷十二

4. 周庆云：

其词如〔踏莎行〕《晚景》云：“流水孤村，荒城古道。槎牙老木乌鸢噪。夕阳倒影射疏林，江边一代芙蓉老。　风暝寒烟，天底衰草。登楼望极群峰小。欲将归信问行人，青山尽出行人少。”

〔清平乐〕《游西湖用王介甫韵》云："香车隘住。笑揭红莲语。浅蹙芳尘罗袜汙。堤上未干花雨。　　画船载得琵琶。醉中情思无涯。不管湖烟湖水。东风取次飞花。"疏蒨有致。

《历代两浙词人小传》卷五

5. 刘承干：

水南工于词，论词较诗为确。

《渚山堂词话跋》（吴兴丛书本《渚山堂词话》卷后）

朱衮

朱衮，字子文，湖广永州（今湖南永州）人。弘治十五年（1502）进士，选翰林庶吉士，拜监察御史。以忤刘瑾谪县丞，瑾败，起擢南礼部郎中，出补云南参议，转参政。《明史》无传。赵尊岳裁其词，题为《白房词》，辑入《明词汇刊》。

1. 赵尊岳：

余事为词，亦复自鸣天籁，不为空绮，奇思壮采，比之陈声伯、王子衡辈殆如骖靳，是盖能以古文行气之法通于声学者。

《白房词跋》（《白房词》卷后）

唐寅

唐寅（1470—1524）字伯虎，一字伯畏，又字子畏，自号六如居士、桃花庵主、鲁国唐生、逃禅仙吏、江南第一风流才子等。吴县（今江苏苏州）人。举弘治十一年（1498）乡试第一。次年与江阴人徐经入京会试，因牵涉科场舞弊案下狱，罢黜为吏，寅耻而不就。宁王朱宸濠以厚币招聘，唐察其有异志，佯狂以免。后筑室桃花坞，以鬻画卖文度日。《明史》卷二百八十六有传。唐寅秉性放荡不羁，好作狭邪游。博学多才，尤以书画名世。与祝允明、徐祯卿、文徵明并称“吴中四才子”。与沈周、仇英、文徵明合称“明四家”。文章跌宕融畅，诗文多凄怆悲凉之感。著有《六如居士集》，词附。赵尊岳裁其词，题为《六如居士词》，收入《明词汇刊》。存词二十五首。

1. 胡应宸：

子畏吴下才人，而佳词绝少。四时闺词，沈天羽并登之。（评〔踏莎行〕《秋闺》）（卷三）

读前段，真有一古松生其笔端，兼有一古松在吾眼底，挺风霜，傲泉石，即借以拟其词品。（评〔千秋岁引〕《题古松赠寿》）（卷五）

《兰皋明词汇选》

2. 顾璟芳：

予读陈白阳集，始知唐伯虎闺词俱系陈作。陈集编于其从孙明卿者，谅无传疑，余拟为改正。殿臣、西雯语余曰：倩陈山人彩毫，作唐解元风流点染，也可。乃不果改。

《兰皋明词汇选》卷三

3. 沈雄：

唐子畏素性不羁，及坐废，益游于酒人以自娱。宸濠礼聘之，子畏见有异志，裸形箕踞以处，得遣归。又传其鬻身梁溪学士家以求美婢，见诸剧戏。祝枝山尝傅粉墨，从优伶入市度新声，多向挟邪游。所著有〔掷果〕、〔窥帘〕、〔醉红〕、〔金缕〕诸曲，皆言情之作。好负逋债，出则群萃而呼责之者踵相接也。两人同滥笔墨，每多谐谑，而人争重之。唐有〔踏莎行〕、〔千秋岁引〕，祝有〔凤栖梧〕、〔浪淘沙〕，不甚精警，故逸其词而叙其人。

《古今词话·词话》下卷引

4. 沈雄：

唐子畏《春闺》，若不经意出之者，词云："可怪春光，今年偏早。闺中冷落如何好。因他一去不归来，愁时只是吟芳草。　奈尔双姑，随行随到，其间况味余知道。寻花趁蝶好光阴，何须步步回头笑。"此与巨源、简斋同一真趣，而有妙理。

《古今词话·词辨》上卷引

5. 陈廷焯：

韵味自胜。情深如许。（评〔一剪梅〕"雨打梨花深闭门"）

《云韶集》卷十二

6. 陈廷焯：

此词颇工，但"千点"、"万点"一意，分不出两层，亦小疵也。（评〔一剪梅〕"雨打梨花深闭门"）

《词则·闲情集》卷二

7. 赵尊岳：

然最怪者，台阁学人，忠义士女，多有佳作。独所谓夏威名、隐山林之韦素，其词未必能工。如祝枝山、徐文长、唐六如、陈眉公、施子野之俦，咸复甚负时誉，高尚王侯，著述宏博，然凡所为词，几均不足一观，而一时人士多目此数家为宗工，风行草偃。明词之不振，亦一端也。

《惜阴堂汇刻明词记略》（《明词汇刊》附）

文徵明

文徵明（1470—1559）初名壁，字徵明，以字行，更字徵仲，别号衡山居士，长洲（今江苏苏州）人。与祝允明、唐寅、徐祯卿并称“吴中四才子”。正德末、嘉靖初，以岁贡生荐试吏部，授翰林院待诏，三年即辞归。筑玉馨书房，徘徊啸咏其中。以清名长德主吴中风雅之盟者三十余年，嘉靖三十八年卒。《明史》卷二百八十七有传。文徵明为人温良恭俭，素负清名。以书画名世，工行草，尤精小楷；善山水，亦善花卉、兰竹、人物。从学者甚众，遂成“吴门画派”。兼擅诗文，有《甫田集》。亦工词。存词四十八首。

1. 沈际飞：

看当代词，伯温、纯叔辈，圆厚朴老，元美、徵仲辈，法无不尽，情无不出，俨然初、盛之分。（评王世贞〔怨王孙〕《寄意》）

《国朝诗余新集》卷二（《镌古香岑批点草堂诗余四集》卷首）

2. 秦士奇：

《花间》皆小语致巧，犹伤促碎，至《草堂》，以锦丽取妍六朝，故以宋人为诗之余，至金、元渐流为歌曲。若我明如刘伯温、杨用修、吴纯叔、文徵明、王元美兄弟辈，激响千代，移宫换羽，蝉缓而就之诗，若荡然无余，而不知即余亦诗也。

《草堂诗余序》（《镌古香岑批点草堂诗余四集》卷首）

3. 李葵生：

咏香艳易，咏淡雅难。此题淡雅极矣，乃能字字淡雅，字字香艳，盖不淡雅不香艳也。（评〔风入松〕《秋葵》）

《兰皋明词汇选》卷五

4. 沈雄：

文衡山待诏素性本方正……其〔水龙吟〕《题情》亦甚婉丽，

但其声调错落，句读参差，稍为正之。词云："依依落日从西下，池上晚凉初足。太湖石畔，丝丝疏雨，芭蕉簇簇。院落深沉，帘栊静悄，阑干幽曲。猛然间，何处玉箫声起，满地月明人独。 风约轻纱透肉。掩酥胸，盈盈新浴。一段风情，满身娇怯，恍然寒玉。青团扇子，欲举远垂，几番虚扑。向夜阑独笑，红裆自解，灭银屏烛。"

《古今词话·词话》下卷

5. 曹尔堪：

余性不喜艳词，亦惟笔性之所近而已。曾闻衡山先辈端方之至，不受污亵，而〔水龙吟〕、〔风入松〕、〔南乡子〕诸调，复咏吴阊丽人及闺情之作，想亦词用情景有必然者。乃知欧、晏虽有绮靡之语，而亦无关正色立朝之大节也。

沈雄《古今词话·词话》卷下引

6.《太平清话》：

衡山极熟胜国遗事，能口述其故实里居。性介洁，太宰乔白岩、司空林见素。为延誉于朝，授翰林待诏即乞归，往来姚山遁浦。小词散布，隶书尤工。

沈雄《古今词话·词话》卷下引

7. 陆求可：

温、和生，《花间》作，刻羽引商；李、晏出，而《草堂》兴，谐声依咏。淮海、漱玉倡温丽之微言，稼轩、放翁极雄豪之变态。投袂而赴节，咏歌朝庙之端；比事以属词，怅别都门之外。管弦所协，作者掇腴褰芳；词令斐然，听之惊心动魄，洵元音之鼓吹，衍乐府之源流。近代而还，指不多屈。用修、元美、几同秦柳升堂；徵仲、眉公，亦比欧苏入室。

《月湄词序》(《十五家词》卷十八)

8. 徐釚：

文徵明待诏题〔满江红〕词云："拂试残碑，敕飞字、依稀堪读。慨当初、倚飞何重，后来何酷。岂是功高身合死，可怜事去言难赎。最无端、堪恨又堪悲，风波狱。　岂不念，疆圻蹙。岂不念，徽钦辱。念徽钦既返，此身何属。千载休谈南渡错，当时自怕中原复。笑区区，一桧亦何能，逢其欲。”。激昂感慨，自具论古只眼。

《词苑丛谈》卷八

9. 王昶：

曹硕庵尔堪云：曾闻前辈衡山先生端方之至，不受污亵，而〔满江红〕、〔南乡子〕诸调，想亦词用情景，有必然者。仍知欧晏虽有绮靡之语，而亦无关正色立朝之大节也。

文衡山〔百字令〕，为弘治十七年甲子中秋夕出试场对月忆旧岁事之作，有云：“记得去年今夕，洒酒溪亭，淡月云来去。”又云：“青雀西来，嫦娥报我，道佳期近。”以衡山胸襟潇旷，而犹有此急功名之语，殊不可解。

《西崦山人词话》卷一

10. 丁绍仪：

文衡山待诏题宋高宗赐岳武穆手诏石刻〔满江红〕云：“拂试残碑，敕飞字、依稀堪读。慨当初、倚飞何重，后来何酷。岂是功高身合死，可怜事去言难赎。最无端、堪恨又堪悲，风波狱。　岂不念，疆圻蹙。岂不念，徽钦辱。念徽钦既返，此身何属。千载休谈南渡错，当时自怕中原复。笑区区，一桧亦何能，逢其欲。”余尝谓高宗非昏庸之主，武穆又深荷眷顾，桧何人斯，敢于擅戮，高宗亦竟不问，与待诏之意正同。至寓议论于协律中，尤觉激昂慷慨，读之色舞……待诏〔南乡子〕云：“雨过绿阴稠。燕子还来认旧游。日暮重重帘暮闭，悠悠。残梦关心懒下楼。　芳草弄春柔。欲下晴丝不自由。青粉墙西人独自，休休。花自纷飞水自流。”此岂规行矩步人所能为耶？

《听秋声馆词话》卷九

11. 陈廷焯：

明初如刘伯温、高季迪、杨孟载之流，尚沿虞伯生、张仲举之旧，无害风雅。至文徵明、杨升庵辈，风格虽低，犹堪接武。

衡山词情词凄秀，不在杨用修之下。

画所不到。中有神理，都在“不觉”二字中。（评〔卜算子〕“酒醒夜堂凉”）

神致可想。凄清之调，颇得子野遗韵。（评〔南乡子〕“花煖透春肌”）

欲语终难说，其中已不说之说。言情用笔婉妙乃尔。凄断。（评〔满江红〕“漠漠轻阴”）

《云韶集》卷十二

12. 碧痕：

刘公戢以明初词人，拟诗之晚唐，非不欲胜前人，而中实枵然，取给而已，于神味处全未梦见。予以是说未免过重。盖明初得金元之余炎，乐府中盛行南北曲，词不大盛，是以作者多就于曲。至若顾孔昭、刘基、文徵明、陈道复诸人之作，岂皆取给于人乎？

《竹雨绿窗词话》

徐子熙

徐子熙（生卒年不详）字世昭，上虞（今浙江上虞）人。弘治十四年（1501）乡试第三，十八年（1505）进士，授兵部职方司主事。正德三年（1508）充会试同考官。后应制直文华殿，晋少禄少卿。著有《丹峰先生文集》。赵尊岳裁其词，题为《丹峰词》，辑入《明词汇刊》。存词二十七首。

1. 赵尊岳：

淹贯经世百家，下笔语高意古，不落时格，或劝其少为贬损者，益笃志好古，襟怀磊落，不拘小节……词虽不工，饶有逸趣。

《惜阴堂明词汇刊提要 •丹峰词》(《词学季刊》笃二卷第一号）

2. 赵尊岳：

词虽不工，饶有逸趣。

《丹峰词跋》(《丹峰词》卷后）

刘玉

刘玉（生卒年不详）字咸栗，万安（今江西吉安）人。弘治进士。知辉县，升御史，以忤刘瑾削籍。后起为河南按察司佥事，累迁至刑部左侍郎，坐李福达狱，削籍归卒。隆庆初，赐谥端毅。《明史》卷二百零三有传。著有《执斋集》，词附。赵尊岳裁其词，题为《执斋诗余》，收入《明词汇刊》。存词三首。

1. 赵尊岳：

词笔甚艳，声律并准合法度。〔蓦山溪〕下半阕云："重重翠幕，掩映黄昏月。锦瑟寄离鸾，妆镜里、泪消红颊。梦回欹枕，依约见梅花，宵钟彻，银釭歇，此际空愁结。"宛转缠绵，未容自已，广平一赋，庶几近之矣。

《惜阴堂汇刊明词提要·执斋诗余》(《词学季刊》第二卷第一号）

2.《续修四库全书总目提要》：

仅〔青玉案〕、〔蓦山溪〕、〔瑞鹤仙〕三阕，并可诵读。其〔青玉案〕《舟中重九前一日》："扁舟短缆牵长溜。计规程、何时候。雁声北去频回首。缺月将圆，凉风欲透。徒倚黄昏后。　匆匆客里将重九。登高闲却题诗手。惆怅故人新别久。小院梧桐，长堤杨柳。何处黄花酒。"与〔蓦山溪〕一首，皆内深稳而外飘曳，弘治、隆庆间殊不多见，惜其传词太少也。

《执斋诗余一卷提要》

郑满

郑满（生卒年不详）字勉斋，一字守谦，慈溪（今浙江慈溪）人。弘治五年（1492）举人，官至山东濮州知府。好学自守，淡于荣利。著有《勉斋遗稿》，词附。赵尊岳裁其词，题为《勉斋词》，辑入《明词汇刊》。存词五首。

1. 赵尊岳：

词五首，同在稿中，均酬赠之作。盖明人重幛词，申以骈序，用为酬酢赆行之致语，亦俚俗也。词多颂扬，而间有佳作，古朴似南宋寿人之词，惟不多覯耳。勉斋词不能工，且未协律，故存以备一家，聊取其意境较胜者。〔满江红〕半阕云："归去来兮，叹人生苦不满百。鬓垂白，好还寻我，故庐旧宅。落月红霞朝赛锦，排云晚岫青如碧。更翠竹与篱下黄花，依怪石。"词虽不工，而淡荡骀适，于致仕情怀，历历如诉，柴桑栗里，是其先导。勉斋官固不达，而好学自守，俨然见道，澹于荣利。元代许鲁斋以理学大儒，为词淡泊凝净，以勉斋相况，庶几并辔联镳，高风相与上下者矣。

《惜阴堂汇刊明词提要·勉斋词》（《词学季刊》第二卷第一号）

2《续修四库全书总目提要》：

仅五阕，尚有阙调阙字之处，又并为酬应之作，盖不以词重也。

《勉斋词一卷提要》

周用

周用（1476—1547）字行之，吴江（今江苏吴江）人。弘治十五年（1502）进士授行人。正德初迁南京兵科给事中，官至吏部尚书。卒谥恭肃。《明史》卷二零二有传。周用端亮有节概，著有《白川集》十六卷，词附。赵尊岳裁其词，题名为《周恭肃公词》，辑入《明词汇刊》。存词四十三首。

1. 李葵生：

秀雅为白川定评。但其于别调则气象阔大，而于小令又情思含蓄。即此可推。（评〔浪淘沙〕“一曲浪淘沙”） （卷一）

向于顾氏斋读白川《景筠集序》及诸传记，古雅详赡，今词章却又隽逸，以知天下极典博雅者，适坐不典博之病也。（评〔一剪梅〕《丙午八月望日》）（卷四）

《兰皋明词汇选》

2. 顾璟芳：

白川词足称秀婉。（评〔清平乐〕《春闺》）（卷二）

刘、杨、王诸家，为一代词手，尚矣。他若陆文裕之高华，董遐周之工艳，沈君鹿之幽凉，眉道人之萧散，周白川清和而调高，夏玉樊秀媚而善感，大樽寄意题外，琼章情在景中，古堂、蕊园孤奇别俗，浪仙、雪馆冷艳袭人，类烁宋熔元，独标风雅。（卷六）

《兰皋明词汇选》

3. 胡应宸：

白川词，初读之殊觉阔大，展转读之，又觉阔大中仍饶风韵。今人能学其色相而不能学其高，能学其声口而不能学其老，真汉魏铙歌鼓吹曲妙手也。

《兰皋明词汇选》卷七

4. 朱彝尊：

明初作手，若杨孟载、高季迪、刘伯温辈，皆温雅芊丽，咀宫含商。李昌祺、王达善、瞿宗吉之流，亦能接武。至钱塘马浩澜以词名东南，陈言秽语。俗气熏入骨髓，殆不可医。周百川、夏公瑾诸老，间有硬语。杨用修、王元美则强作解事，均于乐章未谐。

《词综发凡》(《词综》卷首)

5. 周铭：

恭肃公以勋德重于时，善行草，工画。小词苍秀，如空秋鹤语，精到处识者谓其可摩坡仙之垒也。

《松陵绝妙词选》卷一

6. 赵尊岳：

所作韶丽，可为师法。〔小重山〕有云："江上双峰拥翠鬟，新词合赋〔小重山〕。芳泉斜逗玉龙湾。清镜里，和影弄潺潺。"又〔满路花〕有云："绣帘斜卷，昼尽闻啼鸟。韶华则九十，旬销了。绿波无赖，点点青荷小。寄语春知道。桃李多情，莫教惜春人老。"多宋贤遗音，未易臻此也。

《惜阴堂汇刊明词提要·周恭肃公词》(《词学季刊》第二卷第一号)

朱让栩

朱让栩（1501—1547），太祖十一子蜀献王椿五世孙，正德五年（1510）袭封蜀王，二十六年（1547）卒，谥成。《明史》卷一百一十七《诸王传》有传。朱让栩贤明喜儒雅，不迩声伎。著有《长春竞辰余稿》，词附。赵尊岳收入《明词汇刊》。存词四十七首。

1. 简绍芳：

蜀成王殿下《长春兢辰余稿》，实睿藻之子册也，升庵杨太史以示简绍芳，恭受卒业，乃稽首扬言曰："逸豫之音多靡，欢愉之词难工，固也。今银潢朱邸，开国天府，安富尊荣，蔑尚矣。而侈弗登诸心，怠弗措诸体，游艺苑，穷理窟，搜奇抉隐，掇秘讨元，云翰挥洒，日无漏晷。故□□脱简，凿金玉而罔遗屑。拟宫词百韵，宋元乐府数十阕，皆托永苍，筹景光，推情素形，模写造物，兴寄尘表，涵育灵哲，以资咏歌者也。先生平八风，制九歌，定七音，以奉五声，使人平心和德，协成其化者，此其意欤？抑闻谨二宫之度而余无美艳之御服，既缀之衣而重保挥金之笔，缘绮丽之情，为恭俭之德，推声教之妙，著身政之实，是故动天地，感鬼神，赞皇猷而化天下，岂唯晖贲岷峨，润濯江汉而已哉？北海、东平，工书能赋，特词流小技耳，视斯广哉□熙乎者，殆睹龙光，企凤彩，邈乎不可及也已。

《长春兢辰余稿序》（《长春兢辰余稿》卷首）

李梦阳

李梦阳（1473—1530）字天赐，又字献吉，自号空同子，庆阳（今甘肃庆阳）人，后徙居河南扶沟。弘治七年（1494）进士。因守制在家，弘治十一年始出任户部主事，后迁郎中。弘治十八年因弹劾张鹤龄下狱，不久宥释。正德元年（1506）因弹劾刘瑾而谪山西，瑾败始复原职。后又因为宁王朱宸濠撰《阳春书院记》而削籍。《明史》卷二百八十六有传，李梦阳鉴于台阁体诗文啴缓冗沓、千篇一律之弊，以复古自命，倡言“文必秦汉，诗必盛唐”，一时从者如流，影响颇大。与何景明、徐祯卿、边贡、康海、王九思、王廷相并称“前七子”。著有《空同集》六十六卷。存词二首。

1. 褚人获：

李空同文章钜手，不屑小制，《客窗随笔》载〔如梦令〕二词云：“昨夜洞房春暖。烛尽琵琶声缓。闲步倚阑干，人在天涯近远。影转。影转。月压海棠枝软。”“不信园林春早。一夜偏生芳草。说与小童知，池上落红休扫。　休扫。休扫。花外斜阳更好。”词亦风雅有致，惜本集不载。

《坚瓠补集》卷四

2. 陈廷焯：

婉丽无比。（评〔如梦令〕“昨夜洞房春暖”）

《云韶集》卷十二

陈淳

陈淳（1438—1544）字道复，别号白阳山人，长洲（今江苏苏州）人。受业文徵明，以文行著，善书画，《明史》卷二百八十七附传。著有《白阳集》，词附。赵尊岳裁其词，题名为《陈白阳先生词》，辑入《明词汇刊》。存词二十四首。

1.《太平清话》：

道复又善绘事，一草一木，无不毕肖。故《白阳集》所得句，极是潇洒而又明切者。

沈雄《古今词话·词评》下卷引

2. 顾璟芳：

向读秋思、秋怨，凄其万状生趣都尽矣。得此赏心之作，逐增一段佳景。（评〔满江红〕《秋赏》）

《兰皋明词汇选》卷六

3. 王昶：

陈道复淳少从文徵仲游，书法、画品卓绝一时，所栖曰五湖田舍，有茂林修竹、花源柳澳、鸭阑鹤圃、酒帘渔艇，极幽居之胜。论者谓其有云林之飘洒，而无其癖；同石田之高洁，而通于和。所作〔如梦令〕，亦颇可采。

《西崦山人词话》卷一

4. 陈廷焯：

精壮之笔，却极清虚。（评〔如梦令〕“吟罢小池杨柳”）

《云韶集》卷十三

5. 赵尊岳：

遗集附词二十五首，曲一首。雅人深致，固不必于章句间绳其格律也。〔临江仙〕云：“帘衣约翠风生浪，离巢燕子频惊，小山花放不知名。几番疏雨，斜日弄新情。　　名碗熏炉残梦醒，悠悠心事难平。含愁揽镜不胜情，绿窗人静，无那倚银筝。”〔如梦令〕：“自从海棠开后。泪湿香罗衫袖。何事不归来，平地把人消瘦。低首。低首。怕见陌头杨柳。”均极有风致，亦以见才人之无所不能也。

《惜阴堂汇刻明词提要·陈白阳先生词》（《词学季刊》第一卷第三号）

6. 赵尊岳：

《明词综》亦仅录其〔如梦令〕一阕，雅人深致，固不必于章句间绳其格律也。

《陈白阳先生词跋》（《陈白阳先生词》卷后）

7. 碧痕：

刘公戢以明初词人拟诗之晚唐，非不欲胜前人，而中实枵然取给而已，于神味处全未梦见。予以是说未免过重。盖明初得金元之余炎，乐府中盛行南北曲，词不大盛，是以作者多就于曲。至若顾孔昭、刘基、文徵明、陈道复诸人之作，岂皆取给于人乎？

《竹雨绿窗词话》

王廷相

王廷相（1474—1544）字子衡，号浚川，兰封（今河南兰考）人。弘治十五年（1502）进士。选翰林院庶吉士，授兵科给事中，累官至左都御史。嘉靖二十年（1541），因处理郭勋案不力，革职为民。隆庆初复官，赠少保，谥文肃。《明史》卷一百九十四有传。王廷相博学好议论，为“前七子”之一。著有《内台集》，词附。赵尊岳裁其词，题名为《内台词》，辑入《明词汇刊》，存词六十五首。

1. 王兆云：

宋人敝神此体，深入要眇。自元以还，声律渐远。明兴，间有作者，益不类矣。间尝稍为编集，其中陈大声铎、王浚川廷相、张南湖綖、夏桂洲言、杨升庵慎为多，而夏颇称胜。

《挥麈诗话·空同诸公词》

2. 顾璟芳：

内台词不乏警句，全璧则难之。

《兰皋明词汇选》卷五

3. 况周颐：

明王子衡廷相〔苏幕遮〕云：“意绪几何容易辨。说与无情，只作闲愁怨。”“闲愁怨”，皆不得已之至情，子衡未会斯旨。

《蕙风词话》卷五

4.《续修四库全书总目提要》：

共六十二阕，其〔满江红〕《怀贺水部》、〔白苧〕《赠人至乐》、〔水调歌头〕《奉和夏桂洲谈玄》、《又和答桂洲夏公论诗》、《又奉和夏桂洲论学》、〔减字木兰花〕《和桂洲韵》，皆谈玄说道，评艺论文，徒伤词体，亦奚益哉？〔蝶恋花〕云“春色魔人”，〔长相思〕云“帘户无人花作朋，道心生不生”，用字未惬，择韵不精，明词芜陋，至斯极矣。

《内台词一卷提要》

顾璘

顾璘（1476—1547）字华玉，号东桥居士，先世江苏吴县（今江苏苏州）人，明初隶匠籍徙居南京。弘治九年（1496）进士。授广平知县，累官至南京刑部尚书。晚罢归，卒年七十二。《明史》卷二百八十六有传。顾璘少负才名，与同里陈沂、王韦，时称“金陵三俊”，其后宝应朱应登继起，称四大家。晚岁家居，构息园，治幸舍数十间，以待四方之客。其诗以风调胜。著有《浮湘集》、《山中集》、《凭几集》及《息园诗文稿》、《国宝新编》、《近言》，后三书合之为《顾华玉集》。赵尊岳分别裁其词而沿革其旧名，为《浮湘词》、《山中词》、《凭几词》，均辑入《明词汇刊》。存词四十四首。

1. 沈雄：

吴郡顾华玉，弘、正间大司寇，为当时风雅主盟，负知人之鉴，称东桥先生。识拔张江陵于童子时。其诗有“君王自信图中貌，静女虚迎梦里车”。词亦近是。

《古今词话·词评》下卷

2.《柳塘词话》：

东桥词有承平气象。

《明词综》卷二引

3. 顾璟芳：

华玉一代词宗，读其全集，多潇洒不群。

《兰皋明词汇选》卷二

4. 王昶：

顾华玉璘弘、正间官大司寇，宏奖风流，为一时月旦，所传〔丑奴儿令〕、〔眼儿媚〕、〔蝶恋花〕等词，皆行役离居之作。

《西崦山人词话》卷一

5. 王初桐：

明词如商毅庵之明净，王介人之深俊，陈眉公之潇洒，高深甫之独出心裁，顾东桥之承平气象，尚有可观。

《小嫏嬛词话》卷三

6.《续修四库全书总目提要》：

共四十三阕。《凭几》、《浮湘》，明为官湘中时所作也。璘词虽嫌清浅，而圆润明畅，颇为亲切。〔临江仙〕《雨中柬谭子羽》云："抱病登楼无意绪，满城寒雨蒙蒙。一樽何日与君同。卷帘芳草碧，呼酒夕阳红。堪恨赏心多不偶，依然枉却东风。扁舟归兴莫匆匆。江梅花自落，别有海棠丛。"情深语淡，读之有味，故《古今词话》谓其有承平气象也。

《凭几词一卷山中词一卷浮湘词一卷提要》

边贡

边贡（1476—1532）字廷实，号华泉，历城（今山东济南）人。弘治九年（1496）进士。授太常博士，升兵科给事中、太常丞，出任卫辉、荆州知府，历陕西、河南提学副使。嘉靖中，官至户部尚书。后遭人弹劾，罢归乡里。《明史》卷二百八十六有传。著有《华泉集》，词附。赵尊岳裁其词为《华泉词》，辑入《明词汇刊》。存词六首。

1. 李葵生：

绝好幽景，恐画师想不到此。（评〔踏莎行〕《题画》）

《兰皋明词汇选》卷三

2. 王昶：

余尝阅《怀麓堂集》，中有词数首，皆庸俗不足存。继少师而起者，如空同、大复、迪功，又不见词章，惟边华泉贡送别之作，体格清稳，存之。

《西崦山人词话》卷一

3. 吴衡照：

边廷实诗："自闻秋雨声，不种芭蕉树。"为王元美所诮，以芭蕉无树名。朱竹垞云：芭蕉树，出《维摩诘经》，固不止王阮亭所举花间词"笑指芭蕉林里住"可通融也。廷实又有词云："亭上雨来人欲去。为怕离声，不近芭蕉树。"

《莲子居词话》卷一

4. 陈廷焯：

画景。廷实自是明代高手，出笔精秀如此。（评〔踏莎行〕"露湿春莎"）

柔婉有情。情景兼到，神韵无穷。笔力与季迪相伯仲。（评〔蝶恋花〕“亭外潮生人欲去”）

《云韶集》卷十二

5. 陈廷焯：

用笔和雅，自是诗人之词。（评〔蝶恋花〕《留别吴白楼》）

芊绵宛约，得北宋遗意。（评〔满江红〕“漠漠轻阴”）

《词则·别调集》卷三

6. 赵尊岳

词六首在集中，尚有逸趣。〔踏莎行〕云：“露湿春莎，草生芳甸，渔舟迤逦依山转。斜光明灭照村庭，绿槐深护幽人院。 小栅鸣鸡，古梁巢燕，柴门不扫蓬蒿遍。问渠莫是武陵源，一溪流水桃花乱。”又〔蝶恋花〕结拍：“白雁嗷嗷江馆暮。醉中愁见吴山路。”又〔千秋岁〕有云：“端阳前后，正是归时候。微雨过，溪山秀。招摇兰棹舣，剥啄柴门扣。江乡里，阴阴夏木围清昼。”均长于描写，而不见斧斤之迹者也。

《惜阴堂汇刊明词提要·华泉词》（《词学季刊》第二卷第一号）

桂华

桂华（1476—1527）字子朴，安仁（今江西余江）人。大学士桂萼兄。正德八年（1513）举人。尝从胡居仁门人张正游，故所学颇为醇正。喜诗文，但未臻于佳境。著有《古山集》，桂萼为梓行并为之序，词附集中，以幛词居多。赵尊岳删幛词之序而存之，题名《古山词》，辑入《明词汇刊》。存词十四首。

1. 赵尊岳：

词十四首附（集中），而幛词为多。所作尚有法度，兹移录其〔御街行〕云："是谁催起珠帘雨。飞洒遍、江南土。湖山秀色压长安，欲绝春光何许。夭桃嫩李，浅红深白，种种皆堪睹。　从教蝶采游蜂取。芳物知无数。夜来风送度东吴，任是南来甘澍。余花胜蕊，遗香留艳，翻作相思苦。"又〔菩萨蛮〕云："帝城三月莺花绕，笙歌沸澈千家晓。半壁夕阳明，醉眠人未醒。　城头唱金铎，惊起南飞鹊。回首上林枝，行人断肠时。"其词胎息有自，用笔典稚。"重"、"拙"、"大"为词家三律。此虽不足尽以语之，而要非轻佻饾饤之作，则亦足以传矣。

《惜阴堂汇刊明词提要·古山词》（《词学季刊》第二卷第一号）

2.《续修四库全书总目提要》：

共十四阕，几全为赠送酬应之作，惟〔菩萨蛮〕《口占答何用明》云："帝城三月莺花绕。笙歌沸彻千家晓。半壁夕阳明。醉眠人未醒。　城头鸣画铎。惊起南飞鹊。回首上林枝。行人肠断时。"深稳坚密，似亦知词法者，《明词综》独选此首，有由来也。

《古山词提要》

陆深

陆深（1477—1544）初名荣，字子渊，号俨山，上海人。弘治十八年（1505）进士。选庶吉士，授编修。嘉靖中为太常卿兼侍读。世宗南巡，掌行在翰林院印，进詹事府詹事。卒，谥文裕。《明史》卷二百八十六有传。陆深少负盛名，工书，赏鉴博雅，为词林冠。著作宏富，著有《俨山集》一百卷、《续集》十卷，词附。赵尊岳裁其词为《俨山词》，辑入《明词汇刊》。存词三十二首。

1. 钱允治：

词至夏桂洲、严介溪，俱以〔百字令〕、〔木兰花慢〕为赠答之什。如陆俨山、周白川亦无不效之，但悉遵旧人之韵，千篇一律，了无旨趣。

沈雄《古今词话·词话》下卷引

2. 顾璟芳：

大有郊庙乐府之遗。（评〔丑奴儿令〕《咏阁前芍药》）（卷一）

文裕词，大抵高华，有轩冕气象。予意其必薄流艳一派，及观自记云："闲于箧中，得此一阕，乃数十年前为诸生时作也。反复睇玩，深叹少年情思，今已减尽，予因之益信流艳为词家本色。"《词笺》：流艳尤秀才时本色也。（评〔南乡子〕《冬归拟冯延巳》）（卷三）

刘、杨、王诸家，为一代词手，尚矣。他若陆文裕之高华，董遐周之工艳，沈君鹿之幽凉，眉道人之萧散，周白川清和而调高，夏玉樊秀媚而善感，大樽寄意题外，琼章情在景中，古堂蕊园孤奇别俗，浪仙雪馆冷艳袭人，类烁宋熔元，独标风雅。（卷六）

《兰皋明词汇选》

3.《续修四库全书总目提要》：

深颇有才气，吐属不凡。〔念奴娇〕《秋日怀乡用东坡》云：“春水稳如天上坐，闲看浮沤兴灭。”〔浪淘沙〕《寒夜斋居》云：“滴滴泪痕弹不了，一把相思。”皆造语深妙，殊不易得。惟〔天仙子〕《咏雪》云：“闹夜冰花轻不定。扑上窗儿如寄信。灞桥桥外望青山，高一阵。低一阵。霎时白了诗人鬓。　是则是，远近都难认。路入蓝关人懒进。青帘斜压酒罏空，描不尽。题不尽。平沙留取飞鸿印。”词非不工，然未免近于流滑，词曲不分，终未可为训也。又集中有〔南乡子〕四首拟冯延巳，自注：南唐冯延巳“细雨湿流光”词，余早岁亟爱之，因按腔广为四首，盖四十年前之作云云。按集中四首，“细雨湿流光”一首，乃延巳原作，“细雨湿秋风”一首，与延巳相同者四句，惟原作换韵，此改为一韵耳。是四首之中，“细雨湿黄梅”、“细雨湿同云”二首，为深所作。“细雨湿秋风”一首改易原作，“细雨湿流光”一首，延巳所作，与题注似不相合，疑有误也。

《俨山词一卷提要》

韩邦奇

韩邦奇（1479—1555）字汝节，号苑洛，朝邑（今陕西大荔）人。正德三年（1508）进士。历吏部员外郎，上疏论时政得失，谪平阳通判，稍迁浙江按察佥事。中官掠夺富阳茶、鱼，民怨沸腾，邦奇作歌哀其事，遂被诬奏怨谤，逮系夺官。嘉靖初年，起为山西参议，乞休去。自后屡起屡罢，终以南京兵部尚书致仕。卒年七十七，谥恭简。《明史》卷二百零一有传。韩邦奇以程、朱为宗，性刚直有亮节。经史、天文、地理、乐律、术数、兵法，无不通究。著有《苑洛集》，词附。赵尊岳裁其词为《苑洛词》，辑入《明词汇刊》。存词三十七首。

1. 赵尊岳：

词笔极婉约，风致嫣然。〔风入松〕云："莺儿压折棠枝。飞上蔷薇。深红浅绿应无数，逐东风、满院芬菲。"〔西江月〕云："流水落花片片，小桥垂柳丝丝。韶光那觉是边陲。此日须拋一醉。"均清真雅令之音。又以客边所作，神似唐人者为多。《苑洛》一集，在朱明中叶，允推作家，无惭声党者也。

《惜阴堂汇刊明词提要·苑洛词》（《词学季刊》第二卷第一号）

2. 《续修四库全书总目提要》：

〔西江月〕《春思》云："残雪已消往事，东风又报春愁。珠帘不卷玉香钩。庭院迟迟清昼。细雨繁花上院，轻烟碧草汀州。一声啼鸟水东流。春在小桥杨柳。"〔谒金门〕云："珠帘卷。帘外春愁无限。雨过酴醿春色减。落红惊满院。　枝上燕慵莺懒。谁与韶光为伴。烟柳丝丝迷望眼。阑干空倚遍。"虽不精深而婉雅成趣，正德嘉靖间可取之词也。

《苑洛词一卷提要》

严嵩

严嵩（1480—1566）字惟中，号介溪，分宜（今江西分宜）人。弘治十八年（1505）进士，由庶吉士授编修。正德末年，召为国子祭酒。嘉靖中，累官至武英殿大学士，内阁首辅，居内阁二十一年，以子严世蕃与赵文华为爪牙，专擅国事，排斥异己，盗窃国库。晚年被革职，家产籍没，病死。《明史》卷三百零八有传。严嵩善诗词，有《钤山堂集》，词附。赵尊岳裁其词为《钤山堂词》，录入《明词汇刊》。存词十九首。

1. 钱允治：

词至夏桂洲、严介溪，俱以〔百字令〕、〔木兰花慢〕为赠答之什。如陆俨山、周白川亦无不效之，但悉遵旧人之韵，千篇一律，了无旨趣。若桂洲闺艳小令脍炙人口者，则又嫁名于无名氏。集中三百九十阕，应酬居多。介溪往来词调，纷纷于扇面画幅，相见辄用以媚之。其留心于和大僚以饰己过也如此。至与陆俨山〔百字令〕半阕云："只今遥指江云，重吟海树，高兴依然发。四十年来同宦海，不觉飙驰星灭。槐省垂鱼，凤池鸣玉，相对俱华发。君恩报了，五湖重访烟月。"此正奸雄之语也。余岂以人废言耶？

沈雄《古今词话·词话》下卷引

2. 王昶：

严惟中嵩最好叠韵，如〔木兰花慢〕，本和王浚川忆留都旧游之作。后月夜期浚川文会、答张少宰甬川、奉次桂洲，皆用此韵。〔百字令〕，本和孙少伯见赠之作，以后答曹桐丘佥宪、呈陆俨山学士、答朱玉峰太宰，答蒋司空石庵、刘司空南坦、顾司空箬溪、张通参石川、文内史衡山、皇甫别驾子循，亦用此韵。其词庸俗陋劣，备诸恶趣。至次桂洲词云：“夙夜荣承谕对，明良喜奉歌讴。”佯为献媚，阴已中伤，此尤险谲之尤者乃云：“君恩报了，五湖重访烟月。”昧心之语，究欲欺谁？

《西崦山人词话》卷一

3. 刘毓盘：

严嵩通籍后，读书十年始出。夏言，其乡后进也，以议礼骤贵。喜为词，嵩附之，以〔百字令〕、〔木兰花慢〕用古人韵作词相赠答，一时朝士争效其体。言作小词，必托名于无名氏，亦如孔方平之假鲁逸仲也。及败，随无齿及者。词亦势力之物哉！

《词史》第九章

4. 赵尊岳：

一代大臣，多古文之士，《会昌》一品，晏氏《珠玉》，人所共喻。明代亦然。若李东阳、王越、顾鼎臣、王鏊之流，无不有词籍，且亦多可存之作。而夏言之赐闲堂，卷帙之富，学苏弥得其神趣；严嵩之钤山堂，亦别丽之从兰荃。此诚唐宋以来所罕见。即蔡京、汤思退等，亦当退避三舍，是足见一时台阁风会之所趣尚矣。

《惜阴堂汇刻明词记略》（《明词汇刊》附）

李汎

李汎（生卒年不详）字彦夫，歙县（今安徽歙县，一作祁门）人。弘治十八年（1505）进士。官工部郎中，出为思恩知府，致仕。李汎嗜学，性淡泊，诗文清疏幽雅。著有《镜山稿》十三卷，诗余一卷。赵尊岳裁其词为《镜山诗余》，辑入《明词汇刊》。存词四十八首。

1. 赵尊岳：

词四十八首为一卷，非必尽工，律句咸有误处，而闲雅冲夷，动得真趣，〔如梦令〕云："停下一泓碧溜，坐久罗衣寒透。湛湛水晶壶，写出诗翁影瘦。依旧，依旧，风动縠纹微皱。"〔渔家傲〕云："小歇芙蓉花底石，花柔露重红初滴，赢得满身香雾湿。双双翼，落霞明处烘残日。"盖咏鸬鹚作，均有逸趣。镜山仕虽不达，而远至思恩、阳朔、桂林，是其游翔之所，故词亦清俊可诵，所涵濡者顾不大欤？

《惜阴堂汇刊明词提要·镜山诗余》（《词学季刊》第二卷第一号）

2.《续修四库全书总目提要》：

词中时地往往可考。如〔鹧鸪天〕作于正德十四年，〔小重山〕作于嘉靖五年，〔苏武慢〕《寄白岳山人六首》作于嘉靖六年。至若〔渔家傲〕《客寓梧州寺》，〔临江仙〕《梧州寺挹清亭上作》，〔天仙子〕《梧州水井寺作》，皆其为思恩知府时所撰也。〔清平乐〕《晴洲泛步》云："江边露重。湿透寒鸥梦。何处清声时一送。渔笛隔江闲弄。　芳洲小试奇踪。烟帏雾幙重重。天际乱云飞去，满江明月芙蓉。"〔浣溪纱〕《春归》云："报道东君昨夜归。园林春散蝶蜂稀。绿阴深处雨霏霏。　晓起流莺无觅处，一双啼过柳边矶。矶头惟有落花飞。”皆委宛有情致，悠邈有远神。其〔酹江月〕《汉王陵》、〔满江红〕《阻风》诸作，亦文气俊迈，读之神爽。余多驳杂不纯。《题方廷实画钱塘梦图》填〔蝶恋花〕半篇，则又明人恶习，不足论矣。

《镜山诗余一卷提要》

李万年

李万年（生卒年不详）字维衡，号茫湖，丰城（今江西丰城）人。弘治时，官至刑部尚书郎。著有《饥豹存稿》。卷八题词调三十八首，词仅《浪淘沙》一首，余为南北曲散套小令。赵尊岳裁其词，题为《饥豹词》，录入《明词汇刊》。

1. 赵尊岳：

固不协律，而思致雄抗幽愤，感时寓事，必有难言之隐者在，惜未尽按其事，为毛苌之笺、郑康成之注也。词调〔浪淘沙〕下半阕云："何处识楼兰。跋涉关山。萍踪浪迹又东南。断送多情春去也，杯酒中间。"其云楼兰，而重以关山之跋涉，知必有蛮徼边事不容已于言，亦不能昌于言者，所谓越吟之幽忧，骚些之感愤，其此之谓已。

《惜阴堂汇刊明词提要·饥豹词一卷》(《词学季刊》第二卷第一号)

2. 赵尊岳：

过拍"青蛇壮气"，不协律调，姑以存之，备明词家数。

《饥豹词跋》(《饥豹词跋》卷后)

3.《续修四库全书总目提要》：

仅〔浪淘沙〕一首，其用韵首三句用潺、珊、寒，第七句用山，末句用间，似和李后主者。第六句用兰，第八句用南，又与后主异，而第五句作青蛇壮气，全不协律，恐有讹误，然仅有此首，存以备一家耳。

《饥豹词一卷提要》

崔桐

崔桐（生卒年不详）字来凤，海门（今江苏海门）人。正德十二年（1517）进士。授编修。武宗议南巡，上疏力谏，致廷杖。嘉靖中，官至礼部右侍郎终。事迹见《明史》卷一百七十九附《舒芬传》。著有《东洲集》，词存集中。赵尊岳裁其词为《东洲词》，辑入《明词汇刊》。存词三十二首。

1.《续修四库全书总目提要》：

共三十二阕，除〔风入松〕咏四景闲居乐四首外，皆为酬应之作。明词格律不高，而好幛词致语，亦其中病之一端也。

《东洲词一卷提要》

夏言

夏言（1482—1548）字公瑾，号桂洲，贵溪（今江西贵溪）人。正德十二年（1517）进士。授行人，擢兵科给事中，历少詹事兼翰林学士，嘉靖十五年（1536），为华盖殿大学士，参机务，居首辅。后志骄气溢，为严嵩所妒。因赞决陕西总督曾铣请复河套事，夺职放归。严嵩诬告夏言受曾铣贿金，交通为奸利，二十七年（1548）弃市。严嵩败后，其家讼其冤，得复官，追谥文愍。《明史》卷一百九十六有传。夏言警敏强直，豪迈有俊才，纵横辨博，人不能屈。诗文宏整，以词曲擅名。著有《桂洲集》、《近体乐府》、《赐闲堂词》等。赵尊岳裁其词为《桂洲集》、《桂洲集外词》，辑入《明词汇刊》。存词三百六十二首。

1. 吴一鹏：

李太白两词之后，欧阳公《平山集》盛传于世，如十二月鼓子词，为王荆公所称，而未尝进御；东坡先生多即席上，口占歌词，如〔水调歌头〕“琼楼玉宇”之句，闻于禁中，仅取“终是爱君”之赏而已，而未尝大用。若公际风云之会，履枢机之任，调燮之暇，游戏翰墨，风动泉流，而皆上赓帝歌，下鸣雅颂，与二三元老更唱迭和于庙堂之上，比之欧、苏二公之遇过之矣。今观诸一编之中，许国之志、忧时之诚，溢于言表，虽仓卒寓兴而庄重典雅、婉丽清新，沨沨乎雍熙太和之音也，于乎休哉！古之善词者，温庭筠、韦庄、冯延巳之流，失之浮艳；周美成、柳耆卿、康伯可之流失之浅近；辛幼安、刘改之、陈同甫之流，失之粗豪。如公之作，华而有则，乐而不淫，实词林之宗匠也。

《少傅桂洲公诗余序》（《桂洲集》卷首）

2. 费寀：

桂洲公历谏垣、词苑，进秩宗，以登元相，文章礼乐，固已达之天下矣。乃复于赓歌之暇，感事述情，发玄摛藻而制为词调，久之成帙，因命曰《玉堂余兴》云……展读之，和平慷慨，蕴藉敷扬，其诸忠爱恳恻之诚，协恭规谕之义，盖汎汎乎溢于言表，而该物著伦、考衷协度，又非特寄兴焉尔也。若其中羡泾野之有道，美后渠之不通政府，则公之好尚，又因是益昭矣。昔汉武帝命司马相如、李延年辈采新声，谐音律，下乐官掌记，今观其所陈，未免骄诞庞杂。唐自李白而下，率多填词，慢调逮宋益靡，厥能引括风雅，以不失乎古之遗音，则自永叔、子瞻、希文、元晦之外，不多见也。今乃仅见斯帙耳。是虽公之绪余，古亦可传也已。

《玉堂余兴引》(《桂洲集》卷首)

3. 樊得仁：

其言指而远，其事肆而隐，其理兴而则，汎汎乎大雅之希音也，有裨世教多矣。

石迁高《桂洲集跋》引(《桂洲集》卷后)

4. 石迁高：

桂洲词制于元相，桂洲翁密勿之暇，玄思雅致，经世华国，作者鲜俪焉。

《桂洲集跋》(《桂洲集》卷后)

5. 皇甫汸：

夫词固乐府之流而声歌之余也，是故咏物之词婉，揽景之词丽，述情之词艳，讽事之词庄，不以博极而该，不以研思而工，故缀文之士犹或病诸，而鸿笔钜卿所不弃而弗为者也。若公之宏博载于紬史，嘉藻发于赓歌，典则陈于讲幄，恺直形于疏奏，观兹篇者，合公应制、扈跸诸集，宣金石、被管弦，乃知天之生公，将以鸣盛世，纬国华，不徒词人之甲乙而已。梓诸吴，吴之人咏而兴焉，首被雅化，是故陈公蕙采风我土，遂乐董其成云。

《桂洲集跋》(《桂洲集》卷后)

6. 王世贞：

我明以词名家者，刘诚意伯温秾纤有致，去宋尚隔一尘；杨状元用修好入六朝丽事，近似而远；夏文愍公谨最号雄爽，比之辛稼轩，觉少精思。

《艺苑卮言》

7. 杨仪：

窃尝三复公卷中诸篇，典雅沉重得之宫调，风流蕴藉得之大小石，健凄激枭得之双调，清新绵邈得之仙吕，感叹悲伤得之商角，惆怅雄壮得之正宫，或发而为富贵妙适，或发而为飘逸深玄，条畅滉漾，终不失古乐之遗声。公昔示仪词中语，所谓词场三昧，妙理难传者，真独得之矣，是故衣冠文会所不能无，壮士游客所不能少，卿云、晨露之歌似亦难为轩轾也……公悯时忧国之忠，进退审择之正，君臣始终之义，悉俱无遗，远追风雅而近方诗史，讽咏其词，光霁在目，世之学者盖不待亲承德教，而平生大略可仰思过半矣，岂特镂玉雕琼与古今词家相与比拟者哉？此又诵公词者所当知也。

《重刻桂翁词序》（《桂翁词一卷附鸥园新曲一卷》卷首）

8. 沈德符：

豪迈俊爽，有辛幼安（弃疾）、刘改之（过）风。

《万历野获篇》卷八

9. 王兆云：

宋人敝神此体，深入要眇。自元以还，声律渐远。明兴，间有作者，益不类矣。间尝稍为编集，其中陈大声铎、王浚川廷相、张南湖綖、夏桂洲言、杨升庵慎为多，而夏颇称胜。

《挥麈诗话·空同诸公词》

10. 钱谦益：

喜为长短句，在南宫与属吏虞山杨仪梦羽唱和，今所传元相《桂翁词》及《鸥园新曲》，皆梦羽序而行之。少师得君专政，声势烜赫，诗余小令，草稿未削，已流布都下，互相传唱。殁后未百年，黯然无闻，《花间》、《草堂》之集，无有及贵溪氏名者，求如前代所谓曲子相公，亦不可得，可一慨也！

《列朝诗集小传》丁集中

11. 黄宗羲：

夏桂洲喜为长短句，诗余小令，草稿未削，已传播都下，互相传唱。没未百年，《花间》、《草堂》之集，无有及公谨名氏者。求如前代所谓曲子相公，亦不可得。大约《花间》、《草堂》，亦宋人选集之偶传者耳，此外不传者何限。况并不入选中，则佳词灭没，又不知其几矣。黄俞邰所藏《桂洲词》本，甚有可观，但不传于世，故人无知者。予欲专梓之，以公同人。

《词苑萃编》卷七引

12. 钱允治：

词至夏桂洲、严介溪，俱以〔百字令〕、〔木兰花慢〕为赠答之什。如陆俨山、周白川亦无不效之，但悉遵旧人之韵，千篇一律，了无旨趣。若桂洲闺艳小令脍炙人口者，则又嫁名于无名氏。集中三百九十阕，应酬居多。

沈雄《古今词话·词话》下卷引

13. 邹祗谟：

常试论前代诸家，文成之于元献，犹兰亭之似梓泽也；新都之于庐陵，犹宏治之似伯玉也；琅邪之于眉山，犹小令之似大令也；公谨之于稼轩，犹宣武之似司空也。逮黄门舍人之于屯田、待制，直如曹、刘之于苏、李，遂觉后来益工。

《衍波词序》(《衍波词》卷首)

14. 邹祗谟：

《虞山诗选》云：夏贵溪喜为长短句，诗余小令，草稿未削，已传布都下，互相传唱。殁未百年，而《花间》、《草堂》之集，无有及公谨名氏者。求如前代所谓曲子相公，亦不可得。大约《花间》、《草堂》，亦宋人选集之偶传者耳，此外不传者何限。况并不入选中，则佳词灭没，又不知其几矣。

《远志斋词衷》

15. 朱彝尊：

明初作手，若杨孟载、高季迪、刘伯温辈皆温雅芊丽，咀宫含商。李昌祺、王达善、瞿宗吉之流亦能接武。至钱塘马浩澜以词名东南，陈言秽语。俗气薰入骨髓，殆不可医。周百川、夏公瑾诸老，间有硬语。杨用修、王元美则强作解事，均于乐章未谐。

《词综发凡》（《词综》卷首）

16. 王士禛：

仆尝与苕文、伯玑、家兄西樵、子侧，共论明震川、荆川、鹿门、遵岩诸公之文于唐宋大家可谓肖子，然不及前人者，其趣浅也。尝试移以评伯温、公谨、升庵、元美诸公长短句，程村、金粟亦以为然。

《花草蒙拾》

17. 王昶：

夏桂洲言以议礼骤贵，情寄小词，大拜日不废也。曾御史铣力言河套可复，桂洲信之，因作〔渔家傲〕以属和，词多粗率，故不存。

《西崦山人词话》卷一

18. 王初桐：

王元美云：我朝以词名家者，伯温纤秾有致，去宋尚隔一尘。用修好入六朝丽事，似近而实远。公谨最号雄爽，比之稼轩觉少精思。

《小嫏嬛词话》卷三

19. 吴衡照：

夏文愍言，当时亦有曲子相公之号。《涌幢小品》云：文愍以议礼骤贵，与曾石塘铣为内戚，遂起复套之说，作〔渔家傲〕以示黄泰泉佐索和，黄有“千金不买陈平计”之句，盖托讽也。未几祸作云云。夫人臣得时专政，辄思立盖世功名以自固。文愍之复套，犹之韩平原之图中原也。于事无济，而伺其隙者已起而蹑其后。杨文贞士奇寝安南之议，真名臣哉。

《莲子居词话》卷三

20. 陆蓥：

明以时文取士，作者辈出，诗学殊逊唐、宋。即如填词，虽刘诚意之雄略，夏少师之警悟，坊间所传二公〔开元乐〕、〔浣溪沙〕诸阕，犹恒人耳。王元美《艺苑卮言》辨晰词旨，而所为小令颇近雕琢，长调亦多芜杂。尤可笑者，〔小诺皋〕二阕，信手涂抹，真是盲女弹词，醉汉骂街。升庵论词，时有妙会，摹写处亦伤尖薄，不独〔花犯〕、〔个侬〕诸小令也。先广文谓有明无词人，信然信然。

《问花楼词话》

21.《四库全书总目》：

言未相时以词曲擅名。然集内词亦未甚工。诗文宏整而平易，犹明中叶之旧格。

《桂洲集提要》(《四库全书总目》卷一百七十六)

22. 谢章铤：

明自中叶以后，知词仅三人，杨升庵、王弇州及陈卧子。若夏公瑾言、马浩澜洪，皆不足数也。

《赌棋山庄词话》卷九

23. 陈廷焯：

《艺苑卮言》谓公谨词雄爽，似稼轩而少精思，余谓公谨与稼轩迥不相侔，且两人高下亦不合同日而语。(评〔浣溪沙〕“庭院沈沈白日斜”)

《云韶集》卷十二

24. 况周颐：

明词专家少，粗浅芜牵之失多，诚不足当宋元之续。时则有若刘文成（基）、夏文愍（言），风雅绝续之交，庶几庸中佼佼。爰及末季，若陈忠裕（子龙）、夏节愍（完淳）、彭茗斋（孙贻）、王姜斋（夫之），词不必增重其人，亦不必以人增重。含婀娜于刚健，有风骚之遗音。昔人谓词绝于明，讵持平之论耶。

《词学讲义》

25. 张德瀛：

五代和凝、明夏言，均称曲子相公，岂运会使然邪。

《词徵》卷一

26. 刘毓盘：

严嵩通籍后，读书十年始出。夏言其乡后进也。以议礼骤贵，喜为词，嵩附之，以〔百字令〕、〔木兰花慢〕用古人韵作词相赠答，一时朝士争效其体，流布都下。言作小词，必托名于无名氏，亦如孔方平之假鲁逸仲也。及败，遂无齿及者。词亦势力之物哉！

《词史》第九章

27. 王国维：

有明一代，乐府道衰。《写情》、《扣舷》，尚有宋元遗响。仁、宣以后，兹事几绝。独文愍（夏言）以魁硕之才，起而振之。豪壮典丽，与于湖、剑南为近。方其得路，入正郊庙，出扈禁跸，一词朝传，万口暮诵，同时名公皆摹拟其体格，门生故吏争相传刻。虽居势使然，抑其风流文采，自有以发之者欤？洎夫再秉均衡，独任边疆，主疑于上，谗间于下，至于白首而对狱吏，朝衣而赴东市，进无帏盖之报，退靡盘水之恩。君臣之际，斯为苦矣。帝杀气躯，天夺其胤，怙权不如介溪，而刑祸为深；文采过于钤山，而著述独晦，身后之事，又可悲矣。南都坊肆，乃复梓其遗集。维时永陵倦勤，华亭当国，虽靡投鼠忌器，宁无吠尧之嫌？岂文章事业，自有公论，有不可泯灭者欤？又以知生前诸刻，非尽出于属吏之贡谀也。

《桂翁词跋》(《观堂外集·庚辛之际读书记》)

28. 王国维:

有明一代，乐府道衰。《写情》、《扣舷》，尚有宋元遗响，仁宣以后，兹事几绝。独文愍（夏言）以魁硕之才，起而振之。豪壮典丽，与于湖、剑南为近。

《人间词话附录》一

29. 赵尊岳:

一代大臣，多古文之士，《会昌》一品，晏氏《珠玉》，人所共喻，明代亦然。若李东阳、王越、顾鼎臣、王鏊之流，无不有词籍，且亦多可存之作。而夏言之赐闲堂，卷帙之富，学苏弥得其神趣；严嵩之钤山堂，亦别丽之从兰荃。此诚唐宋以来所罕见。即蔡京、汤思退等，亦当退避三舍，是足见一时台阁风会之所趣尚矣。

《惜阴堂汇刻明词记略》(《明词汇刊》附)

30. 赵尊岳:

夏贵溪浑朴茂实，追轶辛刘。

《惜阴堂明词丛书叙录》(《明词汇刊》附)

31.《续修四库全书总目提要》:

其词激放，亦时有妍丽之作，苏辛词固如是也。惟激而不曲，非粗既滑，妍而不深，有表无里，言词往往取貌遗神，不能合也。王世贞云：我明以词名家者，公谨最号雄爽，比之稼轩，觉少精思。其言是已。《明词综》引钱氏云：公瑾喜为长短句，当其得君专政，声势煊赫，长篇小令，草稿未削，已流布都下，互相传唱，殁后未百年，黯然无闻。《花间》、《草堂》之集，无有及桂洲氏名者，求如前代所谓曲子相公，亦不可得。可一慨也。此说盖得情实，缘势位以行其词者，岂能享永久耶？

《玉堂余兴六卷桂洲集外词一卷提要》

顾应祥

顾应祥（1483—1565）字惟贤，一字孝符，号箬溪，上元（今江苏南京）人。顾璘孙，顾屿子。弘治十八年（1505）进士。授饶州府推官，历广东佥事，官至南京刑部尚书。时严嵩专横，应祥受排挤，致仕归，卒。郭应祥曾受业王守仁，著有《归田诗选》、《南诏事略》、《龙溪致知议略》等。其词存于《归田诗选》中，赵尊岳裁其词，题为《箬溪词》，辑入《明词汇刊》。存词八首。

1. 赵尊岳：

词八首，在《归田诗集》中。词有直率处，澹远得前人遗法。〔踏莎行〕《送春》下半阕云："怕上江楼，愁添眉宇，无情流水滔滔去。要归何不且休来？催将绿发俱成素。"一气呵成，迥非南宋刻月镂云之态。直臣正士所吐属，亦是不凡，观于顾词验之矣。

《惜阴堂汇刊明词提要·箬溪词一卷》（《词学季刊》第二卷第一号）

2.《续修四库全书总目提要》：

凡八阕，应祥著述甚多，而不以词名家。然如〔蝶恋花〕云："浪迹寰区经已半。老去心平，肯把闲愁乱。镜里容颜惊渐换。 随意青山俱可玩。屈指花前，几个当时伴。细切黄韮共午餐。食前何必侯鲭馔。"亦觉亲切有味也。

《箬溪词一卷提要》

孙承恩

孙承恩（1485—1565）字贞父，号毅斋，华亭（今上海松江）人。正德六年（1511）进士。改庶吉士，授编修。嘉靖初，奉使安南，与修《明伦大典》，擢左中允，充经筵讲官，主考两京乡试。官至礼部尚书，兼翰林学士，掌詹事府。时斋官设醮，独不肯黄冠，遂乞致仕，卒谥文简。孙承恩笃学博稽，为文深厚尔雅。著有《瀼溪草堂稿》五十八卷。赵尊岳裁其词四首，题为《瀼溪草堂词》，辑入《明词汇刊》。存词十三首。

1. 赵尊岳

著《瀼溪草堂集》，词四首附存。虽不尽谐律调，而意旨高亢。〔生查子〕《题雁》云："江南泽国秋，野水连天静。日落渚沙明，霜老菰蒲冷。　欲下复徘徊，顾侣声斯应。皓月度银塘，照见双栖影。"〔卜算子〕《咏鹰》下半阕云："紫塞暗秋云，日断阳台路。会见拂翼抟九天，草莽空狐兔。"此在明末作者，往往有此凄厉之语，以自寓其家国之感，乃贞父以抗节不为黄冠，罢政在所不计，而亦同此激扬蹈厉噍杀之音，足征心有所感，则发之于文章，其揆一也。

《惜阴堂汇刊明词提要·瀼溪草堂词一卷》（《词学季刊》第二卷第一号）

2.《续修四库全书总目提要》：

〔秦楼月〕《题鹤》、〔点绛唇〕《题孔雀》、〔生查子〕《题雁》、〔卜算子〕《题鹰》，仅四首，并藉物喻志，比兴深微。〔生查子〕云："江南泽国秋，野水连天净。日落渚沙明，霜老孤蒲冷。　欲下复徘徊，顾侣声斯应。皓月渡银塘，照见双栖影。"此虽不如东坡〔卜算子〕之高浑，而托意深远则一，以其人存其词，可也。

《瀼溪草堂词一卷提要》

聂豹

聂豹（1487—1563）字文蔚，号双江，吉安永丰（今江西永丰）人。正德十二年（1517）进士。除华亭知县。嘉靖四年（1525），召拜御史，巡按福建，出为苏州知府。丁忧归，补平阳知府。后擢陕西副使。不久遭诬落职。二十九年（1550），召拜左佥都御史，擢兵部侍郎，进尚书，累进太子太保，以忤旨罢归。数年卒，年七十七。隆庆初，赠少保，谥贞襄。《明史》卷二百零二有传。著有《双江文集》，词附。赵尊岳裁其词，题名为《双江诗余》，辑入《明词汇刊》。存词三首。

1. 赵尊岳：

词三首附集中，盖狱中作，分论儒、释、道三教，忠贞之气，流露行间。词不能工，而凛凛有余威。前得杨涟集，其狱中所为词，亦复称是。志士见囚，大义若灭，愤而论道以明心，自文王之演《周易》，盖由来者久矣。自兹而降，代有作者。文人以之寄托于词，事非得已。但以抒写愤抑，不能以词之工否相论定也。

《惜阴堂汇刊明词提要·双江诗余》（《词学季刊》第二卷第一号）

2.《续修四库全书总目提要》：

仅〔水调歌头〕《用东坡韵答戴子论儒、论佛、论道》三阕。豹信王守仁之说，喜言大道，而以词体论之，所谓不伦不类者也。又次苏韵，不知其为论学乎，抑为填词乎？其亦不思也甚矣。

《双江诗余一卷提要》

张綖

张綖（1487—1543）字世文（一作世昌），号南湖居士，高邮（今江苏高邮）人。正德八年（1513）举人。官至武昌通判，迁知光州，罢归。少从王磐游，刻意填词，每填一篇，必求合某宫某调，某调第几声，其声出入第几犯，抗坠圆美，必求合作。著有《杜诗通》、《诗余图谱》、《南湖诗集》。崇祯年间，王象晋辑秦观、张綖词为《秦张二先生诗余合璧》二卷，其中有《南湖诗余》一卷。赵尊岳裁其词入《明词汇刊》。存词一百首。

1. 朱日藩：

先生从王西楼游，早传斯技之旨，每填一篇，必求合某宫某调，第几声出入第几犯，务俾抗坠圆美，合作而出。故能独步于绝响之后，称再来少游。

《南湖诗余序》（《南湖诗余》卷首）

2. 顾瑮：

世文为诗文，操笔立就，尤工于长短句。

《明诗纪事》戊签卷十一引《岁寒堂存稿》

3.《高邮州志》：

尤工于长短句，虽随意口占，皆合格调。

《隆庆高邮州志》卷十

4. 陆求可：

张右文纂《图谱》，恰在泯绝之日；钱功甫辑词华，适丁散佚之年。各出新声，俱标艳体，多有缘情雅作，宁为累德微词。

《月湄词序》（《十五家词》卷十八）

5. 王象晋：

南湖张先生与少游同里闬，慕少游之为人，辄效少游之所为诗文，因取宋人诗余，汇而图之为谱，一时名公神情风度、规式意调，较若列眉，诚修词家功臣已。今观先生长短句诸作，命意恳至，摛词婉雅，俨然少游再生，岂天地精粹清淑之气，尽汇于长淮烟波浩渺间耶？何相肖之甚也？

《秦张两先生诗余合璧序》（《南湖诗余》卷首）

6. 王兆云：

宋人敝神此体，深入要眇。自元以还，声律渐远；明兴，间有作者，益不类矣。间尝稍为编集，其中陈大声铎、王浚川廷相、张南湖綖、夏桂洲言、杨升庵慎为多，而夏颇称胜。

《挥麈诗话·空同诸公词》

7. 钱谦益：

少从王西楼游，刻意填词，每填一篇，必求合某宫某调，某调第几声，其声出入第几犯。抗坠圆美，必求合作。著《诗余图谱》，词家以为指南。

《列朝诗集小传》丙集

8. 沈谦：

张世文“新草池塘”、“紫燕双飞”二首，风流酝藉，不减周秦。“雪猫戏扑风光影”，尤称警策。

《填词杂说》

9. 沈雄：

维扬张世文为《图谱》，绝不似《啸余谱》、《词体明辨》之有舛错，而为之规规矩矩，亦填词家一助也。乃其自制〔鹊踏枝〕有云：“紫燕双飞深院静。宝枕纱厨，睡起娇如病。一线碧烟萦藻井。小鬟茶进龙香饼。”又：“斜日高楼明锦幕。楼上佳人，痴倚阑干角。心事不知缘底恶。对花珠泪双双落。”更自新蒨蕴藉，振起一时者。

《古今词话·词评》下卷

10. 邹祇谟：

今人作诗余，多据张南湖《诗余图谱》及程明善《啸余谱》二者。南湖谱平仄差核，而用黑白及半黑半白圈以分别之，不无鱼豕之讹。且载调太略，如〔粉蝶儿〕与〔惜奴娇〕，本系两体，但字数稍同，及起句相似，遂误为为一体，恐亦未安。

张光州南湖《诗余图谱》，于词学失传之日，创为谱系，有筚路蓝缕之功。虞山《诗选》云："南湖少从西楼王氏游，刻意填词，必求合某宫某调，某调第几声，其声出入第几犯，抗坠圆美，必求合作。"则此言似属溢论。大约南湖所载，俱系习见诸体，一按字数多寡，韵脚平仄，而于音律之学，尚隔一尘。试观柳永《乐章集》中，有同一体而分《大石》、《歇指》诸调，按之平仄，亦复无别？此理近人原无见解，亦如公甗所言徐六担板耳。

《远志斋词衷》

11.《四库全书总目》：

《南湖诗集》四卷，明张綖撰……每卷皆附词数阕。考綖尝作《填词图谱》，盖刻意于倚声者，宜其诗皆如词矣。

《南湖诗集提要》（《四库全书总目》卷一六七）

12.《四库全书总目》：

是编取宋人歌词，择声调合节者一百十首，汇而谱之，各图其平仄于前，而缀词于其后。有当平当仄、可平可仄二例，而往往不据古词，意为填注。于古人故为拗句以取抗坠之节者，多改谐诗句之律。又校雠不精，所谓黑圈为仄、白圈为平、半黑半白为平仄通者，亦多混淆，殊非善本，宜为万树《词律》所讥。

《诗余图谱三卷附录二卷提要》（《四库全书总目》卷二百）

13.《四库全书总目》：

是书乃以宋秦观《淮海词》、明张綖《南湖词》合为一编，以二人皆产于高邮也。然一古人，一时人，越三四百年而称为合璧，已自不伦。况綖词何足以匹观，是不亦老子、韩非同传乎？

《秦张诗余合璧》(《四库全书总目》卷二百)

14. 王昶：

沈偶僧雄曰：维扬张世文綖为《图谱》，绝不似《啸余谱》、《词体明辨》之有错误，亦填词家之功臣也。其所自制，更复新蒨蕴藉，振起一时者。

《西崦山人词话》卷一

15. 陈田：

南湖词是当家，诗亦轻俊可喜。

《明诗纪事》戊签卷十一

16. 陈廷焯：

《古今词话》谓世文《诗余图谱》辨词体之舛误，而为之规矩，真填词家功臣也。此作亦风流蕴藉之至。(评〔蝶恋花〕“紫燕双飞深院静”)

《云韶集》卷十二

17. 吴梅：

《南湖词》所可见者，仅《词综》所录〔风流子〕、〔蝶恋花〕两首，《古今词话》亦盛推之，目为风流蕴藉，足以振起一时。亦非溢美。

《词学通论》第九章

朱仲娴

朱仲娴，成化、弘治年间人，字令文，号静庵，海宁（今浙江海宁）人，尚宝卿朱祚女，光泽教谕周济妻。博极群书，以诗名于时，年八十卒。著有《静庵集》。存词二首。

1.《玉镜阳秋》：

余诗佳者，笔力遒劲，而乏姿韵。上方古人，可接李清照、郑允端之武；下视近代，颇出陆卿子、徐媛之右。顾玄言目为闺品之豪，不虚矣。

《历代妇女著作考》（增订本）卷一引

2. 徐咸：

海昌朱静庵，司讯周汝航之妻也。出自名族，博学能诗，有声成化、弘治间。若古乐府、长歌短章，皆有古人矩度，绝无纤丽脂粉之气。有《静庵集》藏于家。平生妇德，冰清玉洁，朱淑贞、李易安不足多也。

《西园杂记》上

陈铎

陈铎（1488?—1521?）字大声，号秋碧，又号坐隐先生、七一居士，祖籍下邳（今江苏邳州），后徙南京。正德年间，世袭济州卫指挥使。陈铎为人风流倜傥，于经、传、子、史，百家九流，莫不贯通。居第之南，有秋碧轩、七一居，精洁绝尘，通人胜流，过从谈宴。工诗善画，精通音律，善弹琵琶，以曲驰名当世。著作甚富，有散曲集《秋碧乐府》、《梨云寄傲》、《月香亭稿》、《珂雪斋稿》、《滑稽余韵》，杂剧《花月妓双偷纳锦郎》、《郑耆老义配好姻缘》；传奇《纳锦郎》。存词一百四十七首。

1. 陈霆：

欧公有句云："平芜近处是春山，行人更在春山外。"陈大声体之，作〔蝶恋花〕落句云："千里青山劳望眼，行人更比青山远。"虽面目稍更，而意句仍昔。然则偷句之钝，何可避也。（卷一）

"金猊瑞脑喷香雾。向晓寒多深闭户。窗明残雪积飞琼，风起乱云飘散絮。　　锦帏细看霓裳舞。小玉银筝学莺语。梅香满座袭人衣，谁道江桥无觅处。"此陈大声冬雪词也。寄〔木兰花令〕。论者谓其有宋人风致。使杂之《草堂集》中，未必可辨也。虽然，大声和《草堂》，自予所选数首外，求其近似者盖少。

江东陈铎大声，尝和《草堂诗余》，几及其半，辄复刊布江湖间。论者谓其以一人心力，而欲追袭群贤之华妙，徒负不自量之讥。盖前辈和唐音者，胥以此故，为大力所不许。大声复冒此禁，何也？然以其酷拟前人，故其篇中亦时有佳句。四言如"娇云送马，高林回鸟，远波低雁"，五言如"飞梦去江干，又添驴背寒"，"饥鸟啄琼树，寒波净银塘"，"香浮残雪动，影弄寒蟾小"，六言如"长日余花自落，无风弱柳还摇"，"杨柳依风清瘦，花枝照水分明”，“明月为谁圆缺，浮云随意阴晴”，七言如“花蕊暗随蜂作蜜，溪云还伴鹤归巢”，“欲将离恨付春江，春江又恐东流去”，“千里青山劳望眼，行人更比青山远”，“秋水无痕涵上下，浮云有意遮西北”。散句如“东风路。多少小燕闲庭，乱莺芳树”，“绿云尽逐东风散，惟有花阴层叠”，“九十韶光自不容，何必憎风雨”，“暮山高下暮云平。行人不渡，只有断桥横”，“清溪流水，斜桥淡月，不减山阴好”，“春城晚，霏霏满湖烟雨”，“断肠无奈，落花飞絮”，凡此颇婉约清丽，使其用为己调，当必擅声一时，而以之追步古作，遂蹈村妇斗美毛、施之失，盖不善用其长者也。（卷二）

《渚山堂词话》

2. 王兆云：

陈大声不但善北曲，乃和宋诗余等篇，大有佳者。如〔浣溪纱〕云：“波映横塘柳映桥。冷烟疏雨暗庭皋。春城风景胜江郊。花蕊暗随蜂作蜜，溪云还伴鹤归巢。草堂新竹两三梢。”〔生查子〕云：“从小束腰肢，不是因郎瘦。自有春愁在两眉，不省郎知否。　落日正飞凫，记得曾分手。忍见垂杨折后枝，还拂杯中酒。”尝谓宋人敝神此体，深入要眇，自元以还，声律渐远；明兴，间有作者，益不类矣。间尝稍为编集，其中陈大声铎、王浚川廷相、张南湖綖、夏桂洲言、杨升庵慎为多，而夏颇称胜。

《挥麈诗话·空同诸公词》

3. 况周颐：

陈大声词，全明不能有二。《坐隐先生草堂余意》……兼《乐章》之敷腴，《清真》之沉著，《漱玉》之绵丽，南渡作者，非上驷未易方驾。明词往往为人指摘，一陈先生掩百瑕而有余。

《蕙风词话》卷五

4. 况周颐：

得《坐隐先生精选草堂余意》一册……词全和《草堂》韵，每音调名下，径题元作者姓名。唯一人两调相连，则第二阕题陈大声名……其词超淡疏宕，不琢不率，和何人韵，即仿其人体格。即如淮海、清真、漱玉诸大家，置本集中，虽识者不能辨。昔人谓词绝于明，观于大声之作，斯言殆未为信。

陈大声铎《草堂余意》具淡、浓二字之妙，足与两宋名家颉颃。

陈大声《草堂余意》不可复得，甚恨事也。大声一字秋碧，精研宫律，当时有乐王之目。

《蕙风词话》续编卷二

5. 陈匪石：

《草堂诗余》一书，在明流传极盛，填词者奉为圭臬。例如陈大声之《草堂余意》，即取《草堂诗余》而遍和之，一若舍此别无足据者。

《声执》卷下

6. 赵尊岳：

（明）中叶而后，曲令渐繁，贤者所乐，据形移步，于是值者日繁，传者较罕，拈笔托兴，徒尚浮华，鄙语村谈，俯拾即是。虽高深甫、陈大声、徐文长诸名辈，两擅胜场，分镳竞爽，而一时风令所被，斯道为之不尊。

《惜阴堂明词丛书叙录》（《明词汇刊》附）

7.《续修四库全书总目提要》：

陈霆《渚山堂词话》卷二云："江东陈铎大声尝和《草堂诗余》几及其半，辄复刊布江淮间，论者谓其以一人之心力，而欲追袭群贤之华妙，徒负不自量之讥。盖前辈和唐音者以此故为大力所不许，大声复昌此禁，何也？然以其酷拟前人，故其篇中亦时有佳句，颇婉约清丽……使其用为己调，当必擅声一时，而以之追步古作，遂蹈村妇斗美毛、施之失，盖不善用其长者也。况周颐谓其词具澹厚之妙，足与两宋名家颉颃。平心论之，追和古作，殊非正道，偶一为之，原无不可，今广和前作，模拟群贤，必有强己就人之弊，故方、杨和周，终非周也。然铎词婉雅明丽，确是能手，虽伯温、青邱，尚非其敌，不能因其追和古作而贬之，即与方、杨和周词较之，亦不在其下也。

《草堂余意二卷提要》

杨慎

杨慎（1448—1559）字用修，号升庵，新都（今四川成都）人。明少师杨廷和之子。正德六年（1511）殿试第一，授翰林院修撰。世宗继位，任经筵讲官。嘉靖三年（1524）廷臣"议大礼"，慎等三十六人上言抗谏，背旨，受廷杖、贬云南永昌卫。居滇三十余年，卒于戍所，年七十二。熹宗朝追谥文宪。《明史》卷一百九十二有传。杨升庵自幼聪颖，十一岁能诗，十二岁拟作《古战场文》、《过秦论》，人皆惊为异才。秉性刚直，事必据实直书。博闻广识，著作极富。存诗二千三百余首，向以渊雅博丽，抗衡"七子"著称。除诗文外，杂著有一百多种，大多收入《升庵全集》。所著《词品》，所辑《百琲明珠》、《词林万选》，在词史上颇有价值。其词集《升庵长短句》在明代就有多种版本。赵尊岳据丁丙藏嘉靖十六年刊本校刊，题名《升庵长短句》三卷、《升庵长短句续集》三卷，分别辑入《明词汇刊》。存词三百六十七首。

1. 杨南金：

太史公谪居滇南，托兴于酒边，陶情于词曲，传咏于滇云，而溢流于夷徼。昔人云吃井水处皆唱柳词，今也不吃井水处亦唱杨词矣。吾闻君子之论曰：公辞赋似汉，诗律似唐，下至宋词、元曲，文之末耳，亦不减秦七、黄九、东篱、小山。噫，一何多能哉？

《升庵长短句序》（《升庵长短句》卷首）

2. 王廷表：

吾友升庵杨子，乃至音神解，奇藻天发，率意口占，警绝莫及。尝语表曰："李冠、张安国〔六州歌头〕，声调雄远，哀而不伤，于长短句中殊为雅丽，恨少有继者。"乃援笔为吊诸葛词，其妥帖排奡，可并苏、辛而轧张、李矣。表尝评杨子词为本朝第一，而〔六州歌头〕在《升庵长短句》中第一。杨子笑曰："子岂欲为稼轩之岳珂乎？"

《升庵长短句跋》(《升庵长短句》卷后)

3. 唐锜：

金元部曲，淫哇妖艳，其溺人也久，乃有黄钟大吕、希世之音乎？其思冲冲，其情隐隐，其调闲远悲壮，而使人有奋厉沉窣之心。其寄意与花鸟、江山、烟云、景侯、旅况、闺情，无怨怒不平，而有拳拳恋阙之念，将平其气、敛其材，忘于兴而出于自然者，亦不知其所以然矣。其晋魏以上古乐府、《离骚》之流，风雅之变乎？而知太史之雄也。

《升庵长短句序》(《升庵长短句》.卷首)

4. 许孚远：

天生异材，投之闲寂，困之厄穷，达观造化之理，探索经史之蕴，经纶满腹，无所发泄于致主匡时之略，而仅著为文词，其纵横变化，穷极绮丽，有以也。然则尚论先生者，当先知其人品与其学术，而后可以读其文词。长短句，文之末流也，先生盖出其余力为之，而非所以先也。孚远又窃观杨文忠勋业之盛，及先生材品之高，而知其世德作求，流芳未艾。

《升庵长短句序》(《升庵长短句》卷首)

5. 周逊：

翁为当代词宗，平日游艺之作，若《长短句》，若《填词选格》，若《词林万选》，若《百琲明珠》，与今《词品》，可谓妙绝古今矣。愚虽未能悉读诸集，山林之词，大率清以激也，不然则舒以适也。闺阁之词，大率悦以解也，不然则和以节也。他可类见矣。

《刻词品序》(《词品》卷首)

6. 王世贞：

我明以词名家者，刘诚意伯温秾纤有致，去宋尚隔一尘。杨状元用修好入六朝丽事，近似而远。夏文愍公谨最号雄爽，比之辛稼轩，觉少精思。

《艺苑卮言》

7. 王兆云：

自元以还，声律渐远；明兴，间有作者，益不类矣。间尝稍为编集，其中陈大声铎、王浚川廷相、张南湖綖、夏桂洲言、杨升庵慎为多，而夏颇称胜。

《挥麈诗话·空同诸公词》

8. 单恂：

我明虽词鲜专家，而成都、琅琊挺秀嗣响，声格美善，殆掩映元祐以上矣。

《诗余图谱序》(《诗余图谱》卷首)

9. 秦士奇：

《花间》皆小语致巧，犹伤促碎，至《草堂》以锦丽取妍六朝，故以宋人为诗之余，至金、元渐流为歌曲。若我明如刘伯温、杨用修、吴纯叔、文徵明、王元美兄弟辈，激响千代，移宫换羽，蝉缓而就之诗，若荡然无余，而不知即余亦诗也。

《草堂诗余序》(《镌古香岑批点草堂诗余四集》卷首)

10. 陈子龙：

明兴以来，才人辈出，文宗两汉，诗俪开元，独斯小道，有惭宋辙。其最著者为青田、新都、娄江，然诚意音体具合，实无惊魂动魄之处。用修以学问为巧便，如明眸玉屑，纤眉积黛，只为累耳。元美取境似酌苏、柳间，然如“凤凰桥下”语，未免时堕吴歌。此非才之不逮也，钜手鸿笔，既不经意，荒才荡色，时窃滥觞。且南北九宫既盛，而绮袖红牙，不复按度，其用既少，作者自希，宜其鲜工也。

《幽兰草词序》(《安雅堂稿》卷五)

11. 陈子龙：

本朝以词名者，如刘伯温、杨用修、王元美，各有短长，大都不能及宋人。

《王介人诗余序》（《安雅堂稿》卷三）

12. 徐士俊：

昭代如伯温、纯叔，圆厚朴老；元美、升庵，法无不尽，情无不出，俨然初、盛之分。

《古今词统》卷七

13. 曹溶：

江子丹崖问明词去取以何为则。余曰：自《花间》至元季调已盈千，安得再收自度如王世贞之〔怨朱弦〕、〔小诺皋〕，杨慎之〔落灯风〕、〔灼灼花〕，屠隆之〔青江裂石〕、〔水漫声〕。

沈雄《古今词话·词话》下卷引

14.《乐府纪闻》：

成都杨慎所著书百余种，号为博洽。金华胡应麟嫌其熟于稗史，不娴于正史，作《笔丛》以驳之。然杨所辑《百琲明珠》，《词林万选》，王弇州亦谓之词家功臣也……词亦富赡。

沈雄《古今词话·词话》下卷引

15. 沈雄：

成都杨用修，正德辛未第一人。因辨礼谪戍沪州，号为淹博。所辑《词品》、《百琲明珠》、《词林万选》诸种，亦词家功臣也。所作极典赡而少生动，正李于鳞所云铜山金埒之句，雕绘满前者也。

《古今词话·词评》下卷

16. 陆求可：

温、和生，《花间》作，刻羽引商；李、晏出，而《草堂》兴，谐声依咏。淮海、漱玉倡温丽之微言，稼轩、放翁极雄豪之变态。投袂而赴节，咏歌朝庙之端；比事以属词，怅别都门之外。管弦所协，作者掇腴褰芳；词令斐然，听之惊心动魄，洵元音之鼓吹，衍乐府之源流。近代而还，指不多屈。用修、元美，几同秦、柳升堂；徵仲、眉公，亦比欧、苏入室。张右文纂《图谱》，恰在泯绝之日；钱功甫辑词华，适丁散佚之年。各出新声，俱标艳体，多有缘情雅作，宁为累德微词。

《陆求可月湄词序文》(《十五家词》卷十八)

17. 毛先舒：

成都杨慎作长短句，有沐兰浴芳、吐云含雪之妙，其流丽辉映，足雄一代，较于《花间》、《草堂》，可谓俱撮其长矣。杨初以博洽名，当时有子云之目。而长篇巨什，顾以芜累纤靡而失之，迹其搜猎弹射，亦多所挂漏，未足称功，瑕不胜摘。独于填词，染笔称俊，岂其技之独工，抑词有别肠耶？

《诗辩坻》卷四(《清诗话》)

18. 邹祗谟：

词之歌调既已失传，而后人制调创名者，亦复不乏。如用修之〔落灯风〕、〔款残红〕，元美之〔小诺皋〕、〔怨朱弦〕，纬真之〔水慢声〕、〔裂石清江〕，仲茅之〔美人归〕，仲醇之〔阑干拍〕以及《支机集》之〔琅天乐〕、〔天台宴〕等类。不识比之《乐章》、《大声》诸集，辄叶律与否。文人偶一为之可也。

欧、晏蕴藉，秦、黄生动，一唱三叹，总以不尽为佳。清真、乐章，以短调行长调，故滔滔莽莽处，如唐初四杰，作七古嫌其不能尽变。至姜、史、高、吴，而融篇炼句琢字之法，无一不备。今惟合肥兼擅其胜，正不如用修好入六朝丽字，似近而实远也。

《远志斋词衷》

19. 邹祗谟：

近世如用修、元美、元朗、仲茅诸先生，无不寻流溯源，探其旨趣，而词学复明，犁然指掌。

《倚声初集序》(《倚声初集》卷首)

20. 邹祗谟：

有明才人，莫过于杨用修、汤若士。用修亲抱琵琶，度北曲，而词顾寥寥。若士《四梦》，为南曲野狐精，而填词自宾白外无闻焉。

《梅村词序》（《梅村诗余》）

21. 邹祗谟：

常试论前代诸家，文成之于元献，犹兰亭之似梓泽也。新都之于庐陵，犹宏治之似伯玉也。琅邪之于眉山，犹小令之似大令也。公谨之于稼轩，犹宣武之似司空也。逮黄门舍人之于屯田、待制，直如曹、刘之于苏、李，遂觉后来益工。

《衍波词序》（《衍波词》卷首）

22. 陈维崧：

今之不屑为词者固无论，其学为词者，又复极意《花间》，学步《兰畹》，矜香弱为当家，以清真为本色。神瞽审声，斥为郑、卫，甚或爨弄俚词，闺襜冶习，音如湿鼓，色若死灰，此则嘲诙隐庾，恐为词曲之滥觞。所虑杜夔左骥，将为师涓所不道，辗转流失，长此安穷？胜国词流，即伯温、用修、元美、徵仲诸家，未离斯弊，余可识矣。

《词选序》（《湖海楼文集》卷二）

23. 李葵生：

刘、杨慷慨，未减苏、辛。

《兰皋明词汇选序》（《兰皋明词汇选》卷首）

24. 顾璟芳：

刘、杨、王诸家，为一代词手，尚矣。

《兰皋明词汇选》卷七

25. 胡应宸：

诗余圣手，自李氏、晏氏、子野、美成外，即推温韦。然识者犹尚其艳，议其促。升庵正妙在艳而不促。

其艳处，当于有字句中得之；其不足处，当于无字句中传之。

《兰皋明词汇选》卷七

26. 朱彝尊：

明初作手，若杨孟载、高季迪、刘伯温辈，皆温雅芊丽，咀宫含商。李昌祺、王达善、瞿宗吉之流，亦能接武。至钱塘马浩澜以词名东南，陈言秽语，俗气熏入骨髓，殆不可医。周白川、夏公谨诸老，间有硬语，杨用修、王元美则强作解事，均与乐章未谐。

《词综凡例》（《词综》卷首）

27. 彭孙遹：

夫韩偓、秦观、黄庭坚及杨慎辈，皆有郑声，既不足以害诸公之品，悠悠冥报，有则共之。

《填词杂说》引

28. 丁澎：

明人起而持将坠之绪，季迪、孟载舒清越之音，成都、太仓抗铮呟之调，铿锵盈耳，沨乎可味矣！

《东白堂词选序》（《东白堂词选》卷首）

29. 唐允甲：

求之近代，用修长于用博，元美妙于取境。

《衍波词序》（《衍波词》卷首）

30. 王士禛：

仆尝与茗文、伯玑、家兄西樵、子侧，共论明震川、荆川、鹿门、遵岩诸公之文，于唐宋大家，可谓肖子，然不及前人者，其趣浅也。尝试移以评伯温、公谨、升庵、元美诸公长短句，程村、金粟亦以为然。

《花草蒙拾》

31. 陆蓥：

明以时文取士，作者辈出，诗学殊逊唐、宋。即如填词，虽刘诚意之雄略，夏少师之警悟，坊间所传二公〔开元乐〕、〔浣溪沙〕诸阕，犹恒人耳。王元美《艺苑卮言》，辨晰词旨，而所为小令颇近雕琢，长调亦多芜杂。尤可笑者，〔小诺皋〕二阕，信手涂抹，真是盲女弹词，醉汉骂街。升庵论词，时有妙会，摹写处，亦伤尖薄。不独〔花犯〕、〔个侬〕诸小令也。先广文谓有明无词人，信然信然。

《问花楼词话》

32. 郭麐：

毛幵开樵隐词，所传无多，然亦是雅音。杨用修独称其“泼火初收”一阕，平熟无可取，用修未可为知词者也。

《灵芬馆词话》

33. 郑方坤：

试看诚意、高、杨，制作质有其文；仍踵完颜、吴、蔡，手标多而且旨。降及用修、元美，则解事强作，啭喉罔叶宫商。迨夫祭酒、黄门，斯伪体别裁，咳唾皆成珠玉。

《古今词选序》(《古今词选》卷首)

34. 汪筠：

用修元美迭称佳，那必琵琶调各谐。

末叶春风吹略遍，试携檀板教吴娃。杨慎、王世贞

《校明词综三首》(《谦谷集》卷三)

35. 王初桐：

《乐府纪闻》称：杨用修词华美流利，王元美作词沾沾自喜，李于鳞自谓弗逮也。竹垞谓二公皆强作解事。今观升庵《词品》、《艺苑卮言》议论评骘均之无当，其所自运，亦俱近俗派。

王元美云：我朝以词名家者，伯温纤秾有致，去宋尚隔一尘。用修好入六朝丽事，似近而实远。公谨最号雄爽，比之稼轩觉少精思。

杨升庵谓：词名〔鹧鸪天〕，本郑嵎诗“春游鸡鹿塞，家在鹧

鸪天”。《笔丛》辨之，以为“鸡鹿塞”又入何调？〔黄莺儿〕、〔水底鱼〕、〔斗鹌鹑〕、〔混江龙〕又本何诗？元瑞持论不通，一至于此。夫词家命名，有取本词中几字者，《东泽绮语债》是也；有于古人诗中采取几字者，〔鹧鸪天〕一类是也；有取事类物类者，〔黄莺儿〕一类是也。古人之诗不止几字，取其几字为词名，余皆弃之。使谓一诗某句入调，即某句亦当入调，则〔点绛唇〕本江淹“艳雪凝璠貌，明珠点绛唇”，而“凝璠貌”非词名也；《潇湘逢故人》本柳恽诗，而“洞庭有归客”又非词名。使谓一名取诗，凡词名皆当取诗，则〔菩萨蛮〕、〔苏幙遮〕、〔尉迟杯〕、〔生查子〕俱非古诗。又升庵本言词名，元瑞乃举曲名为证，彼直以词曲混而一之，尤为愦愦。

《小嫏嬛词话》卷三

36. 王昶：

明初词人，犹沿虞伯生、张仲举之旧，不乖于风雅。及永乐以后，南宋诸名家词皆不显于世，惟《花间》、《草堂》诸集盛行。至杨用修、王元美诸公，小令、中调，颇有可取，而长调则均杂于俚俗矣

《明词综序》（《明词综》卷首）

37. 王昶：

有明词当以刘文成、杨升庵慎为上乘。二公虽未得南宋人蹊径，犹有不戾于雅意者。若升庵所辑《万选》、《百腓明珠》，则甄取未当，未可便谓词苑功臣。

毛先舒云：“用修有沐兰浴芳、吐云含雪之妙。”

升庵因辨大礼，谪戍泸州。暇时红粉傅面，作双丫髻插花，诸妓捧觞以行，了不为怍。有以书规之者，答云：“走岂能执鞭古人？聊以耗壮心遣余年耳。”所作词，如〔满江红〕之梨花，〔水调歌头〕之牡丹，极羁旅怀归之致。

《西崦山人词话》卷一

38. 万树：

能深明词理，方可制腔。若明人则于律吕无所授受，窃恐未能协律。故如王太仓之〔怨朱弦〕、〔小诺皋〕，杨新都之〔落灯风〕、〔款残红〕、〔误佳期〕等，今俱不收。

世所脍炙之娄东、新都两家，撷芳则可佩，就轨则多歧，按律之学未精，自度之腔乃出，虽云自我作古，实则英雄欺人。

《词律发凡》(《词律》卷首)

39. 吴衡照：

红友《词律》，于明人自度腔概置弗录。既录金元制矣，何独于明而置之？谓律吕有未协，又安知律吕之必不协也？窃意王太仓之〔怨未弦〕、〔小诺皋〕，杨新都之〔落灯风〕、〔误佳期〕，徐山阴之〔鹊踏花翻〕，陈华亭之〔阑干拍〕，皆当补列。惟汤临川〔添字昭君怨〕，本出传奇，宜从〔乾荷叶〕、〔小桃红〕例，以示界限。

杨用修《词品》四卷，论列诗余，颇具知人论世之概，不独引据博洽而已。其引据处，亦足正俗本之误。如云：《文选》江淹《别赋》“闺中风暖，陌上草熏”，《六一词》“草熏风暖摇征辔”用此，俗本改“熏”作“芳”。中山王《文木赋》“奔电屯云，薄雾浓雰”，《漱玉词》“薄雾浓雰愁永昼”用此。俗本改“雰”为“云”。杜公“关山同一点”，一“点”字绝妙，东坡〔洞仙歌〕“一点明月窥人”用此。今杜诗改“点”作“照”，成小儿语，幸《草堂诗余》注可证。其他辨订，渊该综核，终非陈耀文、胡应麟辈所可仰而攻也。(卷二)

金元工于小令套数而词亡。论词于明，并不逮金元，遑言两宋哉？盖明词无专门名家，一二才人如杨用修、王元美、汤义仍辈，皆以传奇手为之，宜乎词之不振也。其患在好尽，而字面往往混入曲子。昔张玉田论两宋人字面多从李贺、温岐诗来，若近俗近巧，诗余之品何在焉？又好为之尽，去两宋蕴藉之旨远矣。

（卷三）

《莲子居词话》

40. 沈道宽：

谪戍南迁万里途，永昌僻郡鲜藏书。

用修自谱胸中调，按拍真应格律疏。

《论词绝句》四十二首（《话山草堂诗钞》卷一）

41. 俞樾：

唐宋以后，至有明一代，而学术衰息，无论其余。即词为小道，亦骫骳无足观。虽以杨升庵之淹博，而所为词，庞乱钩裂，他可知矣。

《词律拾遗序》（《词律拾遗》卷首）

42. 谢章铤：

升庵云："李太白应制〔清平乐〕辞四首，见吕鹏《遏云集》。黄玉林以其二首无清逸韵，止选二首。"慎补作二首，其一云："君王未起。玉漏穿花底。永巷脱簪妆黛洗。衣湿露华如水。　六宫鸾凤鸳鸯。九重罗绮笙簧。但愿君恩似日，从教妾鬓如霜。"其二云："倾城艳质。本自神仙匹。二八承恩初选人。身是三千第一。月明花落黄昏。人间天上消魂。且共题诗团扇，笑他买赋长门。"永昌张愈光见而深爱之，以为远不忘谏，归命不怨，填辞中有风雅也。按升庵此词，其即"罗衣香未歇，犹是汉宫恩"诗意也。譬之东坡〔水调歌头〕，庶几无愧。傅粉插花，诸伎扶觞，迹其行事，颇类风狂，然胸中实不知有几斗热血，眼中实不知有几升热泪，后人徒以郑夹漈、王深宁相视，犹浅之乎知升庵矣。（卷四）

盖明自刘诚意、高季迪数君而后，师传既失，鄙风斯煽，误以编曲为填词。故焦弱侯《经籍志》备采百家，下及二氏，而倚声一道缺焉。盖以鄙事视词久矣。升庵、弇州力挽之，于是始知有李唐、五代、宋初诸作者。其后耳食之徒，又专奉《花间》为准的，一若非《金荃集》、《阳春录》举不得谓之词，并不知尚有辛、刘、姜、史诸法门。

明自中叶以后，知词仅三人，杨升庵、王弇州及卧子。若夏公瑾言、马浩澜洪，皆不足数也。（卷九）

《赌棋山庄词话》

43. 丁绍仪：

自来诗家，或主性灵，或矜才学，或讲格调，往往是丹非素，词则三者缺一不可。盖不曰赋、曰吟，而曰填，则格调最宜讲究。否则去上不分，平仄任意，可以娱俗目，不能欺识者。至性灵、才学，设有所偏，非翦彩为花，绝无生气，即杨花满纸，有类瞽词。如杨升庵慎〔转应曲〕云："促织。促织。声近银床转急。熏残百合衣香。消尽兰膏夜长。长夜。长夜。露冷芙蓉花谢。"非不典丽，读之索然意尽……然升庵另有〔转应曲〕云："银烛。银烛。锦帐罗帏影独。离人无语销魂。细雨斜风掩门。门掩。门掩。数尽寒宵更点。"便与前词有清空质实之分。（卷一）

夫妇均有词传……明时杨升庵、黄夫人，林子羽、张红桥，叶仲绍、沈宛君，沈君庸、张倩倩，闺房酬唱，世艳称之，此外亦不多觏。（卷八）

周美成制〔六丑〕调，杨升庵嫌其名不雅，改称〔个侬〕。若不知宋人廖莹中自有〔个侬〕本调，前后极整齐。万氏《词律》因升庵所作，虽用周韵，而句读参差，只知辨其错谬，亦不知调本〔个侬〕，词系廖作。……莹中字群玉，为贾似道客，乃宋末人。升庵生有明中叶，其为窜易廖词，窃为己作可知。相传升庵未贬时，每阑入文渊阁攘取藏书，妄意似此单词，世无传本，可以公然剽掠。初不料二百年后，原词复行于世。余尝谓升庵得志，决非纯臣，盖自视过高，意天下后世皆可欺，其不为无忌惮之小人也几希。（卷十一）

《听秋声馆词话》

44. 范锴：

升庵长短句似非所长，读其《词品》，弃取议论，其中颇有未惬意者。

《华笑庼杂笔》

45. 胡薇元：

明人词，以杨用修升庵为第一。仆在南诏，见其题寺壁一首，反复诵叹，属寺僧摹刻上石。〔雨中花〕云："一袅纤腰轻瘦。六幅轻纱红皱。粉熟香生，态浓妆浅，正是愁时候。萧萧风，黄昏后。云湿仙衣寒透。帘悄窗闲，灯昏酒冷，听尽莲花漏。"

《岁寒居词话》

46. 陈廷焯：

明初如刘伯温、高季迪、杨孟载之流，尚沿虞伯生、张仲举之旧，无害风雅。至文徵明、杨升庵辈，风格虽低，犹堪接武。

用修词，清新雅秀，长调不免俚俗，小令之妙，信堪接武伯温。

用修小令自是明人词笔，去宋元已隔一层，然语特精秀。（评〔转应曲〕"双燕双燕"）

凄艳语。（评〔转应曲〕"促织促织"）

其词丽，其笔秀。其句调凄切，在明代便算高手。（评〔转应曲〕"银烛银烛"）

起二语精秀绝世。"飞透"六字亦冷隽不禁。（评〔如梦令〕"云影月华穿过"）

情真景真。淋淋漓漓。你若知我害相思，我甘心儿为你死，死亦犹是也。（评〔长相思〕"雨声声"）

画景。（评〔乌夜啼〕"雨来江涨波浑"）

绵婉有神。神韵悠然不绝。（评〔昭君怨〕"楼外东风到草"）

情致自佳。凄艳之词，叔原遗响。（评〔浪淘沙〕"春梦似杨花"）

“愁时候”三字绝妙。（评〔雨中花〕“一搦纤腰清瘦”）

《云韶集》卷十二

47. 陈廷焯：

词至于明，而词亡矣。明初如杨孟载、高季迪、刘伯温辈，温丽芊绵，去两宋不远。至李昌祺、王达善、杨升庵之流，风格稍低，犹堪接武。自马浩澜辈出，淫词秽语，风雅扫地。明末陈人中为一时杰出，但气数近小，国运使然。

《词坛丛话》

48. 陈廷焯：

用修小令，犹有五代人遗意。（《大雅集》卷四）

明代才人，自以升庵为冠，词非专长，偶一涉猎，却有独到处。（《闲情集》卷二）

《词则》

49. 陈廷焯：

词至于明，而词亡矣。伯温、季迪，已失古意。降至升庵辈，句琢字炼，枝枝叶叶为之，益难语于大雅。自马浩澜、施阆仙辈出，淫词秽语，无足置喙。明末陈人中能以秾艳之笔，传凄婉之神，在明代便算高手。然视国初诸老，已难同日而语，更何论唐、宋哉。

用修小令，合者有五代人遗意，而时杂曲语，令读者短气。（卷三）

词……有有文无质者，刘改之、施浪仙、杨升庵……词中之下乘也。（卷八）

《白雨斋词话》

50. 蒋兆兰：

诗余一名，以《草堂诗余》为最著，而误人为最深。所以然者，诗家既已成名，而于是残鳞剩爪，余之于词；浮烟涨墨，余之于词；诙嘲亵诨，余之于词；忿戾慢骂，余之于词；即无聊酬应、排闷解酲，莫不余之于词。亦既以词为秽墟，寄其余兴，宜其去风雅日远，愈久而弥左也。此有明一代词学之蔽，成此者升庵、凤洲诸公，而致此者实“诗余”二字有以误之也。今宜亟正其名曰词，万不可以“诗余”二字自文浅陋，希图卸责。

《词说》

51. 况周颐：

杨用修席芬名阀，涉笔瑰丽，自负见闻赅博，不恤杜撰肆欺。迹其忍俊不禁，信有奇思妙语，非寻常才俊所及。

《蕙风词话》卷五

52. 胡玉缙：

慎以博洽冠一时，虽论说考证，往往赝造古书，而其诗文，未尝违盭法度，故其词亦含吐英华，不作凡响，盖沉浸于诗书之泽深矣。

《四库未收书目提要续编》(《续四库提要三种》)

53. 张德瀛：

宋词如“锦挦云挨，钩帘借月，玉船风动酒鳞红”诸句，若舍意论词，固炜煜而谲诳。杨升庵辈第求之于此，而不寻厥根，斯褊矣。(卷一)

扬子云，词人之赋丽以淫。升庵词烂若编贝，然丽以淫矣。其〔江月晃重山〕、〔浪淘沙〕诸阕，又议礼谪戍泸州时所作。(卷六)

《词徵》

54. 刘毓盘：

言明人词者必首以杨慎、王世贞，此《词律》所斥者，而他可知矣。

《词史》第九章

55. 吴梅：

盖明初诸家，尚不失正宗，所可议者，气度之间，终不如两宋。降至升庵辈，句琢字炼，枝枝叶叶为之，益难语于大雅。自马浩澜、施阆仙辈，淫词秽语，无足置喙。词至于此，风雅扫地矣。迨季世陈卧子出，能以秾丽之笔，传凄婉之神，始可当一代高手。此明词大略也。

以词曲论之，如〔转应曲〕：“花落花落，日暮长门寂寞。”又：“门掩门掩，数尽寒城漏点。”〔昭君怨〕云：“楼外东风到早，染得柳条黄了。低拂玉阑干，怯春寒。”皆不弱两宋人之作。

《词学通论》第九章

魏偁

魏偁（生卒年不详）字达卿，一字云松安子，鄞县（今浙江宁波）人。明成化二十二年（1486）贡士，授石城训导。博涉群书，以诗文名于世。著有《云松诗略》，词存集中。赵尊岳裁其词为《云松近体乐府》，辑入《明词汇刊》。存词十二首。

1.《续修四库全书总目提要》：

凡十二首，雅饬蕴藉，其源似出于二晏，故令曲为多也。〔点绛唇〕云："几树残香，情人不见愁难扫。海棠开了。晓雨濛濛小。烟柳莺声，婉转伤春调。音书少。谁消怀抱。白发催人老。"〔浣溪沙〕下半首云："纤草有情和露长，好花无语任风飞。石阑徙倚对斜晖。"皆吐属清雅，笔有余妍，明人词中所罕觏也。

《云松近体乐府一卷》

陈儒

陈儒（1488—1561）字懋学，号芹山，先世交南（今越南）人，锦衣卫籍。嘉靖二年（1523）进士，授户部主事。历东昌知府，迁浙江按察副使、提督浙江学正。累官至右都御史，总督漕运、巡抚淮扬。有《芹山集》。存词十首。

1. 李葵生：

《芹山集》中词，皆行边出塞之作，雄文壮思，顿觉风清尘靖。何必诸葛君真名士哉。

《兰皋明词汇选》卷六

朱朴

朱朴（生卒年不详）字元素，海盐（今浙江海盐）人。隐居西村，不乐仕进。正德、嘉靖间，与文徵明、孙一元相酬答。品格高雅，诗词如人。著有《西村集》，词附。赵尊岳裁其词二首，同张菊辑其词三首，题名为《西村词》，辑入《明词汇刊》。存词五首。

1. 赵尊岳：

词雅韵欲流，宛然南宋风格。〔风入松〕《次俞国宝》云："武陵春酒不论钱。红杏竹篱边。画桥一带青青柳，兰舟系、玛瑙坡前。隔树数声鹦鹉，谁家一簇秋千。　　朱唇玉板鹧鸪天。歌罢鬟云偏。杜鹃啼歇清明雨，楼台锁、几处新烟。沉醉折花归去，路傍拾得遗钿。"〔蝶恋花〕《东园》有云："李白桃红梨雪缟。摘尽樱桃，花落莺声老。客至匏尊时共倒，醉来随意眠芳草。"杂之临安诸家，几无以辨，盖深得词家法乳者矣。

《惜阴堂汇刊明词提要·西村词一卷》(《词学季刊》第二卷第一号)

2.《续修四库全书总目提要》：

仅五阕，〔念奴娇〕亦不完整，〔风入松〕云："五陵春酒不论钱。红杏竹篱边。画桥一带青青柳，兰舟系、玛瑙坡前。隔树数声鹦鹉。谁家一簇秋千。　　朱唇玉板鹧鸪天。歌罢鬟云偏。杜鹃啼歇清明雨，楼台锁、几处新烟。沉醉折花归去，路旁拾得遗钿。"〔蝶恋花〕下半阕云："李白桃红梨雪缟。摘尽樱桃，花落莺声老。客至匏尊时共倒，醉来随意眠芳草。"〔西江月〕下半阕云："团扇打开花片，绣鞋蹙破苔纹。只愁飞去作行云。撇下一天风韵。"并词彩清丽，意境悠远。惜其所传甚少也。

《西村词一卷提要》

杨爵

杨爵（1493—1549）字伯珍（一字伯修），号斛山，富平（今陕西富平）人。嘉靖八年（1529）进士。授行人，擢御史。以母老乞归养，母丧服阕起故官，官至山东道监察御史。世宗时，岁频旱，斋醮兴，士大夫皆以青词取媚，独杨爵据理直谏，以致系狱。狱中七年，治学不废，并著《周易辨说》、《中庸解》。隆庆初复官，卒赠光禄卿。万历中，赐谥忠介。《明史》卷二百零九有传。著有《杨忠介集》，词附。赵尊岳裁其词题名为《杨忠介公词》，录入《明词汇刊》。存词八首。

1. 顾璟芳：

亦只写一腔感慨耳，而清疏之致、古朴之趣，相逼而来。（评〔踏莎行〕《狱中有感》）

《兰皋明词汇选》卷三

2. 赵尊岳：

全集附词八首，并有错简，持律虽疏，虎虎有生气。〔踏莎行〕《系狱》有云："雾隐棘墙，露低庭树，多难悠悠今未已。百年世事宗成空。一笑翻复任眼底。"其凛然之志可以相见，余亦称是。要忠介为名儒诤臣，故词翰末技，亦尽情以发挥其志事者也。

《惜阴堂汇刻明词提要·杨忠介公词一卷》（《词学季刊》第一卷第三号）

吴子孝

吴子孝（1496—1563）字纯叔，号海峰，晚号龙峰，长洲（今江苏苏州）人。吏部尚书吴一鹏子。嘉靖八年（1529）进士。由翰林庶吉士，出为工部主事，历光禄寺丞，迁湖广参议。为官守正不阿，为文弘衍浩博。著有《玉涵堂稿》十卷，词集名《玉霄仙明珠集》。存词二百零三首。

1. 顾梦圭：

海峰吴公自髫龀时即以英慧驰名，既长，博贯群籍，著述甚富，必欲方驾班、马、韩、欧，而齐、梁绮靡之习，不屑为也。顾其才情逸迈，复以余兴制新词若干首，出以示余，余爱其意态流动，似艳而实雅，无一语蹈袭前人。

《玉霄仙明珠集序》（《玉霄仙明珠集》卷首）

2. 秦士奇：

《花间》皆小语致巧，犹伤促碎，至《草堂》以锦丽取妍六朝，故以宋人为诗之余，至金、元渐流为歌曲。若我明如刘伯温、杨用修、吴纯叔、文徵明、王元美兄弟辈，激响千代，移宫换羽，蝉缓而就之，诗若荡然无余。

《草堂诗余序》（《镌古香岑批点草堂诗余四集》）

3. 沈际飞：

看当代词，伯温、纯叔辈，圆厚朴老，元美、徵仲辈，法无不尽，情无不出，俨然初、盛之分。（评王世贞《怨王孙·寄意》）

《国朝诗余新集》卷二（《镌古香岑批点草堂诗余四集》）

4. 徐士俊：

昭代如伯温、纯叔，圆厚朴老；元美、升庵，法无不尽，情无不出，俨然初、盛之分。

《古今词统》卷七

5. 沈雄：

海峰词集，大约近于质实者，〔满庭芳〕四阕，独有新艳之句。

《古今词话·词评》下卷

6. 王昶：

吴纯叔子孝，吴文端公一鹏之子，〔诉衷情〕中有云："春光都过乱离中。"谓东南倭乱时也。时连用杨宜、阮鹗、张经，至胡宗宪始克底定，故纯叔又有〔百字令〕一阕。

《西崦山人词话》卷一

7.《四库全书总目提要》：

此乃所作词集，凡一百八十余阕，颇具悽惋之致，而造诣未深，不能入宋人阃奥也。

《玉霄仙明珠集二卷提要》(《四库全书总目提要》卷二百)

黄峨

黄峨（1498—1578）字秀眉，遂宁（今四川遂宁）人。黄珂次女，杨慎继室。正德十二年（1517）杨慎妻王氏殁，无子女。杨慎于次年娶黄峨为继室。杨慎谪戍云南永昌，黄氏从之。慎父卒，黄氏留蜀治家。黄峨少有才思，工笔札，尤长于诗文。但其诗词，多系伪撰。存词三首。

1. 徐士俊：

夫人诗词最奇丽，元美特举其真切宛至者耳。（评〔巫山一段云〕“巫女朝朝艳”）

《古今词统》卷五

2. 沈雄：

（杨慎）夫人黄氏，亦有《寄外》〔巫山一段云〕、《旅思》〔满庭芳〕数阕流诵于世。

《古今词话·词评》下卷

3.《晚香堂清语》：

升庵夫人黄氏《寄外》诗，有“曰归曰归愁岁暮，其雨其雨怨朝阳”之句，传诵人口。又有〔满庭芳〕、〔巫山一段云〕诸词，皆为雅丽，或比之赵松雪管夫人，然管工画竹耳，诗词鄙俚不及黄远矣。

《历代词话》卷十引

4. 王初桐：

《晚香堂清话》：升庵夫人〔巫山一段云〕、〔满庭芳〕诸词皆雅丽。

《小嫏嬛词话》卷三

5. 王昶：

杨安人黄氏，遂宁黄简肃公珂之女，通经史，工笔札，寄升庵小词，为艺林传诵。升庵亦云："易求海上琼枝树，难得闺中锦字书。"读者伤之。王元美谓升庵亦和三词，皆不及也。

《西崦山人词话》卷二

6. 丁绍仪：

宋时词学盛行，然夫妇均有词传……明时杨升庵、黄夫人，林子羽、张红桥，叶仲绍、沈宛君，沈君庸、张倩倩，闺房酬唱，世艳称之，此外亦不多觏。

《听秋声馆词话》卷八

7. 刘毓盘：

小词亦雅丽，或比之赵松雪夫妇云。

《词史》第九章

8. 梁启勋：

杨升庵夫人黄氏，娴文学，有〔罗江怨〕四首，乃忆外之作，盖升庵时正远戍云南也。录其每首之"热"字韵，足见功力。曰"世情休问两和热"，曰"红炉火冷心头热"，曰"鸳鸯被冷雕鞍热"，曰"倚楼人冷阑干热"。第一句只是平淡，随后愈出而愈奇。第二句已将深闺思妇之情绪，婉转透露，气象凄楚。第三句于雕鞍之下着一热字，遂把长途远征之艰苦，刻画入微。第四句更匪夷所思，竟把倚阑凝望，神思凄迷之情味，描写尽致。

《曼殊室随笔·词论》

9. 陈声聪：

明代闺襜之词颇盛，如杨慎之室黄氏，赵宧光之室陆卿子，叶绍袁之室沈宜修，张立平之聘室叶小鸾，林鸿之室张红桥，乃至名伎如马守贞、王修微等，王昶《明词综》中所列，将及百人，皆有词，虽停当有余，而出色者少。……旧时妇女，足不出户，依人为活，除了攀花折柳，惜别伤春，尚有何物可以自由抒发耶。

《读词枝语》六十九

陈如纶

陈如纶(1499—1552)字德宣，号午江，别号二余，太仓(今属江苏)人。嘉靖十一年(1532)进士。知侯官县，擢刑部主事。官至福建布政司参议，致仕卒。陈如纶性孝友，清介有气节。工诗文，著有《冰玉堂缀逸稿》二卷、《兰舟漫稿》一卷后附《二余词》一卷。赵尊岳裁其词，题为《二余词》，辑入《明词汇刊》。存词一百一十三首。

1. 陈廷焯：

工雅芊丽，词中正声。凄艳有神。(评〔踏莎行〕“杨柳溪桥”)

《云韶集》卷十二

2. 赵尊岳：

二余词则里中酬唱之作。

《二余词跋》(《二余词》)

黄正色

黄正色（1500—1576）字士尚，号斗南，无锡（今江苏无锡）人。嘉靖八年（1529）进士。官南海令，擢南京监察御史，劾中官鲍忠等，被诬下狱，谪戍辽东三十年。穆宗初召还，迁南京太仆寺卿，致仕卒，年七十六。《明史》卷二百零七有传。著有《辽阳稿》，词附。赵尊岳裁其词，题名为《斗南先生辽阳诗余》，辑入《明词汇刊》。存词八首。

1. 丁绍仪：

黄太仆〔南乡子〕云："清世愧无能。窃得微阶正不胜。天地包容投远塞，相应。投杼慈亲本爱曾。　静坐读伽楞。百念几同二月冰。朔漠荒寒虽特甚，休憎。古训从来只自惩。"……太仆名正色，字斗南，嘉靖中官御史。论驸马崔元中官鲍忠贪黩，反为所诬，戍辽东三十年始召还，官至太仆寺卿。太仆词虽平浅，然风节凛然，语无怨怼，似当在以人存词之列。

《听秋声馆词话》卷八

吴承恩

吴承恩（1500—1582）字汝忠，号射阳山人。祖籍涟水（今江苏涟水），后徙居山阳（今江苏淮安）。幼聪慧，博览群书，文名著于乡里。好异闻，喜读野言稗史，屡试不中，久困场屋，以奉母屈就长兴县丞。又不谐于长官，出为荆府纪善。晚年归居乡里，以诗文自娱。与陈耀文、陈文烛、邵元哲等结为文字交。著有白话小说《西游记》。编纂有《花草新编》，陈文烛为之作序。陈耀文编纂《花草萃编》以此为基础。其诗、文、词创作甚富，但大多亡佚。其诗文集为《射阳先生文稿》，凡四卷，第四卷末附词。赵尊岳裁其词，题为《射阳先生词》，辑入《明词汇刊》。存词九十一首。

1. 陈文烛：

（汝忠）诗文出入六朝三唐，而词尤妙绝，江湖宝之。

《花草新编序》（《二酉园续集》卷一）

2. 赵尊岳：

承恩工词，尝选词为《花草杂编》而不传……词凡九十首，合南北曲为第四卷，幛词十余首。词殊旖旎，风光宛然。〔踏莎行〕有云：“绣颈眠鸳，红襟舞燕，锦鳞戏水吹花片。夭桃开遍小池东，一春深锁秋千院。”〔浣溪纱〕有云：“双凤悭红印落花。金蝉垂绿闪飞鸦。翠痕分黛月初牙。”〔菩萨蛮〕有云：“绿云香厌蛴螬领。纱窗宝镜摇镫影。金穗剔瑶簪。重将锦字看。”尝鼎一脔，可以概其余矣。

《惜阴堂汇刊明词提要·射阳先生词一卷》（《词学季刊》第二卷第一号）

3. 赵尊岳：

承恩工词，别集词总集《花草新编》，盖托于《花间》、《草堂》之流。

《射阳先生词跋》(《射阳先生词》)

徐阶

徐阶（1503—1583）字子升，号少湖，又号存斋，华亭（今上海松江）人。嘉靖二年（1523）进士，授翰林院编修。曾从王守仁门人游，在士大夫中声望颇高。因议礼谪为延平府推官，连摄郡事，有政绩。迁黄州府同知，擢浙江按察佥事，进江西按察副使，累官至少师兼太子太师、吏部尚书、东阁大学士。隆庆二年（1568）致仕归。年八十一卒，谥文贞。《明史》卷二百一十三有传。徐阶性颖敏，有权略。嗜学，喜赋颂诗词。著有《世经堂集》、《少湖文集》，词附集中。赵尊岳裁其词，题为《世经堂词》，辑入《明词汇刊》。存词八首。

1. 赵尊岳：

词多酬应之作。

《世经堂词跋》（《世经堂词》卷后）

2.《续修四库全书总目提要》：

凡八阕，中多酬应之作，无可称述。然如〔阮郎归〕《中秋无月》云："广寒宫殿锁秋阴。只尺隔层岑。乘槎踪迹杳难寻。银河几许深。　　停玉斝，罢琴瑶。潜思泪满襟。不愁光彩尽销沉。愁孤此夜心。"其哀世伤时，匿情晦迹，伪事权奸，卒行其志，亦可于词中隐见之矣。

《世经堂词一卷提要》

何良俊

何良俊（1506—1573）字元朗，号柘湖，松江华亭（今上海）人。少笃学，二十年不下楼。明世宗嘉靖年间以岁贡生入国学，荐授南京翰林院孔目。后弃官，移家苏州。著有《柘湖集》、《何氏语林》、《四友斋丛说》等。

1. 邹祗谟：

近世如用修、元美、元朗、仲茅诸先生，无不寻流溯源，探其旨趣，而词学复明，犁然指掌。

《倚声初集序》（《倚声初集》卷首）

王慎中

王慎中（1509—1559）字道思，号遵岩居士，后号南江，晋江（今福建晋江）人。嘉靖五年（1526）进士。历官户部主事，监税通州。嘉靖八年（1529年）调礼部祠祭司，与同在礼部供职的唐顺之、李开先等名流常在一起切磋学问，人称“嘉靖八才子”。稍移吏部为考功员外郎、验封司郎中。嫉者谗之，谪任常州通判。官终河南布政使参政，以忤夏言落职归。年五十一卒。《明史》二百八十七有传。王慎中壮年废弃，益肆力为古文，卓然成家，与唐顺之齐名。著有《遵岩先生集》，词附。赵尊岳裁其词，题为《遵岩先生词》，辑入《明词汇刊》。存词四十四首。

1. 顾璟芳：

妙在寄慨中，自寓排遣，为咏物家开一活法。（评〔惜瓶莲〕“小朝来看索寞”）

《兰皋明词汇选》卷四

2. 谢章铤：

吾闽词家，宋元极盛，要以柳屯田、刘后村为眉目。明代作者虽少，然如张志道以宁、王道思慎中、林初文章，亦复流风未泯。

《赌棋山庄词话》卷一

3. 陈廷焯：

清丽。高绝。（评〔点绛唇〕“门掩青山”）

《云韶集》卷十二

王立道

王立道（1510—1547）字懋中，无锡（今江苏无锡）人。嘉靖十四年（1535）进士，第官翰林院编修。著有《具茨集》，词存集中。赵尊岳裁其词题为《具茨诗余》，辑入《明词汇刊》。存词九首。

1.《续修四库全书总目提要》：

〔瑞鹤仙〕一首，〔醉蓬莱〕一首（按：实二首），〔临江仙〕二首，〔浣溪纱〕二首，〔锦堂春〕一首，共八首，并为祝寿谀词，无可论述，存仅备一家耳。

《具茨诗余一卷提要》

端淑卿

端淑卿（生卒年不详），当涂（今安徽当涂）人。教谕端廷弼女，儒官苗儒妻。幼随父宦游，日诵《毛诗》、《女范》诸篇，博通僻书，工诗词。与其夫白首相庄，名重乡里。著有《绿窗诗稿》，词附。存词四首。

1. 章元礼：

旨醇而节和，沨沨焉有致，足称邹士斋流亚。

《林下词选》卷三引

王好问

王好问（1517—1582）字裕卿，号西塘，乐亭（今河北乐亭）人。嘉靖二十九年（1550）进士，官至南京户部尚书。著有《春照斋集》，词附。存词三首。

1. 赵符庚：

西塘如秋水芙蓉，寒江映月。

《明词综》卷四引

2. 吴三乐：

西塘诗余可伯仲有宋，无愧作者。

《明词综》卷四引

3. 陈廷焯：

句甚精秀，赵符庚谓西塘词如秋水芙蓉，寒江映月，信然。（评〔贺圣朝〕“嫋嫋西风”）

吴三乐谓西堂词可伯仲有宋，断推此种。（评〔点绛唇〕“九十春光”）

《云韶集》卷十三

4. 陈廷焯：

情景兼至，赵符庚谓西塘词如秋水芙蓉，寒江映月，此篇庶乎近之。结三字婉约。（评〔贺圣朝〕“嫋嫋西风”）

《词则·别调集》卷三

王凤娴

王凤娴（生卒年不详）字瑞卿，号文如子，云间（今上海松江）人。解元王献吉姊，进士张本嘉妻。凤娴自幼性敏慧，有才华，善为诗词。著有《焚余草》、《贯珠集》。存词九首。

1.《兰皋明词汇选凡例》：

言情之作，半出名闺，风雅尽然，于词何独不尔。王修微、谢中李，其为情种，盖不必言。外此如徐、如王、如沈，以至松溪二叶，靡不奴视淑真，兄呼清照。

《兰皋明词汇选》卷首

2. 胡应宸：

幽情蕴藉，允称闺房。（评〔浣溪纱〕《郊行》）

《兰皋明词汇选》卷一

3. 王昶：

王文如凤娴有悲感二女元、庆遗物绝句，《废琴》云："肠断广陵声已绝，萧萧风雨吊哀弦。"《遗书》云："可惜谢娘抛卷后，白云芳草掩精庐。"读者伤之。又有〔忆秦娥〕一阕，尤为凄恻苍凉。元名引元，字文姝；庆名引庆，字媚姝，皆能诗。

《西崦山人词话》卷二

4. 陈廷焯：

画景。（评〔浣溪沙〕"曲径新篁野草香"）

《云韶集》卷十三

王尚絅

王尚絅（？—1536）字锦夫，郏县（今河南郏县）人。弘治十五年（1502）进士。授兵部职方主事，改吏部，有名声，出为山西左参政。调任四川。引疾归。起补山西左参政，迁浙江右布政使。卒于官，乡里私谥曰“贞孝文子”。著有《苍谷集》，词附。赵尊岳裁其词，题为《苍谷诗余》，存词二首。

1. 赵尊岳：

词笔尚秀，而不尽协于音律，此明词之弊，不足以专责苍谷者也。〔临江仙〕《和李朝用韵》下半阕云：“屈指韶华今几度，眼看白发神惊。天涯暑雨正初晴。夜光浑似旧，痛饮又三更。”“天涯”句疏俊有致，置之《元草堂诗余》中不能谛辨，而“夜光浑似旧”亦复拙中有致。本来拙为词家要义，能拙已复不易，何况拙中亦见情致？夫曰：“浑似旧”而仍“痛饮”，其为抑郁无聊，已可概见。不用“明月”、“皓月”、“琥珀”、“玉觞”等纤细字样，而迳曰“夜光”，曰“痛饮”，此以秃笔作书，而不减其妩媚之致，为不易矣。

《惜阴堂汇刊明词提要》（《词学季刊》第二卷第一号）

张鸿逑

张鸿逑（生卒年不详）字琴友，慈溪（今浙江慈溪）人。姚与祁妻。性敏慧，喜读书，善为诗词，精于音律。著有《清音词》。存词十一首。

1. 孙蕙媛：

琴友在提抱时，二亲训之古对，其对四声不假学习而自谐叶。十二岁学操琴，爱其音韵铿锵，偶效作长短句，亦自成弄。年十三见填词谱，辄按谱填之，遂能鼓宫应宫，鼓商应商。今所存《咏兰》〔如梦令〕乃词中开笔第一调也。嗣后每有赓咏，意到即成，不烦推敲，声出金石，惜多散佚。大抵其会心应手，有不自期其然而然者，世有钟期，不易吾言。

《清音词序》（《众香词》射集引）

2. 王昶：

张鸿逑，字琴友，慈溪人，适姚子与祁字二京，十二岁能学琴，十三岁学词，便有〔如梦令〕《咏兰》之作。有《清音词》一卷，鸳湖孙蕙媛为之序。

《西崦山人词话》卷二

朱日藩

朱日藩（生卒年不详）字子价，号射陂，宝应（今江苏宝应）人。朱应登之子。嘉靖二十三年（1544）进士，授乌程知县，迁南京刑部主事，历兵部、礼部郎中，出知九江府，卒于官。朱日藩隽才博学，以文章名家。著有《山带阁集》，词存集中。赵尊岳裁其词为《山带阁词》，辑入《明词汇刊》。存词二首。

1.《续修四库全书总目提要》：

仅仅〔鹧鸪天〕、〔南柯子〕二首。〔鹧鸪天〕《辱宣城诸公惠梨谢》云：“记得花开月满楼。美人楼上拨箜篌。当时曾辨云中树，此日犹勤天际舟。　持硕果，感离忧。青山又见御梨秋。侍臣最有相如渴，一守文园遂白头。”与〔南柯子〕《答孝符送梅》一首，皆格律严整，语句精拔。其词虽少，是不为也，非不能也。

《山带阁词一卷提要》

李攀龙

李攀龙（1514—1570）字于鳞，号沧溟，历城（今山东济南）人。嘉靖二十三年（1544）进士。初授刑部主事，历员外郎、郎中。嘉靖三十二年出守顺德，颇有政绩，三年后擢为陕西提学副使，旋以病归。隆庆元年（1567）荐起浙江副使，两年后迁为参政，后为河南按察使，因母丧过哀而卒。《明史》卷二百八十七有传。李攀龙在嘉靖、隆庆间，操文柄达二十年。论文主张拟古，与谢榛、王世贞、宗臣、徐中行、梁有誉、吴国伦并称“后七子”。著有《沧溟集》、《古今诗删》、《诗学事类》等。存词三首。

1. 沈际飞：

于鳞一代名家，独填词多学究气。“冷烟”句，集中之拱壁鸿宝也。（评〔浪淘沙〕）

《国朝诗余新集》卷二（《镌古香岑批点草堂诗余四集》）

2. 胡应宸

正如疏雨梧桐，自足引人清听。（评〔长相思〕《秋夜咏怀》）（卷一）

昔人谓于鳞词多学究气，予谓于鳞固不以填词见长者，若此正是骚雅，未可一笔抹倒也。（评〔浪淘沙〕《汨罗夜泊》）（卷三）

《兰皋明词汇选》

3.《梅墩词话》：

李于鳞《怀宗子相》诗云：“卧病山中生桂树，怀人江上落梅花。”边廷实《怀李献吉》诗云：“四海酒杯形影外，十年诗草梦魂余。”时推作者。而李有〔八声甘州〕，边有〔踏莎行〕，俱不足存，何也？

沈雄《古今词话·词话》下卷引

4. 王昶：

李于鳞攀龙云：弇州惟余敢与狎主齐盟，而小词弗逮也。其矜许如此。然于鳞〔长相思〕，即置之弇州集中，又何多让！

《西崦山人词话》卷一

孙楼

孙楼 （1515—1583）字子虚，号百川，常熟（今江苏常熟）人。嘉靖二十五年（1546）举人，官湖州府推官，改汉中，致仕归。孙楼性好读书，杜门校雠，昼夜不辍。喜诗词，著有《百川集》及《丽词百韵》等，词附集中。赵尊岳裁其词，题为《百川先生长短句》，辑入《明词汇刊》。存词十五首。

1. 孙楼：

戊午春，余意忽有所失，剔灯纳闷，无以自解。检诗余惟〔戚氏〕最称长调，可以写怨，而其名又类女郎，即挥毫赓之，抑郁无聊，情见乎词。每悲歌击节，涕辄无从。语云：情之所钟，正在吾辈。百年之内，所欢几何，能无眷眷？不然，余亦雅知自束，而心岂易荡若此？然发情正义，古之妇人亦能之，况余为丈夫者耶？复调〔解连环〕，以志恨云。

《解连环·次周美成闺情韵序》（《全明词》第三册）

朱宪㸅

朱宪㸅（生卒年不详），辽王植六世孙，嘉靖中袭王爵。以笃奉道教为世宗所宠信，赐号清微忠教真人。敏慧超绝，而行多纵佚，隆庆初，坐罪降为庶人，国除。著有《种莲岁稿》，词存集中。赵尊岳裁其词题为《种莲诗余》，辑入《明词汇刊》，存词十首。

1.《续修四库全书总目提要》：

凡八阕，皆粗俗陈腐，且杂以素虎、青龙、丹井、丹炉之语，尤为杂厕不伦。其〔大江东去〕五阕并次东坡韵，所谓效颦学步，愈显其丑者也。

《种莲诗余一卷提要》

万士和

万士和（1516—1586）字思节，号履庵，宜兴（今江苏宜兴）人。嘉靖二十年（1541）进士。隆庆中以礼部左侍郎引疾归。万历初，起为礼部尚书，因忤张居正告病归。居正殁，起南京礼部尚书，不赴。年七十一卒，谥文恭。《明史》二百二十有传。著有《履庵集》，词附。赵尊岳裁其词，题为《履庵诗余》，辑入《明词汇刊》。存词十首。

1. 陈廷焯：

此词绝有本领，不沿明代俗习。其词沉雄苍劲，其气俯视一切。（〔临江仙〕“睡里钓台相失”）

《云韶集》卷十三

2. 陈廷焯：

气格苍劲，不染明代陋习。（评〔临江仙〕“睡里钓台相失”）

《词则·放歌集》卷三

3. 赵尊岳：

词非所工，而恬淡冲雅，犹存风骨。

《履庵诗余跋》（《履庵诗余》卷后）

4.《续修四库全书总目提要》：

凡八首，殊不精整，然气味冲澹，亦未可尽非也。〔蝶恋花〕《秋夜》云：“独坐不知身是客。雨送秋声，暝色千山夕。数茎短发那禁栉。一霎流光便成昔。　　休笑田园生计窄。新买南山，个里乾坤各。梦破松阴眼凝碧。从他云染衣衫白。”择韵遣辞，虽未能十分精洁，亦可以见其情志矣。

《履庵诗余一卷提要》

陈士元

陈士元（1516—1596）字心叔，号养吾，应城（今湖北应城）人。嘉靖二十三年（1544）进士，官至滦州知州。著有《归云集》，词存集中。赵尊岳裁其词为《归云词》，辑入《明词汇刊》。存词四十七首。

1.《续修四库全书总目提要》：

共四十七阕，时有酬应之作，文笔亦多浅滑，往往似曲而非词，然如〔长相思〕云："风悠悠。雨悠悠。风雨凄凉悲春秋。佳人天际头。　望芳洲。隔芳洲。枫叶芦花总是愁。萧条独倚楼。"与〔调笑令〕诸首，易流荡为清爽，殊可读也。

《归云词一卷提要》

顾起纶

顾起纶（1517—1587）字更生，号元名，无锡（今江苏无锡）人。以国学生累官郁林州同知，致仕。顾起纶性直率洒脱，豪于文酒，喜交游。著有《句漏集》、《赤城集》、《国雅》、《九霞山人集》等，词附《山人集》中。赵尊岳裁其词，题为《九霞山人词》，辑入《明词汇刊》。存词三首。

1. 赵尊岳：

词三首，附见集中，亦是山林中人语。兹载其〔念奴娇〕一首，以概全豹云："嘉树团阴，闲永昼，且罄杯中□物。静扫青□卷湘帘，惟有图书四壁。枕漱风泉，箕踞冰簟，藕碗丝如雪。旷达幽襟，不数晋林贤杰。　雨残水槛新添，荷水荇带，沼水盈盈发。适意垂钩竹屿间，忽觉林光西灭。白羽轻摇，乘夕凉挂却，葛巾散发。胡床匡坐，直待庾楼明月。"虽未尽协律，而恬淡之怀，见于眉宇也。

《惜阴堂汇刊明词提要·九霞山人词一卷》（《词学季刊》第二卷第一号）

2.《续修四库全书总目提要》：

仅〔念奴娇〕、〔梦江南〕、〔女冠子〕三阕，〔念奴娇〕《和东坡》转入清淡，〔女冠子〕《效花间》流为浅薄。盖起纶不以词名，偶尔模拟，故不能冶为一炉也。

《九霞山人词一卷提要》

周思兼

周思兼（1519—1565）字叔夜，号莱峰，松江华亭（今上海松江）人。工书画，少有文名。嘉靖二十六年（1547）进士，除平度知州，举治行第一，累官湖广按察佥事，迁广西提学副使。后丁忧去官，不复出。卒年四十七。门弟子私谥贞靖先生。著有《周叔夜集》，词附集中。赵尊岳裁其词，题为《胶东词》，辑入《明词汇刊》。存词二十三首。

1. 王世贞：

叔夜小词咸妩媚萧疏，令人自亲。

《明词综》卷四引

徐渭

徐渭（1521—1593）字文长，一字文清，号天池，晚号青藤山人，山阴（今浙江绍兴）人。屡应乡试不第，浙闽总督胡宗宪聘为书记，协赞抗倭军，参与军机。宗宪擒海盗徐海，诱杀王直，渭均预其谋。深得宗宪器重。宗宪事败下狱，渭惧祸连，自杀未遂。后因杀妻入狱，赖友人张元忭等奔走回护而免。自此绝意功名，放情山水，鬻诗文书画度日，穷困以终。《明史》卷二百八十八有传。徐渭天才超逸，诗文、戏曲、书画皆工。著作宏富，著有《徐文长集》三十卷，《逸稿》二十四卷。赵尊岳裁其词，题为《徐文长先生词》，辑入《明词汇刊》。存词三十三首。

1.《兰皋集》：

文长每下第时，作谐谑语、谜语，引经据古，聪颖绝伦。名《一夕话》。其文逊徵仲之雅驯，而才思总不犹人也，故词多刻入一种。

沈雄《古今词话·词话》下卷引

2. 胡应宸：

以文长才思，终于不偶，此词固其谶也。（评〔鹧鸪天〕《闻张子荩捷报》）

《兰皋明词汇选》卷三

3. 顾璟芳：

通首俱用画家衬笔法，赋物得此，可无刻画痕。（评〔菩萨蛮〕《美人纤趾》）（卷二）

柳大家作品，率多寄旨，此词亦当寻绎立言之意。（评〔鹊踏花翻〕《美人解》）（卷五）

《兰皋明词汇选》

4. 周庆云：

有《阙编》、《樱桃馆》诸集。〔浣溪纱〕《鉴湖》云："浅碧平铺万顷罗。越台南去水天多。幽人爱占白鸥莎。　十里荷花迷水镜，一行游女惜颜酡。看谁钗子落清波。"写景入微。

《历代两浙词人小传》卷五

5. 赵尊岳：

（明）中叶而后，曲令渐繁，贤者所乐，据形移步，于是值者日繁，传者较罕，拈笔托兴，徒尚浮华，鄙语村谈，俯拾即是。虽高深甫、陈大声、徐文长诸名辈两擅胜场，分镳竞爽，而一时风令所被，斯道为之不尊。

《惜阴堂明词丛书叙录》（《明词汇刊》附）

王世贞

王世贞（1526—1590）字元美，号凤洲，又号弇州山人，太仓（今江苏太仓）人。明嘉靖二十六年（1547）进士，为官清廉正直，不附权贵，因忤严嵩，出为山东副使。官至南京刑部尚书。移疾归。《明史》卷二百八十七有传。王世贞才识渊博，好为诗、古文，与李攀龙主盟文坛，攀龙殁，独操文柄二十年。为“后七子”领军人物。著有《弇州山人四部稿》一百七十四卷，续稿二百零七卷，《弇州堂别集》一百卷。另有《嘉靖以来首辅传》八卷，《觚不觚录》一卷，《读书后》八卷。还编有《画苑》十卷，《王氏书苑》十卷。赵尊岳裁其词。题为《弇州山人词》，辑入《明词汇刊》。存词九十首。

1. 汪道昆：

（世贞）诗如孙武、韩信用兵，宫嫔、市人，无不可阵。词则沾沾自喜，亦出人一头地。

《历代词话》引

2. 钱允治：

弇州山人挺秀振响，所作最多，杂之欧、晁、苏、黄，几不能辨，又何耶？天运流转，天才骏发，天地奇才，终不诎于腐烂程式，必透露于藻缋之雕章。

《类编笺释国朝诗余序》（《类编笺释国朝诗余》卷首）

3. 俞彦：

词之歌调既已失传，而后人制调创名者，亦复不乏。如用修之〔落灯风〕、〔款残红〕，元美之〔小诺皋〕、〔怨朱弦〕，纬真之〔水慢声〕、〔裂石清江〕，仲茅之〔美人归〕，仲醇之〔阑干拍〕以及《支机集》之〔琅天乐〕、〔天台宴〕等类。不识比之《乐章》、

《大声》诸集，辄叶律与否？文人偶一为之可也。

《词苑萃编》卷九引

4. 秦士奇：

《花间》皆小语致巧，犹伤促碎，至《草堂》，以锦丽取妍六朝，故以宋人为诗之余，至金、元渐流为歌曲。若我明如刘伯温、杨用修、吴纯叔、文徵明、王元美兄弟辈，激响千代，移宫换羽，蝉缓而就之诗，若荡然无余，而不知即余亦诗也。

《草堂诗余序》(《镌古香岑批点草堂诗余四集》卷首)

5.《尧山堂外纪》：

弇州少好读书，骆行简奇之曰："他日以文章鸣世。"汪道昆曰："诗如孙武、韩信用兵，宫嫔、市人，无不可阵。词则沾沾自喜，亦出人一头地。"李于鳞曰："惟某敢与狎主齐盟，而小词弗逮也。"词四十九首。

沈雄《古今词话·词评》下卷引

6. 沈际飞：

看当代词，伯温、纯叔辈，圆厚朴老，元美、徵仲辈，法无不尽，情无不出，俨然初、盛之分。(评〔怨王〕《寄意》)

《国朝诗余新集》卷二(《镌古香岑批点草堂诗余四集》)

7. 徐士俊：

弇州词近豪爽，顾必首推工艳者，自愧未能也。(卷首)

元美岂终日无一事，将精神时时于情艳上体察料理，以至参微入窍乃尔耶？(评〔甘草子〕"春词")(卷六)

昭代如伯温、纯叔，圆厚朴老；元美、升庵，法无不尽，情无不出，俨然初、盛之分。(卷七)

元美尝喜棹歌中"月子弯弯"二首，盖俚曲村谣，任性而合天，作家所不敢望，斯词近之矣。(评〔南乡子〕"薄幸总难熬")(卷八)

《古今词统》

8. 陈子龙：

明兴以来，才人辈出，文宗两汉，诗俪开元，独斯小道，有惭宋辙。其最著者为青田、新都、娄江，然诚意音体具合，实无惊魂动魄之处。用修以学问为巧便，如明眸玉屑，纤眉积黛，只为累耳。元美取境似酌苏、柳间，然如“凤凰桥下”语，未免时堕吴歌。此非才之不逮也，钜手鸿笔，既不经意，荒才荡色，时窃滥觞。且南北九宫既盛，而绮袖红牙，不复按度，其用既少，作者自希，宜其鲜工也。

《幽兰草词序》(《安雅堂稿》卷五)

9. 陈子龙：

本朝以词名者，如刘伯温、杨用修、王元美，各有短长，大都不能及宋人。

《王介人诗余序》(《安雅堂稿》卷三)

10. 曹溶：

乙丑夏日集澄晖堂，江子丹崖问：明词去取以何为则？余曰：自《花间》至元季调已盈千，安得再收自度如王世贞之〔怨朱弦〕、〔小诺皋〕，杨慎之〔落灯风〕、〔灼灼花〕，屠隆之〔青江裂石〕、〔水漫声〕？丹崖平日留心古调，询及明词如此。至若滕克恭有《谦斋稿》，陈谟有《海桑集》，俱元人而入明者。小词仅一二见，故亦不收也。

沈雄《古今词话·词话》下卷引

11. 沈雄：

王世贞自称弇州山人。于帖括盛行之日，而独以诗古文鸣世。词家亦皆不痛不痒篇什，而能以生动见长。以故汪道昆、李攀龙辈俱逊之。即弇州自谓意在笔先，笔随意往，法不累气，才不累法，有境必穷，有证必切，匪独诗文为然，填词末艺，敢于数子云有微长。

《古今词话·词话》下卷

12. 唐允甲：

求之近代，用修长于用博，元美妙于取境。

《衍波词序》（《衍波词》卷首）

13. 陆求可：

用修、元美，几同秦柳升堂；徵仲、眉公，亦比欧苏入室。

《月湄词序》（《十五家词》卷十八）

14. 丁澎：

明人起而持将坠之绪，季迪、孟载舒清越之音，成都、太仓抗铮呟之调，铿锵盈耳，沨乎可味矣！

《东白堂词选序》（《东白堂词选》卷首）

15. 邹祗谟：

茶词，山谷佳在秀，元美佳在艳，震父佳在旷，可补茂卿《茶董》。

《倚声初集》卷十五

16. 陈维崧：

今之不屑为词者固无论；其学为词者，又复极意《花间》，学步《兰畹》，矜香弱为当家，以清真为本色。神瞽审声，斥为郑、卫，甚或爨弄俚词，闺襜冶习，音如湿鼓，色若死灰，此则嘲诙隐庾，恐为词曲之滥觞。所虑杜夔左騃，将为师涓所不道。辗转流失，长此安穷？胜国词流，即伯温、用修、元美、徵仲诸家，未离斯弊，余可识矣。

《词选序》（《湖海楼文集》卷二）

17. 朱彝尊：

明初作手，若杨孟载、高季迪、刘伯温辈，皆温雅芊丽，咀宫含商。李昌祺、王达善、瞿宗吉之流，亦能接武。至钱塘马浩澜以词名东南，陈言秽语，俗气熏入骨髓，殆不可医。周白川、夏公谨诸老，间有硬语，杨用修、王元美则强作解事，均与乐章未谐。

《词综凡例》(《词综》卷首)

18. 王士禛：

仆尝与苕文、伯玑、家兄西樵、子侧，共论明震川、荆川、鹿门、遵岩诸公之文，于唐宋大家，可谓肖子，然不及前人者，其趣浅也。尝试移以评伯温、公谨、升庵、元美诸公长短句，程村、金粟亦以为然。

《花草蒙拾》

19. 毛先舒：

词句参差，本便旖旎，然雄放磊落，亦属伟观。成都、太仓稍胪上次，而足下（按：指沈谦）持厥成言，又益增峻。遂使大江东去，竟为逋客，三径初成，没齿长窜，揆之通方，酷未昭晰。

《古今词论》引

20. 万树：

能深明词理，方可制腔。若明人则于律吕无所授受，窃恐未能协律。故如王太仓之〔怨朱弦〕、〔小诺皋〕，杨新都之〔落灯风〕、〔款残红〕、〔误佳期〕等，今俱不收。

世所脍炙之娄东、新都两家，撷芳可佩，就轨则多歧，按律之学未精，自度之腔乃出，虽云自我作古，实则英雄欺人。

《词律发凡》(《词律》卷首)

21. 佟世南：

至故明《写情》、《湘真》二集，高朗秀艳，得两宋轨则，余如瞿、王、二杨诸子，惟以追逐字句点染为工，求其风流蕴藉、句韵天然者，渺难观觏矣！

《东白堂词选初集小引》(《东白堂词选初集》卷首)

22. 胡应宸：

弇州不可一世，其意概可想。(评〔菩萨蛮〕《太白酒楼》)(卷二)

说梦易肖，说不寐难真。盖借景犹多恍惚，实情难以模糊。

读凤洲词，有一字不真否？（评〔满庭芳〕《春夜不寐》）（卷六）

《兰皋明词汇选》

23. 李葵生：

不减少游。欲泣欲诉。（评〔桂枝香〕《先姑子懋贤同奔急难俄尔告归》）

《兰皋明词汇选》卷七

24. 顾璟芳：

弇州山人每自拟东坡，似此狂豪，又应争座青莲乡。（评〔菩萨蛮〕《太白酒楼》）（卷二）

刘、杨、王诸家，为一代词手，尚矣。他若陆文裕之高华，董遐周之工艳，沈君鹿之幽凉，眉道人之萧散，周白川清和而调高，夏玉樊秀媚而善感，大樽寄意题外，琼章情在景中，古堂蕊园孤奇别俗，浪仙雪馆冷艳袭人，类烁宋熔元，独标风雅。（卷六）

作长调有三难：布局一也，点缀二也，琢练三也，无美不臻。弇州山人信推作手。（卷八）

《兰皋明词汇选》

25. 郑方坤：

试看诚意、高、杨，制作质有其文；仍踵完颜、吴、蔡，手标多而且旨。降及用修、元美，则解事强作，啭喉罔叶宫商。迨夫祭酒、黄门，斯伪体别裁，咳唾皆成珠玉。

《古今词选序》（《古今词选》卷首）

26. 郑方坤：

有明一代孰邹枚，兰畹风流坠劫灰。

解事王杨仍强作，颓唐下笔况粗才。谓弇州、升庵二公。

《论词绝句》三十六首（《蔗尾诗集》卷五）

27. 汪筠：

用修元美迭称佳，那必琵琶调各谐。

末叶春风吹略遍，试携檀板教吴娃。杨慎、王世贞

《校明词综三首》(《谦谷集》卷三)

28. 王初桐：

《乐府纪闻》称：杨用修词华美流利，王元美作词沾沾自喜，李于鳞自谓弗逮也。竹垞谓：二公皆强作解事。今观升庵《词品》、《艺苑卮言》，议论、评骘均之无当，其所自运，亦俱近俗派。

《小嫏嬛词话》卷三

29. 王昶：

明初词人，犹沿虞伯生、张仲举之旧，不乖于风雅。及永乐以后，南宋诸名家词皆不显于世，惟《花间》、《草堂》诸集盛行。至杨用修、王元美诸公，小令、中调，颇有可取。而长调则均杂于俚俗矣

《明词综序》(《明词综》卷首)

30. 王昶：

王弇州世贞云：意在笔先，笔随意往，法不累气，才不累法，有[境]（镜）必穷，有证必切；填词末技，敢于数子窃有微长。汪伯玉道昆亦云：弇州词沾沾自喜，亦出人一头地。然其词具在（按：原作“四十九首，率粗鄙轻率”，后改为“具在”），都无可取，较之铜山金埒，尚为彼善于此（按：“金埒”后，原删“雕绘满前者”五字；“尚”由“固”所改）。

元美〔小诺皋〕《序》云：偶有所感，信笔为长短句一首，第以新名不足绳，曰小诺皋，盖取酉阳生之旨云耳。余谓元美既不能如石帚、梦窗自制〔侧犯〕、〔鬲指〕诸调以合音律，而所言又皆粗率支离，词道之坏，断由此人。元美又有和王明佐新声慰其不遇，造名曰〔怨朱弦〕。（按：此条眉批云：按，元美云：王明佐别创新词数阕见示，流丽清圆，殊富风人之致。仆素拙于调，未敢效颦，聊据古大江一章为赠。词既不工，更惭作者独记区区倾倒于王至耳。观此则知新调创自明佐，元美乃益甚之耳。）

《西崦山人词话》卷一

31. 李调元：

王弇州四部集汗牛充栋，有明文人，无出其右，号为渊博。然不工于词，以只解唱“大江东去”也。当时地位既高，似富家翁铺张锦绣，却欠文雅。

《雨村词话》卷四

32. 吴衡照：

红友《词律》，于明人自度腔概置弗录。既录金元制矣，何独于明而置之？谓律吕有未协，又安知律吕之必不协也？窃意王太仓之〔怨未弦〕、〔小诺皋〕，杨新都之〔落灯风〕、〔误佳期〕，徐山阴之〔鹊踏花翻〕，陈华亭之〔阑干拍〕，皆当补列。惟汤临川〔添字昭君怨〕，本出传奇，宜从〔干荷叶〕、〔小桃红〕例，以示界限。（卷二）

金元工于小令、套数而词亡。论词于明，并不逮金元，遑言两宋哉？盖明词无专门名家，一二才人如杨用修、王元美、汤义仍辈，皆以传奇手为之，宜乎词之不振也。其患在好尽，而字面往往混入曲子。（卷三）

《莲子居词话》

33. 沈道宽：

弇州四部富文翰，大海回风走激湍。

绮思骚情都不尽，更于小令卷波澜。

《论词绝句》四十二首（《话山草堂遗集六种诗钞》《话山草堂诗钞》卷一）

34. 陆蓥：

明以时文取士，作者辈出，诗学殊逊唐、宋。即如填词，虽刘诚意之雄略，夏少师之警悟，坊间所传二公〔开元乐〕、〔浣溪沙〕诸阕，犹恒人耳。王元美《艺苑卮言》，辨晰词旨，而所为小令，颇近雕琢。长调亦多芜杂。尤可笑者，〔小诺皋〕二阕，信手涂抹，真是盲女弹词，醉汉骂街。升庵论词，时有妙会，摹写处，亦伤尖薄。不独〔花犯〕、〔个侬〕诸小令也。先广文谓有明无词人，信然信然。

《问花楼词话》

35. 谢章铤：

盖明自刘诚意、高季迪数君而后，师传既失，鄙风斯煽，误以编曲为填词。故焦弱侯《经籍志》备采百家，下及二氏，而倚声一道缺焉。盖以鄙事视词久矣。升庵、弇州力挽之，于是始知有李唐、五代、宋初诸作者。其后耳食之徒，又专奉《花间》为准的，一若非《金荃集》、《阳春录》，举不得谓之词，并不知尚有辛、刘、姜、史诸法门。

明自中叶以后，知词仅三人，杨升庵、王弇州及卧子。

《赌棋山庄词话》卷九

36. 胡薇元：

太仓王世贞元美〔望江南〕亦胜余子。“歌起处，斜日半江红。柔绿篙添梅子雨，淡黄衫耐藕丝风。家在五湖东。”犹有唐二主风韵。

《岁寒居词话》

37. 陈廷焯：

弇州词缠绵婉丽，长调虽俚俗，而小令却工。

凄怨。字字和雅，可接武用修。（评〔浣溪沙〕“窗外闲丝自在游”）

据亦婉约，不入俗态。婉妙有情。（评〔虞美人〕“摩诃池上金丝柳”）

写出一个角色没人来。却妙在写神不写貌。（评〔忆江南〕“春睡足”）

深情楚楚，并信同志之人。情之至也。（评〔渔家傲〕“细雨轻烟装小暝”）

《云韶集》卷十三

38. 蒋兆兰：

诗余一名，以《草堂诗余》为最著，而误人为最深。所以然者，诗家既已成名，而于是残鳞剩爪，余之于词；浮烟涨墨，余之于词；诙嘲亵诨，余之于词；忿戾慢骂，余之于词；即无聊酬应、排闷解酲，莫不余之于词。亦既以词为秽墟，寄其余兴，宜其去风雅日远，愈久而弥左也。此有明一代词学之蔽，成此者升庵、凤洲诸公，而致此者实“诗余”二字有以误之也。

《词说》

39. 陆志渊：

王元美谓作词不能使气，若娇女之嬉春，一步一态，一态一变。元美虽不甚精于词，而其说特妙。

《兰纫词自序》（《兰纫词》卷首）

40. 吴梅：

其词小令特工，如〔浣溪沙〕云：“权把来书钩午梦，起沽村酿泼春愁。”〔虞美人〕云：“鸭头虚染最长条，酝造离亭清泪几时消。”又：“珊瑚翠色新丰酒，解醉愁人否。”皆当行语。

《词学通论》第九章

张凤翼

张凤翼（1527—1613）字伯起，号灵虚，长洲（今江苏苏州）人。明嘉靖四十三年（1564）举人。与弟燕翼、献翼并有才名，时号“三张”。张凤翼为人狂诞，善为曲，所著传奇《红拂记》，被之弦管，有声于时。著有《处实堂集》，词存集中。赵尊岳裁其词为《处实堂词》，辑入《明词汇刊》。存词二十一首。

1.《续修四库全书总目提要》：

凡八阕，如云“好事尽教愁里过，故情空滴心中血”、“昨夜一番新雨过，今朝六月作深秋”、“窗外芭蕉如许，管领一分寒暑”，似皆可诵，然已邻乎曲，而寻绎全篇，又不相称。以其著作甚多，故特存之。

《处实堂词一卷提要》

胡汝嘉

胡汝嘉（1529—1578）字茂禧，一作懋礼，号秋宇。金陵（今江苏南京）人。明嘉靖三十二年（1553）进士。官翰林编修，出为河南参议。文雅风流，不操常律。著有《沁南稿》，词附。所著小说及杂剧《红线记》等，著名于时。赵尊岳裁其词，题为《沁南词》，辑入《明词汇刊》。存词二十三首。

1. 赵尊岳：

笔意清新，亦庶几明词之上乘也。

《沁南词跋》（《沁南词》，《明词汇刊》本）

顾大典

顾大典（1541—1596）字道行，号衡宇。吴江（今江苏吴江）人。明隆庆二年（1568）进士，授绍兴府学教授。累官至山东按察副使，调福建按察副使、提督学政。谪禹州知州，自免归。工书法。著有《清音阁集》。存词二首。

1. 周铭：

先生风华才调，流映一时，所著《青衫》、《葛衣》诸剧，广场传习，其词亦复超逸。

《松陵绝妙词选》卷一

王祖嫡

王祖嫡（1531—1592）字胤昌，信阳（今河南信阳）人。明隆庆五年（1571）进士。改庶吉士，后授检讨。丁内忧归，起迁国子司业。旋预修玉蝶，擢宫庶。后以妻丧请告归里。晚习禅诵。著有《师竹堂集》，赵尊岳裁其词，题为《师竹堂词》，辑入《明词汇刊》。存词四十二首。

1. 王祖嫡：

夫诗变而为诗余，惟宋人最工，然多托意闺闱，寄情花鸟，雅致俊才，得以自运，故凄婉流丽能动人耳。兹义取对君，格专应制，至于仁、义、礼、智、孝、弟、忠、信等字，束以《花间》之体，即使秦、周、张、柳为之，亦失故步。而予章句拘儒，雅弗娴此，矧病躯深夜，催促严急，既寡检阅之资，又乏闲适之趣，乃欲藻秀差强，声律弗舛，不甚远哉？虽然，往应制者，大都颂尔，而伯可诸词，淫亵柔曼，类于俳优，视唐人《郁轮袍》、《清平调》，又每下焉，斯艺之垢也。上所命题，咸伦理之大，象形之显，即文房诸具，亦与几盘匜之意，非前代声色游豫，属其臣夸诩而恢调也。乃予所作，时寓规讽，上不以为罪，犹见录也，岂非词垣盛事，儒臣希觏也哉！

《奉旨拟撰词曲序》（《全明词》第三册）

2. 赵尊岳：

以辅弼启沃之资语详小序中，亦词苑所罕见者也。

《师竹堂词跋》（《师竹堂词》卷后）

3.《续修四库全书总目提要》：

〔万年欢〕二十八首，题为日、月、风、云、雪、霜、春、夏、秋、冬、山、水、仁、义、礼、智、孝、弟、忠、信、琴、棋、书、画、砚、笔、墨、剑，并为应制之作，前有奉旨拟撰词曲长序，所以为辅弼启沃之资，亦词林罕见者也。其余〔应天长〕一首，〔渔父词〕十二首，〔鹧鸪天〕一首。应制词序谓“夫诗变而为诗余，唯宋人最工，然多托意闺闱，寄情花鸟，雅致俊才，得以自运，故凄婉流丽能动人耳”云云，似非不知词者。〔渔父词〕第七首云：“柴门斜逐蓼花湾，江上悠然。见远山，餐紫翠，枕潺湲，一叶烟波自往远。”闲雅有幽趣，可以踪迹玄真矣。

《师竹堂词提要一卷》

吕坤

吕坤（1536—1618）字叔简，号心吾（一作新吾），宁陵（今河南宁陵）人。明万历二年（1574）进士，授襄垣知县，有政绩。调大同，征授户部主事，历右佥都御史，刑部左、右侍郎。二十五年（1597）疏陈天下安危，不报，遂称疾乞休。卒，天启初赠刑部尚书。《明史》卷二百二十六有传。著有《去伪斋文集》，词附。赵尊岳裁其词，题为《去伪斋词》，辑入《明词汇刊》。存词五首。

1. 赵尊岳：

诗词非其所长，亦不求工于声律。词仅五首，调〔望江南〕示儿者，类为诰诫，未足取也。

《惜阴堂汇刻明词提要·去伪斋词》(《词学季刊》第一卷第三号)

王家屏

王家屏（1536—1603）字忠伯，号对南，大同山阴（今山西雁门）人。明隆庆二年（1568）进士。选庶吉士，授翰林院编修，预修《世宗实录》。万历时，迁侍讲学士，擢吏部左侍郎兼东阁大学士，入预机务。每议事，秉正持法，不亢不随。遭忧归，服阙，召还进为首辅。以请立太子忤帝，引疾求罢。卒赠少保，谥文端。熹宗立，再赠太保。《明史》卷二百一十七有传。王家屏性忠耿，好直谏，喜诗文。著有《复宿山房集》，词附。赵尊岳裁其词，题为《复宿山房词》，辑入《明词汇刊》。存词二首。

1. 赵尊岳：

陈田辑《明诗纪事》谓诗“所为多酬应之作，诗非所长”，词二首，亦复如斯。

《惜阴堂汇刻明词提要·复宿山房词》（《词学季刊》第一卷第三号）

王世懋

王世懋（1536—1588）字敬美，号麟洲，王世贞弟，太仓（今江苏太仓）人。明嘉靖三十八年（1559）进士。历陕西、福建提学副使，终南京太常少卿。移疾归，先其兄三年卒于家。《明史》卷二百八十九有传。世懋好学，善诗文，名亚其兄，而世贞力推引之，以为胜己。李攀龙呼之曰“小美”。著作宏富，有《奉常集》六十九卷及《关洛记游稿》二卷，《艺圃撷余》等。词附集中。赵尊岳裁其词，题为《王奉常词》，辑入《明词汇刊》。存词八首。

1. 秦士奇：

《花间》皆小语致巧，犹伤促碎，至《草堂》以锦丽取妍六朝，故以宋人为诗之余，至金、元渐流为歌曲。若我明如刘伯温、杨用修、吴纯叔、文徵明、王元美兄弟辈，激响千代，移宫换羽，蝉缓而就之诗，若荡然无余，而不知即余亦诗也。

《草堂诗余序》（《镌古香岑批点草堂诗余四集》卷首）

2. 胡应宸：

纯叔夏词，说出凉况。奉常雪霁，说出炎情。炎凉滋味，二君谙尽。（评〔满庭芳〕《途中雪霁》）

《兰皋明词汇选》卷六

3. 沈雄：

《奉常集》所列词，不过数首。自谓游江西后，颇觉有进。

《古今词话·词评》下卷

4. 王昶：

王麟州世懋，人称为小美奉常，集中有词数首，殆自桧以下。

《西崦山人词话》卷一

5. 陈廷焯：

“倚尽”六字妙。结笔警。（评〔如梦令〕“枝上子规犹闹”）

《云韶集》卷十三

6. 刘毓盘：

嘉靖后七子，王世贞独以词名。其弟世懋亦可竞爽也。

《词史》第九章

莫是龙

莫是龙（1537—1587）字云卿，更字廷韩，号秋水，又号后明，华亭（今上海松江）人。莫如忠子。幼聪慧，十岁善属文。明万历中以诸生贡入太学，以贡生终。《明史》卷二百八十八附见《董其昌传》。是龙才情横溢，风姿玉立。著有《石秀斋集》、《莫廷韩遗稿》等。存词二十三首。

1. 胡应宸：

“心软”二字，讨出千古情字根苗。

“隔墙花影动”，期其来耳。“回廊几遍花阴徙”，则来而不速去矣，宛转绸缪，都在此句。（评〔蝶恋花〕《会真词》）

《兰皋明词汇选》卷四

2.《青浦诗传》：

工诗词，又善书画。

《明词综》卷五引

吴敏道

吴敏道（生卒年不详）字日南，号南莘，又号射阳畸人，宝应（今江苏宝应）人。以孝名闻于乡党。明隆庆元年（1567），自刻所著，名《观槿稿》，诗赋凡六卷，词附。万历三年（1575），充贡生。赵尊岳裁其词，题为《观槿长短句》，辑入《明词汇刊》，存词六首。

1. 赵尊岳：

集名《观槿稿》，凡诗赋六卷，长短句殿焉，凡六首。闲雅恬适，信为乐道忘贫之所为，于词可以见其志焉。〔减字木兰花〕云："清风浦溆，一个白鸥飘不去。点破苍烟，绿水红蕖明镜前。　凑成两个，我共白鸥鸥共我。正好湖头，跟定渔家蚱蜢舟。"又〔丑奴儿令〕："山人只在山中住，又近东湖，又近西湖，湖上风来暑也无。　盆池满贮湖中水，半种茨菇，半种芙蕖，池上风生浪也无。"于以见闲居之趣，安命不移，高士生涯，有非常人所能企及。即发之于言词，无论工与不工，要能纾其载道之情，以自遣其渔樵之乐。布衣不仕，胜于贫恋禄位者多多，观于吴词而益信矣。

《惜阴堂汇刻明词提要·观槿长短句一卷》（《词学季刊》第二卷第一号）

2.《续修四库全书总目提要》：

凡六阕。〔减字木兰花〕云："清风浦溆，一个白鸥飘不去。点破苍烟，绿水红蕖明镜前。　凑成两个，我共白鸥鸥共我。正好湖头，跟定渔家蚱蜢舟。"〔丑奴儿令〕："山人只在山中住，又近东湖，又近西湖，湖上风来暑也无。　盆池满贮湖中水，半种茨菇，半种芙蕖，池上风生浪也无。"高尚之怀，优游之趣，闲雅恬适，物我相忘，读其词，如见其人，至于为词为曲，亦不必苛论矣。

《观槿长短句一卷提要》

马朴

马朴（生卒年不详）字敦若，同州（今陕西大荔）人。明万历四年（1576）举人，官至云南按察副使。著有《阆风馆全集》，词存集中。赵尊岳裁其词为《阆风馆诗余》，辑入《明词汇刊》。存词六十九首。

1.《续修四库全书总目提要》：

凡七十六首，期间杂以〔黄莺儿〕、〔玉芙蓉〕、〔清江引〕等南北小令，原本如此，今亦未□□□。所撰非浅即陋，非粗即俗，盖词与诗文曲诸体虽有相通之处，而各具其本质，今任意牵合，不伦不类，全不知词者也。

《阆风馆诗余一卷提要》

屠隆

屠隆（1543—1605）字长卿，又字纬真，号赤水，别号由拳山人、一衲道人、蓬莱仙客，晚年又号鸿苞居士，鄞县（今浙江宁波）人。明万历五年（1577）进士。授颍上知县，转青浦，迁礼部主事。万历十二年（1584）被诬削籍罢官。晚年游吴越间，寻仙访道，说空谈玄，以鬻文为生，怅悴而卒。《明史》卷二百八十八有传。屠隆为官清正，关心民生疾苦。为人豪爽好客，纵情诗酒，所交多海内名士。以戏曲名家，精通音律，家有戏班，尝登台献艺。著有《由拳集》、《白榆集》等，词附集中。存词十首。

1. 曹溶：

乙丑夏日集澄晖堂，江子丹崖问明词去取以何为则。余曰：自花间至元季调已盈千，安得再收自度如王世贞之〔怨朱弦〕、〔小诺皋〕，杨慎之〔落灯风〕、〔灼灼花〕，屠隆之〔青江裂石〕、〔水漫声〕？

沈雄《古今词话·词话》下卷引

2. 邹祗谟：

帐词率无佳作，岂欢愉之言难好耶？纬真此词，独似作游仙诗风格。（评〔贺新郎〕《锦帐词赠陈伯符奉诏归娶》）

长卿为令，每与诸名士青帘白舫，纵浪泖浦间，后益复遨游越、闽，啸傲赋诗，西湖诸调感慨历落，则其自度新声也。（评〔水慢声〕《西湖怀古》）

《倚声初集》卷二十

3. 邹祗谟：

词之歌调既已失传，而后人制调创名者，亦复不乏。如用修之〔落灯风〕、〔款残红〕，元美之〔小诺皋〕、〔怨朱弦〕，纬真之

〔水慢声〕、〔裂石清江〕，仲茅之〔美人归〕，仲醇之〔阑干拍〕以及《支机集》之〔琅天乐〕、〔天台宴〕等类。不识比之《乐章》、《大声》诸集，辄叶律与否。文人偶一为之可也。

《远志斋词衷》

4. 胡应宸：

洒洒言之，都成奇趣。（评〔绿水曲〕《西湖怀古》）（卷五）

此等境界，可想“淡妆浓抹总相宜”之句。（评〔清江裂石〕《西湖》）（卷八）

公词不甚富，而西湖作居多，何必袁石公《姑苏杂记》独推吏隐？（评〔水慢声〕《西湖怀古》）（卷八）

《兰皋明词汇选》

5. 李葵生：

赤水赋西湖词五调，闻西尽以寄予。去其二，犹有饮河之恨云。（评〔绿水曲〕《西湖怀古》）（卷五）

兴亡不管，然潮落潮生，不送人来去耶？（评〔清江裂石〕《西湖》）（卷五）

道民中身解绶，犹作半世闲人，此其面壁后语也。（卷八）

《兰皋明词汇选》

6. 《西庐词话》：

纬真屠隆之〔绿水曲〕、〔清江裂石〕、〔水漫声〕等阕，前无此调，皆是自度腔也。〔水漫声〕一篇，逸情豪气，不减辛老。

《四明近体乐府》卷八引

焦竑

焦竑（1540—1619）字弱侯，号澹园，江宁（今江苏南京）人。初从耿定向学，后就学于罗汝芳。明万历十七年（1589）举进士第一，官翰林修撰。皇长子出阁，竑任讲官。因议论政事为执政者所恶。二十五年主顺天乡试，以举子曹蕃等九人文多险诞语，被劾谪福宁州同知。岁余大计，复晋秩，遂不出。《明史》卷二百八十八有传。焦竑博极群书，自经史至稗官、杂说、无不淹贯。善为古文，典正驯雅，卓然名家。著有《国史经籍志》、《澹园集》，词附集中。赵尊岳裁其词，题为《澹园词》，辑入《明词汇刊》。存词四十七首。

1. 徐士俊：

寿词有此，可谓伐毛洗髓矣。稼轩以之。（评〔点绛唇〕“轩冕文章”）

《古今词统》卷四

2. 邹祗谟：

魏鹤山词一卷，率称寿语，漪园欣赏斋集颇同，而风致清老，似犹过之。（评〔贺新郎〕《寿刘近野八十》）

《倚声初集》卷二十

3. 邹祗谟：

俞少卿云：万历以来，诗文制义，化为四目蒙魌、九头妖鸟，而诗余以无人染指，故独留本来面目。此言固是激论，如冯、董二文敏、赵忠毅、吴文端、李太仆、范尚书、焦修撰、王编修诸公，何尝无一二佳词，但非专家，故不为少卿所推藉耳。

《远志斋词衷》

4. 赵尊岳：

词四十三首，附《澹园集》后，酬应之作为多。言雅音远，尚有矩矱，惜不能超拔而已。〔江城子〕《赠别》上半阕云："西风吹袂弄新晴。月笼明，小梅横。席上孤琴，又作断肠声。人去青山衰草里，凭谁共，绕树行。"亦有佳致者也。

《惜阴堂明词汇刻提要·澹园词一卷》(《词学季刊》第一卷第三号)

5. 赵尊岳：

词则所酬应之作，〔江城子〕《赠别》一阕，犹循宋贤途辙者也。

《澹园词跋》(《澹园词》卷后)

安绍芳

安绍芳（1548—1605）字茂卿，无锡（今江苏无锡）人。国子监生。学赡才高，累不得志，遂栖迟乡里。著有《西林集》，词附。赵尊岳裁其词，题为《西林词》，辑入《明词汇刊》。存词二首。

1. 赵尊岳：

词二首，附载集中。虽非佳作，如〔南乡子〕换头："今古易牵愁。莫上层城更上楼。"亦意境具足，慨当以慷之音也。

《惜阴堂汇刻明词提要·西林词一卷》（《词学季刊》第一卷第三号）

马守贞

马守贞（1548—1604）字月娇，小字玄儿。以善画兰，又称湘兰子。金陵妓。工诗书，风流放诞，善伺人意。著有《湘兰子集》。存词九首。

1. 徐树敏：

词如花影点衣，烟霏著树，非无非有而已。

《众香词》数集

2. 陈声聪：

明代闺襜之词颇盛，如杨慎之室黄氏，赵宧光之室陆卿子，叶绍袁之室沈宜修，张立平之聘室叶小鸾，林鸿之室张红桥，乃至名伎如马守贞、王修微等，王昶《明词综》中所列，将及百人，皆有词，虽停当有余，而出色者少。……足不出户，依人为活，除了攀花折柳，惜别伤春，尚有何物可以自由抒发耶？

《读词枝语》

汤显祖

汤显祖（1550—1616）字义仍，号海若，又号若士，别署清远道人，临川（今江西临川）人。出身书香门第，早有才名，十四岁补县诸生，二十一岁中举人，三十四岁中进士。官南京太常寺博士、詹事府主簿、礼部祠祭司主事。明万历十九年（1591）上《论辅臣科臣疏》，指责神宗朝政之失，贬广东徐闻典史，次年量移浙江遂昌知县。万历二十六年（1598）弃官归里，居玉茗堂。《明史》卷二百三十卷有传。汤显祖关心民间疾苦，一生蔑视权贵，获罪要人。晚年淡泊守贫，不与郡吏周旋。以戏曲名家，是中国戏曲史上杰出的戏曲家，代表作为《牡丹亭》、《邯郸记》、《南柯记》、《紫钗记》，合称“玉茗堂四梦”，久享盛誉。亦工诗词，诗文集有《玉茗堂集》。存词十六首。

1. 徐士俊：

出临川口，一字一句，令人断肠。（评〔菩萨蛮〕“赤栏桥尽香街直”）（卷五）

销魂景物，落魄情怀。（评〔蝶恋花〕“秋到空庭槐一树”）（卷九）

《古今词统》

2. 沈雄：

义仍精思异彩，见于传奇。出其余绪以为填词。后人犹咏其回文，必指为义仍杰作也。

《古今词话·词评》下卷

3. 邹祗谟：

词有隐括体，有回文体。回文之就句回者，自东坡、晦庵始也。其通体回者，自义仍始也。

《远志斋词衷》

4. 邹祇谟：

有明才人，莫过于杨用修、汤若士。用修亲抱琵琶，度北曲，而词顾寥寥。若士《四梦》，为南曲野狐精，而填词自宾白外无闻焉。

《梅村词序》(《梅村诗余》卷首)

5.《古今词选》：

汤义仍文采风流，照耀一世，出其绪余，以为填词。如回文〔菩萨蛮〕、〔添字昭君怨〕，皆杰作也。

《历代词话》卷十引

6. 李葵生：

冷而艳。(评〔好事近〕《秋怨》)

《兰皋明词汇选》卷二

7. 吴衡照：

红友《词律》，于明人自度腔概置弗录。既录金元制矣，何独于明而置之？谓律吕有未协，又安知律吕之必不协也？窃意王太仓之〔怨朱弦〕、〔小诺皋〕，杨新都之〔落灯风〕、〔误佳期〕，徐山阴之〔鹊踏花翻〕，陈华亭之〔阑干拍〕，皆当补列。惟汤临川〔添字昭君怨〕，本出传奇，宜从〔干荷叶〕、〔小桃红〕例，以示界限。(卷二)

金元工于小令套数而词亡。论词于明，并不逮金元，遑言两宋哉。盖明词无专门名家，一二才人如杨用修、王元美、汤义仍辈，皆以传奇手为之，宜乎词之不振也。其患在好尽，而字面往往混入曲子。(卷三)

《莲子居词话》

8. 陈廷焯：

义仍精思异彩，见于传奇诸书，出其绪余以为词，亦复婉妙。(评〔阮郎归〕“不经人事意相关”)

《云韶集》卷十三

9. 陈廷焯：

寄怨无端。（评〔阮郎归〕“不经人事意相关”）

《词则·闲情集》卷二

10. 况周颐：

世讥明词纤靡伤格，未为允协之论。明词专家少，粗浅芜率之失多，诚不足当宋元之续。唯是纤靡伤格，若祝希哲、汤义仍义仍工曲，词则敝甚、施子野辈，偻指不过数家，何至为全体诟病。洎乎晚季，夏节愍、陈忠裕、彭茗斋、王姜斋诸贤，含婀娜于刚健，有风骚之遗则，庶几纤靡者之药石矣。国初曾王孙、聂先辑《百名家词》，多沉着浓厚之作，明贤之流风余韵，犹有存者。

《蕙风词话》卷五

11. 况周颐：

词重重、拙、大，以语王实甫、汤义仍辈，宁非颠乎？乃至词涉曲笔，其为伤格，不待言矣。

《词学讲义》

12. 张德瀛：

汤义仍词，情文俱美，大致不出曲家科臼。若〔阮郎归〕之“断肠春色在眉弯。倩谁临远山。蜀妆啼雨画来难。高唐云影间”。舞身如环，绰有丰度，斯足称矣。

《词徵》卷六

13. 吴梅：

南词歌讴，遍于海内；白苧新奏，盛推昆山。宁庵吴歈，蚤传白下；一时才士，竞尚侧艳。美谈极于利禄，雅情拟诸桑濮。以优孟缠达之言，作乐府风雅之什。小虫机杼，义仍只工回文；细雨窗纱，圆海惟长绮语。好行小慧，无当雅言。

《词学通论》第九章

赵南星

赵南星（1550—1627）字梦白，号侪鹤，别号清都散客，高邑（今河北高邑）人。明万历二年（1574）进士。任汝宁推官，历文选员外郎。因疏陈时政四害，触忤朝贵，乞归。再起考功郎中。主万历二十一年京察，遭诬劾，斥为民。赵为东林党重要人物，与邹元标、顾宪成同称“东林三君”。熹宗立，起左都御史。天启三年（1623）进吏部尚书，力除旧弊，选用贤能，为权阉所嫉，矫旨削籍，戍代州（今山西代县）卒。谥忠毅。《明史》卷二百四十三有传。著有《赵忠毅公文集》，曲集有《芳茹园乐府》。存词三首。

1. 邹祇谟：

俞少卿云：万历以来，诗文制义，化为四目蒙魌、九头妖鸟，而诗余以无人染指，故独留本来面目。此言固是激论，如冯、董二文敏、赵忠毅、吴文端、李太仆、范尚书、焦修撰、王编修诸公，何尝无一二佳词，但非专家，故不为少卿所推藉耳。

《远志斋词衷》

2. 王士禛：

高邑文章风节，领袖清流。此词亦广平之铁心石肠矣。（评〔水龙吟〕《咏杨花和坡公韵》）

《倚声初集》卷十七

3. 胡应宸：

词家咏物，较难于诗，体认稍真，则拘而不畅。摹写差远，则晦而不明。若忠毅作，张玉田见之，应推邦卿、白石之上。（评〔水龙吟〕《咏杨花和韵》）

《兰皋明词汇选》卷七

4. 丁绍仪：

世人动以词为小道，且以情语艳语为深戒，甚或以须有关系之论，概及于词。抑知夫子删《诗》，以二《南》冠首，岂无意哉？正惟家庭之内，情意真挚，充类至尽，而后国治天下平。况《离骚》之芳草、美人，即《国风》之卷耳、淑女，古人每借闺襜以寓讽刺。词之旨趣，实本《风》、《骚》，情苟不深，语必不艳，惜后人不能解、不知学耳。就明而论，词学几失传矣，而秾词丽制，半出自忠烈伟人。如赵忠毅南星立朝侃侃，以忤魏忠贤削籍谪戍，有杨花次章质夫韵〔水龙吟〕云："春来忒觉愁人，乱红已是翩翻坠。杨花更惨，连空映日，撩人情思。飞过高城，寻来小院，从教门闭。偶蘋风乍定，商量暂住，低飞燕，还扶起。　何处疑花乱玉。几曾堪、髻簪衣缀。兰闺人倦，多愁牵梦，难成易碎。小玉声喧，晴天雪下，香阶无水。忆辽西、何处神魂荡漾，暗抛红泪。"……之数公者，皆胜朝有数人物，乌得以艳词少之？

《听秋声馆词话》卷九

林章

林章（1551—1599）本名春元，字初文，福清（今福建福清）人。明万历元年（1573）举人。会试屡不第，出塞入戚继光幕。后移家金陵，以上书清停矿税瘐死狱中。著有《林初文集》，词附。事迹见《国朝献征录》、《明人小传》。存词十六首。

1. 徐士俊：

渐近歌曲矣，可不慎其余乎？（评〔八六子〕“翠娉婷”）

《古今词统》卷十一

2.《乐府纪闻》：

林章溺情一妓，妓适以他事为人所累下狱。林日徘徊于狱外，计欲出之，为作〔孤鸾〕一阕云：“为谁抛撇，似海燕初分，林莺乍别。回首天涯，满目云山愁绝。东风不怜春色，把一枝、杨花吹折。直恁粘烟带雨，更盈盈似雪。　奈梦儿，相隔恨难说。想昨夜孤衾，今朝双颊。比这青衫上，有几重啼血。一声晚钟动了，又送人、断肠时节。莫把琵琶乱拨，正春江潮咽。”寻为当事所释，欲委身于林，林度为女冠，人皆贤之。

沈雄《古今词话·词话》下卷引

3. 胡应宸：

花钿委地，血泪交流，马嵬遗恨也。兹殆不同其事，实同其情。（评〔声声慢〕《孤鸾》）

《兰皋明词汇选》卷六

4. 谢章铤：

吾闽词家，宋元极盛，要以柳屯田、刘后村为眉目。明代作者虽少，然如张志道以宁、王道思慎中、林初文章，亦复流风未泯。

福清林初文章，万历元年孝廉，诗词有盛名，然遗集不传，述庵《明词综》只录〔孤鸾〕一首。余读《莲子居词话》，又得〔长相思〕云："江南头。江北头。水满花湾花满洲。花间是妾楼。 郎东头。妾西头。妾处春波郎处流。劝郎休荡舟。"初文负大志，尝献书阙下，不报，归而卜居华林园侧，亭树池馆之胜，金陵无出其右。

《赌棋山庄词话》卷一

5. 陈廷焯：

起有笔致。"东风"二语婉折有致。凄咽芊绵。结有魄力，在明代最为难得。（评〔孤鸾〕"为谁飘撇"）

《云韶集》卷十三

沈璟

沈璟(1553—1610)字伯英,号宁庵,自署词隐生,吴江(今江苏吴江)人。明万历二年(1574)进士,任兵部职方司主事。以病告归。起补礼部主事,升员外郎,调吏部。以疏请立储,谪行人司司副。迁光禄寺丞。后因被劾考场舞弊告病还乡。家居二十年,致力于词曲,著有《南九宫十三调曲谱》,戏曲有《红蕖记》、《义侠记》等多种。存词四首。

1.《明诗纪事》:

词隐先生,著《九宫谱》,定《古今词谱》,故近代之曲律词调,必以松陵沈氏为宗云。

沈雄《古今词话·词话》下卷引

2. 周铭:

词隐先生才情绝世,前辈风流,有滑稽之目,宜其词之纤丽乃尔。

《松陵绝妙词选》卷一

董其昌

董其昌（1555—1636）字玄宰，号思白，又号香光居士。华亭（今上海松江）人。明万历十七年（1589）进士，选翰林庶吉士，授编修。出为湖广副使。天启二年（1622）擢太常寺卿兼侍读学士，与修《神宗实录》。三年，擢礼部侍郎。五年，拜南京礼部尚书。阉竖用事，请告归，诏加太子太保，致仕。卒谥文敏。《明史》二百八十八有传。董其昌性和易近人，通禅理，萧闲吐纳，终日无一俗语。天才俊逸，以书画擅名。著有《画禅室随笔》、《容台文集》等。存词四首。

1. 邹祗谟：

俞少卿云：万历以来，诗文制义，化为四目蒙魌、九头妖鸟，而诗余以无人染指，故独留本来面目。此言固是激论，如冯、董二文敏、赵忠毅、吴文端、李太仆、范尚书、焦修撰、王编修诸公，何尝无一二佳词，但非专家，故不为少卿所推藉耳。

《远志斋词衷》

2. 王士禛：

宗伯论画云："董凉写江南山，李唐写中州山，米元晖写南徐山，赵吴兴写苕霅山，黄子久写海虞山，若夫蓬阆方壶，必有羽人写照，予试以意为之。"读此知公前身固不仅画师耶？（评〔满庭芳〕《自题画》）

《倚声初集》卷十五

3. 丁绍仪：

前明董文敏其昌、黄忠端道周，才华学业，炳耀千秋，间亦涉笔为词……文敏题画〔满庭芳〕云："宿雨初收，晓烟未泮，浮云都逐飞鸿。文君翠黛，一霎变颦容。多少风鬟雾鬓，青螺髻、飘堕空濛。频骋望，征帆灭处，远霭与俱穷。 古今来画手，谁如庄叟，笔底描风。有江南一派，北苑南宫。我亦烟霞骨相，闲点染、懞懂难工。但记取、维摩诘语，山色有无中。”见《好古堂书画记》。《明词综》漏未采入，转收阮大铖平仄不协之〔减字木兰花〕，未免去取失当。

《听秋声馆词话》卷八

陈继儒

陈继儒（1558—1639）字仲醇，号眉公，又号麋公，松江华亭（今上海松江）人。诸生，年二十九即隐居昆山，后筑室东佘山，杜门著述。屡奉征召，皆不就，明崇祯十二年卒，年八十二。《明史》卷二百九十八有传。陈继儒能绘事，名重一时，与董其昌齐名。书法苏轼、米芾。工诗善文。著有《眉公全集》。赵尊岳裁其词，题为《陈眉公诗余》，辑入《明词汇刊》。存词五十六首。

1. 钱谦益：

仲醇通明俊迈，短章小词，皆有风致。

《列朝诗集小传》丁集下

2. 徐士俊：

无一点尘，有十分韵。（评〔一斛珠〕“笋儿初出”）

《古今词统》卷八

3. 陆求可：

温、和生，《花间》作，刻羽引商；李、晏出，而《草堂》兴，谐声依咏。淮海、漱玉倡温丽之微言，稼轩、放翁极雄豪之变态。投袂而赴节，咏歌朝庙之端；比事以属词，怅别都门之外。管弦所协，作者掇腴褰芳；词令斐然，听之惊心动魄。洵元音之鼓吹，衍乐府之源流，近代而还，指不多屈。用修、元美，几同秦、柳升堂；徵仲、眉公，亦比欧、苏入室。缘情雅作，宁为累德微词，碧云红叶之章，共推扬于文正，杨花谢桥之句，犹许可于伊川。

《月湄词序》（《十五家词》）

4. 邹祗谟：

词之歌调既已失传，而后人制调创名者，亦复不乏。如用修之〔落灯风〕、〔款残红〕，元美之〔小诺皋〕、〔怨朱弦〕，纬真之

〔水慢声〕、〔裂石清江〕，仲茅之〔美人归〕，仲醇之〔阑干拍〕以及《支机集》之〔琅天乐〕、〔天台宴〕等类。不识比之《乐章》、《大声》诸集，辄叶律与否。文人偶一为之可也。

《远志斋词衷》

5.《柳塘词话》：

眉公早岁，隐于九峰，工书画，与董宗伯其昌善，为延誉公卿间。每得眉公片楮，辄作天际真人想，但传其居佘山，只吟咏过日，不知弘景当年，松风庭院中作何生活？其小词潇洒，不作艳语，见《晚香堂集》。

沈雄《古今词话·词评》下卷引

6. 王士禛：

每读徵君词，辄作羲皇上人之想。

《倚声初集》卷十二

7. 胡应宸：

此公得趣处，全在不经意写出。（评〔临江仙〕《钱塘怀古》）

山家清供，读之爽心，真所谓不履不杖，烟岩在袖矣。（评〔临江仙〕《小昆山作》）

《兰皋明词汇选》卷四

8. 顾璟芳：

词至眉公，于秦、苏、辛、柳之外，别开一径。萧疏雅艳，使人流连。（卷一）

眉公尝言四时佳境，无如春尽夏初，岸花乱发，嫩绿参差，尔时微觉花气撩人，鹂声上下。读此一阕，令选胜者添一良辰也。（评〔南唐浣溪纱〕《初夏夜归》）（卷二）

眉公最善用诗中字法，如“窈窕藏花木”、“婉娈北山”等。将形喻女子者，移至山水花木间，正自极新极当。（评〔临江仙〕《钱塘怀古》）（卷四）

刘、杨、王诸家，为一代词手，尚矣。他若陆文裕之高华，董遐周之工艳，沈君鹿之幽凉，眉道人之萧散，周白川清和而调高，夏玉樊秀媚而善感，大樽寄意题外，琼章情在景中，古堂、蕊园孤奇别俗，浪仙、雪馆冷艳袭人，类烁宋熔元，独标风雅。（卷六）

《兰皋明词汇选》

9. 王昶：

陈继儒仲醇隐居佘山，名布天下。（不减弘景当年）尝谓："吾家田舍在十字水中，数重花外。"如〔霜天晓角〕云："背山临水，门在松阴里。"又云："菱香酒美，醉倒芙蓉底。"〔渔家傲〕云："雪花酒嫩梅花绿。"〔增字浣溪沙〕云："报道绿纱窗底下，蕉月分明。"山居乐事，可想见也。仲醇又有"画中人，须眉皆绿"之句。楚张使君为之筑亭，名曰须绿。

《西崦山人词话》卷一

10. 王初桐：

明词如商毅庵之明净，王介人之深俊，陈眉公之潇洒，高深甫之独出心裁，顾东桥之承平气象，尚有可观。

《小嫏嬛词话》卷三

11.《明史》：

工诗善文，短翰小词，皆极风致。

《明史》卷二百九十八

12. 孙兆溎：

眉公词："背水临山，门在松荫里。茅屋数间而已。土泥墙，窗糊纸。曲床木几。四面摊书史。若问主人谁姓，灌园者，陈仲子。　不衫不履。短发垂双耳。携得钓竿筐筥。九寸鲈，一尺鲤。菱香美酒，醉倒芙蓉底。旁有儿童大笑，唤先生，看月起。"笔致潇洒，想见先生高趣。

《片玉山房词话》

13. 陈廷焯：

眉公词风流潇洒，不作艳语，人品不足取，才自不可及。（评〔摊破浣溪沙〕“蜂欲分衙燕补巢”）

婉丽有情。不必着力而情味有余。（评〔浪淘沙〕“风雨霎时晴”）

《云韶集》卷十三

14. 刘毓盘：

《青浦诗传》曰：施子野负隽才，筑精舍于西奈，时陈眉公居东奈，来往嬉游。二家词不同，晚香堂词不作艳语，子野则专学张三影者也。

《词史》第九章

15. 赵尊岳：

词多见道之言，澹泊之致。然论律论格，要非高手。凡五十首，附见集中。〔临江仙〕云：“婉娈北山松树下，石根结个岩阿。巧藏精舍恰无多。尚余檐隙地，种竹与栽梧。　高卧不须愁客至，客来野笋山蔬。一瓢浊酒尽能沽。倦时呼鹤舞，醉后请僧扶。”〔点绛唇〕上半阕云：“钟鼓沉沉，寺门落叶归僧独。晚鸦初宿，影乱墙头竹。”〔浣溪沙〕上半阕云：“晏起犹嗔中酒迟，玉牌分记牡丹枝。花下自填新乐府，写乌丝。”“付与紫衣传别院，夜来翻入管弦吹。吹得老夫重醉也，有情痴。”

《惜阴堂汇刻明词提要·陈眉公诗余》（《词学季刊》第一卷第三号）

16. 赵尊岳：

诗词要亦恬淡自成，简趣工拙，非所计也。

《陈眉公诗余跋》（《陈眉公诗余》卷后）

17. 赵尊岳：

然最怪者，台阁学人，忠义士女，多有佳作。独所谓夏威名隐山林之韦素，其词未必能工。如祝枝山、徐文长、唐六如、陈眉公、施子野之俦，咸复甚负时誉，高尚王侯，著述宏博，然凡作为词，几均不足一观，而一时人士多目此数家为宗工，风行草偃，明词之不振，亦其一端也。

《惜阴堂汇刻明词记略》(《明词汇刊》附)

范允临

范允临（1558—1641）字长倩，吴县（今江苏苏州）人。明万历二十三年（1595）进士，仕至福建参议。工书画，与董其昌齐名。归而筑室姑苏天平山之阳，与友朋遨游山水间。著有《输寥馆集》，词附。赵尊岳裁其词，题为《恬致堂诗余》，辑入《明词汇刊》。存词七首。

1. 赵尊岳：

诗词恬澹冲雅。

《恬致堂诗余跋》（《恬致堂诗余》卷后）

沈瓒

沈瓒（1558—1612）字子勺，一字孝通，号定庵。吴江（今江苏吴江）人。沈璟弟。明万历十四年（1586）进士，授南京刑部主事。自郎中出为江西按察使佥事。告归，起补广东按察使佥事。著有《静晖堂集》。存词三首。

1. 周铭：

定庵为词隐先生弟，其词恬静闲适，绝去粉香蝶媚之态，所著有《静晖堂集》。

《松陵绝妙词选》卷一

徐媛

徐媛（1560—1620）字小淑，法名净照，吴县（今江苏苏州）人。徐实维女，范允临室。髫年好学，读书悟入。常与寒山陆卿子唱和，吴中士大夫望风影从，交口称赞，称吴门二大家。明万历四十一年（1613），所著《络纬吟》十二卷刊行，卷十二为词。赵尊岳裁其词，沿用集名，辑入《明词汇刊》。存词十一首。

1. 董斯张：

徐小淑《络纬吟》，其为绝句也，盖贤乎其为近体也；其为乐府也，盖贤乎其为近体绝句也；乃其为长短句也，盖贤乎其为开元诸家也。如中调〔霜天晓角〕为归舟之作，有云："露浥芙蓉茜。翠涩枯棠瓣。傍疏柳，西风几点。""行行尚缓。家在绿云天半。念归舟游子，一片乡心撩乱。对旅雁沙汀，盼杀白蘋秋苑。"小淑善绘事，此为画中词、词中画，吾不能辨。

沈雄《古今词话·词话》下卷引

2. 徐士俊：

贵家妇偏谙村庄趣，所谓有林下风气者。（评〔渔家傲〕《咏吴延陵郊居小斋》）

《古今词统》卷十

3. 徐𤊹：

徐媛小淑适范副使允临，卜筑天平山，享园亭诗酒之乐。尝赋〔渔家傲〕云："板扉小隐清溪曲。夜月罗浮花覆屋。木笼戛戛摇生谷。庄田熟。桔槔悬向茅檐宿。　青山一片芙蓉簇。林皋逸韵飘横竹。远浦轻帆低几幅。浓睡足。笑看小妇双鬟绿。"妆点农家，饶有林下风致。又有词云："露浥芙蓉茜，翠涩枯棠瓣，傍疏柳，西风几点。"又云："曲曲湖梁，一片秋光织。"句尽佳。

《词苑丛谈》卷五

4.《兰皋明词汇选凡例》：

言情之作，半出名闺，风雅尽然，于词何独不尔。王修微、谢中李，其为情种，盖不必言。外此如徐、如王、如沈，以至松溪二叶，靡不奴视淑真，兄呼清照。

《兰皋明词汇选》卷首

5. 顾璟芳：

美秀更复老辣，不当与络纬中求之。（评〔渔家傲〕《吴延陵郊居小斋》）

《兰皋明词汇选》卷四

6. 李葵生：

问闺帏则王、徐入室，谭骚楚则陈、夏升堂。（《兰皋明词汇选序》）（卷首）

倩峭逼人。（评〔霜天晓角〕《采石矶蛾眉亭》）（卷一）

小淑有〔霜天晓角〕数体，标格绝俗，清韵撩人。闺阁中不可多得。（卷六）

《兰皋明词汇选》

7. 王昶：

徐小淑善绘事如吟咏。与寒山陆卿子唱和，吴中士大夫交口誉之，时称吴门二大家。董遐周斯张云：其为绝句也，盖贤乎其为近体也；其为乐府也，盖贤乎其为绝句也。如〔霜天晓角〕为归舟之作，神情妙绝，画中词、词中画，吾不能辨。

《西崦山人词话》卷二

8. 雷瑨：

徐媛字小淑，适范副使允临，卜筑天平山，享园亭诗酒之乐。尝赋〔渔家傲〕云："板扉小隐清溪曲。夜月罗浮花覆屋。木笼戛戛摇生谷。庄田熟。桔槔悬向茅檐宿。　青山一片芙蓉簇。林皋逸韵飘横竹。远浦轻帆低几幅。浓睡足。笑看小妇双鬟绿。"妆点农家，饶有林下风致。

《闺秀词话》卷一

9. 赵尊岳：

允临妇徐小淑亦工韵令，有声于时。

《恬致堂诗余跋》（《恬致堂诗余》卷后）

10. 赵尊岳：

女史词在宋之李、朱大家，昭昭在人耳目。元代即不多，《林下词选》几难备其家数。而明代订律拈词，闺襜彤史，多至数百人，《众香》一集，甄录均详（董氏覆印拙藏本，大东书局发行）。而笄珈若吴冰仙、徐小淑，烟花若王修微、杨宛之流，所值较丰，又复脍炙人口，视聂胜琼之仅存片玉，严蕊之仅付诙谐，自又夺过之足资讽籀也。

《惜阴堂汇刻明词记略》（《明词汇刊》附）

夏树芳

夏树芳(生卒年不详)字茂卿,一字习池,明万历元年(1573)举人。万历二十九年后,以母年高,弃官归养。与浙东胡元瑞、吴门张伯起齐名。多所纂辑,如《栖真法》、《喜女镜》、《玉麒麟》、《酒颠》、《茶董》、《奇姓通》、《词林海错》诸书,均为人所传诵。著有《消暍集》,附词一卷,幛词一卷。赵尊岳裁其词,删去幛词之骈序,次第为上下二卷,题名曰《消暍词》,辑入《明词汇刊》。存词一百二十五首。

1. 陈廷焯:

凄艳,从李易安"人比黄花瘦"化出。神致绝佳。(评〔醉落魄〕"团冰握雪")

《云韶集》卷十三

2. 赵尊岳:

有《消暍集》行世。一时达人文士,咸为之序。词一百首为上卷,幛词二十六首为下卷。兹删其幛词之骈文序言,而辑梓之。词笔未易超脱,而酬应之作为多。其韶秀者,如〔青玉案〕上半阕云:"幽亭转结青山老。慕和靖、成孤俏。独坐吟追险调,一丛修竹,五株杨柳,潇洒人难老。"〔风入松〕上半阕云:"入春何事最堪夸,贯酒是生涯。胜游蜡屐邀新社,揭来携手同车。报道春光至也,山中春事还赊。"〔临江仙〕上半阕云:"木落天空秋色净,芙蓉丽日娟娟。故人病起到文园。白雪迎洞客,好鸟笑花前。"而《西湖十景》赋短调十首,《澄江八景》赋短调八首,亦具见闲适之致云。

《惜阴堂汇刻明词提要·消暍词二卷》(《词学季刊》第一卷第三号)

夏旸

夏旸（生卒年不详）字汝霖，贵溪（今江西贵溪）人。夏言文夏鼎之从兄，曾任府司狱。著有《葵轩词》一卷，间有南北曲。赵尊岳据赵万里藏传钞本辑入《明词汇刊》。存词三十九首。

1.《续修四库全书总目提要》：

其〔生查子〕《自叹》云："东流水不还，老去人难少。大药岂能求，仙岛何由到。　光阴暮春留，晴雨难先料。忙里且偷闲，花下金尊倒。"颇有超然之致，又〔浣溪沙〕云："竹树阴森护院墙。虚檐静坐纳新凉。南风起送藕花香。　解闷难求千日醉，多愁空结九回肠。鸣蝉声里易斜阳。"词极凄婉，惜全集不相称也。〔菩萨蛮〕回文二首，殊不合律，则明人之陋矣。

《葵轩词一卷提要》

袁黄

袁黄（生卒年不详）字坤仪，一字了凡。吴江（今江苏吴江）人。明万历十四年（1586）进士。知宝坻县（今属河北），有政绩，擢兵部主事。日本侵朝鲜，辅宋应昌军远征，多所策划。黄博学尚奇，凡河洛、象纬、律吕、水利、戎政，旁及勾股、堪舆之学，莫不究涉。著有《两行斋集》、《评注八代文宗》等行世。存词二首。

1. 周铭：

先生学道之士，其词幽澹自喜，程村称为词家陶、韦，不虚也。

《松陵绝妙词选》卷一

孙承宗

孙承宗（1563—1638）字稚绳，号恺阳，河北高阳（今河北高阳）人。明万历三十二年（1604）进士，廷试第二，授翰林院编修。熹宗即位，以左庶子充日讲官，进少詹事。未几，拜兵部尚书兼东阁大学士，入直内阁。又奉命督师抗清，出镇山海关。既至，修筑城堡，练兵屯垦，遣将戍守锦州、松山，拓地二百里。因魏忠贤谗之，不久辞归。家居七年，会清兵攻高阳，率家人拒守，城破自缢死。福王时追赠太傅，谥文忠，改谥文正。《明史》卷二百五十有传。孙承宗工诗词，著作甚富。著有《高阳集》。赵尊岳裁其词，题为《孙文忠公词》，辑入《明词汇刊》。存词四十九首。

1. 赵尊岳：

文忠行谊，具见国史。方其舍纶阁之重，慨请行边，词臣赋诗以赠，一时传为盛事。窃比于范希文、辛稼轩也。词凡四十七首，附集以传，清雄挺秀，落落有致，其尤似辛者，〔水龙吟〕云：“平章三十年来，几人合是真豪杰。甘泉烽火，临淮部曲，骨惊心折。一老龙钟，九扉鱼钥，单车狐搰。含河山百二，玉镡罢手，都付与，中流楫。　快得熊罴就列，更双龙陆离光揭。一朝推毂，万方快睹，百年殊绝。玄菟新陴，卢龙旧塞，贺兰雄堞。看群公撑住，乾坤大力，了心头血。”其澹宕处，若〔浣溪沙〕：“谁写南溟玉一湾。诸峰罗列小庭闲。画屏十二斗烟鬟。　彩笔欲描风骀荡，锦囊不贮雨潺湲。日来心事与俱闲。”夫以心事而与“风骀荡”、“雨潺湲”同其闲适，则亦非秋士幽人不能道其情绪，词心所寄，可以知之。独惜明运不纲，忠贞如孙高阳者，犹不能获其大效，以至于甲申之变，思宗殉国，而未由挽救，斯真可为痛悼者矣。

《惜阴堂汇刻明词提要·孙文忠公词一卷》(《词学季刊》第一卷第三号)

2. 赵尊岳:

盖范希文、辛稼轩一流。词中〔庆春泽〕、〔水龙吟〕、〔临江仙〕诸阕，庶以见志，而〔柳梢青〕四叠，尤极清雄之致。

《孙文忠公词跋》(《孙文忠公词》卷后)

3. 赵尊岳:

明代武职，多有能词者，若任环之力抗倭寇，蔡道宪之不屈闯贼，万惟檀之阖门殉节，孙承宗之巡守宣镇，均有长短句播芳百世。此与希文巡边，起塞上秋来之感，武穆陷阵，申黄龙痛饮之情，直可谓异曲而同工者。

《惜阴堂汇刻明词记略》(《明词汇刊》附)

4. 赵尊岳:

武职封疆，提师节镇，若任应乾之力御倭寇，龚道宪之不屈闯贼，姜子京之阖门殉节，孙高阳之慨请行边，赵姜仁之抗敌广武，所以抒忠耿之大节者，莫不出以闲雅之词令，一朝之盛，诚不可漫肆讥弹者焉。

《惜阴堂明词丛书叙录》(《明词汇刊》附)

王衡

王衡（1564—1607）字辰玉，号缑山，太仓（今江苏太仓）人。明万历十六年（1588）举顺天乡试第一。万历二十九年以一甲第二登进士第，授翰林院编修。旋即归养。王衡诗文近俗，著有《缑山集》，词附。赵尊岳裁其词，题为《缑山词》，录入《明词汇刊》。存词七首。

1. 邹祗谟：

俞少卿云：万历以来，诗文制义，化为四目蒙魌、九头妖鸟，而诗余以无人染指，故独留本来面目。此言固是激论。如冯、董二文敏、赵忠毅、吴文端、李太仆、范尚书、焦修撰、王编修诸公，何尝无一二佳词，但非专家，故不为少卿所推藉耳。

《远志斋词衷》

2. 李葵生：

可作打樱桃歌。（评〔南乡子〕《墙外春》）

《兰皋明词汇选》卷三

3. 陈廷焯：

风致有余。“假”字妙。（评〔点绛唇〕“湿梦沉沉”）

《云韶集》卷十三

4. 赵尊岳：

词不必求工，而恬淡自适。〔点绛唇〕下半阕云：“最怕登高，醉面秋风洒。红堪把茱萸看罢，半刻重阳假。”〔南乡子〕上半阕云：“午日晕红椒。流白天丝任意飘。酒幕香车东去了。聊萧。燕子衔花坐浅巢。”均极流美，且间得一“拙”字之诀，为可欣赏也。

《惜阴堂汇刻明词提要·缑山词一卷》（《词学季刊》第一卷第三号）

李日华

李日华（1565—1635）字君实，号竹懒，又号九疑，嘉兴（今浙江嘉兴）人。明万历二十年（1592）进士，官至太仆少卿。恬淡和易，与人无忤，工书画，精鉴赏，世称博物君子。时王惟俭与董其昌齐名，日华亚之。著述甚富，著有《恬致堂集》四十卷及《六研斋笔记》、《恬致堂诗话》等多种。词附集中。赵尊岳裁其词，题为《恬致堂诗余》，辑入《明词汇刊》。存词十一首。

1. 邹祗谟：

太仆自题墨塍，云其诗多于所作墨戏，林峦树石、花鸟虫鱼间，见一语挑焰，生动跃然。读"野桥"二语，令人犹想见风流也。（评〔满江红〕《慰留刘跃如》）

《倚声初集》卷十五

2. 邹祗谟：

俞少卿云：万历以来，诗文制义，化为四目蒙魌、九头妖鸟，而诗余以无人染指，故独留本来面目。此言固是激论。如冯、董二文敏、赵忠毅、吴文端、李太仆、范尚书、焦修撰、王编修诸公，何尝无一二佳词，但非专家，故不为少卿所推藉耳。

《远志斋词衷》

3. 顾璟芳：

余访友禅关，诗僧案头，得《恬致堂集》，袖以归，词不甚精，颇称秀稳，亦足以志同岑矣。

《兰皋明词汇选》卷六

葛一龙

葛一龙（1566—1640）字震甫，吴县（今江苏吴县）人。明崇祯间由贡生选授云南布政司理问。诗名播于吴、楚，吴人呼为葛髯。著有《艳雪篇》等。赵尊岳从明刊集本中移写其词，题名《艳雪篇》，辑入《明词汇刊》。存词二十七首。

1. 周永年：

《艳雪集》……奇不伤骨，靡不伤气，而追风入丽，沿波得奇，潇洒婉娈之情，无不备写。盖举乐府方俗之词，《玉壶》工艳之语，《香奁》纤媚之调，一一寄之于词。而得其词者，知其深于诗；爱其词者，并忘其工于诗也。要而论之，真至之情，必本于性；奇逸之情，必乘于才。震甫玉性不雕，云才自举，其自汉魏六朝以还，周秦诸家而上，随所位置，各占坐席，此其根蒂所在，固有异乎今之词人者矣。

《艳雪集原序》（《艳雪篇》卷首）

2. 邹祗谟：

震甫“三几多”，与次仲之“三些”，龙洲之“三似”，子野之“三中”，义仍之“三许多”，几无分别。（卷十二）

震父作诗，于竟陵大盛时，独具其澹远之致、孤峭之神，故不落空纤一种。词则更加幽旷，品格当在仲醇、遐周以上。（卷十四）

茶词，山谷佳在秀，元美佳在艳，震父佳在旷，可补茂卿《茶董》。（评〔满庭芳〕《天阕山松下煎茶》）（卷十五）

每读震父五言“夜长人别后，秋好月来初”，叹其神清致远，不意词中复得此境。（评〔帝台春〕《别》）（卷十六）

《倚声初集》

3. 王昶：

葛震父一龙，洞庭诗人。初，蔡九逵羽亦居洞庭，作诗清绮，震父悦之，刊落翦刻，欲追配之于百年之上。已而年渐高，笔渐放，楚人谭友夏元春辈相与尊奉，遂降为楚调。其词不多作，惟咏草一阕，颇饶意味。

《西崦山人词话》卷一

4. 陈廷焯：

“不如他”三字妙甚。宋人咏草，名作多矣，此作独有别致，可以上继宋人。（评〔忆王孙〕“春风吹后满天涯”）

《云韶集》卷十三

茅维

茅维（生卒年不详）字孝若，归安（今浙江湖州）人。茅坤之子。能诗，科举不得志，以经世自负。与同郡臧懋循、吴稼竳、吴梦旸并称四子。《明史》卷二百八十七《茅坤传》附。著有《十赍堂集》甲乙丙丁四稿，词在丙集。赵尊岳裁其词，题为《十赍堂词》，辑入《明词汇刊》。存词九十二首。

1. 沈雄：

盛明以帖括之余，而涉为诗词者，十不一工。孝若独浸淫于古，而才情又横放杰出，故一时艳称之，有《十赍堂词》。

《古今词话·词评》下卷

2. 赵尊岳：

蕙风先生谓其笔近沈著，未坠先正典型，洵知言也。

《十赍堂词跋》（《十赍堂词》卷后）

王乐善

王乐善（生卒年不详）字存初，益津（今河北霸县）人。明万历二十一年（1593）进士。除行人，迁吏部主事。著有《扣角集》、《鹦适轩诗》。赵尊岳裁其词，题为《鹦适轩词》，辑入《明词汇刊》。存词二首。

1. 赵尊岳：

遗集有《鹦适轩诗》及《扣角集》二种，幛词二首附焉。《明诗综》谓"《扣角》多写自伤不遇之意"，词则酬酢献祝而已，无足称也。兹辑之以备明词一家。

《惜阴堂汇刻明词提要·鹦适轩词一卷》（《词学季刊》第一卷第三号）

2. 赵尊岳：

词但二阕，盖酬应帐词，明人之陋习，亦词囿之别裁也。

《鹦适轩词跋》（《鹦适轩词》卷后）

岳和声

岳和声（生卒年不详）字尔律，嘉兴（今浙江嘉兴）人。明万历二十年（1592）进士。授汝阳知县。擢礼部主事、员外郎，出为庆远知府，改赣州、东昌。迁福建副使、广西参政。后以右佥都御史巡抚顺天。天启中，起补延绥巡抚。守庆远时，仿范至能《骖鸾》作《后骖鸾录》。著有《餐微子集》。赵尊岳裁其词，题为《餐微子词》，辑入《明词汇刊》。存词五首。

1. 赵尊岳：

词五首，附集中。词虽间有意致，而宫律舛误，犯明季之通弊。〔柳梢青〕《咏梅》云："才见满枝，斟寒酌暖，俄似春迟。陌蕊矜妍，原荑催艳，肯共离披。　青青自有风期，誓不向余英诉怨。领略韵华，万般秋实，看取先时。"可以概见其余矣。

《惜阴堂汇刻明词提要·餐微子词一卷》（《词学季刊》第一卷第三号）

刘铎

刘铎（1573—1626）字我以，别号洞初，吉州（今江西吉安）人。明万历四十四年（1616）进士，授刑部主事，累迁扬州知府。因忤魏党，属薛贞锻炼成狱，加以酷刑，刘铎被刑，迳斥党逆，终赴西市。著有《来复斋集》，词存集中。赵尊岳裁其词，题为《来复斋词》，辑入《明词汇刊》。存词二十二首。

1.《续修四库全书总目提要》：

凡二十二首，辞彩清丽，笔力亦高，惟不能冶于一炉，为可惜耳。〔渔家傲〕《瓜洲访友》云："小巷重重深几许。绿杨溪畔犬声度。一叶轻舟寻酒去。花无数、等闲笑入桃源路。 红粉含颦娇不语。多情未省阳台雨。檀板清歌调鹦鹉。情欲诉。江云暗澹金山暮。"清纯雅正之作也。其余征其笔力者，如〔菩萨蛮〕云："此际有佳人，巫阳梦不成。"见其操守者，如〔蝶恋花〕云："顾影自怜还自笑，梅花吹彻吴江晓。"铎崇尚气节，矢志不阿，当其临刑之际，径斥珰逆，赋绝命诗以自显其志。读其词，当敬其人也。

《来复斋词一卷提要》

范凤翼

范凤翼（1575—1655）字翼羽，通州（今江苏南通）人。明万历二十六年（1598）进士，累官光禄寺少卿。工词。著有《勋卿集》。存词二十七首。

1. 邹祗谟：

勋卿白狼耆硕所著小词，旷冽似王半山，而风味正复过之。

《倚声初集》卷五

2. 陈廷焯：

渔洋谓翼羽词似半山，今观此词，颇见风韵。（评〔减字木兰花〕“晴云如絮”）

《云韶集》卷十三

魏大中

魏大中（1575—1625）字孔时，嘉善（今浙江嘉善）人。明万历四十四年（1616）进士，累迁至吏科都给事中。弹劾魏忠贤，魏矫诏逮其下狱，酷刑考讯，指示狱卒毙之狱中。魏忠贤诛，追谥忠节。《明史》卷二百四十四有传。存词一首。

1. 李葵生：

武穆以孤忠，受残贼桧，廓园以直道，殉命奸珰，乃赵氏河山，自失黄龙之气；唐家宗社，竟随白马之波。读此词不觉为之三叹。

《兰皋明词汇选》卷四

2. 吴衡照：

此（黄尊素〔西江月〕）与魏忠节〔临江仙〕词，同为寸玑残璧。

《莲子居词话》卷三

俞彦

俞彦（生卒年不详）字仲茅，金陵（今江苏南京）人。明万历二十九年（1601）进士。性至孝，甫登第，即疏乞终养。阅十六年，母丧终制，授兵部主事，官至光禄寺少卿。著有《俞少卿集》。存词一百八十八首。

1. 文震亨：

俞光禄先生学如海，才如锋，文成于叉手，句赓于刻烛，吾党业尊宝母而坛奉之。而《近体乐府》一出，宋膏元馥，无所比拟，而兼铸诸氏。听者享其谐，视者享其藻，而玩世垂世之语，又时露英雄本色。信乎！备五行之气盛而比诗，余而比词，非其才、其学、其性情笔舌，安能咀新吐丽若斯也？夫以先生负王佐略，人谓其傲睨似朔，而不知其跬步在名教之中；逍遥似庄，而不知其道术融君子之驳。词章小技，原不足以尽先生。然使先生不帷谟幄，猷分龙夔稷契之才，而雕香刻艳，争眉山、淮海之席。夫举世之不能尽先生也，又宁直一词章而已哉？

《俞光禄先生近体乐府小引》

2. 阮大铖：

仲茅先生博闻淹识，仙掌艺林，而且内足于怀，外齐乎物，睹兹五浊之界，情伪百端，倚朝菌为枯荣，争偶机于线索，怜虫心热，醒虱情深，遂尔原本蒙庄，于喁品令，审音按拍，镂影吹香，此曼倩所为抑解于诙谈，嗣宗因而寓怀于啸旨也。其高者轶金石，驭云霞，微而妇孺恒言，广长无漏，此当其天机凑合之会，即先生亦乌知其所以然而然，噫嘻至哉。夫霜满烟平，流铃自语，梅花铁笛，响落空江，听者内视，身心了无是处，矧复名利可言？先生此词，殆扫性命之葛藤，通鬼神之睇笑，直为六义、四始之坛开一棒喝，彼眉山、淮海诸子政愧衙官，而况昭代新都与武功耶？予因其词之出于先生也，故曰：风雅之宗语，而非小道也。

《仲茅先生近体乐府小引》

3. 邹祗谟：

词之歌调既已失传，而后人制调创名者，亦复不乏。如用修之〔落灯风〕、〔款残红〕，元美之〔小诺皋〕、〔怨朱弦〕，纬真之〔水慢声〕、〔裂石清江〕，仲茅之〔美人归〕，仲醇之〔阑干拍〕以及《支机集》之〔琅天乐〕、〔天台宴〕等类。不识比之《乐章》、《大声》诸集，辄叶律与否。文人偶一为之可也。

《远志斋词衷》

4. 邹祗谟：

阮亭极推俞光禄小调，为近今第一手。方学士坦庵云：尝与光禄论词，其言专主音格，谓宁诎意以就字，不可轶字以伸意。余谓此即光禄长调所以不能胜人处。（《倚声初集·前编》卷三）近世如用修、元美、元朗、仲茅诸先生，无不寻流溯源，探其旨趣，而词学复明，犁然指掌。（《倚声初集序》）

少卿填词持论极严，且以刻烛赓唱为奇，不无率语。至其清浊抑扬，备审源委，不趋供险，而尊雅淡，独见典刑。（卷一）

质不近伧，浅不近俳，此少卿胜人处。（评〔如梦令〕《离别》）

少卿长调警语不多见，故以雅度胜人。（卷十五）

少卿长调虽多，善持格调，而声价比小令微减。此词俊雅妥协，犹有欧、晏之遗焉。（评〔风流子〕《初夏》）（卷十八）

《倚声初集》

5. 王士禛：

俞仲茅小词云："轮到相思没处辞。眉间露一丝。"视易安"才下眉头，却上心头"，可谓此儿善盗。然易安亦从范希文"都来此事，眉间心上，无计相回避"语脱胎，李特工耳。

《花草蒙拾》

6. 王士禛：

仲茅〔竹枝〕数阕，音调神色无一不合，犹是刘宾客遗响。（卷一）

仆尝与程邨论近代词人，断当以少卿为当行第一。（卷二）

光禄词，当味其本色佳处。（评〔醉花阴〕《端午饮清溪阁上》）（卷八）

《倚声初集》

7. 王昶：

王阮亭士禛云：俞少卿彦填词持论极严，且以刻烛赓韵为奇，不无率语。既而谓其清浊抑扬，备审源委，不趋佻险，独见典型；近代词人，当以少卿为当行第一。殊非笃论。

《西崦山人词话》卷一

8. 陈廷焯：

“开时人去时”五字沉痛却极婉约。从李易安“才下眉头，却上心头”化出。（评〔长相思〕“折花枝”）

《云韶集》卷十三

郑以伟

郑以伟（？—1633）字子器，一作子畚，上饶（今江西上饶）人。明万历二十九年（1601）进士。改庶吉士，授翰林院检讨，累迁少詹事。泰昌元年（1620）官至礼部右侍郎，后以忤魏忠贤告归。崇祯二年（1629）复召为礼部尚书，不久与徐光启并相，兼东阁大学士。崇祯六年卒，赠太子太保，谥文恪。《明史》卷二百五十一有传。著有《灵山藏集》，词附。赵尊岳裁其词，辑入《明词汇刊》，题为《灵山藏诗余》。存词二十九首。

1. 郑以伟：

暇抽箧中诗余，半是充饯赠人事，或临小景，文情凡陋，音韵多舛，似棘喉涩吻，姑不忍吐弃。

《灵山藏诗余自序》（《全明词》第三册）

2. 赵尊岳：

诤臣风骨，禁苑词林，所作自可珍秘也。

《灵山藏诗余跋》（《灵山藏诗余》卷后）

俞琬纶

俞琬纶（1576—1618）字君宣，长洲（今江苏苏州）人。明万历四十一年（1613）进士，官西安知县。被弹劾罢官，以著述自娱。工书，诗词亦精。著有《自娱集》，词附。赵尊岳裁其词，依本集名，辑入《明词汇刊》。存词十首。

1. 邹祗谟：

两扇对说，浏漓浑脱之极。（评〔点绛唇〕《春到》）（卷三）

四“君”字即指镜言，姿调错落，妙如无意填词者，此先辈风格高处。（评〔桂枝香〕《古镜词为顾文英较书作》）（卷十七）

《倚声初集》

2. 胡应宸：

要春瞒我，将我瞒春，此中情事，潦倒难言。（评〔点绛唇〕《闺情》）（卷一）

柳绵枝上，朝云为之感没；架罢妆残，文英遂以谶终。词入妙来，竟令生者可以死耶？（评〔桂枝香〕《古镜词为顾文英作》）（卷七）

君宣以友人有十二词，为古来薄命人洗恨，独缺马嵬时事，故补之。予以为“天长地久有时尽，此恨绵绵无绝期”，诸人之恨可洗，杨妃之恨不可洗。谈此不益增忉怛耶？（评〔惜余春慢〕《咏杨妃》）（卷八）

《兰皋明词汇选》

3. 顾璟芳：

两下相瞒，却瞒不得笔尖。见被他和盘托出。（评〔点绛唇〕《闺情》）

《兰皋明词汇选》卷一

4. 李葵生：

古来溺爱之君多矣，然而生死契阔、恩以境移，从未有如《长恨歌》中所载者。君宣情种，于此更驳一层，其亦《春秋》责备贤者意欤？（评〔惜余春慢〕《咏杨妃》）

《兰皋明词汇选》卷八

5. 王士禛：

“如何四纪为天子，不及卢家有莫愁”，千古恨事，不必听《雨霖铃》也。（评〔过秦楼〕《咏杨妃》）（卷十八）

《倚声初集》

6. 赵尊岳：

词附集以行，仅有三首而已，未能尽其美备也。

《惜阴堂汇刻明词提要·自娱集》（《词学季刊》第一卷第三号）

焦源溥

焦源溥（？—1643）字涵一，三原（今陕西三原）人。明万历四十一年（1613）进士。崇祯中，擢右佥都御史，巡抚大同。逾年，自劾罢归。李自成陷关中，被执死。《明史》卷二百六十四有传。存词五首。

1. 王士禛：

豹人述中丞殉闯难事甚烈，为选小词登之，正如陈了翁、文信国诸公，令读者爱其寸玑残璧也。

《明词综》卷五引

徐石麒

徐石麒（1577—1645）初名文治，字宝摩，号虞求，嘉兴（今浙江嘉兴）人。明天启二年（1622）进士。授工部营膳司主事，忤魏忠贤削籍。崇祯初起补南京礼部主事，累官刑部尚书。坐罪落职闲住。福王时召拜吏部尚书，为权奸所扼，乞归。清兵入浙，守嘉兴孤城，城破，朝服自缢于可经堂，年六十八，谥忠襄。《明史》卷二百七十五有传。徐石麒为人刚方清介，著有《可经堂集》。存词十一首。

1. 沈雄：

《兰皋集》载徐石麒〔拂霓裳〕云："望中原。故宫锦树障烽烟。惊坐起，凉宵梦断蒋陵前。金人倾宝篆，玉女绣苔钱。问当筵。谁能醉鼓渐离弦。　西台哭罢，三户里，识遗贤。欹皂帽，吹箫乞食总堪怜。英雄身未死，屠钓技常兼。又何颜。许青门瓜种故侯田。"《东湖集》载吴惕庵〔满江红〕云："斗大江山，经几度、兴亡事业。瞥眼处、英雄成败，底须重说。香水锦帆歌舞罢，虎丘鹤市精灵歇。尚翻来、吴越旧春秋，伤心切。　伍胥耻，荆城雪。申胥恨，秦庭咽。羞比肩种蠡，一时人杰。花月烟横西子黛，鱼龙沫喷鸱夷血。到而今、薪胆向谁论，冲冠发。"乙丑季春，予带有选稿，与曹秋岳司农登琴台默坐，同下湖山之泪。见此二阕，为亟登之，以留作正气歌也。

《古今词话·词话》下卷

2. 顾璟芳：

先生少年偶诖误触法，变姓名，亡走远地，日以杂技糊口，遇赦得出，受上知，名节与史督师亚，存此当一《正气歌》。（评〔拂霓裳〕《甲申感事》）

《兰皋明词汇选》卷五

3. 陈廷焯：

悲歌慷慨，自是先生胸襟。即以词论，亦是去古不远者。胸次如见。（评〔拂霓裳〕“望中原”）

《云韶集》卷十三

钱应金

钱应金（生卒年不详）字而介，一字仙上，嘉兴（今浙江嘉兴）人。以诗文名于时，谙声律，能自度曲。诗酒余暇，辄邀朋吹箫。晚年自称是公，精禅学。居春波里，自署春波词人钱点雁。明亡殉难。著有《古处堂集》。存词六首。

1. 顾璟芳：

《仙上集》，殿臣得之于禾肆，其词颇伤刻急，而少婉约之致。

《兰皋明词汇选》卷三

2. 胡殿臣：

时于洒落中带出烟霞骨相。（评〔潇湘逢故人慢〕“山庄秋集”）

《兰皋明词汇选》卷七

3. 陈廷焯：

情景相生，缅邈无际。（评〔临江仙〕“铜雀春深”）

《词则·闲情集》卷二

黄尊素

黄尊素（1584—1626）字真长，号白安，余姚（今浙江余姚）人。明万历四十四年（1616）进士，累官御史，因忤魏忠贤，被逮，死诏狱。赠太仆卿，谥忠端。《明史》卷二百四十五有传。存词一首。

1. 吴衡照：

黄尊素，字真长，余姚人。万历四十四年进士，历官山东道御史，赠太仆寺卿，谥忠端。有集。按此与魏忠节〔临江仙〕词，同为寸玑残璧。忠节亦万历四十四年进士，《明词综》作三十五年，误也。〔西江月〕云："疏星一一如洗，朗月明明欲波。高台夜听竹声过。热心被他吹破。　最喜良田满满，还看远岫峨峨。风前一枕漫颜酡。却笑从前总错。"

《莲子居词话》卷三

范文光

范文光（？—1651）字仲闇，内江（今四川内江）人。明天启元年（1621）举人。崇祯中历官南京户部员外郎，告归。南明永历时为右佥都御史巡抚川南。清兵克嘉定，文光仰药亡。存词十三首。

1. 沈雄：

邹程村语余云：范仲闇先辈《续花间集》，皆画舫青楼之词。自作小叙，原非不及情者，今得博采之以志前代风流，且以当《东京梦华录》也。

《古今词话·词评》下卷引

2. 徐釚：

范文光《续花间集》，皆画船歌席题赠之作。有《赠金陵杨姬》〔捣练子〕云："曲儿高，月儿斜。春风场上说杨家。自是调高难得和，误将人面比桃花。"又《赠金陵刘姬》〔桂殿秋〕云："不在艳，不须多。尊前一掷与横波。梨花著雨春容冷，应唤金陵小素娥。"二词程村载《倚声集》，情致昵人，不减前辈风流，志之，可当《东京梦华录》也。

《词苑丛谈》卷五

3. 王昶：

邹程村云：范仲闇文光《续花间集》，皆歌船妓席题赠之词，小序更层次有致，博采以志前辈风流，且当《东京梦华录》。然其作皆准敕恶词。至如〔桂殿秋〕《赠金陵姬刘娟》小序，尤使人呕哕。

《西崦山人词话》卷一

4. 丁绍仪：

世人动以词为小道，且以情语艳语为深戒，甚或以须有关系之论，概及于词。抑知夫子删《诗》，以二《南》冠首，岂无意哉？正惟家庭之内，情意真挚，充类至尽，而后国治天下平。况《离骚》之芳草、美人，即《国风》之卷耳、淑女，古人每借闺襜以寓讽刺。词之旨趣，实本《风》、《骚》，情苟不深，语必不艳，惜后人不能解、不知学耳。就明而论，词学几失传矣，而秾词丽制，半出自忠烈伟人。如……范中丞文光巡抚川南，殉明难，有《再赠梁姬》〔浣溪沙〕云：“夙世刚修半面缘。西风吹上五湖船。秋来瘦骨倍堪怜。 痴想只教魂孟浪，闲情对影留连。相思同入药炉煎。”……之数公者，皆胜朝有数人物，乌得以艳词少之？

《听秋声馆词话》卷九

罗明祖

罗明祖（生卒年不详）字宣明，南平（今福建南平）人。明天启元年（1621）进士。授华亭令，力革积弊，不畏强御，以忧归。补繁昌令，因事谪越藩，署萧山令，又以不屈为中官所挤，调襄阳。后罢归，以疾卒。著有《纹山先生集》三十卷，词在第九卷。赵尊岳裁其词，题为《纹山先生诗余》，辑入《明词汇刊》。存词十九首。

1. 赵尊岳：

虽律调乖误，而其人忠勇奋发，亦在可传之列也。

《纹山先生诗余跋》（《纹山先生诗余》卷后）

盛于斯

盛于斯（生卒年不详）号此公，南陵（今安徽南陵）人。十余岁即能读等身书，有声邑里，散金结客，不治生产，渐病盲，家居屏迹，一意著述。其遗稿仅存《休庵集》。赵尊岳裁其词，题为《休庵词》，辑入《明词汇刊》。存词五十五首。

1.《续修四库全书总目提要》：

凡五十阕，驳杂不纯，雅俗随意，至若混以曲语，不合声律，则明人大抵如此，未可专责于斯一人也。然其悼亡、别离诸作，一往情转，转不觉其俗滥。明人之词，不必苛论，若于斯者，自可留备一家也。

《休庵词一卷提要》

吴鼎芳

吴鼎芳（1583—1636）字凝父，吴县（今江苏苏州）人。年四十削发为僧，名大香，号唵呓。居乌程霞幕山。吴鼎芳为诗萧闲简远，有出尘之致。与乌程范讷有《披襟唱和集》。著有《云外录》。存词六十六首。

1. 徐士俊：

似欲拦宋人词入元人曲。（评〔解佩令〕“梧桐篱落”）

《古今词统》卷十

2. 沈雄：

传称吴凝父好游，每在莫釐、缥缈两峰间，数十日仅得一二绝句。先辈风流，应不似时人浪费笔墨也。词止小令三十首，极浓艳而又刻入，载《唵呓》集。

《古今词话·词评》下卷引

3. 邹祗谟：

“郎似凤凰桥下月，妾似初三十八潮。”同此谐妙，无此楚恻。（评〔送入我门来〕《闺怨》）

《倚声初集》卷十四

4. 王士禛：

“莺滑柳丝黄”，《花间》隽语。（评〔醉公子〕《好梦》）（卷二）

首句似“枕痕一线红生玉”。（评〔惜分飞〕《睡起》）（卷七）

《倚声初集》

施绍莘

施绍莘（1581—1640）字子野，号峰泖浪仙，华亭（今上海松江）人。少负俊才，因屡试不第，遂留连山水，放浪声色。明万历间，营家园于泖溪，又营精舍于西佘，极烟波花药之美。时陈眉公居东佘，管弦书画，兼以名童妙伎，来往嬉游，故自号浪仙。善音律，平生所作以词曲为最著名。慕宋“张三影”所作乐府，把所作命名为《花影集》，卷五为词。赵尊岳裁其词，题为《秋水庵花影词》，辑入《明词汇刊》。存词一百九十首。

1. 陈继儒：

夫曲者，谓其曲尽人情也。诗人人可学，而词曲非才子决不能。子野才太俊，情太痴，胆太大，手太辣，肠太柔，心太巧，舌太纤，抓搔痛痒，描写笑啼，太逼真，太曲折。当其志敞意得，摇笔如风雨，强半为旁人掣去，或写素屏纨扇，或题邮壁旗亭，或流播于红绡丽人、黄衣豪客之口，而犹未睹子野之大全也。今《花影集》一出，上至王公名士，下至马卒牛童，以及鸡林象胥之属，皆咄咄吁骇，想望子野何如人也。购善本、换新声，掷饼金斛珠，当不吝惜，岂特为“三梦”、《四声猿》之畏友而已乎？

《秋水庵花影集序》（《秋水庵花影集》卷首）

2. 顾乃大：

吾友施子野氏，娴雅绝伦，风流自赏，夙称博物，兼负情痴。既篆蠹以时亲，复雕虫之旁涉，新声惊座，佳制盈笥。爰缮芸笺，命名《花影》。盖以彩分江令，雪压巴人，非关墨妙笔精，独出骚心赋手。比物连类，托兴肖形。或醒尘劳，或伤迟暮。或千秋凭吊，临水登山；或一室晤言，炙香煮茗。或诉长门有恨，或怜翠阁无聊。巾藻淋漓，芍药赠佳人南国；管华璀璨，葡萄倾公子西园。况夫春水绿波，秋园红树，清商缓奏，酸拍停催，魂销残月晓风，梦断黄芦苦竹。三秋一日，能无采葛之赓；千里寸心，曷已离鸿之唱。肠疑绣簇，字比珠圆。教坊谱入琼笙，乐府名题黄绢。其险邃似桃迷秦涧、桂被蜀岩，别构奇观，杳无俗状；其娟秀似孤山万树，楚畹数丛，谷中弱态离披，溪畔冰痕清浅；其骈冶似平泉杏闹、金谷草熏，鹦鹉竹帘，胭脂零乱，鸳鸯腻浦，香雾溟蒙，银烛高烧，忽其秋千遥送，瑶台空扫，却因蟾魄重窥；其绵惋又似贞娘墓古、妃子亭荒，依然细碧交加，率尔老红如雨，毵毵啼露，淡淡筛烟，倚残照以无言，随暮鸦而低堕，总之非空非色，疑假疑真。擢月姊之精神，绘成殊艳，借天孙之杼柚，幻出灵葩。彤管、玉台，方斯蔑矣；《金荃》、《兰畹》，自谓过之。况大雅寖湮，元徽逾邈，涂膏乞馥，奚啻滥觞。龙豕承鱼，仍惭本色。惟兹敷以蕙质，濬自纨襟，前无古而后无今，华于朝而秀于夕，尘飞叶落，绿珠巧叶，鸾丝征嚼，宫含碧玉，香生莺舌，几欲郁轮袍嗣响，堪为铁绰板解嘲。翩翩柳宠花娇，冉冉月来云破。聊附马山人逸事，不负张郎中之后身。咄哉！歌苑功臣允矣。词坛宗主，敢藉斯编而不朽。

《秋水庵花影集序》(《秋水庵花影集》卷首)

3. 顾胤光：

子野弱冠好词，即工词，积十余年而不靳公诸同调，以《花影》名集，则命意远矣。盖词不难填实而难使虚，而花之弄影，妙香色之俱空；词不难琢巧而难写生，而影之取花，妙即离之双遣；词不难繁音之噪耳，而难柔致之感物，而影晕花，花筛影，妙妩媚之无骨，而参差之善随。以子野词拈作“花”观，两字欢愁，皆嫣红而惨绿也；百态离合，疑笑情而泣雨也。以子野词拈作“影”观，趣横景移，得意在精神之摹写也；思微香寂，幽赏在澹漠之领会也。以子野词拈作“花影”观，脂气净扫，冷韵逼人，杳焉作罗浮仙子想，则横水之一枝也；娇痴欲绝，如雨后烟初，真堪一字一金屋，则临镜之睡醺也。当年铁板，谁唱千秋绝调，则百尺松涛响秋月也；旧日纤腰，齐裾一时情语，则千条柳线摇春风也。若乃寻幽盟，咏孤芳，三径高韵，素琴无弦，依稀东篱晚香之微有傲态；更或宜红牙，可雪儿，移刻度字，周郎微顾，仿佛乐栏烘日之争含胜情。至如愁冷江皋，芙蓉池面，烟迷洛浦，水仙凌波，沉香微醉，调扶芳艳，俱来寿阳妆开，句并清扬共婉。暮雨梨魂，灯下题纨扇之无恩；日移春梦，纱窗谱高唐之有约。似此引类属情，拈思取镜，宛尔开合，不禁万斛才情，从花影逗漏少许耶。子野有种情多，一切愁缘病缘，大半根花缘得。居平含宫嚼徵、引商刻羽，半生苦心此道，是能脱尽宋元粉墨习气，而独自登坛作飞将军者。雨阁云窗，胆瓶曲几，写乌丝付家乐部，兴到命青衣添沉水，进小玉卮名酒，偕解人子夜征欢，则"云破月来"之句，不负自许张三影身后矣。

《秋水庵花影集序》(《秋水庵花影集》卷首)

4. 沈士麟：

(《花影集》) 艳句淋漓，藻色飞动。予捧读良久，心花皆开，拍案叹曰：嗟乎！予所行世，不过一时尘言，而子则千秋慧业，岂不仙凡霄壤，尚敢轻置一喙哉！虽然，惟子野知我，亦惟我知子野。子野词章高妙，人人所知，然予以为正非子野本色也。子野外服儒风，内总梵行，其于世间色相，一切放下，高栖山谷，眦睨今古，视富贵如浮云、功名若苴土，即至山水烟霞、文章句字，亦如梦花泡影，过眼变灭。但其性灵颖慧，机锋自然，不觉吐而为词，溢而为曲，以故不雕琢而工，不磨涤而净，不粉泽而艳，不穿凿而奇，不拂拭而新，不揉摛而韵。盖直出其绪余，玩世弄物，彼其胸中，宁有纤毫留滞者哉！即其命名"花影"，而其意固已远矣。予之知子野者，始得之文彩之外、章句之先，若区区语其藻艳而已，则名笺酒翰，路口成碑，俊舌歌莺，青楼偷谱，谁不知之，而何取于问序于予？安见余之为知子野也？予惟是速了热业，转受冷趣，他时分得子野草堂半榻，当以性灵为师，梵贝为课，赋咏著述亦多休却。子野此时靡词艳语，亦请一切报罢，我正恐其机锋四出，技不胜痒，指尖毛孔皆蒸蒸然，不得太平也。

《秋水庵花影集序》(《秋水庵花影集》卷首)

5. 李葵生：

施、沈纤秾，方追秦、柳。(《兰皋明词汇选序》)(卷首)

福人少慧，慧人少福，以予阅世，往往而同。读子野词，想见其风流。真可谓福慧双入者矣。然而玉台早赴，金屋空关，花月文章，徒作西佘一梦耳。(评〔望海潮〕《早春即事》)(卷八)

《兰皋明词汇选》

6. 胡应宸：

顾宋梅尝与余言：词以艳冶为正则，宁作大雅罪人，弗学老成，带出经生气。词至《花影》，旖旎极矣，吾辈独痛删之。所存皆定情一种者，良以词之视曲，其道甚远，词之去曲，其界甚微，又不能不为词家守壁耳。(卷一)

子野风情，不减柳七。其作艳词，不无笔笔添毫，那管风魔了人也。(卷二)

读《花影》词者，难以此相推。读余辈所选《花影词》者，尤难以此相推也。(评〔满江红〕《旅况》)(卷六)

《兰皋明词汇选》

8. 顾璟芳：

刘、杨、王诸家，为一代词手，尚矣。他若陆文裕之高华，董遐周之工艳，沈君鹿之幽凉，眉道人之萧散，周白川清和而调高，夏玉樊秀媚而善感，大樽寄意题外，琼章情在景中，古堂、蕊园孤奇别俗，浪仙、雪馆冷艳袭人，类烁宋熔元，独标风雅。

浪仙虽长流艳，若此坚朗，正自不乏。披《花影》者，毋专以绮丽相推可耳。(评〔满江红〕《旅况》)

《兰皋明词汇选》(卷六)

9. 孙执升：

顾宋梅常言词以艳冶为正则，宁作大雅罪人，弗带经生气。词至施子野《花影集》，旖旎极矣，宋梅独痛删之。良以词之视曲，其道甚远，词之去曲，其界甚微，又不能不为词家守壁耳。

沈雄《古今词话·词话》下卷引

10. 王昶：

施子野绍莘，居松江之佘山，筑小园，有半闲精舍、春雨堂、无梦庵、诗境、散花台、太古斋、霞外亭、三影斋、罨黛楼、语花轩、旁室轩、蕉雨轩、西清、茗寮、众香亭、秋水庵、聊复轩、妍稳阁，极山水花竹之胜。又有歌童，善三弦者曰停云，善琵琶者曰响泉，善头管及挡筝者曰秋声，善箫笛者曰永新，善摘阮吹笙者曰松涛、霓裳。每作小词一解，辄使歌之。（然子野长于度曲，词非所长，终是外道。观其论词云：不难丽而难新，不难宛而难尖。可知其未识雅音者。）

《西崦山人词话》卷一

11. 王初桐：

施子野营精舍于西佘，与东佘陈眉公管弦徵逐，兼以名童妙妓嬉游，自号浪仙。其词名与鹤窗相为辉映。马词名《花影集》，施亦名《花影集》，又有新安张山来之词亦名《花影集》，当时随声附和如此。

《小嫏嬛词话》卷三

12.《四库全书总目》：

是集前三卷为乐府，后二卷为诗余，多作于崇祯中。大抵皆红愁绿惨之词，所谓亡国之音哀以思也。

《花影集提要》（《四库全书总目》卷二百）

13. 陈廷焯：

浪仙词风流凄楚，却不淫慢，胜马鹤窗多矣。浪仙词虽凄秀，而格不高，不惟不及宋金元诸家，且不及明初伯温辈，并不及永乐以后用修、元美诸家，词至是愈趋愈下。浪仙词绝不高，在当时便算高手，词亡矣，我如何不哭。

浪仙词尚有可取，长调则不免庸软，故不录。（评〔浣溪沙〕“半是花声半雨声”）

情致尽有。凄秀。（评〔菩萨蛮〕“春深加信心情恶”）

是月夜。丽而不淫。（评〔浣溪沙〕“如镜窥妆逗小楼”）

结语有笔力，有景色，有气象，浪仙最高之作。（评〔谒金门〕“春欲去”）

《云韶集》卷十三

14. 陈廷焯：

浪仙词格不高，然小令却间有佳者，较之马浩澜之陈言秽语，固自有别。

“要”字俗恶。结语纤丽。（评〔浣溪纱〕《月夜》）

情韵既深，笔力亦健，浪仙最高之作。（评〔谒金门〕“春欲去”）

《词则·闲情集》卷二

15. 陈廷焯：

词至于明，而词亡矣。伯温、季迪，已失古意。降至升庵辈，句琢字炼，枝枝叶叶为之，益难语于大雅。自马浩澜、施阆仙辈出，淫词秽语，无足置喙。明末陈人中能以秾艳之笔，传凄婉之神，在明代便算高手，然视国初诸老，已难同日而语，更何论唐、宋哉？（卷三）

明代施浪仙《花影词》四卷，卑卑不足道。求其稍近于雅者，不获三五阕。同时马浩澜亦有《花影词》三卷。陈言秽语，又出浪仙之下。而当时并负词名，即后世犹有称述之者，真不可解。（卷六）

词……有有文无质者，刘改之、施浪仙、杨升庵……词中之下乘也。（卷八）

《白雨斋词话》

16. 况周颐：

世讥明词纤靡伤格，未为允协之论。明词专家少，粗浅芜率之失多，诚不足当宋元之续。唯是纤靡伤格，若祝希哲、汤义仍义仍工曲，词则敝甚、施子野辈，偻指不过数家，何至为全体诟病？洎乎晚季，夏节愍、陈忠裕、彭茗斋、王姜斋诸贤，含婀娜于刚健，有风骚之遗则，庶几纤靡者之药石矣。国初曾王孙、聂先辑《百名家词》，多沉著浓厚之作，明贤之流风余韵，犹有存者。

《蕙风词话》卷五

17. 刘毓盘：

《青浦诗传》曰：施子野负隽才，筑精舍于西奈，时陈眉公居东奈，来往嬉游。二家词不同，晚香堂词不作艳语，子野则专学张三影者也。

《词史》第九章

18. 吴梅：

盖明初诸家，尚不失正宗，所可议者，气度之间，终不如两宋。降至升庵辈，句琢字炼，枝枝叶叶为之，益难语于大雅。自马浩澜、施阆仙辈，淫词秽语，无足置喙。词至于此，风雅扫地矣。迨季世陈卧子出，能以秾丽之笔，传凄婉之神，始可当一代高手。此明词大略也。

明有二《花影集》，一为鹤窗，一为施子野也。鹤窗气度春容，不入小家态，子野则流于纤丽矣。

《词学通论》第九章

19. 赵尊岳：

有《花影集》五卷，词一卷。《明词综》谓《花影词》四卷，殊未之见。王兰泉《青浦诗传》谓其少负隽才，作别业于泖上，又营精舍于西佘，极烟波花药之美。而其时陈眉公居东佘，管弦书画，兼以明僮妙伎，故亦自号浪仙。生平慕宋子野郎中所作乐府，遂以《花影》名之，盖明季逸民之流也。词疏俊有余，工力未逮，凡一百九十一首。〔点绛唇〕云："轻雨如丝，小桃收艳深烟里。平芜如地，一片芊绵翠。 隔水高楼，楼上人余醉。醒犹睡，极凄凉处，门掩芭蕉暮。"〔浣溪沙〕云："愁卧寒冰六尺藤，懒添温水一枝瓶。乱鸣啼雨要天明。等得梦来仍梦别，甫能惊觉又残灯。西江别路绕围屏。"〔虞美人〕上半阕云："一帘花影惊风碎，恼得醒还醉。卷帘归燕早黄昏，况是湿云如雾雨如尘。"〔绮罗香〕《赋雨》上半阕云："细不如丝，轻偏抵絮，池馆楼台烟雾。渐渐老梅，青减黄添无数，侵绮席湿带歌霏，上翠袖冷和人舞。最难描、一种凄凉，今宵酒醒打窗处。"均复俊爽，有师南宋处，庶窥见堂室之美备矣。

《惜阴堂汇刻明词提要·秋水庵花影词一卷》(《词学季刊》第一卷第三号)

20. 赵尊岳：

慕宋张三影所作乐府，因以花影名词，盖明季逸民一流也。词则疏俊有余，功力未逮，亦一时风会所趋已。

《秋水庵花影词跋》(《秋水庵花影词》卷后)

21. 赵尊岳：

然最怪者，台阁学人，忠义士女，多有佳作。独所谓夏威名、隐山林之韦素，其词未必能工。如祝枝山、徐文长、唐六如、陈眉公、施子野之俦，咸复甚负时誉高尚王侯，著述宏博，然凡所为词，几均不足一观，而一时人士多目此数家为宗工，风行草偃，明词环振，亦其一端也。

《惜阴堂汇刻明词记略》(《明词汇刊》附)

22.《续修四库全书总目提要》：

集后所附诗余，全落明人纤屑巧小之习，无当大雅，吾人存而不论可也。

《花影集五卷提要》

周永年

周永年（1582—1647）字安期，吴江（今江苏吴江）人。诸生。少负才名，工诗文。以博洽著名。晚遭乱，居吴中西山，未几而卒，年六十六。著诗累万首，信笔匠心，不以推敲刻钬为能事。著有《邓尉圣恩寺志》、《吴都法乘》及《怀响斋集》。存词十首。

1. 沈雄：

安期师以博洽著名，冢宰白川之孙，固世其家学者。虞山钱牧斋师所撰《列朝诗选》，从中补辑亦多。所著《词规》未竟，无后而废。剩有《怀响斋词》，如"宿雨揩磨新月色，晚风抬举好花枝"，新艳如是。

《古今词话·词评》下卷

2. 周铭：

君当启、祯间，与钟伯敬、谭友夏以诗文高唱一时。尤工为香奁体，而其词幽倩秀折，一往而深，不独旖旎之为工也。

《松陵绝妙词选》卷二

吴究

吴究（生卒年不详）字鲁于，号詹所。武进（今江苏武进）人。明万历二十八年（1600）举人。著有《山居杂著》。存词四首。

1. 邹祇谟：

吴鲁于孝廉能诗善书，筑墅南郭，尽泉池涧石亭台花竹之胜。小词潇洒绝俗，自比稼轩。有和稼轩〔卜算子〕词云："性懒不衣冠，地僻无车马。谁与山翁作往还，五月披裘者。　高枕石为床，剧饮盆为瓦。不让羲皇已上人，五柳先生也。""倦放林逋鹤，懒策山公马。千尺长廊水一方，犹羡舟居者。　地僻藓侵阶，屋老松生瓦。门外人来问主人，山水之间也。"

《远志斋词衷·补遗》

2. 王昶：

吴詹所究孝廉能诗，善书，筑墅南郭，尽泉池涧石、亭台花竹之胜。又以邑南郭茶山路为延陵季子遇披裘公处，因构祠祀之，并以己像列于侧。撰《绿蓑庵记》，谓"西塞山前"一调，如江风海雨，槭槭生齿牙。至所琢小词，潇洒绝俗，自比于稼轩。

《西崦山人词话》卷一

吴有涯

吴有涯（生卒年不详）字茂申，明天启七年（1627）举人，崇祯间选授金坛教谕，迁平阳知县。晚年得暗疾。存词四首。

1. 周铭：

先生晚地暗疾，赍志没身，故多悲咽之调，凄凉心事，有不尽发于言语间者，正不必阮咸神解，始足按部就班也。

《松陵绝妙词选》卷二

沈自晋

沈自晋（1583—1665）字伯明，一字长康，号西来，晚号鞠通生，吴江（今江苏吴江）人。沈璟侄。诸生。明亡，隐居不仕。沈自晋善度曲，精于音律。著有《南词新谱》。存词二首。

1. 周铭：

鞠通精于曲律，其词宫商悉合，与世之涂抹者自异。

《松陵绝妙词选》卷二

黄道周

黄道周（1585—1646）字幼平（一作幼元，又作幼玄），一字螭若，又字细遵，号石斋，一号逃雨道人，漳州镇海（今福建漳浦）人。明天启二年（1622）进士。改庶吉士，授编修，为经筵展书官。崇祯初，任右中允、少詹事。曾三疏劾重臣，受贬至江西，又谪戍广西。福王监国，拜礼部尚书。南京陷，拥立唐王聿键为隆武帝。唐王以为武英殿大学士，自请出兵北伐，至婺源，为清兵所俘，不屈而死。谥忠烈，乾隆时改谥忠端。《明史》卷二百五十五有传。黄道周学贯古今，工书善画，以文章风节高天下。著有《石斋集》、《黄忠端公全集》等。赵尊岳裁其词，题为《黄忠端公词》，辑入《明词汇刊》。存词二首。

1. 丁绍仪：

前明董文敏其昌、黄忠端道周，才华学业，炳耀千秋，间亦涉笔为词。忠端《吴江舟中读雪堂新诗寄钱尔斐》〔满江红〕云："大研停书，谁似尔、玄徽高寄。把银河曳练，宝幢涌地。青鸟衔笺来阆苑，朱鱼结佩传仙字。忆长干、小巷驻霜蹄，曾摇辔。　早无意，搴赤帜。慵开眼，翻金柜。但谢安高卧，灌夫直视。且喜榻穿身尚健，从知韦绝心逾细。更钓鳌、海上瞰沧洲，调香饵。"见《石斋逸诗》。……《明词综》漏未采入，转收阮大铖平仄不协之〔减字木兰花〕，未免去取失当。

《听秋声馆词话》卷八

2. 赵尊岳：

全集附载〔满江红〕两词，校之不尽合律。忠端生平大节卓著天壤，即文章、法书，亦大家名世。余事为词，固不止此数，集中盖得自辑存，散佚必多矣。即此二词，盘空倔强，风骨骞举，雅似涪翁。忧国愤时之感，随寓而发。又有〔西江月〕一首，未入遗集，兹并补辑。盖忠贞翰墨，传播未广，片纸只字，亦几于隋珠和璧矣。

《惜阴堂汇刻明词提要·黄忠端公词一卷》(《词学季刊》第一卷第三期)

3. 赵尊岳：

全集附载〔满江红〕二词，校之不尽合律。忠端生平大节卓著天壤，即文章、法书，亦大家名世。余事为词，当必不止此数，集中盖得自辑存者，风骨健举，略似山谷，而“空城立帜”、“高贤代匮”等句，忧国愤时之志，有随寓而发者。

《黄端忠公词跋》(《黄端忠公词》卷后)

顾同应

顾同应（1585—1626）字仲从，号宾瑶，昆山（今江苏昆山）人。顾绍芳子，顾炎武父。少补郡学诸生，七试不售，两中副榜。为人谦让淳简，诺敦行义。初为举子业时，与同邑诸生结遗清堂社，其文海内传之。后诗文遭毁不存。清顺治间陈济生辑有《药房集》和《秋啸集》。存词七首。

1. 胡应宸：

吊旧伤今，离离如诉，有情人应解相思死也。（评〔满庭芳〕《离情》）

《兰皋明词汇选》卷六

2. 潘游龙：

仲从词最新脆，惜不多见。（评〔浪淘沙〕《秋怨》）

《精选古今诗余醉》卷七

3. 王昶：

顾仲从同应，颖敏好学，工诗文，所著有《药房》、《秋啸》等集。其词都取六朝丽字，而更加以翦刻，品在杨升庵之下。荆南潘鳞长游龙云：仲从词最新艳，惜不多见。

《西崦山人词话》卷一

4. 陈廷焯：

情词凄婉。抑扬顿挫，真是合作。（评〔浪淘沙〕“生小弄冰弦”）

《云韶集》卷十三

沈自继

沈自继（1585—1651）字君善，号宝威，别号碍影居士，吴江（今江苏吴江）人。沈琉次子，明诸生。明亡隐居平邱。著有《平邱集》四种。存词七首。

1. 周铭：

君善词多集唐人句为之，非强记深思不能至也。若其转换自然，无复补缀之迹，虽使秦黄再起，殆无以过。

《松陵绝妙词选》卷一

陈龙正

陈龙正（1585—1645）字惕龙，号几亭。嘉善（今浙江嘉善）人。师事高攀龙。明崇祯七年（1634）进士，授中书舍人。左迁南京国子监丞，键门著书。南明福王时召为祠祭员外郎，不就。南都陷，呕血死。《明史》卷二百五十八有传。著有《几亭全书》，词附。赵尊岳裁其词，题为《几亭诗余》，辑入《明词汇刊》。存词八首

1. 赵尊岳：

词八首附于篇末，广平一赋，媲美先后。

《几亭诗余跋》（《几亭诗余》卷后）

2. 赵尊岳：

理学家往往托迹大儒，力屏声教，初不知考亭之每多秀句，鲁斋之亦继慢声也。明代之以理学称者，若丘仲深、薛应旂、陈龙正、陆桴亭诸家，卓然名世，然亦均有词附集以传。且其流美之情，正不亚于广平之梅花作赋。用是可以证小儒迂拘之执，见贤者冲雅之情已。

《惜阴堂汇刻明词记略》（《明词汇刊》附）

董斯张

董斯张（1586—1628）字然明，号遐周，自号瘦居士，乌程（今浙江湖州）人。监生。少负隽才，多与名士结社赓唱。身体多病而嗜书，年未四十而卒。著有《静啸斋词》和《广博物志》等。存词四十七首。

1. 胡应宸：

遐周流艳工巧，是其所长。（评〔菩萨蛮〕《闺情》）（卷二）

遐周以尖丽胜人，而此复带旷致，固其变调。（评〔鹊桥仙〕《感悟》）（卷三）

《兰皋明词汇选》

2. 顾璟芳：

此君最工于字脚，须看其叶韵法。（评〔醉公子〕《除夜》）（卷一）

刘、杨、王诸家，为一代词手，尚矣。他若陆文裕之高华，董遐周之工艳，沈君鹿之幽凉，眉道人之萧散，周白川清和而调高，夏玉樊秀媚而善感，大樽寄意题外，琼章情在景中，古堂、蕊园孤奇别俗，浪仙、雪馆冷艳袭人，类烁宋熔元，独标风雅。（卷六）

《兰皋明词汇选》

3. 徐士俊：

遐周所得六朝镜铭，未及此词妖丽。（评〔减字木兰花〕“谁能消受”）（卷五）

善学辛幼安。（评〔鹊桥仙〕“名姬骏马”）（卷八）

《古今词统》

4.《柳塘词话》:

浔上董遐周与周永年、茅维为词友。周有《怀响斋词》，茅有《十赉堂词》，而遐周词并不随人口吻。陈黄门大樽谓其风流调笑，情事如见者也。

沈雄《古今词话·词评》下卷引

5. 邹祇谟：

遐周词每自出新意，风流调笑，真觉情事如见。（评〔减字栏花〕《荡桨》）

《倚声初集》卷五

6. 邹祇谟：

善学辛稼轩。（评〔鹊桥仙〕《感悟》）（卷十）

“杜诗韩集愁来读，似倩麻姑痒处搔”，读遐周词亦然。（评〔蓦山溪〕《田家》）（卷十四）

《倚声初集》

7. 周铭：

遐周自浔阳先生以来，世居浔溪，为吾邑极西，故他选中往往有借入吴兴者。若遐周之词，拟之古人，则长吉之诗也。镂心钵骨，有独辟之异境，至其闺帏斗艳，黛笔蓉笺，不似他家徒作空中语耳。

《松陵绝妙词选》卷二

8. 王初桐：

陈黄门谓：董遐周风流调笑，情事如见。

《小嫏嬛词话》卷三

阮大铖

阮大铖（1587—1646）字集之，号圆海，又号石巢、百子山樵。怀宁（今安徽怀宁）人。明万历四十四年（1616）进士。天启间为都给事中，依附魏忠贤，陷害东林党人，为士林所不齿。福王时，为兵部侍郎，擢兵部尚书。清兵渡江，走金华，寻降清。《明史》卷三百零八卷有传。阮大铖颇有才华，诗文俱佳，尤善词曲。所作传奇有十余种，诗文有《咏怀堂集》，词附。赵尊岳裁其词，题为《咏怀堂词》，辑入《明词汇刊》。存词四首。

1. 徐釚：

阮光禄大铖，固是江令一辈人，所著《燕子笺》、《春灯谜》杂剧，梨园子弟争唱之。尝作〔减字木兰花〕云："春光渐老。流莺不管人烦恼。细雨窗纱。深巷清晨卖杏花。　眉峰双蹙。画中有个人如玉。小立帘前。待燕归来始下帘。"其温丽不减和凝。

《词苑丛谈》卷五

2. 陈廷焯：

阮胡子乃阿谀谄媚小人，而小词却精秀似宋人。（评〔减字木兰花〕"春光渐老"）

《云韶集》卷十三

3. 吴梅：

南词歌讴，遍于海内；白苧新奏，盛推昆山。宁庵吴歈，蚤传白下；一时才士，竞尚侧艳。美谈极于利禄，雅情拟诸桑濮，以优孟缠达之言，作乐府风雅之什。小虫机杼，义仍只工回文。细雨窗纱，圆海惟长绮语。好行小慧，无当雅言。

《词学通论》第九章

贺彦登

贺彦登（生卒年不详），丹阳（今江苏丹阳）人。明万历年间岁贡，著有《松溪集》、《野言集》。存词一首。

1. 邹祗谟：

清扬容裔以启黄公，亦犹左车之于珂月，而有正变之别。

《倚声初集》卷四

卓发之

卓发之（1587—1638）字左车，仁和（今浙江杭州）人。明天启中，尝侨寓南京。工词。著有《漉篱堂集》。存词七首。

1. 王士禛：

左车词尚骏逸，颇有宋人风味。至珂月而格调尖新，语意缳侧，极词家之变态矣。

《明词综》卷四引

2. 陈廷焯：

婉丽自如。情调之妙尚合于古。（评〔菩萨蛮〕“小玉楼前风雨急”）

《云韶集》卷十三

3. 周庆云：

好倚声，〔菩萨蛮〕《赋落花》云：“小玉楼前风雨急。春光一霎都狼藉。桃叶与桃根，谁家最断魂。　尊前回首望。昨夜花成浪。总是雨收时。月明空满枝。”王渔洋云：“左车词尚骏逸，颇有宋人风味。”

《历代两浙词人小传》卷五

杨嗣昌

杨嗣昌（1588—1641）字文弱，武陵（今湖南武陵）人。明万历三十八年（1610年）进士。历任杭州府学教授，迁南京国子监博士、户部郎中。天启三年（1623）受阉党排挤，引疾归里。崇祯元年（1628），起为河南副使，加右参政。后升任右佥都御史，巡抚永平、山海关诸处，以知兵闻名朝野。累官至礼部尚书兼东阁大学士。以督师围剿张献忠，失败自杀。《明史》卷二百五十二有传。杨嗣昌博涉文籍，与公安派袁宏道、袁中道兄弟，竟陵派钟惺等人皆有诗文酬答。工笔札，诗文奇僻，著有《杨文弱集》、《杨文弱先生集》、《武陵竞渡略》、《野客青鞋集》、《地官集》等。

1. 谈迁：

总督杨文岳嗣昌出师，榜缉剧寇张献忠，画二人头，书〔西江月〕词一首，曰："此是谷城叛贼，两个狗命垂亡。兴安平利走四方，四下天兵赶上。　逃去改名换姓，单身黑衣逃藏。军民人等绑来降。玉带锦衣升赏。"此词遍粘通衢，可笑甚矣。

《北游录·纪闻》

胡文焕

胡文焕（生卒年不详）字德父，号全庵，又号抱琴居士。明万历间人。诗文词曲，无所不通。万历中设文会堂于杭州，广刊四部典籍，并手辑杂著数十种，梓以行世，名曰《格致丛书》。赵尊岳据其所编《游览粹编》中辑出其词，题为《全庵诗余》，辑入《明词汇刊》。存词十九首。

1. 李葵生：

曲尽惊喜之态。不惊不喜。（评〔菩萨蛮〕《偶作》）

《兰皋明词汇选》卷二

2. 陈廷焯：

绝世声情。情词凄感入神。（评〔一剪梅〕“云叶银床落井柯”）

《云韶集》卷十三

3. 赵尊岳：

词十四首，虽未臻纯熟，意境正复不恶。〔临江仙〕云：“闻道春归犹未信，试从郭外闲游。”此亦深谙作法者也。〔菩萨蛮〕云：“东风日日飞轻絮。鹧鸪拂羽催春去。去了几时来，梅花陇上开。”则亦甚有理解者也。〔鹧鸪天〕云：“须信人生似夕曛，也知富贵等浮云。”以人生喻夕曛，亦新颖可玩。盖全庵于词虽不工，而濡染者深，故以声永言，犹不致堕入魔障，何当更为汇诗，合之成完璧也？

《惜阴堂汇刊明词提要·全庵诗余一卷》（《词学季刊》第二卷第一号）

4.《续修四库全书总目提要》：

凡十四阕，词多平庸浅俗，殊无可取。文焕于万历中设文会堂于杭州，广刊四部典籍，并手辑琴谱、古器具、名诗家，汇选诸书，又手辑杂著数十种，合梓行世，曰《格致丛书》，并彰彰在人耳目。其词虽劣，自可存备一家也。

《全庵诗余一卷提要》

潘有功

潘有功（?—1635）字金城，又字臣伯，吴江（今江苏吴江）人。明天启二年（1622）进士，授中书舍人。升兵部车驾司主事，迁职方司员外郎，晋本司郎中。擢陕西布政司参议，摄关内守道事，卒于官。存词十首。

1. 周铭：

潘词不多见。其西湖十咏，偶得之故纸中，后有自跋数语，真杰构也。因叹潘去今五十六年，残编断墨，飘落于零烟蔓草中，殊可怅惋。此予今日选辑之微意也。

《松陵绝妙词选》卷一

叶绍袁

叶绍袁（1589—1648）字仲韶，号天寥，吴江（今江苏吴江）人。明天启五年（1625）进士，授南京武学教授，转国子助教，升工部虞衡司主事。配沈宜修宛君，工诗。夫妇唱和，吴中艳称佳话。乙酉之变，弃家为僧。著有《天寥道人自撰年谱》、《续谱》、《年谱别记》、《甲行日注》。词集名《迁聊集》。存词十三首。

1. 江尚质：

叶天寥水部词，偶见其〔浣溪沙〕云："银粉画云干蝶梦，绣针抛雨湿鹃愁。""冶笑博开双脸白，春愁不上小眉青。"先辈遂有此新艳过人之句。其词三十三首，名《迁聊集》。

沈雄《古今词话·词评》下卷引

2. 周铭：

叶词如秋桐滴露，清丽欲绝，一门风雅，至今未坠，固吾邑人文之冠也。

《松陵绝妙词选》卷一

3. 王初桐：

叶绍袁词名《迁聊集》，新艳过人，见《梅墩词话》。

《小嫏嬛词话》卷三

4. 丁绍仪：

宋时词学盛行，然夫妇均有词传……至元时赵文敏、管夫人，明时杨升庵、黄夫人，林子羽、张红桥，叶仲绍、沈宛君，沈君庸、张倩倩，闺房酬唱，世艳称之，此外亦不多觏。

《听秋声馆词话》卷八

5. 陈去病：

公所著本富，惜尽亡佚，莫由窥其全豹。兹特从《半不轩留事》、《秦斋怨》、《词苑丛谈》、王《词综》辑得数首，真瑰宝也。

《笠泽词征》卷五

高濂

高濂（生卒年不详）字深甫，号瑞南，钱塘（今浙江杭州）人。明万历年间在世。曾任鸿胪寺官，后隐居西湖。高濂为戏曲名家，有传奇《节孝记》、《玉簪记》二种，此外，尚有散曲小令十余支、套曲十余套，散见于《南词韵选》、《南宫词记》、《吴骚合编》、《词林逸响》诸书。亦工诗词，著有《雅尚斋诗草》二集二卷。赵尊岳裁其词，题为《芳芷楼词》，辑入《明词汇刊》。存词二百零五首。

1. 沈璟：

高深甫词，独出清裁，不附会于庸俗者。

沈雄《古今词话·词话》下卷引

2. 王初桐：

明词如商毅庵之明净，王介人之深俊，陈眉公之潇洒，高深甫之独出心裁，顾东桥之承平气象，尚有可观。

《小嫏嬛词话》卷三

3. 廷焯：

曲曲传出，画不出来。结二字妙绝。（评〔惜分钗〕“桃花路”）

《云韶集》卷十三

4. 周庆云：

工填词，沈词稳称其词“独出清裁，不附会于庸俗”。〔西江月〕《题情》云：“有恨不随流水……”夜韵幽秀。

《历代两浙词人小传》卷五

5. 赵尊岳：

（明）中叶而后，曲令渐繁，贤者所乐，据形移步，于是值者日繁，传者较罕，拈笔托兴，徒尚浮华，鄙语村谈，俯拾即是。

虽高深甫、陈大声、徐文长诸名辈，两擅胜场，分镳竞爽，而一时风令所被，斯道为之不尊。

《惜阴堂明词丛书叙录》(《明词汇刊》附)

沈宜修

沈宜修（1590—1635）字宛君，吴江（今江苏吴江）人。山东副使沈珫女，工部主事、同邑叶绍袁妻。幼擅文翰，好吟咏。生三女皆兰心蕙质，能诗善词。绍袁偃蹇仕宦，跌宕文史。宜修与三女相与题花赋草，以诗词自娱。自二女先后去世，遂病不起。著有《鹂吹集》二卷，卷二为词。赵尊岳裁其词，题为《鹂吹词》，辑入《明词汇刊》。存词一百九十首。

1. 叶绍袁：

诗词清丽，文致淹雅。

《百日祭亡室沈安人文》（《鹂吹集附》）

《兰皋明词汇选》

2. 沈雄：

《午梦堂集》，沈宜修字宛君，一女名纨纨，字昭齐，有《愁言集》。一女名小鸾，字琼章，有《返生香词》。其宛君〔浣溪纱〕云："淡薄轻阴拾翠天。细腰柔似柳飞绵。吹箫闲向画屏前。　诗句半缘芳草断，鸟啼多为杏花残。夜寒红露湿秋千。"其纨纨〔浣溪沙〕云："几日轻寒懒上楼。重帘低控小银钩。东风深锁一窗幽。　昼永半消春寂寂，梦残独语思悠悠。近来长自只知愁。"其小鸾〔南柯子〕《秋思》云："门掩瑶琴静，窗消画卷闲。半庭香雾绕阑干。一带淡烟江树，隔楼看。　云散青天瘦，风来翠袖宽。嫦娥眉又小檀弯。照得满阶花影，只难攀。"〔虞美人〕《残灯》云："深深一点红光小。薄缕微烟袅。锦屏斜背汉宫中。曾照阿娇金屋，泪痕浓。　朦胧穗落轻烟散。顾影浑无伴。怆然午夜漫凝思。恰似去年秋夜，雨窗时。"填词俱富，尽称令晖、道蕴，萃于一门，惜乎天靳之以年也。

《古今词话·词话》下卷

3. 刘仲甫：

娟丽高雅，《鹂吹》为仅，即窈窕之姿，淑令之范，亦于诗词，仿佛如睹，屈指闺流，殆罕其擬矣。

《读叶仲韶午梦堂集感赋》(《午梦堂集》附录)

4.《兰皋明词汇选凡例》：

言情之作，半出名闺，风雅尽然，于词何独不尔。王修微、谢中李，其为情种，盖不必言。外此如徐、如王、如沈，以至松溪二叶，靡不奴视淑真，兄呼清照。

《兰皋明词汇选》卷首

5. 胡应宸：

闺作不患秾婉，所患秾婉之过，太嫌铅粉耳。宛君思弟作有此否？(评〔风入松〕《思君晦》)(卷五)

宛君若带羞涩，反欠老成，何以为琼章地？故宛君正以老成见妙，琼章正以羞涩见妙，各不可强。(卷七)

《兰皋明词汇选》

6. 王昶：

沈宛君(宜修)《鹂吹词》，凡一百九十首，有明一代之词，流传于今者，此为最富。沈君晦自炳序云："幼好文艺，长洽缥缃。吹律之对，早自闻弦；清风之章，夙明往哲。惊才玉立，颖藻风飞。幔卷春风，帘垂夜月。绿苑乌啼，红窗鹦语。闲消宝篆，姑酌金罍。砚贮瑠瓈，笔开翡翠。秦嘉远宦，宝钗明镜之书；崔女光容，白雪桃花之咏。韵蓊瑶华，词霏云露。"沈君庸自徵序云："台前镜里，偏多踯躅之怀；绿水芳丛，恒如摇落之感。阶除移半甓之影，烛花垂一寸之灺。触绪兴思，动成悲惋。香笺盈泪，彩笔余辛。奚必回轸陨涕，闻笛伤心。"其情致如此。所作清新婉丽，直可与青田、升庵相伯仲。

《西崦山人词话》卷二

7. 丁绍仪：

宋时词学盛行，然夫妇均有词传……至元时赵文敏、管夫人，明时杨升庵、黄夫人，林子羽、张红桥，叶仲绍、沈宛君，沈君庸、张倩倩，闺房酬唱，世艳称之，此外亦不多觏。

《听秋声馆词话》卷八

8. 陈廷焯：

沈宛君词凄切有味，升淑真之堂。

凄艳之词。（评〔浣溪沙〕“秋薄轻阴拾翠天”）

曲曲描出娇憨之态。如见其人。（评〔浣溪沙〕“袖惹飞烟绿鬓轻”）

感慨不胜。无限哀感，不仅以句调见长。（评〔望江南〕“河畔草”）

《云韶集》卷十三

9. 陈廷焯：

描摹入画。（评〔浣溪沙〕“袖惹飞烟绿鬓轻”）

《词则·闲情集》卷二

10. 雷瑨：

沈宜修字宛君，吴江虞部叶绍袁夫人，有《午梦堂集》，中有〔踏莎行〕一阕，自序云：“‘春思翻教阿母疑’，余以为破瓜之年，亦何须疑，直是当信耳。作问疑字词，戏示琼章。”“芳草清归，梨花白润，春风又入昭阳鬓，绣窗日静绮罗闲。金钿二八人如蕣。　碧字题眉，细香写晕，青鸾玉线裙榴衬。若教阿母不须疑，妆台试向飞琼问。”（卷一）

吴江沈宛修女士宜修《鹂吹词》中，“古今流水愁南浦。浦南愁水流今古。清浅棹人行。行人棹清浅。　问谁凭去信。信去凭谁问。多恨怯裁歌。歌裁怯恨多”，又云“曲阑凭遍看漪绿。绿漪看遍凭阑曲。流水去时愁。愁时去水流。　井梧疏叶冷。冷叶疏梧井。横笛晚舟轻。轻舟晚笛横。”诸作亦佳，因并录之。（卷三）

《闺秀词话》

11. 赵尊岳：

词宛约妍媚，一如其人。凡一百九十首。兹撰录一二断句。〔浣溪沙〕云："人去河梁生寂寞，燕归帘榭自呢喃。"又云："细雨自留金钿梦，野花偏衬玉骢骄。"又云："半渚西风催怨叶，一天落日送归笳。"又云："杨柳丝摇春不恋，梨花粉褪月无聊。"又云："竹叶尊清疑匣粉，梨花梦冷入香篝。"均宛转敏妙，金闺心致，曲曲写来，灵心慧业，洵非幸致。亦有娇健者，如〔踏莎行〕："驿路迢迢，离情寸寸，双鱼几度无真信。不将休想再相逢，此生拚却愁销尽。"〔乌夜啼〕："树影长留夕照，优花不似春情。断肠时候难重省，忽忽暗愁生。"诸阕均微喻重、拙之意义者。

《惜阴堂汇刻明词提要·鹂吹词一卷》(《词学季刊》第一卷第三号)

12. 陈声聪：

明代闺襜之词颇盛，如杨慎之聘室黄氏，赵宧光之室陆卿子，叶绍袁之室沈宜修，张立平之室叶小鸾，林鸿之室张红桥，乃至名伎如马守贞、王修微等，王昶《明词综》中所列，将及百人，皆有词，虽停当有余，而出色者少。……旧时妇女，足不出户，依人为活，除了攀花折柳，惜别伤春，尚有何物可以自由抒发耶？

《读词枝语》

杨士修

杨士修（生卒年不详）青浦（今属上海市）人。客居吴江（今江苏吴江）。著有《湖上楼稿》。存词一首。

1. 周铭：

杨君赋情幽冶，艺兰啜茗，终日晏如，所著《湖上楼稿》，有风人之遗则，小词其剩技也耳。

《松陵绝妙词选》 卷一

沈同治

沈同治（生卒年不详）字汝兴，吴江（今江苏吴江）人。存词三首。

1. 周铭：

汝兴词缠绵幽艳，纤丽无匹。正如入鲛人之室，铢丝寸缕，总不类人间机杼。

《松陵绝妙词选》卷一

庞秉道

庞秉道（生卒年不详）字道卿，号斗华，吴江（今江苏吴江）人。有《人籁篇》。存词一首。

1. 周铭：

庞翁为玉尹先生（霦）之祖，眉寿硕德，为吾邑重望，其词排奡有骨，好自轶于绳墨之外。兹之所录，皆其柔媚婉折，闯秦、黄之堂奥者也。

《松陵绝妙词选》卷一

沈自徵

沈自徵（1591—1641）字君庸，吴江（今江苏吴江）人。沈璟侄，负才任侠，然累困场屋。明崇祯二年（1629），客河北永平军中，为朝中当权者诱执袁崇焕。五年，在歙县结“红叶社”。十三年，以贤良方正荐，不就。尝娶同邑才女张倩倩为妻。沈自徵工词曲，有杂剧《渔阳三弄》，传奇《翠屏山》、《耆英会》等。赵尊岳自本集中裁其词，题为《君庸先生词》，辑入《明词汇刊》。存词十三首。

1. 周铭：

君庸少负不羁，终于坎壈，所传《渔阳三弄》，其自寓也。读其词，所谓感慨悲歌，出于其性者哉。

《松陵绝妙词选》卷一

2. 丁绍仪：

宋时词学盛行，然夫妇均有词传……至元时赵文敏、管夫人，明时杨升庵、黄夫人，林子羽、张红桥，叶仲绍、沈宛君，沈君庸、张倩倩，闺房酬唱，世艳称之，此外亦不多觏。

《听秋声馆词话》卷八

李天植

李天植（1591—1672）字因仲，明亡后改名确，易字潜初，号蜃园，平湖（今浙江平湖）人。明崇祯六年（1633）举人。性萧散，绝意仕进。筑蜃园，与名士啸咏其中，学者称蜃园先生。明亡后，遁迹龙湫山，自称龙湫山人，以童学自给，又号“村学究”、“老头陀”。数十年不入城市。家赤贫，以绩棕鞋易食，拒人接济，颓然终老。卒后，私谥介节先生。著有《蜃园集》。赵尊岳裁其词，题为《蜃园诗余》，辑入《明词汇刊》。存词五首。

1. 赵尊岳：

集附五词，多新亭涕泪之音。其〔唐多令〕《和刘韵》云：“新绿满沧州。孤帆带远流。更甚人、同倚南楼。一片伤心烟雨里，犹记似，别时秋。　华发渐蒙头。相思如旧否。怪江山、不管离愁。二十年前曾载酒，都作了，梦中游。”哀思婉约，词意浑成，易代之悲，行间字里，一一隐现，所谓“风景不殊”者，此真得其神髓，盖庶几方驾南宋名手之所为矣。

《惜阴堂汇刻明词提要·蜃园诗余一卷》（《词学季刊》第一卷第三号）

张倩

张倩（约 1592—1625）字倩倩，吴江（今江苏吴江）人。士人沈自徵妻。自徵少年裘马，京师塞外，长游不归。倩倩食贫幽居，抑郁憔悴，三十四岁而卒。工诗词，然不自珍，成篇即弃。存词三首。

1. 沈宜修：

倩倩亦自工诗词，作即弃去……词则有〔忆秦娥〕云：“风雨咽。鹧鸪啼碎清明节。清明节。杏花零落，闷怀千叠。　情悰依旧和谁说。眉山斗锁空愁绝。空愁绝。雨声和泪，问谁凄切。”〔浣溪沙〕云：“几日轻阴冷翠绡。起来慵把柳眉描，春情无奈困人娇。帘外锦鸪啼恨絮，天边征雁寄书劳。小窗闲拨篆芸烧。”又〔蝶恋花〕云：“漠漠轻阴笼竹院。细雨无情，泪湿霜花面。试问寸肠何样断。残红碎绿西风片。　千遍相思才夜半。又听楼前，叫过伤心雁。不惯天涯人去远。三生缘薄吹箫伴。”此阕则丙寅寒夜与余谈及君庸，相对泣作也。其才情如此，岂出李清照下？惜乎断香零玉，不能成帙，使世知有徐淑、蔡琰也。

《表妹张倩倩传》（《鹂吹集下》）

2. 毛大瀛：

吴江沈君庸自徵，作〔灞亭秋〕、〔鞭歌伎〕二剧，浏漓悲壮，其才不在徐文长下。乃其妻亦才女也，尝有《寄外》词云：“漠漠轻阴笼竹院。细雨无情，泪湿霜花面。试问寸肠何样断。残红碎绿西风片。　千遍相思才夜半。又听楼前，叫过伤心雁。不恨天涯人去远。三生缘薄吹箫伴。”调寄〔蝶恋花〕。张名倩倩。

《戏鸥居词话》

3.《填词集艳》：

吴江张倩倩，适同邑沈自徵，负才任侠，所著《霸亭秋》、《鞭歌伎》、《簪花髻》词三出，名《渔阳三弄》，与徐文长并传。倩倩有〔忆秦娥〕云：“风雨咽。鹧鸪啼破清明节。清明节。杏花零落，闷怀千叠。　情悰依旧和谁说。眉山斗锁空愁绝。空愁绝。雨声和泪，问谁凄切。”倩倩艳色清才，年才三十四殁，遗香仅存一二。

《词苑萃编》卷七引

4. 王昶：

张倩倩，沈君庸室，卒年三十四，无子，以宛君女瑶章为女，生平亦工诗词，作即弃去，瑶章为记其〔忆秦娥〕、〔浣溪沙〕、〔蝶恋花〕三阕，宛君为之作传，因附存之。

《西崦山人词话》卷二

5. 丁绍仪：

宋时词学盛行，然夫妇均有词传……至元时赵文敏、管夫人，明时杨升庵、黄夫人，林子羽、张红桥，叶仲绍、沈宛君，沈君庸、张倩倩，闺房酬唱，世艳称之，此外亦不多觏。

《听秋声馆词话》卷八

顾若璞

顾若璞（1592—1681）字和知，钱塘（今浙江杭州）人。上林署丞顾友白女，文学黄茂梧妻。若璞生而夙慧，幼娴诗书，能古文辞。早寡，以节孝著。著有《卧月轩集》。存词十首。

1. 周铭：

小词字字婉媚，得花间之神者。

《林下词选》卷三

2. 王昶：

顾若璞字和知，钱塘人，上林署丞顾友白女，黄东生妇。东生早卒，二子皆和知教之也。有《卧月轩诗（稿）》，如"袖里月团三百片，碧桃花下试清泉"，亦佳句也。词有《减字木兰花·月夜闻沈媚清夫人吹箫作》、《玉楼春·晚春三桥看月作》。

《西崦山人词话》卷二

徐𤊹

徐𤊹(1570—1642)字惟其，又字兴公，闽县(今福建福州)人。徐熥之弟。博闻多识，工文，善草隶、诗歌。明万历间，与曹学佺主闽中诗坛，积书数万卷。以布衣终。著有《鳌峰集》二十八卷，词附。存词十四首。

1. 谢章铤：

明季闽县徐𤊹、徐熥兄弟竞爽。……𤊹以博洽闻，插架甚富，丹铅历落，至今流传，尚为世宝。所著有《笔精》、《榕阴新检》等书……《明词综》载其〔望江南〕云："城上角，吹动薜萝烟。别意难忘灯下约，归期空向梦中传。消息杳如年。　孤馆客，今夕不成眠。万井寒砧敲夜月，数声黄叶坠秋天。人在碧云边。"清脆可诵。惜其《鳌峰集》不得见也。

《赌棋山庄词话》卷五

刘侗

刘侗（1593？—1636？）字同人，号格庵，黄州麻城（今湖北麻城）人。明崇祯七年（1634）进士。除吴县知县，赴任途中死于扬州，年四十四。为生员时，因“文奇”被人奏参，与谭元春、何闳中同受降等处分。作品风格幽深孤峭。与于奕正合撰《帝京景物略》。存词一首。

1. 王士禛：

同人《帝京景物》一书，诠志奥轶，为善长《水经注》之继，填词是其余技，亦非纤宕者可比。

《明词综》卷六引

王彦泓

王彦泓（1593—1642）字次回，金坛（今江苏金坛）人。恭简公王樵孙，王历昌子。穷年力学，屡困场屋，以岁贡为华亭县学训导，卒于官。少有文名，博学好古，喜作艳体小诗。著有《疑雨集》。存词五首。

1. 邹祗谟：

贺黄公《词筌》云：次回喜作艳语而工，《疑雨》诸集，见者沁入肝脾，俚俗为之一变，几于小元白云。词不多作，而善改昔人词，殊有加毫颊上之技。旧作“红绒上半索，绣满鞋儿雀”，此仅刻划其纤，改语则见其晢而直矣，尤阿堵中语也。且雀不可以红绒绣，乃以绒绣雀于红裙上乎？亦改语为是。词中最贵警语，有以一句擅场、一字增价者，次回所改旧作，类能自出新意，为古人点睛画颊。黄公复善为之阐发，即谓之次回、黄公之词可也。

《倚声初集》卷四

2. 贺裳：

王次回喜作小艳诗，最多而工，《疑雨集》二卷，见者沁入肝脾，俚俗为之一变，几于小元白云。词不多作，而善改昔人词，殊有加豪颊上之臻。如《秋千》改徐文长云：“多娇最爱鞋儿淡。有时立在秋千板。板已窄棱棱。犹余三四分。　一钩浑玉削。红绣帮儿雀。休去步香堤。游人量印泥。”

《皱水轩词筌·补遗》

3. 王士禛：

次回艳情诗数百篇，刻画声影，有义山、致光所未到者。二词亦香奁之逸藻也。（评〔满江红〕《忆》）

《倚声初集》卷十五

4. 王初桐：

王次回善改昔人词，殊有加毫颊上之致。

《小嫏嬛词话》卷三

5. 陈廷焯：

次回《疑雨集》，风气扫地，实诗中之妖。词不多作，而凄秀之神，绵丽之气，尚不过于荒淫也。憔悴可怜，令人神往。

《云韶集》卷二十五

6. 陈廷焯：

次回《疑雨集》，钩魂摄魄，极尽香奁能事，真诗中之妖也。词附见集中，如此篇亦可谓凄丽矣。（评〔满江红〕“眼角眉端”）

《词则·闲情集》卷二

支大纶

支大纶（1534—1604）字华平，嘉善（今浙江嘉善）人。明万历二年（1574）进士，由南昌教授擢为泉州府推官，官终奉新县知县。著有《华苹词》一卷。存词二首。

1. 李葵生：

幽细。（评〔蝶恋花〕《梳罢晓妆屏上倚》）

《兰皋明词汇选》卷四

2. 周庆云：

有《华苹词》一卷，小令风调娟秀。〔山花子〕云："枫叶霜催暮色残。相思人在碧云间。何处琼箫吹月下，倚阑干。　梦断雨声鸡塞远，愁移花影凤楼寒。莫恨王孙消息断，万重山。"

《历代两浙词人小传》卷五

范守己

范守己（生卒年不详）字介儒，洧川（今河南洧川）人。明万历二年（1574）进士。官至按察使佥事。著有《御龙子集》、《郢垩集》、《吹剑集》。词存《郢垩集》中，赵尊岳裁其词为《吹剑诗余》，辑入《明词汇刊》。存词五首。

1. 顾璟芳：

用得新。（评〔忆秦娥〕《次朱淑真韵》）

《兰皋明词汇选》卷二

2.《续修四库全书总目提要》：

仅五首，并和前贤之韵，〔大江东去〕用苏东坡韵，〔满江红〕用武穆韵，〔忆秦娥〕、〔眼儿媚〕并次朱淑真韵，〔虞美人〕次何仲默韵。仲默，大复字也。步和旧韵，偶一为之，原无不可，今每首次韵，自不免于补凑。且仅五阕，其不以词重明矣，录以备一家耳。

《吹剑诗余一卷提要》

沈静专

沈静专（生卒年不详）字曼君，自号自慰道人。吴江（今属江苏）人。沈璟女，沈宜修从妹，诸生吴昌运妻。工诗词。著有《适适草》一卷，词附。存词八首。

1. 周铭：

其诗词多激烈之音。

《林下词选》卷三

季来之

季来之（1594—1667）原名应申，字大来，号绮里。泰州东台（今江苏东台）人。明崇祯十五年（1642）举人。师事伯祖季存海，殚心理学，得泰州学讹派之传。日聚学者，讲论圣贤载道之书。甲申国变，遂潜居一楼，禁足不下。十余年服明人服，不剃发。著书盈筐，亦不以示人。及仇家闻之，乃逃绝尘俗，终身不复出。赵尊岳裁其词，题为《季先生词》，辑入《明词汇刊》。存词二首。

1. 赵尊岳：

遗集附二词，盖赞百岁周少溪父子者。

《惜阴堂汇刻明词提要·季先生词一卷》（《词学季刊》第一卷第三号）

2. 赵尊岳：

大来先生苦行卓节，所恨遗书勿传。得此一脔，亦庶足仰窥纯儒之风于万一乎。

《季先生词跋》（《季先生词》卷后）

沈自友

沈自友（1594—1654）字君张，吴江（今属江苏）人。山东巡抚沈珣子，承父荫，入国子监。著有《绮云斋稿》，存词二首。

1. 周铭：

沈词如回风拂柳，舞燕穿帘，红妆粉队，想见当年豪举。

《松陵绝妙词选》卷二

王屋

王屋（1595—？）字孝峙（初名畹，字兰九），嘉善（今浙江嘉善）人。少尝佣书，过目成诵，即能诗文。邑诸生顾艾荐于魏大中，魏叹赏其诗，命诸子以兄事之。魏罹难，王屋作长歌哭送，随护千里。著《草贤堂词笺》、《蘖弦斋词笺》、《蘖弦斋杂笺》。存词六百四十四首。

1. 王屋：

辞者，诗之余也。王生之词，王生之诗之余也。作诗二十年，人莫得其要。一日出其余，而人遽艳之，物顾上其余哉。

《草贤堂词笺自序》（《草贤堂词笺》卷首）

2. 钱继登：

孝峙词壮拔雄荡，拍高岑肩，挤而下之，尚矣。其为词，爽籁四发，如渐离筑，如弥正平鼓，然其为情致之语，泥泥曲尽，秦七、柳三当逊之。盖出入宋元诸词人中，掉臂独行，不求伴侣者也……其遇古今忠孝侠烈之事，高吟蜂发，血从笔流，气从笔出，渊渊作金石之声，盖古今之至性豪举，陈同父、辛幼安之流亚也。幼安诗词气味深老，人但知其为词场名宿，然观其帅荆南与同父谭东南形胜，胸中经画，宁减吟《梁父》之隆重叟哉？深山鹧鸪一阕，愀乎有眷怀宗国之悲焉。孝峙深心雄抱，不得遇时大展，而发为歌词，间以余闲，涉猎计然之七策，□□数奇，多诎诎亦自喜，盖胸中有奇郁块垒，无聊而漫试其英雄成败之意，得驾而为幼安，蓬藁而为孝峙，其为才人之致一也。夫士苟无悠悠之意，其为文章行谊必无以越流俗而追古人。孝峙词云：最爱浮萍飘寄，官河不属人。其意念闲远可想见矣。及其观其酒言、时兴诸阕，雄快劲彻，庄周、管乐自许矣。

《草贤堂词笺序》(《草贤堂词笺卷首)

3. 朱彝尊：

孝峙以诗受知魏忠节，因与忠节一门群从和酬。诗类刘改之，词学辛幼安。

《静志居诗话》卷十九

4. 周庆云：

有《草贤堂词》十卷，风神淡远。

《历代两浙词人小传》卷五

5. 赵尊岳：

明代亡国时，词人特多，尤极工盛，以视南宋末年，几有过之，殊无不及。且煌煌巨著，如曹元方、王屋、曹堪诸家。均积至数百首，更视稼轩、后村为富。而夏存古、陆钰、陈卧子诸作，雄奇凄丽，更夺水云诸贤之席。盖甲申之变，内乱外患，相迫而来，忠义之流，势穷力促，或挥鲁阳之戈(陈、夏均以儒生起义)，或励薇葛之节(陆系国亡后饿死)，而要多托于变徵之音，其人固大节凛然，其词自亦纯金璞玉矣。

《惜阴堂汇刻明词记略》(《明词汇刊》附)

6. 赵尊岳：

夫万崇以降，岩壑士流，复及词事，托旨较精，短调要从婉约见长，长调则虞竭蹶之弊。《湘中》、《茗斋》、《蕊渊》、《草贤》诸作，朱、王祖祢，其在斯乎?

《惜阴堂明词丛书叙录》(《明词汇刊》附)

刘荣嗣

刘荣嗣（？—1638）字敬仲，曲周（今河北曲周）人。明万历十四年（1586）进士。历官户部主事、山东参政、顺天府尹、户部右侍郎、工部尚书，因治理运河未成，下狱论死，卒于狱中。刘荣嗣性孝友，好宾客，诗文书画，皆卓然名家。著有《简斋集》，词附。赵尊岳裁其词，题为《简斋诗余》，辑入《明词汇刊》。存词十九首。

1. 沈雄：

刘司空忠而被谤，三年请室，故生平多牢落侘傺语，有《简斋集》。人谓其《中秋》〔踏莎行〕，花明而月白者，如其人也。昔人谓陈简斋《无住词》语意超绝，可摩坡仙之垒。吾于刘简斋亦云然。

《古今词话·词评》下卷

2. 邹祗谟：

曩卢德水评司空诗云："有一种异香，非沉水，非迷迭，如石如玉，不烟不火。"读此词亦复淡写空描，花明玉净，昔人谓陈简斋《无住词》语意超绝，可摩坡仙之垒，仆于《简斋集》亦云。（评〔踏莎行〕《中秋》）

《倚声初集》卷十

3. 王士禛：

司空忠而被谤，三年请室，故寄托多牢愁侘傺之词。（评〔醉落魄〕《九日》）

《倚声初集》

4. 陈廷焯：

饶有神致。情景都不泛。（评〔长相思〕"山悠悠"）

《云韶集》卷十三

5.《续修四库全书总目提要》：

凡十八首。〔踏莎行〕云："此身虽在亦堪惊，长才未展嗟空老。""桃源流水浪痕香，柴桑丛菊霜华晓。"〔青山湿〕云："江南倦客，不堪重听，高柳哀蝉。"〔木兰花〕："身同病柏树头枝，发似摧根霜下草。"〔捣练子〕云："日暮天凉人落寞，砌间虫语伴孤吟。秋老花黄宵更永，可能不醉倚阑干。"皆集中可诵之句也。然浅鄙之处亦不少，如〔青山湿〕云："笑时同笑，闲时同闲。"〔一剪梅〕云："身在园中，园在书中，刚是春风，又是秋风。"一篇之内，前后不伦，雅俗任心，瑕瑜互见，明人词集，往往如此也。

《简斋诗余一卷提要》

释正岩

释正岩（1597—1670）字豁堂，号菽庵，又号藕渔，又作耦余，晚称南屏隐叟，仁和（今江苏南京）郭氏子。出家灵隐寺。诗画俱优，山水师元四家。着有《同凡草》，词存集中。赵尊岳裁其词，题为《豁堂老人诗余》，辑入《明词汇刊》。存词十八首。

1.（继昌）李佳：

王容溪〔如梦令〕云："林下一溪春水。林上数峰岚翠。中有隐居人，茅屋数间而已。无事。无事。石上坐看云起。"豁堂〔点绛唇〕云："来往烟波，十年自号西湖长。秋风五两。吹出芦花港。　得意高歌，夜静声初朗。无人赏。自家拍掌。唱得青山响。"二词极写得冲澹之致，读之令人置身尘表。

《左庵词话》卷上

张岱

张岱（1597—1679）字宗子，又字石公，号陶庵，又号蝶庵居士，山阴（今浙江绍兴）人。出身仕宦之家，而一生未仕。少时生活优裕，落拓不羁，放情山水，爱好戏曲音乐。清兵南下，披发入山，隐居著书。著有小品文集《陶庵梦忆》、《西湖寻梦》及诗文集《琅嬛文集》等，词附集中。赵尊岳裁其词，题为《陶庵诗余》，辑入《明词汇刊》。存词十七首。

1. 赵尊岳：

词虽未合法度，而清才逸思，时露故国之思。

《陶庵诗余跋》（《陶庵诗余》卷后）

陈洪绶

陈洪绶（1599—1651）字章侯，幼名莲子，一名青岸，晚年自称老莲。诸暨（今浙江诸暨）人。明诸生。明崇祯十五年（1642）召为中书舍人，入内廷临摹历代帝王图像。南明鲁王授翰林待诏，隆武帝召为监察御史，皆不赴。明亡后，入绍兴云门寺为僧，自号悔迟。以卖画自活。《清史稿》有传。工书画，花鸟山水，无不精绝。著有《宝纶堂集》，词附。赵尊岳裁其词，题为《宝纶堂词》，凡二十八首。辑入《明词汇刊》。后又据龙榆生家藏旧本补辑陈词九首，题为《宝纶堂佚词》。存词三十八首。

1. 陈去病：

此词（〔鹧鸪词〕）似歌似谣，似乐府，似涕泣，似醉呓。庶几所南《心史》之文云。

《五石脂》

2. 赵尊岳：

陈章侯以六法名海内，而词亦潇洒，翛然尘表。初章侯为国子监生，崇祯中召为中书舍人，国变遂削发为僧，字悔迟。所画兼公麟、子昂之妙。追老去侘傺无聊，每会必饮，饮必尽醉，又必有所作，随意挥洒，散失多矣。词凡二十九首，并南北曲四首，颇多清刚之气，胜于同时笠翁、澹心诸人。间患失律拈韵，则明人治词，固不尚此也。〔南乡子〕云：“湖上恋多年。剩水残山更可怜。重过主人呼燕燕，春天。猿留鹃泣馆老莲。　生日桂丛前。白石青松闻此言。归路红巾骑白马，闲钱。置我西泠一钓船。”又有句云：“异国老夫难适意。”则家国之思，亦复见诸言表。其饶有思致者，卜算子〔乞花〕云：“无力买名花，难向人家讨。画幅桃花士女图，换了人家好。”纯乎出诸自然，虽微蹈明疲之习，要尚不失伤于词格者也。

《惜阴堂汇刻明词提要·宝纶堂词一卷》(《词学季刊》第一卷第三号)

3. 赵尊岳：

诗词并潇洒，翛然尘表，惟律以词格，终一间未达耳。

《宝纶堂词跋》(《宝纶堂词》卷后)

王泰际

王泰际（1599—1675）字内三，嘉定（今上海）人。明崇祯十六年（1643）进士。明亡，北望号恸，与同年黄淳耀约偕隐。后黄氏兄弟以身殉国，泰际以养亲故，遁迹故庐。构堂三楹，曰“寿砚堂”，自号砚存老人。闭户著书，足迹不入城市，四十年如一日。卒年七十七岁。门人私谥贞宪先生。著有《冰抱集》。存词一首。

1. 况周颐：

明王泰际〔浪淘沙〕云：“多应身在翠微间。归看双鸾妆镜里，一样春山。”由无情说到有情，语怨而婉……乙酉兵乱，淳耀兄弟并以身殉。泰际以亲故，遁迹故庐，构堂三楹，曰寿砚。自号砚存老人，闭户著书，足迹不入城市……内三先生固深于情者，宜其能为情语也。

《蕙风词话》卷五

卢维桢

卢维桢（生卒年不详）字瑞峰，号水竹居士，漳浦（今福建漳浦）人。明隆庆二年（1568）进士。由吏部主事历考功、文选郎中，擢光禄寺卿，累迁至工部右侍郎。以忤当道，上疏致仕。卒赠户部尚书。著有《瑞峰集》，词存集中。赵尊岳裁其词，题为《瑞峰诗余》，辑入《明词汇刊》。存词四首。

1.《续修四库全书总目提要》:

仅〔千秋岁引〕、〔醉春风〕、〔临江仙〕、〔感皇恩〕四首，并为题赠祝寿之作，非可以词学论也。存以备考而已。

《瑞峰诗余一卷提要》

王濬初

王濬初（生卒年不详）字启哲，山阴（今山西山阴）人。大学士王家屏子，明万历十三年（1585）举人，以父荫为内阁中书舍人，迁户部主事、柳州知府，未赴任告归，闭户著书。著有《薇垣小草》，词存集中。赵尊岳裁其词，题为《薇垣诗余》，辑入《明词汇刊》。存词四首。

1.《续修四库全书总目提要》：

仅〔应天长〕、〔杏花天〕、〔南乡子〕、〔风入松〕四首，〔南乡子〕云："家住在南洲。烟树云山映碧流。那更百花开处好，幽幽。无数红芳槛外浮。　乐事与谁畴，拟共佳宾一醉游。乘兴来时乘兴去，休休。投辖还需十日留。"尚有雅旷之致，若以精深妙远论之，不足观矣。

《薇垣诗余一卷提要》

徐熥

徐熥（1561—1599）字惟和，闽县（今福建福州）人。明万历十六年（1588）举人，尝撰《晋安风雅》，自洪武、永乐迄万历，甄采闽人诗，至二百六十余家，可与邓氏《闽诗正声》、陈氏《三山诗选》并传。《明史》卷二百八十六附徐𤊹传。著有《幔亭集》，词附。赵尊岳裁其词，题为《幔亭词》，辑入《明词汇刊》。存词二十二首。

1. 赵尊岳：

词十七首，亦雅饬不失典型。〔阮郎归〕云："愁云残雪满燕关。深闺频倚阑。镜中谁与画春山。啼痕损玉颜。　憎画舸，怨雕鞍。郎行何日还。湘江千古泪潺潺。谁留竹上斑。"〔传言玉女〕下半阕云："沉木香酣，倚熏笼，肠万结。绿波春草，记去年离别。那忍春光，又见梨梢飞雪。褪尽铅华，镜中妆靥。"风致楚楚，为能循宋贤之涂辙以求精进者矣。

《惜阴堂汇刻明词提要·幔亭词一卷》（《词学季刊》第一卷第三号）

方于鲁

方于鲁（生卒年不详）初名大激，以字行，改字建元。原籍歙县（今安徽歙县），徙居新都（今安徽休宁）。精于制墨、造笺，性嗜学，诗词俱佳，惜为制墨之名所掩。著有《方建元集》，词附。赵尊岳裁其词，题为《佳日楼词》，辑入《明词汇刊》。存词十首。

1. 赵尊岳：

万历时布衣，以制墨名于时，丸值兼金。上自符玺圭璧，下至杂佩，凡三百八十五式，刊成图谱，上呈乙览。又精于造笺，尝以百花香露和墨自作长笺。诗词之名，乃为其技所掩。有《方建元集》传世，词十首附焉。词笔亦芊丽醇雅。〔临江仙〕云："小市桥横堪系马，双溪水暖浮鸥。青帘风亚酒垆头。垂杨当户牖，芳草带烟流。　千里故人鸡黍约，百钱挂杖登楼。竹林把臂及春游。无嗟逆旅客，且作醉乡侯。"〔阮郎归〕上半阕云："画眉人去若为欢，秋风衣带宽。盈盈一水待更阑，新妆今又残。"均细腻可诵，知其技之不仅在制墨、制笺也。

《惜阴堂汇刻明词提要·佳日楼词一卷》（《词学季刊》第一卷第三号）

沈际飞

沈际飞（生卒年不详）字天羽，江苏昆山（今苏州）人。明崇祯年间在世。有《沈评〈草堂诗余〉》和《词谱》问世。存词十四首。

1. 邹祗谟：

沈天羽《别集》一选，自谓有捶肠镂肾之妙。吾最喜其“意致相诡，言语妙天下”数语，为诗余开却生面。近如嵇叔子、尤展成、许有介、王山长诸集，类皆瓌姿逸颖，体裁别出。然亦有刻意纤僻，臻离本旨，如芜阴张渌渔、云间朱宗远、楚中许漱石、赵友沂诸君，不无奇过得庸、深极反浅之病。岷源滥觞，不得不归咎于“别集”二字。

《远志斋词衷》

2. 王士禛：

济南女郎琅玕有句云：“自怜身似杨花，愿向天涯情死。”与此语同意，反各极妙致。（评〔虞美人〕《春晓》）

《倚声初集》卷九

3. 李葵生：

若不甚怨，而怨正深，是工于怨者。（评〔虞美人〕《春晚》）（卷三）

读天羽词时，觉曲气芳艳乃其所长，高雅则未也。（卷五）

几与《洛神赋》、《丽人行》不作两样看。（评〔风流子〕《美人》）（卷八）

《兰皋明词汇选》

4. 丁绍仪：

杜于皇、沈天羽、李笠湖辈，街谈里语，填塞满纸，乃自诩为意新句奇，是诚词家之蠹，其窃名一时，幸哉。

《听秋声馆词话》卷九

张杞

张杞（生卒年不详）字迂公。黄陂（今湖北武汉）人。著有《和花间词》。存词九首。

1. 沈际飞：

张杞《和花间集》，凡四百八十七首。篇篇押韵，未免拘牵，字字求新，亦饶生凿，惟〔甘州遍〕“鸿影又被战尘迷”一句差胜。

沈雄《古今词话·词品》上卷引

2.《词统》：

西蜀南唐而下，独开北宋之垒，又转为南宋之派，《花间》致语，几于尽矣。黄陂张迂公，得起而全和之，使人不流于庸滥之句，谓非其大力与？

沈雄《古今词话·词评》下卷引

3. 王士禛：

绝调不可强拟，近张杞有《和花间词》一卷，虽不无可采，要如妄男子拟遍《十九首》与《郊祀》、《铙歌》耳。

《花草蒙拾》

4. 王昶：

张迂公杞有《和花间集》，卓人月珂月《词统》中妄称之云：西蜀南唐而下，独开北宋之垒而又转为南宋之派，《花间》致语，几于尽矣。迂公起而全和之，使人不流于庸滥之句，谓非其大力欤？（余谓此瞽说也。）邹程邨祗谟云：迂公首首赓韵，不免生凿。（方为定论）良然。

《西崦山人词话》卷一

费元禄

费元禄（生卒年不详）字无学，一字学卿，铅山（今江西铅山）人。为诗歌落笔数千言，尤爱慕贤士，构馆于晁采湖上。著有《晁采馆清课》、《甲秀园集》、《转情集》等。存词一首。

1. 邹祗谟：

无学才名卓荦，晚而以疾废。人道有《半鳏赋》、《转情集》诸篇。读此词，固知非忘情绮语者。（评〔贺新郎〕《暮春》）

《倚声初集》卷二十

程可中

程可中（生卒年不详）字仲权，休宁（今安徽休宁）人。明万历年间在世。家贫，为童子师，借书夜读，遂博学能为诗文。遍游天下名山大川，将卜筑雨花台下，未果而卒。著有《程仲权文集》、《程仲权诗集》，词附。赵尊岳裁其词，题为《程仲权词》，辑入《明词汇刊》。存词二十三首。

1. 陈廷焯：

“卷帘”七字精秀。（评〔浣溪沙〕“复道悬空踏翠微”）

《云韶集》卷十三

2. 赵尊岳：

词二十二首，轻清骀荡，盖咏槐饮园二十二景者。有云：“浮蚁渐呼家酿酒，蟠虬半老手栽松。”“隔岸幽禽窥醉客，浸波软草润华茵。”有云：“蠹简近沾芸草润，龙涵深闷玉光浮。”“岸卉妆红临宝镜，帘风吹绿弄冰纨。”“几曲洞天玄钥闭，半庭晚照紫阑生。”要均名贵可诵也。

《惜阴堂明词汇刻提要·程仲权词》（《词学季刊》第一卷第三号）

3. 赵尊岳：

虽属题咏酬应之作，要亦轻清骀荡，足资籀讽者已。

《程仲权词跋》（《程仲权词》卷后）

傅冠

傅冠（生卒年不详）字元甫，号寄庵，进贤（今江西进贤）人。明天启二年（1622）年一甲第二名进士。授翰林院编修，历侍读、中允、谕德、祭酒、少詹事、詹事，掌翰林院。崇祯十年（1637），拜礼部尚书兼东阁大学士，进文渊阁。唐王时，命督师江西。清兵至，被执，在汀州就义。《明史》卷二百六十四有传。著有《宝纶楼集》。赵尊岳裁其词，题为《宝纶楼词》，辑入《明词汇刊》。存词六首。

1. 赵尊岳：

遗著《宝纶楼全集》，词六首附。亦有婉丽者，〔临江仙〕下半阕云："收拾余香肠欲断，断云残雨难休。休将密约付东流。流光应转盼，盼想使人愁。"此以每句之首一字，连上句之末一字为别裁，而清新可诵。大臣擅词翰者，求之于宋，同叔、君实，此亦其遗派矣。

《惜阴堂汇刻明词提要·宝纶楼词一卷》（《词学季刊》第一卷第三号）

陆钰

陆钰（生卒年不详）字真如，海宁（今浙江海宁）人。明万历四十六年（1618）举人。改名莐谊，字忠夫，晚号退庵。九上春官不第，键户著书，足不入城市。甲申遭变，隐居贡师泰之小桃源。未几绝食十二日卒。著述颇丰，惜皆烬于火。赵尊岳裁其词，题为《射山诗余》，辑入《明词汇刊》。存词四十八首。

1. 况周颐：

射山间涉侧艳，洎乎晚节，敻然河岳日星，乌又以词定人耶？

射山词，〔虞美人〕云："可怜旧事莫轻忘。且令三年无梦到高唐。"余甚喜其质拙。〔一斛珠〕云："挑灯且殢同君坐。好向灯前、旧誓重盟过。"〔醉春风〕云："泪如铅水傍谁收，记记记。却正烦君，盈盈翠袖，拭英雄泪。"〔一络索〕云："一尊衔泪向人倾，拚醉谢、尊前客。"皆佳句。

《蕙风词话》卷五

2. 况周颐：

陆钰，字真如。万历戊午举人，改名莐谊，字忠夫，晚号退庵。甲申乙酉遭变，隐居贡师泰之小桃源。未几，绝食十二日卒。其词曰《陆射山诗余》。陆宏定，字紫度，真如公次子，高洁不仕，其词曰《凭西阁长短句》。皆清隽高浑，与明词纤庸少骨者不同。

《眉庐丛话》

3. 赵尊岳：

词三十九首，蕙风簃获传钞本，题孙式熊钞存各家小传，盖未有刊本，展转传写以获存者也。蕙风先生欲以授梓而未遑，以贻余。其为词话盛称之，曰："《射山词》间涉侧艳，洎乎晚节，敻然河岳日星，乌可以词论人耶？其〔小桃红〕遏拍云：'终踌躇，生怕有人猜，且寻常相看。’因忆国初人词有云：‘丁宁切莫露轻狂。真个相怜侬自解，妒眼须防。’此不可与陆词并论。词忌做，尤忌做得太过，巧不如拙，尖不如秃。陆无巧与尖之失。”又“〔虞美人〕云：‘可怜旧事莫轻忘，且令三年无梦到高唐。’余甚喜其质拙。”又〔一斛珠〕上半阙：“可应真个，百年心事愁无那。挑灯且嬭同君坐。好向灯前、旧誓重盟过。”〔醉春风〕云：“歌舞筵前味。语笑尊前意。泪如铅水傍随收，记记记。却正烦君，盈盈翠袖，拭英雄泪。　衰鬓看憔悴。心事成离背。玉琴弦绝夜初长，睡、睡、睡。独自怜余，许多情绪，有何人会。”蕙师亦极称之。

《惜阴堂汇刻明词提要·射山诗余一卷》(《词学季刊》第一卷第三号）

4. 赵尊岳：

若再断代言之，同时竞爽，自各极其胜场。十国蕃艳之中，南唐二主独以至情见著。北宋柳缛、贺疏，周雅、秦秀；南宋吴密、姜苍，张俊、周丽；元则遗山天颖，惟以雄胜。明仅二陆沈著可诵。

《填词丛话》卷二

5. 赵尊岳：

明代亡国时，词人特多，尤极工盛，以视南宋末年，几有过之，殊无不及。且煌煌巨著，如曹元方、王屋、曹堪诸家，均积至数百首，更视稼轩、后村为富。而夏存古、陆钰、陈卧子诸作，雄奇凄丽，更夺水云诸贤之席。盖甲申之变，内乱外患，相迫而来，忠义之流，势穷力促，或挥鲁阳之戈（陈、夏均以儒生起义），或励薇葛之节（陆系国亡后饿死），而要多托于变徵之音，其人固大节凛然，其词自亦纯金璞玉矣。

《惜阴堂汇刻明词记略》(《明词汇刊》附）

6. 赵尊岳：

鼎革之际，忠义诸公，投袂束发，或会稷棘之师，或励葛薇之节，济兹多士，孤愤勤王。而缩地南疆，留都已解；颓波海国，闰统垂亡。凄凉激楚，听河满之悲鸣；悱恻缠绵，怯宫声之不返。若陈卧子、夏存古、张元普、吴日生、陆真如诸家，曲雅清雄，别具胜概，可歌可泣，以怨以群，不特敦名节于诗教之间，抑且起正声于俗乐之末。稼轩、同甫，共此才情；《花外》、《草窗》，微嫌刷色。此则厌朱明一朝之国运，亦所以振紫阳奕叶之词林，轩冕文章，从容大节。

《惜阴堂明词丛书叙录》（《明词汇刊》附）

卢象升

卢象升（1600—1638）字建斗，宜兴（今江苏宜兴）人。明天启二年（1622）进士。历大名、广平、顺德兵备，举卓异，进按察使。崇祯二年（1629），募兵入卫京师。九年，清兵入喜峰口，又领兵入卫，改总督山西。十一年，清军大举攻扰内地，象升奉命督师。遇敌，孤军作战，阵亡。福王时追谥忠烈，乾隆四十一年予谥忠肃。著有《忠肃集》，词附。赵尊岳裁其词，题为《卢忠烈公词》，辑入《明词汇刊》。存词七首。

1. 赵尊岳：

遗集附词七首，风格遒上，如《丁丑重九次范希文》〔渔家傲〕起拍云："怪是重阳风雨恶。东篱把菊寒酸作。醉掾当歌吹落帽。皆寂寞。人间漫说登高乐。"遒劲有致。又〔西江月〕《次秦少游》下半阕云："别馆疏棂风细，孤帏绣榻香寒。昔时云雨梦中难。欲觅佳期已晚。"虽涉侧艳，而真率似北宋人语。又〔渔家傲〕换头云："画角一声天地裂。熊狐蠢动惊魂掣。绝影娇骢看并逐。真捷足，将军应取燕然勒。"虽有失韵，雄而不犷，亦神逼稼轩。于以知其深于词也。

《惜阴堂汇刻明词提要·卢忠烈公词一卷》（《词学季刊》第一卷第三号）

2. 赵尊岳：

遗集附词七首，风格婉约。

《卢忠烈公词跋》（《卢忠烈公词》卷后）

沈自炳

沈自炳（1602—1646）字君晦，号闻华，吴江（今江苏吴江）人，明贡生。博学工文词，在复社号为眉目。福王立，献赋阙下，以恩贡授中书舍人，参扬州史可法幕。归与吴易起兵。及败，与弟沈自駉赴水而死。文集不传。存词十八首。

1. 沈雄：

虞山牧斋师语余曰：沈中翰词数阕，最工香奁。其昆仲如君服善诗，君庸善曲，闻之周安期素矣。若其贞性劲节，固不可以柔情艳语测之耳。余应之曰：〔清平调〕起自太白，后遂绝响，至家闻华而始为抗衡。如“凤楼百尺绕垂杨。暗送莺声促晓妆。太液胭脂流不尽，人间来作杏花光”，“春日溶溶春夜阑。风流帝子惜春残。三千歌舞犹不足，令抱琵琶马上弹”，低徊无限，此非仅以宫词传之者。（《词话》下卷）

明初开国如刘文成《春感》……明季中翰如沈闻华《秋怨》……情词凄感更为胜之。自听秋雨后，不敢种芭蕉。信然。（《词辨》上卷）

《古今词话》

2. 朱彝尊：

君晦昆友以词翰闻江左，倚声尤擅场。

《静志居诗话》卷二十一

3. 周铭：

舍人家世清华，一门鼎盛，父子兄弟，皆善词藻，所著诗余，如百宝流苏，光采焕发，惜全稿失传。阮亭先生云：零膏余馥，座间犹留三日香，诚惜之也。

《松陵绝妙词选》卷二

4. 李葵生：

风露娟娟欲滴。（评〔踏莎行〕《秋夜》）

《兰皋明词汇选》卷三

5.《兰皋集》：

闻华中翰之词最工香奁，〔玉楼春〕数阕，此其零膏剩粉，座间犹留三日香者也。其伯仲如君服善诗，一生不作酬应语。君庸善曲，如〔鞭歌妓〕、〔灞亭秋〕诸剧，盛传人口，皆妙绝尘表。若中翰之慷慨殉国，又不可以柔情艳语测之耳。

沈雄《古今词话·词评》下卷引

6. 王昶：

沈君晦自炳，昆弟六人：君善自继、君庸自征、君服自然、君牧自駉、留侯自南，皆有才名，君晦为最，所作诗文，殊有梁、陈间人风致。时吴日生起兵，君晦同弟君牧号召舟师，聚众数千人，屯长白荡。及败，俱赴水死。沈氏自词隐先生璟后，以度曲名家，词非所长，录其一以存其人。

《西崦山人词话》卷二

祁彪佳

祁彪佳（1603—1645）字弘吉，一字幼文，号虎子，山阴（今浙江绍兴）人。明天启二年（1622）进士。授兴化府推官，政绩卓著。崇祯中擢御史，出为苏松巡按御史，乞养归。起掌河南道事。福王时，擢佥都御史，巡抚苏松，为马士英辈所嫉，去官。清军入浙，端坐池中死。唐王时赠少傅、兵部尚书，谥忠敏。清乾隆四十一年谥忠惠。《明史》卷二百七十五有传。祁彪佳诗文词曲均工，文笔严谨整饬，并长于戏剧研究，著有祁忠惠公集。赵尊岳裁其词，题为《祁忠惠公词》，辑入《明词汇刊》。存词七首。

1. 赵尊岳：

小词特多山林逸趣，有合于“心远地偏”之风。其〔水龙吟〕：“闲话风月，凭谁细讨。尽幽人吟余醉倒。村春夜雨，鸡豚晓日，躬耕堪饱。有福消闲，无方医懒，愁眉都扫。五岳游，若待完得婚嫁，此时迟了。”其曰“凭谁细讨”，其曰“尽幽人吟余醉倒”，则特立孤行。众人皆醉之意，已经流露于言外。而〔蝶恋花〕下半阕云：“林畔晚烟平一派……。”则几于朱希真之《樵歌》，乾坤清气，由以得来，怡适之趣，性情具见。明词疲苶，岂其然乎？

《惜阴堂汇刻明词提要·祁忠惠公词一卷》（《词学季刊》第一卷第三号）

2. 赵尊岳：

小词传世乃多山林逸趣，有合于靖节先生“心远地偏”之旨。大凡志节之士与功利之徒，出处或同，蹊径迥别，文章所寄，性情斯在，观于忠惠之词益信。

《祁忠惠公词跋》（《祁忠惠公词》卷后）

曹静照

曹静照（生卒年不详）字月士，宛平（今河北宛平）人。明泰昌元年选良家女入宫，在掖庭二十五年。李自成破北京，随内监刘至南京，开剃为尼。

1. 况周颐：

尼静照，字月士，宛平人，曹氏良家女，泰昌时选入宫。在掖庭二十五年，作宫词五首。崇祯甲申，祝发为尼。〔西江月〕云："午倦恹恹欲睡，篆烟细细还烧。莺儿对对语花梢。平地把人惊觉。有恨慵弹绿绮，无情懒整云翘。难禁愁思胜春潮。消减容光多少。"体格雅近北宋。

《蕙风词话续编》卷二

商景兰

商景兰（1604—1676）字媚生，一字眉生。会稽（今浙江绍兴）人。明崇祯间吏部尚书商周祚长女，适同邑祁彪佳。操翰吟咏，以名德重一时。著有《锦囊诗余》，有《小檀栾室汇刻闺秀词》本，赵尊岳辑入《明词汇刊》。存词五十六首。

1. 周铭：

其诗余声情尔雅，不涉浓艳，自是大方。

《林下词选》卷三

2. 陈廷焯：

情词凄怨，得古乐府之遗。（评〔捣练子〕“长相思”）

《云韶集》卷十三

3. 赵尊岳：

锦囊夫人字媚生，忠惠公室，吏部尚书周祚女。诗余一名《香奁集》，篇什甚富，凡五十六首。清初人辑闺媛之作为《众香集》，甄录不少。全集多雅令可诵，小令〔如梦令〕云：“此地春光如绣。画槛名花依旧。独立悄无言，梅比腰肢还瘦。僝僽。僝僽。林外鸟声拖逗。”又〔临江仙〕下半阕云：“人倚阑干如画里，凉波渺渺堪惊。不知春色为谁增，湖光摇荡处，突兀众山横。”则绮情慧思，宛转如流矣。又〔烛影摇红〕云：“春入华堂，玉阶草色重重暗。寒波一片映阑干，望处如银汉。风动花枝深浅。忽思量、时光如箭。歌声撩乱，环珮丁当，繁华未断。　游赏池台，沧桑顷刻风云换。中宵笳角恼人肠，泣向庭阑远。何处堪留顾盼。更可怜、子规啼遍。满壁图书，一枝残蜡，几声长叹。”虽歇拍少弱，而以朴语写至情，寓家国之感于变徵之音，视莲社诸作，庶几趾美继芬者乎？

《惜阴堂汇刻明词提要·锦囊诗余一卷》(《词学季刊》第一卷第三号)

4. 赵尊岳：

所著《锦囊诗余》一卷，一名《香奁集》，篇什甚富，词亦秀蒨，《众香集》甄录不少。今观集中若〔卜算子〕《春日寓山》、〔生查子〕《春日晚妆》、〔长相思〕《春景》诸阕，并皆雅令可诵。至〔烛影摇红〕阕以朴语写至情，寓家国之感于变徵之音，视莲社诸作，庶几跐美而得之！金闺硕媛，为尤非易易也。

《锦囊诗余跋》(《锦囊诗余》卷后)

吴绡

吴绡（生卒年不详）字冰仙，一字片霞，号素公，长洲（今江苏苏州）人。能诗属文，兼善丝竹，以书画著。著有诗词各一卷，赵尊岳裁其词，题为《啸雪庵诗余》，辑入《明词汇刊》。存词五十六首。

1. 周铭：

词清超高跋，绝无纤媚之态，能见大家举止。

《林下词选》（《词女词抄》卷十引）

2. 赵尊岳：

女史词在宋之李、朱大家，昭昭在人耳目。元代即不多，《林下词选》几难备其家数，而明代订律拈词，闺襜彤史，多至数百人，《众香》一集，甄录均详。（董氏覆印拙藏本，大东书局发行）而笄珈若吴冰仙、徐小淑，烟花若王修微、杨宛之流，所值较丰，又复脍炙人口，视聂胜琼之仅存片玉，严蕊之仅付诙谐，自又夺过之足，资讽籀也。

《惜阴堂汇刻明词记略》（《明词汇刊》附）

刘应宾

刘应宾（生卒年不详）字思皇，沂水（今山东济宁）人。明天启进士。福王时官通政使，降清，为安徽巡抚。后为洪承畴所劾，革职。著有《平山堂诗集》，词附。赵尊岳裁其词，题为《平山堂诗余》，辑入《明词汇刊》。存词八首。

1. 赵尊岳：

韵律多谬，未为合作。然亦有高致者。如〔忆秦娥〕云："见桥路，晨雨濛濛泣如雾。泣如雾，车驰马骤，两难回头。　从今休说梦扬州，肠断瓜洲悲古渡。悲古渡，云里双燕，何时再聚。"又〔东风齐著力〕《咏雪》起拍云："积雪凝寒，短景催昼，报道年华风静。林平落日照寒鸦，玉山一带遥映。"亦尚峥嵘有气势。而就中尚有咏莺粟一题者，亦为词中所罕见，且以之跻于芍药、牡丹之列。明代莺粟甫入境，故人以为异卉，相与观赏，而词中无吸食鸦片事，则其时亦不用以吸食可知矣。此不仅就词以言词，亦足为考据之一助，亦佳事也。

《惜阴堂汇刻明词提要》（《词学季刊》第二卷第一号）

2.《续修四库全书总目提要》：

凡八首，〔木兰花慢〕云："颓然不记出王。"〔长相思〕云："烟云护花朝晤。红粉传，风雨恶。"皆不成词句。〔东风齐著力〕二首、〔水调歌头〕、〔忆秦娥〕、〔临江仙〕诸首，字句生硬，声律淆乱，八首之中，难寻完璧矣。

《平山堂诗余一卷提要》

陆宏定

陆宏定（生卒年不详）字紫度，号纶山，别号蓬叟。陆钰次子。海宁（今浙江海宁）人。九岁能文工诗，与兄陆嘉淑齐名，有“二陆”之称。好交游，与曹秋岳等往来酬唱。一生高洁，不应科举，不肯仕清。所著词集有旧抄本《凭西阁长短句》，赵尊岳据以辑入《明词汇刊》。存词六十一首。

1. 况周颐：

《凭西阁词》，篇幅增于射山，而风格差逊。射山间涉侧艳，洎乎晚节，敻然河岳日星，乌又以词定人耶？

《蕙风词话》卷五

2. 况周颐：

陆宏定，字紫度，真如公次子，高洁不仕，其词曰《凭西阁长短句》。皆清隽高浑，与明词纤庸少骨者不同。

《眉庐丛话》

3. 赵尊岳：

词增于射山，而风格少逊。蕙风先生亦尝选录以入《餐樱庑词话》。兹别以欣赏者移录一二。〔烛影摇红〕《除夕》云：“变律迎年，春收残腊三阳转。梅花香暖绽南枝，一夜寒随浅。孤馆烧灯不断。更龙脑、金炉微篆。琯灰吹破，枥马声喧，玉箫声远。 隐隐残更，笙歌忽起谁家院。东风摇曳自吹来，直是星霜换。把酒闲愁并满，道岁月催人如电。气逼椒觞，光浮柏叶，莫辞频泛。”此其怆感之作，上拟材甫者也。〔柳枝〕：“尽日青青䌷绿丝，东园南角最相思。当时尚有人移植，今日何人折柳枝。”“官柳谁还植路旁，停车陶令尽神伤。从疑都尉元偷种，不复青青到武昌。”此亦〔柳枝〕之别裁，以抒其家国之思者也。又〔蓦山溪〕换头：

“溪云漠漠，落日樵歌起。木叶万山寒，正隔浦丹枫如绮。”写景清劲有致，亦庸中之佼佼者矣。

（《惜阴堂汇刻明词提要·凭西阁长短句一卷》）（《词学季刊》第一卷第三号）

4. 赵尊岳：

若再断代言之，同时竞爽，自各极其胜场。十国蕃艳之中，南唐二主独以至情见著。北宋柳缛、贺疏，周雅、秦秀；南宋吴密、姜苍，张俊、周丽；元则遗山天颖，惟以雄胜。明仅二陆沈著可诵。

《填词丛话》卷二

徐士俊

徐士俊（1602—1681）原名翙，字三有，号野君，仁和（今浙江杭州）人。工诗文，尤长乐府，所撰《络冰丝》等剧盛行于世。与卓人月为至交，合辑《古今词统》十六卷，附唱和词《徐卓晤歌》一卷，赵尊岳辑入《明词汇刊》。存词二百零一首。

1. 吴鼎芳：

栖水徐子野君、卓子蕊渊，文情妣美。所著《晤歌》一编，令自十六字以至百字等，总百三十余阕，无非摩写纱厨月淡，绣阁香浓。镂玉成笺，戛金为韵。语别泪则露花点点，叙幽悰则风柳丝丝。霞绮惭新，烟姿逊媚，一展心动，再视魂消。如在万花谷中，陈设七宝步障，坐聆李家宠姐清喉，声耳相及，亦厚幸矣。

《徐卓晤歌序》(《古今词统》附《徐卓晤歌》)

2. 顾璟芳：

人以元美为坡仙后，今讽野君作，反疑坡仙是野君前生矣。(评〔念奴娇〕《次东坡韵隐括前赤壁赋》)

《兰皋明词汇选》卷七

3.《柳塘词话》：

野君与余论诗如康庄九逵，车驱马骤，易为假步；词如深岩曲径，丛筱幽花，源几折而始流，桥独木而方渡，非具骚情赋骨者，未易染指。其言正为吾辈长价。

沈雄《古今词话·词评》下卷引

4. 邹祗谟：

卓珂月、徐野君《词统》一书，搜奇葺僻，可谓词苑功臣。而珂月《蕊渊》、野君《雁楼》二集，亦复风致淋漓，艳诶竞响。但过于尖透处，未免浸淫元曲耳。其间野君持论更优，观其序陆荛思词数语，可谓得词理三昧。

《远志斋词衷》

5. 邹祗谟：

野君词人硕果，近制不愧新清老成之目。（评〔风流子〕《咏蕉》）

《倚声初集》卷十九

6. 周庆云：

工吟咏，尝论诗如康庄九逵，车驱马骤，易为假步；词如深岩曲径，丛筱幽花，源几折而始流，桥独木而方渡，非具骚情赋骨者，未易染指。其言殊得甘苦。故其词亦渺绵幽咽。

《历代两浙词人小传》卷五

沈宣

沈宣（生卒年不详）字明德，仁和（今浙江杭州）人。明万历中以岁贡为安庆府训导。工古文辞，尤长于诗，与张天锡齐名。存词二首。

1. 郎瑛：

庠彦沈明德宣，尝赋吾杭除夕、元旦〔蝶恋花〕二词，道尽中人以下之家俗，诚足解颐。录以遗好事者。《除夕》云："锣鼓儿童声聒耳。傍早关门，挂起新帘子。爆仗满街惊耗鬼。松柴烧在乌盆里。　写就神荼并郁垒。细马送神，多着同兴纸。分岁酒阑扶醉起，阖门一夜齐欢喜。"《元旦》云："接得灶神天未晓。爆仗喧喧，催要开门早。新褙画钟馗先挂了。大红春帖销金好。　炉烧苍术香缭绕，黄纸神牌，上写天尊号。烧得纸灰都不扫，斜日半街人醉倒。"

徐釚《词苑丛谈》卷十一引

2. 丁绍仪：

仁和沈宣，字明德，明诸生。尝赋《除夕》、《元旦》二词，调寄〔蝶恋花〕。一云："锣鼓儿童声聒耳。傍早关门，挂起新帘子。爆仗满街惊耗鬼。松柴烧在乌盆里。　写就神荼并郁垒。细马送神，多着同兴纸。分岁酒阑扶醉起。阖门一夜齐欢喜。"一云："接得灶神天未晓。爆仗声喧，催要开门早。新画钟馗先挂了。大红春帖销金好。　苍术堆炉香气绕。黄纸神牌，上写天尊号。烧过纸灰都不扫。日斜人醉和衣倒。"民风俗尚，描写如绘。《明词综》未收，想因词俚故。然不妨存之，藉见当时民俗，如同兴纸画钟馗，正可作掌故用。

《听秋声馆词话》卷八

宋存标

宋存标（约 1601—1666）字子建，号秋士，别署蒹葭秋士，华亭（今上海松江）人。明崇祯间贡生，候补翰林院孔目。入清后归隐。著有《史疑》、《国策本论》、《棣华集》等。词集为《秋士香词》。存词三十一首。

1. 陈子龙：

宋子屏居大海之壖、春浦之阴，坐拥图史，家擅丝竹，遗落世务，放意山泽。于是少皞司令，青女届期，咏明月于陈风，诵秋水于庄叟。招髡孟之谐客，馆威闾之佚女。授简抽毫，引宫刻徵，所著词三百篇，题曰《九秋稿》。夫四时代谢，秋之不能不为秋也，犹夫三时也，使秋不安其摇落，而煦煦然燠其气，晔晔然振其英，以与春夏争妍也，则史氏必以灾眚书矣。然则秋何与于人哉！而楚大夫犹然悲之。当是时也，襄王歌舞于兰台之上，椒兰之徒婵媛周容于郢都渚宫之间，虽凄风起于苹末，严霜凌于荣树，岂复能动其心哉？大夫即工于词乎，犹夫一人之私悲，而不能以悲天下之人也。熙熙焉，蠢蠢焉。今之人也，感之而不知，触之而不痛，则秋之威亦已殚矣，而文人之技，亦已穷矣。今宋子之为词也，外则写云物之光华，耽渔猎之逸趣，以极盘衍之娱；内则绘花月于帘幕，扬姿首于闺襜，以畅清狂之致。举夫憭栗激楚之景，若过我前而不知也者。宋子岂真不知耶？叩钟钟声，击磬磬响，其音在内耳。韩娥曼歌而市人为之泣者，市人善哀也；雍门周微吟而孟尝为之恸者，孟尝善悲也。假令市人欢笑，齐相康乐，则二子必将毁丝裂管，终身不敢言歌矣。我谓告哀于方今之人，将有毁丝裂管之惧。是故陈其荒宴焉，倡其靡丽焉，识其愉快焉，使之乐极而思，思之而悲，可知已。都人之咏，垂带卷发也，伤于《黍离》；招魂之艳，蛾眉曼睩也，痛于《九辩》。此昔人所谓《鱼藻》之义也，宋子有取焉。若其文词之婉丽，音调之铿锵，则方驾金陵，齐镳汴洛矣。

《宋子九秋词稿序》（《陈忠裕公全集》卷二十六）

卓人月

卓人月（1606—1636）字珂月，号蕊渊，仁和（今浙江杭州）人。明诸生。喜交游，与孟称舜、袁于令颇有交谊。明崇祯二年（1629），与徐白、徐士俊、孟称舜等先后入复社。六年，随父侨寓南京时，与同里徐士俊合辑《古今词统》十六卷，附《徐卓晤歌》一卷。著有《蕊渊集》，词附。赵尊岳裁其词，题为《蕊渊词》，辑入《明词汇刊》。存词九十五首。

1. 孟称舜：

幽思曲想，张柳之词工矣，然其失则俗而腻也，古者妖童冶妇之所遗也。伤时吊古，苏、辛之词工矣，然其失则莽而俚也，古者征夫放士之所托也。两家各有其美，亦各有其病，然达其情而不以词掩，则皆填词者之所宗，不可以优劣言也。予友卓珂月，生平持说，多与予合。己巳秋，过会稽，手一编示予，题曰《古今词统》。予取而读之，则自隋、唐、宋、元，以迄于我明，妙词无不毕具。其意大概谓词无定格，要以摹写情态，令人一展卷而魂动魄化者为上，他虽素脍炙人口者，弗录也。珂月所作诗余甚多，兴会所到，无不曲尽两家之美，故能出其手眼，以与作者之情合。使徒取绝艳于《花间》，艳余香于《兰畹》，则得词之郛矣，而未尽其致也。选者之情隐，而作者之情亦掩也。则是刻其可以已也夫。

《古今词统序》（《古今词统》卷首）

2. 吴鼎芳：

栖水徐子野君，卓子蕊渊，文情妣美。所著《晤歌》一编，令自十六字以至百字等，总百三十阕余，无非摩写纱厨月淡，绣阁香浓。镂玉成笺，戛金为韵。语别泪则露花点点，叙幽悰则风柳丝丝。霞绮惭新，烟姿逊媚，一展心动，再视魂消。如在万花谷中，陈设七宝步障，坐聆李家宠姐清喉，声耳相及，亦厚幸矣。

《徐卓晤歌序》(《古今词统》附《徐卓晤歌》)

3. 胡应宸：

汉魏人乐府，妙在不避俗，盖愈俗愈雅愈入情也。斯调实有古意。(评〔如梦令〕《去问》)

《兰皋明词汇选》卷一

4. 王庭：

蕊渊于词家独辟生面，但于宋人蕴藉处，不无快意欲尽之病。然《词统》一书，为之规规而矩矩，亦词家一大功臣也。余见其与徐士俊栖水倡和，有《晤歌》诸篇什。迄今倚声之学遍天下，盖得风气之先者。

沈雄《古今词话·词评》卷下引

5. 邹祇谟：

卓珂月、徐野君《词统》一书，搜奇葺僻，可谓词苑功臣。而珂月《蕊渊》、野君《雁楼》二集，亦复风致淋漓，艳佚竞响。但过于尖透处，未免浸淫元曲耳。

《远志斋词衷》

6. 邹祇谟：

珂月于词家独开生面，而于宋人蕴藉处不无快意欲尽之病。(评〔减字木兰花〕《燕姬坠马图》)

《倚声初集》卷五

7. 王士禛：

卓珂月自负逸才，《词统》一书，搜采鉴别，大有廓清之力。乃其自运，去宋人门庑尚远，神韵兴象，都未梦见。

《花草蒙拾》

8. 王士禛：

尖仄是珂月本色。(评〔桃园忆故人〕)

《倚声初集》卷七

9. 王初桐：

明词如商毅庵之明净，王介人之深俊，陈眉公之潇洒，高深甫之独出心裁，顾东桥之承平气象，尚有可观，卓珂月《寤歌词》十二卷，格调尖新，语意儇侧，去宋人门庑甚远，惟所作《词统》有廓清之力。

《小嫏嬛词话》卷三

10. 周庆云：

自负逸才，著《词统》一书，搜采鉴别，大有廓清之力。著《寤歌词》十二卷，有意出新，独辟生面，极词家之变态，但于宋人蕴藉处，不无快意歆尽之病。如〔瑞鹧鸪〕《湖上上元》云："城中大树落金钱。城外湖波起碧烟。夜夜夜深歌子夜，年年年节度丁年。 玻璃一段湖称圣，琥珀千钟酒号贤。自分懒追儿女队，玉梅花下拾花钿。"窥豹一斑，可知全体。

《历代两浙词人小传》卷五

11. 赵尊岳：

王言远称其词有意出新，独开生面，但与宋人蕴藉处不无快意欲尽之病，信非虚语也。

《蕊渊词跋》(《蕊渊词》卷后)

12. 赵尊岳：

夫万、崇以降，岩壑士流，复及词事，托旨较精，短调要从婉约见长，长调则虞竭蹶之弊。《湘中》、《茗斋》、《蕊渊》、《草贤》诸作，朱、王祖祢，其在斯乎。

《惜阴堂明词丛书叙录》(《明词汇刊》附)

沈自駉

沈自駉（1606—1645）字君牧，吴江（今江苏吴江）人。沈自徵、自炳弟。诸生。生性跌宕，好任侠。南明福王时，与兄自炳往扬州参使史可法幕。吴江为清兵所陷，与兄自炳入太湖，与吴易举义军抗清。及败，与兄自炳赴水殉国。存词一首。

1. 周铭：

君牧逸气坌涌，其词有楚风，固小山之匹也。

《松陵绝妙词选》卷一

易震吉

易震吉（生卒年不详）字起也，号月槎，上元（今江苏南京）人。明崇祯七年（1634）进士。授刑部主事，升郎中，出为大名知府,历嘉湖道、江西参政、副使。著有《秋佳轩诗余》十二卷，存词一千一百八十四首，为明人作词篇帙最富者。有明崇祯刻本。赵尊岳辑入《明词汇刊》。

1. 文震孟：

月槎孕灵抒藻，绘性披情，发而为辞，先后罕俪。当夫山川风月，相狎相资，他人所为，擢髓呕肠，攒眉拥被，穷日月而成者，月槎得之，俄顷间，长调如溟渤汇众流，运行汩汩；小令如纤阿逗曲沼，独照英英。月槎自成月槎，何又方之古人？即方之，亦何多让？一语之艳，令人魂绝，一字之功，令人色飞，子野之“云破月来”、子京之“杏枝春闹”不是过也；成竹在胸，挥毫直遂，高谈雄辩，旁若无人，东坡之“大江东去”、幼安之“叠嶂西驰”不是过也；情深欲语，我见犹怜，匀染无心，须臾百媚，美成之“杨柳梢头”、耆卿之“晓风残月”不是过也；花外放歌，偏饶兴会，尊前图景，巧夺丹青，文子之“梁间燕话春愁”、胜欲之“秋太淡添红枣”不是过也。月槎真异人也哉！我明以词名家者，刘诚意浓艳有致，去宋尚隔一尘；杨用修好入六朝丽事，似近而远；夏文愍最好雄爽，比辛词觉少精思。子于月槎无间然矣。昔万俟雅言精于音律，自号词隐，山谷称之为一代词人，黄玉林云雅言“发妙音于律吕之中，运巧思于斧凿之外，盖词之圣也”，然则月槎其一代词人乎？抑词之圣乎？

《秋佳轩诗余叙》（《秋佳轩诗余》卷首）

2. 徐汧：

填词大家率工为纤冶，靡曼自诡，雕章间出，逸态横生，逋峭风流，盖可知矣。月槎独以矜廉洁清之怀，发其历落萧散之思，跨凌阡陌，蝉脱畦径，奇绝异语，往往而有。钟嵘评刘公干“壮气爱奇，动多振绝”，阳休之序陶渊明“放逸之致，栖托仍高”，举似月槎庶几有当乎！彼夫巧累于理，既巧不可阶；质伤于野，亦质不宜慕。有如高峻之才，绝去雕润；淹华之概，不入寒涩。借古审今，罕云牵引，感物造端，不烦缀缉，是为难及耳。或当山高水清，月明风动，雁初莺早，叶落花开，携月槎是篇，抑扬吟咏，于以领会机赏，感荡心灵，殆所谓先生移我情者耶！

《秋佳轩诗余叙》(《秋佳轩诗余》卷首)

3. 南洙源：

余同社月槎先生居三山二水间，博学著书，好读余乡先进稼轩长短句，己卯岁，与余共事天雄，政暇，登晚香堂，咏韩稚圭“老圃秋容”之句，每留恋企羡不能已已。维时离英初绽，觞咏相酬，余目诗，先生独以其词，然止窥一斑、尝寸脔也。寻先生以备戎豫章行，始出全帙以授。余读而大快曰：“此非月槎之词，乃稼轩之词也已。”良久则曰：何其浅视月槎欤？言之自稼轩者，稼轩而后陈矣。月槎乌乎肖之，抑月槎所自得者不必其肖稼轩，亦复安能不肖稼轩？殆雷威之琴，有先声而操其合者欤？虽然，长短句五百六十八阕，大都以豪爽见长，若夫柔婉绵丽，一往情深，绮语新声，莺鸣百啭，《金荃》逊美，《兰畹》输香。月槎轶稼轩而上之，安得谓月槎所得与稼轩同也？杨升庵有言：“词虽小技，非胸有万卷，笔无一尘者，未能臻其妙。马浩澜著《花影集》，四十余年仅得百篇，词果易言哉？”兹集点次甫毕，约一千一百八十余首，不可谓不多矣。客曰：“当有评也。”余曰：“我不解誉月槎，亦正不须誉。”余与月槎共濯魄于仙壶，知其冷行花阵中，知其香，然月槎不能语我，犹我不能语月槎也，于戏至矣！抑更有进焉。稼轩绍兴末，屡立战功，作《九议》暨《美芹十论》上之，皆中时务。方今虏骑滋骄，月槎行且竖无前伟伐，炳朝宁而靖边圉，当不在稼轩下。然则稼轩讵徒以词见者哉？夫月槎讵徒以词见者哉？

《秋佳轩诗余叙》(《秋佳轩诗余》卷首)

4. 沈雄：

顾庵学士贻我佳哉轩词，盖易月槎稿也，流寓金陵所得。词总不拾人牙后慧，而饶有别致。

《古今词话·词评》下卷

5. 赵尊岳：

《秋佳轩诗余》十二卷，明人作词，此其篇帙最富者也。词笔取径稼轩一流，力求以疏秀取胜，虽不能至，犹较颦眉龋齿强增色泽者为善矣。

《秋佳轩诗余跋》(《秋佳轩诗余》卷后)

6.《续修四库全书总目提要》：

撰词多至十二卷，明人词集篇帙最富者也。词派取法稼轩，欲于奔放之中露韶秀之态，虽未能至，亦明末词中之一派也。其〔念奴娇〕《读稼轩集，用大江东去韵》云："期思渡口，来神兕、共诧天生神物。叠嶂西驰旋万马，压倒东坡赤壁。婢子琵琶，儿童觱篥，那解杨春雪。绍兴相望，如公应号词杰。　公岂仅仅词人，八陵二圣，忠愤漫胸发。陡把大声呼海内，虏焰一飙吹灭。著作其余，风流婉约，写出心如发。伊人安在，瓢泉犹照秋月。"此阕虽非集中上品，然心折稼轩，词气横发，亦可粗知其大概矣。

《秋佳轩诗余十二卷提要》

王微

王微（生卒年不详）字修微，别号草衣道人，广陵（今江苏扬州）人。明崇祯年间在世。七岁丧父，流落烟花巷陌。长而才情出众，常扁舟载书，往来于江浙间。与之游者，皆一时名士。已而警悟，皈心释氏。布衣竹杖，游历江楚。归即造生墓于武林，有终老之愿。后因奸人胁归华亭东林名士许誉卿。当政乱国危之日，誉卿极谏敢言，多得修微之助。乱后，相依兵刃间，三载而卒。《列朝诗集小传》闰集记其事。修微色艺双绝，尤工诗词。著有《越馆诗》、《期山草》、《远游稿》等。存词二十六首。

1. 陈继儒：

修微诗类薛涛，词类李易安，无类粉黛儿，即须眉男子，皆当愧煞。

《题修微草》（《历代妇女著作考》（增订本）卷五引）

2. 陈继儒：

修微诗词娟秀幽艳，至于排调品题，颇能压倒一座。

《微道人生圹记》（《历代妇女著作考》（增订本）卷五引）

3. 施绍莘：

修微色艺双绝，尤长于诗词。适从性夙斋闻其名，见〔忆秦娥〕一章，有“多情月，偷云出照无情别”之句，风流蕴藉，不减李清照。

《明词综》卷十二引

4. 沈际飞：

修微才并右芳，禅参月上，为词空清水碧。不从丹唇皓腕拈出，如山似画中落水，如琴上闻鸳鸯。（评〔忆秦娥〕《月夜卧病怀宛叔》）

《国朝诗余新集》卷一

5.《兰皋明词汇选凡例》：

言情之作，半出名闺，风雅尽然，于词何独不尔。王修微、谢中李，其为情种，盖不必言。外此如徐、如王、如沈，以至松溪二叶，靡不奴视淑真，兄呼清照。

《兰皋明词汇选》卷首

6. 胡应宸：

修微词佳者固多，似此风情蕴藉，又在《草堂》诸选上也。（评〔如梦令〕《梦到旧居》）（卷一）

留他反作不留语，见他反作怨见语，非情至人说不出。（评〔忆秦娥〕《留谭友夏》）（卷二）

京兆翻身为修微，宋梅设想，极有缘悟。但绮语如修微，又不知如何翻身也。（评〔醉春风〕《怨嘲》）（卷四）

《兰皋明词汇选》

7. 顾璟芳：

底事难言，有为吾辈所吞吐不出者，草衣独以硬颜曲笔横直写成。女冠中固无其匹，殆祝京兆之翻身乎？（评〔醉春风〕《怨嘲》）

《兰皋明词汇选》卷四

8. 李葵生：

问闺帏则王、徐入室，谭骚楚则陈、夏升堂。

《兰皋明词汇选序》（卷首）

微道人词，率以淡雅见长。此稍近古。（评〔卜算子〕《闺夜》）

《兰皋明词汇选》卷一

9. 徐树敏：

其词媚秀幽妍，与李清照、朱淑真相上下。

《众香词》（《词女词抄》卷九引）

10.《竹窗词选》：

王修微初为青楼，后为黄冠。词集甚富，皆言情之作，多有俳调。今只选其《怀谭友夏》〔如梦令〕云："月到闲庭如昼。修竹长廊依旧。对影黯无言，欲道别来清瘦。春骤。春骤。风底落红僝僽。"

沈雄《古今词话·词话》下卷引

11. 陈廷焯：

修微色艺冠绝一时，词亦风流蕴藉，升易安之堂。

情味不尽。（评〔如梦令〕"月到闲庭如昼"）

起笔妙。情生文，文生情。（评〔如梦令〕"只合唤他如梦"）

神味正自不泛。（评〔捣练子〕"心缕缕"）

起十字警绝。施子野谓此词不减李易安，非虚誉也。（评〔忆秦娥〕"多情月"）

《云韶集》卷十三

12. 赵尊岳：

女史词在宋之李、朱大家，昭昭在人耳目。元代即不多，《林下词选》几难备其家数。而明代订律拈词，闺襜彤史，多至数百人，《众香》一集，甄录均详（董氏覆印拙藏本，大东书局发行）。而笄珈若吴冰仙、徐小淑，烟花若王修微、杨宛之流，所值较丰，又复脍炙人口，视聂胜琼之仅存片玉，严蕊之仅付诙谐，自又夺过之，足资讽籀也。

《惜阴堂汇刻明词记略》（《明词汇刊》附）

13. 陈声聪：

明代闺襜之词颇盛，如杨慎之室黄氏，赵宧光之室陆卿子，叶绍袁之室沈宜修，张立平之聘室叶小鸾，林鸿之室张红桥，乃至名伎如马守贞、王修微等，王昶《明词综》中所列，将及百人，皆有词，虽停当有余，而出色者少。施子野云"修微色艺双绝，见其〔忆秦娥〕一章，有‘多情月，偷云出照无情别’之句，不减李清照”，即此二语，亦已云仅。旧时妇女，足不出户，依人为活，除了攀花折柳，惜别伤春，尚有何物可以自由抒发耶？

《读词枝语》

杨宛

杨宛（？—1644）字宛叔，金陵（今江苏南京）妓。能诗，善草书，与玉微为姊妹。十六岁归茅元仪。茅氏重其才，以殊礼待之。茅殁，归田弘遇。田殁，还金陵，遇难为盗所杀。著有《钟山献》正续集。赵尊岳据其不同版本校雠，辑其词一卷，题为《钟山献诗余》，辑入《明词汇刊》。存词六十一首。

1.《玉镜阳秋》：

宛诗体气既薄劣，复好作淫言媟语，去修微远矣。间有小词，足称小慧。

《历代妇女著作考》（增订本）卷六引

2. 赵尊岳：

遗著《钟山献》正续集，词附卷末，凡五十六首，多浑朴之音。蕙风先生尤赏其〔长相思〕：“这般般，那般般，偏是相思相见难，无情自等闲。”〔洞天春〕：“翠炉烟里香袅，红烛雨中静悄。帏幕偷开射光巧，正春山将晓。”〔阳关引〕下半阕：“你在高高照，犹苦缺。况空闺里，深深闭，人难接。莫不侬孤另，累得西风咽。落叶分飞散，还有聚时节。”谓为挚至之音，信非虚语也。

《惜阴堂汇刻明词提要·钟山献诗余一卷》（《词学季刊》第一卷第三号）

3. 赵尊岳：

宛叔词笔辄多浑朴之意，上追北宋，非明人靡敝一流。蕙风先生尤赏其〔长相思〕“偏是相思相见难，无情自等闲”、〔洞天春〕“红烛雨中静悄”、〔阳关引〕“落叶分、飞散还有聚时节”诸语，谓为挚至之作。

《钟山献诗余跋》（《钟山献诗余》卷后）

4. 赵尊岳：

女史词在宋之李、朱大家，昭昭在人耳目。元代即不多，《林下词选》几难备其家数。而明代订律拈词，闺襜彤史，多至数百人，《众香》一集，甄录均详（董氏覆印拙藏本，大东书局发行）。而笄珈若吴冰仙、徐小淑，烟花若王修微、杨宛之流，所值较丰，又复脍炙人口，视聂胜琼之仅存片玉，严蕊之仅付诙谐，自又夺过之，足资讽籀也。

《惜阴堂汇刻明词记略》（《明词汇刊》附）

谢小湄

谢小湄，字中李，生平不详。《兰皋明词汇选例言》将其与王修微相提并论。存词六首。

1.《兰皋明词汇选凡例》：

言情之作，半出名闺，风雅尽然，于词何独不尔。王修微、谢中李，其为情种，盖不必言。外此如徐、如王、如沈，以至松溪二叶，靡不奴视淑真，兄呼清照。

《兰皋明词汇选》卷首

2. 顾璟芳：

媚骨柔情，王修微要让他一步。（评〔长相思〕《送别蔗园》）（卷一）

中李词数阕，读之令我愁深情重，知非薄幸人。（评〔忆秦娥〕《怀蔗园》）（卷二）

清词凄绝，小青不能终篇矣，即小湄续成，吾亦不能卒读。（评〔南乡子〕《夜雨续补小青词》）（卷三）

《兰皋明词汇选》

陈子龙

陈子龙（1608—1647）字人中，更字卧子，号大樽，松江华亭（今上海松江）人。明崇祯十年（1637）进士，选绍兴推官，以定乱功，擢兵科给事中。清兵入关，乃事福王于南京。以时事不可为，乞终养去。南都失，陈子龙在松江起兵，事败，避匿山中。后结太湖兵欲举事，事泄被擒，乘间投水死，年四十。清乾隆时予谥忠裕。《明史》卷二百七十七有传。陈子龙不唯以风义气节著，其诗、词、文在明代亦称大家。著有《白云草庐居稿》、《湘真阁稿》、《诗问略》、《江蓠槛词》等行世。赵尊岳裁其词，题为《陈忠裕公词》，辑入《明词汇刊》。存词八十八首。

1. 陈子龙：

吾等方少年，绮罗香泽之态，绸缪婉恋之情，当不能免。若芳心花梦不于简词游戏时发露而倾泻之，则短长诸调与近体相混，才人之致不得尽展，必至滥觞于格律之间，西昆之渐流为靡荡，势使然也。故少年有才，宜大作词。

彭燕又《二宋倡和春词序》引

2. 邹祗谟：

大樽诸词，神韵天然，风味不尽，如瑶台仙子，独立却扇时。《湘真》一刻，晚年所作，寄意更绵邈凄恻。（卷一）

弇州谓清真能作景语不能作情语，至大樽而情景相生，令人有后来之叹。（评〔诉衷情〕《春游》）（卷四）

色泽秾妙而着意稍浅显，此大樽晚年进步处，亦是其退步处。（评〔画堂春〕《春阴》）（卷六）

大樽咏杨花不一调，无意求新，总无一字沾惹旧人处。（评〔木兰花〕《杨花》）（卷八）

咏物至湘真，真有镜花水月之妙。（评〔虞美人〕《镜》）（卷九）

湘真词意长于笔，每一调中定有数致语可供沉讽。（评〔南乡子〕《子闲纳双宠戏赠》）（卷十）

每读《江篱槛》词，令人息问字之想。（评〔临江仙〕《小春》）（卷十一）

每读《湘真》词，令人移情惝恍者弥日。（评〔青玉案〕《春暮》）（卷十三）

《倚声初集》

3. 邹祗谟：

阮亭常为予言，词至云间，《幽兰》、《湘真》诸集，言内意外，已无遗议。所谓华亭肠断，宋玉魂消，称诸妙合，谓欲专诣。所微短者，长篇不足耳。北宋诸大家，大率如是。正如嘉州、右丞，不能为工部之五七排体，自足名家。

《远志斋词衷》

4. 王士禛：

陈大樽诗首尾温丽，《湘真》词亦然。然不善学者，镂金雕琼，正如土木被文绣耳。又或者断断格律，不失尺寸，都无生趣。譬若安车驷马，流连陌阡，殊令人思草头一点之乐。

《花草蒙拾》

5. 王士禛：

词家绮丽、豪放二派，往往分左右袒。予谓第当分正变，不当分优劣。四十年前在广陵与邹訏士祗谟同定《倚声集》，予评陈卧子词云："如香车金犊，流连陌阡，反令人思草头一点之乐。"

《香祖笔记》卷九

6. 王士禛：

词至云间，《幽兰》、《湘真》诸集，言内意外，已无遗议。所谓华亭肠断，宋玉魂消，称诸妙合，谓欲专诣。所微短者，长篇

不足耳。北宋诸家，大率如此。(《倚声集序》)

秦、黄佳处有句可摘，大樽觉无句可摘，总由天才神逸不许他人掎摭也。(评〔阮郎归〕《题画》)(卷六)

大樽柔情俊语自淮海、漱玉组织而出，不落南渡以后。(评〔武陵春〕《夏夜》)(卷六)

写景布词必不入南宋一字，是此公独绝。(评〔醉花阴〕《拟艳》)(卷八)

读湘真词，觉镂钵字句者之拙。(评〔浪淘沙〕《忆昔》)(卷九)

浣笔漱墨，无不香倩欲绝。工此派者，今惟子龙、其年尔。(评〔青玉案〕《春雨闺思》)(卷十三)

《倚声初集》

7.《倚声集》：

《幽兰》诸词，不及《湘真》于新警中仍留蕴藉。

沈雄《古今词话·词话》下卷引

8.《梅墩词话》：

明季词家竞起，妙丽惟《湘真》一集。《江蓠槛》诸什，如咏斜阳则云："弄晴催薄暮。"咏黄昏则云："青灯冷碧纱烟尽。半晌愁难定。"咏五更则云："愁时如梦梦时愁。角声吹到小红楼。"咏杏花则云："微寒着处不胜娇。一番弄雨花梢。"《咏落花》则云："玉轮碾平芳草，半面恼红妆。"《咏春闺》则云："几度东风人意恼。深深院落芳小心。"《咏艳情》则云："难去。难去。门外尺深花雨。"皆黄门意到之句。

沈雄《古今词话·词话》下卷引

9. 佟世南：

至故明《写情》、《湘真》二集，高朗秀艳，得两宋轨则。

《东白堂词选初集小引》(《东白堂词选初集》)

10. 张星耀：

考词于明，诚意其辛、陆之俦乎？大樽其周、秦之匹乎？

《东白堂词论》

11. 胡应宸：

先生词凄恻徘徊，可方李后主感旧诸作。然以彼之流泪洗面，视先生之洒血埋魂，犹应颜赭。（评〔小重山〕《忆旧》）

《兰皋明词汇选》卷三

12. 顾璟芳：

《湘真词》皆申酉以后作。故令人如读《长门》篇，幽房为之掩涕。（卷三）

先生文高两汉，诗轶三唐，苍劲之色，正与老节相符，乃其词独风流婉约，堪付十八歌喉。传称河南亮节，作字不胜绮罗；广平铁心，《梅赋》偏工柔艳，于先生益信。（卷四）

《湘真阁》、《江篱槛》同为大樽词稿，而情事正自不同。（卷四）

刘、杨、王诸家，为一代词手，尚矣。他若陆文裕之高华，董遐周之工艳，沈君鹿之幽凉，眉道人之萧散，周白川清和而调高，夏玉樊秀媚而善感，大樽寄意题外，琼章情在景中，古堂、蕊园孤奇别俗，浪仙、雪馆冷艳袭人，类烁宋熔元，独标风雅。（卷六）

士生当厄会，其情词多感慨离愁，远而杨、刘，近而陈、夏，读其文，未尝不悲其遇也。（卷七）

此大樽之香草美人怀也。读《湘真阁》词，俱应作是想。（评〔念奴娇〕《春雪咏兰》）（卷七）

《兰皋明词汇选》

13. 李葵生：

问闺帏则王、徐入室，谭骚楚则陈、夏升堂。

《兰皋明词汇选序》（《兰皋明词汇选》卷首）

14. 郑方坤：

有明一代孰邹枚，兰畹风流坠劫灰。

解事王杨仍强作，颓唐下笔况粗才。谓弇州、升庵二公。

云间设色学花间，汴宋余波着意删。

和者国中二三子，筌蹄未觉寂尘寰。明季陈大樽先生偕同里李舍人、宋征士唱倚声之学于江左，一以《花间》为宗，不涉宋人一笔。

《论词绝句》三十六首（《蔗尾诗集》卷五）

15. 王初桐：

明季词家竞起，惟陈子龙《湘真阁》、《江蓠槛》词风流妙丽，王阮亭比之瑶台仙子。以黄门之文章节义，而词乃如此。传称河南亮节，作字不胜罗绮；广平铁石，赋情偏爱梅花也。所微短者，长篇不足耳。

《小嫏嬛词话》卷三

16. 王昶：

朱竹垞（彝尊）云：词自宋元以后三百年无擅场者，排之以硬语，每与调乖；窜之以新腔，难与谱合。至于崇正之末，始具其体。然明季之词，实开于陈黄门大樽子龙，虽未得碧山、玉田门径，而所作小令已极有《花间》、《尊前》情致。邹程邨云：大樽诸词神韵天然，风味不尽，如瑶台仙子独立却扇时。又云：《湘真》一刻，晚年所作，寄意更绵邈凄恻。

《西崦山人词话》卷二

17. 王昶：

公有《湘真阁》、《江蓠槛》两种。国朝王阮亭、邹程村诸极推许。

《陈忠裕全集》卷首

18. 庄师洛：

公词有《湘真阁》、《江蓠槛》两种，国朝王阮亭、邹程村诸先生极为推许……公乐府亦为填词家正宗，如宋广平赋梅花，不碍铁石心肠也。

《陈忠裕公全集凡例》(《陈忠裕公全集》卷首)

19. 沈道宽：

黄门逸气具湘真，旖旎温柔百态新。

几社风情高复社，却令同日作完人。

《论词绝句》四十二首(《话山草堂诗钞》卷一)

20. 丁绍仪：

世人动以词为小道，且以情语艳语为深戒，甚或以须有关系之论，概及于词。抑知夫子删《诗》，以二《南》冠首，岂无意哉？正惟家庭之内，情意真挚，充类至尽，而后国治天下平。况《离骚》之芳草、美人，即《国风》之卷耳、淑女，古人每借闺襜以寓讽刺。词之旨趣，实本风骚，情苟不深，语必不艳，惜后人不能解、不知学耳。就明而论，词学几失传矣，而秾词丽制，半出自忠烈伟人。如陈忠裕子龙、吴节愍易、夏节愍完淳，皆以明亡殉难。忠裕〔浣溪沙〕云："半枕轻寒泪暗流。愁时如梦梦时愁。角声初到小红楼。 风动残灯摇绣幕，花笼微月澹帘钩。廿年旧恨上心头。"〔千秋岁〕云："章台西弄。纤手曾携送。花影下，相珍重。玉鞭红锦袖，宝马青丝鞚。人去后，箫声永断秦楼凤。 菡萏双灯捧。翡翠香云拥。金镂枕，今谁共。醉中过白日，望里悲青冢。休恨也，黄莺啼破前春梦。"……之数公者，皆胜朝有数人物，乌得以艳词少之？

《听秋声馆词话》卷九

21. 谢章铤：

明末风雅首陈大樽子龙，大樽门下首夏存古完淳。(卷八)

明自中叶以后，知词仅三人，杨升庵、王弇州及卧子。(卷九)

《赌棋山庄词话》

22. 江顺诒：

文有因人而存者，人有因文而存者，《湘真》一集，固因其词而重其人，又实因其人而益重其词也。

《词学集成》附录

23. 谭献：

周雅圭有言：“成容若、欧晏之流，未足以当李重光。”然则重光后身，惟卧子足以当之。

有明以来，词家断推湘真第一，饮水次之。

词自南宋之季，几成绝响。元之张仲举，稍存比兴。明则卧子，直接唐人，为天才。

《复堂词话》

24. 胡允瑗：

先生词凄恻徘徊，感旧诸作，可方李后主。然以彼之流泪洗面视先生之洒血埋魂，犹应颜赧。

《词轨》卷七引

25. 陈廷焯：

明末陈人中，为一时杰出，但气数近小，国运使然。

陈人中词芊绵婉丽，独步一时，与伯温并驱中原。

此词最绮丽，却丽而有则，非淫慢者可比。（评〔如梦令〕“红烛逢迎何处”）

凄艳芊绵。遣词自是以凄秀为宗。（评〔浣溪沙〕“半枕轻寒泪暗流”）

芊绵往复，直欲远追叔原。（评〔丑奴儿令〕“赤栏桥下烟波急”）

凄恻之神，浓冶之笔，真绝唱也。虽不及东坡〔水龙吟〕一阕，然意境却相同。（评〔忆秦娥〕“春漠漠”）

情深一往。情韵凄清，自是作手。（评〔江城子〕“一帘病枕五更钟”）

仿佛有永叔遗风，情词凄艳。（评〔青玉案〕“海棠枝上流莺啭”）

婉丽之词。凄丽有神。（评〔蝶恋花〕“袅袅花阴罗袜软”）

此词绮丽极矣，自是明末所尚，大樽偶一为之耳尔。（评〔天仙子〕“十二画屏围楚山”）

泠泠然如读古诗。结笔凄妙。（评〔天仙子〕“古道棠梨寒恻恻”）

凄凄惨惨，哀以思矣。与〔江城子〕“凭燕子、骂东风”同一用意，用笔之妙。（评〔山花子〕“杨柳凄迷晓雾中”）

凄艳酸楚，似元人小曲。又悲郁，又凄艳，情词绝妙。（评〔千秋岁〕“章台雨弄”）

低徊欲绝。大樽小令之工，仿佛元人，但长调是其所短。明代工长调者无一人。（评〔清平乐〕“秀帘花散”）

此作淋漓悲壮，不可以时会限也。（评〔生查子〕“逼暝轻深林”）

《云韶集》卷十三

26. 陈廷焯：

词至于明，而词亡矣。明初如杨孟载、高季迪、刘伯温辈，温芊绵丽，去两宋不远。至李昌祺、王达善、杨升庵之，风格稍低，犹堪接武。自马浩阑辈出，淫词秽语，风雅扫地。明末陈人中，为一时杰出。但气数近小，国运使然。

《词坛丛话》

27. 陈廷焯：

明代无一工词者差强人意，不过一陈人中而已。（卷一）

词至于明，而词亡矣。伯温、季迪，已失古意。降至升庵辈，句琢字炼，枝枝叶叶为之，益难语于大雅。自马浩澜、施阆仙辈出，淫词秽语，无足置喙。明末陈人中能以秾艳之笔，传凄婉之神，在明代便算高手。然视国初诸老，已难同日而语，更何论唐、宋哉？

陈卧子〔山花子〕云："杨柳凄迷晓雾中。杏花零落五更钟。寂寂景阳宫外月，照残红。　蝶化采衣金缕尽，虫衔画粉玉楼空。惟有无情双燕子，舞东风。"凄丽近南唐二主，词意亦哀以思矣。又〔江城子〕后半阕云："楚宫吴苑草茸茸。恋芳丛。绕游蜂。料得来年，相见画屏中。人自伤心花自笑，凭燕子、骂东风。"亦绵邈凄恻。（卷三）

《白雨斋词话》

28. 况周颐：

世讥明词纤靡伤格，未为允协之论。明词专家少，粗浅，芜率之失多，诚不足当宋元之续。唯是纤靡伤格，若祝希哲、汤义仍义仍工曲，词则敝甚、施子野辈，偻指不过数家，何至为全体诟病。洎乎晚季，夏节愍、陈忠裕、彭茗斋、王姜斋诸贤，含婀娜于刚健，有风骚之遗则，庶几纤靡者之药石矣。国初曾王孙、聂先辑《百名家词》，多沉著浓厚之作，明贤之流风余韵，犹有存者。

《蕙风词话》卷五

29. 况周颐：

明词专家少，粗浅芜牵之失多，诚不足当宋元之续。时则有若刘文成（基）、夏文愍（言），风雅绝续之交，庶几庸中佼佼。爰及末季，若陈忠裕（子龙）、夏节愍（完淳）、彭茗斋（孙贻）、王姜斋（夫之），词不必增重其人，亦不必以人增重。含婀娜于刚健，有风骚之遗音。昔人谓词绝于明，讵持平之论耶？

《词学讲义》

30. 沈惟贤：

明乃有陈卧子《湘真词》，上追六一，下开纳兰，实为有明一代生色。

《片玉山庄词存词略序》（《白雨斋词话足本校注》引）

31. 刘毓盘：

明末词人，必以陈子龙为之冠。曲终奏雅，其在斯人与。

《词史》第九章

32. 王国维：

唐五代北宋词，可谓生香真色。若云间诸公，则采花耳。湘真且然，况其次也者乎？

《人间词话删稿》

33. 吴梅：

盖明初诸家，尚不失正宗。所可议者，气度之间，终不如两宋。降至升庵辈，句琢字炼，枝枝叶叶为之，益难语于大雅。自马浩澜、施阆仙辈，淫词秽语，无足置喙。词至于此，风雅扫地矣。迨季世陈卧子出，能以秾丽之笔，传凄婉之神，始可当一代高手。此明词大略也。

大樽文宗两汉，诗轶三唐，苍劲之色，与节义相符。乃《湘真》一集，风流婉丽，言内意外，已无遗议。柴虎臣所谓“华亭肠断，宋玉魂销”，惟卧子有之。所微短者，长篇不足耳。余尝谓明词非用于酬应，即用于闺闼，其能上接风雅，得倚声之正则者，独有大樽而已。三百年中，词家不谓不多，若以“沉郁顿挫”四字绳之，殆无一人可满意者。盖制举盛而风雅衰，理学炽而词意熄，此中消息，可以参核焉。至卧子则屏绝浮华，具见根柢，较开国时伯温、季迪别有沉着语，非用修、弇州所能到也。他作如〔山花子〕云：“杨柳凄迷晓雾中，杏花零落五更钟。寂寂景阳宫外月，照残红。　蝶化彩衣金缕尽，虫衔画粉玉楼空。唯有无情双燕子，舞东风。”凄丽近南唐二主。词意亦哀以思矣。又〔江城子〕后半叠云：“楚宫吴苑草茸茸，恋芳丛，绕游蜂，料得来年相见画屏中。人自伤心花自笑，凭燕子，骂东风。”亦绵邈凄恻，不落凡响。

《词学通论》第九章

34. 赵尊岳：

诗高华雄浑，词七十九首，亦渐近沉着。有取径淮海者，〔满庭芳〕："紫燕翻风，青梅带雨，共寻芳草啼痕。明知此会，不得久殷勤。约略别离时候，绿杨外，多少销魂。才提起，泪盈红袖，未说两三分。　纷纷。从去后，瘦憎玉镜，宽损罗裙。念飘零何处，烟水相闻。欲梦古人憔悴，依稀只隔楚山云。无过是，怨花伤柳，一样怕黄昏。"其取径竹山者，〔蓦山溪〕下半阕："去年此日。小苑重回首。晕薄洒阑时，掷春心、暗垂红袖。韶光一样，好梦已天涯，斜阳候。黄昏又。人落东风后。"亦有取径白石者，〔点绛唇〕："满眼韶华，东风惯是吹红去，几番烟雾。只有花难护。梦里相思，故国王孙路。春无主。杜鹃啼处，泪湿胭脂雨。"〔柳梢青〕下半阕云："十年梦断婵娟，回首处，离愁万千。绿柳新蒲，昏鸦春雁，芳草连天。"其有云："一双青雀到空庭，梅花自落无人处。"茜静之极，正与"朱门镇日无人掩，一树藤花独自堪"可以并传矣。

《惜阴堂汇刻明词提要·陈忠裕公词一卷》(《词学季刊》第一卷第三号)

35. 赵尊岳：

诗高华雄浑，为一时所称道。词亦渐近沈着，非明季疲靡之音所可同日语已。

《陈忠裕公词跋》(《陈忠裕公词》卷后)

36. 赵尊岳：

明代亡国时，词人特多，尤极工盛，以视南宋末年，几有过之，殊无不及。且煌煌巨著，如曹元方、王屋、曹堪诸家，均积至数百首，更视稼轩、后村为富。而夏存古、陆钰、陈卧子诸作，雄奇凄丽。更夺水云诸贤之席。盖甲申之变，内乱外患，相迫而来，忠义之流，势穷力促，或挥鲁阳之戈（陈、夏均以儒生起义），或励薇葛之节（陆系国亡后饿死），而要多托于变徵之音，其人固大节凛然，其词自亦纯金璞玉矣。

《惜阴堂汇刻明词记略》(《明词汇刊》附)

37. 赵尊岳：

夫万、崇以降，岩壑士流，复及词事，托旨较精，短调要从婉约见长，长调则虞竭蹶之弊。《湘中》、《茗斋》、《蕊渊》、《草贤》著作，朱、王祖祢，甚在斯乎？

鼎革之际，忠义诸公，投袂束发，或会稯棘之师，或励葛薇之节，济兹多士，孤愤勤王。而缩地南疆，留都已解；颓波海国，闰统垂亡。凄凉激楚，听河满之悲鸣，悱恻缠绵，怯宫声之不返。若陈卧子、夏存古、张元普、吴日生、陆真如诸家，曲雅清雄，别具胜概，可歌可泣，以怨以群，不特敦名节于诗教之间，抑且起正声于俗乐之末。稼轩、同甫，共此才情，《花外》、《草窗》，微嫌刷色。

《惜阴堂明词丛书叙录》(《明词汇刊》附)

魏学濂

魏学濂（1608—1644）字子一，号内斋。嘉善（今浙江嘉善）人。魏大中次子，魏学洢弟。明崇祯十六年进士授翰林院庶吉士。李自成入京后，曾一度受职，任户部司务。四十日后自惭，赋绝命词二章，自缢死，年三十七。《明史》卷二百四十四有传。存词六首。

1. 沈雄：

柳洲诸公寄情于〔虞美人〕曲者，不下百家。而魏学濂为最，词云："君王羞见江东死。何事侬来此。最悲亭长古人风。载得一船红泪过江东。　江东父老深怜我。栽我千千朵。至今留取好容颜。为问重瞳却复向谁看。"其词悲，其心苦矣。

《古今词话·词话》下卷引

2. 李葵生：

非伤春，即悲秋，写闺人如是而已。其知三冬迟暮，摇落中怀，更有不情不绪者。（评〔满庭芳〕《冬闺》）

《兰皋明词汇选》卷六

3. 陈廷焯：

"鸳鸯"七字妙。因此七字便选此词，选者到此，不得不低下眼界也。（评〔浣溪沙〕"漠漠轻寒到水滨"）

《云韶集》卷十三

张怡

张怡（1608—1695）初名鹿徵，又名遗，一名薇，字瑶星，号白云，上元（一作江宁，今江苏南京）人。明末以诸生授锦衣卫千户。入清不仕，寄居摄山僧舍，人称白云先生。有《古镜庵诗集》。存词一首。

1. 丁绍仪：

张瑶星怡原名薇，《桃花扇》传奇中所谓老道士也。《读画录》载其《题画》〔卜算子〕云："冉冉绿阴中，位置层轩好。松外亭空天更空，天阔孤鸿小。　石壁绝攀跻，可有幽人到。壁后还藏千万峰，峰际闲云绕。"颇有出尘之概。

《听秋声馆词话》卷十二

葛筠

葛筠（生卒年不详）字柬之，号湘梅，丹阳（今江苏丹阳）人。清康熙十四年（1675）举于乡，选长洲教谕。长于文学，与魏禧、侯方域交厚。著有《名山藏》，词存集中。赵尊岳裁其词，题为《名山藏词》，辑入《明词汇刊》。存词四十一首。

1.《续修四库全书总目提要》：

共四十一阕，〔贺新郎〕《寄内》一首，诉妻教子，家常琐屑，皆有真趣，故不觉其粗俗。令曲时有可取，惜全集不相称也。〔钗头凤〕题注，谓此调世传陆放翁作，然押尾三字必得成语方佳，不尔，尽属牵强支离矣，杂剧载赵礼让肥故事，有“杀、杀、杀”语，见而壮之，实难其偶，忽忆《萤芝集》中“贼、贼、贼”句，天然凑合，云云。不知此种字句，用之于曲，则恰如其分；用之于词，则文未允惬。分寸之间，不可不辨。而筠自以为得意，可谓不知词矣。筠为明末清初之人，染于旧习，词曲不分，明词敝陋，固有多端，此其一也。

《名山藏词一卷提要》

朱灏

朱灏（生卒年不详）字宗远，华亭（今上海）人。明崇祯间以监生保举延平通判，鲁王时为待诏，卒于海外。存词八首。

1. 王思任：

自〔望江南〕起，而工词家从情取捷，遂皆软媚流利，混俗和雅，以此称妙，听之如春莺在树，千古一语，不耐也。宗远与文章为敌，尽捣其巢，另作堂构，栋楄户牖，皆欲颠倒一翻，所谓新词，如琢月之斧，雕风之器，天女擎来，件件鲜贵。玩其珍者，惟恐不饱，而不知其伤指滴心，有如是之苦者。凡事不险不奇，立舍身崖上，作都卢人戏，方为古今绝伎耳。

《季重序宗远词》（《古今词统》卷六引）

2. 邹祗谟：

近如嵇叔子、尤展成、许有介、王山长诸集，皆类环姿逸颖，体裁别出。然亦有刻意纤僻，致离本旨，如芜阴张渌渔，云间朱宗远……诸君，无不奇过得庸，深极反浅之病。

《远志斋词衷》

3. 胡应宸：

宗远与卧子、彝仲辈同笔砚，诗文气谊为海内冠，词调特余技耳。迩者托言声气，呼引讹士，专攻倾轧，最下纵酒规利极矣！论交至此，宁复古人情耶？与西雯、宋梅诸子道及，每深痛恨，不敢不有所法戒焉。

《兰皋明词汇选》卷四

4. 顾璟芳：

文中刘蜕，诗中李贺，词中朱灏，皆以鬼才胜。

《兰皋明词汇选》卷二

5. 吴衡照：

灏在明词中，另出面目，词手之郊、岛也。

《莲子居词话》卷三

叶纨纨

叶纨纨（1610—1632）字昭齐，吴江（今江苏吴江）人。叶绍袁与沈宜修之长女。幼极惠。三岁能背诵《长恨歌》，十三四岁学为诗词，十七岁出嫁袁氏，二十三岁病殁。距其妹琼章之丧仅七十日。遗著诗词，其父编次题曰《愁言》，另有《芳雪轩遗集》，汇刻《午梦堂全集》中。赵尊岳裁其词，题为《芳雪轩词》，辑入《明词汇刊》。存词五十首。

1. 王端淑：

烦恼二字，人所自封，若清空佳思，得之自然，形诸笔墨，遂为春秋二月令一段诗话，纨纨种种凄凄，洵是草堂妙手。

《名媛诗纬初编》上

2. 沈雄：

《午梦堂集》，沈宜修字宛君，一女名纨纨，字昭齐，有《愁言集》。一女名小鸾，字琼章，有《返生香词》……其纨纨〔浣溪沙〕云："几日轻寒懒上楼。重帘低控小银钩。东风深锁一窗幽。昼永半消春寂寂，梦残独语思悠悠。近来长自只知愁。"……填词俱富，尽称令晖、道蕴，萃于一门，惜乎天靳之以年也。

《古今词话·词话》下卷

3.《兰皋明词汇选凡例》：

言情之作，半出名闺，风雅尽然，于词何独不尔。王修微、谢中李，其为情种，盖不必言。外此如徐、如王、如沈，以至松溪二叶，靡不奴视淑真，兄呼清照。

《兰皋明词汇选》卷首

4. 胡应宸：

无数恨晚心情，欲说不可，欲不说又不能。不得已，借景发

挥，盖亦愁苦之言易工也。（评〔锁窗寒〕《秋思》）

予搜词矜古伯，得《返生》、《愁言》二种，罗致未半，西雯早已定本邮传，殊觉美不胜收耳。

《兰皋明词汇选》卷六

5.《玉镜阳秋》：

昭齐七绝及诗余诸调，殊有清丽之词也。

《历代妇女著作考》（增订本）卷六引

6.《名媛集》：

其诗俊逸萧永，如新桐初引，青山照人。其词亦复尔尔。

《林下词选》卷二引

7. 雷瑨：

吴江叶仲韶先生绍袁有才名，其夫人沈宛君女士，亦工诗词。著《鹂吹集》，又有《伊人思》，辑闺秀诗词甚备。子女俱擅吟咏，门以内唱和无虚日。长女纨纨，字昭齐。其季则叶小鸾也。昭齐适袁了凡孙，年二十三卒，有遗稿名《愁言》。《名媛集》称其诗俊逸萧永，如新桐初引，青山照人。其词亦复尔尔。曾见所著《芳雪轩词》，小令为多，如〔三字令〕《咏香扑》云："疑是镜，又如蟾，最婵娟。红袖裹，绿窗前。殢人怜，盖锦带，妬花钿。　兰浴罢，衬春纤。摸还拈。添粉艳，玉肌妍，麝氤氲，香馥郁，透香帘。"〔蝶恋花〕《秋怀》云："尽日重帘垂不卷。庭院萧条，已是秋光半。一片闲愁难自遣。空怜镜里容华换。　寂寞香残屏半掩。脉脉无端，往事思量遍。正是消魂肠欲断。数声新雁南楼晚。"〔踏莎行〕《暮春》云："花落闲庭，春归小院。沉沉嫩绿莺初啭。昼长人静掩重门，楞严读罢花阴转。　清思幽然，尘情尽遣，一帘幽霭东风晚。数声啼鸟欲黄昏，满阶月影澄澄见。"其清丽处不减易安。

《闺秀词话》卷四

8. 赵尊岳：

词四十八首，儿女子语，能有至理深情，亦匪幸致。〔锁窗寒〕“渐江天香老蘋洲，征鸿不向愁时缺”、〔浣溪沙〕“啼鸟数声人睡起，催花一霎雨还晴”、〔踏莎行〕“花落闲庭，春归小院，沉沉嫩绿莺初啭。昼长人静掩重门，《楞严》读罢花阴转”、〔玉蝴蝶〕“春晴，楼前凭望，东风老去，不奈愁萦”、〔菩萨蛮〕“蒲塘流水缓。枫叶新红短。人在莫凭阑，西风莫骤寒”等语，幽惋骀荡，亦可以登诸大匠之门庭者矣。

《惜阴堂汇刻明词提要·芳雪轩词一卷》（《词学季刊》第一卷第三号）

张令仪

张令仪（生卒年不详）字柔嘉，桐城（今安徽桐城）人。姚士封室。著有《蠹窗诗余》。存词八十八首。

1. 吴克岐：

《蠹窗诗余》一卷，其意境亦与其诗同，极哀感顽艳之致。

《皖江妇女诗徵》卷一

陆世仪

陆世仪（1611—1672）字道威，太仓（今江苏太仓）人。明诸生。陆世仪博洽多闻，无所不通，穷居授徒。明亡，拓地十亩，筑亭其中，号曰“桴亭”，不通宾客。著有《桴亭集》，词附。赵尊岳裁其词，题为《桴亭词》，辑入《明词汇刊》。存词二十二首。

1. 赵尊岳：

太仓陆桴亭先生，言理学，主敦守礼法，不虚谈诚敬之旨。同治间，从祀孔庙。而所为词，亦颇作侧艳语，此广平铁石之所以为梅花作赋欤？词二十二首，见《桴亭全集》。其小令〔卜算子〕：“人道柳如眉，妾道眉输柳。柳叶逢春却肯舒，眉只时时皱。　风懒燕葳蕤，花落春消瘦。望断天涯芳草深，人在天涯否。”妮妮作小儿女语，敏慧如此，真复匪夷可思。其作激昂语者，亦不失之犷俚。〔大江东去〕云：“江河日下，忙迫里、有甚清闲时节。华发生颠看眼底，无数死生离别。苍狗白云，鼠肝虫臂，底事和谁说。一声长啸，闷来惟过双月。”而感事之沉痛者，〔满江红〕下半阕云：“铜柱陨，朱崖缺。铁索断，沧澜绝。看石楼王屋，翻增悲咽。梅尉西山身未遂，鲁连东海心徒切。倚梅花、沈醉澹然堂，凭谁说。”则岳鄂王之遗音也。亦有苍劲处略似白石，〔潇湘逢故人〕有云：“洒数行清泪，天意近如何，欲醒还睡。”则哀思内掩，繁音外流，足征其感事之深，愤时之切已。

《惜阴堂汇刻明词提要·桴亭词一卷》（《词学季刊》第一卷第三号）

2. 赵尊岳：

小词如〔卜算子〕，亦颇作侧艳语，〔浪淘沙〕《失蟹》则更近于俳，要非碍其儒行。广平铁石，犹赋梅花，吾于桴亭亦云。

《桴亭词跋》（《桴亭词》卷后）

吴易

吴易（1612—1646），名一作昜，字日生，号愓庵，吴江（今江苏吴江）人。明崇祯二年（1629），与沈自炳、张拱乾等先后加入复社。十六年（1643）中进士。福王时，授职方主事，随史可法至徐州，督饷吴中。唐王时，授兵部右侍郎兼右佥都御史，总督江南诸军，进兵部尚书。鲁王监国亦授兵部侍郎，封长兴伯。旋为清兵所败，泅水脱走。清顺治三年（1646），潜至嘉善，被执，严词拒绝劝降，卒戮于杭州。《明史》卷二百七十七有传。吴易遗稿抄本中有词一卷曰《北征小咏》，赵尊岳题为《吴长兴伯词》，辑入《明词汇刊》。存词二十一首。

1. 沈雄：

《兰皋集》载徐石麒〔拂霓裳〕云："望中原。故宫锦树障烽烟。惊坐起，凉宵梦断蒋陵前。金人倾宝篆，玉女绣苔钱。问当筵。谁能醉鼓渐离弦。　西台哭罢，三户里，识遗贤。欹皂帽，吹箫乞食总堪怜。英雄身未死，屠钓技常兼。又何颜。许青门瓜种故侯田。"《东湖集》载吴愓庵〔满江红〕云："斗大江山，经几度、兴亡事业。瞥眼处、英雄成败，底须重说。香水锦帆歌舞罢，虎丘鹤市精灵歇。尚翻来、吴越旧春秋，伤心切。　伍胥耻，荆城雪。申胥恨，秦庭咽。羞比肩种蠡，一时人杰。花月烟横西子黛，鱼龙沫喷鸱夷血。到而今、薪胆向谁论，冲冠发。"乙丑季春，予带有选稿，与曹秋岳司农登琴台默坐，同下湖山之泪。见此二阕，为亟登之，以留作《正气歌》也。

《古今词话·词话》下卷

2.《柳塘词话》：

明季愓庵西郊较射，便读其《东湖杂感》云："深宫醉舞夜，敌国卧薪时。”想见其有心斯世。惕庵服上刑，武林僧名敬然者，乞遗骸于张抚军，葬菜园中，为位哭之，岁时供以麦饭。犹传其〔浪淘沙〕绝命词“成败论英雄，史笔朦胧”云云。

沈雄《古今词话·词话》下卷引

3. 周铭：

职方词雄深雅健，慷慨历落，其词场中霹雳手。至其和王之作，上媲文山，固不特正气之相嗣续也。

《松陵绝妙词选》卷二

4. 王昶：

吴惕庵易以起义被执，临刑时咏所作〔浪淘沙〕，有“成败论英雄，史笔朦胧”之句。惕庵尽节后，武林僧敬然乞遗骸于张巡抚，葬菜园中，为位哭之，岁时供以麦饭云。

《西崦山人词话》卷一

5. 丁绍仪：

世人动以词为小道，且以情语、艳语为深戒，甚或以须有关系之论概及于词。抑知夫子删《诗》，以二《南》冠首，岂无意哉？正惟家庭之内，情意真挚，充类至尽，而后国治天下平。况《离骚》之芳草、美人，即《国风》之卷耳、淑女，古人每借闺襜以寓讽刺。词之旨趣，实本《风》、《骚》，情苟不深，语必不艳，惜后人不能解、不知学耳。就明而论，词学几失传矣，而秾词丽制，半出自忠烈伟人。……如陈忠裕子龙、吴节愍易、夏节愍完淳，皆以明亡殉难。……吴节愍〔一剪梅〕云：“红染青枫白露霏。江上鸿栖。城上乌栖。扁舟独自倒金卮。霜下花稀。月下星稀。 世事纷纷总弈棋。颦也西施。笑也西施。坠欢如梦更休提。羡煞鸱夷。恼煞郦夷。”……之数公者，皆胜朝有数人物，乌得以艳词少之？

《听秋声馆词话》卷九

6. 陈廷焯：

淋淋漓漓，忠义之气如见，不必于词中计工拙也。击碎唾壶。下半阕纯用《吴越春秋》故事，承上句来。（评〔满江红〕“斗大江山”）

《云韶集》卷十三

7. 赵尊岳：

词慷慨颉颃，一如其人。〔木兰花慢〕《淮阴怀古》云：“清淮天共水，数往事，几雌雄。想国士登坛，王孙进食，枉杀重瞳。安见为知已死，又何妨鸟尽便藏弓。热闹神鸦社鼓，苍凉汉殿齐宫。　　霸才王略逐飞蓬，成败总朦胧。叹碌碌田横，匆匆士雅，草草元龙。荒台是刘伶土，好浇他杯酒对春风。啸断孤城夜月，梦回古寺晨钟。”〔摸鱼儿〕《浙江潮》下半阕云：“伤心事，断送赵家残祚。鸱夷巨手何处，霸图牛斗曾雄踞，气压回澜万弩。今又古，只恐怕，蓬莱清浅迷归路。归时记取，有精卫心痴，麻姑眼老，桑海几朝暮。”饶有稼轩之风，而不流于犷悍，斯足传也。

《惜阴堂汇刻明词提要·吴长兴伯词一卷》（《词学季刊》第一卷第三号）

归庄

归庄（1613—1673）一名祚明，字尔礼。又字元恭，号恒轩，昆山（今江苏昆山）人。归有光之曾孙。明诸生，复社成员。曾参与昆山一代抗请活动，事败，改僧装亡命。清顺治九年（1652），应万寿祺之聘，到淮阴任教，暗中与顾炎武联系谋抗清。万死，回昆山隐居，卖书画为生，不仕清。归庄佯狂愤世，与顾炎武同乡齐名，因有“归奇顾怪”之称。往来晚年寄食僧舍，卒年六十一。著有《归庄集》。存词三首。

1. 王士禛：

诗歌、行草无不遒丽卓绝，小词疏快，直逼六一原唱。

《明词综》卷七引

叶小纨

叶小纨（1613—1655 后）字蕙绸，吴江（今江苏吴江）人，叶绍袁与沈宜修次女，诸生沈永祯妻。幼聪慧，与姊纨纨、妹小鸾均工诗词，互相唱和，风雅一时。后姊妹相继夭殁，伤之，作杂剧《鸳鸯梦》以寄托哀情。著有诗集《存余草》。存词十五首。

1. 陈廷焯：

婉丽，如见妮妮之态。（评〔浣溪沙〕"髻薄金钗半辫轻"）

《云韶集》卷十三

2. 陈廷焯：

娇态可想。（评〔浣溪沙〕"髻薄金钗半辫轻"）

《词则·闲情集》卷二

张逸

张逸（生卒年不详）字泰庵，嘉兴（今浙江嘉兴）人。存词一首。

1. 顾璟芳：

村居胜赏，尽此数语。（评〔桂枝香〕《寄友村居》）

《兰皋明词汇选》卷七

2. 李葵生：

清脱不入俗。（评〔桂枝香〕《寄友村居》）

《兰皋明词汇选》卷七

3. 周铭：

张词如疏篁振响，虽无丝竹之音，自具潇洒之致。

《松陵绝妙词选》卷二

4. 陈廷焯：

起笔萧萧飒飒，尽有笔力。闲雅。写景亦疏快有致。（评〔桂枝香〕“天高气肃”）

《云韶集》卷十三

叶小鸾

叶小鸾（1616—1632）字琼章，又字瑶期，吴江（今江苏吴江）人。叶绍袁与沈宜修之季女。生方四月，即由舅父母沈自徵、张倩倩抚养。自幼姿容美慧，四岁能诵《离骚》。十岁归家，学吟咏，脱口成诵。日以弈琴画书为伴。聘于昆山张立平，嫁前五日而殁。有诗词集《返生香》，又名《疏香阁遗集》传世，词附。赵尊岳裁其词，题为《返生香词》，辑入《明词汇刊》。存词九十四首。

1. 叶绍袁：

年十二即工诗词，赋香茗于绮日，吟玉案于芄时。摛藻两京，掞华六代，自有烟霞之致，绝无脂粉之靡。

《祭亡女小鸾文》（《返生香》附）

2. 沈宜修：

填词之体，如秦少游、晏小山代闺人为之耳。如梦中所作〔鹧鸪天〕，此其志也。

《季女琼章传》（《鹂吹集下》）

3. 黄媛介：

词则情深藻艳，宛约凝修，字字叙其真愁，章章浣其天趣。成风散雨，出口入心，虽唐宋名人亦当避席。

《读叶琼章遗集》（《午梦堂集》附录）

4. 王端淑：

词家口头语，正写不出在笔尖头，写得出，便轻松流丽，淡处见浓，闲处耐想，足以供人咀味。何必苏、刘、秦、柳始称上品？

《名媛诗纬初编诗余集》

5. 陈维崧：

吴江叶进士名绍袁三女，长昭齐，次蕙绸，次琼章，俱有才调。而琼章尤英彻，如玉山之映人，诗词绝有思致，载《午梦堂集》中。

《妇人集》

6. 沈雄：

《午梦堂集》，沈宜修字宛君，一女名纨纨，字昭齐，有《愁言集》。一女名小鸾，字琼章，有《返生香词》。……其小鸾〔南柯子〕《秋思》云："门掩瑶琴静，窗消画卷闲。半庭香雾绕阑干。一带淡烟江树，隔楼看。　云散青天瘦，风来翠袖宽。嫦娥眉又小檀弯。照得满阶花影，只难攀。"〔虞美人〕《残灯》云："深深一点红光小。薄缕微烟袅。锦屏斜背汉宫中。曾照阿娇金屋，泪痕浓。　朦胧穗落轻烟散。顾影浑无伴。怆然午夜漫凝思。恰似去年秋夜，雨窗时。"填词俱富，尽称令晖、道蕴，萃于一门。

《古今词话·词话》下卷

7. 钮琇：

所存诗词皆似不食人间烟火者。

《明词综》卷十一引

8. 叶燮：

《返生香集》，我姊琼章所著也。琼章于诸姊行三，幼而奇慧，初学诗词即卓然成家。

《午梦堂诗钞述略》(《午梦堂集》附录)

9.《兰皋明词汇选凡例》：

言情之作，半出名闺，风雅尽然，于词何独不尔。王修微、谢中李，其为情种，盖不必言。外此如徐、如王、如沈，以至松溪二叶，靡不奴视淑真，兄呼清照。

《兰皋明词汇选》卷首

10. 胡应宸：

宛君若带羞涩，反欠老成，何以为琼章地？故宛君正以老成见妙，琼章正以羞涩见妙，各不可强。

《兰皋明词汇选》卷七

11. 顾璟芳：

看其声情吞吐，一种心事，似不欲流于纸上，方是名闺本色。他家拟作，恐伤大雅。（评〔浣溪纱〕“红袖香浓日上初”）（卷一）

琼章不欲作艳语，故词格坚浑，无香奁气。（卷二）

刘、杨、王诸家，为一代词手，尚矣。他若陆文裕之高华，董遐周之工艳，沈君鹿之幽凉，眉道人之萧散，周白川清和而调高，夏玉樊秀媚而善感，大樽寄意题外，琼章情在景中，古堂、蕊园孤奇别俗，浪仙、雪馆冷艳袭人，类烁宋熔元，独标风雅。（卷六）

《兰皋明词汇选》

12. 陈廷焯：

琼章词丰骨珊珊，有流水行云之致，尤出姊昭齐之右。

只是写景却有仙风。清虚骚雅。（评〔南歌子〕“门掩瑶琴静”）

咏灯题不落小家子样，一片哀感、真慧心女子，然亦是早夭之征。（评〔虞美人〕“深深一点红光小”）

〔浣溪沙〕诸阕，无不哀艳芊绵，却是神仙中人语，无一字凡间人道得出来，真不数韩夫人、赤城仙也。（评〔浣溪沙〕“红袖香浓日上初”）

何等凄感。“但凭”二字妙。（评〔浣溪沙〕“几日东风倚画楼”）

“只又看”二字中有多少哀感。丽句亦是仙句（“天边明月伴菱花”句）。（评〔浣溪沙〕“曲曲阑干绕树遮”）

凄凄切切，令人惋惜。（评〔浣溪沙〕“曲榭莺啼翠影重”）

有情有景，亦有笔力。仙乎？仙乎？何多情也。（评〔谒金门〕“情脉脉”）

凄清。神味独胜，直似唐人。(评〔忆秦娥〕“湘簾揭”)

《云韶集》卷十三

13. 陈廷焯：

芊绵宛约，视《断肠集》有过之无不及也。(评〔浣溪沙〕“红袖香浓日上初”)

凄凉哀怨，所以不能永年也。(评〔浣溪沙〕“几日东风倚画楼”)

《词则·闲情集》卷二

14. 陈廷焯：

叶小鸾词笔哀艳，不减朱淑真。求诸明代作者，尤不易觏也。(卷三)

闺秀工为词者，前有李易安，后则徐湘蘋。明末叶小鸾较胜于朱淑真，可为李、徐之亚。(卷五)

《白雨斋词话》

15. 秋梦：

《返生香词钞》为明才女叶小鸾遗著，清词丽句，飘飘欲仙，然倩女离魂，已乎此露其先兆矣。录其〔浣溪纱〕五阕……予素不信诗谶之说，今读小鸾诸词，一若真有可凭者，乃知天下之事，未可尽以常理论也。

《绮霞轩诗话》(《词女五录》之三录引)

16. 赵尊岳：

词中佳句极多，如〔浣溪沙〕：“粉蝶眠春随梦去，游丝系树带花赊。”“紫燕未归余画栋，黄昏先到怯囊琴。”“砌上落花和月落，帘前明月近花明。”〔谒金门〕：“情脉脉，帘卷西风争入，漫倚危楼窥远色，晚山留落日。”〔上阳春〕：“无数灞陵桥畔，离人泪染。一生空自管销魂，只赢得腰肢软。”又：“点点离魂如雨，轻狂随处。天涯不识归章台，更阻断迷人路。”〔玉楼春〕：“寂寥孤馆闭春寒，但见斜阳窥绣户。”〔虞美人〕：“春风著意半蹉跎，燕子不知花事已无多。”均隽永清逸，渐近沈著之笔也。

《惜阴堂汇刻明词提要·返生香一卷》(《词学季刊》第一卷第三号

17. 木石居士：

叶叶流芬午梦堂，天风吹下杜兰香。

广寒亦有修文殿，免在人间见海桑。

【注】叶氏一门文采辉映，琼章才尤颖异，惜早折未竟其诣，其父仲韶哀之，汇刊为《午梦堂集》，未几，明室鼎革，仲韶流离兵间，旋亦披缁入道矣。

《名媛词选题辞十首》(《五百家名媛词选》)

18. 陈声聪：

明代闺襜之词颇盛，如杨慎之室黄氏，赵宧光之室陆卿子，叶绍袁之室沈宜修，张立平之聘室叶小鸾，林鸿之室张红桥，乃至名伎如马守贞、王修微等，王昶《明词综》中所列，将及百人，皆有词，虽停当有余，而出色者少。……旧时妇女，足不出户，依人为活，除了攀花折柳，惜别伤春，尚有何物可以自由抒发耶？

《读词枝语》六十九

19.《玉镜阳秋》：

诗余清丽相当，而时有至语。拟其恣制，正如花红雪白，光悦宜人。而一语缠绵，复耐人寻咀。

《历代妇女著作考》(增订本)卷六引

蔡道宪

蔡道宪（1616—1643）字元白，号江门，晋江（今福建晋江）人。明崇祯十年（1637）进士，除大理推官，未赴，改长沙。十六年，张献忠攻长沙，城陷被执，磔死。事闻，赠太仆少卿，谥忠烈。《明史》卷二百九十四有传。著有《蔡忠烈公遗集》。赵尊岳裁其词，题为《蔡忠烈公词》，辑入《明词汇刊》。存词八首。

1. 赵尊岳：

诗词清婉绝俗。词凡八首。其〔鹧鸪天〕云："玉簟秋肌已渐寒。梦中那得至长安。黄花岂是相思草，青鸡难为千里翰。　明镜里，不须看，长眉何处学春山。吴江有约书应记，月满西楼独倚阑。"极似杨升庵。又〔风入松〕起拍："湖头香辫藕花秋。目断南楼。年华易老人轻别，为谁学、武陵游。红叶一声去也，青山万里孤舟。"并皆思致敏妙，情绪婉然，入南宋之堂庑者矣。

《惜阴堂汇刻明词提要·蔡忠烈公词一卷》（《词学季刊》第一卷第三号）

2. 赵尊岳：

诗词清婉绝俗，要不当以寻常声律绳之者也。

《蔡忠烈公词跋》（《蔡忠烈公词》卷后）

3. 赵尊岳：

明代武职，多有能词者，若任环之力抗倭寇，蔡道宪之不屈闯贼，万惟檀之阖门殉节，孙承宗之巡守宣镇，均有长短句播芳百世。此与希文巡边，起塞上秋来之感，武穆陷阵，申黄龙痛饮之情，直可谓异曲而同工者。

《惜阴堂汇刻明词记略》（《明词汇刊》附）

陈子升

陈子升（1614—1692）字乔生，南海（今广州南海）人。陈子壮弟。明弘光时，以明经举第一。隆武改元，拜授中书舍人。桂王时，任吏科给事中，迁兵部右给事中。清顺治七年（1650），粤东再陷后，遂流转山泽以终老。《清史列传》卷七十有传。陈子升善琴工诗，著有《中洲草堂遗集》。赵尊岳裁其词，题为《中洲草堂词》，辑入《明词汇刊》。存词二十四首。

1. 赵尊岳：

词二十四首，附集以传。有学《花间》者，〔荷叶杯〕云："绣户忽来红雨，如舞。闭户不看他，惹得频嘶白鼻騧。花么花，花么花。"其"闭户不看他"之词意决绝，得古乐府之遗，自《花间》之流派矣。又〔小秦王〕云："不分明珠转七盘。争教淡雾隐双鸾。高唐洛浦知真假，玉树银缸坐夜阑。"亦极似皇甫松诸作，唐诗之由诗而衍进于词者。至其〔浣溪沙〕《江上作》有曰："女曰观乎溱洧水，神而非者广陵涛。"则几以行文之法入词，不可为训，亦其为玷璧之青蝇矣。

《惜阴堂汇刻明词提要·中洲草堂词一卷》（《词学季刊》第一卷第三号）

2. 赵尊岳：

牧斋盛称其学殖富有，才笔日新，以风雅为第宅，以骚选为园囿。词中〔烛影摇红〕一阕，感愤特深，足见其志已。

《中洲草堂词跋》（《中洲草堂词》卷后）

张煌言

张煌言（1620—1664）字玄著，号苍水，鄞县（今属浙江宁波市）人。明崇祯十五年（1642）举人。弘光元年（1645），清兵下江南，福王政权覆灭，钱肃乐起兵，遣煌言迎鲁王监国，赐进士，加翰林院编修，官至兵部右侍郎。桂王时，命张煌言为东阁大学士兼兵部尚书。以残兵支撑于天涯海角者二十年。清康熙三年（1664）为清军所俘，押解杭州。不屈，死于市。乾隆四十一年予谥忠烈。著有《张苍水集》。赵尊岳裁其词，题为《张尚书词》，辑入《明词汇刊》。存词六首。

1. 赵尊岳：

遗集附六词，风格骞举，雅韵欲流。〔柳梢青〕云："锦样江山。何人坏了，雨瘴烟峦。故苑莺花，旧家燕子，一例阑珊。　此身付与天顽。休更向秦关汉关。白发镜中，青萍匣里，和泪相看。"可以窥其一斑矣。〔满江红〕二首，忠愤孤怀，益见沉痛，殆海角行役中所作者乎？

《惜阴堂汇刻明词提要·张尚书词一卷》（《词学季刊》第一卷第三号）

2. 赵尊岳：

词虽不多，风格自高抗，孤忠所托，岂偶然哉。

《张尚书词跋》（《张尚书词》卷后）

汤传楹

汤传楹（1620—1644）字子辅，更字卿谋，吴县（今江苏苏州）人。明诸生。早擅才华，与尤侗交笃，与之至常熟参加临社。甲申三月闻国变，悲愤不已，哭临三日遂卒，年仅二十五。尤侗撰有《汤卿谋小传》（《湘中草》卷首）述其生平大略。著有《湘中草》。赵尊岳裁其词，题为《湘中草词》，辑入《明词汇刊》。存词三十五首。

1. 沈雄：

小词特多秀发之句，而藻思总不由人者。

《古今词话·词评》下卷

2. 陆灵长：

诗词皆幽艳。

《明词综》卷六引

3. 王昶：

汤卿谋传楹，有《湘中草》，其词三十余首，尤展成侗序云："吾呼苏柳汤子。顾词曲则苏非铁琵琶，柳非红牙板。"其称誉如此。然卿谋小有才，所作皆不轨于正。

《西崦山人词话》卷一

4. 陈廷焯：

卿谋美丰姿，配丁氏，亦有林下风。卿谋早夭，尤悔庵为大哭之，并为刻《湘中小草词》，特多明秀语。（评〔鹧鸪天〕"一片伤心花影重"）

《云韶集》卷十三

5. 陈廷焯：

"鬓侧"七字摹写活现。贼相。兼晏、欧、周、秦之美。（评

〔鹧鸪天〕“一片伤心花影封”）

《词则·闲情集》卷二

6. 赵尊岳：

词三十一首，合之集中。绮语较多，遂稍失之轻。然风致流美，意态便娟，亦多慧语也。〔西江月〕云：“善病不知卿法，多愁即是吾乡。西楼春梦到垂杨。杨柳几曾惆怅。 流水落花何处，大堤芳草谁行。凭阑默默背斜阳。旧恨依然无恙。”〔鹧鸪天〕：“一片伤心花影封。美人初出晓云宫。帘前泥落常憎燕，鬓侧花摇数避风。 钩月翠，晕潮红。倚烟欺雨咒东风。碧纱深掩喁喁处，塞北江南春梦中。”要均喁喁可喜。至〔桂枝香〕：“江左风流扫地矣。叹击楫中流，于今有几。满目新亭，哑哑笑言而已。更无一点山河泪，望苍生、竟何人是。醉乡深味，睡乡佳境，吾将老耳。”亦复见“慨当以慷”之致。而〔摸鱼儿〕上半阕：“问青天、昨宵风雨，行行春脚何处。持杯欲共春风语，回首柳绵无数。愁云误。但芳草多情、未断登临路。乱山凝暮。奈一缕清魂，远随烟鸟。极目竞飞渡。”则取法稼轩，能得其蹊径者也。

《惜阴堂汇刻明词提要·湘中草一卷》(《词学季刊》第一卷第三号）

7. 赵尊岳：

诗词专致绮语，意境遂未易超拔，盖已涉于国初轻纤一派，不免岐趋矣。

《湘中草跋》(《湘中草》卷后）

莫秉清

莫秉清（生卒年不详）字紫仙，一字葭士，莫是龙子。诸生。云间（今上海松江）人。入清后，誓不出山，以吟咏自遣。所著文章勿顾忌讳。终清二百六十余年，子孙藏其稿，不轻示人。至民国时七世孙子经始属人校刊之。全集有文集二卷、诗二卷。赵尊岳裁其词，题为《采隐诗余》，辑入《明词汇刊》。存词六十五首。

1. 赵尊岳：

裁其诗余，合诸翁山、二陆之林，胥明季词林之大师也。

《采隐诗余跋》（《采隐诗余》卷后）

朱一是

朱一是（生卒年不详）字近修，海宁（今浙江海宁）人。明崇祯十五年（1642）举人。素怀经济天下之志，尝远赴京城，欲上书言国事，但国事已危，无可挽回。明亡，拒绝降清，流亡海上。后归乡里，莳桑种竹，披缁衣授徒，主持当地文社。著有《为可堂集》，词集《梅里词》，有清初清远堂刊本。存词一百七十一首。

1. 朱一是：

诗余者，诗之余旨与？词之近诗，不可入诗，则余之自成一体。余诗犹未能也，岂暇为余？王介人曰："吾老于诗，思索情竭，多作艳情绮词以发之。"闻此十五年久矣。因思屈子江潭幽放，托词于香草美人，或亦如介人之云。今吾比介人加老，遂一为诗余。世之高誉望少壮者，忽咸出于此，其居尝讨求与燕叙相题目，举置诗不言，言诗余，岂风会则有然欤？天都孙无言既集成数家，亟挃予作不令终自秘。老妇面傅粉唇朱，一旦入姬姜之群，呜呼！其丑也！

《梅里词自序》（《梅里词》卷首）

2. 周庆云：

有《梅里词》一卷，其〔二郎神〕《登燕子矶秋眺》一词，最饶逸响。

《历代两浙词人小传》卷五

夏完淳

夏完淳（1631—1647）原名复，字存古，别号小隐、灵胥，松江华亭（今上海松江）人。夏允彝子。幼聪慧，七岁能诗文，九岁撰《代乳集》(已佚)。年十二已博极群书，为文千言立就，慷慨谈军国事。十五岁，跟随父亲及师长陈子龙投身抗清斗争。兵败父亡，又与陈子龙起兵。受鲁王封为中书舍人，入太湖吴易处参谋军事。易败，流亡江、汉之间，仍奔走抗清。清顺治四年(1647)夏，被捕入狱，后殉难。年仅十七。乾隆时予谥节愍。《明史》卷二百七十七附夏允彝传。著有《夏节愍全集》。赵尊岳裁其词，题为《夏内史词》，辑入《明词汇刊》。存词四十二首。

1. 胡应宸：

气节人，自能作情语。(评〔虞美人〕《风情》)

《兰皋明词汇选》卷三

2. 顾璟芳：

刘、杨、王诸家，为一代词手，尚矣。他若陆文裕之高华，董遐周之工艳，沈君鹿之幽凉，眉道人之萧散，周白川清和而调高，夏玉樊秀媚而善感，大樽寄意题外，琼章情在景中，古堂、蕊园孤奇别俗，浪仙、雪馆冷艳袭人，类烁宋熔元，独标风雅。(卷六)

士生当厄，会其情词多感慨离愁，远而杨、刘，近而陈、夏，读其文，未尝不悲其遇也。(卷七)

《兰皋明词汇选》

3. 李葵生：

问闺帏则王、徐入室，谭骚楚则陈、夏升堂。(《兰皋明词汇选序》)(卷首)

无深情者，必无至性。（评〔虞美人〕《风情》）

《兰皋明词汇选》卷三

4.《柳塘词话》：

夏存古《玉樊堂词》，向得之曹硕庵五集中。见其词致，慷慨淋漓，不须易水悲歌，一时凄感，闻者不能为怀。留此数阕，以当《东京梦华录》也。

沈雄《古今词话·词评》下卷引

5. 王昶：

夏存古完淳，十五从军，十七授命，所撰诗文，力追盛唐体制。余常抄其《玉樊堂集》，中有诗余数首，凄凉掩抑，以《离骚》香草之旨，而寓《国风》黍离之痛。

《西崦山人词话》卷二

6. 丁绍仪：

世人动以词为小道，且以情语艳语为深戒，甚或以须有关系之论概及于词。抑知夫子删《诗》，以二《南》冠首，岂无意哉？正惟家庭之内，情意真挚，充类至尽，而后国治天下平。况《离骚》之芳草、美人，即《国风》之卷耳、淑女，古人每借闺襜以寓讽刺。词之旨趣，实本《风》、《骚》，情苟不深，语必不艳，惜后人不能解、不知学耳。就明而论，词学几失传矣，而秾词丽制，半出自忠烈伟人。……夏节愍〔忆王孙〕云：“珠帘斜卷翠鬟垂。晚日重楼人未归。细按红牙懒画眉。影徘徊。一种东风几样吹。”〔卜算子〕云：“秋色到空闺，夜扫梧桐叶。谁料同心结不成，翻就相思结。　十二玉阑干，风飐灯明灭。立尽黄昏泪几行，一片鸦啼月。”之数公者，皆胜朝有数人物，乌得以艳词少之？

《听秋声馆词话》卷九

7. 谢章铤：

明末风雅首陈大樽子龙，大樽门下首夏存古完淳。存古，华亭人，彝仲之令子也。宏光时以荫授中书，国朝赐谥节愍，就义年方十七。所为诗文如唳猿，如啼鹃，令人不堪卒读。《柳塘词话》谓其有《玉樊堂词》。近人编《夏内史集》，末载词二十余阕。〔鹊踏枝〕云：“珠帘人影盈盈处。不到春深，不解相思苦。独倚玉阑无一语。梨花几阵黄昏雨。　宛转声声听杜宇。回首销魂，无计教春去。忽见旧年携手路。绵绵芳草离离树。”〔千秋岁〕云：“几番薄幸，无限伤心景。眉前事，心头病。残灯余一点，恰把罗衣整。窗棂外，一枝带雨梨花影。　独步东风静。访当时花径。寒悄悄，花光净。人去多时也，往事犹堪省。飘红泪，银釭露满秋千冷。”他如〔一斛珠〕之“乍晴乍雨催人瘦”、〔忆王孙〕之“一种东风几样吹”，颇似小山吐属。不独《大哀》一赋，伤心直逼兰成。

《赌棋山庄词话》卷八

8. 陈廷焯：

存古词旨慷慨，不囿于时俗。

笔分绝高，渔洋谓此词写意即工，自是再来人，信然。（评〔卜算子〕“秋色到空闺”）

感慨不尽。不独有韵且有骨。（评〔一剪梅〕“无限伤心夕照中”）

此词情况若远若近，另有寓意，耐人玩索。凄恻芊绵。（评〔鱼游春水〕“离愁心上住”）

观“隔浦”二语，何等委婉，却又何等斩绝。其气概悲壮，其词忠厚温柔，节愍公一生心事可见矣。黍离之慨，有不能自已者。（评〔烛影摇红〕“辜负天工”）

《云韶集》卷十三

9. 况周颐：

世讥明词纤靡伤格，未为允协之论。明词专家少，粗浅、芜率之失多，诚不足当宋元之续。唯是纤靡伤格，若祝希哲、汤义仍义仍工曲，词则敝甚、施子野辈，偻指不过数家，何至为全体诟病？

洎乎晚季，夏节愍、陈忠裕、彭茗斋、王姜斋诸贤，含婀娜于刚健，有风骚之遗则，庶几纤靡者之药石矣。国初曾王孙、聂先辑《百名家词》，多沉着浓厚之作，明贤之流风余韵，犹有存者。

明夏节愍完淳年十七殉国难，词人中未之有也。其《大哀》、《九哀》诸作，庶几趾美楚骚。夫以灵均辞笔为长短句，乌有不工者乎？谢枚如称其所作如猿唳、如鹃啼，略得其似。唯所举〔鹊踏枝〕、〔千秋岁〕二阕及〔一斛珠〕、〔忆王孙〕断句，则犹非其至者。〔鱼游春水〕《春暮》云："离愁心上住。卷尽重帘推不去。帘前青草，又送一番愁句。凤楼人远箫如梦，鸳枕诗成机不语。两地相思，半林烟树。　犹忆那回去路。暗浴双鸥催晚渡。天涯几度书回，又逢春暮。流莺已为啼鹃妒，蝴蝶更禁丝两误。十二时中，情怀无数。"〔婆罗门引〕《春尽夜》云："晚鸦飞去，一枝花影送黄昏。春归不阻重门。辞却江南三月，何处梦堪温，更阶前新绿，空锁芳尘。　随风摇云。不须兰棹朱轮。只有梧桐枝上，留得三分。多情皓魄，恐明宵、还照旧钗痕。登楼望、柳外销魂。"断句〔柳梢青〕《江泊怀漱广》云："瞑宿吴江，风灯零乱，一晌相思。"〔鹊桥仙〕《楼夜》云："猛然听得杜鹃啼，又早是、一轮残月。"

《蕙风词话》卷五

10. 况周颐：

明词专家少，粗浅芜牵之失多，诚不足当宋元之续。时则有若刘文成（基）、夏文愍（言），风雅绝续之交，庶几庸中佼佼。爰及末季，若陈忠裕（子龙）、夏节愍（完淳）、彭茗斋（孙贻）、王姜斋（夫之），词不必增重其人，亦不必以人增重，含婀娜于刚健，有《风》、《骚》之遗音。昔人谓词绝于明，讵持平之论耶？

《词学讲义》

11. 赵尊岳：

其所为词，蕃艳凄丽，意境具足。……有绝幽茜者，〔忆王孙〕：

"珠帘斜卷翠鬟垂。晓月重楼人未归。细按红牙懒画眉。影徘徊。一样东风几样吹。"有绝艳冶者，如："蝴蝶前身原夜合，杨花身后作浮萍。"有绝哀顽者，如："郎未来，侬未去，独倚雕阑无语。泪珠滴滴对银釭，化作今宵雨。"有绝轻清者，〔一翦梅〕："昨夜花开第几枝。还是东风，燕子来时。南云毕竟几时还，独倚阑干，红雨丝丝。"而〔烛影摇红〕一阕，尤为明季诸家之冠云："孤负天工，九重自有春如海。佳期一梦断人肠，静倚银釭待。隔浦红兰堪彩，上兰舟、伤心欸乃。梨花带雨，柳絮迎风，一番愁债。回首当年，倚楼画角生光彩。朝弹瑶瑟夜银筝，歌舞人潇洒。一自市朝更改，暗消魂、繁华难再。金钗十二，珠履三千，凄凉千载。"其忠愤之怀，字里行间，一一流露，可谓入宋贤之堂室者已。

《惜阴堂汇刻明词提要·夏内史词一卷》(《词学季刊》第一卷第三号)

12. 赵尊岳：

词意境具足。〔烛影摇红〕一阕，以视功甫，何遽让兹……要之正气所钟，充塞天地，生有自来者，文章犹其余事而已。

《夏内史词跋》(《夏内史词》卷后)

13. 赵尊岳：

明代亡国时，词人特多，尤极工盛，以视南宋末年，几有过之，殊无不及。且煌煌巨著，如曹元方、王屋、曹堪诸家，均积至数百首，更视稼轩、后村为富。而夏存古、陆钰、陈卧子诸作，雄奇凄丽，更夺水云诸贤之席。盖甲申之变，内乱外患，相迫而来，忠义之流，势穷力促，或挥鲁阳之戈(陈、夏均以儒生起义)，或励薇葛之节(陆系国亡后饿死)，而要多托于变徵之音，其人固大节凛然，其词自亦纯金璞玉矣。

《惜阴堂汇刻明词记略》(《明词汇刊》附)

14. 赵尊岳：

鼎革之际，忠义诸公，投袂束发，或会稷棘之师，或励葛薇之节，济兹多士，孤愤勤王。而缩地南疆，留都已解；颓波海国，闰统垂亡。凄凉激楚，听河满之悲鸣；悱恻缠绵，怯宫声之不返。若陈卧子、夏存古、张元普、吴日生、陆真如诸家，曲雅清雄，别具胜概，可歌可泣，以怨以群，不特敦名节于诗教之间，抑且起正声于俗乐之末。稼轩、同甫，共此才情；《花外》、《草窗》，微嫌刷色。

《惜阴堂明词丛书叙录》（《明词汇刊》附）

程辭

程辭（生卒年不详）字墨仙，休宁（今安徽休宁）人。著有《石交堂词》。存词十一首。

1. 沈雄：

休宁程墨仙，不为金粉遮障、闺幨铺张之语。至情之句，妙合至理，而又毫不可动。如〔玉楼春〕之密怨，〔蝶恋花〕之忆别，推闺情第一，要不数严次山也。余尝有云：生居古人之后，而犹多创获之词，非才倍古人者弗能。今幸得于石交堂一刻也。

《古今词话·词评》下卷

2. 陈廷焯：

有风致。如画。（评〔西江月〕“尽日荷锄治圃”）

《云韶集》卷十三

杜濬

杜濬（1611—1687）原名诏先，字于皇，号茶村。湖北黄冈人。诗法杜甫，尤长五律，风格浑厚。

1. 丁绍仪：

就明而论，词学几失传矣，而秾词丽制，半出自忠烈伟人。……彼杜于皇、沈天羽、李笠湖辈，街谈里语，填塞满纸，乃自诩为意新句奇，是诚词家之蠹，其窃名一时，幸哉。

《听秋声馆词话》卷九

顾璟芳

顾璟芳，字宋梅，号铁崖，嘉兴（今浙江嘉兴）人。生平事迹不详。与同里李葵生、胡应宸辑有《兰皋明词汇选》。

1. 孙执升：

顾宋梅常言词以艳冶为正则，宁作大雅罪人，弗带经生气。词至施子野《花影集》，旖旎极矣，宋梅独痛删之。良以词之视曲，其道其远；词之去曲，其界甚微，又不能不为词家守壁耳。

《古今词话·词话》下卷引

2. 李葵生：

古学如宋梅，宜薄词章不为，然其和平处令人心夷；其激楚处，尤令人色壮。体制故应独绝。（评〔忆王孙〕《冬夜步月》）

《兰皋诗余近选》（《兰皋明词汇选》附）

3. 胡应宸：

从来泛交者，交必难久；寡合者，合不复离。铁崖至性人也，其与当世士，义不苟就。此词之意，盖其甚也。若以为意傲一切，犹为蠡测云。（评〔踏莎行〕《立秋日集殿陈斋同西雯赋》）

《兰皋诗余近选》（《兰皋明词汇选》附）

4. 郁锡之：

郊居之乐，惟渊明为得其真。其曰："结庐在人境，而无车马喧。"此诚自写性情处。宋梅遣兴寄怀，雅多真率，惜不与刘柴桑诸人合之。（评〔渔家傲〕《郊饮》）

《兰皋诗余近选》（《兰皋明词汇选》附）

5. 张暗公：

尝谓天地间好事人，其胸中决无一毫尘俗，故其笔下亦无一点烟火。读宋梅词，应作如是想。（评〔江城子〕《客况》）

《兰皋诗余近选》(《兰皋明词汇选》附)

6. 许大来：

宋梅自号铁崖，欲与广平争烈，而所制短长调，又极惋恻缠绵，不止《梅花赋》也。予因叹天下有情人，定不轻试其情，元才子固非诬我。(评〔满庭芳〕《夜思》)

《兰皋诗余近选》(《兰皋明词汇选》附)

7. 史笔公：

予观武穆、文山，及青田、新建诸公，矢口雄烈，早自惊人，不知者徒以为经生常谈，或矫语忠孝。岂知时至事起，志气所发，有一一不爽者，可见事业人，原不必功成始著，即平居时，其笔墨寄托，皆有骨气流于其间。作者难，识者正复不易。(评〔大江东去〕《谒于忠肃墓》)

《兰皋诗余近选》(《兰皋明词汇选》附)

8. 胡殿抡：

铁崖制词，类婉转风流，独于眺揽山川，凭怀今古之会，便觉气成白虹，响出云际，豪客黄衫，正未见其匹也。(评〔桂枝香〕《金陵怀古次荆公韵》)

《兰皋诗余近选》(《兰皋明词汇选》附)

李葵生

李葵生（生卒年不详）字西雯，号达庵，嘉兴（今浙江嘉兴）人。生于明末天启、崇祯年间。与同里顾璟芳、胡应宸辑有《兰皋明词汇选》。

1. 钱介子：

赋物词最忌粘着，又忌脱空，惟以我之情，托出物理，却又冥然不觉，斯为写生手。（评〔忆秦娥〕《杨花》）

《兰皋诗余近选》（《兰皋明词汇选》附）

2. 顾璟芳：

歌以言志。吾辈花朝得句，月夕成吟，非寓意于闺帏，即移情于山水，要不过自写其胸中而止，讵欲声传铁板，邀朱门盼睐耶？若夫水流鸦乱，共饮淮海之名；残月晓风，争唱屯田之什，则又千古声价，非一时可必。吾得以信李子者自慰也。（评〔玉楼春〕《题词稿呈闻遐兄》）

不暇雕琢，而语语真挚，达庵至性忠孝，此其一斑。（评〔一萼红〕《书恨》）

《兰皋诗余近选》（《兰皋明词汇选》附）

3. 顾宣远：

每读李之诗、古文、词，隽逸幽深，令人心远，知其骨带烟霞，胸罗丘壑者多矣。（评〔蝶恋花〕《秋闺》）

《兰皋诗余近选》（《兰皋明词汇选》附）

4. 胡应宸：

李子尝为予言：衡山、枝山，皆善一时才誉。然吾辈宁为文之方操，不学祝之狼藉。故其为人，于吟诵外，无他嗜好也。今拟艳作，乃如许尽致，固知冰雪其肠者，正不必不风月其中耶。

（评〔天仙子〕《村行》）

《兰皋诗余近选》（《兰皋明词汇选》附）

5. 孟宾夏：

豪宕不减坡公。（评〔满庭芳〕《秋兴》）

《兰皋诗余近选》（《兰皋明词汇选》附）

6. 顾闻西：

只一愁字横于胸臆，便觉触景增伤。昔人叹易安词为间气所钟，以视达庵作，又何如？（评〔声声慢〕《秋闺词〈漱玉集〉韵》）

《兰皋诗余近选》（《兰皋明词汇选》附）

7. 钱介子：

作词用虚词，最难安顿，求之前辈，东坡、稼轩外不多见也。此词安顿数虚字，可谓绝妙。然其所以追从古人处，却又不尽于此。（评〔沁园春〕《述志》）

《兰皋诗余近选》（《兰皋明词汇选》附）

胡应宸

胡应宸（生卒年不详）字殿臣，嘉兴（今浙江嘉兴）人。生于明末天启、崇祯年间。与同里李葵生、顾璟芳辑有《兰皋明词汇选》。

1. 顾璟芳：

吾党无情可寄托，而有情可言，赋好色者，不必果宋玉也，吾得以自信者，问之沧凌焉。（评〔长相思〕《忆旧》）

《兰皋诗余近选》（《兰皋明词汇选》附）

2. 黄夷吾：

每读淮海、屯田诸小令，辄觉浑雅之色藏于流逸，若此气体，固为神似。（评〔昭君怨〕《春晚》）

《兰皋诗余近选》（《兰皋明词汇选》附）

3. 沈上子：

岁戊戌，胡子与予同避暑茜阳，丙夜苦吟不辍，一出而为词坛冠冕。天工、人巧，两者殆兼有之（评〔行香子〕《偕同人集坐春轩》）

《兰皋诗余近选》（《兰皋明词汇选》附）

4. 李葵生：

昌黎三上宰相，想亦是牢落中人，然至作《进学解》，却又勤勤劝勉，不几引人同入苦海耶？今读殿臣词，乃知为少年开进取法门，是诚不可概论也。虽然，有殿臣之才，亦正不必牢骚耳。（评〔河满子〕《勉四弟殿伦兼贻顾渭宁妹倩》）

《兰皋诗余近选》（《兰皋明词汇选》附）

5. 毛羲上：

隐括古人辞赋，妙在不实不空，方有兴趣。斯作疏密得宜，镕化入妙，其殆庐陵之后身乎？（评〔哨遍《隐括醉翁亭记》）

《兰皋诗余近选》（《兰皋明词汇选》附）

黄承圣

黄承圣（生卒年不详）字奉倩，太仓（今江苏太仓）人。明万历诸生。著有《萝窗词》。存词七首。

1. 汪森：

娄江黄奉倩小词数首，名《萝窗词》，亦自有远神好句者。

沈雄《古今词话·词评》下卷引

李因

李因（1610—1685）字今是，一字是庵，又字今生，又号龛山女史，浙江会稽（今绍兴）人。初为明末名妓，后为葛征奇侧室。明亡流寓海宁，故题画每作海宁女史，善画山水花鸟。撰有《竹笑轩吟草》一卷、《续集》一卷、《三集》一卷。有《竹笑轩诗余》。

1. 吴衡照：

闺秀李因，字是庵，杭州人。光禄卿葛征奇妾。有《竹笑轩集》。工诗及诗余，语短情长，去北宋未远。

《莲子居词话》卷三

2. 雷瑨：

李因，字是庵，杭州人，光禄卿葛征奇侧室，有《竹笑轩集》。画法陈白阳，工诗及诗余，语短情长，去北宋人未远。

《闺秀词话》卷三

李贞俪

李贞俪，生平事迹不详。明妓女。

1. 吴衡照：

《词苑丛谈》载明妓李贞俪句："相思莫写上阳花。恐被风吹愁起满天涯。"用唐雍陶诗意，不减草衣道人〔忆秦娥〕也。

《莲子居词话》卷三

沈智瑶

沈智瑶（生卒年不详）字少君，吴江（今江苏吴江）人，沈宜修季妹。约明崇祯初前后在世。幼工诗词，以怨恨自沉于水而死。著有《绣香阁集》，惜烬于战火，不传于世。存词一首。

1. 叶绍袁：

娟秀妍好，工诗词，《鹂吹·五君咏》“珠晖映月流，玉彩迎花度”，可以想见风格矣。

《天寥年谱别记》（《天寥道人自撰年谱》）

徐白

徐白（生卒年不详）字介白，号笑庵，嘉善（今浙江嘉善）人。明诸生。明亡，隐居灵岩山，种树艺果以自给。诗画皆佳，著有《寒秀亭词》。存词一首。

1. 沈雄：

山人遭变后，足迹不入城市。筑室于万笏山前，馆娃宫左，写幅青山以易白粲而已。好慕毛滂、谢逸之为词，尚有吟咏余意，小令差有可观也。

《古今词话·词评》下卷引

颜绣琴

颜绣琴（生卒年不详）字清音，吴县（今江苏苏州）人。叶绍袁从侄叶善长之妻。存词三首。

1. 叶绍袁：

久娴于诗词……所作多幽怨之致，使人慨然伤怀。

《天寥年谱别记》（《天寥道人自撰年谱》）

叶世偁

叶世偁（生卒年不详）字书期，叶绍袁五子，少有神童之誉。九岁时，辨《列子》日远近，人咸谓后来可入理学之奥。年二十，未婚而卒。

1. 叶绍袁：

小词极学晏叔原，如“淡烟欲暝，采莲人去是天涯。吴宫易远，楚天空杳，一带啼鸦”，调〔秋波媚〕也。“香爇去年心，啼莺却又今”，调〔菩萨蛮〕也。此等语入宋人集中，亦未易辨。

《湖隐外史》

张娴倩

张娴倩，字廖山，庐州（今安徽庐州）人。闵而学室。著有《蕉窗逸韵》。存词三首。

1. 沈雄：

庐州少妇张娴倩作〔子夜歌〕云："落花风卷愁难歇。枝头燕剪裁桃叶。花气沁兰香。游丝挂绿窗。　蕉青莺翅影。草碧龙须冷。无语倚瑶琴。闲花在胆瓶。"虽绿窗自怨，不失贞静。

《古今词话·词话》下卷

2. 周铭：

其词风度俨然，自是闺阁本色。

《林下词选》卷三

张一如

张一如（生卒年不详）字初来，号渌渔，芜湖（今安徽芜湖）人。明崇祯四年（1631）进士。存词九首。

1. 吴衡照：

张一如，字来初，芜湖人。按：《焦氏易林》“簪短带长”，本《左氏春秋传》“筮短龟长”句法。一如〔踏莎行〕：“簪儿看短长看带。”以《易林》入词，不啻张仲宗用《毛诗疏》也。又《左氏传》：“膏之下，肓之上。”一如“暗影自棲膏”用此〔水调歌头〕云：“落月下春苑，啼鸟别花曹。无端凑与离怨，难咽割肠刀。玉貌雪肤何处，只剩无情有恨，隐隐怕逢挑。空态忽沾臆，暗影自棲膏。 华畿邈，巫峡渺，汉津涛。此情终古，直教同是一忉忉。送断韶华一瞬，赚杀芳心一寸，船往不留篙。回忆可堪话，无计放萧骚。”

《莲子居词话》卷三

万惟檀

万惟檀（？—1644）字子馨，曹县（今山东曹县）人。由恩贡授直隶曲阳县令，寻补湖广保康知县。抵任三月，李自成攻破县城，万惟檀被执，妻李氏同死，一门死节者凡十六人。著有词集《诗余图谱》，以已作加旁谱而成，取法张綖《诗余图谱》标识。赵尊岳据万历原刻本辑入《明词汇刊》。存词一百五十首。

1. 陈继儒：

其《诗余图谱》有白有黑，有黑白之半，按图而填之，倚声而调之，抑扬、老嫩、发端、后殿与中间过渡、顿挫之法，种种毕具。其痛快者，可以助黄衫豪客之叵罗；其纤浓者，可以约紫绡侍儿之纨扇。

《诗余图谱序》（《诗余图谱》卷首）

2. 万惟檀：

余小子素不谙于此道，然以玩图识义，稽实察虚，乃谬于调中分段，段中分句，句中分字，词非敢悖于前人，只以诸家体别叶诸管弦，或想乖忤，欲概填不能，欲偏采不敢，不揣茫昧僭以己见，各成一词，填为《图谱》，但求其律之合，不厌其词之俚，嫫姆效颦，鱼目溷珠，即以按道傍之剑，固有所不辞尔。

《诗余图谱自序》（《诗余图谱》卷首）

3. 单恂：

长言小令，隽宛切情，雄遒结体，惊心动魄，字绢篇金。余谓先生作玉温雪艳，而骨气弗靡，上者可续铙歌瑟调，下亦争《兰畹》、《花间》之席，岂靡靡纤响，只堪付十七八女郎紫绡红弗之间哉？至若审音缕析，画谱星明，抑使西园才子授笺管而声谐，南国佳人按簧丝而韵协。循此以订讹归雅，刻羽引商，庶不尽戾古诗人之义，洵填词之金科玉律，而八十四调之功臣也。

《诗余图谱序》（《诗余图谱》卷首）

4. 张慎言：

余读万子馨所刻填词，盖吟咏低回者，久之有文章升降之慨焉……填词者，用俚用俗，若杂若谐，以填词之格而一持以古乐府白纻、舞歌、子夜、读曲之声气，子馨雅能办此矣。

《万子馨填词序》（《泊水斋文抄》卷一）

5. 赵尊岳：

所撰《图谱》，概以己作加旁谱而成之，取法南湖者也。词非专诣，韵律犹多舛谬，独以订谱，亦复不思之甚。惟所作亦有疏秀处，而大节凛然，更不可没。

《诗余图谱跋》（《诗余图谱》卷后）

6. 赵尊岳：

明代武职，多有能词者，若任环之力抗倭寇，蔡道宪之不屈闯贼，万惟檀之阖门殉节，孙承宗之巡守宣镇，均有长短句播芳百世。此与希文巡边，起塞上秋来之感，武穆陷阵，申黄龙痛饮之情，直可谓异曲而同工者。

《惜阴堂汇刻明词记略》（《明词汇刊》附）

王宗蔚

王宗蔚（生卒年不详）字汇升，一字崍文，华亭（今属上海市）人。少与夏完淳同学，又与计南阳等人以词唱和，入清后卒。著有《蓉墅楼稿》。存词十五首。

1. 陈子龙：

同郡徐子丽冲、计子子山、王子汇升，年并韶茂，有斐然著作之志。每当春日骀宕，秋气明瑟，则寄情于思士怨女，以陶咏物色，祛遣伊郁。示余词一编，婉弱倩艳，俊辞络绎，缠绵猗娜，逸态横生，真宋人之流亚也。或曰："是无伤于大雅乎？"予曰："不然，夫并刀吴盐，美成所以被贬；琼楼玉宇，子瞻遂称爱君，端人丽而不淫，荒才刺而实谀，其旨殊也。三子者，托贞心于妍貌，隐挚念于佻言，则元亮闲情，不能与总持赓和于临春、结绮之间矣。

《三子诗余序》（《安雅堂稿》卷三）

徐允贞

徐允贞（生卒年不详）字丽冲，华亭（今属上海市）人，为几社成员，入清后卒。存词十六首。

1. 陈子龙：

同郡徐子丽冲、计子子山、王子汇升，年并韶茂，有斐然著作之志。每当春日骀宕，秋气明瑟，则寄情于思士怨女，以陶咏物色，祛遣伊郁。示余词一编，婉弱倩艳，俊辞络绎，缠绵猗娜，逸态横生，真宋人之流亚也。或曰："是无伤于大雅乎？"予曰："不然，夫并刀吴盐，美成所以被贬；琼楼玉宇，子瞻遂称爱君，端人丽而不淫，荒才刺而实谀，其旨殊也。三子者，托贞心于妍貌，隐挚念于佻言，则元亮闲情，不能与总持赓和于临春、结绮之间矣。

《三子诗余序》（《安雅堂稿》卷三）

曾灿

曾灿（1625—1688）初名传灿，字青黎，一字止山，宁都（今江西宁都）人。少负才华，有诗名。明亡，削发为僧，游闽、浙、两广，归筑六松草堂，躬耕养母，后侨居吴中。著有《止山集》、《六松堂文集》。赵尊岳裁其词，题为《六松堂诗余》，辑入《明词汇刊》。存词八十六首。

1. 赵尊岳：

词凡八十六首，短调绰约清绵，渐窥北宋门径，长调亦间有矫健处。〔江城子〕："声声画角断谯门。怕黄昏。又黄昏。半笼烟月，无处不销魂。故国音书云水隔，阶下叶，落纷纷。"澹宕中寓以家国之感，此盖学南唐后主者，虽不神似，亦庶几近之。又〔蝶恋花〕："二月花朝春过半。几处杨花，引破春风乱。春事阑珊人意懒。流莺堤上声声唤。　寂寞柳塘春水漫。锁尽朱扉，雨打梨花绽。小院沈沈春欲晚。落花飞絮平铺满。"则近于北宋雅令之音。而又一首过拍之"芳草萋萋春欲老，春光孤负人年少"，又歇拍"兴尽归来还似我，人生堪比风花堕"，又〔浣溪沙〕下半阕"望断天涯江水去，辞春远树绿阴阴。当年还忆故人心"，以直笔抒闲情，小晏亦往往有此。而雄健若〔摸鱼儿〕："阅当年、虎头燕颔，功成人在年少。玉关氈帐东风暖，犹念故园春好。归路杳。纵十载无归，不过穷途老。青衫破帽。看过市吹箫，游仙弄笛，都是运颠倒。"亦自可喜者也。

《惜阴堂汇刻明词提要·六松堂词一卷》（《词学季刊》第一卷第三号）

2. 赵尊岳：

词短调绰约清绵，渐窥北宋门径。长调微弱，然〔摸鱼儿〕

《集仙堂感旧》、〔百字令〕《集雅涵堂》诸阕，亦复矫健可喜，一时同辈庶足与抗手者已。

《六松堂诗余跋》(《六松堂诗余》卷后)

裘昌今

裘昌今（生卒年不详）字梅倩，明崇祯年间人。著有《书仙阁词》。存词三首。

1. 李葵生：

梅倩词集颇富，而律之声格，时多乖谬。

《兰皋明词汇选》卷二

于儒颖

于儒颖（生卒年不详）字弢仲，金坛（今江苏金坛）人。存词二首。

1. 王士禛：

与龙辅“同户恒相忆”并妙。（评〔南乡子〕《客中》）

《倚声初集》卷十

2. 况周颐：

明于儒颖句：“相守何妨日日愁。”情至语不嫌说尽。若个愁人，几生修得。

《蕙风词话》卷五

曹元方

曹元方（生卒年不详）字介黄，别号耘庵，海盐（今浙江海盐）人。明崇祯十六年（1643）进士。隆武立，授吏部验封司郎中。后兵败还家，遂隐居硖石以终，自署桃李遗民。著有《淳村词》二卷，赵尊岳辑入《明词汇刊》。存词三百五十九首。

1. 赵尊岳：

词凡二卷，音律多谬，而家国之感间有流露，闲居之趣辄以自娱，亦易代中高士也。

《淳村词跋》（《淳村词》卷后）

2. 赵尊岳：

明代亡国时，词人特多，尤极工盛，以视南宋末年，几有过之，殊无不及。且煌煌巨著，如曹元方、王屋、曹堪诸家，均积至数百首，更视稼轩、后村为富。而夏存古、陆钰、陈卧子诸作，雄奇凄丽，更夺水云诸贤之席。盖甲申之变，内乱外患，相迫而来，忠义之流，势穷力促，或挥鲁阳之戈（陈夏均以儒生起义），或励薇葛之节（陆系国亡后饿死），而要多托于变徵之音。其人固大节凛然，其词自亦纯金璞玉矣。

《惜阴堂汇刻明词记略》（《明词汇刊》附）

3.《续修四库全书总目提要》：

其词音律差谬，平仄乖违，然有优游之趣，每寓家国之哀，观于〔南乡子〕《七夕独酌》、〔沁园春〕《自解》诸词而可知也。〔渔家傲〕《梦钱牧斋、瞿稼轩》下半阙云："摧折英雄知无数，谁是偷生谁义赴。梦里殷勤情欲诉，长恨赋，前朝还说南中误。"言下犹有余恨。又《挽吴梅村》云："报国文章君独秀。金莲归娶印悬肘。少年知遇前无偶。时未久。黄昏钟响收天酒。　到处逢迎称下走。园庭花木当窗牖。罗列鸳鸯行似柳。今安有。白杨萧萧君知否。”语含讽刺，益可知其志趣矣。

《淳村词一卷提要》

沈静筠

沈静筠（生卒年不详）字玉霞，吴江（今江苏吴江）人。太史沈位之曾孙女，山人吕律室。约明天启间在世。著有《橙香亭词》。存词二首。

1. 周铭：

语意超旷，殆飘飘欲仙矣。

《林下词选》卷四

陈长公

陈长公（？—1683），陶汝鼎友人。陶汝鼎，明崇祯六年举人，入清不仕。

1. 陶汝鼎：

吾友陈长公少负才性，颇解吴歈，虽垂老不忘骑射声歌之乐，而超然隐于钓徒，兴至临池，则间为小诗词，多风流散朗之致。

《陈长公选刻名家诗余序》（《荣木堂文集》卷三）

靳大壮

靳大壮，生平事迹不详。

1. 于庵灏：

靳大壮诗余如幽籁薄林，清响散杪；又如落英点砌，芬媚窥帘。盖其寄怀写况，已独富乎才情；命象镕篇，自吻乎谱调。然长吟变化无垠，短韵旨趣自足。遇幽思闺情既欠温夷，至登览吊古亦复开朗。虽词雄横槊，身已致于青云，神敝纾笺，志未酬于白首。使游子闻山阳之笛而凄其，归鸿听河内之琴而哀唳矣。尔其抽身百战，投老一廛，家无膏腴之田，匣有干将之剑，翩翩侠色，时时逼人。顾槭口韬钤，刻心铅椠，裒集得百五十余首，无调不备，无韵不谐，语其蕴藉，大略可睹。虽未能身登玉堂，述帝王之统会，亦可谓词振金声，入唐宋之廊庑者矣。

《靳将军拟谱诗余题词》(《费告堂集》卷二十二)

刘伯坚

刘伯坚，生平事迹不详。

1. 虞淳熙：

伯坚先生孕云台天池之里，左庚曜而右卯君，拍肩携手，恒雁行也。伯坚登高能赋，业称大夫。已由虎观迁虎林，秉木铎，扬金声，情至典剧溢而出，帝青万斛，不啻侈矣！累累小玑，万卷之余，犹足问上清之价，似风似骚固也，似雅颂惟伯坚；似宋似元固也，似隋唐惟伯坚；似卯君固也，属对必两古人与之为三，成伊有象，亦惟伯坚。或以比于其郡帷席间物，堆香夺锦，犹非其似。试问乡人洛下闳者，三垣灿灿其似哉？照我金牛之分，奎宿后身，不离寿星岩畔，而太白经天，两经此地，伯坚与我子弟信有缘也。继声嗣响，岂其余音？正音行，余先为之负弩矣。

《刘伯坚诗余序》（《虞德园先生集》卷五）

叶奕苞

叶奕苞（1629—1686）字九来，号二泉、群玉山樵，昆山（今江苏昆山）人。清康熙十八年应博学鸿词试，不等。著有《经锄堂诗稿》、《文稿》等。词有《经锄堂诗余》一卷。

1. 朱用纯：

叶子以卓荦之才，其诗若文皆祖述唐宋大家。诗余特其兼能，而风格婉丽，又与古作者相颉颃，犹且欿然不足，已资其益于穷约无聊如予者，则古人之道固有大于此不啻百千倍者，其孜孜下问向往之怀何如哉！天下必皆倾囷倒廪，以为叶子益矣。

《叶九来诗余序》（《愧讷集》卷三）

朱用纯

朱用纯（1627—1698）字致一，号柏庐，昆山（今江苏昆山）人。父朱集璜是明末学者，清顺治二年（1645）守昆山抵御清军，城破投河自尽。朱用纯始终未入仕，一生教授乡里，向学者授以小学、《近思录》等。潜心研究程朱理学，主张知行并进，躬行实践。康熙间坚辞博学鸿词之荐，与徐枋、杨无咎号称“吴中三高士”。著有《删补易经蒙引》、《四书讲义》、《春秋五传酌解》、《困衡录》、《愧讷集》、《毋欺录》等。

1. 朱用纯：

少时见秦少游、周美成诸家诗余，心窃病之，以为此咿咿儿女语也，非壮夫所为。及读欧阳子之书，观其文章行业，正大柄口，庶几孔子所谓文质彬彬之君子。而于诗余则丰美柔艳，又不亚于秦、周诸家，然后知词人之语不足以累人，而亦士君子之所有托焉者也。余又早婴多难，坎壈韫结，无如何，率尽托诗余以发之。日尝得一阕，及后年益尽进，所读之书日益广，则又见吾之耿耿不忘于心者，亦行吾所当然者耳，其必有托而见焉，良可已也，何况诗之余，抑君子之所期学乎？古人者曾止是哉？

《叶九来诗余序》（《愧讷集》卷三）

张野

张野，字莱民。生平事迹不详。

1. 周铭：

莱民词不多见，止得〔十六字令〕，于《倚声》选中读之，灵慧如生，所谓一不为少也。

《松陵绝妙词选》卷二

翁逊

翁逊（生卒年不详）字仲谦，吴江（今江苏吴江）人。存词二首。

1. 周铭：

翁君隐沦之士，词亦具有风人遗意。

《松陵绝妙词选》卷二

周永言

周永言（生卒年不详）字安仁，吴江（今江苏吴江）人。官中书舍人。有《晚芗庵诗余》。存词五首。

1. 周铭：

中翰词刻意点染，纤颖处正不减柳员外。

《松陵绝妙词选》卷二

杨弘

杨弘（生卒年不详）字景夏，吴江（今江苏吴江）人。存词二首。

1. 周铭：

景夏词构思窈曲，有架空之奇。

《松陵绝妙词选》卷二

沈圣揆

沈圣揆（生卒年不详）字戒凡，吴江（今江苏吴江）人。明崇祯六年（1633）举人。存词二首。

1. 周铭：

沈词如寒潭坠月，鱼龙啸舞。

《松陵绝妙词选》卷二

杨旭

杨旭（生卒年不详）字令若，吴江（今江苏吴江）人。久耽禅悦，清淡自好。存词一首。

1. 周铭：

令若久耽禅悦，清淡自好，绮语非其所尚，然点染处正不减壶山居士。

《松陵绝妙词选》卷二

沈自籍

沈自籍（生卒年不详）字君嗣，吴江（今江苏吴江）。官教谕。存词三首。

1. 周铭：

君嗣乌衣世胄，少负隽才，晚年好为平淡之调，令读者回环无尽。

《松陵绝妙词选》卷二

杨稠

杨稠（生卒年不详）字牧工，吴江（今江苏吴江）人。精于篆隶，得先秦笔法。存词一首。

1. 周铭：

牧工精篆隶，得先秦笔法。诗亦秀逸。小词不多见。此得之竹窗词选，幽艳独绝，使天假之年，未易量其所至也。

《松陵绝妙词选》卷二

陈昌言

陈昌言（生卒年不详）字瀛洲，吴江（今江苏吴江）人。晚年遁迹，不知所终。存词二首。

1. 周铭：

瀛洲为遁浦诸子之冠，词格骏上，如摩空之翼。晚年遁迹，不知所终。他时华表归来，尤能作泠泠仙语也。

《松陵绝妙词选》卷二

沈肇开

沈肇开（生卒年不详）字令贻，吴江（今江苏吴江）人。沈璜子。著有《语石轩稿》。存词一首。

1. 周铭：

沈词以秀折取致，自属香奁中胜景。

《松陵绝妙词选》卷二

吕起

吕起（生卒年不详）字蔓夫，吴江（今江苏吴江）人。存词一首。

1. 周铭：

蔓夫豪迈不羁，隐居西山以老，词亦幽逸，颇似溪堂。

《松陵绝妙词选》卷二

周国新

周国新（生卒年不详）字开始，吴江（今江苏吴江）人。存词一首。

1. 周铭：

开始词意沉句澹，新桐初引，差足方其幽媚。

《松陵绝妙词选》卷二

赵广

赵广（生卒年不详）字隐翁，吴江（今江苏吴江）人。存词二首。

1. 周铭：

赵词如江帆风稳，转旋随意。

《松陵绝妙词选》卷二

尤汝雷

尤汝雷（生卒年不详）字声甫，吴江（今江苏吴江）人。隐士。存词一首。

1. 周铭：

春山之丽以淡，冬雪之艳以洁，隐君词足方其致。

《松陵绝妙词选》卷二

吴梅

吴梅（生卒年不详）字可迈，吴江（今江苏吴江）人。存词二首。

1. 周铭：

可迈以英妙之年，遽赴玉楼，遗稿甚富。其小词若流波文縠，天衣无缝，非补缀为工者比也。

《松陵绝妙词选》卷二

贺洁

贺洁（生卒年不详）字靓君，丹阳（今属江苏）人。史左臣室。理家之暇，唯好吟咏，著《愁人集》一卷。存词五首。

1.《神释堂脞语》

小词颇有探究，然好为纤险，故鲜神诣。《怨怀》〔踏莎行〕一词，是其通首妥帖者。

《历代妇女著作考》（增订本）卷六引

赵彩姬

赵彩姬（生卒年不详）字今燕，金陵（今南京市）妓。约明嘉靖、万历间人。与沈明臣、张献翼、俞安期等人相交。著有《青楼集》一卷。

1. 徐树敏：

广陵冒伯麟赞其词幽微精进，绝无闺阁秾艳之态。因梓其与朱无瑕、郑无美同湘兰子为《秦淮四美人合刻》传之。庶一片芳心，与清言而共远；千秋艳质，称绝调以俱驰耳。

《众香词》数集

王静淑

王静淑（生卒年不详）字玉隐，号隐禅子，山阴（今浙江绍兴）人。侍郎王季重长女，陈树勷室。早寡。著有《青藤书屋集》。存词三首。

1. 徐树敏：

其词幽闲挺秀，有孤云出岫、野鹤横空之态。

《众香词》乐集

引用参考文献

二画至三画

二酉园续集	陈文烛撰	四库全书存目丛书，齐鲁书社1997年版
二余词	陈如纶撰	明词汇刊,上海古籍出版社1992年版
十大家词题词	高旭撰	中华新报，1909年6月17日
十五家词	孙默辑	四库全书
十赍堂词	茅维撰	明词汇刊,上海古籍出版社1992年版
七颂堂词绎	刘体仁撰	词话丛编，中华书局1986年版
七修类稿	郎瑛撰	中华书局1959年版
人间词话	王国维撰	词话丛编，中华书局1986年版
几亭诗余	陈龙正撰	明词汇刊,上海古籍出版社1992年版
九灵山房集	戴良撰	四库全书
大云山房文稿	恽敬撰	四部丛刊
大鹤山房全书	郑文焯撰	清光绪刻本
大鹤山人词话	郑文焯撰	词话丛编，中华书局1986年版
万历野获篇	沈德符撰	明代笔记小说大观,上海古籍出版社2005年版

山樵暇语	俞弁撰	涵芬楼影印本
山房随笔	蒋子正撰	四库全书
山带阁词	朱日藩撰	明词汇刊,上海古籍出版社 1992 年版
小嫏嬛词话	王初桐撰	古香堂丛书十三种,清嘉庆十二年刻本
小石帆亭著录	翁方纲撰	民国十三年苏斋从书本

四画

六松堂诗余	曾灿撰	明词汇刊,上海古籍出版社 1992 年版
文安集	揭傒斯撰	四库全书
方洲诗余	张宁撰	明词汇刊,上海古籍出版社 1992 年版
元史	宋濂等撰	中华书局 1976 年版
元遗山先生全集	元好问撰	清光绪七年读书山房刊本
元诗选	顾嗣立编	四库全书
天籁集	白朴撰	四印斋所刻词
天下同文	周南瑞辑	彊村丛书
天寥道人自撰年谱	叶绍袁撰	吴兴刘氏嘉业堂本
太平清话	明陈继儒撰	文明书局民国四年版
云韶集	陈廷焯辑	抄本
云阳集	李祁撰	四库全书
云松近体乐府	魏偁撰	明词汇刊,上海古籍出版社 1992 年版
无弦琴谱	仇远撰	梁溪孙氏刻本
艺苑卮言	王世贞撰	词话丛编,中华书局

		1986年版
五百家名媛词选	吴灏编选	民国十六年石印本
五石脂	陈去病撰	江苏古籍出版社 1999年版
历代妇女著作考（增订本）	胡文楷编著，张宏生等增订	上海古籍出版社2008年版
历代词话	王奕清等辑	词话丛编，中华书局1986年版
历代词人考略	况周颐撰	抄本
历代两浙词人小传	周庆云撰	梦坡室刊本
中国词学大辞典	马兴荣等编	浙江教育出版社1996年版
中州乐府	元好问辑	吴氏双照楼本
中州集	元好问辑	四库全书荟要
中庵集	刘敏中撰	四库全书
中原音韵	周德清撰	中国古典戏曲论著集成，中国戏剧出版社1959年版
中洲草堂词	陈子升撰	明词汇刊，上海古籍出版社 1992年版
中兴以来绝妙词选	黄昇辑	四部丛刊初编
世经堂词	徐阶撰	明词汇刊，上海古籍出版社 1992年版
长春兢辰余稿	朱让栩撰	明词汇刊，上海古籍出版社 1992年版
午梦堂全集	叶天寥辑	民国二十五年版
心日斋十六家词录	周之琦辑	清道光二十四年刻本
升庵长短句	杨慎撰	明词汇刊，上海古籍出版社 1992年版
丹峰词	徐子熙撰	明词汇刊，上海古籍出版

		社 1992 年版
分春馆词话	朱庸斋撰	近代词话丛编,黄山书社 2009 年版
风月堂杂识	姜南撰	文明书店民国四年版
水南集	陈霆撰	文物出版社 1987 年版
水南集	陈霆撰	吴兴刘氏嘉业堂刊本
书林词	袁士元撰	明词汇刊,上海古籍出版社 1992 年版
双白龛词话	蒙庵撰	雄风，二卷二期 1947 年

五画

半江词	赵宽撰	明词汇刊,上海古籍出版社 1992 年版
兰雪集	张玉娘撰	四库全书
兰纫词	陆志渊撰	丛书集成续编
兰皋明词汇选	顾璟芳等辑	新世纪万有文库,辽宁教育出版社 1998 年版
东白堂词选初集	佟世南选	清康熙十七年刻本
东山乐府	吴激撰	校辑宋金元人词
东山乐府	吴激撰	辑本
东维子文集	杨维祯撰	四部丛刊初编
古山乐府	张埜撰	彊村丛书
古今词选	沈时栋选	清康熙五十五年刊本
古今词汇	卓回辑	清康熙刻本
古今词统	卓人月辑	明崇祯刻本
古今词话	沈雄辑	词话丛编，中华书局 1986 年版

书名	撰者	版本
古今词论	王又华撰	词话丛编，中华书局1986年版
玉霄仙明珠集	吴子孝传	四库全书存目丛书,齐鲁书社1997年版
玉棲述雅	赵尊岳撰	词话丛编，中华书局1986年版
左庵词话	（继昌）李佳撰	词话丛编，中华书局1986年版
本事词	叶申芗撰	词话丛编，中华书局1986年版
东洲词	崔桐撰	明词汇刊,上海古籍出版社1992年版
四库全书总目提要	永瑢、纪昀等撰	中华书局1965年版
四库未收书提要	阮元撰	商务印书馆1935年版
四库全书简明目录	永瑢、纪昀等撰	上海古籍出版社1985年版
四库未收书提要	阮元撰	商务印书馆
四明近体乐府	袁钧辑	清嘉庆二十三年刻本
归潜志	刘祁撰	中华书局1983年版
归田诗话	瞿佑撰	商务印书馆1936年版
归云词	陈士元撰	明词汇刊,上海古籍出版社1992年版
北游录	谈迁撰	中华书局1960年版
卢忠烈公词	卢象升撰	明词汇刊,上海古籍出版社1992年版
白雨斋词话	陈廷焯撰	词话丛编，中华书局1986年版
白雨斋词话足本校注	屈兴国校注	齐鲁书社1983年版

白房词	朱衮撰	明词汇刊,上海古籍出版社 1992 年版
片玉山房词话	孙兆溎撰	词话丛编,中华书局 1986 年版
处实堂词	张凤翼撰	明词汇刊,上海古籍出版社 1992 年版
写情集	刘基撰	明词汇刊,上海古籍出版社 1992 年版
丛碧词话	张伯驹撰	近现代词话丛编,黄山书社 2009 年版
乐府遗音	瞿佑撰	明词汇刊,上海古籍出版社 1992 年版
乐志堂诗集	谭莹撰	清康熙刻本

六画

齐东野语	周密撰	四库全书
安雅堂稿	陈子龙撰	明末刻本
江村词	姚云文撰	辑本
江西通志	史谢旻等纂修	四库全书
祁忠惠公词	祁彪佳撰	明词汇刊,上海古籍出版社 1992 年版
来复斋词	刘铎撰	明词汇刊,上海古籍出版社 1992 年版
百宋一廛书录	黄丕烈撰	适园丛书
夷坚志	洪迈撰	商务印书馆 1981 年版
圭斋词	欧阳玄撰	彊村丛书
列朝诗集小传	钱谦益撰	上海古籍出版社 1983 年版

西泠闺咏	陈文述撰	江苏广陵古籍刻印社 1983 年版
西圃词说	田同之撰	词话丛编，中华书局 1986 年版
西崦山人词话	王昶撰	稿本
西园杂记	徐咸撰	商务印书馆 1936 年版
西湖游览志余	田汝成撰	浙江人民出版社 1980 年版
尧山堂外纪	蒋一葵撰	明万历刻本
至正集	许有壬撰	四库全书
过庭诗话	刘世伟撰	明嘉靖刻本
岁寒居词话	胡薇元撰	词话丛编，中华书局 1986 年版
贞居词	张雨撰	知不足斋丛书本
贞一斋词	朱思本撰	明词汇刊，上海古籍出版社 1992 年版
问花楼词话	陆鎣撰	词话丛编，中华书局 1986 年版
名媛诗纬初编诗余集	王端淑选辑	明词汇刊，上海古籍出版社 1992 年版
名山藏词	葛筠撰	明词汇刊，上海古籍出版社 1992 年版
伊滨集	王沂撰	四库全书
休庵词	盛于斯撰	明词汇刊，上海古籍出版社 1992 年版
华笑庼杂笔	范锴撰	清道光二十四年刻本
全金元词	唐圭璋编	中华书局 2000 年版
全元文	李修生主编	江苏古籍出版社 1998 年版
全明词	张璋等辑	中华书局 2004 年版

全明词补编	魏明初、叶晔辑	浙江大学出版社 2007 年版
众香词	徐树敏选辑	大东书局 1933 年版
竹雨绿窗词话	碧痕撰	历代词话续编，大象出版社 2005 年版
妇人集	陈维松撰	丛书集成初编，中华书局 1985 年版
戏鸥居词话	毛大瀛辑	词话丛编，中华书局 1986 年版
观槿长短句	吴敏道撰	明词汇刊，上海古籍出版社 1992 年版
孙文忠公词	孙承宗撰	明词汇刊，上海古籍出版社 1992 年版
阳春白雪	杨朝英编	上海古籍出版社 2007 年版

七画

张尚书词	张煌言撰	明词汇刊，上海古籍出版社 1992 年版
远志斋词衷	邹祇谟撰	词话丛编，中华书局 1986 年版
花草蒙拾	王士禛撰	词话丛编，中华书局 1986 年版
词则	陈廷焯编选	上海古籍出版社 1984 年版
词名集解	汪汲撰	清乾隆刻本
词坛丛话	陈廷焯撰	词话丛编，中华书局 1986 年版
词学通论	吴梅撰	万有文库

词学集成	江顺诒辑评	词话丛编，中华书局 1986年版
词林纪事	张宗橚辑	古典文学出版社1957年版
词学讲义	况周颐撰	词学季刊创刊号
词苑丛谈	徐釚撰	上海古籍出版社1981年版
词苑萃编	冯金伯辑	词话丛编，中华书局 1986年版
词律	万树编著	上海古籍出版社1984年影印本
词律拾遗	徐本立撰	清同治十二年刻本
词综	朱彝尊辑	上海古籍出版社1978年版
词综偶评	许昂霄撰	词话丛编，中华书局 1986年版
词源	张炎撰	词话丛编，中华书局 1986年版
词品	杨慎撰	词话丛编，中华书局 1986年版
词概	刘熙载撰	词话丛编，中华书局 1986年版
词徵	张德瀛撰	词话丛编，中华书局 1986年版
词学季刊	龙榆生主编	上海书店1985年影印本
词旨	陆辅之撰	词话丛编，中华书局 1986年版
词史	刘毓盘撰	上海书店1985年版
词论	刘永济撰	上海古籍出版社1981年版
词轨	杨希闵选	抄本
词女五录	吴克岐撰	抄本

词籍序跋萃编	施蛰存辑	中国社会科学出版社1994年版
近三百年百家词选	龙榆生选编	上海古籍出版社1997年版
近词丛话	徐珂撰	词话丛编，中华书局1986年版
沁南词	胡汝嘉撰	明词汇刊,上海古籍出版社1992年版
吴礼部词话	吴师道撰	词话丛编，中华书局1986年版
声执	陈匪石撰	词话丛编，中华书局1986年版
远志斋词衷	邹祗谟撰	词话丛编，中华书局1986年版
灵山藏诗余	郑以伟撰	明词汇刊，中华书局1986年版
灵芬馆词话	郭麐撰	词话丛编，中华书局1986年版
吴礼部词话	吴师道撰	词话丛编，中华书局1986年版
吴文正集	吴澄撰	四库全书
吴礼部文集	吴师道撰	四库全书
坚瓠集	褚人获撰	清康熙刻本
听秋声馆词话	丁绍仪撰	词话丛编，中华书局1986年版
吹剑诗余	范守己撰	明词汇刊,上海古籍出版社1992年版
岘泉词	张宇初撰	明词汇刊,上海古籍出版社1992年版

怀星堂集	祝允明撰	四库全书
谷庵词	姚绶撰	明词汇刊,上海古籍出版社 1992 年版
陈白阳先生词	陈淳撰	明词汇刊,上海古籍出版社 1992 年版
陈眉公诗余	陈继儒撰	明词汇刊,上海古籍出版社 1992 年版
陈忠裕公词	陈子龙撰	明词汇刊,上海古籍出版社 1992 年版
陈忠裕公全集	陈子龙撰	清嘉庆刻本
纹山先生诗余	罗明祖撰	明词汇刊,上海古籍出版社 1992 年版
鸡窗丛话	蔡澄撰	峭帆楼丛书

八画

采隐诗余	莫秉清撰	明词汇刊,上海古籍出版社 1992 年版
杭州府志	龚嘉俊等修,李榕等纂	民国十一年版
宜秋馆汇刻宋人集四编	李之鼎辑	民国四年刻本
诗词余话	俞焯撰	说郛,上海古籍出版社 1988 年版
诗话类编	王昌会撰	明万历四十四年刊本
诗薮	胡应麟撰	上海古籍出版社 1979 年版
诗余图谱	张綖撰	词苑英华
诗余图谱	万维檀撰	明词汇刊,上海古籍出版社 1992 年版
诗辩坻	毛先舒撰	清诗话,文明书局民国

		五年版
话山草堂遗集六种	沈道宽撰	清光绪三年润州榷署刊本
泊水斋文抄	张慎言撰	四库全书存目丛书，齐鲁书社 1997 年版
宝纶堂词	陈洪绶撰	明词汇刊，上海古籍出版社 1992 年版
青山集	赵文撰	四库全书
青楼集	夏庭芝撰	说郛，上海古籍出版社 1988 年版
青金词	史迁撰	明词汇刊，上海古籍出版社 1992 年版
林蕙堂集	吴绮撰	四库全书
林下词选	周铭辑	明词汇刊，上海古籍出版社 1992 年版
林登州集	林弼撰	四库全书
松桂堂全集	彭孙遹撰	四库全书
松陵绝妙词选	周铭辑	清康熙十一年刻本
松雪斋文集	赵孟頫撰	四库全书
雨村词话	李调元撰	词话丛编，中华书局 1986 年版
武宁县志	程肇丰纂修	清同治九年刻本
抱经堂文集	卢文弨撰	丛书集成初编，中华书局 1985 年版
杨忠介公词	杨爵撰	明词汇刊，上海古籍出版社 1992 年版
明史	张廷玉等撰	中华书局 1974 年版
明词汇刊	赵尊岳辑	上海古籍出版社 1992 年版
明诗纪事	陈田编	陈氏丛书

明词综	王昶辑	清嘉庆刻本
具茨诗余	王立道撰	明词汇刊，上海古籍出版社 1992 年版
金史	脱脱等撰	中华书局 1975 年版
金粟词话	彭孙遹撰	词话丛编，中华书局 1986 年版
季先生词	季大来撰	明词汇刊，上海古籍出版社 1992 年版
凭西阁长短句	陆宏定撰	明词汇刊，上海古籍出版社 1992 年版
佩韦斋文集	俞德邻撰	故宫博物院民国二十一年版
知圣道斋读书跋	彭元瑞撰	商务印书馆 1936 年版
居易录	王士禛撰	四库全书

九画

类编笺释国朝诗余序	钱允治辑	明万历四十二年刻本
养吾斋集	刘将孙撰	四库全书
珍重阁词话	赵尊岳撰	同声月刊第一卷第三号
挥麈诗话	王兆云撰	丛书集成初编，中华书局 1985 年版
珊瑚网	汪砢玉撰	四库全书
闺秀词话	雷瑨、雷瑊辑	民国十四年扫叶山房本
闺秀词钞	徐乃昌辑	清宣统元年刻本
南村辍耕录	陶宗仪撰	中华书局 1959 年版
南山集	戴名世撰	文瑞楼刊本

草贤堂词笺	王屋撰	明崇祯九年吴熙刻本
草堂诗余四集	沈际飞辑	明末刻本
茗斋诗余	彭怡孙撰	明词汇刊，上海古籍出版社 1992 年版
荣木堂合集	陶汝鼎撰	四库禁毁丛书
柳如是别传	陈寅恪撰	上海古籍出版社 1980 年版
顺斋乐府	蒲道源撰	明词汇刊，上海古籍出版社 1992 年版
秋涧集	王恽撰	四库全书
秋水庵花影集	施绍莘撰	明词汇刊，上海古籍出版社 1992 年版
衍波词	王士禛撰	丛书集成初编，中华书局 1985 年版
香祖笔记	王士禛撰	四库全书
复堂词话	谭献撰	词话丛编，中华书局 1986 年版
爰园词话	俞彦撰	词话丛编，中华书局 1986 年版
钟山献诗余	杨宛撰	明词汇刊，上海古籍出版社 1992 年版
种莲诗余	朱宪㸅撰	明词汇刊，上海古籍出版社 1992 年版
恬致堂诗余	范允临撰	明词汇刊，上海古籍出版社 1992 年版
独漉堂诗余	陈恭尹撰	明词汇刊，上海古籍出版社 1992 年版
复古诗集	杨维桢撰	四库全书
俞少卿集	俞彦撰	明崇祯刻本

费告堂集	于庵瀛撰	四库禁毁丛书
屏山词话	许田撰	历代词话续编，大象出版社 2005 年版
眉庐丛话	赵尊岳撰	民国笔记小说大观第一辑
秋佳轩诗余	易震吉撰	明词汇刊，上海古籍出版社 1992 年版
弇州山人四部稿	王世贞撰	四库全书
南湖诗余	张綖撰	明词汇刊，上海古籍出版社 1992 年版

十画

校辑宋金元人词	赵万里辑	中央研究院历史语言研究所民国二十年版
唐宋金元词钩沉	周泳先辑录	商务印书馆民国二十六年排印本
唐五代宋辽金元名家词集六十种辑	刘毓盘辑	民国铅印本
高邮州志	范惟恭修	明隆庆年间刻本
海日碎金	刘融斋撰	同声月刊，第三卷第十一号
海桑集	陈谟撰	四库全书
酒雪词	姚椿撰	清刻本
剡源戴先生文集	戴表元撰	四库全书
读词枝语	陈声聪撰	近现代词话丛编，黄山书社 2009 年版
浮筠山馆词钞	蒋方增撰	历代词话续编，大象出版社 2005 年版
家藏集	吴宽撰	四库全书

桂洲集	夏言撰	明词汇刊，上海古籍出版社 1992 年版
桂翁词附鸥园新曲	夏言撰	明嘉靖二十五年常熟陈尧文刊本
桂隐文集	刘诜撰	四库全书
校辑宋金元人词	赵万里撰	中央研究院历史语言研究所民国二十年版
荷亭诗余	卢格撰	明词汇刊，上海古籍出版社 1992 年版
艳雪词	葛一龙撰	明词汇刊，上海古籍出版社 1992 年版
夏内史词	夏完淳撰	明词汇刊，上海古籍出版社 1992 年版
阆风馆诗余	马朴撰	明词汇刊，上海古籍出版社 1992 年版
爱日精庐藏书志	张金吾撰	清道光七年刻本
射阳先生词	吴承恩撰	明词汇刊，上海古籍出版社 1992 年版
倚声初集	王士禛、邹祗谟辑	清顺治刻本
皱水轩词筌	贺裳撰	词话丛编，中华书局 1986 年版
倪文僖公词	倪谦撰	明词汇刊，上海古籍出版社 1992 年版
陶俺诗余	张岱撰	明词汇刊，上海古籍出版社 1992 年版
陵川集	郝经撰	四库全书
莲子居词话	吴衡照撰	词话丛编，中华书局 1986 年版

十一画

淮安府志	孙云锦等撰	清光绪十年刻本
清诗话	丁福保辑	中华书局 1963 年版
清诗话续编	郭绍虞辑	上海古籍出版社 1983 年版
清容居士集	袁桷撰	四库全书
清庵词	李道纯撰	彊村丛书
淳村词	曹元方撰	明词汇刊，上海古籍出版社 1992 年版
渔矶漫钞	雷琳等编	民国十三年扫叶山房本
涵虚词	滕宾撰	辑本
渚山堂词话	陈霆撰	词话丛编，中华书局 1986 年版
褒碧斋词话	陈锐撰	词话丛编，中华书局 1986 年版
萧闲老人明秀集注	蔡松年著	四印斋所刻词
菌阁琐谈	沈曾植撰	词话丛编，中华书局 1986 年版
梅里词	朱一是撰	清远堂刻本
梅边吹笛谱	凌廷堪撰	安徽丛书
梅庄诗钞	华长卿撰	清同治九年刻本
梅村诗余	吴伟业撰	清名家词，开明书店民国二十六年版
梅磵诗话	韦居安撰	历代诗话续编，中华书局 1983 年版
桯史	岳珂撰	四库全书
梧冈集	唐文凤撰	四库全书

雪堂词笺	钱继章撰	明崇祯九年吴熙刻本
雪楼集	程钜夫撰	四库全书
匏翁词	吴宽撰	明词汇刊，上海古籍出版社 1992 年版
黄端忠公词	黄道周撰	明词汇刊，上海古籍出版社 1992 年版
桴亭词	陆世仪撰	明词汇刊，上海古籍出版社 1992 年版
曼殊室随笔	梁启勋撰	京城印书馆民国三十五年版
笠泽词徵	陈去病辑	百尺楼丛书
铜鼓书堂词话	查礼撰	词话丛编，中华书局 1986 年版
隐居通义	刘埙撰	清嘉庆刻本
隐居通议	刘埙撰	四库全书
续四库提要三种	胡玉缙撰	上海书店出版社 2002 年版
续修四库全书总目提要	王云五主持	（台湾）商务印书馆 1972 年版
续修四库全书总目提要	中国科学院图书馆整理	齐鲁书社 1997 年版

十二画

粤词雅	潘飞声撰	词话丛编，中华书局 1986 年版
遗山集	元好问撰	四库全书
遗山乐府	元好问撰	彊村丛书

遗山先生新乐府	元好问撰	钼月山房校刊本
遗山先生文集	元好问撰	商务印书馆 1936 年版
遗山乐府校注	元好问撰赵永源校注	凤凰出版社 2006 年版
湖海楼文集	陈维崧撰	清乾隆乙卯刻本
湖州词征	朱祖谋辑	吴兴丛书
湖隐外史	叶绍袁撰	国粹丛书
善本书室藏书志	丁丙撰	清光绪二十七年刊本
道园学古录	虞集撰	四库全书
谦谷集	汪筠撰	四库未收书辑刊
湘中草	汤传楹撰	明词汇刊，上海古籍出版社 1992 年版
葵轩词	夏旸撰	明词汇刊，上海古籍出版社 1992 年版
越缦堂读书记	李慈铭撰	上海书店出版社 2000 年版
彭燕又文集三卷诗集一卷	彭燕又撰	清康熙六十一年彭士超刻本
紫山大全集	胡祗遹撰	四库全书
赌棋山庄词话	谢章铤撰	词话丛编，中华书局 1986 年版
程可中词	程可中撰	明词汇刊，上海古籍出版社 1992 年版
皖江妇女诗徵	吴克岐撰	抄本
疏斋词	卢挚撰	校辑宋金元人词
愧纳集	朱用纯撰	民国三十八年排印本

十三至十四画

窥词管见	李渔撰	词话丛编，中华书局1986年版
漘南诗话	王若虚撰	丛书集成初编，中华书局1985年版
精选古今诗余醉	潘游龙辑	新世纪万有文库，辽宁教育出版社2003年版
蒿庵论词	冯煦撰	词话丛编，中华书局1986年版
蔗尾诗集	郑方坤撰	四库全书存目丛书补编
蓬瓮词	黄子行撰	校辑宋金元人词
蒲山渔唱	魏观撰	明词汇刊，上海古籍出版社1992年版
填词名解	毛先舒撰	词学全书
填词百法	顾宪融撰	中原书局民国二十四年版
填词丛话	赵尊岳撰	词学，第三至五辑，华东师范大学出版社
填词杂说	沈谦撰	词话丛编，中华书局1986年版
填词浅说	谢元淮撰	词话丛编，中华书局1986年版
瑞峰诗余	卢维桢撰	明词汇刊，上海古籍出版社1992年版
槎翁文集	刘崧撰	明嘉靖刻本
蓼园词评	黄苏撰	词话丛编，中华书局1986年版
蔡忠烈公词	蔡道宪撰	明词汇刊，上海古籍出

		版社 1992 年版
瑶华集	蒋景祁辑	中华书局 1982 年影印本
碧鸡漫志	王灼撰	词话丛编，中华书局 1986 年版
静志居诗话	朱彝尊撰	人民文学出版社 1990 年版
静春词	袁易撰	校辑宋金元人词
碧山诗余	王九思撰	明词汇刊，上海古籍出版社 1992 年版
畸园老人诗集	陈遹声撰	民国十一年石印本
嵩渚文集	李濂撰	明嘉靖刻本
蜕岩词	张翥撰	知不足斋丛书本
虞德园先生集	虞淳熙撰	四库禁毁丛书
锦囊诗余	商景兰撰	明词汇刊，上海古籍出版社 1992 年版
微云榭词选	樊增祥辑	清光绪三十四年印本

十五画以上

澹园词	焦竑撰	明词汇刊，上海古籍出版社 1992 年版
豁堂老人诗余	释正岩撰	明词汇刊，上海古籍出版社 1992 年版
邃谷词	戴冠撰	明词汇刊，上海古籍出版社 1992 年版
麟原文集	王礼撰	四库全书
蕙风词话	况周颐撰	词话丛编，中华书局 1986 年版
蕊渊词	卓人月撰	明词汇刊，上海古籍出

		版社 1992 年版
瓢泉吟稿	朱晞颜撰	四库全书
震泽词	王鏊撰	明词汇刊，上海古籍出版社 1992 年版
樊榭山房集	厉鹗撰	四库全书
樊榭山房诗集	厉鹗撰	四库全书本
樊山集	樊增祥撰	清光绪三十一年渭南县署版
樵庵词	刘秉忠撰	四印斋所刻词
薇垣诗余	王濬初撰	明词汇刊，上海古籍出版社 1992 年版
藏春乐府	刘秉忠撰	四印斋所刻词
藏春集	刘秉忠撰	四库全书
影刊宋金元明本词	吴昌绶辑，陶湘续辑	中国书店 1981 年版
餐樱庑词话	况周颐撰	小说月报第十一卷
蟫精隽	徐伯龄撰	四库全书
曝书亭集	朱彝尊撰	四库全书
鹦适轩词	王乐善撰	明词汇刊，上海古籍出版社 1992 年版
履庵诗余	万士和撰	明词汇刊，上海古籍出版社 1992 年版
稼村乐府	王义山撰	明词汇刊，上海古籍出版社 1992 年版
雕菰楼词话	焦循撰	词话丛编，中华书局 1986 年版
憩园词话	杜文澜撰	词话丛编，中华书局 1986 年版

衡藩重刻胥台集	袁袠撰	明万历十二年刻本
繁霜榭词札	沈轶刘撰	近现代词话丛编，黄山书社 2009 年版
彊村老人评词	朱祖谋撰	词话丛编，中华书局 1986 年版

人名笔画索引

二至三画

四画

五画

六画

七画

八画

九画

十画

十一画

十二画

十三画及以上